Schlesischer Mohn

Roman

Hermann Detering

Schlesischer Mohn

Roman

Autorenseite: www.hermann-detering.de
3. Auflage
ISBN: 9781973562672

Inhalt

Vorspiel mit Mohnstriezla

Mein Onkel Albert, der zugleich mein Taufpate ist und den ich, wenn es mir gefällt, „Gevatter“ nenne, hatte mich zu einem „gemittlichen“ Kaffeenachmittag an einem Oktobersonntag eingeladen. Ich sollte genügend Zeit mitbringen, denn er hätte mir etwas Wichtiges zu sagen. Meine Mutter würde auch dabeisein und zur Feier des Tages ihr allseits beliebtes Mohnstriezla backen.

Ich hatte keine andere Wahl, als der Einladung der beiden alten Herrschaften zu folgen. Einerseits aus Neugier, um zu erfahren, was es mit Alberts geheimnisvollen Andeutungen auf sich hatte. Zum anderen, weil meine Mutter und ihr Bruder inzwischen schon über Achtzig waren. Familienangehörigen in diesem Alter schlägt man keine Einladungen mehr ab. Die Entscheidung für das außerordentliche, außerhalb von Geburtstag, Weihnachten und Ostern anberaumte familiäre Treffen, die ganze Logistik der Vorbereitungen, vom Kuchenbacken bis hin zu Ruths An- und Abfahrt, waren den beiden sicherlich nicht leicht gefallen. Es mußte sich um etwas sehr Wichtiges handeln. Ich tat also, was ich den beiden schuldig zu sein glaubte, kaufte vor dem vereinbarten Termin noch eine Schachtel „Handelsgold Fehlfarben“ im Königsformat und einen Strauß Blumen, setzte mich ins Auto und fuhr gen Hannover, wo Albert einen Bauernhof in einem kleinen Dorf unweit der Stadt bewohnte.

Der Hof war leicht zu finden, nicht nur wegen seiner zentralen Lage, sondern weil er sich in jeder Hinsicht von seiner Umgebung unterschied. Drumherum aufwendig und mit viel Geld, aber wenig Geschmack renovierte ehemalige Bauernhäuser, die von ihren Besitzern vor Jahren, nachdem sie die Landwirtschaft aufgegeben hatten, an Anwälte, Architekten, Steuerberater und pensionierte Beamte aus Hannover verkauft oder vermietet worden waren. In der Mitte

Alberts vor sich hin dämmerndes Anwesen, das immer noch genauso aussah, wie ich es aus der Kindheit kannte. Nur daß das Efeu inzwischen einzelne Hauswände völlig überwuchert hatte. Alberts Töchter erzählten mir später, das aufdringliche Kletterzeug sei bereits durchs Dach gedrungen und habe seine grünen Tentakel auf dem Speicher ausgebreitet.

Auch hatte der allgemeine Verfall seinen Nagezahn schon in ein paar wichtige Stützbalken geschlagen. Ganze Gebäudeteile waren aus dem Gleichgewicht und standen, wie man von der Dorfstraße aus erkennen konnte, kurz vor dem Einsturz.

Geschäftstüchtige Handwerker, Maurer, Dachdecker, Zimmermänner, die beim Vorbeifahren einen zufälligen Blick auf das verfallende Anwesen geworfen hatten, kamen immer wieder mal vorbei und machten Albert Angebote. Aber er lehnte jedes Mal ab. Nachdem er die Landwirtschaft aufgegeben und sich zur Ruhe gesetzt hatte, hatte er das Interesse an Erhaltung oder Instandsetzung seines Hofes verloren. Auch hatte der Tod seiner Frau Annemarie vor ein paar Jahren seine lethargische Stimmung noch verstärkt. Hinzu kam ein immer stärker werdender Zug zur Knauserei. Die besorgten Töchter drängten ihn, sich entweder bei ihnen einzuquartieren oder sich um einen Platz in einem Seniorenwohnheim zu kümmern. Aber an Albert, der ständig um sein Geld fürchtete, prallten selbst die gutgemeinten Vorschläge gutmeinender Angehöriger ab.

Für die Immobilienmakler der Umgebung war Alberts Grundstück wegen seiner attraktiven Lage schon seit langem ein Objekt der Begierde. Doch hatten sie sich damit abgefunden, noch eine Weile warten zu müssen, bis es zum Verkauf angeboten würde. Hoffnung machte ihnen indes, daß es mit Alberts Gesundheit neuerdings nicht mehr zum Besten stand und Nachbarn seine Töchter in den letzten Monaten oftmals mit besorgten Mienen vom Hof hatten kommen sehen.

Daß ich es bei meinem Besuch mit der Vergangenheit zu tun kriegen würde, war mir bereits klar, als ich von der Dorfstraße abbog und an ein paar Holunderbüschen und der Scheune vorbei auf den Hof fuhr, wo ein auf dem Pflaster liegender rotfelliger Kater sich träge von den letzten Strahlen der Herbstsonne wärmen ließ. Allerdings dachte ich nur an meine eigene Vergangenheit, an die Sommerferien, die ich früher hier verbracht hatte, an die Gerüche von Stall und Vieh und Weide, an den Geschmack von Zuckerbemme und Muckefuck, an die euterwarme fette Kuhmilch, die mir schlecht bekommen war, auch an die Spiele mit den beiden lebhaften Basen, Blindekuh, Schwarzer Mann, Kinderhochzeit und Doktorvisite oben auf dem Dachboden. Daß dieser Besuch auch Anlaß zu einer ausgedehnten Reise in die Vergangenheit meiner Familie werden würde, konnte ich noch nicht ahnen.

Mein Onkel und Mutter Ruth, genannt Ruthla, hatten mich ungeduldig erwartet. Ich hatte nicht bedacht, daß schon wenige Minuten Verspätung für Menschen ihres Alters zu einer harten Geduldsprobe werden können. Beide hatten sich vor der Tür des Wohnhauses postiert und winkten mir von weitem zu. Ich hupte zum Gruß zwei- dreimal, stieg aus dem Wagen und reckte die vom langen Sitzen taub gewordenen Glieder.

Ursprünglich hatte das Anwesen nur aus einem Fachwerkgebäude bestanden, in dem Mensch und Vieh noch friedlich vereint unter einem Dach lebten. Alberts Schwiegervater hatte dann Anfang des letzten Jahrhunderts, lange bevor Albert seine Tochter ehelichte, ein großes Wohngebäude anbauen lassen – viel zu groß, wie sich herausstellte, nachdem die Kinder aus dem Haus waren, Alberts Ehefrau starb und dieser das Haus allein bewohnte.

Albert hatte sein schwarzgraues Resthaar pomadisiert und gescheitelt und blickte – trotz der überall auf seinem Hof sichtbaren Spuren von Verfall und Niedergang immer noch ganz der alte Gutsherr – schwer durchschaubar durch seine dunkel getönte Brille. Der Mund und der dünne Oberlippenbart mümmelten zusammen mit der Nase ein wenig vor sich hin. Die leichte nervöse Unruhe in der Mund- und Nasengegend signalisierte dem Kenner der physiognomischen und mimischen Eigentümlichkeiten meiner Familie mütterlicherseits eine freudig angespannte Erwartungshaltung. Ruthla stand wie ein blasses Schemen mit angeklebtem dünnem Grauhaar hinter ihm und trat als selbständige Gestalt erst in Erscheinung, als Albert auf mich zugekommen war, um mich zu begrüßen. Über den Hof strich ein leichter Herbstwind.

Der Anblick der beiden über das Hofpflaster holpernden Alten gab mir Anlaß, mit einem Faust-Zitat zu renommieren: „Ihr naht euch wieder, schwankende Gestalten, die früh sich einst dem trüben Blick gezeigt". Dann zog ich mein Handy aus der Jackentasche und fuhr fort: „Versuch ich wohl, euch diesmal festzuhalten?" und machte den Vorschlag zu fotografieren, weil „so jung sieht man sich nicht wieder" usw. Die alten Herrschaften kicherten und waren einverstanden. Weil sie dank ihrer Kinder und Enkelkinder auf dem laufenden waren, brauchte ich ihnen nicht zu erklären, daß man mit dem Telefon fotografieren kann. Sie bezogen auch gleich Aufstellung vor dem Dielentor des alten Bauernhauses. Ich fand das brüchige und fast aus den Fugen fallende ziegelrote Mauerwerk als Hintergrund aber irgendwie pittoresker und schlug einen Standortwechsel vor. Albert war angetan und wiederholte, „pittoresk, Goethe, Faust, einfach fabelhaft. Ja, ja, mein Neffe". Ich verstand nicht, was er meinte, ließ es aber auf sich beruhen und begann zu fotografieren. Wir spielten alle Möglichkeiten durch. Mal posierte Albert mit Ruthla, mal Ruthla mit mir, mal ich mit Albert. Zum Schluß noch ein Selfie zu viert, denn auch der besagte rotfellige Kater hatte sich schnurrend dazwischengeschlichen.

Albert schlug vor, noch einen kleinen Spaziergang durch das Dorf zu machen. Ruthla könne in der Zeit ja schon einmal den Kaffee vorbereiten und die Vanillesoße ansetzen. Dann entnahm er der Zigarrenpackung eine der Fehlfarben im

Königsformat, zog sie prüfend unter seiner Nase entlang und paffte, nachdem er sie angezündet hatte, genießerisch ein paar bläuliche Rauchkringel in die von einer leichten Brise bewegte Herbstluft.

Wir schlenderten über die Dorfstraße. Offenbar steuerte Albert ein ganz bestimmtes Ziel an. Seine Schritte wurden um so schneller, je mehr wir uns diesem näherten. Auf dem gepflasterten Platz vor dem Wohnhaus eines Bauernhofes blieb er plötzlich stehen. Ich blickte ihn fragend an. Aber statt zu antworten, versenkte sich Albert schweigend in den Anblick der roten Ziegelbaufassade, vor dessen Eingang zwei auf den Stock gesetzte Weidenbäume Spalier standen. Aus ihrer Spitze sprossen ein paar Zweige, die sich wie Girlanden aus Blattgrün um den Stamm herumrankten.

Das große Haus mit dem holzverzierten Giebel und den von verwittertem grauem Gesimse umrahmten Fenstern sagte mir nichts. Es war Anfang des letzten Jahrhunderts erbaut worden, das gewöhnliche Wohnhaus eines Bauerngehöfts, von der Art, wie es in der Umgebung viele gab.

Wir hatten eine Weile stumm vor dem Gebäude verharrt, als wieder Leben in meinen Onkel kam und dieser, wie zum Zeichen dafür, daß er das Gespräch nun fortzusetzen gedenke, hustend ein paar bläuliche Rauchwolken absonderte. In diesem Haus, erklärte Albert, habe meine Familie mütterlicherseits nach dem Krieg eine Zeitlang eine Bleibe gefunden. Nach der Vertreibung aus Schlesien und der Zwischenstation im Lager Friedland siebenundvierzig seien sie hier einquartiert worden. Man habe wenigstens ein Dach über dem Kopf gehabt. Albert lachte bitter in sich hinein. Mit „Willkommenskultur" habe man es damals noch nicht so gehabt. Dabei seien sie doch alle Deutsche gewesen. Von wegen „Volksgemeinschaft" und dies dumme Zeug. Alles nur Gelabere. Wie den letzten Dreck habe man sie behandelt, damals.

Albert fuchtelte mit der brennenden Zigarre in der Luft herum und wies auf ein kleines Fenster im Obergeschoß: Dort oben hätten sie anfangs noch zu viert gehaust, in einem drei mal sieben Meter großen Zimmer, Mutter Rosa, Ruthla, Lissy und er. Die Küche, also, was man so Küche nennt, habe sich hinten im Schweinestall befunden.

Viel hätten sie nicht aus Schlesien mitgebracht, der Vater, also mein Opa, sei, wie ich ja wohl wisse, in Auschwitz verreckt und habe sich überhaupt mehr mit seinen Flugblättern und fremden Weibern beschäftigt als mit seiner Familie. So hätten sie also nie viel gehabt, und Mutter Rosa habe immer sehen müssen, wie sie die Bälger durchbringe. Weil sie nichts besaßen, hätten sie es besser gehabt als andere, die in Schlesien Haus und Hof verloren. Denn wer nicht viel habe, könne auch nicht viel verlieren, außer natürlich – die Heimat.

Gut, gut, er wolle nicht klagen, er habe ja hier inzwischen ein neues Zuhause, sei durch die Heirat mit seiner Annemarie am Ende sogar zum Besitzer eines bescheidenen Anwesens geworden. Wer weiß, ob ihm so ein Glück in Schlesien jemals beschieden gewesen wäre. Aber Heimat sei eben Heimat, und Schläsing sei eben Schläsing. Man bleibe halt immer „a Fremder ei der Fremde". Und dann, einmal sentimental geworden, zitierte er noch einen Vers, den ich schon von meiner Mutter kannte:

„Die Welt is schien, die Welt ist gruß..."

Ich fuhr fort:

„Ei dar Heemte wohnt eenzig mei Glicke bloß".

Mein Onkel mümmelte freudig an seiner Zigarre. „Na siehste", sagte er und spuckte einen Tabakkrümel auf das Pflaster, „geht doch. So einen Literaturmenschen wie dich, den brauchen wir jetzt". Er habe mich schon seit langem im Visier gehabt, zumal ich ja auch in den letzten Jahren ein paar kleine Biechla veröffentlicht hätte. Davon habe er nicht viel verstanden, und er habe sie auch nur angelesen. Aber eines sei ihm wohl klar geworden, daß ich schreiben könne, und darum ginge es ja schließlich. Ob ich denn nicht einmal Lust hätte, mich mit meiner Familie – „mütterlicherseits?" fragte ich, „natürlich mütterlicherseits", antwortete Albert –

literarisch zu beschäftigen? Das würde mir doch sicherlich nicht schwerfallen. Er denke weniger an eine trockene Chronik – die würde er zur Not wohl auch zustande bringen – als vielmehr an eine Erzählung, am besten natürlich...

Albert stockte.

„Ja"?

„Einen Roman."

„Einen Roman?! Lieber Gevatter, du verkennst den Unterschied. Einen Roman zu schreiben ist etwas ganz anderes als ein Sachbuch. Dein Vertrauen in meine Fähigkeiten in Ehren, aber Schuster bleib' bei deinen Leisten."

Den Einwand, daß ich keinen Roman zuwege brächte, wolle Albert nicht gelten lassen. Das sei dummes Zeug. Ich sollte erst einmal damit anfangen.

Ein anderer Einwand, über den wir noch gar nicht gesprochen hätten, sei dagegen ernster zu nehmen. Albert hüllte sich eine Weile in Schweigen und gab sich geheimnisvoll. Er meine den finanziellen Aspekt. Daß ein Buch gut verkauft würde, damit könne man heutzutage in der Tat nicht rechnen. Und selbst wenn dies der Fall wäre, so würden die Verlage noch immer am meisten daran verdienen. Existieren könne man davon nicht. Für die meisten Autoren reichten die Tantiemen nicht zum Leben und nicht zum Sterben. Er wisse das. Doch gebe er zu bedenken, daß ein Roman über eine Familie mit einer so aufregenden Geschichte bei weitem mehr Leser finden könnte als alle meine bisherigen Biechla zusammen. Das, was ich bis dato geschrieben hätte – er habe es, wie gesagt, nur kurz angelesen – sei, nun gut, eher für ein kleines, elitäres, wissenschaftlich interessiertes Publikum bestimmt gewesen, hier aber sei endlich einmal ein Stoff für einen breiteren Leserkreis. Prallvolles Leben. Das habe doch Perspektive. Das müsse mich doch reizen.

Im übrigen sollte das Ganze für mich auch kein Wagnis ins Ungewisse sein. Er könne ja verstehen, daß ein großes Risiko darin bestünde, monate- oder sogar jahrelang an einem Buch zu arbeiten und Zeit und Mühe für ein Projekt zu opfern, von dem niemand sagen könne, wie es ausgehen werde. Als Landwirt habe er wenigstens immer gewußt, daß er das Getreide, das er im Frühjahr gesät hatte, auch im Herbst ernten werde. Bei Büchern sei das Risiko einfach zu hoch. Das könnten sich nur Idealisten leisten. Und Idealismus sei nicht jedermanns Sache. Seine wenigstens nicht. Meine vermutlich auch nicht. Wir seien ja eine Familie. Aber ich brauchte mir dahingehend keine Sorgen zu machen. Er würde das Projekt finanziell unterstützen, er wolle mein Mäzen sein.

Ich blickte ihn erstaunt an.

„Du"?

Albert fuhr unbeirrt fort.

„Ja natürlich", sagte er ein wenig gereizt.

Ob ich nicht davon gehört hätte, daß er sich in den letzten Jahren ein wenig zusammengespart habe. So einen kleinen Roman über die Familie mütterlicherseits, das würde er sich etwas kosten lassen. Das sei für ihn keine große Sache. Schließlich gehe es dabei um Schläsing. Und ich könne eine kleine finanzielle Spritze doch sicher ganz gut gebrauchen. Die Einzelheiten könnten wir später noch besprechen. Die letzten Bücher seien nach allem, was er so gehört habe, doch wohl eher Achtungserfolge gewesen.

Ich horchte auf. Daß ich seit einiger Zeit knapp bei Kasse war, stimmte. Auch daß die letzten Bücher in vieler Hinsicht nicht das gebracht hatten, was sich der Verleger davon versprochen hatte, ließ sich nicht bestreiten. Aber woher wußte Albert davon? Vermutlich hatte Ruthla geplaudert. Dabei hatte ich ihr ausdrücklich gesagt, sie dürfe erst dann mit Familienmitgliedern über meine finanzielle Situation sprechen, wenn nichts mehr geheimzuhalten sei. War es jetzt so weit?

Mir wurde klar, daß Albert keine Skrupel hatte, meine momentanen monetären Probleme gnadenlos auszunutzen. Er ging noch weiter.

Ich könne, fuhr er fort, übrigens noch zusätzlich ein paar Bonuspunkte sammeln. Er habe da so eine nette kleine Idee entwickelt, die mir vielleicht helfen würde, meine Motivation zu steigern. Eine Familiengeschichte zu schreiben sei natürlich nicht immer ganz leicht. Dazu gehöre ein langer Atem. Er könne sich da einfühlen. Jeden Morgen vor dem leeren Papier sitzen...

„Bildschirm", verbesserte ich, „vor dem leeren Bildschirm".

„Gut, Bildschirm", sagte Albert; der ganze Stoff müsse ja schließlich eine angemessene Form finden und ansprechend verpackt werden. Er könne nicht darauf warten, daß mich die Musen küßten, dann sei es in jedem Fall zu spät, und er möchte doch auch noch etwas von der ganzen Sache haben. Wie ich wüßte, sei er ja nun einmal Schlesier mit Haut und Haar. Hannover hin, Hannover her, aber Schlesien sei eben doch Schlesien. Was also hielte ich von dem folgenden Vorschlag (Albert mümmelte in sich hinein und blickte noch undurchschaubarer als sonst durch seine getönte Brille):

Wenn er jedes „Schlesien" in meinem Manuskript zusätzlich mit, sagen wir, fünfzig Euro entlohnen würde? Wenn ich es geschickt und nicht zu aufdringlich anstellte – einen sinnvollen Zusammenhang müsse es natürlich schon geben, überflüssige Spielereien würden selbstverständlich nicht vergütet – käme dabei am Ende ein erkleckliches Sümmchen für mich heraus. So ein hübsches Taschengeld könnte ich doch bestimmt gut gebrauchen. Ich würde ihm hin und wieder, je nach Finanzlage, ein paar Manuskriptseiten zuschicken, und er würde mir umgehend das entsprechende Geld überweisen. Das sei doch ein Angebot.

„Ich bin sprachlos", antwortete ich.

Alberts Worte hatten mich an meinen beiden empfindlichsten Stellen getroffen: literarischer Ehrgeiz und Finanzen. Sein Vorschlag war zweifellos eine schriftstellerische Herausforderung, und es wäre unwahr gewesen zu behaupten, daß sie mich nicht gereizt hätte, ganz unabhängig davon, ob ich ihr gewachsen war oder nicht. Hinzu kam, daß ich Geld immer gut gebrauchen konnte, heute noch besser als morgen. Zwar Komfort, Autos, Reisen interessierten mich nicht, aber als Möglichkeit, unabhängig zu leben und zu arbeiten, ließ sich, selbst bei geringen Ansprüchen, auf eine gewisse minimale finanzielle Grundausstattung nicht verzichten. Die Zeit der Freiheit, die ich mir in dieser Hinsicht seit einigen Jahren gegönnt hatte, hatte Geld gekostet, Geld, an das die Bank mich in immer dringlicher formulierten Schreiben erinnerte. Eigentlich mußte mir Alberts Vorschlag willkommen sein.

Das Problem war nur, daß meine Pläne zur Zeit ganz anders aussahen und daß ich schon seit einigen Monaten an dem nächsten Buchprojekt arbeitete. Es sollte wieder ein Sachbuch sein und wieder um mein historisches Lieblingsthema, die Welt der antiken Mysterien, gehen. Diesmal allerdings aus einer ganz neuen Perspektive. Eine Fülle von Beobachtungen, die ich in der letzten Zeit gemacht hatte, wartete darauf, endlich schriftlich fixiert zu werden. Die Literatur war schon gesichtet, Aufbau und Inhalt standen im großen und ganzen fest, zwei Kapitel waren bereits geschrieben. Und nun das.

Eine Weile war ich wie benommen. Albert war klug genug, nicht weiter auf mich einzureden. Wir kehrten also um, trotteten eine Weile schweigend nebeneinander her und ließen uns von den langen Schatten begleiten, die sich an unsere Fersen geheftet hatten und von der müden Herbstsonne auf den Asphalt der Dorfstraße geworfen wurden.

Um wieder zum Hof zu gelangen, nahmen wir den Weg durch den Obstgarten. Er enthielt überwiegend alten Baumbestand mit Zwetschgen-, Äpfel-, Birnen-, Pfirsich- und Mirabellenbäumen. Wer ihn betreten wollte, mußte ein aus den Angeln gefallenes und lose an einen Eisenrahmen gelehntes, mit Maschendraht bespanntes Tor vorsichtig anheben und zur Seite stellen.

Etwas abseits vom Garten, von der Dorfstraße aus unsichtbar, befand sich ein Beet, das wegen seines gepflegten, unkrautfreien Zustands ein wenig aus dem Rahmen fiel. Auf sandigerem Boden wiegten sich ein paar abgeblühte Pflanzenstengel mit ihren kugeligen Kapseln leicht im Herbstwind. „Moh“, sagte Albert im Vorbeigehen (er sagte tatsächlich „Moh“ statt „Mohn“) und fügte noch, mehr entschuldigend als erklärend, hinzu: „Zur Erinnerung an dar Heemte“.

Auf dem Weg zum Hof begrüßte uns ein Schild, das ich im Auto aus übersehen hatte. Die verblichene Aufschrift hatte sich im Laufe der Zeit in ein Silbenrätsel verwandelt und warnte vor einem, wie ich mich erinnerte, sehr harmlosen, inzwischen verstorbenen Hund:

„VORS C T BIS G R H ND“.

Der morbide Charme des heruntergekommenen Gebäudes fing an, mich zu amüsieren.

Wir überquerten den Hof und schritten ins Haus. Während Albert sich kurz entschuldigte und dann im Dunkel des zur Toilette führenden Ganges verschwand, tastete ich mich zur Tür der Wohnküche vor. Ich hatte das Innere des Hauses noch aus meiner Kindheit in Erinnerung. Schon immer hatte es auf mich einen düsteren, etwas unbehaglichen Eindruck gemacht, aber die warmherzige Annemarie und meine beiden Basen mit ihrem Gegacker und Gekicher brachten immer Leben ins Haus, so daß die bisweilen aufsteigenden Beklemmungen rasch wieder vergessen waren. Jetzt, wo Albert das Haus allein bewohnte, war nur noch das alte Unbehagen zurückgeblieben. Überall im Haus weste feuchter Modergeruch. Selbst in der Küche, an deren Inventar sich auch nach Jahrzehnten kaum etwas geändert hatte. Immer noch der alte Kohlenherd, der Kohleneimer, der Tisch mit der grünkarierten Wachstuchdecke, der wurmstichige, speckige Spind und daneben das Aufgußbecken mit der abgestoßenen, vergilbten Emaille.

Ruthla stand ratlos am Herd. In ihrer Rechten hielt sie eine Porzellankanne mit frisch gebrühtem Filterkaffee. Ihr Gesichtsausdruck verriet Betroffenheit, ja Verzweiflung. Einen Augenblick blickten wir uns schweigend an. Dann entlud sich die Spannung, und – ohne miteinander gesprochen zu haben – lachten wir gemeinsam über dasselbe. Sie flüsterte mir zu, daß es so nicht weitergehen könne, daß das Haus immer mehr verwahrlose und daß es in einigen Zimmern schon wie in einer Tropfsteinhöhle aussehe. Ob ich die Eimer bemerkt habe, die von Albert an einigen Stellen aufgestellt worden seien, um das durch die Decke tropfende Regenwasser aufzufangen. Dann machte sie mich auf ein Matratzenlager aufmerksam, das Albert gleich neben dem Ofen in der Küche aufgeschlagen hatte. Hier würde er in den kalten Wintermonaten übernachten, um Kosten für die Heizung zu sparen. Bestürzt wies sie auf einige Efeuranken, die sich durch einen Spalt im Fenster an der Küchentapete emporgetastet hatten.

Sie wollte mich eben noch auf andere Mißstände hinweisen, als Albert erschien, in die Hände klatschte und mit den Worten: „Dann wollen wir mal in die gute Stube", durch einen zweiten Flur voranschritt und die Tür zu einem tristen grauen Zimmer öffnete. Der Ausdruck „gute Stube" wollte auch bei großzügiger Auslegung nicht recht passen. Eine in die Jahre gekommene, mächtige Eichenschrankwand beherrschte respektheischend den Raum. Um einen niedrigen Holztisch mit einem vergilbten Häkeldeckchen gruppierte sich eine wuchtige, beigefarbene Polstersesselgarnitur. Das übrige Inventar, ein schmuddeliger Perserteppich mit ehemals bordeauxroter Grundierung, die mehrarmige Deckenlampe, die Tischlampe mit dem schweren Messingständer und dem geblümtem Schirm, der Pfeifenständer aus Teakholz, der Kristallaschenbecher und der Blauglasschwan in der Vitrine, stammten noch aus den sechziger Jahren. So auch das rustikale Eichenregal mit ein paar Zinntellern und einer großen Zinnkanne, die müde das bleigraue Licht des Zimmers reflektierte.

Auf der Wand über dem Sofa hing eine Bildergalerie mit Stichen und verblichenen Fotografien aus der schlesischen Heimat. Ein koloriertes Foto der Geburtsstadt Frankenstein mit schiefem Turm, das Rathaus, das alte Ehrenmal, ein Blick auf die Silberberger Vorstadt, dann Bilder von Wartha, Schloß Camenz und schließlich Reichenstein, die Heimat meiner Urgroßeltern Berthold und Ludmilla. Irgendwo stand noch eine große Fernsehtruhe. Das Gerät aus der Frühphase des Farbfernsehens, vor dem Albert jeden Abend in einem verwaschenen apfelsinenfarbenen Clubsessel Platz nahm, hatte sich über die Jahre wacker gehalten.

Aber Ruth hatte ihr Bestes getan. Die Kaffeetafel war einladend gedeckt, und es schien mir, nach alledem, was ich bisher gesehen hatte, das Beste zu sein, wenn ich meine Aufmerksamkeit darauf konzentrierte. Der Tisch, an dem wir Platz nahmen, stand ein wenig abseits am Fenster. Das durch die Scheiben fallende Licht ließ die Tischdecke, die Ruth mitgebracht hatte, blütenweiß erstrahlen. Die herbstlichen Sonnenstrahlen beschienen ein goldgerandetes, aus Kuchenteller, Untertassen und Tassen bestehendes Service, auf dessen Teller zum cremefarbenen Porzellan passende gefächerte Servietten lagen. In der Mitte, zwischen der Kaffeekanne und der Vase mit meinem aus Astern, Dahlien und Hortensien arrangierten Herbstblumenstrauß, lag auf einem schlichten, ebenfalls goldgerandeten Teller der frisch angeschnittene Mohnstrudel, „Mohnstriezel" oder „Mohnstriezla", wie alle in der Familie – mütterlicherseits – dazu sagten.

Ich hatte mir bis zu diesem Tag nie viel daraus gemacht. Ich wußte wohl um die Bedeutung, die man dem Gebäck in der Familie, zumindest im schlesischen Zweig, beilegte und daß bei festlichen Anlässen wie Geburtstagen, Taufen, Kommunions- oder Konfirmationsfeiern ein selbstgebackener Mohnstrudel nie fehlen durfte. Aber ich verstand nicht, warum meine Mutter und ihre Verwandten soviel Aufhebens darum machten. Ruth und ihre Schwestern verbrachten manchmal ganze Sonntagnachmittage damit, sich über Rezeptur und Zubereitung auszutauschen, schoben sich Zettel zu, gaben sich kichernd, hinter vorgehaltener Hand geheime Tips und schnalzten dabei mit der Zunge. Die Hauptsache, so sagten sie, sei die Mohnmasse, auf die komme alles an. Und dann stritten sie darüber, wie der Mohn beschaffen sein müsse und woher man ihn beziehe, wenn man ihn nicht im eigenen Garten habe – was freilich am besten sei. Ich verstand die Augenverdreherei nicht, wenn sie sich das vierte oder fünfte Stickla mit der Gabel auf ihren Kuchenteller schoben; ich verstand auch nicht, warum sich alle, beschwingt lächelnd und einander umarmend, verabschiedeten, warum sie sich ständig versicherten, wie ausgezeichnet das Striezla diesmal gelungen sei und wie köstlich es gemundet habe und daß sie sich in ein paar Wochen unbedingt wieder zu einem neuen Striezla treffen müßten.

In meiner Arglosigkeit verstand ich nichts. Für mich war Mohnstrudel ein Kuchen wie jeder andere. Das hat sich erst sehr spät und, wie ich meine, eigentlich fast schon ein wenig zu spät, nämlich seit jenem ominösen Herbstnachmittag, an dem ich mit Ruth und Albert zusammensaß, geändert – wobei ich mit dem Pragmatismus, der dem schlesischen Teil meiner Familie immer zu eigen gewesen ist, hinzufügen möchte: besser spät als gar nicht. Erst seit diesem Nachmittag wurden meine Augen für ein paar bemerkenswerte und mir bis dahin unbekannte Zusammenhänge geöffnet.

Der Leser, der bis hierhin aufmerksam gefolgt ist, wird ahnen, wovon ich spreche und mir verzeihen, wenn ich an dieser Stelle nicht ausführlicher werden kann. Gut gehütete und über Jahrzehnte gewahrte Familiengeheimnisse gibt man nicht einfach mir nichts, dir nichts preis. Das, worum es geht, ist ja auch im wesentlichen klar. Wer Ohren hat zu hören, hat wahrscheinlich schon längst verstanden. Wer nicht, mag selbst mit ein paar Mohnrezepten herumexperimentieren und probieren, bis er das ihm Bekömmliche gefunden hat oder bis ihm die Augen aufgegangen sind – so wie zum Beispiel jenen Jüngern, die mit ihrem Wegbegleiter in Emmaus einkehrten und deren Augen so lange gehalten waren, bis sie ihn bei einem schlichten Abendbrot als ihren Herrn und Heiland erkannten (man entschuldige den etwas weit hergeholten, biblisch-barocken Vergleich).

Was ich mit alledem sagen will, ist einfach nur dies, daß ich heute über Mohnstriezla anders denke als früher. Aber natürlich hat jeder Mensch ein Recht darauf, seine Meinung und seinen Geschmack im Laufe des Lebens zu ändern,

Dinge anders zu sehen, zu fühlen, zu schmecken und zu bewerten, auch und gerade wenn es um scheinbar so Banales geht wie – Kuchen.

Albert hatte seine Serviette auseinandergefaltet und auf den Schoß gelegt. Und während er andächtig ein Stück Striezla auf seinen Teller balancierte, es ein wenig mit der Kuchengabel zerbröselte und dabei nach der Vanillesoße spähte, lobte er Ruthla für die ansprechend gestaltete Kaffeetafel. Ihm waren die stummen Blicke, die wir bei der Betrachtung des Wohnzimmers miteinander ausgetauscht hatten, natürlich nicht entgangen, er kannte deren Bedeutung und suchte nach einer Erklärung. Wir sollten, so sagte er, an dem Zustand seines Hauses keinen Anstoß nehmen. Er wisse wohl, daß es in den letzten Jahren ziemlich heruntergekommen sei und daß die Wohnung bereits ein wenig zigeunerhaft anmute, fast als ob alle, die seine Annemarie selig damals vor der Heirat mit dem „Wasserpolacken" aus Schlesien gewarnt hatten, nachträglich doch noch Recht behalten sollten.

Albert schlug wieder seine bittere Lache an.

Er sei aber jetzt in dem Alter, wo man jeden Tag damit rechnen müsse, die Zelte abzubrechen und sich nur noch wie auf der Durchreise fühle. Das Interesse an Haus und Hof und Garten habe er schon lange verloren. Ohnehin würden irgendwelche Einzelmaßnahmen jetzt auch gar nicht mehr lohnen, dafür sei es zu spät. Er freue sich aber über jeden Winter, den er in diesem Haus unbeschadet überstanden habe. Bei seinen Töchtern wolle er nicht einziehen, sie hätten nur zusätzliche Arbeit mit ihm, und die könne und wolle er ihnen nicht aufhalsen – abgesehen davon, müßte er dann wohl oder übel an sein Erspartes. Das wolle er aber noch schonen. Wofür? Zum Beispiel – Albert schob sich schmunzelnd ein Stück Striezla in seinen Mund – für das interessante Buchprojekt, das er mir beim Spaziergang vorgeschlagen habe.

Ruth schien bereits eingeweiht. Jedenfalls nickte sie ihrem Bruder fortwährend zu und wollte gerade das Wort ergreifen, als ich ihr zuvorkam:

„Gut, daß du noch einmal darauf zu sprechen kommst, Gevatter", erwiderte ich, „ich denke nämlich, daß ich nicht der Richtige dafür bin. Und dies vor allem aus den folgenden Gründen: Ich bin nie in Schlesien gewesen, habe eure Heimat nie mit eigenen Augen gesehen, kenne weder Landschaft noch Fauna und Flora, bin erst nach dem Krieg geboren – ich will es kurz machen: Selbst wenn ich es wollte, ich könnte es gar nicht. Ich würde schreiben wie ein Blinder von der Farbe. Es tut mir leid, du mußt dir einen andern suchen".

„Wenn es nur das ist", lachte Albert und mümmelte an seinem Striezel, „ich dachte schon, du seiest krank oder hättest sonstwas. Natürlich kann ich dir auch eine Reise nach Polen spendieren, Bus oder Bahn? Alles kein Problem. Bedingung ist allerdings, daß du mir vorher einen Einblick in das Manuskript gestattest und" – Albert blickte mich wieder undurchschaubar durch seine getönte Brille an – „ein paar Seiten deines Buches vorgelegt hast".

Zudem wüßte ich ja auch, daß längere Telefonate heute kein Problem mehr seien, jedenfalls kein Kostenproblem. Es gebe ja neuerdings die „flatte Ratte". Ich könne ihn jederzeit gern anrufen und mir fehlende Informationen von ihm erfragen oder aber natürlich von Ruthla.

Meine Mutter nickte.

Außerdem – Albert nahm wieder den an diesem Tage schon häufiger aufgesetzten feierlichen Gesichtsausdruck an –, Heimat erkenne man ohnehin nur mit dem inneren Auge. Selbst wenn ich jetzt in Frankenstein wäre, würde ich natürlich nicht sehen, was sie, also meine Mutter und er, damals gesehen oder empfunden hätten. So sei das eben mit Heimat und Herkunft. Das Beste wäre, ich würde mich einfach ihnen anvertrauen und mich auf das verlassen, was sie mir erzählten. Einer seiner Lieblingsschriftsteller...

„Karl May?“ unterbrach ich, da ich Alberts literarischen Geschmack kannte.

„Ja richtig“, erwiderte Albert überrascht, „woher weißt du?“ Karl May also habe übrigens auch nur über Länder geschrieben, die er bis dato noch gar nicht zu Gesicht gekriegt und erst später bereist habe, trotzdem sei er einer der größten Schriftsteller seiner Epoche geworden.

„Darüber kann man auch anderer Meinung sein“, entgegnete ich.

„Man kann über alles verschiedener Meinung sein“, lachte Albert, dessen Stimmung sich von Striezla zu Striezla merklich aufgehellt hatte, „nur über Ruthlas Mohnstriezel nicht“.

Und indem er sich die Spuren der Vanillesauce mit der Serviette aus seinem schmalen Oberlippenbärtchen tupfte, rief er, als habe er sich gerade in ein neues Wort verliebt:

„Fabelhaft. Einfach fabelhaft!“

Ruth war sichtlich geschmeichelt und blickte besorgt auf meinen leeren Teller:

„Nehm doch auch noch a Stickla“.

„Nimm“, dachte ich, erinnerte mich aber rechtzeitig daran, daß man ältere Menschen nicht verbessern soll und schob, ein wenig abwesend, das nächste Striezla-Stückchen erst auf meinen Teller, dann zwischen meine Zähne und dachte dabei unwillkürlich: Nicht übel, gar nicht so übel, dieses Zeug.

Mit Ruthla war das so eine Sache. In meinem Bericht ist sie bisher kaum in Erscheinung getreten, und wenn, dann nur als blasses Schemen oder geduldige Zuhörerin. Eigentlich paßt dieses Bild aber gar nicht zu ihr. Leser, die Ruth persönlich kennen, könnten einwenden: Das soll Ruthla sein? Das ist nicht Ruthla. Wir haben sie ganz anders erlebt. Und dieser Einwand ist nicht aus der Luft gegriffen. Auch ich frage mich inzwischen, ob mir meine bisherige Darstellung gelungen ist, ob ich mich nicht zu sehr auf Albert konzentriert habe, dabei womöglich des Guten zuviel tat und Ruth zu kurz kommen ließ.

Denn natürlich war Ruth viel dominanter. Noch nicht als Kind, wenn das, was sie mir über sich erzählte, richtig ist, woran ich nicht im geringsten zweifle, wohl aber als junge Frau und erst recht als reife Matrone und junge Greisin. Wenn sie den Mund öffnete und mit Erzählen begann, konnte nichts ihren Redefluß aufhalten, und man mußte schon ein wenig unhöflich werden, wenn man selbst zu Wort kommen und auch ein paar Sätze loswerden wollte. Ein kleines Zögern, ein kurzes Innehalten, eine beiläufige Bemerkung, ein angedeutetes Stichwort genügten, dann war es wieder geschehen. Wie eine Münze in eine Musikbox fällt und dort einen Mechanismus in Gang setzte, der unablässig Geschichten produziert, ging es von Geschichte zu Geschichte. Manchmal habe ich mich gefragt, wann Ruth die Zeit gefunden hatte, das, worüber sie sprach, auch zu erleben. Aber so war das mit Ruthla.

Inzwischen hatte Albert ihr, offenbar nicht ohne List, ein paar Stichworte geliefert. Das ging nach dem Schema: Weißt du noch? Also: „Weißt du noch damals, die Sache mit Opa Berthold und der blauen Kreide? Weißt du noch, wie Vatel mit dem Schwein ging und mit dem Loewe Opta kam? Weißt du noch, Kulbafongse? Weißt du noch, wie der Krieg begann und Herbert fiel? Wie die Russen kamen und die Polen blieben? Wie Hedwig und Paterrekter – oder Margot und Bruder Bertram in den Stangenbohnen? Und wie das mit den Breslauern war, die meinten was Besseres zu sein, damals im Viehwaggon? Stimmt das eigentlich, was man von Ludmilla erzählt? Passierte es in den Krotzbeeren oder in den Pilzen? Wie tief ist sie gefallen, und wo hat man sie begraben? Warum lag Berthold tagelang in seinem Bett, und warum ist Heinrich, der verbuttliche kleene Uchse, beim Paschen gestazzt?“

Eine Weile warfen sich Bruder und Schwester die Begriffe wie Pingpong-Bälle zu, dann hakte Ruthla ein und wurde ausführlicher. Und schließlich waren sie wieder alle da, die alten, schon so oft und immer wieder gehörten Geschichten, dieselben Kulissen, die längst bekannten Darsteller, die

Reichensteiner Berge und die blaue Eule, das Schlackental und Bertholds „Haisla“, die Siedlung am Annaberg, die Silberberger Vorstadt, der schiefe Turm von Frankenstein, das Missionshaus der Pallottiner, die alte Burgruine, der Bahnhof, der Pausebach, die Zuckerrübenfelder und der Mohn; Rosa, ein Kaffeejunkie auf Entzug, Zichorie und Lupinen, Führergeburtstag in Frankenstein, Vatels Flugblätter und Vatels Weiber, die Lange Liebe, Rosas Schmuggelbrüder, Margot und der starke Siegfried, die fromme Hedwig, „gelobt sei Jesus Christus“, und Paterrekter, „in Ewigkeit Amen“, Margot, das Luder, oder war sie wirklich böse? – und dann die Sache mit Auschwitz, das war übel.

Schließlich bedurfte es keines Anstoßes mehr. Ruthla hatte den Faden gefunden. Alles andere ging von selbst. Sie erzählte und erzählte. Und während sie erzählte, genossen wir den Kaffee, der inzwischen schon ein wenig nach Zichorie und Lupinen zu schmecken begann, und schoben uns ein Striezla-Stückchen nach dem andern in den Mund, nicht ohne zuvor einen Schuß warmer Vanillesauce auf die mit Aprikosenmarmelade bestrichene goldbraune Kruste gegossen zu haben.

Eigentlich kannte ich ja alle Geschichten. Heute wunderte ich mich nur darüber, daß sie mich trotzdem interessierten. Woran lag das? Von weitem warf ich einen Blick auf das Eichenregal mit dem Zinngeschirr. Der Reflex auf der Zinnkanne winkte herüber, und ich grüßte freundlich zurück. Dann wandte ich mich wieder Ruthla zu und überließ mich willig ihrem Redefluß. Doch plötzlich erschrak ich. Was war denn das? Ich hatte eben eine Zinnkanne gegrüßt? Seit wann grüßte ich Zinnkannen? Was war mit mir?

„Sagt mal, habt ihr irgend etwas in den Kuchen getan? Mir ist so anders.“

Die beiden zwinkerten sich zu, und meine Mutter kicherte.

„Ganz normales Mohnstriezla“, sagte sie nur, „ist gut geworden diesmal, nicht wahr?“

„Fa-abelhaft", rief Albert, indem er seinen Stuhl etwas vom Tisch rückte, weil „das Wampla strutzte", wie er sich ausdrückte. Um es sich etwas bequemer zu machen, lockerte er unauffällig seinen Hosengurt.

„Nehm doch noch a Stickla!"

Wieder zuckte ich zusammen, dachte „nimm, Mutter, nimm", aber erinnerte mich erneut daran, daß man ältere Menschen nicht verbessern soll.

Jetzt leuchtete mir alles ein, jetzt wurde alles ganz klar und gleichzeitig so leicht. Daß sich mit zunehmender Klarheit immer mehr Fragen stellten, war auch so ein Paradox dieses an Paradoxen reichen Oktobernachmittags. Jetzt wollte ich es genau wissen, zum Beispiel die Sache mit Margot im Beichtstuhl, nicht nur so wischiwaschi, sondern der Reihe nach und ganz präzise; was da gesprochen wurde zwischen ihr und Bruder Weiland; was in den Stangenbohnen geschah, und wie das mit Paterrekter war. Wie kam Lena unter den Triebwagen? Und was passierte mit Herta in Reichenstein? Alles der Reihe nach. Und bitte nicht die Flucht im Viehwaggon vergessen, und zwar in allen Details.

Ruthla war nicht im entferntesten gekränkt. Ganz im Gegenteil, sie war hocherfreut, noch weiter ausholen, noch mehr erzählen zu dürfen und hatte auf alle Fragen eine Antwort. Jetzt öffneten sich alle Schleusen, jetzt brachen alle Dämme, und wirklich: Albert und ich versanken bei Kaffee und Striezla wie besinnungslos in ihrem Redefluß. Oder wurden wir unter einem Steinschlag aus Wörtern und Sätzen begraben?

Ich weiß es nicht.

Ich weiß nur, daß ich nach einer Weile wieder den Blick auf das Zinnregal wagte. Das Licht auf der Kanne grüßte immer noch, nur daß jetzt neben dem Eichenregal außerdem, wenngleich zugegebenermaßen etwas schemenhaft, meine beiden Urgroßeltern standen, was mich aber gar nicht wunderte. Gewundert hätte mich an diesem wunderlichen Nachmittag nur, wenn sie nicht dagestanden hätten. Zur

Rechten Berthold, Schläfer und Beischläfer in Personalunion, in grüner Schafferkluft mit gewichsten Reiterstiefeln, zur Linken seine Ludmilla, die so früh Vollendete, die von da kam, wo die Berge tschechisch wurden, Ludmilla, die Schöne, die Heilige, die Luftzeugin mit dem Schleier und den großen weißen Fleischbrüsten, die ihr zum Verhängnis wurden. Beide grüßten mich von weitem, Ludmilla auf ihre Weise, das heißt tschechisch eben, aber ich wagte nicht zurückzugrüßen, stattdessen schmunzelte ich nur in mich hinein. Auf der Zinnkanne zwitscherte ein polnischer Zeisig eine Weise, die man damals überall in Böhmen sang.

Albert, der mich die ganze Zeit aufmerksam, aber undurchschaubar hinter seiner getönten Brille fixiert hatte, mümmelte jetzt freudig erregt und rief:

„Dann ist es wohl an der Zeit, den Vertrag zu unterzeichnen. Kommt und sehet", sagte er, „denn es ist alles bereit".

Er nestelte noch eine Weile in einer der Schubladen der Eichenschrankwand herum, dann zog er den unterschriftsreifen Vertrag aus der Schublade heraus und rief schließlich:

„*Voila*, der Buchvertrag!"

Und er, der niemals Lateinunterricht gehabt hatte und kein Wort lateinisch konnte, fügte noch hinzu: „*Do ut des*".[1]

Aber so vieles war unwirklich an diesem Nachmittag. Unwirklich war auch, daß Albert sich in der Zwischenzeit einen Bleistift hinter das Ohr geklemmt hatte und eine Schürze trug, ganz so wie damals in den Jahren, als er als Lehrling bei Kaufmann Noack am Ring hinter dem Tresen stand. Und auch Ruth hatte sich inzwischen sehr verändert. Das angeklebte dünne Grauhaar war einer Jungmädchenfrisur aus den dreißiger Jahren gewichen; aus Alberts guter Stube war ein Klassenraum und aus dem Kaffeetisch eine Schulbank geworden. Ja Ruthla gertenschlank auf einer Schulbank.

---

[1] Ich gebe, damit du gibst.

Ich bemerkte die Veränderungen wohl, schwieg aber mit Bedacht, denn irgendwie hatte ich das Gefühl, auf ein gut gehütetes Familiengeheimnis gestoßen zu sein – und über Geheimnisse spricht man nicht.

„Gib mir den Stift, Gevatter", rief ich und griff mit weit ausgestrecktem Arm in seine Richtung, „ich unterschreibe".

Albert griff seinerseits hinter sein Ohr und überreichte mir einen Füllfederhalter. Auch das war natürlich merkwürdig, doch statt mich zu wundern, lächelte ich wieder nur in mich hinein und fand, das alles gut sei, an diesem Nachmittag.

„Willst du denn gar nicht lesen, was darin steht?", fragte Albert.

„Nicht nötig", sagte ich, „ich vertraue euch".

„Fa-belhaft", rief Albert.

„Eß doch noch a Stickla", sagte Ruth, als ich mich wieder gesetzt hatte.

Obwohl ihre Worte nur ganz schwach und wie aus weiter Ferne zu mir herüberhallten, dachte ich noch: „Iß, Mutter, iß" – aber dann erinnerte ich mich daran, daß man ältere Menschen nicht verbessern soll.

Erstes Buch

Krieg erklären

„Piezla!"
„Läusla!"
„Herzepinkerla!"
„Säckerla!"
„Kaffeekannla!"

Wer kennt schon die Mütter? Wer weiß, was sie sich dachten, als sie Piezla, Läusla, Herzepinkerla, Säckerla und Kaffeekannla an diesem lauen Vorstadtsommerabend aus geöffneten Fenstern vom Spiel nach Hause riefen? Was denken sich Mütter, die ihre Kinder Piezla, Läusla, Säckerla, Herzepinkerla und Kaffeekannla rufen, obwohl diese doch eigentlich Helmut, Hannelore, Ingrid, Gerd und Lothar heißen?

Vielleicht denken sie, daß ihre Mütter ihre Kinder auch so genannt haben und natürlich deren Mütter ihre Kinder. Niemand hat verlangt, daß sie das taten. Niemand hat davon abgeraten. Aber so war das damals in Schlesien: Man war erfinderisch im Sprechen und sparte nicht mit Worten.

Vielleicht dachten die Mütter an diesem lauen Vorstadtsommerabend aber auch an die Väter. Vielleicht erinnerten sie sich träumerisch daran, wie Piezla-Zelle und Piezla-Ei beschlossen, fortan unter einem Dach zu leben und ein gemeinsames Piezla-Dasein zu führen. Vielleicht freuten sich die Mütter darauf, bald noch mehr kleine Piezla, Läusla, Herzepinkerla, Säckerla und Kaffeekannla durch geöffnete Fenster vom Spiel nach Hause rufen zu können. Wer weiß? Wer weiß denn wirklich, was Mütter denken, die ihre Kinder, die eigentlich Helmut, Hannelore, Ingrid, Gerd und

Lothar heißen, Piezla, Läusla, Herzepinkerla, Säckerla und Kaffeekannla nennen?

Aber warum war das wichtig? Und warum sollten nicht auch Mütter ihre Geheimnisse haben? Wichtig war nur, daß Helmut auf Piezla hörte und Hannelore auf Läusla, daß Ingrid und Gerd genau wußten, wer von ihnen Säckerla und wer Herzepinkerla war und daß Lothar sich willig Kaffeekannla rufen ließ. Daß sie also alle wußten, wer sie waren und nach der kleinen Kinderfrist von, sagen wir, fünf bis zehn Minuten, eben die Zeit, die Kinder brauchen, wenn sie die Bedeutung des Wörtchens „selber" begriffen haben, ihr Spiel beendeten und nach Hause trotteten.

Unter den Kindern war auch eines, ein kleines, das kam, obwohl es von niemandem gerufen wurde. Es hieß auch nicht Läusla oder Mäusla, nicht Lammla, Betschla, Strünkla, Schneckla, Lumpsla oder Kitschla, sondern einfach nur Ruthla. Das heißt, genau genommen hieß es Ruth, aber da die Schlesier bekanntermaßen die Angewohnheit hatten, alles auf ein schlesisches Kammerton-A zu stimmen, sagten alle Ruthla.

Ruthla war es gewohnt, daß man sie übersah oder vergaß. Sie hatte sich damit abgefunden, und inzwischen war es ihr auch ganz recht so.

Wahr ist, daß man Ruthla wirklich sehr leicht übersehen konnte, denn sie war viel zu klein, viel zu schmal und irgendwie zu dunkel. So wie die dunkle Dämmerecke unter der hochbeinigen kokosbraunen Chaiselongue, unter der Ruthla, die ein sehr ängstliches Kind war, mit Vorliebe ihre Zeit verbrachte. Außerdem hatte sie noch die Begabung, sich immer gerade dort aufzuhalten, wo die meisten von uns, wegen einer naturbedingten Leerstelle auf der Netzhaut, nichts sehen. Kurz, wenn Ruthla überhaupt bemerkt wurde, was, wie gesagt, sehr selten vorkam, erschraken alle.

„Huch, du bist's nur, Madla", sagte man, wenn man es gut mit ihr meinte, „Jesses, du hast mich aber erschreckt". Und dann streichelte man ihr wohlwollend über das glatte schwarze Haar. Wer es weniger gut meinte, sagte ebenfalls „huch“, fügte aber noch drohend etwas hinzu, in der Art wie: „Das darfst du nicht noch mal machen“, oder: „Daß du das nicht noch einmal machst, sonst… “ Wenn man es schlecht mir ihr meinte, sagte man nicht „sonst“, sondern einfach nur „huch“ und gab ihr einen Huscher, was aber sehr selten vorkam, da die meisten es gut mit ihr meinten.

Als Ruth noch kleiner war und ihre Mutter, ihr Vater, ihre Oma und ihr Opa immer „huch“ riefen, glaubte sie, das „Huch“ müsse wohl irgendwie zum Namen dazugehören und so eine Art Vorstellung sein, wie: „Guten Tag, gestatten, mein Name ist Huch“. Deswegen sagte sie auch nicht einfach wie andere Kinder: Mama, Papa, Oma und Opa, sondern fügte jedesmal ein Hu hinzu, also: Mama-Hu, Papa-Hu, Oma-Hu und Opa-Hu.

Da Ruth von wenigen bemerkt wurde, bemerkte sie vieles, was andere nicht bemerkten. Sie bemerkte zum Beispiel, daß ihre Schwester Margot oft mit schlankem Arm nach dem Portemonnaie in der Schublade des Küchenschranks griff, wenn Mutter Rosa oder Vater Ernst gerade nicht im Zimmer waren. Oder wie Margot heimlich in Büchern las, die Ernst vor den Kindern und sogar vor Rosa verborgen hielt. Sie sah, wie Schwester Lissy unter ihre Klassenarbeiten Vatels oder Muttels Unterschrift setzte. Sie beobachtete, daß die beiden Onkels mit ihren Motorrädern aus Reichenstein kamen und ihrer Schwester Rosa heimlich Pakete überreichten, die nach Kaffee dufteten. Sie wußte, daß Vater Ernst-August und seine Freunde, die er „Genossen“ nannte, im Keller von Schmidtgärtner verbotene Schriften druckten. Und sie sah auch, wie er sich manchmal in der Stadt mit jungen Frauen traf. Niemand konnte sagen, wie es Ruthla gelang, immer unbemerkt zu bleiben. Das war ihr Geheimnis. Sie war so unscheinbar, daß sie schon fast unsichtbar war.

Manchmal litt sie unter ihrer Unscheinbarkeit, und es gab Momente, in denen sie sich am liebsten auf den Küchentisch gestellt, mit dem Finger auf sich gezeigt und gerufen hätte: „Seht her, seht mich alle an, ich bin auch noch da, ich, ich, ich – Ruth“.

Doch die Unscheinbarkeit brachte ihr auch viele Vorteile. Denn Unscheinbarkeit und Nichtbeachtung schenkten Wissen, und Wissen schenkte, wenn auch auf einem Umweg, die Aufmerksamkeit, die Ruthla sonst vermißte. Ruthla lernte früh, daß Wissen Macht bedeutete, und dies vor allem deshalb, weil es Macht über die Gewissen gab.

Obwohl sie selten etwas ausplauderte, hatten die meisten, wenn sie sie sahen – vorausgesetzt, daß sie sie überhaupt sahen – ein schlechtes Gewissen. Viele glaubten, sie könne wieder einmal etwas mitbekommen haben, von dem sie nicht wollten, daß andere es erfuhren. Deswegen steckten ihr die Erwachsenen im Vorbeigehen beiläufig ein paar Zitronen- oder Himbeerbonbons oder ein paar Schokoladenplätzchen zu, strichen über ihr glattes schwarzes Haar, zwinkerten ihr zu und sagten dann Sätze wie: „Na, Madla, wie geht's uns denn, wir verstehen uns doch?“ oder etwas Ähnliches. Auch von Lissy hatte Ruthla erst vor kurzem ein Buch mit Märchen über Kräuterhexen bekommen, das einmal Albert gehört hatte. Und Margot hatte ihr eine Kette geschenkt, die sie ihr nach einer Woche aber wieder wegnahm.

Ruthla hätte wohl auch ohne so ein kleines süßes Schutzgeld nichts ausgeplaudert. In vielen Fällen wußte sie noch nicht einmal, weswegen man ihr die Bonbons oder Schokoladenplätzchen zugesteckt hatte. Sie war aber schon klug genug zu begreifen, daß es ihr mehr Vorteile brachte, wenn sie die anderen im unklaren darüber ließ, was sie wußte und was nicht.

Zu den bedeutendsten Vorteilen ihrer Unscheinbarkeit gehörte es, daß Ruthla auch in der Schule, die sie seit Frühjahr besuchte, regelmäßig von den Lehrern übersehen wurde. Nicht nur, daß ihr Klassenlehrer, Herr Karger, sie seltener als die anderen drannahm. Als sie vor einer Woche während des Unterrichts ihrer Banknachbarin Helga erzählte, ihr Vatel habe den Herrn Karger wegen seiner Parteiuniform einen „Goldfasan“ genannt, und beide darüber lachen mußten, weil sie sich vorstellten, wie dem Karger Goldfasanfedern aus der Hose wuchsen, hatte er sich plötzlich vor ihrer Schulbank postiert und mit seiner behaarten Männerhand zugelangt. Obwohl er Ruthla gemeint hatte, hatte er Helga getroffen. Durch den Schlag auf die rechte Wange verlor Helga ihren Ohrring und blutete so sehr, daß sie im Büro von Frau Wohlfahrt verarztet werden mußte. Kurze Zeit später, nachdem Helga nach Hause gebracht worden war, waren die Eltern von Helga gekommen, und Herr Karger hatte großen Ärger gekriegt.

Wer keine Aufmerksamkeit erregt, bekommt auch keine Prügel. Anders als Albert und Margot blieb Ruthla von Schlägen ganz verschont.

Ruthla war nicht nur schmal und unauffällig, sondern auch ziemlich klein. Herr Karger hatte gemeint, das Madla sei zwar „a bissel zuricke“ und eigentlich noch gar nicht so richtig schulreif, aber man könne es ja mal versuchen.

Weil sie die Kleinste war, hatte Ruthla auch das Spiel mit Piezla, Läusla, Herzepinkerla, Säckerla und Kaffeekannla verloren. Sie hatten „Ich erkläre den Krieg“ gespielt. Anfangs wollte das Spiel nicht recht in die Gänge kommen, weil sich alle über die Frage stritten, wer von ihnen welches Land sei. Da Hannelore, Ingrid, Gerd und Lothar gleichzeitig Deutschland sein wollten, schlug Hannelore eine Teilung in Norddeutschland, Süddeutschland, Ostdeutschland und Westdeutschland vor. Aber da hatte Helmut, der älteste, gesagt, Deutschland könne nicht gegen sich selbst kämpfen. Das sei Bürgerkrieg. Hannelore habe keine nationale Gesinnung.

Am Ende einigten sie sich. Helmut war Deutschland, Lothar Italien, Hannelore England und Ingrid China. Gerd mußte Rußland sein, weil Helmut das so wollte. Ruthla sagte, sie wolle Schlesien sein. Da erwiderte Helmut, das ginge nicht, Schlesien sei kein richtiges Land, sondern gehöre zu Großdeutschland. Nun erinnerte sich Ruthla an ihre Großmutter Ludmilla, die eine Tschechin war.

Deswegen wollte sie Tschechien sein. Aber Helmut erwiderte, das ginge schon gar nicht, weil es Tschechien inzwischen nicht mehr gebe und das Land ein deutsches „Protekorat“ sei. Vielmehr bestimmte er, Ruthla solle Polen sein; sie und ihre Familie sähen ja ohnehin aus wie Wasserpolacken.

Daraufhin hatten sich Hannelore und Ingrid gegenseitig angestoßen und etwas von „Rucksackgesindel“ zugeflüstert. Dabei hatten sie gekichert.

Jetzt wollte Ruthla auf keinen Fall Polen sein. Sie wäre lieber Rußland gewesen, weil ihr Vater immer sagte, daß die Deutschen viel von den Russen lernen könnten. Aber Helmut war wütend geworden. Er hatte ein Machtwort gesprochen und gesagt, das ginge überhaupt nicht, weil Gerd jetzt Rußland sei und irgendeiner Polen sein müsse. Entweder sie sei jetzt Polen oder sie gehe wieder nach Hause.

Ruthla wollte lieber mitspielen – obwohl ihr eigentlich klar war, daß sie nur verlieren konnte. Nicht bloß weil sie Polen sein mußte, das bisher immer verloren hatte, sondern weil sie viel zu klein war für das Spiel. Beim Kriegerklären kommt es bekanntlich nicht nur darauf an, daß man schnell in die Mitte des Kreises laufen kann, um „Halt“ zu rufen, was Ruthla ganz gut konnte (jedenfalls besser als Helmut), sondern daß man mit drei großen Schritten von der Kreislinie aus einen der davongelaufenen Mitspieler erreicht. Mit ihren kleinen Schrittchen blieb Ruthla immer hoffnungslos zurück.

Polens Chance kam erst, als Deutschland gleich hinter dem Kreis über die eigenen Füße gestolpert und der Länge nach hingefallen war. Dabei hatte es sich sogar ein Knie aufgeschlagen und blutete ein bißchen. Deutschland wollte die Spielrunde sofort für ungültig erklären lassen und den Krieg noch einmal neu beginnen. Aber die anderen erwiderten, Hinfallen gehöre auch zum Spiel; sie hätten „Ich erkläre den Krieg“ bisher immer mit Hinfallen gespielt.

Dennoch konnte Ruthla ihre Chance nicht nutzen, weil der Landgewinn, den sie mit dem Stock auf die Erde zeichnete, wegen ihrer geringen Körpergröße nur sehr bescheiden ausfiel. Dafür rächte sich Deutschland die nächsten Male mit zwei, drei großen Eroberungen, so daß am Ende – China war inzwischen auch noch mit Gebietsansprüchen dazugekommen – nicht viel von Polen übrigblieb und Ruthla das Spiel verloren hatte. Helmut, der schon beim Jungvolk war, hatte das Spiel gewonnen. Er sagte, er sei jetzt zur Großmacht erstarkt.

Eigentlich interessierte sich Ruthla gar nicht für den Krieg. Sie war nur wegen Lothar gekommen, den seine Mutter Kaffeekannla nannte und der sein Italien an diesem Abend an China hatte abtreten müssen. Lothars Familie kam aus Troppau und war neu zugezogen. Lothar besuchte schon die zweite Klasse, und Ruthla hatte ihn auf dem Weg zu ihrer Schule kennengelernt. Unterwegs hatte er Ruthla, die ihr Pausenbrot vergessen hatte, etwas von seinem Sirup-Brot abgegeben. Außerdem hatte sie in seinen Apfel beißen dürfen. Dabei hatte er in dieselbe Stelle gebissen wie sie, was aber die anderen Mädchen, die mit ihr gingen, nicht sehen durften, weil sie sonst „I" oder „Igitt" geschrieen hätten. Das hatte Ruthla so gut gefallen, daß sie am liebsten noch einmal in den Apfel gebissen hätte – in dieselbe Stelle wie er. Aber dazu war sie zu schüchtern.

Sie war nicht zu schüchtern, um Lothar nach Hause zu begleiten. Das Haus befand sich hinter dem Schützenhaus, an der Kreuzung der Straße zum Annaberg, wo Ruthla wohnte. Die Häuser dort gehörten zu einer Arbeitersiedlung, die erst vor ein paar Jahren erbaut worden war. Die Siedlung lag vor der Frankensteiner Stadtmauer und noch vor der Silberberger Vorstadt. Wenn man von Frankenstein kam, brauchte man hinter der Kreuzung am Pausebach, an der man links nach Glatz und rechts nach Breslau fuhr, nur noch ein wenig in Richtung Silberberg weiterzugehen und dann die zweite Straße rechts abzubiegen. Wenn man immer geradeaus ging, erreichte man eine Allee mit hohen Kastanienbäumen, unter der die Kinder eben ihren Krieg beendet hatten und Deutschland zur Großmacht erstarkt war. Sie mündete in eine breite Kreuzung, an der das Schützenhaus stand, wo schon zu Friedenszeiten scharf geschossen wurde. Lothars Haus befand sich auf der dem Schützenhaus gegenüberliegenden Straßenseite, dort wo die Siedlung mit den Einzelhäusern begann.

Aber Ruthla hatte an diesem Abend weder ein Auge für Einzelhäuser noch für Reihenhäuser. Eher schon für Lothar, der sie gefragt hatte, ob sie mit ihm gehen wolle. Sie hatte, ohne lange zu überlegen, mit Ja geantwortet und war an seiner Seite am Schützenhaus vorbei rechts abgebogen. Warum sollte sie nicht mit ihm gehen? Aber Lothar hatte es anders gemeint.

„Wie denn?“, wollte Ruthla wissen.

Lothar überlegte eine Weile und fragte dann, ob sie ihm ihre Hand geben wolle.

Ruthla zögerte nicht lange und reichte ihm, so als habe sie schon darauf gewartet, ihre Hand, die noch etwas klebrig war von den Himbeerbonbons, die ihr von Mutter Rosa zugesteckt worden waren. Hände haltend gingen die beiden die letzten zehn, zwanzig Schritte bis zur Haustür. Den Abschied schoben sie noch ein wenig hinaus.

Lothar sagte, daß er Helmut „bleed“ fände, weil er immer Deutschland sein wolle.

„Ja“, sagte Ruth, „Helmut ist wohl a bissla eingebildt“.

Die anderen möchten schließlich auch mal Deutschland sein. Aber Helmut sei eben älter, und außerdem sei er schon beim Jungvolk.

Ruthla nickte.

Lothar sagte, daß er demnächst auch zum Jungvolk gehe, und dann würde er auch mal Deutschland sein.

„Ja“, sagte Ruthla.

Dann machte Lothar einen Vorschlag. Er fände es besser, sagte er, wenn sie sich mit ihren Namen nennen würden.

Also „Ja, Lothar“, statt einfach nur „Ja“, oder „Nein, Lothar“, statt einfach nur „Nein“; das sei persönlicher. Er würde dann immer „Ruthla“ zu ihr sagen.

„Ja, Lothar“, sagte Ruth.

„Schön, Ruthla“, erwiderte Lothar.

Dann wollte Ruth wissen, warum Lothar von seiner Muttel Kaffeekannla gerufen werde, obwohl Kaffeekannla doch eigentlich gar kein richtiger Name sei.

Sie standen vor der Haustür. Der aus dem geöffneten Küchenfenster kommende Bratkartoffeldampf nahm Ruthla fast den Atem. Es entstand eine längere Pause. Statt zu antworten blickte Lothar vielsagend an sich herunter. Als Ruthla nicht verstehen wollte, flüsterte er ihr ins Ohr, wenn sie wolle, könne er ihr sein „Kaffeekannla“ mal zeigen, es müsse ja nicht jetzt sein, jetzt ginge es sowieso nicht, weil er zum Abendbrot müsse, aber vielleicht in den nächsten Tagen, hinter den Büschen am Bahndamm oder so.

Da wußte Ruthla, daß ihre Frage wieder einmal eine von den dummen Fragen gewesen war, die sie sich selbst hätte beantworten können. Sie ärgerte sich über sich, weil sie den Älteren durch ihre Fragen immer Anlaß gab, sie zu belehren oder über sie zu lachen. Um ihre Verlegenheit zu verbergen, sagte sie, daß es dafür noch etwas zu früh sei. Lothar verstand das, jedenfalls tat er so, und sagte, daß er ihr morgen früh ein Geschenk mitbringen werde, aus einer „Wundertitte“, etwas ganz Besonderes.

Beim Abschied sagte Lothar noch: „Bis morgen, Ruthla“, und Ruthla erwiderte: „Bis morgen, Lothar“.

Dann ging er zu seinem Abendbrot und sie heimwärts, rechts den „Annaberg“ hoch, dahin, wo die Reihenhäuser in der Abenddämmerung Spalier standen und sich aus Dutzend gegenüberliegenden Fenstern mißtrauisch beäugten.

Von Leitern und Läusen

Ich muß mich korrigieren. Eigentlich verdiente die Gegend den Namen Vorstadt nicht. Ich weiß auch nicht, ob sie offiziell so bezeichnet wurde. Dem Charakter nach war das Ganze eher eine Mischung aus Siedlung und Kleingartenkolonie. Siedlung wegen der Häuser, lange, grau verputzte Steinbaracken auf beiden Seiten der Straße für fünf bis sechs Familien, mit einem Obergeschoß – Kolonie wegen der offenen Weite, der Lattenzäune und Buchsbaumhecken an gepflasterter Straße und der schmalen Vorgärten, aus denen jetzt, schwach zirpend, erste Grillen einen lauen Sommerabend akustisch präludierten.

Ganz am Ende der Straße standen wieder Einzelhäuser. Wegen der dunklen Holzverschalung ihrer Giebel sprach man von „Negersiedlung". Von dort aus hatte man einen Blick auf den Bahndamm, auf grauen Schotter und sich verjüngende Schienenstränge, die, gesäumt von Büschen, Brennesseln und Unkraut aller Art, zum Horizont auf die feine blaue Kammlinie des Eulengebirges zustrebten.

Hinter dem Bahndamm führte die Landstraße durch Felder und Wiesen nach Groß Olbersdorf. Von da an war die Welt deutlich zweigeteilt. Wer eine Vorliebe für das Sphärisch-Immaterielle hatte, schaute in den vergißmeinnichtblauen Frankensteiner Himmel oder blickte ziehenden Wolken nach. Wer es lieber bodenständig mochte, richtete den Blick auf Wiesen und Felder, die sich bis zum Eulengebirge ausdehnten und, je nach Jahreszeit, unterschiedlich färbten: grasgrün, korngelb, erdbraun und schneeweiß – Jahr für Jahr in dieser Reihenfolge. In den Sommermonaten konnte man sich außerdem noch von den karminroten oder blaßvioletten Vibrationen der Mohnfelder hypnotisieren lassen.

Mohn, ja Mohn. Nicht nur der uns bekannte und auf unseren amtlich geprüften und behördlich überwachten Feldern blühende harmlose Klatschmohn, nicht falscher Mohn, sondern echter Mohn, den sich die Kinder, die im Spätsommer durch die Felder streiften, kapselweise reinkippten. Mohn, der biedere Hausfrauen über sich hinauswachsen läßt und ihnen riskante Rezepte einflüstert, gefährlicher Mohn, sündiger Mohn, Afghanistan-Mohn, *Papaver somniferum*, Mohn, der Ärzte, Apotheker und Morphinisten glücklich macht, der unüberwindlichen Schlaf verleiht und leichte Träume, der Schmerzen nimmt und Vergessen schenkt. O Mohn, o Mohn, du Trost der Nacht.

Die Szene hinter dem Haus hätte ein phantasiebegabter Genre-Maler und Kenner des damaligen kleinbürgerlichen Milieus auch ohne Vis-à-vis-Vorlage pinseln können: Holzställe, hinter deren Gitter schlappohrige Kanickel friedlich vor sich hin mümmelten, ein Verschlag mit Brennholz und Kartons, eine neben dem Haus stehende Holzhütte mit dem Klo, „Hittla" genannt, ein Hackklotz für das Holz, mit rostroten Stellen vom Blut stolzer Hähne und braver Suppenhühner, sowie ein Stall für zwei Schweine und zwei Ziegen; dahinter ein Kirsch- und Apfelbaum in einem kleinen Garten, der gleich nach den Gemüsebeeten mit Zwiebeln und Kohl, Kartoffeln und Möhren von einem linsenbraunen Zaun, ein paar Holunderbüschen und hohen Brennesseln begrenzt wurde.

Unerwähnt blieb noch die Holzleiter, mit der man in den Kirsch- oder Apfelbaum oder auch auf das Dach klettern konnte. Normalerweise lag sie neben dem Bretterverschlag; heute hatte Ruthlas Vater sie an die Holzwand des Verschlages gelehnt. Da er Ruth den Rücken zugewandt hatte, konnte sie nicht sehen, was er tat. Erst machte sie ein paar Geräusche, um ihn nicht zu erschrecken, pfiff anschwellend durch ihre Milchzahnlücke, schnalzte, räusperte sich, hustete, hüpfte, scharrte mit den Füßen, was aber alles nichts nützte. Schließlich sagte sie:

„Nabend, Vatel".

Doch Ernst-August war so vertieft, daß er selbst das nicht hörte. Er bemerkte Ruthla erst, als sie unmittelbar vor ihm stand und ihn fragend durch die Sprossen der Leiter ansah. Wie immer, wenn er sein aus dem Nichts auftauchendes

Töchterchen plötzlich vor sich sah, zuckte er erschrocken zusammen.

„Huch, Madla“, sagte er zum soundsovielten Male, „was machste denn für Sachen?“

Und dann fügte er zum soundsovielten Male hinzu: „Darfst nicht noch mal machen, heerste!“

Zwischen seinen Zähnen klemmte ein Dosendeckel, in seiner Linken die dazugehörige Dose mit schwarzer Schuhcreme und in der Rechten eine Bürste, mit der er ein paar Sprossen der Leiter bestrich. Seine Augen waren so schlecht, daß er trotz seiner Brille mit seinem Gesicht dicht an die Sprossen herangehen mußte. Als er Ruthlas fragenden Blick bemerkte, nahm er den Deckel mit dem roten Froschkönig aus dem Mund, legte einen Finger auf die Lippen und blickte in die Richtung des Giebelfensters im Obergeschoß. Es ist wegen Margot, flüsterte er. Er müsse herausfinden, ob sie nachts wieder heimlich zum „Löwen“ gehe, so wie am Sonnabend. Ruth wisse ja, was da los gewesen sei; er werde schon dafür sorgen, daß das eine Ende nehme. Irgend etwas stimme nicht, jemand müsse ihr die Leiter ans Fenster gestellt haben. Er wolle schon herausbekommen, wer das sei.

„Aber kein Wort darüber, schweer's mir, Madla.“

Ruthla nickte. Ihr Vater sagte noch:

„Vertrauen ist gut, Kontrolle ist besser“.

Dabei kriegte sein Blick den Ausdruck, den Ruthla schon kannte und den er immer dann kriegte, wenn er sie belehren wollte:

„Nu, Ruthla, weißte denn auch, wer das gesagt hat?“

Ruthla wich aus. Sie mochte es nicht, wenn sich die Blicke des Vaters wie Saugnäpfe an sie hefteten. Woher hätte sie denn wissen sollen, wer Kontrolle besser fand als Vertrauen? Und was war das überhaupt, Vertrauen, Kontrolle?

Ruthla wußte nur, daß die meisten Leute in der Siedlung ihren Vater als Kommunisten bezeichneten und ihn „Kommunisten-Schubert“ nannten. Vermutlich hing seine Frage irgendwie mit seinem Kommunismus zusammen.

„Lenin, Ruthla, Lenin! Mußte dir merken. Wird noch mal ganz wichtig werden, wenn der Spuk erst vorbei ist. Aber nicht drieber sprechen, pst.“

Ruthla hätte fragen können, welchen Spuk ihr Vater meinte und wer das war, Lenin. Und warum Ernst ihr dies alles erzählte, wenn sie sowieso nicht darüber sprechen durfte. Aber im Augenblick interessierte sie sich nur für die Leiter und die schwarze Schuhcreme mit dem roten Frosch. Und sie versuchte einen Zusammenhang zu Margot und dem „Goldenen Löwen“ herzustellen. Weil sie sich schämte, Fragen zu stellen, für die sie von den Erwachsenen doch nur ausgelacht worden wäre, versuchte sie sich selbst eine Geschichte zusammenzureimen.

Erst vor drei Wochen hatte Ernst-August Margot nachts um halb eins aus dem Tanzlokal „Zum Goldenen Löwen“, gleich hinter dem Rathaus in der Müllerstraße, nach Hause geholt, das heißt mehr an den Haaren nach Hause gezogen. Es hatte ein großes Spektakel in der Küche gegeben, und sie war von dem lauten Krach wach geworden. Ernst-August hatte etwas von anderen Saiten gebrüllt, die er jetzt aufziehen werde, daß Margot ihrem Vater zu gehorchen habe, solange sie in seinem Haus lebe und daß sie wieder im Heim lande, wenn es so weitergehe. Seitdem nahm er an jedem Wochenende den Haustürschlüssel an sich, den Rosa sonst bei sich hatte, und legte ihn, nachdem er die Haustür abgeschlossen hatte, unter sein Kopfkissen.

Vermutlich hatte die Schuhcreme auf der Leiter etwas mit Margots nächtlichen Ausflügen zu tun. Vermutlich wollte Ernst wissen, ob sie dazu die Leiter benutzte. Das ließ sich an den Spuren ablesen, die die schwarze Schuhcreme hinterließ. Aber wer stellte die Leiter an Margots Fenster? Und vor allem, wer stellte sie morgens wieder weg? Im Grunde war die Antwort nicht schwer, denn eigentlich kam nur Rosa in Frage, die während des Lärms und Gebrülls nebenan die ganze Zeit ihr Gesicht verzogen hatte. Ruthla erinnerte sich daran, daß ihre Mutter manchmal abends aus dem Bett gestiegen und nach einem schnellen Griff unter Ernsts Kopfkissen hinausgeschlichen war. Tief in der Nacht, schon fast am Morgen, war Ruthla dann noch einmal wach geworden, weil Rosa wieder nicht in ihrem Bett lag. Erst nach einer kleinen Weile kam sie zurück und bugsierte den Schlüssel vorsichtig an die alte Stelle. Ruthla bekam alles mit, denn sie schlief genau in der Mitte – in der Ritze zwischen Rosa und Ernst-August.

Ruthla hatte sich die Ritze nicht ausgesucht. Aber sie lebte in einer Familie mit acht Kindern; davon waren zwar schon vier außer Haus, doch die übrige Familie mußte zusammen mit Hund Nelly und der Katze Mieze sehen, wie sie auf vierzig oder weniger Quadratmetern zurechtkam. Und da die Kleinsten am wenigsten Privatsphäre benötigen, war Ruthla dazu ausersehen, die Ritze zwischen den Matratzen ihrer Eltern auszufüllen. Ihre Geschwister Lissy und Albert schliefen auf einer Chaiselongue, die ebenfalls im Schlafzimmer stand. Nur Margot besaß ein eigenes Bett in eigenem, wenn auch recht bescheidenem Zimmer unter dem Dach.

Als Ruthla die Küche betrat, stand Rosa breitbeinig vor dem Spirituskocher, wo sie ein Tippla mit Wasser für den Pfefferminztee erwärmte. Ruthla ging an ihr vorbei zu einem der beiden Eimer auf der Ofenbank und schöpfte daraus mit der Kelle einen großen Schluck Wasser. Das kam aus dem nahegelegenen Waschhaus, denn fließendes Wasser gab es in der Siedlung nicht.

In der Küche bemerkte Ruth zwei klebrige Luftschlangen. Rosa hatte die beiden Fliegenfänger aus der Stadt mitgebracht und den einen an der Küchenlampe, den anderen mit einer Reißzwecke an der Decke befestigt. Das war ihre Art, sich auf den Sommer einzustimmen. Erwachsene mußten aufpassen, nicht mit den Haaren an den fliegenhungrigen honiggelben Lianen, die man aus einer kleinen blauen Papphülse hervorzauberte, hängenzubleiben. Ruthla konnte nicht feststellen, daß die Zahl der Fliegen sich dadurch verringert hatte – aber wer weiß, wieviel es erst gewesen wären, wenn es sie nicht gegeben hätte.

Außer dem gerahmten Druck mit Dürers betenden Händen, der erst vor kurzem von Schwester Hedwig aufgehängt worden war, hieß auch noch ein zwischen Kuckucksuhr und Küchentür angebrachter Siebenstriemer den eintretenden Besucher willkommen. Die kleine Lederpeitsche, an der sich die Kinder jedes Mal ehrfürchtig vorbeidrückten, kam selten zum Einsatz, zeigte aber eindrucksvoll, daß alle Macht vom Vater ausging, zum Beispiel wenn dieser wieder einmal schlechte Laune hatte, es mit Margot überhaupt nicht ging oder Albert müpfig war. Der Anblick des auch als „Kloppeitsche" bezeichneten und vom französischen Erbfeind übernommenen Erziehungsmittels, das in verschiedenen Ausführungen mit mal mehr oder weniger Lederriemen in den meisten Häusern der Siedlung hing, verfehlte seinen Eindruck nicht.

Lissy, Albert und Margot hatten bereits am Tisch Platz genommen. Rosa stellte summend einen Topf mit Milch auf den Küchentisch, schöpfte mit einer Schaumkelle die fetten Hautschollen ab und legte sie behutsam auf die trockenen Brotscheiben, die ihr die Kinder reichten. Dann wurde noch Zucker darüber gestreut, und die Abendmahlzeit war fertig. Wer wollte, konnte danach noch ein Stück trockenes Brot in die Milch stippen oder eine Tasse Pfefferminztee bekommen.

Nachdem sie den Milchtopf in der Mitte des Tisches plaziert hatte, setzte sich Rosa mit einer Tasse Kaffee zu den Kindern. Lissy erzählte, daß die ersten drei Schulklassen morgen Besuch von der Laustante bekämen, aber daß sie sich deswegen keine Sorge machte, weil – sie hätte ja keine Läuse. Dann blickte sie von der Seite zu Ruth hinüber – die hatte Läuse.

Ruthla sagte, Lissy solle nur nicht so angeben. Sie habe auch gehört, daß Schwester Odona von den Diakonissen morgen in die Schule komme. Doch wenn Rosa ihr heute Abend die Haare wasche, sei sie danach lausfrei.

Statt zu antworten kicherte Lissy nur in ihre Pfefferminzteetasse. Albert sagte, er habe noch nie Läuse gehabt. Bei den Hitlerjungen gebe es keine Läuse. Die seien sauber. Da mischte sich Rosa ein und sagte, er solle das bloß nicht den Vater hören lassen. Mit Sauberkeit habe das alles nichts zu tun, sonst müßte Albert mehr Läuse haben als die andern. Mädchen hätten nur deswegen mehr Läuse, weil sie längere Haare hätten.

Dabei waren Ruthlas Haare noch nicht einmal schulterlang. Gewöhnlich trug sie eine Art Pagenschnitt mit einem Pony, den ihr Schwester Lissy mit der Schere schnitt. Manchmal kam es zum Streit, weil Lissy sich verschnitt und der Pony immer höher kletterte. Lissy schlug dann die böse-Schwester-Lache an, worauf Ruth ihr die Schere wegriß, auf einen Stuhl kletterte und sich vor dem halbblinden Spiegel neben dem Küchenschrank betrachtete. Dicke Tränen der Wut und des Ärgers quollen aus ihren Augen. Wenn der Pony wieder etwas länger geworden war, trug Ruthla manchmal eine Spange im Haar. Manchmal frisierte sie ihre Haare auch zu einem Hahnenkamm, der entstand, wenn man die oberen Haare an beiden Seiten abteilte, hochzog und dann mit einem Kamm einschlug.

Doch ob Pagenschnitt oder Hahnenkamm, den Läusen war beides einerlei. In manchen Zeiten war das Gekrabbel auf dem Kopf kaum auszuhalten. Am liebsten hätte sich Ruthla dann die Haut vom Kopf gekratzt. Außerdem bildete sich wegen der Läuse oft noch ein juckender Kopfgrind, der sich entzündete und vereiterte.

Ruthla rächte sich für die Torturen, die ihr die Läuse zufügten, indem sie die, die sie gefangen hatte, ganz langsam und andächtig zerdrückte, bis es knackte.

Ernst-August, der inzwischen dazugekommen war, hatte über Läuse wieder einmal seine besondere Ansicht. Er behauptete, Kinder, die Läuse hätten, seien gesünder. Ob sie denn nicht wüßten, daß die kleinen Viechla das schlechte Blutt wegsaugen würden. Davon hatte noch niemand etwas gehört. Rosa erwiderte, sie würde Ernst gleich ein paar

Läusla ins Haar setzen, damit er im Kopf gesund würde. Wie er dem jungen Blutte su a dummes Zeich erzählen könne, das sei ja a reenes Verbrechen.

Margot sagte, Ernst-August würde Läuse mit Blutegeln verwechseln. Sie habe gehört, daß schlechtes Blut früher von Blutegeln abgesaugt worden sei. Die saugten solange, bis sie platzten, und dann laufe das schlechte Blut von den Krankheiten aus ihnen heraus. Bei Margots Worten tat Lissy, als müsse sie sich übergeben. Nun behauptete Albert, daß schon Menschen an Läusen gestorben seien. Ernst-August reagierte ungehalten und schimpfte: „Su een verknuchtes Gelabere", Albert solle seine Guschen halten, einen elendiglicheren Quatsch habe er noch nicht gehört.

Bevor Ruthla „ei de Kloppe" ging, wusch Rosa ihre Haare noch in einem Essigbad, das sie in einer zerbeulten Zinkwanne bereitet hatte. Einige offene Stellen auf der Kopfhaut brannten so stark, daß Ruthla ein paar Schmerzlaute nicht unterdrücken konnte. Danach fuhr Rosa mit einem Nissenkamm durchs Haar.

„Weißt du, Madla", sagte Rosa, als sie fertig geworden war, „für Schwester Odona wollen wir dich morgen früh mal so richtig herausschnürgeln".

Und dann erzählte sie noch, daß sie heute von ihrem Lumpamoan in der Breslauer Straße ein Kleid für sie mitgebracht habe, das wie neu aussähe. Das sei beste Qualität und fühle sich an wie von Bleyle.

Die Nachricht hellte Ruthlas Stimmung, die durch die schmerzhafte Entlausungsprozedur gelitten hatte, wieder auf. Rosa bezog die Kleidungsstücke für ihre Kinder gewöhnlich vom Lumpamoan, weil für das Textilhaus Königer am Ring oder die anderen Bekleidungsläden in Frankenstein kein Geld da war. Nur Margot trug neue Sachen, die ihr von Freundinnen, wie sie sagte, geschenkt worden seien. Angeblich hätten sie nicht gepaßt. Das war Rosa recht, wenngleich sie ahnte, daß es nicht stimmte, denn wenn Sachen nicht passen, tauscht man sie um, statt sie zu verschenken. Rosa bohrte aber nicht weiter nach, und Ernst-August bekam davon nichts mit.

In der Schulklasse war Ruthla schon oft als „Schlumperliese“ verspottet worden. Besonders die gut gekleideten Mädchen aus den wohlhabenden Familien in der Bahnhofsstraße machten sich über Ruthla lustig. Am schlimmsten war die Sache mit dem grauen Unterrock, den Rosa erst vor ein paar Wochen ergattert und für Ruthla zum Rock umgearbeitet hatte. Sie habe ihn „gerafft“, wiederholte sie immer wieder, das sähe todschick aus, jetzt könne keiner mehr erkennen, daß es sich mal um einen Unterrock gehandelt habe.

Leider blieb Rosa die einzige, die den Unterschied nicht bemerkte. Ruths Klassenkameradinnen erkannten ihn sofort. Jetzt gingen die Schuberts schon im Unterrock zur Schule, hieß es. In der Familie müsse es wohl zugehen wie bei den Zigeunern. Auch Lissy schämte sich für ihre Schwester.

Nach dem Spott über den gerafften Unterrock beschloß Ruthla, sich krank zu stellen und die nächsten Tage zuhause zu bleiben. Rosa hatte dafür Verständnis. Sie entschied, daß Ruthla sich erkältet haben müsse, packte sie ins Bett und machte ihr einen heißen Pfefferminztee. Ruthlas Strümpfe dienten als Schal. Einen davon band sie ihr um den Hals. Doch die Sache mit dem Unterrock ging ihr nicht aus dem Sinn. Sie ließ den Stoff immer wieder durch ihre Finger gleiten und fragte sich kopfschüttelnd, wie man den Unterrock habe erkennen können, sie habe ihn doch „gerafft“.

Als Ruthla unter die Decke schlüpfen wollte, lag Lissy schon darunter. Ruthla wollte wissen, was sie in ihrem Bett zu suchen habe. Aber Lissy sagte, es sei nur wegen der Leiter, sie müsse noch mit ihr darüber sprechen. Ob sie auch gesehen habe, daß der Vatel schwarze Schuhcreme auf die Sprossen geschmiert habe.

Ruthla nickte.

„Das ist wegen Margot“, sagte Lissy. „Aber nicht weitersagen. Vatel will sehen, ob Margot wieder zum Tanzen in den

‚Löwen' geht, obwohl er ihr's doch verboten hat". Dann ging Lissy mit ihren Lippen ganz dicht an Ruthlas Ohr:

„Weißt du was?"

Ruthla schüttelte den Kopf.

„Die Margot hat doch jetzt den Drang."

Nun erzählte Lissy, sie habe gehört wie Rosa und Ernst-August in der Küche darüber gesprochen hätten. Rosa habe zu Ernst-August gesagt, er solle nicht so streng mit Margot sein, weil sie doch jetzt in dem Alter sei, wo der Drang käme.

Ruthla fragte, was das sei, „Drang".

„Du Depper", antwortete Lissy. „Das ist, wenn..." – sie überlegte eine Weile und kicherte dann – „also wenn ..."; ob Ruthla noch nicht gemerkt habe, wie unruhig Nelly manchmal werde und wie sie den ganzen Tag herumjaule, nur weil sie zum Nachbarhund Harras wolle. Und der würde dann auf sie raufsteigen und immer so komische Bewegungen machen.

Ruthla wollte wissen, ob Drang dasselbe sei wie Rolligkeit. Wenn das Miezla die ganze Nacht herummaunze, sage Vatel immer, sie sei wohl wieder rollig.

„Bei Hunden nennt man das läufig", sagte Lissy, „nur bei Katzen heißt es rollig. Bei Menschen sagt man Drang".

Nun fragte Ruthla, ab welchem Alter man den Drang bemerke und ob Lissy ihn auch schon verspürt habe.

Lissy sagte, um den Drang zu verspüren, sei Ruthla noch a bissel jung. In ihrem Alter sei das schon anders. Sie könne das aber nicht beschreiben, das müsse man selbst erlebt haben. Im Augenblick sei Ruthla aber noch zu jung dafür.

Ob Jungen in der zweiten Klasse auch schon einen Drang verspürten, wollte Ruthla nun wissen.

Lissy überlegte kurz und fragte dann, welchen Jungen Ruth meine.

„Nur so", antwortete Ruth, „keinen besonderen".

Jungen seien alle sehr unterschiedlich, erwiderte Lissy. Mit der Zeit würde man aber einen Blick dafür kriegen.

In der Zwischenzeit war Albert gekommen und hatte sich unter der Decke auf der Chaiselongue verkrochen. Er sagte, er wolle jetzt schlafen, und Lissy solle aufhören mit Ruthla herumzugackern, sonst würde er es den Eltern sagen.

Lissy und Ruthla zogen sich die Bettdecke über den Kopf und setzten ihr Gespräch in der geheimen Löffelsprache fort.

„Weileweißt dulewu walewas?“ fragte Lissy.

„Neilewein“, flüsterte Ruth.

Manchmal, fuhr Lissy fort, wenn sie neben Albert liege, merke sie, daß sein Kalewaf feelewee kalewann lawela malewanch malewal galewanz steileweif werde.

Ruthla sagte leise: „Silewich elewer halewat Alewal belewerd aulewauch scholewon delewen Dralewang“.

Lissy nickte: „Dalewas glaulewaub ilewich aulewauch“

„Ruhe!“ rief Albert.

„Gulewu telewe Nalewacht“, sagte Lissy.

„Bilewis molewor gelewen“, sagte Ruthla, schlüpfte unter ihre Bettdecke und schlief ein.

Großer Krach

Nicht, daß Krach, Kraftausdrücke, ein zerschmettertes Glas oder eine an die Wand geschleuderte Tasse in der Siedlung am Annaberg etwas Ungewöhnliches gewesen wären. An alkoholumnebelten Wochenenden kam so etwas schon einmal vor und konnte, zumindest dann, wenn es nur beim Nachbarn vorkam, sogar zur Aufhellung der Stimmung beitragen. Aber dieser Lärm übertraf alles. Ruthla wurde durch ein sich jäh entladendes Klangcluster aus verschiedenen Stimmen, unartikulierten Lauten und diffusen Geräuschen geweckt, die sie nicht auseinanderhalten konnte, schon gar nicht in ihrem noch etwas verkudelten frühmorgendlichen Zustand. Es klang nach schlagender Tür, berstendem Glas, scheppperndem Blech, dazu Herausgeschrieenes und Gebrülltes wie „verpuchter Teifelsbroata“, „tälsches Luder“, „Oas“ und „pulirter Teifel“, dann wieder klatschende Schläge, prasselnder Hagel, dumpfer Aufprall, Flehen und Wimmern.

Die Szene, die sich Ruthla bot, als sie durch die angelehnte Küchentür spähte, wird mit „handfester Familienkrach“ vermutlich nur unzureichend beschrieben, wenngleich die Begriffe „Krach“ und „handfest“ durchaus etwas Wesentliches trafen. Der Platz, an dem der Siebenstriemer bisher gehangen hatte, war leer. Und Dürers Hände hingen auch nicht mehr so wie vorher, erflehten keine Hilfe von oben, sondern zeigten mit nach unten gerichtetem Daumen auf die gefallene Sünderin, das heißt in die Richtung, wo Margot sich schluchzend auf der Chaiselongue wand, auf die sie sich geworfen hatte oder möglicherweise auch geworfen worden war. Rosa robbte mit ihren Knien auf den Fliesen herum, um Linsen aufzusammeln, die auf dem Küchenboden verstreut waren. Zwischendurch erhob sie immer wieder flehend ihre Arme und rief nicht nur „Jesses“, sondern auch „Maria“, obwohl sie doch eigentlich evangelisch war.

Ernst stand hemdsärmelig und schwer atmend mit dem Siebenstriemer vor der Chaiselongue, schwitzend und schnaufend vor Anstrengung und Wut, die ihn zusammen mit der beschlagenen Brille vermutlich noch blinder gemacht hatten, als er ohnehin schon war. Und wer weiß, wie sich das Ganze noch entwickelte hätte, wenn nicht der sechsmalige Ruf des stündlich aus seinem Gehäuse heraustretenden Kuckucks Einhalt geboten und alle Beteiligten zu Besinnung und Einkehr gemahnt hätte.

Ich nutze die so entstandene Verlegenheitspause, um kurz zu schildern, was dem Spektakel in der Küche vorangegangen war:

Als Ernst-August an diesem Morgen aufwachte, eilte er zuerst in das Zimmer seiner Tochter Margot, um dort nach Spuren schwarzer Frosch-Schuhcreme zu suchen. Auf den Holzdielen vor dem Fenster wäre er fast darauf ausgerutscht. Die Freude über den gelungenen Coup war groß, aber nicht so groß wie der Ärger darüber, daß er von Frau und Tochter schändlich betrogen worden war. In der Küche entwickelte sich die Szene zum Tribunal, und nicht nur Margot, sondern auch Rosa, die eben mit einem Topf voll roter Linsen aus der Vorratskammer kam, sollte Ernst Rede und Antwort stehen. Während Rosa mit ein paar Beschimpfungen davonkam, fand Ernst-August, daß Margots Ungehorsam nicht nur mit Worten abgetan werden könne, sondern schärfere Zucht- und Strafmaßnahmen erfordere. Nach peinlicher Befragung über Einzelheiten im „Löwen“, vor allem über die Männer, mit denen sie dort wieder verkehrt habe, nahm er schließlich den schon Staub ansetzenden Siebenstriemer von der Wand und tat damit das, was er für sein verbrieftes väterliches Recht hielt.

Wenn wir Margot nur mit Ruthlas grün-spähenden Augen betrachteten, würden wir wenig über sie erfahren. Für Ruthla war Margot einfach nur die ältere Schwester, mit der sie sich irgendwie und trotz des Altersabstands geschwisterlich verbunden fühlte. Sie wußte nicht viel über Margot – außer, daß sie meistens freundlich zu ihr war, oft lustig und zu

Späßen aufgelegt und noch im Hause wohnte. Außerdem entging ihr nicht, daß Margot immer gut gekleidet war und gut duftete, jedenfalls besser als Hedwig, die älteste Schwester, die neuerdings nicht nur nach billigem Rosenwasser, sondern auch nach Weihrauch roch. Wenn sich eine Gelegenheit bot, Margot sich gerade umzog und ein paar Kleidungsstücke von ihr, Röcke, Kleider oder Blusen, auf Stuhllehne oder Chaiselongue herumlagen, strich Ruthla mit ihrer Hand so andächtig über die Stoffe wie Hedwig über die Seiten ihres Römischen Katechismus. Erst vor kurzem hatte Ruthla beim Herumstöbern eine Flasche mit orientalischem Haarentferner in Margots Nachttisch entdeckt. Aber wofür der gut sein sollte und welche Haare Margot damit entfernte, wußte sie nicht. Fragen mochte sie auch nicht, sie ahnte, daß sie einen Huscher riskierte.

Der Krach in der Küche war Ruthlas Gefühlen nicht recht, weil sie nicht wußten, auf welche Seite sie sich schlagen sollten. Am besten wäre es vermutlich gewesen, Ruthla hätte ganz auf Gefühle verzichtet, aber dazu war sie noch zu jung. Stattdessen fühlte sie sich zerrissen, fühlte mit Margot, verstand Ernst-August und hatte Mitleid mit der auf Knien zwischen roten Linsen herumrutschenden und „Jesses“ und „Maria“ rufenden Rosa.

Um mehr über Margot zu erfahren, müssen wir die Blickrichtung wechseln und Margot, statt mit Ruthlas Augen, mit denen der Frankensteiner Männerwelt betrachten, jener Arbeiter, Soldaten, Angestellten und Geschäftsleute also, die ihr nachgafften, nachpfiffen, nachliefen und um sie und ihren aus Parfüm und Östrogenen gewobenen Dunstkreis herumschwärmten, bis sie schließlich darin hängen blieben – wie die Fliegen auf den honiggelben Klebestreifen in Rosas Küche. Sie hätten gewiß viel zu erzählen gehabt über das Prachtstück aus der Siedlung, das ihnen wegen des ebenmäßigen Puppengesichts und des verheißungsvollen, koketten Augenaufschlags sofort auffiel und ihnen als „Vollweib“, wie sie sagten, galt – was vor allem den vollen, ausladenden und wohlgeformten Brüsten geschuldet war.

Für viele von ihnen begann der Abend im „Goldenen Löwen“ überhaupt erst dann interessant zu werden, wenn Margots Pappla im Türrahmen des Saals auftauchte. Sofort bildete sich eine Traube von Männern, die den ganzen Abend um sie herumbuhlten und -balgten. Nach einem strengen und nach dem Prinzip des *Survival of the fittest* erfolgenden Ausleseverfahren, das nicht selten mit einem blutigen Schlagabtausch unter Konkurrenten in oder vor dem „Löwen“ endete, erhielt schließlich einer von ihnen die Ehre, die Braut nach Hause begleiten zu dürfen. Das heißt, nach Hause kam das Paar oft gar nicht mehr, weil die aufgestauten Spannungen sich meistens schon im Halbdunkel an der Hauswand hinter dem Tanzsaal entluden, dort wo es zu den Außentoiletten ging.

Im allgemeinen bevorzugte Margot das Kraftvoll-Starke, Muskulöse und rein Männliche. Nur wenn sie wieder einmal knapp bei Kasse war und neue Kleider oder Schmuck benötigte, ließ sie Fünfe gerade sein und vergaß die strengen Maßstäbe. Wie flexibel Margot sein konnte, wenn günstige Angebote lockten, hatte erst jüngst der alte Kolonialwaren-Klose vom Unterring, bei dem sie im Haushalt half, ein eher unscheinbares, schon etwas ergrautes kleines Männchen mit schütterem Haar, begriffen, als seine Frau aus dem Haus und Margot gerade beim Bettenmachen war. Aber auch andere Frankensteiner, honorige Geschäftsmänner „mit Hintergrund“, wie man so sagte, wußten, was sie an Margot hatten – so wie Margot wußte, was sie an ihnen hatte. Doch bezog sich das alles gewissermaßen nur auf das rein Geschäftliche. Es galt nicht für Tanz und Wochenende. Da wollte Margot sich nur entspannen, am liebsten mit jungen Kerlen, bevorzugt Soldaten. Da sie trotz einer gewissen körperlichen Fülle eine geschmeidige Tänzerin war, fiel ihr das nicht schwer. Am meisten liebte sie den Swing, der jedoch als „Negermusik“ inzwischen in Verruf gekommen war, nur noch heimlich gehört werden durfte und jedenfalls nicht mehr gespielt wurde. In den Köpfen existierte er aber immer noch. Zumindest in Margots, die sich im Auf und Ab an der Hauswand hinter dem „Löwen“ gerne zu den Rhythmen einer imaginierten Musik bewegte, die nicht Walzer und nicht Foxtrott war.

Die Augen der Frankensteiner Frauen sahen natürlich anders, klarer, aber auch besorgter. Ihr kritischer Blick fiel zuerst auf die Kleidung. Margot ließ sich nicht lumpen. Der Lumpamoan, von dem Mutter Rosa seit Jahren ihre Kleidung für sich und die Familie bezog, hatte Margot nie zur Kundin. Margot, die immer mit der neuesten Mode ging, bezog ihre Kleidung, je nach finanzieller Situation, entweder aus den Modegeschäften in Breslau oder dem Kaufhaus am Ring: Sie bevorzugte, was in diesen Jahren im Trend lag, schmalgeschnittene, bis zur Wade reichende Röcke, dazu taillierte Jacken, stark gepolstert und mit überbreiten Schultern. Ihr brünettes, volles Haar fiel ihr auf die Schultern, die Augenbrauen waren rasiert und nachgezeichnet, Lippenstift war selbstverständlich, gute Parfüms auch.

Wenn Frankensteiner Frauen an Margots Aussehen Anstoß nahmen, war zweifellos immer eine Prise Neid mit im Spiel. Größer aber war die Verwunderung darüber, daß ein einfaches Mädel aus einfachen Verhältnissen sich so etwas leisten konnte. Noch größer die nicht unberechtigte Sorge vieler Ehefrauen, daß die enthemmte Raubkatze aus der Armeleutesiedlung auch in ihrem Revier wildern oder ihren Ehemännern den Kopf verdrehen könnte.

Den nüchternsten Blick auf Margot hatten indessen die durch mancherlei Ernüchterungen hindurchgegangenen Eltern. Begonnen hatten die Probleme mit Margot schon sehr früh. Schon im Kindesalter deutete sich an, daß Margot anders war als ihre Geschwister. Irgendwie skrupelloser, weil sie das tat, was andere zwar dachten, aber nie auszuführen gewagt hätten. Aus Angst oder aus Anstand. Margot besaß weder das eine noch das andere. Sie nahm sich, was ihr gefiel, eine Handvoll Nüsse, eine Tafel Schokolade, Geld sowieso, Kleidung, Schmuck, junge Kerle und gestandene Ehemänner.

Der Anfang schien harmlos. Als die Verkäuferin von Noack, das kleine Madla an der Hand, vor die Haustür brachte, weil es in flagranti beim Diebstahl einer Ahoj-Brausepulvertüte erwischt worden war, war Ernst-August für einen Augenblick sogar gerührt, dachte an sich, dachte an die ungerechten Eigentumsverhältnisse und glaubte, daß seine Tochter wohl etwas von seinem Gerechtigkeitssinn geerbt haben müsse.

Irgendwann wurde ihm Margots Gerechtigkeitssinn jedoch unheimlich. Darum versuchte er es, wenn er dafür Zeit hatte und nicht gerade mit seinen Weibern oder Flugblättern beschäftigt war, mit Erziehung oder was er dafür hielt. Rosa versuchte es gar nicht erst. Am Ende mußte Ernst-August kapitulieren. Seine Bemühungen waren gescheitert. Wo nichts ist, hat der Kaiser sein Recht verloren, sagte er. Moralische Schranken existierten für Margot nicht – oder offenbar nur, um sich darüber hinwegzusetzen. Dazu kam ein ausgeprägter Eigensinn, an dem alle gutgemeinten Worte abprallten. Margot galt als schwer erziehbar und kam in ein Heim.

Den Anlaß dafür gab ein Vorfall, über den sogar im Lokalanzeiger berichtet wurde und in dessen Verlauf zwei Männer mit Tschako vor der Haustür erschienen und erklärten, daß Margot bis zur Abholung durch den Vater in polizeilichem Arrest verwahrt würde. Margot war im großen Schuhhaus Schweitzer & Hellmann am Ring „einkaufen“ gegangen und hatte sich von der Verkäuferin bedienen lassen. Als diese kurz im Lager verschwunden war, hatte Margot die neuen Schuhe in dem vor ihr liegenden Karton durch ihre alten ersetzt, den Karton wieder geschlossen und den Laden, als die Verkäuferin zurückkehrte, mit den neuen Schuhen an ihren Füßen, höflich dankend verlassen.

Im Erziehungsheim verbrachte Margot mehr Zeit als andere. Als sie wieder entlassen wurde, war sie um mancherlei Erfahrungen Tips und Tricks reicher und um einiges ausgekochter als zuvor.

Und nun wand sie sich auf dem Sofa.

„Ich bring mich um“, wimmerte sie, „ich bring mich um“.

Nachdem der Kuckuck seinen Dienst getan und sich wieder in seine Schwarzwaldbude zurückgezogen hatte, kam es zu einer überraschenden Wendung. Eine Zeitlang herrschte beklemmende Stille. Auch Margot war verstummt. Aber dann stand sie auf und schritt zum Ofen. Man kennt das aus dem Finale amerikanischer Filme, wenn sich der Totgeglaubte noch einmal vom Boden erhebt und zum finalen Gegenschlag ausholt. Am Ofen ergriff Margot den Klumperhaken und ging damit auf Vater Ernst-August los. Dann standen sich beide Aug' in Aug' gegenüber. Margot fuchtelte drohend mit dem Eisenhaken vor seinem Gesicht herum und, während die Augen fast aus den Höhlen quollen, schrie sie:

„Oder dich!“

Nach kurzem Zögern warf sie den Haken aber wieder hin und verließ türschlagend den Raum, um wenige Sekunden später ein letztes Mal hinter der Tür aufzutauchen und ihrem Vater seelenruhig mit tiefer Stimme zuzuflüstern:

„Ich kann dich fix und fertig machen, Ernst, fix und fertig, wenn ich will“.

Margots Auftritt verfehlte seinen Eindruck nicht. Ernst-August und Rosa schwiegen betreten.

Nach einer Weile fragte Ernst-August:

„Weiß sie was?“

Rosa hatte sich vom Boden erhoben und sich offenbar soweit gefaßt, daß sie sogar ihren Humor wiedergefunden hatte:

„Sie wäre die einzige in Frankenstein, die nichts wüßte“.

Dann setzte sie sich zu Ernst an den Küchentisch. Sie waren beide noch ein wenig aufgewühlt. Während Ernst-August blaß und schnell atmend vor sich hin starrte, hatte Rosa wieder zu mümmeln begonnen. Mund und Nase bewegten sich nervös hin und her, mal parallel, mal gegeneinander, so wie bei den kleinen Hopplern draußen in den großen Holzkästen. Heute war des Mümmelns kein Ende. Es war dieses

Mümmeln, das ich auch von Albert kannte. Abgucken konnte man das nicht. Das steckte in den Genen. Man mußte es geerbt haben. Ernst meinte, Rosa hätte es von ihrer Großmutter. Rosas Vater Berthold, der sie noch persönlich gekannt hatte, habe ihm das erzählt. Jedenfalls waren Mund und Nase bei Rosa eine Art Stimmungsbarometer. Wenn alles gut war, schien sie das Mümmeln manchmal schon ganz vergessen zu haben, aber wehe, sie regte sich auf.

So saßen sie eine ganze Weile schnaufend und mümmelnd beieinander und rührten in ihrem Muckefuck herum.

„Margot is mannstolle", sagte Ernst nach einer Weile, „die brennt wie 'ne Fackel. Das nimmt noch a beeses Ende".

„Se hummelt no em Monne", entgegnete Rosa verständnisvoll. Ernst solle sich nicht so aufregen. In ein paar Wochen sei Margot sowieso aus dem Haus und bei Porzellan-Kletschke am Unterring in Stellung.

Aber davon wollte Ernst nichts hören. Das sei doch alles nicht mehr normal. Jedem Kerl würde sie sich an den Hals schmeißen. Woher sie das nur habe.

Rosa blickte ihn belustigt an.

Da wurde Ernst frech. Er sei jedenfalls nicht „mannstolle", erwiderte er.

Weil Rosa darüber nicht lachen konnte, lachte er über sich selbst. Dabei fiel ihm das kleine blonde Luder ein, dem er gestern früh auf der Post begegnet war. Es hatte vor ihm gestanden, als er mit einem Paket am Schalter wartete. Jesses und Maria, was für ein prachtvolles Ärschla, hatte er gedacht. Der über die schlanke Taille gearbeitete rotkarierte Rock umspannte ihren Hintern so stramm und straff wie der Saitling seine Hausmacherwurst. Er hatte, was diese Körperpartie bei Frauen betraf, so seinen besonderen Geschmack, prall und drall, dabei nicht zu breit, nicht zu schmal, nicht zu groß, nicht zu klein, da ging es um Details.

Als sich die Blonde auch noch zu ihm umdrehte und um Wechselgeld bat, war es vollends um Ernst geschehen. Die puppigen Züge, das kleine Näschen, die schmalen Augen, die etwas vortretenden Wangenknochen, die geschwungenen, leicht geöffneten Lippen: das war genau das Pappla, auf den ihn der Herrgott, an den er nicht glaubte, irgendwann einmal geeicht haben mußte. Den polnischen Akzent nahm Ernst nur noch am Rande wahr, denn hinter seiner Brille begann ein Film abzulaufen.

Rosa blickte ihren Ehemann argwöhnisch an. Was es da zu grinsen gäbe, oder ob er sich seine Frage gerade selbst beantwortet habe, wollte sie wissen. Aber Ernst leugnete; er habe nur darüber nachgedacht, ob sie in der nächsten Woche wieder mal naus sollten, um ein paar Flugblätter, die sie bei Schmidtgärtner hektographiert hätten, in die Briefkästen zu werfen. Sie seien ja nun länger nicht auf Fahrt gewesen.

Aber irgendwie stand er immer noch mit einem halbem Bein am Postschalter. Jedenfalls wurde sein Gesicht das Grinsen nicht los. „Depper", erwiderte Rosa nach einer Weile. Ernst ignorierte das. Wenigstens darüber wollte er mit ihr nicht streiten. Wozu auch? Sie hatte recht und er würde sowieso tun, was er wollte.

Das Verteilen von Wurfsendungen gehörte zu den wenigen Dingen, die Rosa und Ernst noch gemeinsam machten. In den letzten Monaten war aber auch das immer seltener geworden. Das lag daran, daß Ernst sich wieder stärker auf sein Versicherungsgeschäft konzentriert hatte. Aber es gab noch einen anderen Grund: Er hatte seit einiger Zeit resigniert. Klar, er war Kommunist der ersten Stunde. Seine Genossen und er hatten sich Saalschlachten mit den Nazis geliefert, die es in sich hatten. Die Erinnerung daran war immer noch lebendig, wenn sie im Keller von Schmidtgärtner zusammensaßen, bei Bier, Zigaretten und Ernsts unvermeidlicher Quetschkommode, aus der er ab und zu ein paar Arbeiterlieder herauspreßte. Da war es hoch her gegangen, und er war so manches Mal mit einer blutigen Gusche nach Hause gekommen. Trotz seiner schlechten Augen hatte er immer kräftig gegengehalten und sich nie die Butter vom Brot nehmen lassen. Dafür hatten ihn die Nazis gleich nach der Machtergreifung ins KZ Dürrgoy gesteckt. Wegen kommunistischer „Zersetzungstätigkeit". Er hatte als einer der ersten einsitzen dürfen, was ihn heute noch mit einem gewissen Stolz erfüllte.

Als er wieder rauskam, früher als die andern, wegen der vielen Kinder, hatte er die Nase immer noch nicht voll. Eine Weile hatte er unverdrossen weitergemacht: Flugblätter, Wurfsendungen, Propagandaarbeit, dazu die Treffen mit den Genossen, bei denen sie sich an alte Geschichten erinnerten und Arbeiterlieder sangen. Doch manchmal kam er sich vor wie in einem christlichen Hauskreis, nur daß alle ehrfürchtig von Stalin statt von Jesus sprachen und er die Ziehharmonika statt eines Harmoniums bediente.

„Vorwärts und nicht vergessen, worin unsere Stärke besteht."

Aber er hatte schon lange vergessen, worin seine Stärke bestand. Wie bei seiner zusammengefalteten Ziehharmonika war bei ihm die Luft raus. Der Bürgerkrieg in Spanien war verloren. Die Partei war zerschlagen. Die Nazis saßen fester im Sattel denn je. Wozu noch „Aufklärung"? Das Volk wollte betrogen sein. Überall nur noch Zustimmung. Selbst in der eigenen Familie. Wenn jetzt der Krieg käme, würde alles nur noch aussichtsloser. Und es sah danach aus. Die Zeitungen hetzten seit Monaten gegen die englische Einkreisungspolitik und gegen Polen. Erst im letzten Monat hatte Hitler vor Größenwahn gewarnt. Ausgerechnet er. Daß die Polen sich nicht zu sehr auf die Engländer verlassen sollten, hatte er getönt, und daß sie an den Annaberg denken sollten. Annaberg, der richtige natürlich, der, nach dem ihre Straße benannt war und den die Nazis jetzt für ihre Propaganda ausschlachteten.

Jetzt fehlte nur noch, daß Stalin mit Hitler gemeinsame Sache machte. Ernst, der allzeit Skeptische, wollte nichts mehr ausschließen. Und was, wenn es dazu käme – wozu dann alles?

Das einzige was ihn außer seinen Weibergeschichten noch aufrecht hielt, war der Haß. Er haßte Hitler; er haßte dessen Anhang, und manchmal haßte er ganz Deutschland wegen Hitler und dessen Anhang; er haßte das zackige Soldatengetue, das gockelhafte Gehabe, haßte die Aufmärsche, den Gleichschritt, er haßte die gewichsten Stiefel, die Koppeln, die Parteiabzeichen, das Gerede von Heldentod, Ehre, Treue, Vaterland. Der Haß hielt ihn am Leben. Wenn der nicht wäre, dachte er manchmal, hätte er schon lange aufgegeben.

So raffte er sich von Zeit zu Zeit auf, um zur „Aktion“ zu schreiten. Er legte eine Route fest und verteilte zusammen mit Rosa bei Nacht und Nebel Wurfpost und Flugschriften, oder sie hingen Klebezettel auf.

Die Parolen waren im Laufe der Zeit ein wenig blasser und lustloser geworden. „Der Faschismus muß sterben, wenn das Volk leben will.” Das hatte er aus Breslau, war auch nicht mehr ganz taufrisch und paßte insofern ganz gut zu seiner resignierten Stimmung. Immerhin waren solche Aktionen imstande, seinem Leben noch ein wenig Sinn zu geben. Wenn er auf seiner Zündapp saß und Rosa neben ihm im Beifahrerwagen, wenn der Wind ihnen um die Ohren pfiff, war für ihn eine Weile alles vergessen. Das war dann wieder wie früher, und die beiden waren wie Pech und Schwefel. Jedenfalls solange sie unterwegs waren.

Ansonsten war Rosa schon lange nicht mehr die, die er damals geheiratet hatte. Außer ihren Kindern, ihrem Haushalt und ihrer Arbeit in der Mützenfabrik schien für sie nichts anderes mehr zu existieren. Sie schob es auf ihn und seine Weibergeschichten, die hätten sie als Frau verletzt. Er warf ihr vor, zu wenig aus sich zu machen, obwohl er wußte, daß das ungerecht war angesichts der vielen Arbeit, die sie hatte.

Und schließlich die Kinder. Die aus dem Haus waren, Herbert, Heinz, Hedwig und Martha, ließen sich nur noch selten blicken, außer Hedwig – aber auf die konnte er am ehesten verzichten. Und Martha – wo war eigentlich Martha? Margot hatte er völlig aufgegeben. Mit Albert verstand er sich nicht. Lissy und Ruthla waren noch zu jung; er konnte nicht viel mit ihnen anfangen.

Was blieb, waren die Weiber. Mit ihnen hielt er sich schadlos für das Gefühl der Sinnlosigkeit, das sich wie Blei auf sein Leben gelegt hatte.

Rosa hatte im Moment zuviel Arbeit, um sich mit dem Sinn des Lebens zu beschäftigen. Das einzige Thema, mit dem sie in diesem Jahr haderte, war Kaffee, echter Kaffee. Der Unterschied war wichtig, denn Kaffee war nicht gleich Kaffee. Auch wenn man amtlicherseits so tat, um auf diese Weise darüber hinwegzutäuschen, daß es seit Jahresanfang in den Geschäften so gut wie keinen Bohnenkaffee mehr gab. Was man in den Läden kriegte, war ja nur ein schäbiger Ersatz, ein Notbehelf, Lure, Muckefuck, Hundsläufte, Hasenmilch.

Und jetzt wollten ihnen die Zeitungen auch noch weismachen, daß Muckefuck besser und gesünder sei als ihr „Zitterkaffee". „Ja wo hoat's denn so was?" Was sollte das denn heißen: „Zitterkaffee"? Rosa hatte das Zittern nie von zuviel Bohnenkaffee gekriegt, sondern immer nur von zu wenig.

Und was der Goebbels, der Depper, über die „Kaffeetanten und Spießer" von sich gegeben hatte, daß die Deutschen nicht länger wegen einer lächerlichen Kaffeeration vor den Geschäften Schlange stehen sollten und daß er solche Bilder das letzte Mal gesehen haben möchte wegen des schlechten Eindrucks, den das im Ausland mache ... Ja was glaubt denn der, wer er ist? Führt sich auf wie a kleener Kenich mit sei Zepter.

Aber Rosa hatte keine Lust sich fuppa zu loon. Was nützte ihr a Mutterkreizla, wenn man da oben noch nicht einmal in der Lage war, das Volk mit echtem Bohnenkaffee zu versorgen und stattdessen von „Kanonen statt Kaffee" mährte.

Nee, hier härte die Gemittlichkeet uff.

Wie sollten denn Mütter ohne echten Bohnenkaffee Kinder kriegen oder Kinder erziehen? Woher sollte denn der

„Durchhaltewille“ des Volkes kommen, wenn es keinen echten Bohnenkaffee mehr gab?

So eene Plamage!

Nein, vom Goebbels hatte sie die Plautze endgültig voll. Und von den Engländern auch, denn die hatten den deutschen Kaffeetrinkern schließlich die ganze Geschichte eingebrockt. Sicherlich kein Grund, um gegen sie Krieg zu führen, aber ernste Folgen sollte so etwas schon haben. Verflischtes, altes Kaffeekraut, verflischte Zichorie, verflischte Hundsmilch, dachte sie – wenngleich: immer noch besser als gar nischt.

Indessen sprach Ernst wieder von der Fahrt, die er in der nächsten Woche mit ihr machen wolle. Das sei doch vielleicht mal wieder eine Gelegenheit, und die Kinder würden sicher schlafen, wenn sie zurückkämen. Sein Grinsen hatte Ernst beibehalten. Rosa bemerkte, daß es inzwischen ihr galt. Aus ihrer Unsicherheit rettete sie Ruthla, die schon eine ganze Weile hinter ihr gestanden und zugeschaut hatte.

„Huch, jetzt hast uns aber erschreckt“, sagte Ernst. Und dann wollte er wissen, ob sie schon die ganze Zeit ... und ob sie das mit Margot ... und daß sie sich daran kein Beispiel nehmen dürfe.

Ruthla erinnerte daran, daß Rosa ihr für die Schule das neue Kleid versprochen hatte.

Noch während sich Rosa Ruth zuwandte, stand Ernst sehr ruckartig und sehr unverrichteter Dinge von seinem Küchenstuhl auf:

„Hausfrau begreife, Henko spart Seife“, sagte er, während er zur Tür ging.

Rosa wußte nicht, was er damit meinte. Keiner wußte das. Ruthla am wenigsten, obwohl sie laut lachte. Aber das war so seine Art. Ernst wußte selbst nicht, was er damit hatte sagen wollen. Es ging ihm halt manchmal alles im Kopf herum. Es war wie eine festsitzende Blähung, die er loswerden mußte. Ebenso hätte er sagen können: Morgen kommt der Weihnachtsmann. Auch das wäre Unsinn gewesen, denn erstens war gerade Hochsommer und zweitens war es unschlesisch, da es in Frankenstein, wo alle Kinder nur an den Nikolaus und das Christkind glaubten, gar keinen Weihnachtsmann gab.

Nun, morgen würde kein Weihnachtsmann, sondern der Krieg kommen, das stand fest. Und alles, was es sonst noch gab, war im Grunde sinnlos, so sinnlos, wie aus Margot einen ordentlichen Menschen machen zu wollen oder Albert den Kommunismus zu erklären oder mit Rosa auf dem Motorrad durch die Gegend zu fahren und Wurfsendungen zu verteilen. Würden spätere Generationen sich das überhaupt vorstellen können, wie es sich lebte in Vorkriegszeiten? Würden sie wissen, wie ihnen damals zumute war? Und müßten sie nicht verstehen, daß für ihn, Ernst-August Schubert, nur noch Weiberärsche zählten? Daß sie das einzige waren, was seinem Leben Sinn gab?

Doch selbst wenn es nach dem Krieg noch irgendwie weitergehen sollte, wen würde das jucken? Wer würde sich für so ein Leben wie das seine interessieren? Einen Heldenroman konnte man daraus beim besten Willen nicht machen, auch wenn er sich im großen und ganzen immer selbst treu geblieben war. Aber es gab zu viele andere Seiten.

Der Krieg würde kommen. So sicher wie das Amen in der Kirche. Doch bis der Krieg kommt, bleibt noch a bissla Zeit. Erst einmal lassen wir den Kuckuck wieder aus seinem Schwarzwaldhäusel naus. Siebenmal ruft er:

„Kuckuck“,

„Kuckuck“,

„Kuckuck“,

„Kuckuck“,

„Kuckuck“,

„Kuckuck“,

„Kuk-?“

Na?!

„-kuck.“

Kleider und kleine Leute

Jede Stadt hat nicht nur ihre kleinen und großen Sehenswürdigkeiten, sondern auch ein paar historische Ereignisse, die sie zu ihrem Ruhm oder zu ihrer Schande über den engeren Rahmen der Stadtchronik hinaus bekannt gemacht haben. Die Stadt Frankenstein hat ihre Totengräber und ihre Totengräberprozesse. Das hat nichts mit Mary Shelley und ihrem Frankensteinroman zu tun. Die Totengräber von Frankenstein gehören in ein anderes Buch mit einem anderen Thema. Es geht um Verblendung, Wahn und Gewalt in ihrer rohesten und ordinärsten, also in ihrer menschlichsten Form.

Ein alter Historiker überschreibt das Kapitel über die Vorgänge in Frankenstein mit *Actus tragicus*. Aber ein tragisches Mißverständnis war das wohl nicht.

An und für sich sollten Menschen für eine funktionierende Arbeitsteilung dankbar sein, dankbar dafür, daß es andere Menschen gibt, die mit Spaten, Schaufel und Spitzhacke das Erdreich ausheben, um für ihre Toten metertiefe Heim- und Ruhestätten zu schaffen. Man kann sagen: Während der Zimmermann für die Holz- und Inneneinrichtung zuständig ist, sorgt der Totengräber für die äußeren vier Wände. Insofern macht er nichts anderes als der Maurer, nur daß er für die Toten tut, was jene für die Lebenden. Und diese Arbeit ist nicht nur körperlich schwer, sie geschieht auch ohne Rücksicht auf Witterungsverhältnisse, auf Zeit und Unzeit, und selbst Nachtschichten sind nicht selten.

Obwohl wir unseren Totengräbern also eigentlich zu Dank verpflichtet sein müßten, war in der Geschichte oft das Gegenteil der Fall. Nicht nur, daß Totengräber immer unterbezahlt waren und ihr Leben, weil niemand etwas mit ihnen zu tun haben wollte, abseits der Gesellschaft fristeten. Schlimmer noch war, daß sie seit jeher üblen Verdächtigungen ausgesetzt waren, wozu zugegebenermaßen ihr Metier der Phantasie einige Nahrung bot. Immer wieder wurden Gerüchte laut. Es hieß, sie hätten die Toten gar nicht begraben, sondern allerlei Sonderbarkeiten mit ihnen angestellt, ja es gäbe sogar einige, die in der Lage seien, Leichname zu pulverisieren und daraus ein tödlich wirkendes Gift herzustellen, das sie dann vor den Häusern ausstreuten. Auch würden Türklopfer und -schwellen damit bestrichen, und viele arme Leit' seien auf diese Weise vergiftet worden und jämmerlich dahingestorben.

So auch in Frankenstein anno 1606, als gerade eine rätselhafte Krankheit in der Stadt gewütet und viele Tote gefordert hatte. Die Stadtbevölkerung stand noch unter dem Eindruck des Ereignisses. Das verunsicherte, kränkelnde Volksempfinden verlangte nach einer Erklärung der rätselhaften Vorfälle und fand sie in Gestalt der Totengräber Caspar Hübner, auch Schleuniger genannt, Thomas Otten, auch Dickbein genannt, und Hans Clement. Später kam auch noch der Frankensteiner Totengräbermeister Wentzel Förster dazu.

Man muß einräumen, daß sie alle sich durch ihr auffälliges Verhalten verdächtig gemacht hatten. Von Rüpeleien war die Rede, von Belästigungen und Lästereien, die vermutlich unter Einwirkung und Einflüsterung von Dämon Alkohol zustande gekommen waren. Nachdem die Phantasie erst einmal Feuer gefangen hatte, nahmen die Verdächtigungen immer ausschweifendere Formen an. Bald hieß es sogar, es seien nicht nur Leichen pulverisiert, sondern auch die Leiber schwangerer Frauen aufgeschlitzt und die Herzen der herausgerissenen Kinder roh gefressen, Altartücher gestohlen und zu Zauberei verwendet und schließlich sogar die Leichname von Jungfrauen in geweihten kirchlichen Räumen aufs Schändlichste mißbraucht worden.

Die Obrigkeit schritt ein. Otten und Clement wurden festgenommen, und in ihrem vergitterten Bauer fingen die beiden Vögel, wie die Chronik zu berichten weiß, zu singen an. Bald schon konnten sechs weitere männliche und zwei weibliche Personen gefänglich eingezogen und das Gelichter zu Lichte und Gerichte gebracht werden. Schon beim gütlichen Examen soll es zu ersten Geständnissen gekommen sein. Das peinliche Examen ergab dann offenbar die erwünschte Klarheit über das ganze Ausmaß der Verbrechen.

Sicherlich werden die Delinquenten unter der Folter bereitwillig alles nachgesprochen haben, was ihnen ihre Inquisitoren zuvor in den Mund gelegt hatten, zumal das Beschleunigung und Abkürzung des Verfahrens verhieß und Aussicht bestand, der Quälerei durch einen schnellen Tod zu entkommen. Wer auch nur einen flüchtigen Blick in die Folterkammern des 16. und 17. Jahrhunderts mit ihrem ausgeklügelten Instrumentarium geworfen hat, wird die an den Tag gelegte Eilfertigkeit beim Gestehen völlig willkürlich erfundener Tatvorgänge gut nachvollziehen können. Wir dürfen also davon ausgehen, daß Inquisitoren und Folterknechte nichts anderes zu hören bekamen als das, was sie hören wollten, und am Ende sogar noch glauben mochten, sie hätten die Welt durch ihre Schinderei ein bißchen besser gemacht.

Der Schwere vermeintlicher Taten entsprach die brutale Härte einer realen Verfolgung. Ein interessierter Beobachter der Geschichte könnte den Eindruck gewinnen, daß Menschen bei der Bestrafung immer dann am grausamsten vorgehen, wenn ihre Anklagen auf bloßen Hirngespinsten beruhten. Die deutsche Geschichte, in der sich seit je wüstester Aberglauben mit bizarrsten Hirngespinsten vermischte und in der man sozusagen auf eine jahrhundertlange Erfahrung mit Wahnideen zurückblicken kann, bot und bietet dafür reiches Anschauungsmaterial.

Ein Teil der Malefikanten wurden zunächst auf einem Ochsenkarren in der Stadt herumgeführt, vielleicht weil man sie noch einmal mit den Schauplätzen ihrer vermeintlichen Taten konfrontieren wollte. Ein anderer Teil mußte mit weniger komfortablen Transportbedingungen vorlieb nehmen. Die Rede ist vom Schleifen, eine Methode, bei der der Delinquent kopfunter, auf einer Rinderhaut liegend und an einen Gaul geschmiedet, zum Richtplatz befördert wurde.

Am Ring wurde der Armesünderzug dann vom Scharfrichter mit ein paar vorgeglühten Zangen in Empfang genommen. Die dienten dazu, von Zeit zu Zeit ein paar Fleischstückchen herauszureißen, an unterschiedlichen Stellen, aber immer am lebenden Körper; „Honigecken", irgendwo in der Armgegend, „Kornecken", irgendwo in der Brustgegend; auch Daumen wurden abgezwackt, falls die Hände nicht ohnehin schon vorher abgehackt worden waren. War der Schinder erst einmal so richtig ins Zwicken und Zwacken gekommen, konnte es sein, daß auch noch der ohnehin nutzlos gewordene elfte Finger der glühenden Zange zum Opfer fiel – wie im Falle eines gerade erst aus Striegau gekommenen und verurteilten Totengräbers.

Was am Ende noch atmete oder irgendein anderes Lebenszeichen von sich gab, wurde auf den Scheiterhaufen geschafft, um es, wie die Chronik sagt, zu „schmölzen und zu braten".

Abgesehen von der leidigen Totengräbergeschichte hat Frankenstein noch ein paar andere Merkwürdigkeiten zu bieten: seinen schiefen Turm zum Beispiel. Keine Frage, der Turm des neugotischen Rathauses ist von Frankensteins Türmen der höchste. Und doch reden alle, die einmal in Frankenstein gewesen sind, nicht zuerst von ihm, sondern von einem anderen, dem Glockenturm von St. Anna. Der Grund dafür liegt auf der Hand: Der Campanile der alten Stadtpfarrkirche neigt sich etwa anderthalb Meter zur Seite und ringt nun schon seit rund dreihundert Jahren um sein Gleichgewicht. Dabei ist das Risiko eines Einsturzes trotz chronischer Gleichgewichtsstörung offenbar nur gering. Jedenfalls sahen und sehen sich damalige wie heutige Stadtväter weder zur Herausgabe von Warnhinweisen noch zur Anbringung von Absperrbändern veranlaßt.

Darüber, wie die Schlagseite zustande kam, existieren, wie so oft, unterschiedliche Versionen, die eine in Poesie, die andere in Prosa. Poesie ist wohl, daß der vermeintliche Baumeister mit Namen Johannes Gleiß es von Anfang an darauf angelegt haben soll und den neuen Glockenturm schief auf einen alten Wehrturm aufsetzte – vielleicht, wer weiß, um sich auf diese Weise in der Stadtchronik zu verewigen.

Daß Johannes, wenn dies zuträfe, der Tourismus-Branche, die heute gern mit Frankenstein als dem „schlesischen Pisa" wirbt, einen unschätzbaren Dienst erwiesen hätte, für den sie ihm noch nachträglich Dank schuldete, steht außer Frage. Allein die Zeugnisse, die für diese Version sprechen, sind doch äußerst dürftig. Es läuft eigentlich alles nur darauf hinaus, daß einige Frankensteiner behaupten, von anderen, älteren Frankensteinern erfahren zu haben, was diese wiederum von anderen, noch älteren Frankensteinern gehört haben wollen: daß nämlich ein Geständnis des Baumeisters in Form eines inschriftlichen Reimspruchs existiert haben soll, den die Vorfahren angeblich noch mit eigenen Augen gesehen hätten. Der habe wie folgt gelautet:

„ICH HEIß / JOHANNES GLEIß
HAB DIESEN TURM / SCHIEFF GEBAUT MIT FLEIß
AD 1500"

Abgesehen davon, daß die ganze Argumentation der Befürworter dieser Version wackeliger ist als der Turm selbst, fragt man sich, ob die Geschichte überhaupt plausibel ist. Eines ist sicher: daß Johannes Gleiß weder von kirchlicher noch städtischer Seite beauftragt worden sein kann, den Turm schief zu bauen. Behörden, die so etwas in Auftrag geben, gibt es nicht. Also kann es sich nur darum gehandelt haben, daß Gleiß sein Unvermögen später mit frechen Versen bemäntelte. Was die damaligen Auftraggeber zu dem frivolen Geständnis sagten, ist nicht überliefert.

So bliebe also nur die andere Möglichkeit, daß von Anfang an böse Absicht im Spiel war und Johannes Gleiß den schiefen Turm baute, um den Stadt- und Kirchenvätern von Frankenstein eins auszuwischen. Für so etwas gibt es natürlich immer gute Gründe. Auch Johannes Gleiß könnte solche gehabt haben. Nur dann wäre es wohl nicht besonders klug gewesen, darüber öffentlich zu sprechen, sondern besser, das Geheimnis für sich zu behalten. Sein Geständnis müßte ihm also unter Hinzuziehung und Anwendung jener

Mittelchen abgenötigt worden sein, die damals allgemein zur Aufhellung dunkler Tatbestände in Anschlag gebracht wurden, als da sind: Stockhiebe, Streckbank, eiserne Jungfrau, Würgeisen, Stachelrolle, Judaswiege, Daumenschrauben oder was auch immer. Von alledem ist aber nichts bekannt.

Mit anderen Worten, an der Glaubwürdigkeit der ganzen Geschichte bestehen doch erhebliche Zweifel. Wenn sich die Frankensteiner so einen Baumeister wie den Gleiß geleistet hätten, wären sie die reinsten Schildbürger gewesen. Die Schlußfolgerung kann nur lauten, daß sie sich wohl einen Bären haben aufbinden lassen und daß der Spruch dem Baumeister Johannes in Wahrheit untergeschoben wurde.

Da die Welt nun einmal nicht nur voll Teufel und Falschheit, sondern auch voll Fälschungen ist, handelt es sich dabei um die wahrscheinlichste Erklärung. Die durch briefliche Nachricht eines Frankensteiner Medicus belegte Prosa-Version besagt denn auch, daß die Gegend anno 1590 durch ein leichtes, fast unbemerkt gebliebenes Erdbeben erschüttert wurde und sich der Turm erst von dieser Zeit an stärker gesenkt und zur damaligen Lochgasse hin geneigt haben soll. In der Folge soll dann auch der große Schwibbogen, der die Pfarrkirche mit dem Glockenturm verband, rissig geworden und auf Geheiß der Kirchenältesten mit Namen Salomon Wengler und Georg Wirth von dem Maurer Caspar Zappen eingehackt worden sein. Das klingt prosaisch und eben deswegen sehr plausibel.

Mit dem schiefen Turm der Frankensteiner verhält es sich wie mit einem großen Fragezeichen. Immer stellt er eine Frage: Fällt er heute oder fällt er morgen? Und warum ist er gestern eigentlich noch nicht gefallen? Er sah doch vorgestern schon so wackelig aus.

Die Spannung der Fragestellung hat sich auch auf das Stadtbild übertragen. Man kann die Silhouette Frankensteins nicht so betrachten wie die von Hannover, Düsseldorf oder Paderborn. Je nach Standort, springt der Neigungswinkel des Turms mal mehr, mal weniger stark ins Auge, ganz ignorieren läßt er sich nie: mal fällt der Turm nach links, mal nach rechts, mal fällt er nach hinten und mal nach vorne. Ein beschauliches Verweilen bei den reizvollen baulichen Details und architektonischen Schönheiten, die diese Stadt zweifellos zu bieten hat, wird durch ihn, wenn schon nicht unmöglich, so doch sehr schwer gemacht.

Das gilt auch für gedruckte, gemalte und gestochene Stadtansichten, jene also, die man sich gerahmt über das Sofa hängt und die dort regelmäßig Diskussionen, nicht selten Streitereien, unter Besuchern, die Frankenstein nicht kennen, auslösen: Wurde das Bild gerade aufgehängt oder nicht? Man kann das Bild hängen, wie man will, es hängt immer schief, weil der Turm schief ist.

Frankenstein hat dieses Schicksal lange geduldig getragen und wird es wohl auch unter dem unaussprechlichen Namen Ząbkowice Śląskie in Zukunft tragen müssen – gleichbleibende statische Bedingungen für den Turm vorausgesetzt. Aber wie man sieht, trägt es sein Schicksal auch gerne. Wie sein Pendant in Pisa lockt der schiefe Turm noch heute Jahr für Jahr Touristen an, die allein wegen des schönen Rathauses und seines hohen Turms nicht gekommen wären.

Man kann also behaupten, daß Ruthla sich an diesem Morgen für ihr neues Kleid eine malerische Kulisse ausgesucht hatte. Zusammen mit Lothar, der schon auf sie gewartet hatte, stand sie auf der Brücke, die über den Pausebach zur Silberberger Vorstadt führt und von der aus die Stadt sich mit ihren Türmen augenscheinlich von ihrer gefälligsten Seite präsentiert. Rechts hinter der Brücke ragte über dem abfallenden Grün hoher Kastanienbäume der schiefe Turm mit seiner Gefährtin, der St. Anna-Kirche empor, gleich links daneben der Rathausturm mit seinem von steinernen Nadeln besetzten Turmhelm. Der würde sicherlich wegen seiner Höhe den Blick des Betrachters ganz auf sich gezogen haben, wenn nicht die alles ausgleichende Perspektive, die das Große klein und das Kleine groß macht, ihn ein wenig unbedeutender hätte erscheinen lassen.

Nicht weit von der Brücke entfernt pflegten manchmal die Ansichtskartenmaler mit ihren Baskenmützen auf leichten Klappschemeln zu sitzen, wo sie die Brücke und den sich von hier ergebenden Blick auf die Stadt mit bunten Kreiden oder Öl- und Wasserfarben auf Leinwand oder Papier bannten.

Begabtere Künstler hatten gesorgt, daß sich obere und untere Bilddiagonalen genau dort schnitten, wo die Silberbergerstraße, die von der Brücke in die Stadt führt, sich verzweigt und der Blick des Betrachters von der ansteigenden Straße, die als Torberg bezeichnet wurde, in die Tiefe des Bildes fällt, also dorthin, wo sich der Marktplatz befand, der hier wie anderswo in Schlesien „Ring" genannt wurde. Dieser Schnittpunkt, zu dessen Rechten sich die ehemalige Musikschule befand, soll hier schon einmal vorgreifend herausgehoben werden, da er für Ruthlas weiteren Verbleib und für den Fortgang der Geschichte noch von Bedeutung sein wird.

Experten in Sachen Kindermode behaupten, daß kleine Mädchen 1939 weiße Kleidchen mit Rüschen vorn und einer großen Schleife am Rücken getragen hätten. Auch Puffärmel und Falten seien damals für die Kindermode entdeckt worden. Tatsächlich hielt sich Ruthlas Kleid im großen und ganzen an diese modischen Vorgaben. Nur daß die Schleifchen fehlten und das Kleidchen nicht einfarbig war, sondern ein Muster hatte und Kirschenpaare mit grünen Blättern darauf verstreut waren, was im übrigen sehr hübsch aussah, nämlich so, als würden Kirschen und Blätter auf Milch schwimmen. Man mag den Vergleich gekünstelt finden. Auch ich habe noch nie rote Kirchen und grüne Blätter auf Milch gesehen, fürchte auch, daß diese Kombination, als Mahlzeit genossen, nicht bekömmlich sein könnte. Und doch fügt sich das Bild wie ein passendes Puzzlesteinchen ideal in die optische und atmosphärische Gesamtstimmung dieses Sommermorgens: ganz oben die Sonne in einem einstweilen noch klaren vergißmeinnichtblauen Frankensteiner Himmel, dazu ein paar zerrupfte weiße Wattewölkchen, hinten die Türme und das Kastaniengrün, vorne Ruthla in ihrem neuen Kleid mit Kirschen und Blättern, zu dem nur noch notabene ergänzt werden muß, daß es ein weites Röckchen hatte und eine Bluse, die aus Passe und Faltenteil gebildet war; und daß es anstelle der oben erwähnten Rüschen unten und an den kurzen Puffärmeln mit Volants garniert war.

Wenn Lothar damals hätte „Wow" sagen können, hätte er das sicherlich getan, aber das ging ja noch nicht. Lothar fand einfach nur, daß Ruth „a scheenes Kleidla" hatte, und das mußte genügen, denn es war für damalige Verhältnisse, wo kleine Jungen und selbst gestandene Männer es im allgemeinen vorzogen, ihre Bewunderung durch verschämtes Schweigen kundzutun, sicherlich schon eine ganze Menge.

Zuerst beugten sie sich über das eiserne Brückengeländer und betrachteten ihre Gesichter in der Wasserspiegelung des Pausebaches, der unter ihren Füßen dahinplätscherte.

Eigentlich hätte Frankenstein, wenn man sich die gediegene Schönheit des Ortes vergegenwärtigt, einen bedeutenderen Fluß verdient. Aber wer kann schon für seine Flüsse? Und gibt es überhaupt eine Flußgerechtigkeit? Was kann Berlin für die Spree, was kann Görlitz für die Neiße? Und wie kommt eigentlich eine Stadt wie Frankfurt zur Oder? Haben die Kölner Jecken den Rhein verdient?

Jedenfalls war der Pausebach für Frankenstein viel zu dürftig. Nur bei Hochwasser im Frühjahr konnte er zu einem reißenden Fluß anschwellen, und dann konnte es sein, daß aus den Nachbardörfern selbst Hundehütten mitsamt den daran geketteten Hunden angeschwemmt wurden. Aber das passierte selten, und der Eindruck, den der Pausebach im übrigen Jahr machte, war ein ganz blasser.

Lothar und Ruthla kannten damals noch zu wenig von der Welt, um sich an diesem schönen Sommermorgen mit solchen, zugegebenermaßen etwas entlegenen Betrachtungen zu beschäftigen. Ihnen genügte es, daß sie sich im Pausebach spiegelten und ab und zu in ihn hineinspucken konnten, wobei besonders Ruth sich bemühte, auf der unruhig zitternden Oberfläche auch einen spiegelbildlichen Eindruck ihres schönen Kleides zu erhaschen. Ganz leicht war das nicht, und sie mußte sich dafür schon ziemlich weit über das Geländer lehnen.

Sie hatten eine ganze Weile so gestanden, geguckt und gespuckt, als Ruthla bemerkte, daß Lothar ihr auf dem glatten Eisengeländer ein kleines Streichholzschächtelchen zugeschoben hatte. Erklärend fügte er hinzu, daß dies das Geschenk sei, das er ihr gestern Abend versprochen habe.

Wenn Ruthla gekonnt hätte, hätte sie an dieser Stelle „Wow" gerufen, aber das konnte sie natürlich noch genauso wenig wie Lothar. So beließ sie es bei einem leisen Dankeschön, was ja auch viel hübscher war und besser zu einem Mädchen ihres Alters paßte. Dann öffnete sie die kleine Pappschublade und warf einen vorsichtigen Blick in den Inhalt der Schachtel. Darin lag ein aus dünnem vergoldeten Aluminiumdraht bestehender Ring mit einem grünen Kunststoffbesatz. Gebettet war der Ring auf ein kleines, zusammengefaltetes, elfenbeinfarbenes Papierzettelchen, worauf etwas geschrieben stand, was Ruth, die das ABC ja gerade erst erlernte, nicht entziffern konnte und deswegen erst einmal ignorierte. Aber irgendwie fand Ruthla, daß der Ring durch das Zettelchen noch geheimnisvoller, noch wichtiger und auch ein bißchen kostbarer wurde. Lothar hatte das Ringla in einer „Wundertitte" gefunden und war ziemlich stolz auf ihn. Und weil der Stein eine milchig smaragdgrüne Farbe hatte und in Frankenstein alles, was so aussah, als Chrysopras galt, fügte er noch hinzu, daß es sich bei dem Stein um einen „Krüsopas" handeln müsse. So gingen die beiden, der eine stolz, die andere tief beeindruckt, von der Silberbergerstraße schweigend den Torberg hinauf, vorbei an der Musikschule in Richtung Ring.

Sie hätten sich jetzt gerne an die Hand gefaßt, aber das war nicht möglich, weil vor ihnen ein paar Jungen gingen, die Lothar kannte. An einer Abzweigung Maurergasse trennten sie sich. Ruthla sagte noch einmal leise Danke und daß

Lothar und sie sich in den Ferien ja öfter treffen könnten, und dann schritt jeder in die Richtung seiner Schule, die eine zur Mädchenvolksschule in der Tuchmacherstraße, der andere zur Knabenvolksschule an der Freiheit, die auch Ruthlas Bruder Albert besuchte.

Ruthlas engste Freundinnen, Erika, Helga, Christa und Ilse, hatten an der Ecke zum Ring gewartet. Der Eindruck des luftigen Kleides mit den Kirschen und grünen Blättern verfehlte seine Wirkung nicht. Erika und Helga waren voll ehrlicher (vielleicht auch nicht ganz ehrlicher) Bewunderung und fragten laut und lebhaft (vielleicht ein wenig zu laut und lebhaft), woher Ruth das Kleidla habe und ob es auch Bleyle sei. Ruthla antwortete nicht ganz wahrheitsgemäß, daß sie es nicht so genau wisse und daß es möglicherweise von ihrer älteren Schwester Margot sei. Während Erika und Helga die ganze Zeit durcheinander plapperten und ehrfürchtig das Textil betasteten, ohne sich in Sachen Bleyle einig werden zu können, hielten sich Ilse und Christa, die sonst so Gesprächigen, an diesem Morgen auffallend zurück. Ruthla ahnte den Grund und verzichtete lieber darauf, die Sache mit Lothar und dem Ringla auch noch zu erzählen. Etwas sagte ihr, daß Geheimhaltung besser sei.

Vor der Schule angekommen, schlich sich die Mädchengruppe an Hausmeister Hafke vorbei, der sich wie immer breitbeinig auf dem Schulhof postiert hatte und dort den Zerberus machte. Die Augen blickten finster unter den wie zwei Markisen vorragenden buschigen Augenbrauen hervor und flößten den ankommenden Mädchen zusammen mit seinem Walroßbart und den wuchtigen Hängebacken immer viel Respekt ein, was zweifellos auch der Sinn der Sache war. An Hafkes Schule war die Welt noch in Ordnung. Pausenbrote wurden sowieso noch nicht weggeschmissen, sondern nur getauscht.

Wenn Herr Hafke, der aus Berlin kam, besser aufgelegt war, machte er Berliner Sprüche, die selbst in mehrfacher Wiederholung ihre Wirkung nicht verfehlten. Wenn ihm jemand widersprach, sagte er: „Noch een Wort, und ik hau dir uff'n

Kopp, dette durch die Rippen kiekst wie der Affe durchs Jitter". Als Ruthlas Schwester Hedwig gekommen war, um Ruthla das Pausenbrot zu bringen, das sie vergessen hatte, und ihn bat, es ihr zu bringen, hatte er geantwortet: „Ach Hedwig, ach Hedwig, wat du jern hättst, dat jeht nich", machte es dann aber trotzdem.

Als die Mädchen vor der Eingangstür angekommen waren, rief Helga: „Fräulein Spillmann", und rannte zur Tür, um sie für die vom Pausenhof kommende Lehrerin zu öffnen. Fräulein Spillmann war Lissys Klassenlehrerin und unverheiratet. Keiner hätte sie sich verheiratet vorstellen können. Am wenigsten Ruthlas Vater, der einmal gesagt hatte, daß man ihm das ahle Gespenste mit dem Gartel im dan Bauch binden könne, da räge sich nischt bei ihm. Fräulein Spillmann trug wieder ihr hochgeschlossenes schieferschwarzes Kleid, was, wie Ruthla fand, auch am besten zu ihr paßte. Genaugenommen waren solche Kleider in diesen Jahren sogar wieder in Mode. Aber Fräulein Spillmann wirkte darin irgendwie ältlich. „Hibsch is anders", hatte Ruthlas Vater noch gesagt.

Fräulein Spillmann hatte an diesem Morgen jemand, der ihre Tasche trug, und das war Lissy, Ruths Schwester. Lissy hatte ihre Klassenlehrerin von ihrer Wohnung in der Bahnhofsstraße abgeholt und sich erboten, ihr die Tasche zu tragen. Es war ihr gewährt worden, und sie war mächtig stolz darauf. Sie folgte Fräulein Spillmann durch die von Helga aufgehaltene Tür, ohne nach links oder rechts zu blicken oder ihre Schwester und ihre Freundinnen irgendeines Blickes zu würdigen. Dann gingen die beiden in Richtung Lehrerzimmer, dem auch noch ein paar andere Mitglieder des Kollegiums zustrebten, Herr Dingel zum Beispiel oder Frau Gründel und Herr Prügel, der aber nur so hieß. Als Ruthla ihrer Schwester nachblickte, drehte die sich noch einmal um und pleckte ihre Zunge heraus. „Eingebildte Gaake", dachte Ruth.

Um zu ihrem Klassenraum zu gelangen, mußten die Mädchen noch durch ein Treppenhaus und einige Flure und

Gänge, die an diesem Vormittag, wo draußen alles von warmem, hellem Sonnenlicht durchflutet war, noch dunkler und kälter erschienen als sonst. Außerdem roch es überall nach Mädchenschweiß, Karbol und Bohnerwachs. Der hohe Klassenraum war farblich zweigeteilt, die Decke und obere Wandhälfte waren kalkweiß, die untere Wandhälfte lindgrün und abwaschbar. Neben der Tafel vorne hing eine Wachstafel mit den Buchstaben des Alphabets. Gleich neben dem Eingang rechts stand der Klassenschrank, auf dem ein präparierter Fuchs und Uhu gleich neben einem Porträt des Führers die Wacht hielten. Dort, wo über Jahre und Jahrzehnte ein hölzernes Kreuz gehangen hatte, war seit dem Ende der Osterferien eine etwas hellere Leerstelle, denn die evangelische Schule war seitdem in eine städtische Volksschule umgewandelt worden.

Die Disziplin war gut, und in der Klasse war alles ganz still. Erst als Ruthla mit ihren Freundinnen den Raum betrat, ging ein leises Tuscheln durch die Reihen. Die meisten Mädchen saßen schon auf ihren Plätzen. Sie hießen Karin, Renate, Monika, Marlies, Heike, Ursula, Ingrid, Brigitte, Waltraud, Inge, Helga, Marianne, Gisela, Christa, Hannelore, Bärbel oder Ingeborg und hatten einen Pony oder einen Hahnenkamm, manchmal auch Zöpfe und oft ein weißes Schürzchen. Sie blickten gespannt zur Tür, wo sie Lehrerin Ganswindt und Schwester Odona erwarteten. Das versprach Abwechslung. Obwohl der eigentliche Unterricht erst in der zweiten Stunde begann, hatten ein paar Mädchen schon vorausschauend ihre Sachen ausgepackt und vor sich auf dem Tisch ausgebreitet. In der Mitte die Schiefertafel, daneben das Schwämmchen und Läppchen und ganz oben der hölzerne Griffelkasten mit den harten, schriekenden Kreidestiften.

In diesen Zeiten konnte eigentlich niemand sicher sein, keine Läuse zu haben. Trotzdem galt, daß man wohl zu den armen Leuten gehören mußte, wenn man sie hatte. Die Läuse waren nicht nur in den Haaren und auf den Köpfen, sondern, wie Ruth sah, wenn sie durch die Flure der Schule ging, auch auf Jacken, Mänteln und Mützen an den Garderoben. Die Laustante konnte Klarheit schaffen. Wer lausfrei war, fühlte sich wie nach einer guten Note in der Klassenarbeit. Wer nicht, wurde vorzeitig nach Hause geschickt und galt ein paar Tage als unberührbar.

Schwester Odona kam zusammen mit Frau Ganswindt. Nach der üblichen Begrüßung im Stehen: „Heil Hitler, Frau Lehrerin", nahm die Lehrerin an ihrem Pult Platz und übergab der Laustante die Leitung. Frau Ganswindt war Mathematiklehrerin, wäre aber gern Deutschlehrerin gewesen und legte jedenfalls Wert auf ein einwandfreies Hochdeutsch, zumal sie selbst aus Frankfurt an der Oder kam und den schlesischen Dialekt nicht mochte. Sie hatte eine schmale Figur, dunkle, zum Knoten gebundene Haare und war alles in allem eine recht herbe Erscheinung; mit ihrem Rohrstock, den sie ab und zu knallend auf das Pult fahren ließ, verschaffte sie sich bei den Schülerinnen den notwendigen Respekt. Meistens trug sie Kostüm, am liebsten ihr zimtfarbenes. Als Ernst ihr bei Ruthlas Einschulung begegnete, hatte er sie nur von hinten gesehen und wandelte eine Weile traumwandlerisch hinter ihr her, um sodann, als sie sich plötzlich umdrehte, jäh zu erschrecken: „Von hinten Lyzeum, von vorne Museum", sagte er seinen Genossen später.

In den vergangenen Jahren war an dieser Schule noch gebetet worden. Das hatte man inzwischen abgeschafft. Neuerdings sah der Lehrplan dafür einen völkischen Denkspruch vor, aber vielleicht fiel Frau Ganswindt an diesem Morgen noch nichts Völkisches ein.

Schwester Odona war aus dem Frankensteiner Diakonissen-Mutterhaus gekommen. Sie war, wie Rosa immer sagte, „die Giete selbst". Klein und rundlich, kaum größer als anderthalb Meter, trug sie ein schlichtes taubenblaues Leinenkleid mit einer kleinen Porzellanbrosche in Höhe des Kragens und auf ihrem Kopf ein frisch gestärktes blütenweißes Häubchen. Ihre Augen, die von einer großen Hornbrille gerahmt wurden, strahlten Güte aus, das ist wahr, aber auch a bissel Einfalt. Ernst sagte, „eefältig wie'n Wertshaussuppe". Dafür hatte sie einen unbestechlichen Blick für Läuse und alles was damit zusammenhängt. Läuseeier konnte sie von Nissen auf Anhieb unterscheiden. Nur war sie ein wenig unbeholfen im Ausdruck, und ihr pädagogisches Talent ließ auch zu wünschen übrig. Ältere Schüler machten sich über sie lustig, und die jüngeren verstanden sie oft nicht.

Diesmal hatte sie für die Schülerinnen eine kleine Schautafel mit der Abbildung einer vergrößerten Laus mitgebracht, die sie an den Kartenständer hängte und dort entrollte. Möglicherweise hatte sie die Sensibilität einiger Erstklässlerinnen unterschätzt, jedenfalls ging, gleich nachdem die Schautafel entrollt war, ein silberheller Aufschrei durch die Bänke: Ein Mädchen hatte beim Anblick der sie in Frontalansicht mit starren Läuseaugen fixierenden Kopflaus zu schluchzen begonnen und mußte von fürsorglichen Banknachbarinnen beschwichtigt werden. Schwester Odona war auf diese Reaktion nicht gefaßt. Sie rieb sich die Hände, trat nervös von einem Bein aufs andere und versuchte zu beruhigen. Sie beteuerte, daß sie in Jesu Namen niemand habe erschrecken wollen und daß sie nicht gewußt habe, und wenn sie nur gewußt hätte, und es sei doch nur a ganz kleenes Läusla. Dann blickte sie hilfesuchend in Richtung von Frau Ganswindt. Die reagierte ungehalten, schlug dreimal kurz und kräftig mit dem Zeigestock auf ihr Pult und erbat sich Ruhe. Ihr Blick signalisierte, daß Schwester Odona keine Rücksicht nehmen solle, sondern einfach in ihrem Programm fortfahren möge.

Sie machte auch gleich weiter und führte die verstörte Mädchenklasse breit und umständlich, wie es nun einmal ihre Art war, in die Anfangsgründe der vergleichenden Läusekunde ein, erklärte dies und das und daß sich am Kopf der Läusla außer den beeden Aacha noch zwee Fiehla und a Fleeschwarzla mit a Rissel befänden, mit dem sie das Blutt aus der Kopfhaut saugten.

Nachdem Schwester Odona eine Weile gesprochen und Frau Ganswindt eine Weile aufmerksam zugehört hatte, sagte Frau Ganswindt, es sei gut, wenn die Kinder frühzeitig an ein sauberes Hochdeutsch gewöhnt würden. Als Schwester Odona nur noch nervöser wurde, sagte sie, sie müsse jetzt zum Schluß kommen, das sei für die kleinen Mädchen ohnehin alles viel zu viel, zumal sie ja noch nicht einmal lesen und schreiben könnten. Nun begann die kleine Hildegard zu weinen, weil sie doch dank der Hilfe ihrer Eltern schon lesen und sogar ihren Namen in Sütterlinschrift schreiben konnte. Frau Ganswindt reichte es jetzt. Sie schlug erneut dreimal hintereinander kräftig mit dem Rohrstock auf das Pult und bestand darauf, endlich mit der Untersuchung zu beginnen.

Die Mädchen wurden in alphabetischer Reihenfolge nach vorne gerufen, wo ihnen Schwester Odona das Haar scheitelte und die einzelnen blonden, brünetten, braunen und schwarzen Strähnchen mit kundigem Blick durchsuchte. Sie war jetzt ganz in ihrem Element. In Sachen Lauserkennung machte ihr so schnell niemand etwas vor.

Leider hatte Ruth das Pech, mit Nachnamen Schubert zu heißen. Deswegen gehörte sie immer zu denen, die ganz zuletzt aufgerufen wurden. Ihre Spannung steigerte sich von Minute zu Minute und war zwischen P wie Liesel Pietsch, R wie Bärbel Rudolf und S wie Ilse Schäfer, Elke Schindler und Hannelore Schmidt kaum noch zu ertragen. Einige Mädchen, bei denen Schwester Odona Lausbefall festgestellt hatte, waren bereits nach Hause geschickt worden. Mädchen, die von Schwester Odona für läusefrei befunden wurden, saßen erleichtert auf ihren Plätzen.

Als Ruthla nach vorne trat, spürte sie, daß die Augen aller Mädchen jetzt auf sie und ihr neues Kleid gerichtet waren und daß es nun darauf ankam. Was nützte ihr das schönste Kleid, wenn man sie, wie schon das letzte Mal, beschämt und mit gesenktem, lausbefallenem Kopf vorzeitig nach Hause schicken würde? Läuse bedeuteten Dreck, und Dreck bedeutete Armut. Läuse zeigten, daß man zu den armen Leuten gehörte, was zwar nicht immer stimmte, aber alle glaubten.

Doch Schwester Odona kam, scheitelte und suchte, scheitelte und suchte nochmals, fand aber nichts, weder Laus noch Ei noch Nisse, und entließ Ruthla zufrieden. Sie schickte ihr sogar noch eine anerkennende Bemerkung für ihr neues Kleid nach: „Hast a scheenes Kleed, Madla“.

Ein Kleid, um das sie alle Freundinnen beneideten – und keine Läuse. Mehr war nicht möglich.

Und so schritt Ruthla erleichtert, aber doch so, als käme der Befund nicht ganz unerwartet, zurück an ihren Platz.

Leider sind wir damit aber auch schon an jenem Punkt der Erzählung angelangt, wo die ganze Geschichte kippt, das heißt unaufhaltsam auf einen Ausgang zusteuerte, der nicht eben tragisch, aber auch nicht gerade lustig war, jedenfalls in Ruthlas Augen. Denn mehr ging tatsächlich nicht. Der Triumph war ausgekostet. Das Glück genossen. Nun fühlte sich das Schicksal, diese giftige alte Tugendwachtel, offenbar wieder einmal berufen, ein bissel Nachhilfeunterricht zu erteilen. Nur daß es der kleinen Ruthla vorher noch eine kleine Verschnaufpause gönnte und erst einmal auf den Pausenhof schickte, wo es noch zu einer Art Intermezzo mit Schippelkugeln, Seilspringen und Hinke Pinke kam. Anders als sonst stand Ruthla diesmal ein wenig abseits. Die Sorge um das Kleid war doch zu groß. Und so ließ sie die anderen Mädchen hüpfen, schippeln und seilspringen, Fangla, Versteckla und Ball spielen, während sie selbst zusah oder sich und ihr Kleid in den Fensterscheiben des Schulgebäudes betrachtete. Aber dann klingelte die Pausenglocke, und es ging in die nächste Stunde.

Herr Karger unterrichtete Deutsch und Heimatkunde. Die älteren Mädchen sagten, er sei eigentlich ganz nett, aber er war ein Mann mit Grundsätzen. Dazu gehörte, daß er in Uniform unterrichtete. Das markige, uniformierte Auftreten, der schwere Tritt der Langschäftigen hatten eine stark disziplinierende, um nicht zu sagen einschüchternde Wirkung. Wenn Herr Karger mit ruhig festem Schritt durch die Bankreihen marschierte, verfehlte das seinen Eindruck nicht. Es war Totenstille. So etwas erleichtert dem Pädagogen bekanntlich manches.

Des weiteren gehörte zu Kargers Grundsätzen, daß er sich Gefühle versagte. Nicht, daß er keine gehabt hätte, zu gegebener Zeit und wenn es die Umstände erlaubten, zuhause auf der Federkernmatratze bei seiner Frau, unter Freunden, bei einem zünftigen Skat, holte er sie wieder hervor, seine Gefühle. Im Grunde hatte er ja ein herzliches Verhältnis zu Kindern. Herr Karger lachte auch gern mit seinen Schülerinnen und ließ noch lieber lachen, über diesen und jenen kleinen Spaß, den er sich vor allem in den höheren Klassen erlaubte und der von den Schülerinnen immer dankbar aufgenommen wurde.

Aber dann war auch gut!

Das Lachen durfte nie zu laut, nie zu ausgelassen sein und durfte nie länger als, sagen wir, zehn Sekunden dauern – das war so die Zeit, und schließlich hatte alles seine Zeit. Sonst konnte Herr Karger ungemütlich werden. Daß man sich als Pädagoge bisweilen das Herz verbieten müsse, gehörte nach seiner Ansicht zur Tragik des Berufes. Aber es ginge nun einmal nicht anders. Ein Pädagoge sei im Grunde auch nichts anderes als ein Soldat. Disziplin sei wichtig, und die Schülerinnen würden es ihm später als Mütter gewiß einmal danken. Entscheidend sei, daß man sich nicht zu Zorn und Wut hinreißen lasse, sondern innerlich immer anständig bliebe. Herr Karger war stolz auf seine Einstellung und sprach im Lehrerzimmer viel mit Kollegen darüber.

Vielleicht lag es einfach daran, daß der Satz: „Die Magd holt meiner Mutter Milch“, den die Mädchen auf Geheiß von Herrn Karger in Sütterlinschrift auf ihre Schiefertafeln kratzten, auch nach dem fünften Mal nicht interessanter werden wollte, vielleicht lag es an Herrn Karger, der an diesem Vormittag seltsam abwesend wirkte, vielleicht lag es auch an Ruthla, die heute selbstbewußter war als sonst; jedenfalls kam ihr mitten in der Stunde der Gedanke, das Steichholzschächtelchen hervorzuholen, um ganz vorsichtig einen Blick auf ihr schönes Ringla zu werfen. Leider war

Herr Karger nicht ganz so abwesend, wie Ruthla geglaubt hatte. Es bedurfte nur einiger rascher Stiefelschritte, und schon im nächsten Augenblick versperrte ihr sein senfbraunes Hemd die Sicht. Er wollte wissen, was das für ein Schächtelchen sei. Ruthla schwieg. Eine spontane Aufwallung unbestimmter Angst drückte gewaltig auf die Blase.

„Na, dann wollen wir doch mal sehen."

Herr Karger nahm das Schächtelchen und entfaltete, nachdem er eine Weile den Ring betrachtet hatte, das elfenbeinfarbene Zettelchen, um sogleich laut vorzulesen:

„Verlangt es dich nach meinen Küssen,
laß mich's wissen".

Eigentlich war Ruthla Herrn Karger dankbar dafür, daß er Klarheit geschaffen hatte. Nun wußte sie endlich, was auf Lothars Zettelchen gestanden hatte, etwas, was sie schon geahnt hatte, eine Liebeserklärung, auf die sie stolz sein konnte, auch wenn sie sicherlich ebenfalls aus der Wundertüte stammte und nicht von Lothar selbst verfaßt worden war. Nur daß Stolz und Demütigung in diesem Fall ganz dicht beieinander lagen.

Das Gekichere und Gegackere, das nun überall in den Bankreihen zu hören war und das sich trotz Einsatzes seiner ganzen Autorität von Herrn Karger nicht auf zehn Sekunden beschränken ließ, können wir ausblenden. Wir überhören das laute Lachen von Ilse und Christa, die plötzlich wieder Stimme hatten, aber auch das von Erika und Helga, wir konzentrieren uns stattdessen auf Herrn Karger.

Nein, Herr Karger war kein Unmensch, in gewissem Sinn war er sogar kultiviert. Es war also keineswegs so, daß er keinen Sinn für den Charme, ja für die Poesie der Situation gehabt hätte. Und da er, wie gesagt, Kinder mochte, mochte er auch die kleine Schubert, zumal ihn angesichts der heiklen Familienverhältnisse, über die im Kollegium viel geklatscht wurde (einige Kollegen kannten Margot), oft das Mitleiden überkam. Aber einerseits konnte er den Regelverstoß nicht einfach hinnehmen, andererseits mußte er wissen, wer hinter dem Schächtelchen mit dem Zettel steckte. Wer weiß, ob nicht irgendein Zigeuner- oder Judenlump ihr auf dem Wege aufgelauert und das Schächtelchen aus dunklen Motiven zugesteckt hatte. Keine Frage, er mußte der Sache weiter nachgehen. Das war seine Verantwortung als Pädagoge. Also blickte er Ruth forschend an, durchdringender, als es Ruthla lieb war, und verlangte den Namen – zu ihrem eigenen Schutz, wie er hinzufügte. Und daß er ihr das Stöckchen erspare, wenn sie ihm den Namen nennen würde. Das alles ganz sachlich, soldatisch fest, zugewandt fast.

Als Ruthla schwieg, machte er ihr noch ein Angebot. Auch das im Grunde weitherzig. Er sagte, daß er jetzt bis fünf zählen würde und daß das für sie die letzte Gelegenheit sei. Bis dahin möchte er von ihr wissen, von wem sie das Schächtelchen habe.

Und er begann zu zählen: „Eins..."

Aber Ruthla schwieg. Sie schwieg nach eins und zwei, sie schwieg nach drei und vier und sagte auch nach fünf kein Wort.

„Sodann", sagte Herr Karger.

„Sodann" bedeutete immer: Nach vorne kommen und Hand ausstrecken.

„Du willst es nicht anders."

Daß Ruthla es nicht anders wollte, konnte man nicht sagen; natürlich hätte sie es anders gewollt, wenn ihr Herr Karger die Möglichkeit dazu angeboten hätte, aber angesichts der kargen Alternative blieb ihr nichts anderes übrig, als ihm gesenkten Hauptes nach vorne zu folgen und die Strafe in Empfang zu nehmen. Viel Erfahrung mit dem Stöckchen hatte sie bis dahin noch nicht, eigentlich gar keine, aber einmal ist ja bekanntlich immer das erste Mal.

So kam es an diesem Vormittag zu ihrem zweiten großen Auftritt vor der Klasse. Sie machte es also ganz anders als der Herr, von dem Hedwig immer sagte, er sei erst in Leiden erschienen, um dereinst in Herrlichkeit zu kommen. Ruthla erschien erst in Herrlichkeit und dann in Leiden. Dabei gedachte sie der Totengräber, von denen Albert ihr einmal bei einem Spaziergang über den Ring erzählt und deren Schicksal sie immer sehr ergriffen hatte. Nicht, daß sie befürchtete, Herr Karger würde ihr mit glühenden Zangen das Fleisch vom Leibe reißen, aber das Gefühl, ungerecht behandelt zu werden, kann Menschen über Zeiten und Orte miteinander verbinden. Als sie vor Herrn Karger stand und ihre Hand ausstreckte, hatte sie daran denken müssen, wie man die armen Leit' damals auf einem Ochsenkarren zur Hinrichtung auf den Ring gefahren hatte. Aber natürlich machte es einen großen Unterschied, ob jemand mit Stöckchen oder glühenden Zangen malträtiert wird.

Übrigens entdeckte Ruthla gleich nach dem ersten Schlag, daß der Schmerz weit weniger schlimm war, als sie befürchtet hatte. Nicht, daß sie ihn geradezu genossen hätte, aber das Gefühl, ihn nicht allein für sich zu erleiden, wog manches auf.

Karger sagte später im Kollegium, ihm habe dabei das Herz geblutet – und das wird man ihm gerne glauben, zumal er nur mit eiserner Disziplin verhindern konnte, daß ihm dabei eine Träne aus dem Auge rollte.

Als Ruthla wenig später mit ihren Freundinnen die Schule verließ, paßte ihre Stimmung zum Wetter. Der Himmel hatte sich bedeckt, über ihnen zogen graue Wolken. Die Freundinnen waren noch sehr aufgekratzt und sprachen viel. Doch Ruthla verabschiedete sich unter einem Vorwand und ging über den Oberring in die Burgstraße, vorbei an Konditorei und Café Römer. Von dort bog sie die nächste Straße rechts ab in Richtung „Freiheit", wo sie hinter dem Schultor der Frankensteiner Jungenschule nach Lothar Ausschau hielt. Aber die Jungen waren gerade auf dem Schulhof angetreten, wo sie das Deutschlandlied und „Die Fahne hoch" sangen. Ruthla wartete nicht länger, sondern ging weiter, wieder zurück über den Ring, an einigen Kleidungsgeschäften vorbei zum Torberg. Ein paar Fetzen des Liedes hallten noch eine Weile nach:

„Die Straße frei
Den braunen Bataillonen...
Die Knechtschaft dauert
Nur noch kurze Zeit!"

Inzwischen waren bereits ein paar Regentropfen vom Himmel gefallen. Erst waren es nur wenige, und man mußte den nackten Arm ausstrecken, um sie überhaupt zu bemerken. Dann wurden es immer mehr. An der St. Anna-Kirche hätte Ruthla eigentlich schon den Schutz der Überdachung aufsuchen sollen, aber was konnte ihr das bissel Nässe anhaben?

Als Ruth endlich die Pausebachbrücke erreicht hatte, war sie pitschnaß. Es hatte aber aufgehört zu regnen. Nur von ihrem Kleid fielen noch Tropfen.

Doch was waren das für Tropfen?

Es waren rote und grüne Tropfen. Die roten Kirschen und die grünen Blätter tropften. Sie tropften, lange grüne und rote Streifen hinter sich her ziehend, vom Kleid, das am Morgen noch wie weiße Milch mit Kirschen ausgesehen hatte, auf die Brücke, in das Wasser der Pause. Rote Streifen neben grünen, grüne Streifen neben roten, rote Streifen, die sich mit grünen Streifen kreuzten und rotgrüne Streifen, die zu großen, grünroten Schmuddeltropfen zusammengeflossen waren. Das Entsetzen hatte sich wie ein enges Korsett um Ruthlas Körper gelegt und ließ sie erstarren. Es dauerte ein paar Sekunden, bis eine gütige Fee sie wieder daraus befreite und Ruthla zu begreifen begann. Da war dann minutenlang kein Ansichhalten mehr, und nun tropften außer den verflüssigten Kirschen und Blättern auch noch Ruthlas ungefärbte Tränen in den Pausebach.

So ging das eine ganze Weile. Dann hörte Ruthla eine Stimme hinter sich.

„Ist denn das Kleidla nicht wasserfest?"

Hinter ihr auf der Brücke stand Dr. Werner, der Leiter der Frankensteiner Musikschule, an der Ruthla jeden Morgen auf ihrem Weg zur Schule vorbeikam. Er war ihr schon öfter aufgefallen, wegen des Geigenkastens, mit dem er durch die Straßen ging.

Ruthla schüttelte den Kopf.

„Schade“, sagte Dr. Werner, „’s war ein so hübsches Kleidla, aber da kann man wohl nichts machen“.

Ruthla schluchzte wieder.

„Aber Madla, wer wird denn deswegen weinen. Weißt du nicht, daß Weinen ansteckend sein kann? Sieh mal, wenn du weinst, dann muß ich auch weinen.“

Dr. Werner weinte tatsächlich. Oder tat er nur, als ob er weinte? Ruthla konnte es nicht genau erkennen. Jedenfalls rollten ein paar Tränen über seine Wangen. Das sah in jedem Fall täuschend echt aus und so, daß Ruthla, die nicht an wirkliche Tränen glauben wollte, über die Perfektion der Täuschung staunen mußte. Immerhin hatte Dr. Werner es geschafft, sie abzulenken und sie weinte jetzt nicht mehr.

„Häng’ dein Herzla nicht an Dinge, die nicht wasserfest sind, Madel“, sagte Dr. Werner plötzlich sehr energisch, aber doch so, daß jemand, der genau hinhörte, sofort merken mußte, er sprach eigentlich mehr mit sich als mit Ruthla.

„Aber Bleyle ist doch zu teuer für Muttel“, erwiderte Ruth.

Dr. Werner stutzte kurz, dann wandte er sich ab, und es sah aus, als ob er sich auf seine Lippen biß. Jedenfalls wußte Ruth nicht, ob er jetzt lachte oder immer noch weinte.

„Ich meinte etwas anderes, sagte er. Ich meinte ... Aber vielleicht ein anderes Mal“, sagte er.

Und dann gab er ihr schnell einen Kuß auf die salzige Wange und verschwand mit seinem Geigenkasten dort, wo die beiden Bilddiagonalen sich schnitten und es von der Silbergerstraße rechts zur Musikschule ging.

Stilleben mit Bett und Großvater

Gleich am ersten Tag der Sommerferien nahm Rosa einen der leeren Kartons unter den Arm, die sich im Holzverschlag neben dem Haus stapelten, und machte sich zusammen mit Ruthla auf den Weg zum Bahnhof. Unter einem Himmel, so wolkenlos blau wie der des Frankensteiner Stadtwappens, gingen die beiden von der Siedlung in Richtung Silberberger Vorstadt. Gleich hinter der Langen Liebe bogen sie links ab auf die Schloßpromenade und schritten die Stadtmauer entlang zur Post. Vom Postgebäude am Horst-Wessel-Platz ging es weiter durch die Hindenburgstraße und von dort über den Heldenhain mit dem Kriegerdenkmal zur Bahnhofsstraße und zum Bahnhof. Unterwegs hatte sich Rosa für einen Groschen ein illustriertes Heftla für die Fahrt gekauft. Ruthla kriegte eine kleine Spitztüte mit Zockernissla, klebrigen Himbeerbonbons, die sie in ihrer Schürzentasche für die Zugfahrt verwahrte.

Die Reise mit der Boahne ging von Frankenstein über Camenz in das zwanzig Kilometer entfernte Reichenstein. Die Lok machte, was alle Dampfloks in dieser Zeit zu tun pflegten, wenn sie den Bahnhof erreicht hatten: Sie pfiff, ließ Dampf ab und quietschte mit den Bremsen. Nachdem die Fahrgäste eingestiegen waren, wurden die Türen geschlossen, und die Suche nach einem Sitzplatz begann. Das Abteil war fast besetzt, aber zwischen einem zerstrittenen Ehepaar aus Kleutsch klaffte noch eine größere Lücke. Rosa plazierte ihr Hinterteil zielsicher zwischen die ehelichen Frontlinien, stellte den Karton auf den Boden und forderte Ruthla auf, dort Platz zu nehmen.

Man machte es sich gemittlich. Während Ruthla aus ihrer Schürzentasche die Tüte mit den Himbeerbonbons hervorkramte, blätterte Rosa in ihrem grünstichigen Heftla und vertiefte sich in einen Artikel über die dunkle Schöne auf dem Titelbild, die mit zarten Fingern die Saiten einer spanischen Guitarre bespielte. Ihre schmachtenden Lippen waren leicht geöffnet, so als sänge sie gerade eines ihrer populären Gurrelieder: Rosita Serrano – eine in diesen Jahren hochgefeierte Schlagergröße, die wegen ihrer glockenhell (empfindlicheren Ohren fast schon zu hell) klingenden Stimme auch als „chilenische Nachtigall" bezeichnet wurde. Ihr „Roter Mohn" hatte sich schon seit Wochen wie ein Ohrwurm in Rosas Kopf festgesetzt.

Rosa wußte, was sie tat. Als der „Schoffner" ins Abteil trat, rief sie sich noch einmal kurz den Wortlaut des Kursbuchaushangs in Erinnerung: „Kinder vom vollendeten 4. bis zum vollendeten 10. Lebensjahre werden zum halben Preise befördert. Kinder bis zum vollendeten 4. Lebensjahre, für die kein besonderer Platz beansprucht wird, werden frei befördert".

Dies also der Sinn des leeren Kartons: Platz zu schaffen, wo kein Platz beansprucht werden sollte, Geld zu sparen, wo es nichts mehr zu sparen gab.

Holzschnittartig ließe sich die Begegnung zwischen Rosa und dem Schaffner so darstellen: Hier das grundgediegene, in wuchtiges Fleisch und schneidige Uniform inkarnierte Urbild des deutschen Reichsbahnbeamten, in korrekter Ausübung seines verantwortungsvollen Dienstes. Dort die listenreiche Mutter Courasche – Rosa, der mangels ausreichender materieller Basis und dank eines Ehemannes, der sich lieber mit Nazis herumprügelte oder andere Weiber beschlief, als geregeltem Gelderwerb nachzugehen, keine andere Wahl blieb, als sich und ihre Kinder mit blinzelnder List und nicht ohne gewisse angeborene Durchtriebenheit über Wasser zu halten.

Nachdem er erst das auf Distanz sitzende Ehepaar und dann Rosa abkassiert hatte, postierte sich der Schaffner vor der kleinen Ruthla und blickte von ziemlich oben auf sie herab, was bewirkte, daß die ohnehin viel zu Ängstliche noch ängstlicher in sich zusammensank.

„Nu Madla, was hoat's denn mit Dir?"

Die Frage war völlig überflüssig. Rosa hatte alles so arrangiert, daß kein Zweifel möglich war. Ihre Tochter saß auf einem Persil-Karton, beanspruchte keinen besonderen Platz und konnte also das vierte Lebensjahr kaum vollendet haben. So jedenfalls die Logik, die sie, ohne Ruthlas Antwort abzuwarten, dem Schaffner weitläufig auseinandersetzte.

Der aber ließ nicht locker, wollte sich partout nicht von Rosas bestechender Logik bestechen lassen, schien gar nicht zuzuhören und hielt seine Augen vielmehr weiterhin gestreng auf das verängstigte, unter seinen mißtrauischen Blicken wie ein Würmlein sich windende, immer winziger werdende Ruthla gerichtet, das beinahe vom Karton auf den Boden des Abteils gerutscht wäre:

„Wissen S', was ich glaube?"

„Nu?"

„Daß Ihr Madla schon zur Schule geht."

Wie immer in heiklen Momenten hatte Rosa inzwischen wieder ihre Kaninchenwitterung aufgenommen. Mund und Lippen formten ein kleines O und wippten und mümmelten im Zusammenspiel mit der Nase aufgeregt hin und her. Die unter den Vorhängen schlesischer Schlupflider hervorlugenden Augen machten auf Entrüstung:

„Nu, wie kommen S' denn da druff? Ganz eim konträren Gegenteele. Ich schweer's Ihnen bei der Heiligen Mutter Gottes, das Madla is eest vier".

Das war ein glatter Meineid, den Rosa, die dafür viel zu ehrlich war, niemals in der Kirche oder vor Gericht wiederholt haben würde. Außerdem war sie evangelisch, und darum war ihr die Heilige Gottesmutter, anders als der katholischen Hedwig, ziemlich wurscht. Was auch, soweit sie wußte, in etwa der Meinung des amtierenden evangelischen Pfarrers in der Kreuzkirche entsprach.

Rosas nervöse Nasenunruhe hatte sich auf Ruthla übertragen und verursachte zusammen mit dem bedrohlichen Anblick des vor ihr stehenden uniformierten Beamten eine Art Heulkrampf. Ruthla begann so hemmungslos und laut zu flennen, daß die übrigen Fahrgäste aufmerksam wurden. Im Abteil wurde unwilliges Gegrummel laut. Mitleid mit dem armen Madla wallte auf, aber auch Empörung über den gefühllosen Beamten, der schuld war am heulenden und rotzenden Elend. Blicke straften den Uniformierten wie kleine elektrische Stromschläge. Dem wurde die Sache zu ungemütlich, und er trollte sich ins Nachbarabteil.

Das Problem hatte sich sehr zu Rosas Zufriedenheit gelöst, und es kam ihr nun vor, als würde die durch Felder und Wiesen zuckelnde Eisenbahn unter der nachlassenden Anspannung ihren weißen Dampf noch unbeschwerter in den ansonsten immer noch wolkenlos blauen Himmel blasen als zuvor.

Nachdem sie Frankenstein hinter sich gelassen hatten, fuhren sie vorbei an den Zuckerrübenfeldern von Zadel, vorbei an Weizen und Klee, vorbei an den Feldern mit Mohn.

Nun, da ist er wieder, der Mohn. Der Leser mag bemerkt haben, daß bisher auf eine Assoziation, die sich beim Anblick roter Mohnfelder unwillkürlich aufdrängt, bewußt verzichtet wurde: die Blut-Mohn-Metapher. Vermutlich wäre sie an dieser Stelle, kurz vor Ausbruch des 2. Weltkriegs, etwas deplaziert, weil zu aufdringlich. Ein verantwortungsvoller Autor sollte mit Metaphern haushalten können. Auch und gerade, wenn es um Mohn und Mohnfelder geht. Liegt doch der Reiz dieser und anderer aufwendig inszenierter Augenweiden und Naturschauspiele ohnedies darin, daß sie ebenso schön wie sinnlos sind und alles oder nichts bedeuten können.

Doch abgesehen davon hatte Rosa inzwischen auch gar kein Auge für das flammende Spektakel, das vor den Fenstern ihres Abteils abging. Mental war sie den Mohnfeldern weit voraus. War sie doch, wie wir wissen, schon seit ein paar Tagen auf Entzug. Kathreiner war auf Dauer kein Ersatz. Wie alle echten Kaffeejunkies wurde auch Rosa von Bildern heimgesucht, durch Bilder begehrlich gemacht, sah sie, irgendwo zwischen Wolmsdorf und Dörndorf, vielleicht auch schon nach Baitzen, in jedem Fall hinter Camenz und ein paar Kilometer vor Reichenstein, sah sie in Gedanken köstlich duftenden Kaffee vor sich, in großen Dosen, vielleicht auch in prallvollen Säckerla, die überquollen vom gerösteten braunen Stoff. Und Rosa malte sich aus, wie sie ihn Böhnchen für Böhnchen durch ihre Hände rieseln ließ.

Auch Ruthla interessierte sich nicht für den flackernden roten Mohn vor dem Abteilfenster. Während ihre Zunge aus einem Bonbon künstliches Himbeeraroma sog, dachte sie an Opa Berthold in Reichenstein, der ihr das letzte Mal unter bedeutungsvoller Gestik und geheimnisvollen Andeutungen ein ganz besonderes Geschenk versprochen hatte.

Als sie in Reichenstein ankamen, machte die Lok das, was alle Dampfloks in dieser Zeit zu tun pflegten, wenn sie den Bahnhof erreicht hatten: Sie pfiff, ließ Dampf ab und quietschte mit den Bremsen. Endstation. Türen öffneten und schlossen sich. Rosa verließ den Zug so, wie sie ihn betreten hatte, mit dem Ruthla an der Hand und dem Persil-Karton unter dem Arm. Vom Bahnhof gingen sie unter immer noch tadellos blauem Himmel die Frankensteiner Straße entlang, vorbei an Friedhofskapelle und Friedhof, in dessen gesegneter Erde die allzu früh verstorbene Mutter und Großmutter Ludmilla ruhte. Am Ring empfahl der Wirt des Schwarzen Adler seine Lokalität auf einem Aushang der gütigen Beachtung („Zimmer mit voller Pension für drei Reichsmark"), und auch ein gepflegtes Gorkauer Edel oder Original Schweidnitzer Schöps konnte man hier trinken („wirkliche Bierkenner bevorzugen die schlesischen Qualitätsbiere").

Bevor wir die strittige Frage klären, auf welchem Weg Rosa und Ruthla zum Großvater gelangten und wo dessen Haisla stand, noch ein Wörtchen zu der freien Bergstadt Reichenstein. Viel zu schnell und zielstrebig haben wir mit Rosa und Ruth das Zentrum des kleinen Städtchens angesteuert, das hier wie überall in Schlesien „Ring" hieß. Um ein Panorama-Bild des Ortes zu gewinnen, müssen wir den Film noch einmal zurückspulen und die Stadt aus einiger Entfernung, also von irgendwo draußen auf den Feldern oder Wiesen, am besten aber aus der Luft auf uns wirken lassen.

Malerisch in Terrassen am Nordhange des gleichnamigen Gebirges gelegen, sei die Stadt. So sagt uns der Reiseführer. Und das ist nicht falsch. Und doch widerstrebt es mir, den Leser an dieser Stelle mit braven, etwas ausgetretenen Reiseführerschilderungen zu ermüden. Mein Onkel und Gevatter Albert, der darauf besteht, daß das Biechla auf keinen Fall langweilig sein dürfe, Albert, der schon durch so viele schwere Nöte gegangen ist, wäre sicherlich damit einverstanden, wenn ich einen ganz anderen Ansatz wähle und sage: Reichenstein – das sind zwei keusche saftgrüne Brüste, an denen sich die Hände eines Liebhabers emporschmiegen, der gelernt hat, mit seinen Kräften hauszuhalten. Die eine Brust nenne ich Kuhberg und die andere Kreuzberg. Und Badergraben heißt das Tal zwischen den Brüsten.

Ich weiß, daß mit Metaphern dieser Art in unserer mit dergleichen Bildern übersättigten Zeit kaum noch Wirkung zu erzielen ist. Trotzdem bleibe ich dabei. Denn die Wahrheit ist, daß die Reichensteiner ihren Bergen viel zu verdanken und sich ihren reichensteinischen Reichtum förmlich aus den Bergen herausgesaugt haben.

Der Legende nach sollen ganz am Anfang ein paar Goldnuggets in einem Bach, der später Goldbach genannt wurde, die Sache in Gang gebracht haben. Weil Menschen nur selten mit dem, was Mutter Natur ihnen aus freien Stücken schenkt, zufrieden sind, ging man der Sache weiter nach und begann mit Maulwurfsgeduld solange in den dunklen Gründen, Schründen und Schächten von Kuhberg, Kreuzberg und Umgebung herumzugraben und -zuwühlen, bis weiteres Golderz und ganze Goldadern entdeckt wurden. Die Angelegenheit entwickelte sich prächtig, und überall entstanden Stollen und Schächte, aus denen das gelbe Metall zutage gefördert werden konnte.

Die Kunde vom Goldvorkommen in Reichenstein verbreitete sich schnell und weckte vielerorts Begehrlichkeit. Im 16. Jahrhundert hatte das Haus Fugger seine Tentakel nach der reichensteinischen Goldgrube ausgestreckt und mit seinem reichlich vorhandenen Kapital Mittel und Wege gefunden, den europäischen Goldmarkt zu beliefern. Acht Prozent des europäischen Goldes sollen damals, so sagt man, aus Reichenstein gekommen sein. Die Sache mit dem goldenen Erz, das man dem Berg tonnenweise aus seinem geschundenen Leibe kratzte, florierte. Man hatte Großes, Größeres, immer noch Größeres vor.

Irgendwie muß die fiebrige Aufregung um das Gold den Reichensteiner Berggeist doch sehr verstimmt haben. Bald hatte er die Nase voll von der Buddelei, fühlte sich nur noch ausgenutzt, begann zu beben, begann zu zittern und begrub am Ende 59 Bergleute unter sich. So geschehen anno 1565 in der Grube „Goldener Esel". Der Tod so vieler armer Goldesel bedeutete das vorläufige Ende der ganzen Graberei.

Es wurde wieder gemittlich in Reichenstein.

Es wäre wohl noch länger so gemütlich geblieben, wenn nicht wieder einmal einer dieser unruhigen Typen mit Zügen echter Besessenheit auf den Plan getreten wäre. Sein Name war Hans Scharfenberg, und das sagt eigentlich schon alles. Er gehörte zu jener Kategorie durchgeknallter Forscher, die man aus amerikanischen Mad-scientist-Streifen kennt und die dort auch so heißen: Leute, die, zumeist aus deutschen Landen stammend, von faustischem Erkenntnisdrang getrieben, hastig Formeln auf Papier kritzeln, vor qualmenden Gläsern und Retorten mit giftgrün fluoreszierenden Essenzen herumexperimentieren und beim nächtlichen Schlag der Kirchturmuhr mit einem ihnen treu ergebenen buckligen Faktotum bei Blitz und Donner in wilder Kutschfahrt zum örtlichen Gottesacker jagen.

Hans war Alchemist und suchte das Lebenselixier. Eigentlich hätte ein Blick aus seinem Butzenfenster, auf den Marktplatz mit den keifenden Weibern und den sich balgenden Burschen ausgereicht, die Essenz des Lebens kennenzulernen, aber Hans wollte mehr – denn seine Essenz sollte konzentrierter, kompakter und irgendwie portabler sein.

Und so entdeckte Hans Scharfenberg auf dem Höhepunkt seines unverfilmt gebliebenen Forscherlebens statt seines Lebenselixiers in den Reichensteiner Bergen ein tödliches Gift, Arsen.

Man wird Hans zugute halten müssen, daß er die Sache, anders als die Goldkapitalisten aus Augsburg, nicht um schnöden Gewinns, nicht um Geldes oder Goldes wegen betrieb, sondern daß er höhere Ziele verfolgte und daß die Entdeckung des Giftes nur ein Nebenprodukt seiner gewiß ganz selbstlosen Suche nach Erkenntnis war. Erst den praktischer denkenden Söhnen war es vorbehalten, aus der Entdeckung Profit zu schlagen. Denn Arsen wurde benötigt, nicht nur von Herzögen, Königen und Päpsten, um sich gegenseitig zu vergiften, nicht nur von hübschen jungen Ehefrauen, die sich die Wartezeit bis zur Auszahlung ihrer Witwenpension verkürzen wollten, sondern vor allem für Metallurgie und Pharmazie.

Als zu Beginn des 19. Jahrhunderts auch noch Kommerzienrat Dr. Güttler auf den Plan trat, um die Sache in die Hand zu nehmen, ging es mit Reichensteins Bergbau wieder bergauf. Am Ende konnte das durch seine Gold- und Arsenvorkommen reich gewordene Städtchen eine stolze Bilanz vorweisen: es besaß, außer seinen zahlreichen Industrieanlagen, Hochquellenleitung und Kanalisation, hatte elektrische Beleuchtung und war Sitz eines Amtsgerichts und eines Nebenamtes zweiter Klasse. Sogar ein Gefängnis gab es, das allerdings, wie bereits hier angemerkt werden muß, mit einem unrühmlichen Kapitel der Familiengeschichte verbunden ist. Weiterhin gab es noch Post, Telegraphie, städtisches Waisenhaus und städtisches Hospital, eine Forstschule, ein Wannen-, Brause- und Schwimmbad, zahlreiche Handwerksbetriebe und Vereine, den schon bekannten Bahnhof der Kleinbahn Camenz-Reichenstein und nicht zuletzt: eine von Kommerzienrat Dr. Güttler höchstpersönlich ins Leben gerufene Stiftung für Witwen und Jungfrauen sowie eine auf Initiative seiner verehrten Ehefrau Pauline gegründete Kleinkinder-Spielschule.

Auch auf die Gefahr hin, das Biechla an dieser Stelle mit unnötigem Tiefsinn zu belasten, kann und will ich mir eine ebenso naheliegende wie abschließende Deutung des Falles Hans Scharfenberg nicht verkneifen. Allzu eindrucksvoll scheint er mir zu zeigen, daß unsere technischen und industriellen Errungenschaften häufig nichts anderes sind als Abfallprodukte der Suche nach etwas ganz anderem, wesentlicherem: dem von uns allen sehnsüchtig begehrten geheimnisvollen Lebenselixier… Doch da Albert, mein Gevatter und Auftraggeber, seinen Tarif nun einmal nicht nach tiefsinnigen Betrachtungen, sondern handfesten Schlesier- und Familien-Geschichten bemißt: Schwamm drüber.

Um wieder im Bilde zu bleiben und auf die beiden Brüste zurückzukommen: Irgendwann hatte es sich für die Reichensteiner ausgezutzelt. Nicht, daß die Berge nichts mehr hergegeben hätten, aber mit den Jahren und Jahrzehnten waren die einst so drallen, mit blankem Gold und dann mit hochgiftigem, aber einträglichem Arsenik gefüllten Brüste schlaffer geworden. Da sich das bei der Arsenikgewinnung freigewordene Arsen überdies ungünstig auf die Gesundheit der Reichensteiner ausgewirkt hatte, wurde die Förderung nach einigen Jahrzehnten eingestellt.

Nachdem das Kapital, das scheue Rotwild, den Reichensteiner Forst wieder verlassen und sich andere Wald- und Weidegründe gesucht hatte, konnte der ausgepowerte Ort endlich von seinem Goldfieber und einer chronischen Arsenvergiftung genesen.

Es ist immer wieder ein guter Trost zu wissen, daß es selbst dann, wenn alle untreu werden, *eine* verläßliche Stütze, *einen* festen Halt gibt, *eine* Institution, auf die immer Verlaß ist: die Kirche. Ihre Kirche wurden die Reichensteiner nicht los. Sie wollten es auch gar nicht.

Genaugenommen sind es sogar zwei Kirchtürme, denen Reichenstein sein geistliches Profil zu verdanken hat, ein evangelischer und ein katholischer. Als läge Luthers Thesenanschlag erst ein paar Jahrzehnte zurück, bieten sie sich bis heute aus gebührender Distanz trotzig ihre Stirn. Obwohl Alter, Tradition und Herkunft zugunsten der katholischen Kirche sprachen, wurde es nach der Reformation stiller um sie. Doch dann erhob sie sich zu neuer, imposanter Größe. Während die am Ring gelegene evangelische Pfarrkirche immer mehr verschlampte und damit begann, Putz abzugeben, Dachziegel zu verlieren und sich mit Efeu zu kleiden, triumphierte (vielleicht mit Segen von oben, vom Berge, vom Jauer her, wo ihre Eminenz, der Breslauer Bischof, sein schlesisches Castell Gundolfo hatte) die allzeit siegreiche Catholica. In Gestalt des neugotischen, Mariae und ihrer unbefleckten Empfängnis geweihten, hoch aufschießenden kirchlichen Bauwerks ist sie auch heute noch das Zentrum des Ortes.

Während der Standort der katholischen Kirche in Reichenstein schnell ausgemacht werden kann, war die Lage des mir persönlich noch ein wenig wichtigeren Wohnsitzes meines Urgroßvaters lange Zeit strittig. Albert behauptete steif und fest, sie seien, wenn sie ihren Opa besuchten, immer rechts abgebogen. Dagegen ließ Ruth sich nicht davon abbringen, daß das Haus des Großvaters irgendwo links gelegen haben müsse. Ruth und Albert waren sich einig, daß ein von Wochenendausflüglern viel frequentierter Gasthof nicht weit entfernt war.

Zur gewünschten Klarheit kam es aber erst, als Albert an der hintersten Stelle der untersten Schublade seiner mächtigen Eichenschrankwand das seit Jahrzehnten vermißte Bild des großelterlichen Hauses wiederfand. Es handelte sich um eine nachkolorierte Ansichtskarte, die mit ihren wie vom Salz vieler Tränen ausgedünnten, verblichenen Farben dazu angetan war, beim Betrachter eine wehmütig nostalgische Stimmung zu erzeugen. Das Bild zeigte ein schieferweißes Waldmühlenhaus mit altersgrauem Holzgiebel und einem friedlich rauchenden Schornstein in bewaldetem Grund, beiderseits von hohen Tannen bewachsene, steil abfallende Talwände und einen steinockerfarbenen Talweg, der sich an dem Haus vorbei zur Brücke eines Baches schlängelte. Eine kleine rote Schrift auf blaßblauem Himmel über den

Tannenspitzen erklärte, wo der Ort, den man nicht in dieser Welt vermutete, lokalisiert werden sollte: „Reichenstein, Schles." und darunter stand: „Schlackental-Waldmühle".

Das waldgrüne Idyll auf der Karte sah aus wie die Vorlage zu einem romantischen Landschaftsbild, wie von Eichendorff besungen und von einem bekannten Namensvetter der Schuberts vertont. Waldesstille, Waldeinsamkeit, hoher Tann und kühler Grund, im schönsten Wiesengrunde ist meiner Heimat Haus, mein stilles Tal, die Mühle am rauschenden Bach, Mühlenbach, ich weiß nicht, wie mir wurde, ich weiß nicht, was ich will, grüß dich tausendmal, Lust und Klang, letzter Gang und Abendschein.

Albert überreichte mir die Karte ein paar Wochen nach meinem Besuch zitternd, mümmelnd und also nicht ohne eine gewisse Ergriffenheit, die auch daran erkennbar war, daß er „Schläsing" mit einer komischen Forciertheit aussprach, so als ob er befürchtete, seine Stimme könnte beim Sprechen versagen. Wehmut klang in seinen Worten, eine unausgesprochene Sehnsucht nach etwas, wonach ich ihn in diesem Moment wohl besser nicht befragte.

Ruthla, von Haus aus nüchterner als Albert, wenngleich nicht weniger anfällig für Stimmungen, die sie aber nur in unbeobachteten Momenten zuließ, schlug sich beim Anblick der Ansichtskarte auf die Stirn und rief: „Jesses, Schlackental, Schlackental, daß mir das nicht eingefallen ist!"

Nachdem das Stichwort Schlackental aber erst einmal ausgesprochen war und sich die Nebel der Erinnerung gelichtet hatten, waren auch andere Namen und Dinge plötzlich wieder gegenwärtig: Goldbach, der Name des Baches, der den Waldweg vor dem Hause, je nach Jahreszeit und Wasserstand, mal plätschernd, mal rauschend, begleitet haben soll; Waldschenke, der Name des Ausflugslokals, in dem die aus Breslau anreisenden Studenten und Burschen ihre feuchtfröhlichen Wochenenden verbrachten; Getrudstollen und Kreuzkapelle, Einsiedelei und Erlengraben und noch viele andere Namen. Klar wurde auch, daß es die hohe Felswand, die sich in Alberts und Ruths Erinnerung gleich vor dem Haus schroff aufrichtete, nur im Schlackental gab.

Übrigens steht fest, daß Großvater Berthold ein Züchter von Singvögeln war und die Szene, ohnehin schon romantisch genug, noch durch ein Vogelhändleridyll bereicherte, indem er Holz- oder Metallkäfige in allen Formen und Größen vor dem Haus aufstellte oder unter das Dach hängte. Darin schnäbelten Dompfaffe, flatterten Stieglitze und polnisch sprechende Vögelchen riefen „czyżyk", was auf tschechisch „čížek" heißt und auf deutsch „Zeisig". Man lebte ja an der Grenze und war ein wenig zweisprachig hier.

Wenn Ida, Bertholds Frau aus zweiter, kinderlos gebliebener Ehe, ihre Guschen hätte verziehen können, was aber nicht ging, da sie sie bereits bis zum Anschlag verzogen hatte, hätte sie es getan. Sie war eben aus dem Puusch zurückgekehrt und hatte sich erschöpft auf einen der grauen Felsbrocken, nicht weit von ihrem Haus niedergesetzt. Auf der weidengeflochtenen Kiepe, die sie auf ihren Rücken geschultert hatte, schaukelte ein meterhoher, Kopf und Schultern überragender Stapel mit Reisigholz. Ihre sehnigen Unterarme mit den zwei mächtigen, schwieligen Arbeitspranken hatte Ida, die ein erdfarbenes, bis auf den Boden reichendes Kleid mit einer ebenso erdfarbenen Schürze trug, auf die Knie gestützt. Auf ihrem kleinen, rundlichen Kopf trug sie ein verschwitztes, vermutlich ebenfalls erdfarbenes Hinterbindtuch, aus dem ein paar dünne graue Haarsträhnen in das faltige Gesicht mit dem ausladenden, spitzen Kinn und der dito Nase fielen. In tiefen Höhlen hielten sich zwei Augen versteckt, die einem kundigen Menschen- und Seelenkenner zeigten, daß Ida in ihrem Leben außer dem Reichensteiner Forst und der Reichensteiner Kirche nicht viel gesehen hatte.

Übrigens trug man viel Kiepe in dieser Gegend. Auch Ludmilla, die erste Frau des Großvaters und Mutter von Rosa, hatte einst Kiepe getragen. Sie hätte sie sicherlich immer noch getragen, und vermutlich hätte sie statt Ida vor dem Hexen-Haisla mit den Singvogelkäfigen und dem rauschenden Goldbach hinter den Fichten gesessen, wenn nicht dieses dumme Mißgeschick, von dem ihr Mann Berthold immer dann erzählte, wenn er nicht gerade schlief, gewesen wäre.

Und doch wäre es zuviel gesagt, wenn man behaupten wollte, daß die Kiepe meiner Urgroßmutter zum Schicksal geworden sei, denn genaugenommen verhielt es sich so, daß sich das Unglück erst ereignete, als sie die Kiepe abgesetzt hatte. Aber das ist eine andere Geschichte, die noch erzählt werden muß.

Ida schluckte, als sie ihre Stieftochter mit dem Persil-Karton und der Tochter hinter ein paar Krotzbeerbüschen im Schlackental auftauchen sah, doch sie bemühte sich, sich nichts anmerken zu lassen. Ja es ist wahr, Ida mochte keine Kinder, am wenigsten die Kindeskinder ihres Mannes. Vermutlich mochte sie auch deren Kinder nicht. Sie mochte weder Lissy noch Albert noch Herbert noch Heinz noch Margot noch Martha. Hedwig war eine Ausnahme, aber die war ja auch katholisch und kam von einem anderen Mann. Ganz und gar nicht mochte Ida Ruth, die, wie sie meinte, der Teufel wohl im Galopp verloren haben müsse. Damit wollte sie nicht sagen, daß es für sie irgendwelche Zweifel an Ruths Herkunft gab, sondern im Gegenteil. Viel zu deutlich stand dem Mädchen die Abkunft von ihrem Vater Ernst-August ins Gesicht geschrieben.

Was sollte schon Gutes von einem Mann kommen, der im KZ gesessen hatte? Natürlich war Ernst kein Verbrecher. Aber er war eben Kommunist, und das war, wie sie gerade erst von ihrem Pfarrer in der Sonntagspredigt gehört hatte, eigentlich noch viel schlimmer. Denn die meisten Verbrecher hatten immerhin ein Gewissen, wenn auch ein schlechtes. Kommunisten dagegen hatten keines, waren gewissenlos, weil sie keinen Glauben hatten und weder an den Herrgott noch an die Muttergottes glaubten. Sie hatte ihre Stieftochter von Anfang an gewarnt, sich auf Ernst einzulassen. Aber sie hatte nicht hören wollen und vielmehr gemeint, etwas Besseres zu sein, weil ihr Mann aus Breslau kam, wo alle glaubten, etwas Besseres zu sein. Jetzt durfte sie die Suppe auslöffeln, die sie sich mit ihrem feinen Breslauer Gemahl eingebrockt hatte, durfte bei Nacht und Nebel mit ihm im Beifahrersitz seines Motorrads durch die Gegend kutschen und kommunistische Hetzblätter in Briefkästen werfen. Schöne Ehe! Zu alledem kamen noch seine Weibergeschichten, die sich inzwischen schon bis nach Reichenstein herumgesprochen hatten.

Und nun dieser kleine, dunkle Balg. Ida bekreuzigte sich innerlich, wenn sie Ruth vor sich sah. Am liebsten vermied sie den Blick auf Rosas jüngste Tochter ganz. Ruth war nicht getauft. Auch die anderen Kinder von Rosa waren nicht getauft, mit Ausnahme von Hedwig – und von Martha, die von Hedwig beeinflußt worden war. Zum Guten, zum Guten! Denn wer nicht getauft war, war Heide. Und alle Heiden kamen ins ewige Feuer, das war keine Frage, wo „Heulen und Zähneklappern" ist. Wie oft hatte sie auf Rosa eingeredet und ihr gesagt, daß sie sich gegen die Kinder versündige, wenn sie sie nicht endlich taufen lasse. Die Taufe sei wie eine Art Impfung. Ungetaufte Kinder seien anfällig gegen Dämonen. Und hatte nicht auch Ruth bisweilen merkwürdig dämonische Züge? Wenn Ida Ruth heimlich aus den Augenwinkeln beobachtete, meinte sie etwas davon in ihrem Gesichtsausdruck, ihren Bewegungen, in ihrem ganzen Wesen erkennen zu können. Wie oft war ihr schon ein lautes „Jesses und Maria" entfahren, weil Ruth plötzlich vor ihr stand, ohne daß sie sie zuvor bemerkt hatte. Wie aus dem Nichts. Wenn nicht sicher feststünde, daß Ernst-August ihr leiblicher Vater sei, müßte sie geradezu für einen Wechselbalg oder Alb gehalten werden.

In Hartliebsdorf in Löwenberg soll auch einmal einer Mutter so etwas Kleines gekommen sein, und es hätten sich zwei Taufpaten eingefunden, die der Teufel bestellt hatte. Zum Glück hatte aber der Küster in der Sakristei noch rechtzeitig das Gespräch zwischen den beiden mitbekommen, als sie am Taufbecken standen und der eine zum andern sagte: „Nu, was woll'n wir's denn werden lassen, a Albla oder a

Hexla?" Und der Küster hatte es dem Pfarrer gesagt, und der hatte den Eltern gesagt, sie sollten sich neue Taufpaten besorgen; und dann hatte der Geistliche das Kind in der Stube stehenden Fußes getauft, ohne daß jene anderen etwas davon hörten oder sahen. – Ida grauste. Nein, das Kind war ihr unheimlich.

Man war sich gegenseitig unheimlich. Abgesehen davon, daß sie Idas Ablehnung sehr wohl spürte, war Ruth nicht weniger abergläubisch, wozu sie als sechsjähriges Mädchen sicherlich ein größeres Recht hatte als ihre Stiefgroßmutter. Ruth glaubte mit kindlicher Naivität, daß Ida etwas mit den Kräuterhexen und bösen Stiefmüttern zu tun haben müsse, die sie aus ihrem Märchenbuch kannte. Aber sie wußte natürlich, was sich gehörte und daß es sich nicht gehört hätte, ihren Verdacht laut zu äußern.

Als sie Ida erblickte, lief sie auf sie zu und reichte ihr ihre klebrige Himbeerbonbonhand. Soweit hier überhaupt Lichtung möglich war, lichteten sich Idas Züge, und selbst die Augen blickten ein wenig zutraulicher aus ihren dunklen Höhlen. Überhaupt versuchte Ida die Angelegenheit jetzt von der guten Seite zu betrachten. Nicht nur, daß ihre Stieftochter, wie sie wußte, aus rein geschäftlichen Gründen gekommen war, sie brachte auch ein wenig Abwechslung in ihren eintönigen Alltag. Frankenstein war zwar nicht die große Welt, aber die Geschichten, die Rosa mitbrachte, hörte Ida gern, auch wenn sie das zu verbergen suchte und vieles mit einem entrüsteten „Ts, ts, ts" kommentierte, um auf diese Weise zum Ausdruck zu bringen, daß es so etwas im Schlackental nicht gab.

So erhob sie sich, nachdem auch Rosa sie begrüßt hatte, von ihrem Sitz und ging mit ihrem Besuch eine kleine Anhöhe hinauf zu ihrem Haisla. Sie ging vorgebeugt und trotz der mächtigen Last, die auf ihrem Rücken hin und her schwankte, ohne die geringste Kursabweichung. Vor dem Haus warf sie zuerst den gebündelten Reisighaufen mit einem Ruck ab, stellte dann ihre Kiepe daneben und schlurfte mit Rosa und Ruthla an den unter dem Vordach baumelnden und vor der Tür stehenden Vogelkäfigen vorbei ins Haus. Dort setzte sie einen Kessel mit Wasser auf den Herd. Während Ruthla durch die offene Tür des Nachbarzimmers verschwand, nahm Rosa an dem Tisch mit der Wachstuchdecke Platz und erkundigte sich nach dem Befinden ihres Vaters.

„Nä, ar gefällt mer goar nee!“

antwortete Ida und daß er nun schon seit Tagen „ei de Kloppe“ liege und wieder dieses rätselhafte Reißen habe. Sie versuchte ein paar Sorgenfalten aufzusetzen, die aber in dem ohnehin mit Falten übersäten Gesicht nicht weiter auffielen. In der letzten Zeit, so sagte sie, sei alles noch viel schlimmer geworden, und manchmal habe sie schon gedacht, daß es gleich zu Ende sei mit ihm. „Er hoot an Gift ein sich“, sagte sie immer wieder. Durch alle Knochen würde es ihm gehen, mal hier sein und mal da, wenn nicht in den Beenen, dann im Kreize, und wenn nicht im Kreize, dann in den Beenen. Irgendwann, so glaube sie, müßte es sein Herzla zerreißen (so wie es ihrem Vater selig einst ergangen war), und dann sei es aus mit ihm.

Der Leser, der bis hierhin gefolgt ist, wird sich fragen, wo der in der Überschrift angekündigte Großvater steckt. Wir müssen ihn noch um ein wenig Geduld bitten. Bevor wir zu ihm kommen, gilt es, zu einigen Gerüchten und Verdächtigungen Stellung zu nehmen, die bis heute im Familienkreis herumgeistern. Denn es ist wahr: Obwohl glaubwürdig überliefert ist, daß mein Urgroßvater Berthold die meiste Zeit ei de Kloppe verbrachte, glauben bis heute nur wenige, daß er wirklich krank war. Manche sagen, er sei hypochondrisch veranlagt gewesen, andere sagen, er habe einen Knacks bekommen und den frühen Tod seiner ersten Ehefrau Ludmilla nicht verkraftet. Schließlich gibt es welche, die sagen, er sei einfach nur ein fauler Hund gewesen.

Da ich über keine fundierten medizinischen oder psychologischen Kenntnisse verfüge, darf ich mir nicht anmaßen, aus dem Abstand von mehr als einem halben Jahrhundert eine Ferndiagnose stellen zu wollen. Und doch glaube ich als sein

Urenkel durchaus auch das Recht zu haben, in dieser Angelegenheit meine persönliche Meinung zu äußern.

Wer all die Krankheiten zusammenzählt, all die Tage, Wochen und Monate, die mein Urgroßvater im Bett verbracht haben soll, muß redlicherweise zu dem Ergebnis kommen, daß das Leben für ihn nichts als Krankheit, eine einzige Krankheit gewesen ist – und siehe da: Könnte es nicht sein, daß eben dies die Botschaft ist, die der Ahn den Nachgeborenen geben wollte? Das Leben eine Krankheit, die nur im Bett geheilt werden kann?

Wer will richten über ein Leben, daß sich der Welt der nüchternen Tagesgeschäfte, des Immergleichen, des grauen Alltags oder auch des Zanks und Streits, des Neids und Haders, die Menschen untereinander entzweien, aber auch der oberflächlichen Vergnügungen, des lauten Rummels, der protzigen Aufmärsche, des Waffengangs und Kriegsgeschreis, das eben damals bis ins schöne Schlackental gedrungen war, entzieht? Einer Welt, in der Menschen mit einem poetischen Sinn für die stillen unentdeckten Schönheiten des Daseins weder leben noch sterben – aber doch wenigsten schlafen können, schlafen, schlafen nichts weiter, und träumen von einer anderen, besseren Welt, die so fern gar nicht ist, wie wir oft meinen.

Verglichen mit ihr sind auch die schönsten Momente unseres Lebens nur wie schaler Schampus. Denn was ist die Wirklichkeit des Lebens gegen die Wirklichkeit eines Traums? Wer will die süßen Schwebezustände eines Traums aufwiegen gegen die physische Last und Beschwer eines in Raum und Zeit und unter dem unerbittlichen Gesetz der Schwerkraft verbrachten Tages im Wachzustand?

Wer möchte die hellen Momente missen, die wir erleben, wenn wir von unserem Bett aus, in vergnügter Ruh' blinzelnd, den Sonnenstäubchen zuschauen, die wie feines Gold im Gegenlicht flimmern? Wenn zwischen geträumtem Opal und Chrysopras, zwischen Amphobolit und Glimmerschiefer Mythen und Sagen lebendig werden, wenn großäugige Feen an dein Bett treten und dir die Stirn streicheln. Wenn gewitzte Kobolde und Berggeister dich zum kleinen Domloch locken und von da zum großen, wo es eine Höhle gibt, die vor lauter Glanz und Glemmer überquillt? Wenn Ludmilla, die so früh Vollendete, wieder über die grünen Berge kommt, von dorther, wo die Berge tschechisch werden, Ludmilla, die Schöne, mit den großen weißen Fleischbrüsten, die damals ihr Verhängnis wurden.

Ja, mein Urahn, ich verstehe deinen panischen Schrecken, dein ängstliches Zucken, wenn du erwachtest und in die verhärmten Züge deiner Ida blicktest, mit den Augen, die du suchtest und nicht fandest.

Wenn Urahn Berthold einmal nicht in seinem Bett lag und träumte, was sehr selten geschah, stieg er in seine gewichsten Reiterstiefel und seine grüne Schafferkluft und setzte sich auf die verwitterte Holzbank vor dem Haus. Den Bekannten aus Reichenstein, die auf dem Wege durchs Schlackental vorbeikamen, rief er von oben zu:

„Na, du ahle Lerge“,

wenn es ein Mann war, oder:

„Na, du ahle Murchel“,

wenn es eine Frau war, was ihm aber weder Mann noch Frau übelnahm. Einige kamen und setzten sich zu ihm auf die Bank, und er erzählte dann von früheren Zeiten und davon, daß er früher einmal zwischen Weißwasser und Tannzapfen als Schaffer auf einem großen Gutshof gearbeitet habe.

Fremde auf dem Weg zur Waldschenke, die durch das zwitschernde Geflatter in den Vogelkäfigen neugierig geworden waren, lud er ein, näher zu kommen und einen Blick auf seine Singvogelzucht zu werfen oder für ein paar Groschen ein Zeisigmännchen oder Dompfaffweibchen zu kaufen.

Idas umständlich vorgetragener Krankenbericht hatte Rosa beunruhigt. Sie wollte jetzt ihren Vatel sehen. Ida, die keine Gelegenheit ausließ, um zu demonstrieren, daß sie als Bertholds Ehefrau mehr Rechte besaß als die Tochter der ersten Ehefrau, sagte, sie müsse vorangehen, weil es sein könne, daß Berthold schliefe. So betraten sie also, Ida voran und Rosa hinter ihr, durch die angelehnte Tür das andere Zimmer ihres kleinen Häuschens, die Schlafkammer.

Stille und eine Stimmung aus Andacht, Weihe und Beklemmung empfing sie in dem Halbdämmer des durch eine Gardine leicht abgedunkelten Raums. Die gleiche Todesstille wie damals, als Ida zusammen mit ihren Geschwistern das Zimmer ihres toten Vaters betreten hatte und wie sie Rosa erlebt hatte, als sie vor dem Leichnam der aufgebahrten Ludmilla in der dunklen Friedhofskapelle stand.

Das schmale Holzbett, in dem – man weiß nicht wie – auch Ida abends immer noch Platz fand, wenn sie zu Berthold azu gekrucha kam, also unter seine Decke schlüpfte, stand gegenüber der Fensterwand. Darüber hing am Kopfende, leicht rechtslastig, ein schmal gerahmtes Bild, auf dem die heilige Jungfrau das Jesuskindlein herzte. Neben dem Bett vervollständigte ein kleiner Nachttisch mit geöffneter Schublade, abgebrannter Wachskerze und einem vergilbten Gebiß auf vergilbter Häkeldecke die stille Szene.

Berthold lag stocksteif und kerzengerade unter seiner kamelhaarbraunen Wolldecke, die dort, wo die Füße nach oben zeigten, eine kleine spitze Anhöhe bildete. Der Anblick mochte an ein geöffnetes Pharaonengrab denken lassen, aber man war im Schlackental, und von Tutanchamun, Thutmosis oder Amenophis hatte man hier noch nichts gehört. Nur Gesicht und Arme waren unbedeckt. Die knochigen weißen Hände trafen sich irgendwo in der Nähe des Nabels, als seien sie zum Gebet gefaltet. Das Gesicht mit dem geöffneten, gebißlosen Mund, den geschlossenen Augen und den buschigen Brauen war auf die Zimmerdecke gerichtet. Unter dem Bett stand ein einhenkliger, emaillierter Nachttopf mit rotbraunen Rostflecken.

Ida hatte sich ihrem Mann ängstlich genähert und besorgt über ihn gebeugt. Als sie ihm in das Gesicht blickte, fuhr sie, von einem panischen Schrecken ergriffen, wieder zurück:

„Jesses, nu ies a tot !“

Auch Rosa, die hinzugetreten war, erschrak, als sie in das Gesicht ihres Vaters blickte. Und weil sie nicht glauben konnte, was sie sah, strich sie mit ihren Fingern über Bertholds blasse, wie marmoriert wirkende Gesichtshaut, auf der sich überall bläulich dunkle Flecken gebildet hatten.

Eigenartig nur, daß die blaue Farbe an Rosas Fingern haften blieb und sie blau verfärbte.

„Staub und Asche“, seufzte die fromme Ida, die sich in der Schrift auskannte, wir Menschla seien nichts als Staub und Asche.

Aber Rosa, die von so rascher Staubwerdung noch nichts gehört hatte und der diese Staubwerdung entschieden zu schnell ging, empfahl Ida, ihren Berthold nicht vorschnell aufzugeben.

„Fiehl amol ei Berthods Bette nei, ganz woarm“,

sagte sie, und dann schaute sie sich in der kleinen Kammer um, und siehe da, ihr Blick fiel auf Ruthla, die an einem kleinen, vor dem Fenster stehenden Holztisch mit einer neuen Schiefertafel und ein paar bunten Kreidestiften ihr Krickelkrackel machte. Der Opa hatte Stifte und Tafel, die er sich schon vor ein paar Wochen von Ida aus Reichenstein hatte mitbringen lassen, in der Schublade seines Nachttisches verwahrt, um sie seinem „Schnakala“ beim nächsten Besuch zur Einschulung zu schenken.

Als seine kleine Enkelin ihn heute begrüßte, hatte er sie aus der Schublade genommen, und dann hatte Ruthla sofort mit den Stiften zu malen begonnen. Und da sie am liebsten die blauen mochte, hatte sie sich ihre Finger mit den blauen gefärbt, denn die Stifte färbten erstaunlich. Mit ihren Kreidefingern hatte sie dann auf kindlich unbeholfene Weise Dank bekundet, indem sie dem inzwischen wieder eingeschlafenen Großvater über Stirn und Wangen strich.

Indessen war dieser durch die Aufregung um ihn herum wieder wach geworden, hatte die Augen aufgeschlagen und blickte erschrocken in die Gesichter der beiden Frauen. Dabei entfuhr Ida, die bis dahin wirklich geglaubt hatte, ihr

Mann sei tot, ein Schrei, so laut und durchdringend, daß er, wie Rosa später glaubhaft bezeugte, als Echo von der neben dem Haus aufragenden Felswand wieder zurückgegeben wurde und die Vögel in ihren Käfigen erschreckt aufflatterten.

„Ja hoot sich woas, nu lebta wieda."

Wir wollen uns die weiteren Details der ein wenig aus den Fugen geratenen burlesken Szene aus unserem schlesischen Volks- und Bauerntheater ersparen. Auch Ida hatte am Ende begriffen, daß ihr Berthold weder gestorben noch auferstanden oder zum Himmel aufgefahren war und daß die blauen Kreidestifte, die er seiner Enkelin geschenkt hatte, schuld waren am Mißverständnis und dem anschließenden Durcheinander.

Um sich der aufgestauten Spannungen zu entledigen, versuchte sie noch, Ruthla einen Klaps auf den Po zu geben. Aber nun zeigte sich, daß Rosa als Mutter die größeren Rechte besaß, denn sie stellte sich breitbeinig vor ihre Tochter und wehrte Idas Attacke beherzt ab.

Überhaupt fand Rosa, daß sich Ida ihr gegenüber oft zuviel herausnahm. Nach einem halben Stündchen, als sich die ganze Aufregung gelegt hatte, Berthold wieder schlief und Ruthla ihre neue Tafel mit bunten Kreidestiften bemalte, brachte Rosa das Gespräch bei einer Tasse Bohnenkaffee nicht ohne Hintersinn noch einmal auf Berthold und dessen erste Frau Ludmilla. Damals, sagte sie beiläufig, damals, als das mit Muttel passierte – sie meinte Ludmilla –, da habe ihr Vatel die Bulanxe verloren. Seit der Zeit sei Berthold nicht mehr derselbe wie früher.

Ida erwiderte, Berthold sei zeit seines Lebens kränklich gewesen. Mit Ludmillas Tod habe das alles nichts zu tun. Inzwischen habe Berthold sich endgültig damit abgefunden, daß Ludmilla hinieber sei. Und wenn sie genau darüber nachdenke, habe sich sein Gesundheitszustand seit ihrer Heirat von Tag zu Tag verbessert.

Diese Aussage widersprach zwar der zuvor geäußerten Behauptung, Bertholds Gesundheitszustand würde sich von Tag zu Tag verschlimmern, aber da Ida sich von ihrer Stieftochter nicht nachsagen lassen wollte, eine schlechtere Ehefrau als Ludmilla zu sein, fand sie den Widerspruch völlig in Ordnung.

„Ja, ja", sagte Rosa und schlürfte ihren Kaffee, aber ihre Muttel sei für Berthold doch schwer zu ersetzen. Eigentlich gar nicht. Das sagten alle, die sie gekannt hätten.

Und theatralisch seufzend fügte Rosa noch hinzu (so als sei sie die Gänsemagd und ihre Stiefmutter die falsche Braut): „O Ludmilla, wenn du wüßtest".

Ludmilla verliert die Bulanxe

Meine Urgroßmutter, Bertholds erste Frau Ludmilla, war von Geburt Tschechin. Da mir niemand sagen konnte, woher sie stammte und nur soviel feststeht, daß sie irgendwo hinter der Grenze gewohnt haben soll, könnte als Heimat die ganze damalige schlesisch-tschechische Grenzregion von Liberec bis Opava in Frage kommen. Albert meinte, sie käme wohl mehr aus dem Nordosten der Tschechei; die Gegend Hradek Králové – Albert spricht von Koniggrätz – wäre eine Möglichkeit, vielleicht auch Neudorf, das jetzt Vysoká heißt; dagegen hält Ruth die östliche Variante für wahrscheinlicher. Vielleicht aus der Gegend von Oppeln, wohl weniger Jägerndorf oder Freiwaldau, was ja jetzt Jessenick heißen soll (Ruths Versuch, Jeseník korrekt auszusprechen, scheiterte kläglich). Da aber weder Albert noch Ruth für ihre Behauptungen Beweise vorlegen können, ich aber seit jeher viel Wert auf gesichertes historisches Zeugnis lege, will ich auf jede genauere Festlegung verzichten.

Dennoch scheint mir eigentlich alles für die zweite Version zu sprechen. Denn daß Ludmilla aus dem Südosten kam, konnte man an ihrer Sprache erkennen, eine Mischung aus tschechisch, polnisch und oberschlesisch. Wer drohte sonst schon mit den Worten: „Dann hast du nicht ginstik", wenn er schlecht auf jemanden zu sprechen war? Oder wer war „schlächt", wenn er richtig böse wurde? Wer sagte „Frela", wenn er Fräulein meinte? Wer sagte zu Rotkraut „Blaukraut"? Wer „bemammelte" sich mit „Flapps"? Und wer sagte „Klacke", wenn er von Rüben sprach? Wer sprach von „Nudelkulle", wenn er die Teigrolle meinte?

Von Fachleuten schlesischer Mundart habe ich mir sagen lassen, daß das eine oder andere oberschlesische Idiom auch bei den Gebirgsschlesiern oder bei den Brieg-Krottkauern vorkommen soll. Selbst bei den Kräutermundartlern in Liegnitz und Breslau ließe sich manches belegen. Einige wollen nicht ausschließen, daß auch die Glatzer diesen oder jenen Ausdruck kannten oder daß sich so manches Wörtlein selbst in der Lausitz herumgesprochen habe.

Wir aber wollen die Sache, die kompliziert genug ist, nicht noch unnötig verkomplizieren, sondern uns den einfachen Dingen zuwenden, Ludmillas Aussehen.

Der Duden sagt, daß ein „Prototyp“ eine als Vorbild und Muster dienende charakteristische Ur- und Grundform ist. In dieser Hinsicht war Ludmilla sicherlich ein Prototyp. Denn bei Rosa und ihren Schwestern Herta und Maria, aber auch bei Ruthla, Lissy und Margot, selbst noch bei deren Kindern und Kindeskindern findet sich die immer gleiche Ur- und Grundform wieder, wenngleich in vielfältigen Variationen: Stilbildend war vor allem das Pappla, das runde Puppengesicht mit den nicht eben tiefliegenden Augen, den leicht gepolsterten Wangenknocken und der flachen Nase.

Viele Männer, unter ihnen Berthold, fanden das schön. Und als hingebungsvolle Schönheitsliebhaber nahmen sie es in Kauf, daß ihre Schönheit wie jede Schönheit einen Stachel besaß. Denn wenn es einmal zu Wutanfällen kam, und dazu kam es leider öfter, verwandelte sich die zierliche Anmut in tobenden Furor: Augen verengten sich zu Schlitzen, die flach gewölbten Nasenwände blähten sich auf zu Nüstern, und alles schnaubte slawische Wildheit.

Trotzdem war Ludmilla schön, und in Bertholds Augen war sie das scheenste Weibla zwischen Reichenstein und Weißwasser. Aber sie war keine Venus von Milo. Schon eher eine Venus von Willendorf, zumindest was ihre Brüste betraf. Man könnte auch an die Venus von Unter-Wisternitzer denken, die als Venus von Dolní Věstonice bekannt geworden ist. Das läge möglicherweise näher, da die Dolní Věstonice-Venus in der Erde desselben Landes entdeckt wurde, aus dem Ludmilla stammte. Jedenfalls kann ich nicht ausschließen, daß Ludmilla eine dieser beiden Steinzeitgöttinnen in ihrer Ahnenreihe gehabt und von ihnen das genetische Material für ihre wohlumfänglichen Brüste erworben hatte.

Die allerdings hatten, das sei eingeräumt, zumindest vor der letzten Schwangerschaft, nicht nur wesentlich größere Formschönheit und Festigkeit, sondern auch zivilisiertere Dimensionen. Die ausladende Hüfte und das Hinterteil der beiden Steinzeitmütter hatte Ludmilla nicht geerbt. Vielleicht weil sich diese im Laufe der Evolution von den Brüsten getrennt und auseinanderentwickelt hatten. Aber das ist nur so eine Vermutung. Wissenschaftlich belegen läßt sie sich nicht.

Ludmillas Brüste schienen sie auf das Mutterdasein festzulegen. In der Tat war Ludmilla nach wenigen Jahren schon sechsfaches Kinderglück beschieden. Doch mit dem Stillen wollte es nicht so recht klappten, weil die Brüste nicht das hielten, was sie versprachen. Die Hebamme sagte, das läge daran, daß Ludmilla keine Milch-, sondern Fleischbrüste habe. Fleischbrüste gäben wenig Milch und machten daher Probleme beim Stillen. Allerdings konnte das Problem mit ein wenig Zusatznahrung schnell gelöst werden. Und was Berthold betraf, so sah dieser überhaupt kein Problem, da es ihm in dieser Beziehung sowieso weniger auf den Inhalt als auf die Form ankam.

Das eigentliche Problem lag nach meiner Meinung darin, daß es aufgrund der großen Brüste zu einer anatomischen Unwucht kam, die sich im Laufe der Zeit immer mehr verstärkte und schließlich zur Ursache des schlimmen Verhängnisses wurde, von dem hier noch zu berichten sein wird.

Man hatte Ludmilla gewarnt. Nicht etwa, weil Berthold Deutscher war, sondern eben kein richtiger Deutscher, so einer, wie sich die tschechische Familie von Ludmilla einen Deutschen vorstellte: ordentlich, fleißig, pünktlich.

Sie würde kein einfaches Leben haben mit dem Berthold, so hatte man gesagt. Deswegen hatte Ludmilla noch vor der Ehe klargestellt, daß sie keinen Faulpelz zu heiraten gedenke, und wenn er nicht ordentlich arbeite wie die anderen auch,

„dann hast du nich ginstik".

Weil Berthold bereits an sich erfahren hatte, was dieser Satz bedeutete, wußte er, was er zu tun hatte. Er stieg also aus seinem Bett, ging auf Arbeitssuche und fand die schon besagte Stelle als Schaffer auf einem Gut zwischen Weißwasser und Tannzapfen.

Aber auch Berthold war gewarnt. Eben damals, zu der Zeit, als sich die beiden kennenlernten, begann man viel von nationalen Eigenarten, Volkscharakter und ähnlichem zu sprechen. Der Slawe, so sagte man, und Tschechen seien ja nun einmal Slawen, der Slawe sei als Mensch launenhaft, unberechenbar und neige zur Gewalttätigkeit. Man sprach von den wilden böhmischen Scharen, erinnerte an die Hussitenkriege und erzählte andere olle Kamellen. Und hatte man nicht auch gehört, daß die slawischen Frauen im Bett hemmungsloser, wilder, irgendwie tierhafter sein sollten als die deutschen? „Nimm dich in acht, Berthold", hieß es, „die Ludmilla is a wildes Frichtla".

Immer wenn Berthold das hörte, schwieg er, lächelte versonnen und träumte ein wenig in sich hinein. Denn das, was er am meisten an Ludmilla mochte, war ja gerade dies, das wilde Frichtla, das elastische Tier in ihr, das sie sich trotz einer gewissen körperlichen Fülle bewahrt hatte, die rollige Katze, das aufflammende, leicht entzündbare, gänzlich unberechenbare Temperament, die aus dunkler Höhle quellenden Energien, die sie verschwenderisch vor, auf und unter ihm versprudelte.

Sagen wir es so: Berthold dankte seinem Herrgott jeden Tag dafür, daß er ihm eine Frau geschenkt hatte, mit der er sich um Kopf und Kragen vögeln konnte.

Obwohl alle behaupteten, „die beiden hoan sich gesucht und gefunda", gab es bisweilen Unstimmigkeiten. Es wäre falsch, das zu beschönigen. Ida hatte recht, Berthold flüchtete schon zu der Zeit, als er noch Gutsverwalter auf dem Gut zwischen Weißwasser und Tannzapfen war, immer wieder in vermeintliche, vielleicht auch wirklich gefühlte, aber der Umwelt nicht vermittelbare Krankheiten. Sobald Ludmilla das merkte, wurde sie nicht nur „beese", sie wurde richtiggehend „schlächt", und für Berthold begannen „schwäre" Zeiten. Es konnten Tage vergehen, ohne daß Ludmilla ein einziges Wort mit ihm sprach. Meistens wartete sie aber gar nicht so lange, sondern warf ihn schon nach wenigen Stunden wieder aus dem Bett und riet ihm mit geblähten Nasenflügeln und schmalgestellten Augen, zur Arbeit zu gehen und sich in den nächsten Tagen nicht wieder bei ihr blicken zu lassen.

Berthold beherzigte den Rat wohl und kam erst drei oder vier Tage nach geschaffter Schafferarbeit in grüner Schafferkluft und Reiterstiefeln nach Hause, überreichte ihr an der Haustür eine Topfblume und fragte:

„Hab ich denn nu wieder ginstik?"

Worauf Ludmilla gnädig nickte und erwiderte:

„Jetzt haste wieder ginstik, Berthold".

Darauf eilten sie ins Schlafzimmer und versetzten das Nußbaumgestell ihres Bettes in so heftige Schwingungen, daß nicht nur das Geschirr auf dem Tisch klapperte und die Uhr an der Wand wackelte, sondern auch die Vogelkäfige vor dem Hause hin und her schaukelten.

Einige ältere Familienmitglieder, die Berthold und Ludmilla noch persönlich kannten, behaupten, daß die Vögel in ihren Käfigen immer schon gewußt hätten, was passieren würde, wenn Berthold mit der Topfblume vor der Tür erschien, und daß sie sich jedes Mal fester an ihre Stangen gekrallt hätten, aus Angst, sie könnten durch die heftigen Stöße heruntergeworfen werden. Ich halte das für eine Legende – ohne mich dazu entschließen zu können, sie ganz als Unsinn abzutun.

Anfangs beschränkten sich Ludmilla und Berthold auf ihr Nußbaumbett. Als der Zimmermann wieder einmal unter anzüglichem Gegrinse seine Rechnung präsentierte, wichen sie mehr und mehr auf andere Plätze aus. An warmen Tagen trieben sie es fast nur noch im Freien, wo es ihnen, einmal auf den Geschmack gekommen, schließlich am besten gefiel. Gleich hinter der Forstschule, an der Vogeltränke, unter der Schwarzen Brücke, am Zechenhaus und selbst im Gertrudstollen und in unmittelbarer Nähe der Kreuzkapelle bei der Einsiedelei will man sie an, auf und unter gesehen haben.

In der Vergangenheit wurde über diesen Abschnitt der kurzen aber offenbar recht glücklichen Ehe meiner Urgroßeltern Berthold und Ludmilla in der Familie oft nur mit herablassendem Schmunzeln gesprochen. Weil man sich vor allem mit den pikanten Details der Verbindung beschäftigte, kam man über das Anekdotenhafte nicht hinaus und war nicht in der Lage, deren tieferen Sinn zu begreifen, die mir wie ein Vorspiel des erst in den vergangenen Jahrzehnten ernsthaft begonnenen deutsch-tschechischen Versöhnungswerkes erscheinen will.

Gewiß wird man weder bei Ludmilla noch Berthold voraussetzen dürfen, daß sie sich des Grundsätzlichen ihres Verhältnisses bewußt gewesen wären. Es ist keine Äußerung von ihnen überliefert, aus der das abgeleitet werden könnte. Aber es wäre ganz falsch, ihre Beziehung nur auf den schlichten Nenner einer instinkthaft naiven Sinnlichkeit zu reduzieren.

Berthold, den das Thema Kultur zugegebenermaßen nicht interessierte, der nie das Feuilleton einer Tageszeitung in der Hand hatte und das Wort, soweit ich weiß, nur im Zusammenhang mit seinen Salatkulturen benutzte, hatte gleichwohl und ohne sich dessen bewußt zu sein, durch seine Ludmilla eine konkrete Anschauung davon, was der Begriff beinhaltete. In diesem Sinne konnte er durchaus auch als ein Liebhaber und Kenner tschechischer Kultur gelten, so wie Ludmilla eine ehrliche Bewunderin der deutschen war. Nur daß sich die beiden nie über Kultur und Kulturaustausch unterhielten. Sie waren einfach da. Zum Beispiel in Form von Knödeln, gefüllt, tranchiert und am liebsten mit Schweinebraten und frisch gekochtem Sauerkraut. Auch Ludmillas Knoblauchsuppe mit dem gewürfelten und gerösteten Weißbrot war nicht zu verachten; und was soll man erst von ihren Kartoffelzapfen sagen, zu Katzenhochzeit und zu Griebenplätzchen? Von Ludmillas Mohnkliesla wollen wir ganz schweigen, von ihren Pilzgerichten sowieso, denn die kommen später. Auch Ludmillas Schlizken, dicke Mehlnudeln mit karamelbrauner Butter begossen und geriebenem Käse bestreut, sollen köstlich geschmeckt haben. Gerühmt wurden auch die mit Puderzucker bestäubten Buchteln, gefüllt mit Marmelade, Rosinen oder Flaumaschmotsch, am meisten aber die mit Mohn aus ihrem Garten.

Von der tschechischen Sprache bekam Berthold einen Begriff, wenn Ludmilla ihren Kindern das Lied von der Taube auf dem Felsen vorsang, mit den vielen Tsch und einem R, das wie Steinschlag rollte. Dabei ließ ihn ein Blick in ihre grauen Augen die melancholische Seite Böhmens entdecken. Und an den geblähten Nasenflügeln lernte er den protestantischen Hussiteneifer einer tschechischen Katholikin kennen.

Dagegen schätzte Ludmilla vor allem den deutschen Fleiß, der bei Berthold allerdings mitunter zu wünschen übrig ließ.

Doch auch bei der schon oben ausführlicher beschriebenen Lieblingsbeschäftigung meiner Urgroßeltern blieb die deutsch-tschechische Kultur und Geschichte nicht außen vor. Man zeigte sich geschichtsbewußt. Wie oft spielten sie nach einem warm genossenen Prager Schinken und fünf bis acht Krügen Pilsener den Prager Fenstersturz nach, wobei Berthold die schlüpferlos und breitbeinig aus dem Gartenfenster ihres Häuschens blickende Ludmilla launig von hinten stieß, ohne daß irgend jemand ihre durch das Schlackental hallenden böhmischen Seufzer zum Anlaß für einen dreißigjährigen Krieg genommen hätte. Erst wenn Ludmilla kopfüber in die Rabatten mit den Stiefmütterchen zu stürzen drohte, griff der Gatte der Gattin korrigierend unter die Brüste, half ihr wieder auf die Beine und justierte neu.

Vieles ging auch über Namen. Beiläufig erfuhr Berthold, daß Ludmillas Namenspatronin die berühmte Großmutter des noch berühmteren Wenzel war. Doch hätten sie die beiden gedungenen Mörder Tunna und Gommmon im Auftrag der eifersüchtigen Schwiegertochter Drahomira mit einem Schleier erdrosselt. Der Schleier war auch der Grund dafür, daß man Ludmilla nicht als „Blutzeugin“ bezeichnen durfte. Genaugenommen hätte man sie, wie Berthold meinte, wohl eher eine „Luftzeugin“ nennen müssen, da sie erdrosselt worden war. Doch davon wollte Ludmilla, die das Wort „Luftzeugin“ pietätlos fand, nichts wissen. Immer wenn der Gedenktag ihrer Namensheiligen im Spätsommer gefeiert wurde, legte sie einen weißen Schleier auf den Küchentisch, entzündete eine Kerze, weinte ein paar Tränen und betete: „Heilige Ludmilla, bitte für mich und Behmen“. Doch Berthold sagte nur:

„Sankt Ludmilla, das fromme Kind, bringt gerne Regen und viel Wind“.

Berthold behauptete später, er habe es von Anfang an gespürt, daß über Ludmillas Leben der Schatten des frühen Abgangs – oder sollten wir besser sagen „Absturzes“? – gelegen habe. Nicht nur weil sie eine Märtyrerin zur Namenspatronin hatte. Das Unglück habe in der Familie gelegen. Fast alle männlichen Geschwister, die beim Bergbau arbeiteten, seien bei einem Grubenunglück „verschitt“ gegangen. Außerdem lahmte der Vater, und die Mutter war so gut wie taub. Da konnte es auch mit Ludmilla kein gutes Ende nehmen, zumal zuviel Glück auf Dauer auch nicht gut gehen könne. So etwas zöge den Neid des Teufels an, sagten die Leute. Und richtig, hatte der nicht schon das Glück der beiden Stammeltern Adam und Eva im Paradies zunichte gemacht? Wo Satan erst einmal neidisch geworden ist, muß es böse enden.

Schon allein deswegen, weil Berthold seitdem mit ihm haderte und fortan behauptete, daß damals der „Teifel seine Knuche im Spiele gehoabt hoat“, sollten wir bei der Erzählung von Ludmillas Unfall nicht ganz auf ihn verzichten. Auch wenn derzeit nicht nur unter Philosophen, was ja verständlich ist, sondern auch unter Theologen die Mode grassiert, ihn einen guten Mann sein zu lassen, muß die

Geschichte hier, ganz im Sinne meines Urgroßvaters, in einen größeren Zusammenhang eingebettet werden. Denn wie soll man einen Unfall, der so lächerlich und sinnlos war wie dieser, erklären, ohne ein wenig Metaphysik zu Hilfe zu nehmen? Und wie soll man es erklären, daß Ludmilla, die sich eigentlich vorgenommen hatte, im Wald Beeren zu suchen, ihren Plan änderte und zusammen mit ihrer Tochter Rosa in die Pilze ging?

Zweifellos war das alles sehr sorgfältig ausgeheckt und von ihm eingefädelt worden.

In der Nacht hatte es nach einem warmen spätsommerlichen oder frühherbstlichen Sonnentag noch ein schweres Gewitter gegeben. Es hatte geblitzt und gedonnert, und als Ludmilla am nächsten Morgen die Fensterläden ihres Haisla im Schlackental öffnete, ihr Pappla aus dem Fenster reckte, die Nasenflügel blähte und ihre Brüste hob und senkte, wußte sie: Es ist wieder einmal ein Pilztag.

Statt zu den Milchkannla, die sie für die Beeren benötigte, griff sie also zum Weidenkorb und ihrer Kiepe und ging zusammen mit der kleinen Rosa, der sie ebenfalls einen Korb in die Hand gedrückt hatte, in den Puusch.

Pilzleidenschaft war Ludmillas andere Leidenschaft, aber keine, die sie mit Berthold teilte. Darum nahm sie zum Sammeln gerne Rosa mit, die scharfe Augen und eine gute Witterung hatte und die, da nur halb so groß wie Ludmilla, dem Waldboden näher war, so daß sie oft ganz im Unterholz verschwand und Ludmilla statt der Pilze ihre Rosa suchen mußte.

Rosa war gut unterrichtet, kannte nicht nur die lebenswichtige Unterscheidung zwischen gut und giftig, sondern auch die besten Stellen. Namentlich unterschied sie bereits Pfifferling, Grünling und Rotkappe, Birkenpilz und Steinpilz. Sie kannte die verschiedenen Täublingsarten und natürlich auch Maronen. Nur daß sie diese, weil sie es von Ludmilla anders gehört hatte, noch ein wenig anders benannte und zu Rotkappen „Rutkoppa“ sagte, zu den Birkenpilzen „Berkapilze" und zu den Steinpilzen „Steenpilza". Wie Ludmilla mochte sie die Pfifferlinge am liebsten, die sie aber nur unter ihrem schlesischen Inkognito kannte und als „Galmannla" bezeichnete.

Das Wort zeigt, daß man in Schlesien nicht nur ein sehr gemütvolles und persönliches Verhältnis zu seinen Pilzen hatte, sondern auch ein weites Herz für Kinder, denn unter „Mannla" können sich auch Kinder etwas vorstellen. So war denn das Unterholz des Reichensteiner Forstes in Rosas Phantasie von Heerscharen lauter rot- und braun- und weiß- und gelbbemützter Pilzmannla bevölkert, die zwischen Moos und Farn herumwuselten und -werkelten und im übrigen darauf warteten von ihr und Ludmilla entdeckt, in den Korb gesteckt und in der Pfanne gebrutzelt zu werden

Sie sammelten nicht nur für den eigenen Bedarf. Wenn Ludmilla ihre Kiepe mit Pilzen gefüllt hatte, stellte sie sich am nächsten Tag zusammen mit Rosa zu den anderen Pilzweibla auf den Reichensteiner Marktplatz und verkaufte ihre Ware zu leicht überteuerten Preisen. Dennoch brauchte sie sich um Kundschaft nie zu sorgen. Reichensteiner Männer, die sich sonst nie auf dem Markt blicken ließen, bekamen plötzlich Hunger, wollten mal wieder eine ordentliche Pilzmahlzeit und kauften bei ihr ein, angeblich wegen der frischeren Ware, was zwar nicht stimmte, aber wohl dem Eindruck geschuldet war, daß Ludmilla damals jung und hübsch und noch nicht so verhutzelt war wie die anderen Reichensteiner Pilzweibla. Außerdem schienen ihre Pilze irgendwie fester und fleischiger, ganz so wie ihre Brüste. Aber das beruhte vielleicht auch nur auf Einbildung, denn Männer bilden sich oft sehr viel ein.

Weil Ludmilla schon aus eigener Erfahrung wußte, wie wichtig Umsicht und Balance beim Sammeln sind, lehrte sie Rosa Umsicht und „Bulanxe". Ihr sollte es nicht so ergehen, wie es ihr einmal ergangen war, als sie mit einem Fuß abgerutscht und zwei Meter tief gestürzt war – zum Glück, ohne sich dabei ernstlich zu verletzen. Aber Ludmilla war gewarnt und sie warnte Rosa.

Als die beiden sich an diesem Vormittag aufmachten, hatten Dunst und Nebel gerade die septemberwarmen Farben des Waldes freigegeben und für atmosphärische Klarheit gesorgt. Im Schlackental war spätsommerliche, vielleicht auch frühherbstliche Ruhe eingekehrt. Altweiberspinnen hatten alles mit allem verwoben. Die Schwalben waren schon seit ein paar Tagen weg. Der Himmel klaffte in offener Bläue. Nur ein paar Falter taumelten durch das gelbe Licht und nippten an den Resten. Es war Spätsommer. Oder Frühherbst. Oder irgend etwas dazwischen. Durch kein Zuviel oder Zuwenig beunruhigt, hielten sich die Jahreszeiten an diesem sonst so ausbalancierten Septembertag die Waage.

Aber Ludmilla war schon zu sehr bei ihren Pilzen. Als sie an der Schlesischen Forstschule vorbei waren, geriet sie beim Anblick einiger am Wegrand stehender Galmannla in eine fiebrige Erregung, die ihren Atem und ihre Schritte beschleunigte. Zudem flüsterte irgendeine Stimme (aufmerksame Leser ahnen, wer hinter dem einschmeichelnden Baß steckte), daß heute, heute der Tag sei, daß es heute geschehen werde und daß es dort oben auf dem Berge, in luftiger Höh', in schütterem Grün, viele köstliche Galmannla habe, die nur auf sie und Rosa warteten.

Das auf Pilz geeichte Auge sieht anders, der auf Pilz geeichte Mensch fühlt anders, erlebt anders. Ludmilla hastete, stolperte, tastete durch Farn und Moos und Brombeergesträuch, sah den Weg nicht mehr, sah nur noch Galmannla, dachte Galmannla, schmeckte Galmannla, roch Galmannla, putzte Galmannla, brutzelte Galmannla, bis diese unversehens und wie in einem schönen Traum tatsächlich vor ihr standen – leider am Rande eines Steilhangs, der Ludmillas ganz auf Galmannla konzentrierten Augen entgangen war. Eine Zeitlang stand sie und überhaupt alles – nicht nur die neben dem Abhang abgestellte Kiepe – auf der Kippe. Das Pilzmesser in ihrer Rechten, ruderte und fuchtelte sie mit den Armen in der Luft herum, und es war keineswegs ausgemacht, in welche Richtung sie fallen würde, nach links oder rechts, nach vorne oder hinten, in die Pilze oder ins

Schlackental. Nach ein paar Sekunden, als die Sache bereits zu Ludmillas Ungunsten entschieden war, die Brüste das Machtwort gesprochen hatten und sich Kopf und Körper ihrer Schwerkraft willig fügten, rief Rosa noch:

„O Jesses, o Jesses, die Bulanxe, Muttel, die Bulanxe, denk an die Bu …“

Aber sie rief es eigentlich schon hinterher.

Der Tod ist immer für Überraschungen gut. Wer von uns kann sagen, wie er sich verhält, wenn er vor uns steht und die Älteren von uns mit einem freundlichen „Grüß Gott“ oder die Jüngeren mit einem legeren „Hallo“ begrüßt? Sterben ist so verschieden, wie wir Menschen verschieden sind. Der eine wird hektisch, der andere wird ruhig. Einer wird blaß, ein andere wird rot, und so mancher läuft blau an. Der eine flüchtet, der andere stellt sich. Dem einen geht es zu schnell, dem andern zu langsam. Einer ruft den Pfarrer, ein anderer wirft ihn raus. Einer bereut alles, ein anderer nichts. Einer vergießt Tränen, und ein anderer lacht sich tot.

Es gibt Menschen, die beten in ihren letzten Sekunden das Vaterunser, aber auch solche, die erinnern sich dankbar der elementaren Grundlagen ihrer nun zu Ende neigenden Lebensbahn, zum Beispiel der fünf wichtigsten Lebensmittel oder der vier Grundrechenarten.

Ein unbestimmtes Gefühl sagt mir, daß Ludmilla nicht zu denen gehörte, die das Vaterunser beteten, sondern vielmehr an ihr Galuschel dachte, so wie sie es immer zubereitet hatte und wie es alle so gerne mochten: Die geputzten Galmannla mehrmals unter klarem Wasser durchspülen, dann trocken tupfen, die Zwiebel würfeln und in Butter anbraten, dann die Pilze hinzufügen, Mehl dazu und kurz anschwitzen, mit einem Viertel Liter Wasser ablöschen und fünfzehn Minuten dünsten; schließlich Sahne hinzufügen, mit Salz abschmecken und gehackte Petersilie darüber streuen…

Ich bin sicher, daß sich Ludmilla nicht deswegen gegen das Vaterunser und für ihr Galuschel entschieden hätte, weil es ihr an Frömmigkeit fehlte oder weil die Zeit bis zum

Aufprall für ein Vaterunser zu kurz gewesen wäre, sondern weil sie wußte, daß für ein Vaterunser auch später noch Zeit, für ein Galuschel dagegen fast gar keine mehr war.

Und was tat Rosa, als sich ihre Mutter im freien Fall ein letztes Mal das Galuschel-Rezept vergegenwärtigte?

Nachdem sie den ersten Schock überwunden hatte, mußte sie plötzlich lachen – vermutlich eine Folge des Schocks. Es war ein helles, klares Kinderlachen, genauso klar wie der Septembertag, das an diesem Vormittag an der Felswand des Schlackentals widerhallte.

Nicht zu bestreiten war, daß Ludmilla komisch aussah, als sie mit den Armen in der Luft herumruderte, um sodann ihren Brüsten in die Tiefe des Schlackentals zu folgen.

Aber war denn Lachen erlaubt?

Vermutlich nicht.

Doch manchmal läßt der Tod uns nur zwei Möglichkeiten: entweder wir lachen über ihn oder er lacht über uns.

Beerdigt wurde Rosa auf dem Kirchhof von Reichenstein an der Frankensteiner, Ecke Vorwerker Straße. Die Anteilnahme der Reichensteiner am Schicksal der Verunglückten und ihres Ehemannes war überwältigend, besonders die der Reichensteiner Witwen.

Das Mitgefühl Idas, die ihren Mann gerade erst vor ein paar Wochen durch einen tragischen Fahrradunfall verloren hatte, kannte keine Grenzen und übertraf alles, was von einer beiläufigen Bekannten erwartet werden konnte. Schon der stille Händedruck dauerte viel zu lange. Und auch die Art, wie sie Berthold mit gespitzten Lippen ihr Beileid in den behaarten Gehörgang flüsterte, war eigentlich schon nicht mehr schicklich. Der leicht gekünstelt wirkende Zusammenbruch, bei dem Ida an Bertholds Schultern hyperventilierte, war ein hinter vorgehaltener Hand besprochenes Thema beim anschließenden Leichenschmaus im „Schwarzen Adler“. „Se gieht ronn wie Blücher“, hieß es. Berthold müsse sich in acht nehmen, Ida sei ne „beese Sieben“.

Am Grab stimmte die Gemeinde einen Choral an, der von Berthold ausgewählt worden war. Eingehakt von der mitfühlenden Ida, sang Berthold mit tränenerstickter Stimme:

„Wer Wulka, Luft und Winda
gibt Wega Lauf und Bahn,
Der wird auch Wega finda,
da dein Fuß gehen kann".

Wer hat Angst vorm Schwarzen Mann?

Ach, was waren das für Zeiten, als Ludmilla noch lebte und es eine deutsch-tschechische Grenze gab. Berthold, der nicht viel sprach, weil er viel schlief und Schlafende selten sprechen, sagte, es sei gut, daß seine Ludmilla das nicht mehr zu erleben brauchte. Wenn sie gewußt hätte, daß man ihnen die Grenze nehmen würde, was hätte sie wohl dazu gesagt? 's Herzla hätte es ihr gebrochen, noch bevor es ihr das Genick brach.

Berthold, der nur ungern politisch wurde, deutete auf Nachfrage dunkel an, daß ihm die Sache mit dem „Protekorat" nicht recht behage. Schön und gut, Böhmen gehöre jetzt praktisch zu Deutschland, und überall herrsche eitel Freude. Und selbst die „Gucke", die ja bis März noch tschechisch war, sei deutsch. Na und? Abgesehen davon, daß er sowieso lieber Pils als Wein trinke und die „Gucke" was für Ausflügler sei, müsse man sich einmal fragen, was daraus noch werden solle. Heute würde Tschechien deutsch und morgen Polen, irgendwann kämen Holland und Belgien womöglich auch noch dazu, dann Frankreich, und zum Schluß sei ganz Europa deutsch. Ja wo gibt's denn so etwas? Schönes Europa, wo's keine Grenzen und keine Grenzer, keine Zölle und keine Zollhäuser mehr hat. Wo solle denn das alles hinführen?

Um Berthold zu verstehen, der sich erst auf Nachfrage und unter vier Augen näher aussprach, ansonsten nur viel räusperte oder gallebitter in sich hineinlachte und dann in sein Bett verkrümelte, muß man wissen, daß die Grenze nach Tschechien sich gleich hinter seinem Haus befand. Vom Schlackental bis dort war es nur ein Katzensprung. Wie die meisten Reichensteiner waren Berthold und Ludmilla also Grenzgänger. Besonders Ludmilla. Ihr war es ja auch in die Wiege gelegt, denn sie war Tschechin, und sie war in Böhmen so gut zu Hause wie in Schlesien.

Aber hätte Ludmilla nicht gerade aus diesem Grunde mit dem Lauf der Dinge sehr zufrieden sein müssen? Sollte denn die Beseitigung der Schlagbäume nicht ganz im Sinne der gegenwärtigen Politik für Menschen in Grenzregionen ein Ideal, die Erfüllung eines lang ersehnten Wunschtraumes gewesen sein?

Nu hoat sich was!

Einerseits hatte sich Ludmilla in ihrem Leben ohnehin nie viel um Zollstraßen und Schlagbäume gekümmert. Wenn sie nach Pilzen oder Beeren suchte, fragte sie sich nicht, ob die Preiselbeeren und Kroatzbeern, die Rutkappa, die Galmannla hüben oder drüben wuchsen, ob sie schlesisch oder böhmisch waren, sie nahm sie einfach mit. Und auch sonst war sie mal hier, mal da. Mal sprach sie drüben auf tschechisch über die Salzpreise, mal verkaufte sie hüben ihre böhmischen Pilze auf deutsch.

Und außerdem war durch die neue politische Lage ein Nebenerwerb entfallen, der sich im Laufe der Zeit für ihre Familie und viele andere Familien im Grenzgebiet zu einer wichtigen Geldquelle entwickelt hatte: Artikel neun des leidigen Führererlasses aus dem März des Jahres besagte klar und deutlich, daß das Protektorat Böhmen nun zum Zollgebiet des Deutschen Reiches gehöre. Was das für Berthold und seine Familie bedeutete, kann sich jeder selbst ausmalen: eine Katastrophe.

Bis dahin hatte es immer eine klare Regelung gegeben. Alle zollpflichtigen Gegenstände durften von und nach Tschechien nur auf den genau bezeichneten Zollstraßen transportiert werden; jede Abkürzung des Weges wurde von den wachehaltenden Grenzbeamten als Defraudation betrachtet.

Das war unmißverständlich – aber keineswegs aussichtslos. Hier ließ sich ansetzen. Denn „Defraudation“ war ein häßliches Wort. Ließen sich Abkürzungen überhaupt vermeiden? Und ließen sie sich gar verbieten? Ging es dabei nicht sogar um eine Art Menschenrecht? Hätte denn Ludmilla jedes Mal, wenn sie mit ein paar Säckerla Salz über die Grenze ging oder mit einer Tasche voll Kaffee oder Tee zurückkehrte, den Umweg über die Zollstraße nehmen sollen? Man frage nicht, ob es zumutbar war, war es überhaupt gottgewollt? Das alles waren doch nur von Menschen gemachte Gesetze. Gab es ein elftes Gebot, das Abkürzungen verbot? Und hatte sich nicht schon der Herr selbst in dieser Sache klar geäußert, indem er die Zöllner in einem Atemzuge mit den ungläubigen Heiden nannte? Zu Recht! Man lese Evangelium Matthäi achtzehn in der alten „Kralitzer Bibel“. Da stand es schwarz auf weiß.

Nein, so eine kleine Abkürzung vom Wege konnte keine Sünde sein, zumal es in Reichenstein, aber auch in Weißwasser alle machten – oder wenigstens sehr viele. Und keiner machte es nur aus Spaß. Und selbst wenn der bei der Arbeit keine ganz unerhebliche und auch keine zu unterschätzende Rolle spielte – denn was ist schon Arbeit ohne den rechten Spaß? –, so waren doch die meisten Pascher (denn so nannte man die Schmuggler hier) vielfach nur oarme Teifel, die sich, um irgendwie durchzukommen, etwas dazuverdienen mußten.

Allerdings darf die Gewinnspanne beim Paschen auch nicht unterschätzt werden. Das erfuhr einst der österreichische Thronfolger Joseph II., der selbst einigen demokratischen Politikern durch seinen Wahlspruch: „Alles für das Volk, aber nichts durch das Volk“, bis heute in Erinnerung geblieben ist. Als er während einer seiner vielen Reisen durch das böhmische Land ins Dorf Klein Aupa kam, fiel ihm auf, daß es den Menschen dort, an der Grenze zu Preußen, besser ging als anderswo in den Gebirgsregionen. Der Kaiser, der die Mentalität der Grenzbewohner offenbar noch nicht so recht kannte, witterte, daß hier eine unentdeckte Geldquelle sprudelte; darum wollte er wissen, wie die Einwohner zu ihren bescheidenen Einnahmen gekommen seien. Die sonst so redseligen Gebirgler verweigerten aber ihren untertänigsten Gehorsam und gaben sich verschlossen. Erst als der Kaiser ein Lockangebot machte und demjenigen, der ihm das Geheimnis verriet, die Erfüllung eines Wunsches verhieß, soll die Tochter des Müllers verraten haben, daß die Mehrzahl der Bewohner vom Paschen lebe.

Der Kaiser stand zu seinem Wort und erfüllte den Wunsch des Mädchens; er ließ für die Einwohner von Klein Aupa eine Kirche erbauen. Doch wäre er ein schlechter Schuft gewesen, wenn er nicht mit der Kirche gleich noch ein Zollhaus dazugesetzt hätte.

Und doch war Ludmilla nur eine Gelegenheitspascherin. Wie schon gesagt: hier mal ein paar kleinere oder größere Säckerla Salz für ihre an chronischem Salzmangel leidende böhmische Heimat, auf dem Rückweg ein paar Tüten mit Kaffee und Tee und ab und zu ein paar Flaschen Slibowitz. Einmal allerdings hatte sie zusammen mit Berthold sogar ein Schwein über die Grenze geschafft. Das heißt, geschafft hatten sie es eben gerade nicht. Ihnen waren die tschechischen Grenzer in die Quere gekommen. Mit Müh' und Not konnten sie sich ins Dickicht schlagen. Aber das arme Schweinla war durch die Hektik so unruhig geworden, daß es laute Grunzgeräusche von sich gab und die Grenzer auf sie aufmerksam wurden. Berthold blieb nichts anderes übrig, als das Seil, an dem er das Schwein festhielt, zu lösen und das Vieh durchs Unterholz davonpreschen zu lassen.

Dadurch waren die Grenzer erst recht aufmerksam geworden. Sie forschten im Dickicht nach der Ursache der verdächtigen Geräusche und fanden Ludmilla und Berthold. Um Nachfragen zuvorzukommen, hatte sich Ludmilla kurzerhand auf Berthold gesetzt und ihm ein säuisches Gegrunze abgenötigt, das ganz so klang wie das der davongelaufenen Sau. Als die Grenzer das Paar im Gebüsch entdeckten, rief Ludmilla, die sehr vulgär sein konnte, so eine Art tschechisches „Verpißt euch" zu, und diese zogen sich grinsend zurück.

Man kann also nicht sagen, daß es Ludmilla an Durchtriebenheit und Schmugglerschläue gemangelt hätte. Außerdem besaß sie eine unübertroffene Ortskunde, gute Orientierung und eine ausgezeichnete Kenntnis der örtlichen Fauna und Flora. Aber dies alles bewahrte sie sich für etwas anderes auf, denn sie hatte einen Plan. Wie alle Mütter machte sie sich Sorgen um die Zukunft ihrer Kinder, weniger um Herta, Maria oder Rosa, die das Pappla von der Mutter geerbt hatten und hibsch genug waren, einen Mann zu finden, sondern vor allem um ihre drei Söhne, Peter, Paul und Heinrich. Da an akademische Abschlüsse in dieser Familie seit Generationen nicht zu denken war und die Knaben überhaupt zu geregelter Arbeit keine besondere Neigung zeigten, gab es für ihre Zukunft im Grunde genommen nur drei Möglichkeiten: Wilderei, Vogelstellen oder Paschen. Als die bei weitem interessanteste und attraktivste aber empfahl sich das Paschen, zumal Ludmillas Söhne einen starken Taten- und Bewegungsdrang besaßen und immer auf der Suche nach Abenteuern waren. Hier gab es alles, was ihr Jungenherz begehrte, Abenteuerromantik und ein Hauch von Wildwest, verbunden mit einem ausbaufähigen Einkommen. Ludmilla plante ein kleines Familienunternehmen. Sie hätte dem Wort Schmugglerdynastie nicht widersprochen, aber das Wörtchen Familienunternehmen traf es besser, und zwar in dem klassischen Sinne einer Einheit von Risiko und Haftung.

Schon die Dreierkonstellation war ideal, denn zu einem richtigen Padd gehören Drei: ein erfahrener Kundschafter, der prüft, ob die Luft rein ist; einer, der die Waren über die Grenze schleppt, und einer, der Rabatz macht, um aufmerksam gewordene Grenzer von der Gruppe abzulenken.

Klar war, daß Peter als der älteste und logistisch gewiefteste, der mit seiner überaus sensiblen, witterungsaffinen Nase die Gefahren förmlich roch (ein Familienerbteil, das wir schon bei Rosa und Albert kennenlernten), von Natur dazu prädestiniert war, den Part des Kundschafters zu übernehmen und die Lage auszubaldowern. Paul dagegen, der Bärenkräfte und das breiteste Kreuz hatte, war für den Transport der Schmuggelware zuständig. Für den Rabatz eignete sich keiner besser als Heinrich, der als der gewandteste und sportlichste galt.

Ludmilla begann mit dem Unterricht für ihre drei kleinen Pascher schon sehr früh, noch vor der Schulzeit und dann parallel dazu. Das wichtigste Fach war Geländekunde, ganz ohne Karte und Kompaß. Die Lage des Grenzgebiets zwischen Reichenstein, Weißwasser und Tannzapfen mußte in allen Details klar und jederzeit abrufbar vor dem inneren Auge stehen. Jeder Weg, jeder Steg mußte mit verbundenen Augen passiert werden können. Alle Schritte und Handgriffe mußten aus dem Effeff sitzen.

Die Orientierung im Wald setzte elementare Kenntnisse der örtlichen Fauna und Flora voraus. Von Ludmilla erfuhren Peter, Paul und Heinrich, daß sich die Jahresringe bei Baumstrünken an der Wetterseite enger zusammendrängen und daß Nadelbäume meist zum Süden hin harzen. Ebenso, daß Ameisen Wärme lieben und ihre Hügel bevorzugt auf der Südseite von Bäumen und Sträuchern bauen, um möglichst viel Sonne abzubekommen. Und daß ihre Haufen im schattigen Wald spitz und hoch und auf der sonnigen Lichtung breit und flach sind. Aus demselben Grunde.

Ludmilla Söhne lernten auch, daß Bäume oft an der Wetterseite Moos ansetzen oder dort eine Grünfärbung annehmen. Und selbst mit ein paar theologischen Kenntnissen konnte ihre Mutter aufwarten. So war es gut zu wissen, daß bei Kapellen oder Kirchen die Apsis stets im Osten steht, doch der Turm im Westen.

Weil Pascher meistens nachtaktiv sind, ist eine gediegene Kenntnis des nächtlichen Sternenhimmels unumgänglich. Am wichtigsten ist der Polarstern. Der ist aber nicht leicht zu entdecken. Man findet ihn, wenn man den Großen Wagen sucht und die Strecke zwischen Vorderachse und vorderer Spitze fünfmal verlängert. Hat man erst einmal den Norden, hat man auch alles andere.

Jede ihrer Lektionen schloß Ludmilla mit dem Satz:

„Kupp muß ma haben“.

Die ersten kleinen Übungen waren mit Salz. Zum sechsten Geburtstag bekam jeder eine kleine Hucke, die nach ein paar

Jahren durch eine größere ersetzt wurde. Das „Schwirzen“, also das Rußen des Gesichts, mußte jeder selbst machen. Um die Disziplin zu stärken, blies Ludmilla ihren drei Söhnen manchmal Pfeffer in die Nase und verbot ihnen unter Strafandrohung zu niesen.

Aus dem Biemscha wurden vor allem Schnaps, Schnupftabak, Zigaretten, Kaffee und Tee geschmuggelt, im Gegenzug wurden Salz sowie Uhren, Spitzen und Strümpfe nach Tschechien eingeführt. Böse Zungen behaupten, daß die Drei irgendwann einmal sogar ein paar tschechische Damen über die Grenze gepascht hätten, die dann eine Zeitlang in den hinteren Zimmern des „Goldenen Hirschen“ für sie angeschafft haben sollen. Ich kann und will mir das nicht vorstellen, zumal Ludmilla das auch auf keinen Fall gutgeheißen und sicherlich mit der ganzen Wucht ihrer Autorität untersagt hätte.

Nach den Grenzgängen war ein Erholungsprogramm angesagt. Die beim Paschen aufgestauten inneren Spannungen mußten wieder abgebaut werden. Die anschließenden Saalschlägereien waren, anders als bei Ernst-August, ganz ohne politischen Hintergrund. Man nahm bei der Gelegenheit von Dorffesten, wie sie überall in der Umgebung stattfanden, ein paar Gäste unter fadenscheinigem Vorwand am Schlafittel und drosch drauf los, bis sich das Ganze zu einer Massenschlägerei entwickelte und der Wirt das Licht ausknipste. Das sollte die Gemüter beruhigen, goß aber meistens nur noch mehr Öl ins Feuer. Dadurch daß niemand mehr niemanden erkannte, ergaben sich neue Möglichkeiten gänzlich unkontrollierter und ungenierter Gewaltanwendung. Der abgedunkelte Raum als Experimentier- und Probierkammer. Jedenfalls wurde solange herumgeprügelt, bis die örtliche Gendarmerie erschien und das Licht wieder anknipste.

Von ihrer Mutter kannten die drei die wichtige Unterscheidung zwischen „beese“ und „schlächt“, die für den, der sie nicht kannte oder überhörte, fatale Folgen haben konnte. Wichtiges Indiz dafür, daß von „beese“ auf „schlächt“

umgeschaltet wurde, war die von Ludmilla übernommene Floskel: „Dann hast du nich ginstik". Prügeln hieß bei ihnen grundsätzlich nur „pflastern". Wer den Dreien zuhörte, hätte meinen können, einem Fachgespräch unter Steinsetzern beizuwohnen, die daran arbeiteten, die wichtigsten Zufahrtsstraßen und Plätze in der Umgebung der Reichensteiner Gaststätten zu befestigen.

Gebrochene Rippen, ein gebrochenes Joch- oder Nasenbein kamen immer wieder mal vor und wurden von Ludmilla nach bewährtem Hausrezept behandelt. Wenn sie ruhiger aufgelegt waren, soffen sie a Schichtla Korn und a Schichtla Gaaschte, bis das Fest aus war. Mit ein paar Schicksen, die übrig geblieben waren, feierten sie einen gemittlichen Ausklang auf einem nahegelegenen Heuschober, was sie „Reste remmeln" nannten.

Ein wenig erinnern mich die Drei an die vier Daltons – vier, weil ohne Averell. Doch gibt es noch eine andere Geschichte, die eher an das Lied von den zehn kleinen Negerlein denken läßt...

Gut und schön, irgendwann passierte es: Und es passierte ausgerechnet Heinrich. Wenn es Peter oder Paul passiert wäre, hätte man's verstehen können. Man hätte gesagt, gut, Peter ja, auch Paul, warum nicht, das wäre verdient gewesen, denn die beiden waren nicht ohne, waren harte Burschen und hatten einiges auf dem Kerbholz. Wenn es sie erwischt hätte, hätten sicherlich viele von denen, die von ihnen ungebeten eine kostenlose Rundumpflasterung erhalten hatten, tiefe Genugtuung empfunden. Aber es traf Heinrich, ausgerechnet ihn, den jüngsten und harmlosesten von allen, ihn, der keiner Fliege etwas zuleide tun konnte (außer, er wurde gereizt).

Und warum traf es ihn?

Nun, weil er nicht auf seine Mutter gehört hatte. Denn eines hatte Ludmilla ihrem Padd von Anfang an strengstens eingeschärft: Keinen Alkohol während der Arbeit! Nachher ja, aber nie währenddessen.

Vielleicht war Heinrich bei dem Ausflug der Drei ins Biehmsche auch die Schönheit des wilden romantischen Schmugglerlebens zu Kopf gestiegen. Ganz sicher aber hatte der Inhalt der Slibowitz-Flasche aus der Hucke seines Vordermannes Paul, dem eine Last von circa dreißig Einliterflaschen auferlegt worden war, bereits ihre Wirkung getan und sich ungünstig auf seinen Gleichgewichtssinn ausgewirkt, das heißt, er ging schon recht kriewatschlich.

Auch hier war es also wieder einmal das leidige Gleichgewichtsproblem, die Bulanxe, die meinen Vorfahren mütterlicherseits soviel zu schaffen machte und zum Auslöser für so manche familiäre Tragödie wurde. Dort bei Ludmilla verursacht durch Brüste, übergroß, hier bei Heinrich durch Alkohol, zur Unzeit. Im weitesten Sinne könnte man den Vorfällen also grundsätzliche Bedeutung beimessen und darin eine weitere Bestätigung der These erblicken, daß alles Glück und Unglück dieser Welt letztlich von Alkohol, Drogen und den Geschlechtsorganen, primären oder sekundären, gleichviel, herrührt, und daß sie es sind, die den Menschen komplett aus dem Gleichgewicht bringen können.

Nach wie vor ist ungeklärt, warum die Grenzer als erste zur Waffe griffen. Jedenfalls hatte Peter, der mitunter etwas jäh und hitzig war und sich seine eigene Büchse nicht nehmen lassen wollte, das Feuer prompt erwidert. Darauf waren die Drei in wilder Hast einen Hang hinaufgeklettert, Peter zuerst, dann Paul und danach Heinrich. Dabei muß es dann passiert sein. Heinrich verlor den Halt, schrie: „Och, du heiliges Krambambuli“, griff dann nach links, griff nach rechts, faßte ins Leere und konnte sich schließlich nur noch an der mit dreißig Slibowitz-Flaschen randvoll gefüllten Hucke seines Vordermannes Paul festhalten. Das aber war Paul, der nun seinerseits in Bedrängnis kam, gar nicht recht. Um nicht mit Heinrich den Hang hinabgerissen zu werden, löste er den Träger seiner Hucke und ließ seinen Bruder mitsamt den Slibowitz-Flaschen scheppernd, klirrend und polternd den Hang hinunterrollen. Erst vor den rauchenden Flinten der Grenzer kam der rollende Heinrich zu stehen, mit geschwirztem Gesicht, verrenkten Gliedern und in einer großen Pfütze hochprozentigen Zwetschgenwassers.

Der Fall war so klar wie der Slibowitz, in dem die Grenzbeamten knöcheltief standen. Die Feststellung der Schuld von jemand, der sich in dieser Gegend mit rußgeschwärztem Gesicht in einer Slibowitz-Lache wälzte, war ermittlungstechnisch eine Bagatelle. Eine Weile wurde noch nach Heinrichs Komplizen gefahndet, aber ohne Erfolg. Man suchte Heinrichs Geschwister im Schlackental auf. Aber Peter und Paul spielten an diesem Abend gerade mit ihren Eltern „Sibbza-und-viere“ und waren ungehalten wegen der Störung. Sie sagten, sie hätten von Heinrichs Vorhaben nichts gewußt, noch nicht einmal etwas davon geahnt. Sie hätten den ganzen Abend mit Berthold und Ludmilla „Sibbza-und-viere“ gespielt, was diese später unter Eid bezeugen konnten, denn „Sibbza-und-viere“, aber auch „Mauscheln“ oder „Schafskopf mit Aale“ spielten sie damals wirklich sehr viel.

Jedenfalls brachte man Heinrich ins örtliche Gefängnis. Das sah von innen genauso aus, wie Heinrich es von den Abbildungen auf der vorletzten Witzseite des Lokalanzeigers, die er immer so gerne gelesen hatte, kannte – nur nicht so lustig. Außer einem Gitter und Wänden, die noch im letzten Jahrhundert gekalkt worden waren, gab es eine Holzpritsche, einen Schemel, einen Tisch und einen zerbeulten Blechnapf mit Besteck. Und natürlich Brot und Wasser. Mehr nicht.

Lange Zeit saß Heinrich traurig auf seiner Pritsche und überdachte seine Zukunft. Einige Vorgänger hatten in den Putz der Wand eine Strichliste geritzt, mit der sie die Tage ihres Gefängnisaufenthaltes gezählt hatten. Auch Heinrich hielt dies für eine gute Idee und drückte mit seinem Daumennagel elf Tage hintereinander, für jeden Tag ein Strichelchen, in den Putz seiner Zelle. Als er am zwölften Tage, es muß wohl gerade vor Ostern gewesen sein, seinen Nagel in den Putz ritzte, geschah etwas, womit er nicht gerechnet hatte. Der Putz zerbröselte ihm großflächig unter seinem schwarzen Nagel und gab den Blick frei auf das brüchige

Gefängnismauerwerk, durch dessen Fugen verheißungsvoll helles Tageslicht schimmerte.

Heinrich war sofort klar, daß der Herr ihn zu Ostern bei den Seinen haben wollte und daß er es ihm nie verzeihen würde, wenn er diese Gelegenheit nicht beim Schopfe packte. Also entfernte er in aller Stille weiteren Putz, entfernte sorgfältig Ziegelstein um Ziegelstein und stand am Morgen des dreizehnten Tages, während aus der benachbarten Kirche gerade das „Christ ist erstanden“ der Frühmette erscholl, auf dem menschenleeren Reichensteiner Marktplatz.

Die Nachricht von seinem Ausbruch ging damals durch alle schlesischen Zeitungen. Sogar ein Bild des steckbrieflich Gesuchten war dabei. Heinrich aber blieb spurlos verschwunden. Ludmilla und Berthold erzählten später, ihr Sohn sei vor seinem endgültigen Abtauchen in die Tschechei, die es damals noch gab, am Morgen des ersten Ostertages bei ihnen gewesen und sie hätten gemeinsam ein paar von Ludmilla mit Saatgrün und Zwiebelschalen gefärbte Ostereier gegessen. Danach hätte er sich ins Biehmsche gemacht und sei bis auf den heutigen Tag nicht wieder aufgetaucht. Wo genau er dann verblieben war, wußte niemand oder wollte niemand sagen. Man munkelte, er, der immer besser Tschechisch als Deutsch verstand, habe in der tschechischen Armee sein Glück gemacht und sei später zu den Partisanen gegangen. So könnte es gewesen sein. Aber ich will mich nicht festlegen.

Während sich Onkel Heinrich irgendwo im tschechischen Hastenichtgesehen auflöste, gewannen Peter und Paul auf der anderen Seite der Berge immer stärker nationales Profil. Auch für sie war Heinrichs Inhaftierung Anlaß, sich von der Vergangenheit loszusagen und nach neuen Betätigungsfeldern Ausschau zu halten. Eben damals bot sich ihnen die Möglichkeit, in der Waffen-SS Fuß zu fassen und dort Karriere zu machen. Dies ist zugegeben ein ausgesprochen unrühmliches Kapitel, aber: Schwarz war nun einmal ihre Farbe. Sie hatten als Schwirzer angefangen, und das Tragen der schwarzen SS-Uniform erschien ihnen daher wie die folgerichtige Weiterentwicklung ihrer bisherigen beruflichen Laufbahn. Nur das Braunhemd, das sie als SS-Anwärter einstweilen noch tragen mußten, störte ein wenig den kolossalen Eindruck, den ihre ansonsten rabenschwarze Kluft, der schwarze Rock, die schwarzen Stiefel und die schwarzen Breecheshosen, auf den Rest der Familie, mit Ausnahme von Ernst-August, machten.

Tatsächlich bot ihnen die SS in jeder Hinsicht Heimat. Ihre Erfahrungen, die sie als Pascher und Schwirzer gemacht hatten, ihr geländekundliches Wissen, ihre taktischen und strategischen Kenntnisse, all das kam ihnen zugute. Hier war ihre Kompetenz gefragt. Und daß sie auch sonst nicht zimperlich waren und sich, wenn es sein mußte, selbst auf die Anwendung härterer Mittel verstanden, hatten sie, wie der Leser inzwischen weiß, schon bewiesen.

Tatsächlich hinterließen die schwarzen Uniformen in meiner Familie, in der man bis dahin nur geschwirzte Gesichter kannte, allgemein einen tiefen Eindruck. Auch Schwester Herta, die inzwischen mit ihrem Mann in Berlin wohnte, war so stolz auf ihre beiden Brüder, daß sie sie oft zum Wochenende einlud. Wenn die Drei unter den Linden spazieren gingen und an der Wache vorbeikamen, mußten die dort aufgestellten Soldaten jedes Mal salutieren. Herta mochte das, sie mochte es so gern, daß sie nach ein paar hundert Metern auf ihren hohen Absätzen umkehrte und noch ein zweites Mal mit Peter und Paul an den wachhabenden Soldaten vorbeispazierte. Die beiden sagten später, sie hätten ihre Schwester nur mit Mühe und Not davon abhalten können, es ein drittes Mal zu tun.

Die Begegnung mit Herta wird den wachhabenden Soldaten nicht ganz unwillkommen gewesen sein. Meine Großtante besaß nämlich, wie nicht verschwiegen werden soll, ein sehr ausladendes Hinterteil, das sie in einem selbstgeschneiderten, ziemlich engen Rock – es handelte sich um eine Vorstufe des Bleistiftrocks – geschickt zur Geltung zu bringen wußte und das für sie, auch dies sei bereits angemerkt, gegen Ende des Krieges von schicksalhafter Bedeutung werden sollte. Sie war die einzige von Ludmillas Töchtern, die mit so etwas ausgestattet war. „Eene jute Jabe Jottes“, wie ihr Mann Egon stolz, mit einem Klapps auf das „jute Stück“, sagte. Nur Ernst-August mit seinem durch jahrzehntelange Erfahrung geübten Auge mäkelte und fand: „Vu hinga sitt se besser aus wie vu vorne“. Schwester Rosa und Schwester Maria gingen mehr nach dem zweistöckigen Ludmilla-Typ, vorne ausladend und hinten flach. In jedem Fall dürfte Hertas Anblick den Soldaten vor der Wache ein wenig Abwechslung in den wachhabenden Alltag gebracht haben.

Ruthla und Albert haben immer nur hinter vorgehaltener Hand von ihren drei Onkels aus Reichenstein erzählt. Auf Geburtstagsfeiern, Taufen oder Hochzeiten mußten sich Gäste, die nicht zum engeren Kreis der Familie gehörten, erst verabschiedet haben, das Geschirr mußte erst abgeräumt sein, bevor bei einem Gläschen Korn oder Eierlikör über sie gesprochen werden durfte. Nie zu laut, immer im Pischpar-Ton, wegen der Nachbarn.

Wenn ein Gespräch im engsten Familienkreis aus irgendwelchen Gründen nicht möglich war, gebrauchten Ruthla und Albert symbolisch verhüllte Rätselsprache. Sie redeten von der Reichensteiner Tauschbörse und den drei Musketieren, vom schwarzen Peter und schwarzen Paul und vom unglicklichen oder auch eisernen Heinrich. Wer Näheres über Heinrich hören wollte, erfuhr von Ruthla, daß er eine Zeitlang ein eisernes Band um sein Herz getragen habe. Wer Ohren hatte zu hören (und außer Korn oder Eierlikör auch ein paar Stücke von Ruthlas Striezla intus hatte), verstand und wer nicht, der wunderte sich.

Nicht anders sprach Ruthla übrigens auch von anderen „gefallenen“ Familienmitgliedern, zum Beispiel von meinem Vetter Detlev. Den bezeichnete sie immer als „Bankkaufmann“, obwohl er doch gar keine entsprechende Ausbildung absolviert und, soweit ich weiß, nie hinter dem Schalter einer Bank gestanden hatte, sondern immer nur mit der Pistole – davor.

Wenn man sich in der Familie ganz sicher glaubte, sagte man:

„Heinrich, der verbuttliche kleene Uchse, ist damals beim Paschen gestazzt."

Kleines Pastorale
oder: Kulbafongse und ein Kuschla im Mohn

Ja es gab sie noch, die völlig losgelösten, sorgenfreien Tage. Zumindest für den, der keine Zeitungen las. Für den Zeitungsleser und selbst für den gemittlichen Abonnenten so gemittlicher Zeitungen wie „Frankenstein-Münsterberger Heimatblatt“, „Bergglocke Reichenstein“, „Glatzer Heimatbote“, „Briegische Briefe“, „Breslauer Kreisblatt“, „Grünberger Wochenblatt“ und „Glogauer Anzeiger“ hatte es sich was mit der Gemütlichkeit. Seit Wochen und Monaten nur noch dicke Luft. Englands Einkreisungspolitik, Danzig verbittet sich englische Anmaßungen, Pole paß' auf, Englands dummdreiste Spiegelfechterei, Lord Halifax ein Heuchler, der Jude Roosevelt will den Weltkrieg – aber die unverbrüchliche Kameradschaft mit General Franco und dem Duce, Englands Blutregime in Palästina, Verworrenheit in Paris, Polens Großmannssucht – aber die schwere deutsche Artillerie, deren etwaiger Einsatz in einem etwaigen Krieg noch für etwaige Überraschungen gut sein könnte („Wenn diese Rohre Feuer speien“). Wachsende Anspannung bei jenen, die noch eins und eins zusammenzählen und sich ziemlich genau vorstellen konnten, was als nächstes passieren würde. Und manche hatten schon resigniert, wie Ernst-August, der sich nur noch für Ärsche interessierte, was vermutlich die höchste Stufe der Resignation darstellt.

Aber eigentlich sollte an dieser Stelle weder von Ärschen noch Resignation die Rede sein. Davon später noch mehr als genug. Und es ist nicht immer lustig. Wir sollten anders beginnen. Damit, daß gerade Sommerferien waren, und daß der Sommer neununddreißig – zumindest für diejenigen, die nicht lesen konnten oder es, wie Ruthla, erst noch lernen mußten – einer der schönsten war, den Schlesien seit langem erlebt hatte. Und Schlesien hatte schon viele schöne Sommer erlebt. Eine alte Wetterregel besagt, daß Sommer vor den Kriegen immer am schönsten sind.

Albert war in der Erntehilfe und Lissy zum Rinderhüten in Peterwitz. Als Hitlerjunge war Albert stolz darauf, mit seinem Einsatz etwas für Führer, Volk und Vaterland tun zu können. Lissy war bei ihren Brüdern Heinz und Herbert, die in den Peterwitzer Rinderställen als Melker arbeiteten. Margot mußte ihre Stellung wechseln, weil die Frau von Porzellan-Kletschke am Unterring von der Affäre ihres Mannes mit der neuen Haushaltshilfe Wind bekommen hatte. Erst vor kurzem hatte Margot im „Frankenstein-Münsterberger Heimatblatt" annonciert: „Junges ehrliches, sauberes Mädchen, welches schon in Stellung war, sucht Stellung im Haushalt". Beim Lesen der Anzeige hatte Ernst-August zweimal laut gelacht, das erste Mal bei dem Wort „ehrlich" und das zweite Mal bei dem Wort „Stellung". Es hatten sich schon Interessenten gemeldet. Margot schwankte noch zwischen Pelzhaus Lonsky am Ring und dem Kronenapotheker.

Indessen ging Rosa, die keine Ferien kannte, jeden Morgen in die Schlesische Mützenfabrik. Wenn sie dort nicht gerade mit der Produktion von Schirm- und Feldmützen für die deutsche Wehrmacht beschäftigt war, war sie entweder zuhause, saß vor ihrem Muckefuck und schimpfte mit Hedwig über die Kaffeerationierung oder sie war bei Kulbafongse, einem Kuhplackner ganz in der Nähe. Der alte Junggeselle hatte hinter dem Bahndamm, dort, wo es vom Annaberg nach Groß Olbersdorf geht, eine kleine Bauernklitsche. Rosa machte sich oft für ihn nützlich und brachte dafür Milch und Putter mit nach Hause.

Von Ernst wußte man eigentlich nie so ganz genau, was er machte und wo er sich gerade herumtrieb. Rosa sagte immer, Ernst habe es schwer, weil Kommunisten heutzutage keine Arbeit fänden. Am Wochenende kümmerte er sich um seine kleine Versicherungsagentur, soviel war klar, dann wieder gab er sich konspirativ und tischkerierte bis tief in die Nacht mit seinen Genossen in den Gewächshäusern von Schmidtgärtner zwischen Stocktomaten, gestapelten Setzkästen und Torfmullballen. Ihr Thema war schon seit Wochen der bevorstehende Krieg und die Rolle Rußlands. Ernst-August sagte, er brauche endlich einen „Prillkoasta“, um besser auf dem laufenden zu sein.

Trotz eindringlicher Nachfrage ist es mir nicht gelungen, von Albert oder Ruthla Näheres über den beruflichen Werdegang des Großvaters in Erfahrung zu bringen. Er soll ein Hetzer gewesen sein, was Demagogisches an sich gehabt haben, das steht wohl fest. Nur hat das noch nichts mit Arbeit zu tun, und leben kann man davon auch nicht. Aber das mußte er auch nicht, er hatte ja Rosa. Ansonsten kam er aus Breslau, eher urban, gepflegte Erscheinung und so weiter. Im Krieg hat man dann den Bock zum Gärtner gemacht und ihm die Aufsicht über Zwangsarbeiter gegeben, was aber ein späteres Kapitel ist.

Ernst-August, der das Tagesgeschehen am aufmerksamsten verfolgte, hatte es zuerst läuten gehört: daß am nächsten Sonntag irgendwann morgens, so um sechs oder halb sieben, die „Graf Zeppelin“ am Himmel zu sehen sein werde. Von Schweidnitz kommend, über das Eulengebirge auf dem Weg nach Oberschlesien. In gespannter Erwartung des Luftschiffs hatten sich am Sonntag ein paar Neugierige aus der Siedlung am Bahndamm eingefunden, wo man die beste Sicht auf die nahegelegene blaue Eule hatte. Als Ernst-August mit Ruthla kam, war Genosse Schmidtgärtner schon da. Beide begrüßten sich mit silbrigem Augurenlächeln. Auch Nachbar Anton Jeschke befand sich unter den Schaulustigen. Er hatte seine drei Söhne, die noch zuhause wohnten, mitgebracht. Ernst sagte, Jeschke arbeite bei Hoffmann in der Betonfabrik. Morgens wußte man nie genau, ob er immer noch oder schon wieder nach Korn stank. Rosa sagte dann, jetzt sei er wieder „stoark dreiviertel“. Katzen-Schubert war ebenfalls da. Man nannte ihn so zur Unterscheidung von Ernst-August, der in Frankenstein nur Kommunisten-Schubert hieß, und weil er angeblich Katzen schlachtete. Daß Katzen-Schubert zu so etwas fähig war, wollte keiner, der ihm einmal genauer in sein fahles, undurchsichtiges Gesicht mit den unsteten Augen und der nervös im Mund herumrollenden Zunge geblickt hatte, ganz ausschließen. Ernst-August mochte ihn nicht. Das beruhte auf Gegenseitigkeit.

Außer Kommunisten-Schubert und Katzen-Schubert gab es in Frankenstein noch Wurst-Schubert und Lumpa-Schubert, deren Name nicht weiter erklärt zu werden braucht. Vermutlich gab es sogar noch weitere Familien mit dem in Schlesien recht häufigen Namen, aber in den Erzählungen von Ruth und Albert tauchten sie nicht auf.

Plumpa Fitze, der eigentlich Joseph Fitze hieß und Pumpen baute, war mit seiner Frau gekommen. Sie hatten eine schwerkranke junge Tochter. Schober Wendlin, der früher in Protzan gewohnt hatte, stand neben dem Ehepaar. Der hagere Mitfünziger arbeitete in der Haro-Füllhalterfabrik und war immer noch Junggeselle. Deswegen hatte er sich in seinem früheren Heimatdorf dem Junggesellenverein „Gemütlichkeit" angeschlossen. Dessen Wahlspruch lautete: „Deutscher Frohsinn, Deutsche Treue, Deutsches Hoffen". In unregelmäßigen Abständen und je nach nervlicher Verfassung stieß Schober Wendlin mit seinem spitzen Kinn auf dic rechte Schulter seines dunklen Jacketts, das an der Stelle schon ziemlich blankgescheuert war. Rosa sagte zu Lissy und Ruthla, das seien nervöse Zuckungen, darüber dürfe man nicht lachen. Dafür könne Schober Wendlin nichts. Lissy und Ruthla konnten aber nicht anders und kicherten trotzdem, wenn auch mit schlechtem Gewissen. Zum Schluß kam noch Ernsts Tochter Hedwig aus der Blumenstraße, um sich mit ihren Mädchen, davon das jüngste im Korbkinderwagen, das Ereignis anzusehen.

Als der Zeppelin am Horizont auftauchte und sich langsam über die blaue Eule schob, ging ein Raunen durch die am Bahngleis stehende kleine Versammlung. Plumpa Fitze, der am meisten von Flugfahrt und Technik verstand, sagte, der Zeppelin habe mit dem berühmten Luftschiff „Graf Zeppelin" nur den Namen gemeinsam. Es sei der Nachfolger. Die echte „Graf Zeppelin" habe man inzwischen stillgelegt wegen der „Hindenburg", die sich im Mai siebenunddreißig in Rauch und Asche aufgelöste hatte.

Jeschke sagte, daran sei der Ami schuld. Weil er den Deutschen kein Helium geliefert hätte. Wenn die Deutschen vom Ami Helium gekriegt hätten, hätte die „Hindenburg" nicht mit Wasserstoff zu fliegen brauchen und das Unglicke wäre nie passiert. Alles wegen der verknuchten amerikanischen Kapitalisten und der Pluto-, Pluto-...

...kraten, ergänze Ernst,

Plutokraten, fuhr Jeschke fort. Da könne man wieder mal sehen, daß das internationale Finanzkapital überall seine Hände im Spiel habe.

Ernst-August stimmte zu und fragte provokant, ob er glaube, daß Hitler ohne die Unterstützung der Großindustrie an die Macht gekommen wäre.

Ruthla konnte sich inzwischen unter dem Namen Hitler etwas vorstellen. Das war nicht immer so. Wenn sie ihn früher gehört hatte, hatte sie nie genau gewußt, was damit gemeint war. Eine Weile hatte sie geglaubt, die Leute würden vom „Hittla" reden, das hinter ihrem Haus stand und zu dem sie in der Schule „Toalette" sagten. Und sie hatte sich darüber gewundert, wieviel Beachtung sie dem Hittla schenkten, obwohl – so ganz unbedeutend war es ja tatsächlich nicht.

Während Ernst-August noch redete, scharrte Schmidtgärtner, der so viel Politik am frühen Morgen noch nicht vertragen konnte, unruhig mit seinen Schuhen. „Här doch met dem Gelabere uff, Ernst", sagte Katzen-Schubert, „das Kapital ist doch immer da, wo die Juden sind. Du willst uns doch nicht etwa erzählen, daß Hitler von den Juden bezahlt worden ist?"

Der stumme Blick Schmidtgärtners hielt Ernst davon ab zu antworten. Er brummelte irgend etwas halblaut in sich hinein und entschädigte sich mit einem Blick auf den Hintern von Plumpa Fitzes Frau.

Schober Wendlin war beim Anblick des Zeppelins ganz aus dem Häuschen. Sein Kinn scharrte in immer kürzeren

Abständen auf der rechten Schulter herum, die Kinnspitze war inzwischen schon rot angelaufen. Was seine Vereinsbrüder wohl dazu sagen würden, wenn er ihnen erzählte, daß er die „Graf Zeppelin“ gesehen habe. Die Frau von Plumpa Fitze war amüsiert. „Er fräht sich ja wie a kleener Schneekenich“, sagte sie zu Ernst-August. Hedwig hatte die Hände gefaltet und die Augen zum Himmel erhoben. Immer wieder rief sie: „O wie schien, o wie schien! Guckt nur Kindla, wie schien!“

Am nächsten Tag hatte sich Ruthla nach dem Mittagessen mit Lothar zum Spielen verabredet. Es war ein träger, heißer Sommernachmittag, eigentlich noch mehr Mittag als Nachmittag. Die Straßen waren leer, aus den Häusern roch es noch nach Schmortopf mit Sauerkraut, Weißkohl und Eintöpfen, die von den Hausfrauen aus den Resten des Sonntagessens zusammengestellt worden waren. Ruthla hatte inzwischen für ihr verregnetes Sommerkleid einen Ersatz bekommen. Das neue Kleid war zwar nicht ganz so hübsch, aber immerhin wasserfest. Zum Spielen trug sie aber nur einen kurzen grasgrünen Hänger mit weißen Punkten. Lothar war erst vor kurzem von seiner Mutter im Kaufhaus Kaschuba neu eingekleidet worden, sehr bajuwarisch, mit kurzer Lederhose und rotem Karohemd. Die Krachlederne war sein ganzer Stolz, da Leder praktisch unverwüstlich sei, wie er sagte.

Sie gingen bis zum Ende der Blumenstraße und von dort zum Missionshaus der Pallottiner. Als sie die Pausebachbrücke erreichten, blieben sie vor dem Geländer stehen und spuckten eine Weile in die Pause. Von Zeit zu Zeit warfen sie einen Blick auf das grüne Ringla, das Ruthla von Lothar geschenkt bekommen hatte. „Krüsopas“, sagte Lothar stolz, das sei mit Sicherheit echt schlesischer Krüsopas. Dann fragte er, ob Ruthla Lust zum Sesselhüpfen im Hotel Umlauf am Ring habe.

Ruthla war erstaunt und wollte wissen, wo sie bei Umlauf auf Sesseln hüpfen könnten. Lothar präzisierte mit gedämpfter Stimme:

„Im Vestipül".

Ruthla fragte, was das sei, „Vestipül".

„Die Eingangshalle, Ruthla", antwortete Lothar.

Aber das sei doch sicher verboten, wandte Ruthla ein.

Verboten schon, sagte Lothar, aber um diese Zeit sei ja niemand da. Der Portier mache gerade Mittagspause, der Empfangschef auch, und die meisten Hotelgäste schliefen sowieso oder seien nicht im Haus. Da könnten sie schnell mal ins „Vestipül" nein und auf den Sesseln rumhopsen. Die beste Federung hätten die beiden gestreiften Sessel neben dem Kamin. Er habe das mit seinen Freunden schon öfter gemacht. Sie seien dabei noch nie erwischt worden. Außerdem habe der Portier den „Hühnerplinz".

Ruthla wollte noch fragen, was das sei, „Hühnerplinz", aber Lothar war schon losgegangen.

Das Hotel Umlauf befand sich am Ring vierunddreißig, gleich gegenüber vom „Goldenen Löwen". Es war im letzten Jahrhundert erbaut worden, dreigeschossig, mit historistischer Fassade und hatte die Form eines kompakten Kastens. Daneben standen Geschäfts- und Bürgerhäuser, von denen es sich durch seine imposante Große abhob. Über dem Eingang und unter den Namenslettern des Hotels prangte ein mächtiger Balkon, auf dem zwei Kübelbäume großbürgerliches Flair verbreiteten. Von der Straße aus konnte man einen Blick durch die großen Fenster in die Empfangshalle werfen. Auch hier nostalgische Reminiszenzen an die Gründerzeit. Eine hölzerne Kassettendecke, ein Kronleuchter, schwere Perserteppiche, reich gemusterte, dicke Seidentapeten und Tapetenbordüren, schwarz glänzende geäderte Marmorsäulen, dazwischen ein paar Fächerpalmen. Wer ins Treppenhaus wollte, mußte an der Kaminecke vorbei, in der rechts und links neben dem Kaminsims zwei gestreifte Plüschsessel standen.

Nachdem Ruthla und Lothar eine Weile auf dem Bürgersteig um das Hotel herumgeschlichen waren und durch die Fenster gepliert hatten, um zu prüfen, ob die Luft rein war, versicherte Lothar, daß Ruthla keine Angst zu haben brauche. Es könne gar nichts passieren. Wenn Gäste aus dem Treppenhaus kämen, würden sie sich einfach auf die Sessel setzen und so tun, als würden sie auf ihre Eltern warten; nur wenn der Portier oder Empfangschef auftauchte, müßten sie schnell wieder durch den Ausgang verschwinden. Über den Portier brauche sie sich aber keine Sorgen zu machen, denn der habe den „Hühnerplinz".

Leider kam Ruthla wieder nicht dazu, nach der Bedeutung des Wortes zu fragen. Denn Lothar hatte bereits das Zeichen für die Erstürmung des „Vestipüls" gegeben.

Tatsächlich war niemand in der Empfangshalle, und sie konnten ungehindert am Schalter vorbei in Richtung Treppenhaus und Lift zum Kamin mit den beiden Sesseln. Um Ruthla zu zeigen, daß sie keine Angst zu haben brauche und gleichzeitig den Beweis dafür zu liefern, daß er auch keine habe, blieb Lothar eine Weile vor dem Schalter stehen und blätterte seelenruhig in dem dort ausgelegten Fremdenbuch. „Cool" konnte Ruthla das damals noch nicht finden, aber sie bewunderte Lothars Mut.

Die Federung der Sessel übertraf alle Erwartungen. Die beiden hüpften wie zwei junge Känguruhs, Lothar immer einen halben Kopf höher als Ruthla. Aber für den Anfang würde sie es auch schon ganz gut machen, sagte er keuchend.

Das ging solange, bis sie zwei Stimmen im Treppenhaus hörten. Dann setzten sie sich, wie verabredet, in die Sessel und versuchten sich möglichst nichts anmerken zu lassen. Ein junges Paar schritt an ihnen vorbei, er in weißem SS-Sommerrock, mit Armbinde und Dienstmütze, sie alpenländisch bodenständig in einem dekolletierten Dirndl, der Mode entsprechend.

Im Vorbeigehen fuhr sie mit ihrer Hand über Ruthlas dunklen Ponyschopf und sagte:

„Ach, wie reizend".

Doch der Weißuniformierte blickte die Kinder forschend an und wollte wissen, warum sie so schnell atmeten.

„Es ist, es ist ... wegen der großen Hitze heute“, sagte Lothar.

Der Weißuniformierte wunderte sich, doch unter dem offenherzigen Dirndl seiner Partnerin schlug ein mütterliches Herz mit viel Verständnis für die armen Kindla. Der Weiße fragte, ob die Kinder ein Bonbon wollten. Sie wollten. Er holte eine Rolle mit Dr. Hillers Pfefferminzbonbons aus der Jackettasche seines Sommerrocks und gab jedem von ihnen einen Drops. Als Ruthla sich für das „Zockernissla“ bedankte, lächelte die Frau im Dirndl milde. Der Weißuniformierte blieb mißtrauisch. Im Weggehen erklärte er seiner Begleiterin, daß Dr. Hillers die Lieblingsmarke des Führers sei. Die nehme er immer, wenn er heiser sei. Er wisse das ganz vertraulich, von höchster Stelle sozusagen. Ah, sagte sie lachend, deswegen sei der Führer immer so gut bei Stimme. Wer viel rede, könne schnell mal heiser werden. Er lachte zurück, das hätten die Bonbons mit dem Führer gemeinsam, „extra stark, darum so belebend“. Dann bot er auch ihr erst einen Drops, dann seinen Arm an und sie verschwanden durch den Ausgang.

Ruthla wollte das Bonbon nicht schmecken Sie fand es zu scharf. Lothar meinte, sie könne es ihm geben. Darauf nahm sie den feuchten Drops, Fäden ziehend, aus ihrem Mund und reichte ihn Lothar. „Schmeckt doch prima, Ruthla“, sagte er, ohne das Gesicht trotz der Extraschärfe zu verziehen. Dann begannen sie wieder zu hüpfen.

Das dauerte eine Weile, bis die mächtige Mütze des Portiers hinter dem Glas der Eingangstür erschien. Er kam aus seiner Mittagspause und war von dem Pärchen vor dem Hotel gebeten worden, sich um die armen elternlosen Kindla zu kümmern. Als der Portier etwas von Kindern in der Empfangshalle hörte, wußte er schon Bescheid.

„Jetzt is aba Polen uffa“, brüllte er, noch ehe er den Empfangsraum betreten hatte, „Rootzleffel, seid ihr’s scho wieda? Euch krieg’ ich“.

Ob sie der Hoafer gestochen habe und daß er ihnen Dompf machen werde und sie richtig Schnicke bekämen, wenn er sie erst in seinen Händen hielte. Letzteres wollte aber nicht gelingen, obwohl er sich breitbeinig und den Ausgang versperrend vor der Tür postiert hatte. Lothar entwischte durch die Beine und Ruthla an ihm vorbei. Der Portier fuchtelte noch eine Weile mit seinen großen Pranken vor der Tür herum, als wolle er unsichtbare Bälle fangen, aber er griff immer nur ins Leere. Noch eine Weile fluchte er hinter ihnen her, aber die beiden waren schon weg.

„Was war mit ihm?", wollte Ruthla wissen, als sie um die nächste Straßenecke gebogen waren und wieder auf dem sonnenbeschienenen Ring standen. Lothar lachte:

„Sag ich doch, Hühnerplinz".

Der Portier habe den Hühnerplinz. Seine Freunde und er hätten das schon lange bemerkt. Wer den Hühnerplinz habe, könne im Dunkeln schlecht sehen, erst recht, wenn er vom Hellen ins Dunkle komme. Dann sei er so gut wie blind.

Die beiden butscherten noch eine Weile auf dem Ring herum, wo sie sich die Auslagen der Geschäfte ansahen. Als sie sich an den Blechpanzern, Dampfmaschinen, Ritterburgen, Puppenhäusern, Teddybären und Zappelmännern im Schaufenster des Spielwarengeschäfts Kolbe satt gesehen hatten, kam Ruthla auf die Idee, vor der Post am Horst Wessel-Platz ein wenig zu schaukeln. Lothar wollte wissen, wo es dort Schaukeln gebe. Ruthla sagte, man könne sich auf die Ketten zwischen den Pfeilern bei den Grünanlagen setzen. Mit Lissy habe sie das schon oft gemacht. Man müsse nur darauf achten, daß man nicht hinten runter falle.

Sie gingen über die Breslauer Straße. Die Straßenpoller mit den Ketten befanden sich zwischen einem Kiesweg und einer Grünanlage mit einem Rosenbeet und einer Rasenfläche, auf der einige große Kübelpalmen standen. In Sachen Rosen ließen sich die Stadtväter von Frankenstein nicht lumpen. Man war stolz auf den Titel „Schlesische

Rosenstadt" und fuhr alles auf, was die Rosengärtnereien zu bieten hatten. Ein Jahr vor der Uraufführung von „Schenkt man sich Rosen in Tirol" zeigte man sich und seinen Gästen schon jetzt, was eine Rosenblüte ist. Entlang der Stadtmauer, an Straßen, Böschungen, Fassaden verschwendete sich Sommer für Sommer eine rosige Pracht aus Duft und Farbe.

Das Schaukeln verlief allemal gemächlicher als das Hüpfen auf den Plüschsesseln und wurde Lothar schnell langweilig. Sie überlegten bereits, was sie als nächstes anstellen könnten, als Lothar Ruthla anstieß und mit dem Finger auf das verklinkerte Postgebäude gegenüber wies. Vor dem Eingang des im letzten Jahrhundert, in neugotischem Stil erbauten Eckgebäudes mit dem grauen Sandsteingesimse stand Ruthlas Vater Ernst-August. Er unterhielt sich mit einer sehr ungotischen und ziemlich aufreizend gekleideten Blondine, die, wie es schien, auf ihn gewartet hatte. Man sprach miteinander. Kannte man sich flüchtig, kannte man sich länger, wollte man sich näher kennenlernen? Warum vor der Post? Und warum legte Ernst-August sogleich seinen Arm um ihre Taille? Warum gingen die beiden in Richtung Hindenburgstraße davon? Ruthla war für einen Augenblick versucht, ihren Vater zu rufen, aber irgendein Impuls sagte ihr, daß es nicht gut sei.

„Geht dein Vatel auch fremd?", fragte Lothar.

Ruthla wußte nicht, was Lothar meinte, vielleicht wollte sie es auch nicht wissen.

„Ich meine, ob er auch noch andere Frauen hat, außer deiner Mutter, so wie mein Vatel?"

„Ich glaube", erwiderte Ruthla. „Würdest du auch fremd gehen, wenn wir verheiratet wären?"

„Nee", sagte Lothar. „Aber wir sind ja nicht verheiratet. Wir haben uns noch nicht einmal ein Kuschla gegeben."

Ruthla schlug vor, Mutter Rosa zu besuchen, die heute nachmittag bei Kulbafongse in der Nähe von Olbersdorf arbeitete. Wenn man sie besuchte, dürfe man dort immer spielen und man kriegte Brot mit selbstgemachter Putter und Puttermilch. Das war zu Fuß ein ziemlich weiter Weg, aber Lothar, dem heute jede Herausforderung willkommen schien, hielt es für eine gute Idee.

Sie waren irgendwo an der ehemaligen Stadtziegelei und hatten die Stadt hinter sich gelassen. Lothar wollte nach rechts, aber da ging es weiter nach Protzan, und sie mußten doch in Richtung Olbersdorf. Eine Weile streunten sie über die Feldwege, bis sie sich schließlich an den Gleisen der Kleinbahn orientierten, die sie, wie Ruthla wußte, zuverlässig zum Hof von Kulbafongse führen würden. Die meisten Felder waren noch nicht geerntet, der Weizen wogte im Sommerwind, und der Mohn war auch noch nicht verblüht. In der Erntezeit ging es auf den Feldern lebhaft zu. Fast die ganze Bevölkerung der umliegenden Dörfer war auf den Beinen, um die Ernte einzubringen. Nach dem Mähen wurden die Garben zusammengetragen und zu Puppen aufgestellt. Später kamen die Garben auf die Leiterwagen und wurden in die Scheuern gefahren. Nicht selten unter lautem Gesang. Aber heute war noch alles still. Jedenfalls gab es nichts, was Lothar und Ruthla bei ihrem Gang durch die Felder den Bahndamm entlang von sich und dem, was zwischen ihnen war, abgelenkt hätte, außer dem Gezwitscher einiger steil auffliegender Lerchen, einer strahlenden Sonne und einem Himmel, der nicht aufhören wollte mit seinem Blau.

Irgendwo hinter einem Bahnübergang gabelten sich zwei Wege; der eine ging durch gelben Weizen, der andere durch roten Mohn, aber beide unter blauem Himmel. Ein weißer Bildstock stand genau dort, wo sich die Wege trennten, eine verwitterte Steinsäule mit einem verblichenen Bild der heiligen Anna hinter einem verrosteten Gitter. Ruthla sagte, die sei zur Erinnerung an zwei Mägde errichtet worden, weil sie während der Ernte aus Eifersucht mit Sicheln aufeinander losgegangen seien, und da hätten sie sich gegenseitig erstochen; man habe sie in einer großen Blutlache liegend gefunden.

Was Ruthla sagte, stimmte nicht, das heißt, es stimmte nur halb, denn es bezog sich auf eine Kapelle an einem anderen Ort, ein paar Kilometer weiter. Wenn sie und Lothar ein älteres Ehepaar gewesen wären, hätte es vermutlich Streit gegeben. Er hätte gesagt, daß alles ganz anders war, und sie hätte ihm widersprochen. Er hätte auf seiner Version beharrt und sie auf ihrer, und am Ende hätten sie sich im Streit getrennt, und der eine wäre den Weg links, durch den gelben Weizen, und der andere den Weg rechts, durch den roten Mohn gegangen. Der schöne Sommertag wäre unbemerkt an ihnen vorübergezogen.

So aber war für beide alles ganz neu, und Lothar hörte gespannt zu und glaubte alles, was Ruthla ihm erzählte, ja er hätte ihr selbst dann nicht widersprochen, wenn er es besser gewußt hätte. Man konnte auf seinem Gesicht geradezu sehen, wie seine Vorstellung bei ihren Worten arbeitete und wie er sich die Szene, die durch das Rot der Mohnfelder ringsum noch an Anschaulichkeit gewann, auszumalen schien.

Jeder, der hier vorbeikomme, sagte Ruth, müsse fünf Vaterunser sprechen, damit die Mägde von ihrem Fluch erlöst würden. Lothar fragte, ob Ruthla schon das Vaterunser beten könne. Aber Ruthla konnte nicht und war noch nicht einmal getauft, weil Ernst das nicht wollte. Lothar konnte ebenfalls nicht, weil er noch nicht zum Kommunionunterricht bei den Pallottinern ging. Deswegen fragte Lothar, ob sie nicht statt eines Gebets einen Liedvers sprechen könnten. In Troppau, wo er früher gewohnt habe, hätten sie einmal im Jahr, im Frühjahr, ein paar Wochen vor Ostern, immer ein Sommersonntag-Singen gemacht. Die Kinder hätten sich zuerst als Sommer verkleidet und mit Bändern, bunten Eierschalen und Zitronen geschmückt. Darauf seien sie mit Tannenzweigen von Haus zu Haus und von Bauer zu Bauer gegangen und hätten im Hausflur ein Lied gesungen. Hier hätten sie Kuchenstückchen, Zockernissla oder manchmal auch ein paar Eier bekommen. Dann seien sie wieder weitergezogen, den ganzen Tag, bis zum Abend.

Das Lied, das sie gesungen hätten, klinge wie ein Gebet und habe so gelautet:

„Den lieben Sommer bring'n wir wieder,
den Sommer und den Maien
mit Blümlein mancherleien,
mit Blümlein mancher Zweigelein,
der liebe Gott wird bei uns sein
und wird auch bei uns wohnen,
mit der himmlischen Kronen.
Da droben in der Herrlichkeit
da sitzt die Frau auf'm Stuhl bereit,
da droben muß sie sitzen
mit ihrem Herrn Jesu Kristen".

Ruthla fand, man könne das Lied als Ersatz für ein Gebet nehmen. Es habe die gleiche Wirkung wie ein Vaterunser und könnte die Mägde sicherlich von ihrem Fluch erlösen.

Wenn sie nichts von einem Bauern bekommen hätten, fuhr Lothar fort, hätten sie gesungen:

„Hinnermist, Taubamist,
ei daam Hause kriggt ma nischt:
ies doas nich 'ne Schande
ei daam ganza Lande?"

Ruthla fand das lustig, aber sie sagte, daß es eben kein richtiges Gebet sei und den Fluch nicht nehmen könne.

Danach entstand eine lange Pause und keiner sagte etwas. Es war auch unklar, woran jeder dachte, ob an die Mägde, die Sicheln, das Blut – oder an etwas ganz anderes.

Es war nun Zeit für ein Liebesorakel. Ein paar Gänseblümchen oder Margeriten sind auf freiem Felde immer schnell zur Hand. Und dann ging das Gerupfe los: „Er liebt mich – er liebt mich nicht – er liebt mich – er liebt mich nicht". Aber Lothar wußte es noch besser: „Sie liebt mich vom Herzen – mit Schmerzen – ein wenig – oder gar nicht".

Am Ende fanden sie heraus, daß Lothar Ruthla nicht liebte und Ruthla Lothar mit Schmerzen liebte. Sie versuchten es mit neuen Margeriten noch einmal, diesmal mit dem

Ergebnis, daß Lothar Ruthla liebte, aber Ruthla ihn nur ein wenig liebte. Weil ihnen das wieder nicht recht war, versuchten sie es noch ein drittes Mal, diesmal mit dem erwünschten Resultat, daß Ruthla von Herzen Lothar liebte und von ihm zurückgeliebt wurde.

Danach war wieder eine lange Pause, vielleicht sogar eine der längsten, die Ruthla erlebt hatte, weil sie sich endlos dehnte und gar nicht aufhören wollte, bis Lothar den erlösenden Satz sprach:

„Du, Ruthla, reck amoll dei Guschla rim".

Ruthla reckte, Lothar küßte, der Mohn glühte, die Sonne brannte, der Wind säuselte, das Korn wogte, der Himmel blaute, die Lerchen sangen, die Engel lachten, der liebe Gott wird bei uns sein und wird auch bei uns wohnen, mit der himmlischen Kronen. Da droben in der Herrlichkeit da sitzt die Frau auf'm Stuhl bereit, da droben muß sie sitzen mit ihrem Herrn Jesu Kristen.

Kulbafongse hieß eigentlich Alfons Kolbe. Gemäß den eigenwilligen Gesetzen der schlesischen Lautbildung, nach denen sich Vokale seltsam verschleifen können und Wörter und Namen zu größeren Wortkomplexen verschmelzen, nach denen jedes Wort solange auf A gestimmt und mit A abgeküßt werden muß, bis es endlich schlesisch ist, wurde aus Kolbe Kulba und aus Alfons Fongse und aus beiden Kulbafongse.

Und das war im Grunde genommen auch gut so. So braucht man nicht viele Worte, um ihn vorzustellen, man braucht kaum mehr als seinen Namen. Denn Kulbafongse sah so aus, wie er hieß, und vor allem, er roch so, wie man sich vorstellt, daß ein Kulbafongse, der auch noch viele Kühe hat und als Kuhplackner auf einer heruntergekommenen Klitsche lebt, riecht: nach Kuhstall eben.

In seiner Jugend hatte Kulbafongse sich noch oft für den Kuhstallgestank entschuldigt, der überall dort war, wo er war und ihm förmlich aus den Hosenbeinen wehte.

Jedenfalls hatte es wie eine Entschuldigung geklungen, wenn er eine alte schlesische Bauernregel zum besten gab und sagte:

„Kee Mensch werd a tüchtiger Paueschmoan,
Dar a Kühstoalgeruch nie ausstiehn koan".

Im ruhigeren Alter machte Kulbafongse dann aber nicht mehr viel Worte, sondern schickte sich demütig in das, was er für sein gottgewolltes Schicksal hielt: zu stinken. Überhaupt schien er den Gedanken an Frau und Familie, der ihn früher, als es noch ein wenig in ihm gärte, bisweilen überkam, seit Jahren aufgegeben zu haben. Die Kühe seien jetzt seine Familie, sagte er.

Wer ihn roch, wußte, daß er recht hatte.

Die Kühe konnten sich ja auch nicht beklagen. Wo gab es in und um Groß Olbersdorf schon einen Bauern, der so innigen Anteil an ihresgleichen nahm wie Kulbafongse? Der bei Euterbeschwerden so einfühlsam nach Knoten tastete und jede Unregelmäßigkeit sofort mit seinen Fingerspitzen erspürte? Der die entzündlich angeschwollenen, von Hitze geröteten Zitzen liebevoll und geradezu zärtlich umfaßte, sie mit kühlenden Umschlägen versah und mit lindernden Salben bestrich? Der ganze Nächte bei seinen Patientinnen auf dem Stroh verbrachte, bis die Beschwerden abgeklungen waren und ein fröhliches Muh kundtat, daß Euter und Kuh wieder gesund waren.

Es war diese unbedingte Hingabe an seinen Beruf als Paueschmoan, die Kulbafongse in den Augen der Frauen von Olbersdorf und Umgebung für die Ehe untauglich machte. Man fürchtete wohl, daß der zukünftige Gemahl das eheliche Bett zu oft mit dem Kuhstall vertauschen könnte und im Eifer des Geschehens vielleicht auch noch ein paar andere Dinge. Außerdem schneuzte Kulbafongse durch die Finger, was keine Frau gern hat. Daß er am Wochenende regelmäßig in sein „Barnla" ging, um sich ein paar Korn hinter die Binde zu kippen, war allerdings verzeihlich, denn das taten hier fast alle Männer.

Kulbafongse hatte noch einen Vater, aber der kam eigentlich gar nicht vor. Für gewöhnlich saß er hinter dem schimmelgrünen Kachelofen in der Wohnstube, oben frostweiß, unten steingrau und irgendwie stark „verknöchelt", wie Ruth immer sagte. Er sprach den ganzen Tag kein Wort, jedenfalls konnte sich keiner daran erinnern, schon einmal etwas von ihm gehört zu haben. Er war auch wirklich sehr alt, keiner wußte, wie alt, und einige zweifelten daran, ob er überhaupt noch lebte. Man konnte, um ihn zu erschrecken, vor seinen Augen in die Hände klatschen, ohne daß er mit der Wimper zuckte.

Die Nachbarinnen sagten, sie bewunderten Rosa. Auf der Klitsche von Kulbafongse möchten sie nicht arbeiten. Die Frau von Plumpa Fitze erklärte, sie würde es kein Stündla bei dem alten Kuhplackner mit seinem Gestank aushalten. Sie hielt es mehr mit Schober Wendlin, der sei feiner und würde manchmal sogar nach Rosenwasser duften. Obwohl – einen ganzen Abend würde sie auch nicht mit ihm verbringen wollen. Zwar sei er immer freundlich, wie überhaupt alle Mitglieder von „Deutscher Frohsinn, Deutsche Treue, Deutsches Hoffen". Aber dieses ständige Geschabe und Gereibe mit dem Kinn auf der Schulter – welche Frau würde sich das freiwillig antun? Außerdem habe sie ja auch einen eigenen Mann, der sei kein Kommunist, würde nicht nach Kuhstall stinken, habe keine nervösen Zuckungen und wisse sehr viel.

Rosa war bis dahin noch gar nicht auf den Gedanken gekommen, einen Abend mit Kulbafongse zu verbringen. Sie kam immer nur am Tage, im Sommer manchmal drei- bis viermal in der Woche, wenn sie in der Mützenfabrik frei hatte. Dann fegte sie die Tenne, machte Essen, wusch, ordnete den Männerhaushalt, soweit das überhaupt möglich war, kümmerte sich um den Garten, molk und butterte und machte anderes mehr, wofür sie Gemüse, Eier, Milch und Butter mit nach Hause nehmen durfte, soviel sie wollte.

Als Ruthla und Lothar auf dem Hof erschienen, stand Kulbafongse vor seinem Dreschkasten, um vor der Ernte noch einmal dessen Funktion zu überprüfen. Betrieben wurde er allerdings ohne Strom, denn den gab es hier draußen nicht. Stattdessen gab es eine Art Karussell, das sich Göpel nannte. Um die Dreschmaschine anzutreiben, mußten zwei Zugochsen vor einen Zugbaum gespannt werden, der wiederum mit einem großen Kammrad verbunden war; das wurde durch den Kreisgang der Ochsen in Bewegung versetzt. Die Bewegung wurde auf eine Welle übertragen und von hier auf die Dreschmaschine.

Man sagt, daß die raffinierte Konstruktionsweise eines Göpels noch heute dazu angetan ist, Begeisterung zu entfachen. Wohl hauptsächlich bei Männern, die in der Kindheit mit Technikbaukästen beglückt werden konnten. Da mein Stabilbaukasten zumeist unbespielt blieb und es mir immer an der rechten Leidenschaft für mechanische Vorgänge fehlte, kann ich mir das schwer vorstellen, aber warum nicht?

Göpel gab es übrigens auch für Hunde. Mit deren Hilfe durfte sich der Freund und Helfer beim Buttern nützlich machen.

„Na, ihr Zwee“, sagte Kulbafongse, als er Lothar und Ruthla erblickte, und grinste über seine stoppeligen Backen:

„A Water heite, ma kennde zwee draus macha“.

Freundlich nickend, aber etwas schüchtern und darum wortkarg drückten sich die Zwee an Kulbafongse vorbei und strebten dem Haus zu, in dem sie Rosa vermuteten.

Auf dem Hof befand sich außer allerlei herumliegendem Gerümpel eine aus alten Holzlatten zusammengezimmerte Hundehütte. Hund Pongo, den aber alle Bonko nannten, schien heute nicht da zu sein. Stattdessen sonnte sich ein nackter Schweinekieferknochen vor seiner Hütte. Unter dem Dach der Stallung klebten Schwalbennester. Es roch nach altem Holz, nach Stroh und nach Teer. Alles aber wurde überlagert von dem süßlich fauligen Rindergestank, der aus den Ställen, der Diele und überhaupt aus allen Ritzen und Winkeln des Hauses drang und sich in Form eines mächtigen Misthaufens und einer von dort abfließenden violettbraunen Jauchelache auf dem Hof materialisiert zu haben schien. Die freilaufenden Hühner nahmen daran keinen Anstoß und auch das Liebesleben des Hahns hatte, wie man beiläufig auf dem Platz vor der Scheune bemerken konnte, durch den allgegenwärtigen Gestank noch nicht gelitten.

Die Werkstatt war geöffnet, aber wegen des Durcheinanders an herumliegendem Werkzeug kaum zu betreten. Auf dem Schraubstock und unter der Werkbank lagen Hobel, Raspeln, Feilen mit Tischlerwinkel, Stechbeitel, verschiedene Äxte und Hämmer, übereinander, nebeneinander, ineinander verkeilt.

„Klumpatsch", sagte Lothar, „alles Klumpatsch".

Neben dem Haus befand sich auch ein alter Waschraum mit einem aus rotem Backstein gemauerten Herd und einem Kupferkessel. Es war möglicherweise der einzige Raum, der gegen den überall wesenden Rindergestank resistent war und in dem sich der Geruch frisch gewaschener Wäsche behaupten konnte. Einige Rührhölzer und eine Holzzange sowie ein Waschbrett und ein Klopfer lehnten an der kalkweiß verputzten Wand. Es sah so aus, als habe Rosa die Arbeit kurz ruhen lassen, um gleich wieder zurückzukommen.

Ruthla kannte sich schon aus. Sie ging durch die Diele, tätschelte ein paar Rinderblessen, schritt dann in die Milchkammer, vorbei an Quarksäcken und Milchkannen, und schenkte sich und Lothar mit einer Kelle aus einem großen Topf zwei Tassen Puttermilch ein. Damit gingen beide in die Wohnküche, suchten in einem Brotkasten nach ein paar eßbaren Brotkanten und setzten sich an den Tisch. Da Lothar schon vorgewarnt worden war, erschrak er nicht, als sein Blick auf den greisen Vater von Kulbafongse fiel, der stumm und wie versteinert am Kachelofen saß. Im Gegenteil, Lothar wurde sogar ein wenig übermütig, fast möchte man sagen, keß.

Er näherte sich dem Alten auf wenige Zentimeter und begann vor dessen trübgrauen Augen Grimassen zu schneiden, grinste, glotzte, zwinkerte, steckte die Zunge raus, formte seine Hände mal zu Hörnern, mal zu großen Ohren, runzelte die Stirn, und lachte – ohne daß sich die Miene des Alten im geringsten verzog. Zum Schluß wurde es Lothar langweilig und er setzte sich wieder an den Küchentisch. Und weil er nun einmal übermütig geworden war, rülpste er so laut, daß die Milch in seinem Becher zitterte.

„Prost, mei Schweinla! Hoot dei Voater no mehr sulche Säula?“

Als die hohle Stimme des am Ofen sitzenden steinernen Gastes wie aus einem dunklen Brunnenschacht zu den Kindern herüberhallte, war Lothar vor Schreck so weiß geworden wie seine Puttermilch. Nur Ruthla lachte. Aber da kam auch schon Rosa mit Hund Pongo, den aber alle Bonko nannten. Sie erzählte, daß Schwuder Golle dagewesen sei. Schwuder Golle wurde auch Pulver Golle genannt, was mit seiner pulverichten Aussprache zusammenhing.

Sprach ich gerade von Schwuder Golle?

Ach was, Schwuder Golle. Wer interessiert sich für Schwuder Golle und dessen pulverichte Aussprache? Oder für Haasla Barger und seine Kaninchen? Vielmehr, was war das für ein Tag, damals, im Jahre neunundddreißig, als Ruthla auf dem Weg zu Kulbafongse an der Anna-Kapelle zwischen Mohn und Weizen ihren ersten Kuß bekam? Ein paar Wochen vor dem großen Krieg, aber trotzdem schön. Und wir wollen das erst einmal so stehen lassen. Alles andere ist, je nun, nebensächlich.

Zweites Buch

Herbert ist gefallen

Eigentlich mußte es so kommen. Aus vielen kleinen Kriegen mußte irgendwann ein großer werden. Und was dem September neununddreißig voranging, war nichts anderes als eine Folge von kleinen Kriegen, die nach dem großen Krieg wie todessüchtige, somnambule Pierrots nach der Geliebten schmachteten. Die vielen kleinen Nadelstiche an der deutsch-polnischen Grenze, das giftige Gerangel um Danzig und den Korridor, der staatlich gelenkte *Shitstorm* in den Zeitungen mit den Karikaturen vom polnischen Pack, kriegslüsternen Lords, amerikanischen Finanzjuden, tschechischen Banditen und anderem mehr hatten doch sehr an den Nerven gezerrt und bei den meisten eine unruhig aufgewühlte, fiebrig gereizte Stimmung erzeugt. Nach Wochen und Monaten gefühlter Wut war es endlich soweit. Man konnte die geballte Faust aus der Tasche ziehen. Jetzt ging es darum, der ganzen Welt zu zeigen, daß man nicht alles mit sich machen ließ. Jetzt war Krieg.

Aber eigentlich war ja so vieles Krieg. Auch daß Margot Ernst-August haßte, war Krieg, und daß Ernst-August seine Tochter haßte; aber auch daß Ernst-August Rosa betrog. Daß Ida Rosa nicht mochte und sie womöglich beneidete, weil sie allen alles neidete, daß Berthold Ida nicht mochte, aber nicht von ihr loskam, daß er die ganze Welt nicht mochte, seitdem Ludmilla nicht mehr da war, daß seine Söhne manchmal jeden haßten, der ihnen in die Quere kam, das alles war auf eine bestimmte Weise Krieg.

Und irgendwie war es aus diesem Grunde schon in Ordnung, wenn es hieß: „Seit 5 Uhr 45 wird zurückgeschossen!“ Man konnte wieder befreit durchatmen, auch wenn das, was jetzt kam, womöglich schlimmer war, als man es sich vorstellen konnte. Endlich war es soweit. Eine neue Ordnung der Dinge bahnte sich an. Vielleicht auch eine Katastrophe.

Jedenfalls hatte es mit dem schwelenden Haß, der die Luft vergiftete und kaum noch atmen ließ, der herumvagabundierenden, unbestimmten Wut und auch der Langeweile, mit der ganzen quälenden Unsicherheit erst einmal ein Ende. Das Leben hatte wieder eine Richtung bekommen. Aus dem Vielerlei diffuser Kraftfelder entwickelte sich der Sog eines einzigen großen Kraftfelds, und das hieß Krieg.

Ernst-August, der den Krieg wie kein anderer fürchtete und besser als jeder andere wußte, daß er kommen würde, war wie erlöst, als er hörte, daß er begonnen hatte. Seit dem 22. August, als die Nachricht vom Nichtangriffspakt mit Stalin öffentlich wurde, sprach er tagelang kaum noch ein Wort. Von einem Genossen in Breslau hatte er gehört, er habe sich erhängt. Selbstmord war nichts für Ernst. Dazu war er dialektisch zu gut geschult. Er wußte, daß sich auch aus der schwärzesten Niederlage noch etwas machen ließ. In jeder Hinsicht. So gesehen hatte tatsächlich auch der Hitler-Stalin Pakt sein Gutes, zeigte er doch selbst den Dümmsten im Lande, daß irgend etwas in der bisherigen Berichterstattung über die Sowjetunion nicht gestimmt haben konnte und daß insbesondere die Darstellung des Genossen Stalin nur ein Werk Goebbelscher Lügenpropaganda gewesen war. So falsch konnte das also nicht gewesen sein, was auf seinen Flugblättern gestanden hatte. Wenn er sich nicht täuschte, grüßten ihn einige Frankensteiner seit August sogar wieder etwas freundlicher und respektvoller.

Und dennoch machte sich bei Ernst-August eine Zeitlang Ratlosigkeit breit, Ratlosigkeit, die in Resignation umschlug. Und man weiß, was das bei ihm bedeutete: Sein Verschleiß an Frauenärschen wurde noch größer; die Anzahl seiner Amouren und Liebschaften, wenn man sie so nennen kann, war weiter angestiegen und hatte in der Woche vor dem ersten September ihren bisherigen Höchststand erreicht. Es wäre aber falsch zu meinen, er habe sich das alles nur für ein paar Geldscheine in Frankensteins einschlägig bekannten Häusern erkauft. Daran hätte ihn sein Jagdinstinkt gehindert. Beute aus Käfighaltung wollte ihm nicht schmecken, er bevorzugte die freie Wildbahn. Seine gepflegte äußere Erscheinung war nur die Bedingung der Möglichkeit. Außerdem hatte er zwar schlechte Augen, aber durchaus einen gewissen Charme, der bei Frauen ankam, das war nicht zu leugnen. Aber was in diesem Fall noch wichtiger war: Er hatte eine gute Menschenkenntnis und auch eine schlafwandlerische Sicherheit und wußte, was bei welchen Frauen ging und was nicht; und er wußte, wie weit er jeweils gehen durfte. Daß er sich mitunter, wenn auch sehr selten, verschätzte, war das Risiko des Jägers; doch das machte die Sache für ihn erst spannend.

Für seine Absichten hatte er sich im Laufe der Zeit ein feines Instrumentarium an Methoden und Lockangeboten erarbeitet, was auch die eine oder andere kleine Geldgabe nicht ausschloß. Ernst-August hätte in dem Verzicht darauf eine Einengung und unzulässige Einschränkung seiner Souveränität als Jäger gesehen. Kleine Spielereien mit einem Geldschein konnten das erotische Repertoire enorm erweitern. Als die kleine Blondine Ernst-August in der Post um Wechselgeld bat, hatte er nicht nur das Geld gewechselt, sondern mit dem Wechselgeld kommentarlos einen Schein, den er zwischen Zeige- und Mittelfinger geklemmt hatte, in ihr geöffnetes Portemonnaie gelegt – eine Unverschämtheit, die für ihn äußerst unangenehme Folgen haben konnte. Ernst-August wußte oder ahnte zumindest (das war seine besondere Begabung), daß hier eine Frau war, die nicht Zeter und Mordio schreien und ihn abblitzen lassen würde. Nicht nur, daß sie eine kleine Zuwendung gut würde gebrauchen können, sie würde in diesem Augenblick den gleichen erotischen Kitzel verspüren wie er. Dieser kurze Augenblick war es, auf den alles ankam und den er genüßlich auskostete, dieser spannungsgeladene Schwebezustand von Sekundenbruchteilen, die darüber entschieden, ob sein Angebot akzeptiert oder abgelehnt würde. Seine schmutzige

Offerte war ebenso wie ihr Einverständnis Teil eines Rollenspiels oder besser eines gedehnten Vorspiels, das für beide nicht erst im Bett oder auf der Matratze begann, sondern bereits hier, vor dem Postschalter – in den Köpfen.

So wie sich die Hoffnungen bei Bekanntwerden des Hitler-Stalin-Pakts von Ernst-August verabschiedet hatten, kamen sie mit Ausbruch des Krieges peu a peu wieder zurück. Vielleicht hatte Ernst einfach nur zu kurz gedacht. Vielleicht sollte es so sein. Vielleicht hatte Polen, das seine Seele verkauft und sich den westlichen Kapitalisten angedient hatte, es nicht besser verdient. Vielleicht war das der Anfang eines vereinten Kampfes der sozialistischen Kräfte gegen die westkapitalistische Finanzwelt. Vielleicht würde es Stalin gelingen, aus Hitler noch etwas Gescheites zu machen.

Vielleicht. Aber Ernsts politischer Instinkt sagte ihm, daß es nicht so sein würde, eben deswegen nicht, weil er es viel zu sehr wünschte. Erlösend war die Nachricht vom Kriegsbeginn trotzdem. So hätte es ohnehin nicht mehr weitergehen können. Keinen Monat, keine Woche länger.

Für Rosa überschnitten sich seit Kriegsbeginn schlechte und gute Nachrichten. Die schlechteste war zweifellos die, daß mit dem Krieg die Lebensmittelkarten kamen. Aber der Kaffee, um den es ihr in erster Linie ging, war ja schon vorher rationiert worden, zuletzt noch einmal im August. Seitdem gab es wöchentlich nur noch sieben Gramm Kaffee und 56 Gramm Kaffeeersatz, den man eigentlich gar nicht Kaffee nennen durfte. Sieben Gramm. Das waren für jeden Tag anderthalb Bohnen, eine für den Morgen und eine halbe für den Nachmittag. In den Augen Rosas hatten die Nazis damit endgültig ihren Offenbarungseid geleistet. Das hatte es selbst in den wildesten Zeiten der Wirtschaftskrise nicht gegeben. Tiefer konnte das Regime nicht sinken. Wer so fahrlässig mit den natürlichen Bedürfnissen der Bevölkerung umging, durfte sich nicht wundern, wenn sich am Ende alles in Chaos auflöste. Ohne Hilfe der Reichensteiner Brüder, die das geliebte Röstzeug von wer weiß woher bezogen, würde sie nicht durch den Krieg kommen, das war klar. Mit Ernst-August war ohnehin nicht zu rechnen.

Die gute Nachricht war, daß Peter und Paul Rosa Hoffnung machten und sagten, daß sich die wirtschaftliche Lage, was den Kaffee betraf, im Laufe des Krieges nur verbessern könne. Wenn Hitler Erfolg hätte, könnte das leidige Kaffeeproblem schon im nächsten Jahr gelöst sein. Rosa antwortete, daß sie das nicht Ernst-August hören lassen sollten, sonst gebe es wieder Streit.

Eine weitere gute Nachricht war noch, daß einstweilen alle Formen von Tanzlustbarkeiten verboten worden waren. Damit schien der Dauerstreit zwischen Ernst-August und Margot erst einmal vom Tisch.

Und Arbeit gab es auch genug! In der Mützenfabrik war die Produktion fast ganz von Zivil auf Militär umgestellt worden. Der Bedarf war so groß, daß Überstunden und Extraschichten eingelegt werden mußten.

Schlimm war allerdings, daß Herbert, der schon achtunddreißig eingezogen worden war, mit Beginn des Krieges an die Front nach Polen mußte. Rosas Brüder sagten, daß sei eine Ehre für ihre Familie; Albert sagte, Herbert würde für die Freiheit Oberschlesiens kämpfen; Ernst-August sagte gar nichts. Nur Ida in Reichenstein jammerte. Als sie zum Kaffeebesuch nach Frankenstein kam, erzählte sie, sie habe gehört, daß das Kloster und die schwarze Madonna in Tschenstochau von den Deutschen zerbombt worden seien. Das sei eine Sünde wider den Heiligen Geist; wer sich an solchen Verbrechen beteilige, bringe Unglück über sein Land und seine Familie. Aber Albert erklärte, daß die Sache mit der Schwarzen Madonna von der polnischen Lügenpresse in die Welt gesetzt worden sei, um dem Ansehen Deutschlands zu schaden. Ernst-August erwiderte, der Schaden, den die Nazis bisher angerichtet hätten, sei schon so groß, daß man ihn nicht größer machen könne, durch solche lächerlichen Geschichten schon gar. Ihm sei es im übrigen auch völlig wurscht, ob die schwarze Madonna noch existiere oder nicht, er würde sie jedenfalls nicht vermissen. Mit solchem Aberglauben würde die Kirche nun schon seit Jahrtausenden auf Dummenfang gehen. Er werde nie verstehen, daß es im zwanzigsten Jahrhundert immer noch Menschen gebe, die an so etwas glaubten.

Ida antwortete, so ein gottloses Geschwätz müsse sie sich nicht länger anhören. Wenn Ernst-August so weiterrede, werde sie wieder gehen. Rosa schlug Ernst-August vor, nach den Kaninchen zu gucken. Einige von ihnen hätten heute Morgen geniest. Nicht, daß sie jetzt wieder den Schnupfen bekämen.

Herbert war Melker und arbeitete zusammen mit dem älteren Bruder Heinz auf einem Gut in Peterwitz, das zwischen Frankenstein und Silberberg lag. Gleich nach Erhalt seines mäßigen Abschlußzeugnisses war er dorthin gekommen. Ruth kann sich nicht daran erinnern, daß es in der Familie oder in der Schule irgendwann einmal eine Diskussion über das Was und Wie seiner Berufsausbildung gegeben hatte. Da Herbert ein wenig stotterte und sich aus diesem Grunde meistens schüchtern im Hintergrund hielt, hätte für ihn überdies auch nur wenig Aussicht bestanden, sich gegen Ernst durchzusetzen. Er war irgendwann Melker, und alle waren froh, daß es so war und daß er Arbeit, ein Zimmer, ein Bett und etwas zu essen hatte.

Im Mai neununddreißig schenkte Herbert seinen Eltern ein Foto, das ihn in Uniform zeigte und das Rosa sogleich zwischen Rahmen und Glas der Küchenschranktür klemmte. Man sah, daß die gute Luft in Peterwitz und die dort genossene frische Vollmilch gut angeschlagen hatten. Das breite Gesicht, bei dem das genetische Material der mütterlichen Linie wieder einmal formbildend gewirkt hatte, ragte voll und ein wenig pausbackig über den steifen Uniformkragen. Die Nase war flach; unter den dunklen Brauen blickten wäßrig blaue Augen. Vom Vater waren die vollen sinnlichen Lippen.

Ruthla sagte, Herbert sei damals noch ein Spielkalb gewesen, immer zu Späßen aufgelegt und ein wenig verträumt. Zu Weihnachten habe er für Lissy und Ruthla das

Christkind gespielt. Dazu habe er ein Bettlaken auf den Besenstiel gehängt und sei damit vor den Fenstern herumgelaufen. Wer in Herberts Augen blickte, mußte ihm das zutrauen. Doch nun thronte auf seinem Kopf eine mächtige Schirmmütze mit dunklem Mützenband und spiegelndem Lackschirm, darauf ein Wehrmachtsadler und eine von silbernen Eichenlaubkränzen umrankte rotäugige Kokarde. Der kräftige Oberkörper war eingezwängt in eine Uniformjacke mit Schulterklappen und silberweißen Knöpfen, die auf der Knopfleiste entlang defilierten. Der dunkle Kragen mit den grauen Spiegeln reckte das Kinn und gab soldatische Haltung.

Man kann sich gut vorstellen, wie Herbert sich fühlte, als man ihn, dem Kuhstall entkommen, in die Uniform steckte. Wie ein junger Gott vermutlich. Ein junger Kriegsgott. Für ein paar Wochen durfte er es sein. Dann ereilte ihn das Schicksal der vielen anderen feldgrauen Kriegsgötter.

Alberts Gefühle für seinen Bruder Herbert schwankten zwischen Stolz und Neid. Seit dem ersten September verfolgte er die Nachrichten vom Oberkommando der Wehrmacht über den Polenfeldzug regelmäßig in der Zeitung. Die wichtigsten Artikel schnitt er sich aus und klebte sie in ein altes Schulheft. Schon am ersten September wurde gemeldet, daß an allen Fronten aus Schlesien, Pommern und Ostpreußen die erwarteten Anfangserfolge erzielt werden konnten. Von den über das Gebirge vorgegangenen militärischen Einheiten im Süden konnte die Linie Neumarkt-Sucha erreicht werden. Südlich Möhrisch-Ostrau wurde die Olsa bei Teschen überschritten. Südlich des oberschlesischen Industriegebietes waren die Truppen im zügigen Vordringen und befanden sich bereits in Höhe von Kattowitz. Die aus Schlesien angesetzten Soldaten seien im flüssigen Vorgehen in Richtung Tschenstochau und nördlich davon.

Von wiederholten kraftvollen Einsätzen der deutschen Luftwaffe war die Rede. Die militärischen Anlagen auf zahlreichen polnischen Flugplätzen, Rahmel, Putzig, Graudenz, Posen, Plock, Lodz, Krakau, Lemberg, Brest, Terespol, seien angegriffen und zerstört worden. Mehrere Schlachtgeschwader hätten das Vorwärtskommen des Heeres wirkungsvoll unterstützt. Die deutsche Luftwaffe habe die Luftherrschaft über den polnischen Raum erkämpft. Teile der deutschen Seestreitkräfte hätten Positionen der Danziger Bucht eingenommen und sicherten die Ostsee.

Kraftvoll, wirkungsvoll, aus allen Rohren, zu Lande, zu Wasser und in der Luft, hier flüssiges Vordringen mit Unterstützung der Seestreitkräfte, dort totale Luftherrschaft: So und nicht anders hatte sich Albert Krieg vorgestellt. Der wuchtige Gegenschlag, Deutschlands Antwort auf Polens ständige Provokationen, da war er.

Die Dynamik solcher Formulierungen riß Albert mit. Während auf dem alten Spirituskocher das Wasser für Rosas Muckefuck köchelte, verschlang er gierig die neuesten Zeitungsmeldungen. Alberts Sprache begann sich zu verändern. In seinen inneren Dialogen formulierte er alles noch einmal neu durch. Sobald er über die Pausebrücke ging, überschritt er die Grenze zur Vorstadt. Auf der Silberberger Straße bemühte er sich trotz widriger Winde um ein flüssiges Vordringen in die Innenstadt. Etwa einen Kilometer vorher überwand er die Anhöhe und nahm erfolgreich die Straßengabelung etwa in Höhe der Musikschule ein. Von dort ging es im Gegenangriff weiter. Er ließ die nächste Steigung hinter sich, setzte die stürmische Verfolgung des Feindes fort und marschierte in Richtung Oberring, wo er schließlich bei Noack die erwarteten Anfangserfolge als Kaufmannsgehilfe erzielte. Vertrauen, Härte und Entschlossenheit, das war es, was jetzt zählte und worauf alles ankam. Wie gerne wäre er an vorderster Front mit dabei gewesen. Bei Herbert und seinen feldgrauen Kameraden, die sich vermutlich in eben diesem Augenblick, wo er am Küchentisch saß, um die Empfangsgeräte ihrer Militärfahrzeuge scharten und dort der Stimme ihres ersten Soldaten lauschten.

Schon am fünften September hieß es in den Zeitungen, daß der Feind aus Ostoberschlesien geflohen und die siebte polnische Division aufgerieben sei. Der Widerstand sei praktisch auf allen Fronten gebrochen, die deutsche Armee rücke unaufhaltsam weiter vor. Und in Warschau herrsche Panik.

Das ging immer so weiter, und schon nach vierzehn Tagen konnten die Zeitungen melden, daß der Feldzug in Polen für Deutschland zu Ende gehe und Polen der Katastrophe entgegen. Hatte der Führer nicht davon gesprochen, daß er die Angelegenheit mit Danzig und Polen in vierzehn Tagen bereinigen werde? Für einen Augenblick fürchtete Albert, der Krieg könne ohne ihn zu Ende gehen, und hoffte, es würde noch einen zweiten geben.

Für Ruthla war der Krieg anfangs nur ein akustisches Ereignis. Bis zum Annaberg hallte das laute Getrappel der von Silberberg kommenden, im Gleichschritt gen Osten marschierenden Soldatenkolonnen. Mal lauter, mal leiser, je nachdem, mal kleines Getrappel, mal großes Getrappel, von morgens bis abends, und dazu Lieder, Soldatenlieder, mit denen sie in den Schlaf gesungen wurde:

„Und fahr' n wir ohne Wiederkehr,
Singt uns im Herbst ein Amen.
Wir sind wie ihr ein graues Heer
Und fahren in Deutschlands Namen".

Albert sagte, das hinge mit den Knobelbechern zusammen, der Krach entstünde durch die Nägel unter den Sohlen. Ruthla wollte wissen, was Knobelbecher seien, aber Albert winkte ab und antwortete, er habe nicht die Zeit, ihr das Soldateneinmalsein zu erklären. Mädchen brauchten das auch nicht zu wissen, die hätten ja ihre Puppen. Vielleicht würde Ruthla es im Laufe der Zeit noch verstehen. Der Krieg habe ja gerade erst begonnen.

Seit dem ersten September hatte Nachbar Anton Jeschke, mit dem die Schuberts Wand an Wand in demselben Haus wohnten, die im letzten Jahr etwas vernachlässigten allabendlichen Exerzierübungen mit seinen drei Söhnen Walter, Ernst und Klaus wieder aufgenommen. Die beiden anderen Söhne Dieter und Hans waren zusammen mit Herbert einberufen worden und kämpften ebenfalls in Polen. Nun sollten die zuhause lebenden drei Brüder, von denen der älteste siebzehn, die beiden andern jeweils zwei Jahre jünger waren, vom Vater für ihre soldatische Grundausbildung vorbereitet werden. Zu Ernst sagte Jeschke immer, ohne Exerzierreglement würden wir heute noch auf den Bäumen leben, das überwinde den inneren Schweinehund, das habe Deutschland groß gemacht. Er könne einen echten deutschen Soldaten schon aus der Entfernung erkennen. Der Blick, die Haltung, die Festigkeit. Dafür habe er ein unbestechliches Auge. Soldatsein sei harte Arbeit und habe mit täglichem Drill zu tun.

Gerne warf Jeschke, der im ersten Weltkrieg Infanterist war, mit Ausdrücken aus der Landsersprache um sich. Seinen Schnaps nannte er „Zielwasser", Limonade „Fliegerbier", und wenn Frau Jeschke Dosenmilch auf den Tisch stellte, sagte er dazu „Eiserne Kuh". Zum Stahlhelm sagte er immer nur „Blechhut", das Ritterkreuz war für ihn eine „Blechkrawatte". Die Exerzierübungen mit seinen Söhnen bezeichnete er als „bimsen", schlechte Schützen hießen bei ihm „Schlumpfschützen". Zu Ernst-August, der wegen seiner schlechten Augen nicht k.v. war, sagte er „Untergefreiter".

Wenn Jeschke mit ihm sprach, trat Ernst-August immer einen Schritt beiseite, aus der Alkohol-Dunstwolke, die seinen Nachbarn gewöhnlich umgab. Antworten lagen ihm auf der Zunge, aber um keinen Streit anzufangen, schwieg er. Dabei war Jeschke durch den Suff abgestumpft und im Grunde ungefährlich. Das Loblied des militärischen Drills stieß Ernst ab. Er sah darin eine Art Zurichtung wie bei Hunden, die er, inkonsequent, wie er nun einmal war, nur bei der Roten Armee gelten lassen wollte. Er hatte schon oft gehört, daß das Verhältnis zwischen Mannschaft und Offizieren dort viel besser und kameradschaftlicher sei als bei den Deutschen, was vermutlich mit der echt sozialistischen

Grundeinstellung in der klassenlosen Gesellschaft zusammenhing.

Um besser hören zu können, wie Jeschke, der abends meist benippelt nach Hause kam, die Söhne aus dem Bett holte und mit ihnen exerzierte, legten Lissy und Ruthla ihre Ohren an die Wand, manchmal auch an ein Tippla, das sie auf die Tapete preßten. Anstelle eines Karabiners bekamen Jeschkes Söhne vom Vater jeweils einen Besenstiel in die Hand gedrückt. Er begann immer mit den einfachen Übungen der Einzelausbildung und schritt über Schar- und Truppen- zur Sturmausbildung fort, in der Reihenfolge seines Merkheftes für den Exerzierdienst der SA, an dem er sich orientierte.

Meistens kam er aber gar nicht so weit, und die Probleme begannen schon bei der Einzelausbildung. Wegen seiner durch Alkohol entstellten, nuscheligen Aussprache waren viele Erklärungen ganz unverständlich, manche Kommandos entweder undurchführbar oder so blödsinnig, daß sie mit „Kommando zurück“ ständig korrigiert werden mußten. Von einem solchen Ausbilder wollten sich die Söhne nichts befehlen lassen. Der Älteste sagte, daß die Fehler, die sie jetzt lernten, später nie wieder gut gemacht werden könnten. Dann warf er seinen Besenstiel in die Ecke und verweigerte den Gehorsam. Jeschke brüllte, das sei Befehlsverweigerung, er werde das ahnden und griff zum Siebenstriemer. Der hing wie bei den Schuberts gleich neben der Küchentür und gehörte zum beweglichen Inventar. Auf dem Höhepunkt des Abends, wenn alles aus dem Ruder zu laufen drohte, erschien Mutter Jeschke in ihrem Nachthemd und mußte ihre zerstrittenen Lieben wieder zur Räson bringen.

Ende September hatte die Schule wieder begonnen. Herr Karger hatte im Unterricht alles erklärt, den Krieg und was damit zusammenhing, und auch gesagt, was der Korridor sei und was er für Deutschland bedeute. Ruthla war beruhigt, daß ihr Schulkorridor nichts mit dem Krieg zu tun hatte. Auch auf Ruthlas Frage, was ein Knobelbecher sei, hatte Herr Karger schmunzelnd eine zufriedenstellende Antwort gegeben. Jetzt wußte sie fast soviel wie Albert.

Ende Oktober stand Ruthlas Schwester Hedwig nach Schulschluß ganz unerwartet vor dem Pausenhof. Sie war mit ihrem Kinderkorbwagen gekommen und unterhielt sich mit Hausmeister Hafke. Schon von weitem bemerkte Ruth Hedwigs rotgeränderte Augen. Hafke, der heute nicht respektheischend wie sonst, sondern nur traurig aussah mit seinem Walroßbart, seinen mächtigen Hängebacken und seinen Triefaugen, hatte seine Hausmeisterpranke auf ihre Schulter gelegt.

„Tut mir wirklich leid für Ihnen, gnädge Frau, können Se mir glooben, und für den Herbert erst recht. War doch erst so'n Milchjesicht. Aber so is det eben. Krieg is nun ma Krieg. Ick sach nur, Leute, kooft Kämme ...“

Ruthla stand vor ihnen. Hedwig legte ihre Hände vor der Brust nach Kartäuser-Art flach ineinander und neigte den Kopf zu Ruthla hinunter:

„Kindla, stell' dir vor, Herbert ist gefallen“.

Aber Ruthla war keineswegs überrascht. Sie hatte Schlimmeres erwartet. Deswegen war Hedwig gekommen, um ihr das zu sagen? Daß Herbert im Krieg fallen würde, hätten sich doch alle denken können, so etwas konnte im Krieg bei den stundenlangen und tagelangen Märschen sicherlich schnell mal passieren. Als die Soldaten auf der Silberberger Straße vorbeimarschiert waren, hatte es auch einige gegeben, die gestürzt waren und wieder von ihren Kameraden aufgerichtet werden mußten. Hinfallen konnte natürlich weh tun, wie Ruthla aus eigener Erfahrung wußte, da sie sich oft das Knie beim Sturz aufgeschlagen hatte.

Ruthla überlegte eine Weile, dann fragte sie, ob es Herbert sehr weh getan habe.

Nein, sagte Hedwig, die Kameraden hätten gesagt, es sei alles ganz schnell gegangen. Er habe keine Schmerzen gehabt.

Dann ist es ja gut, dachte Ruthla und wunderte sich darüber, daß Hedwig es nicht gut sein lassen wollte, sondern immer noch vor ihr stand und sie erwartungsvoll von oben anblickte.

„Sie nimmt det aba sehr jefasst, die Kleene", sagte Hafke bewundernd. Hedwig flüsterte etwas in sein Ohr und sagte dann, daß Ruthla nun sicherlich allein nach Hause gehen könne, sie habe noch ein wenig in der Stadt zu tun.

Als Ruthla, zuhause angekommen, das Küchenwohnzimmer betrat und auf den Tisch blickte, stand kein Mittagessen auf dem Tisch. Stattdessen lag ein Lederbeutel darauf, ein Metallschildchen mit eingravierten Zahlen und Nummern und ein paar Reichsmark. Obwohl der Beutel verhältnismäßig klein war, schien es Ruthla, als habe sie in ihrem Leben noch nie einen größeren gesehen. So groß erschien er ihr, daß alles andere nebensächlich wurde und dahinter verschwand, selbst die verweinten Gesichter von Rosa und Ernst, die zusammen mit Nachbar Jeschke und der Hebamme, die immer kam, wenn es Rosa schlecht ging, etwas abseits saßen und ihre Blicke starr auf den Küchentisch richteten. Daß Ruthla dieser Lederbeutel riesengroß erschien, hatte einen Grund: er war an einigen Stellen blutdurchtränkt, und es klebte eine purpurschwarze Blutkruste daran.

Erst nach einer kleinen Weile hörte Ruth Laute und Geräusche in dem Raum, der ihr eben noch ganz still und wie abgedunkelt vorgekommen war; zuerst das Ticken der Kuckucksuhr, deren großer Zeiger sich, wie es schien, heute mehr Zeit als sonst nahm und sich nur mühsam vorwärts quälte, dann die Stimmen, das Schluchzen von Rosa und auch von Ernst-August, den sie, soweit sie sich erinnerte, noch nie weinen gesehen hatte. Sie hörte, wie die Hebamme, die neben Rosa saß, tröstend auf sie einredete und daß Jeschke, ratlos und besoffen wie immer, irgend etwas in sich hineinbrabbelte.

Im Raum lastete eine Spannung, die sie nicht atmen ließ. Aber dann brach Ernst das Schweigen. Er hatte plötzlich zu schluchzen aufgehört und tat das, was er am besten konnte: schimpfen. Über den Krieg, über die Nazis, über Gott und die Welt, besonders über Gott, der solche Schweinereien zuließ und so junge Kerle sterben ließ, ehe sie überhaupt am Leben genippt hätten. Aber Gott gab es nicht, Hitler gab es, und damit hatte Ernst sein Thema gefunden.

Der kleine österreichische Gefreite mit seinen absurden Allmachtsphantasien, über die man lachen müßte, wenn es nicht so furchtbar wäre; der mit Hilfe des Kapitals an die Macht gekommen sei und über kurz oder lang ganz Deutschland in den Abgrund reißen würde. Mit seinen Taschenspielertricks habe er es immerhin schon soweit gebracht, daß ganz Europa in Flammen stünde, aber die Deutschen würden dafür noch bitter büßen müssen. Das sei erst der Anfang. Was noch käme, könne sich niemand vorstellen, weil es so etwas noch nie gegeben habe. Sie würden alle Baumrinde fressen müssen.

Während Ernst sich immer mehr von seiner sprachlosen Ohnmacht in wortreichen Haß hineinredete, hatte sich Albert, den Ruthla erst jetzt entdeckte und der die ganze Zeit dabeigewesen war, betreten aus der Küche gestohlen. Jeschke brütete dumpf, wortlos und wie blöde vor sich hin, aber die Hebamme fiel Ernst-August ins Wort.

„Aba Herr Schubert, nich doch“, sagte sie, „Sie reden sich noch um Kopf und Kragen, Herr Schubert, nun machen Se doch sich und ihre Familie nich ooch noch unglicklich.“

Aber Kommunisten-Schubert war an diesem Tage fest entschlossen, alle unglücklich zu machen, so unglücklich wie er selbst es war, und deswegen hörte er nicht auf, sondern machte immer weiter. Da die Hebamme schließlich nicht mehr bereit war, ihm weiter zuzuhören und sich nicht anders zu helfen wußte, blickte sie wieder in den zerknitterten Brief, den sie die ganze Zeit in Händen gehalten hatte und las mit lauter Stimme – Ruthla wußte nicht, ob zum ersten, zweiten oder wievielten Male:

„Dienststelle Feldpostnummer sowieso, 15. Oktober 1939.

Liebe Familie Schubert!

Als Kompaniechef Ihres Sohnes Herbert habe ich die traurige Pflicht, Ihnen mitteilen zu müssen, daß Ihr Sohn und unser lieber Kamerad, als Soldat im Kampf für Führer und Vaterland den Heldentod gestorben ist".

„Den Heldentod", wiederholte Jeschke ehrfürchtig; „den Heldentod", schluchzte Rosa. „Schweigt still", rief Ernst, „das sind doch alles vorgestanzte Formulierungen, vorgefertigte Schreiben, die kriegen sie alle, das ist doch alles Betrug".

„Am 9. Oktober 1939 griff der Pole mit starken Kräften unsere Stellungen an. Bei den harten Abwehrkämpfen wurde Ihr Sohn durch einen Lungenschuß getroffen und verstarb bald darauf."

„Lungensteckschuß, brabbelte Jeschke, hab' ich's nicht gesagt, deswegen so vill Blutt. 1916 in Verdun ..."

Als die Hebamme ihn überhörte und einfach weiterlas, nuschelte Jeschke nur noch leise in sich hinein: „Alles voller Blutt, Blutt ieber Blutt, ieber und ieber Blutt".

„Ich spreche Ihnen mein persönliches sowie das Beileid der gesamten Kompanie aus. Wir haben Ihrem Sohn eine seinem Heldenmut würdige Grabstätte bereitet und werden ihm auch über den Tod hinaus ein ehrendes Gedenken bewahren. Er war ein lieber und guter Kamerad und deshalb bei allen beliebt. Ich bitte Sie, mein und der ganzen Kompanie tiefgefühltestes Beileid zu diesem für sie so schweren Verlust entgegennehmen zu wollen.

Heil Hitler!"

„Weg mit diesem verflischten Namen", rief Ernst, „ich will ihn nicht mehr hören."

„Ich kann doch nischt dafier", sagte die Hebamme, „so steht's doch hier", und fuhr dann fort:

„Ihr

H Punkt Kühnel

Oberleutnant und Komp Punkt Führer".

„Der Kompanie-Führer", nuschelte Jeschke, „in der Kompanie nannten wir ihn den ‚Alten'".

„Die Wertsachen, die Ihr Sohn noch bei sich trug, werden Ihnen gesondert per Einschreiben zugesandt.“

Ruthla blickte wieder auf den Tisch. Das also waren die Wertsachen, die per Einschreiben geschickt worden waren. Mehr war ihnen nicht von Herbert geblieben. Ruthla stellte das ganz nüchtern fest. So wie sie auf ihrer Schiefertafel zwei und zwei zusammenzählte und davon drei abzog, addierte sie alles, was der Familie von Herbert geblieben war: ein blutiger Brustbeutel, eine metallene Soldatenmarke und ein paar Reichsmark. Davon zog sie dann den armen Herbert ab, der jetzt irgendwo in der polnischen Erde lag, die wieder deutsch war.

Aber Rosa war auch noch da. Trotz Ernst-August, der alles an sich riß. Sie trauerte auch. Aber anders, nicht so laut, nicht so aufgeregt, nicht so politisch, nicht mit so viel Haß. Obwohl Ernst ihr das ausdrücklich verboten hatte, hatte sie ihr kobaltblau emailliertes Mutterkreuz, das man ihr vor kurzem im Rathaus verliehen hatte, aus der Schatulle hervorgeholt und umgehängt. Nicht irgendein Mutterkreuz, sondern ein Mutterkreuz der ersten Stufe. Auf der Vorderseite des an einem blauweiß gestreiften Band hängenden Kreuzes befand sich, genau in der Mitte, ein rundes weißes Schildchen mit einem kleinen Hakenkreuz, das von einer Umschrift und einem goldenen Strahlenkranz umgeben war: „Der deutschen Mutter“. Das war für die Geburt ihrer acht Kinder, Hedwig, Martha, Herbert, Margot, Heinz, Albert, Lissy und Ruthla. Ernst nannte das Mutterkreuz immer „Kanickelorden“. Aber Rosa sagte, das lasse sie sich nicht nehmen. Das sei ihr ganzer Stolz. Ernst könne viel reden, aber von den Gefühlen einer Mutter habe er keine Ahnung.

Und auch der Herrgott verstehe sich wohl nicht so recht auf die Gefühle von Müttern, dachte sie noch. Sonst hätte er ihr das nicht angetan. Warum hatte sie Herbert nicht wenigstens noch einmal sehen dürfen? Wie gerne wäre sie noch einmal über sein dunkles Haar gefahren, hätte mit ihren Fingern sein Gesicht berührt, seine Stirn, seine Wangen, seine vollen Lippen, hätte ihn in ihre Arme genommen und einfach nur gehalten, genauso wie es die Gottesmütter auf den Bildern in der Kirche immer machten. Wie gerne wäre sie auch einmal so eine Gottesmutter gewesen. Aber das war ihr nicht vergönnt. Für sie gab es nur einen blutigen Lederbeutel und eine billige Soldatenmarke, „Hundemarke“, wie Jeschke das nannte. Sollte sie denn den blutigen Lederbeutel streicheln oder die Blechmarke küssen?

Rosa nahm die Soldatenmarke in ihre Hand und wollte wissen, was es mit der großen Null auf sich habe. Jeschke, der sich auskannte, sagte, damit sei die Bluttgruppe gemeint, Herbert habe Bluttgruppe Null gehabt.

Ernst-August fragte scharf, ob Rosa und Jeschke denn noch nicht begriffen hätten, daß Menschen für die Nazis nicht zählten und daß für sie alle Soldaten Nullen seien, eine Null käme zur anderen Null, und am Ende seien alles nur Nullen für die große Eins, den Führer. Rosa verstand nicht, was Ernst meinte, und auch der verschwiemelte Jeschke schüttelte nur den Kopf und sagte, Ernst solle sich durch den Schmerz nicht verrickt machen lassen. Dann begann er leise „Ich hat einen Kameraden“ zu summen. Aber Ernst, der sich selbst nicht ganz verstanden hatte, vergrub sein Gesicht in den Händen und schluchzte.

„Wofür das Ganze?“ fragte Rosa noch. „Wofür die zweiundzwanzig Jahre?“ Rosa hatte das mehr zu sich selbst als zu den anderen gesagt; sie erwartete keine Antwort. Dennoch antwortete Ernst, aber auch er so, daß er eigentlich mehr mit sich als mit Rosa sprach:

„Für den Graben, Mutter, für den Graben“.

So vergingen weitere düstere Minuten. Ruthla war am Ende froh, daß der Vater ihr nach einer Weile ein paar Biehmer in die Hand drückte und sagte, sie solle jetzt für Jeschke und ihn aus dem Schützenhaus Bier vom Faß holen, Rosa würde ihr die Kanne geben.

Am Nachmittag des Tages, an dem die Schuberts die Nachricht vom Tode ihres Sohnes Herbert erhielten, hatte Ruthla auffallend viel damit zu tun, die Platten des befestigten Pattweges, der von ihrem Haus zur Straße führte, mit dem Besen zu kehren. Da Lissy sie erst gestern gefegt hatte, bestand dafür eigentlich keine Notwendigkeit. Aber es ging nicht um Notwendiges.

Immer wenn sie jemanden von weitem erblickte, stellte sich Ruthla ein wenig näher an die Straße, so daß jeder, der am Haus vorbeikam, sie sehen mußte. Der erste, der vorbeikam, war Plumpa Fitze aus der Negersiedlung.

„Gutentagherbertistgefallen“, rief Ruth.

„Herbert ist gefallen“, wiederholte Plumpa Fitze, „wie furchtbar. Er war doch noch so jung. Aber so ist der Krieg“.

Dann kramte er eine Weile in seiner Hosentasche herum, holte einen Biehmer heraus, gab ihn Ruth und verschwand in der Negersiedlung am Bahndamm.

Auf Plumpa-Fritze folgte Katzen-Schubert. Als Ruthla ihn sah, brachte sie Mieze, die ihr die ganze Zeit bei der Arbeit zugesehen hatte, vorsorglich auf den Armen nach hinten in den Garten, kehrte dann aber wieder schnell zurück und rief:

„Gutentagherbertistgefallen“.

„Soso, dein Bruder Herbert“, sagte Katzen-Schubert und ließ die Zunge in seinem Mund herumrollen. So wie er es sagte, klang es fast ein wenig mißgünstig.

„Kopf hoch und Heil Hitler, Madla.“

Ziemlich spät, Ruthla hatte schon eine ganze Weile gefegt, ging auch noch Schober Wendlin am Haus vorbei. Er hatte Feierabend und kam mit der Aktentasche unter dem Arm aus der Haro-Füllhalter-Fabrik.

„Gutenabendherbertistgefallen“, sagte Ruth.

Die Nachricht erfüllte Schober Wendlin, der bis eben noch ganz entspannt seines Weges gegangen war, augenblicklich mit einer heftigen nervösen Unrast. Statt sich der kleinen Ruthla zuzuwenden, wandte er sich geradewegs von ihr ab, schabte mit seinem spitzen Kinn auf der rechten Schulter herum und sprach dem gegenüberliegenden Haus sein aufrichtiges Beileid aus.

Vor dem Abendessen ging Ruth noch einmal zum Apfelbaum, den Ernst-August erst vor ein paar Jahren gepflanzt hatte. Sie betrachtete ihn anfangs nur aus der Ferne. Lange stand sie da und dachte mal so und mal so. Aber irgendwann besann sie sich und schlich um den Baum wie ihre Mieze um die Milchkanne. Ganz langsam, in spiralförmigen, immer enger werdenden Bewegungen. So näherte sie sich erst dem Baum, dann dem Stamm und dann der Rinde. Schließlich öffnete sie ihre Lippen, zeigte ihre Zahnlücke, zögerte – und biß kurz entschlossen hinein.

So kam Ruthla zur Rinde, das erste Mal in ihrem Leben. Die schmeckte bitter.

Schon einen Tag später fielen die Blätter vom Apfelbaum. Aber das hatte nichts mit Ruthla und ihrem Appetit auf Rinde zu tun. Der Winter stand vor der Tür. Der Baum mußte jetzt Blätter fallen lassen und hätte es auch getan, wenn Ruthla ihn nicht gebissen hätte.

In der Schule sangen sie: „Näher rückt die trübe Zeit“.

Aber auch das war nur Lyrik. In Wahrheit wurde es erstmal ganz schön. Denn es wurde Weihnachten.

Üm Weihnachta oder: Transeamus

Was wäre Schlesien ohne den Winter, genauer gesagt ohne Weihnachten? Ein Begriff ohne Inhalt, eine Rose ohne Duft... Und auch ohne abgeblühte Vergleiche wird man fragen müssen, wo es denn sonst noch Leute gibt, die so verrückt sind, statt einer Landeshymne ein Weihnachtslied zu singen? Ich meine dieses *Transeamus usque Bethlehem*, das Albert und Ruthla immer dann leise summen, brummeln oder pfeifen, wenn ihnen das Wort Schlesien oder „Schläsing", wie sie manchmal sagen, in den Sinn kommt und für das auf ihren Schlesiertreffen die Papiertaschentücher nie reichen.

Dabei kommt das Wort „Schlesien" in dem Lied noch nicht einmal vor; es geht nicht um Frankenstein, handelt nicht von Schober Wendlin, Plumpa Fitze oder Schwuder Golle, sondern von Hirten, Engeln und einem Kind im fernen Bethlehem. Das einzig Schlesische an diesem Lied soll sein, wie der Volkskundler sagt, sein gemüthaft katholischer Charakter, aber möglicherweise kommt es ja gerade darauf an. Denn einen echten Schlesier, so erklärte mir Albert beiläufig und mit undurchschaubarem Blick durch seine getönte Brille, erkenne man an seinem Gemitt, ja mehr noch an seiner Einstellung zur Gemittlichkeet.

Ich kann und will das hier nicht beurteilen. Ich selbst habe noch nie eine Träne bei *Transeamus* vergossen und werde das, falls nicht eine altersbedingte Gemittsschwäche dazukommt, auch nicht mehr tun, vermutlich deswegen, weil ich nur ein halber Schlesier bin, mütterlicherseits. Allerdings finde ich es im Grunde genommen vollkommen verrückt, daß Albert und Ruth, die überhaupt kein Latein können, lateinisch singen, wenn sie Schlesien meinen. Und nicht weniger verrückt ist es, wenn ein Weihnachtslied auf einem Schlesiertreffen die Landeshymne ersetzen soll. Daß aus Trink- und Liebesliedern Weihnachtslieder werden, soll vorgekommen sein, aber daß aus einem Weihnachtslied eine Landeshymne wird, wo hat es so etwas schon gegeben?

Aber so war das in Schlesien. Wenn der Winter und die Weihnachtszeit kamen, blühte der Schlesier auf und kam erst richtig zu sich selbst. Man war so sozialisiert. Wenn die ersten Schneeflocken fielen, hieß es gleich: „Juchhe der erste Schnee!“ Dann liefen die kleinen Madla an die Fenster, auf die der Frost Eisblumen gemalt hatte, sangen „Schneeflöckchen, Weißröckchen“, und die Büblein wollten, wer weiß, unbedingt aufs Eis. Dar Heemte aber saß der Hausvater gemütlich hinter seinem Kachelofen auf der Uwabank, aß Pfefferkuchen aus Wartha, gab seiner Ehefrau einen Klaps auf den Po und schrieb Gedichte.

So oder ähnlich muß es wohl gewesen sein, denn ich habe mich oft gefragt, warum die schönsten deutschen Winter- und Weihnachtsgedichte aus Schlesien stammen. Eine bedeutsame, eine kulturgeschichtlich überaus spannende Frage. Nur fürchte ich, daß die Antwort allzu trivial ausfallen könnte: deswegen, weil es draußen immer saukalt und drinnen schien gemittlich war. Gewiß, das war es anderswo auch. Aber hier wurde es eben tiefer empfunden.

Bevor es Weihnachten so richtig gemittlich wurde, wurde es vorher noch einmal sehr ungemittlich. Aber das mußte so sein, und das gehörte auch dazu. Denn die Begriffe „gemütlich“ und „ungemütlich“ sind nur auf den ersten Blick Gegensätze, in Wahrheit gehören sie, wie alle Gegensätze, ganz eng zusammen und sind sozusagen nur die beiden Seiten derselben Medaille. Im Grunde kann es nämlich erst dann richtig gemütlich werden, wenn es vorher ungemütlich war.

Ernst-August, dem bei der Lektüre des Kommunistischen Manifests ein Licht aufgegangen war und der seitdem nur noch in dialektischen Bezügen dachte, wußte das, und daher war es ihm ganz recht, wenn ihm Rosa eine Woche vor Weihnachten erklärte, es sei jetzt wieder einmal so weit, Weihnachten stünde vor der Tür, er würde zur Zeit nicht gebraucht, würde schlimmstenfalls sowieso nur im Wäge rimgrageln und sei daher in aller Form entlassen, sozusagen frei, und dürfe jetzt wie in jedem Jahr tagsüber, ihretwegen auch nachts, bei Schmidtgärtner bleiben, tischkerieren,

Arbeiterlieder singen oder auch Skat spielen, wenn sie einen dritten Mann gefunden hätten.

Ernst-August, der mitunter das Gefühl hatte, für Rosa überflüssig zu sein, war es vor Weihnachten ganz besonders. Er verabschiedete sich daher auch immer im vollen Bewußtsein seiner Überflüssigkeit, griff den Koffer mit seiner Quetschkommode und überließ ihr, meist mit der Parole: „Imi geht aufs Ganze", das Feld, das heißt die Wohnung, damit sie mit ihrem vorweihnachtlichen Großreinigungsprogramm beginnen konnte. Imi war aber nur die erste Stufe. Auf Imi folgten Henko und Ata, sodann Soda, Essig, Spiritus und weitere scharfe Sachen, die außer Ernst gewiß noch viele andere Männer dazu veranlaßt hätten, auch ohne ausdrückliche Empfehlung der Hausfrau schleunigst das Weite zu suchen.

Während Rosa zuhause wie ein wildgeworner Boschtwiesch wütete und jeden, der ihr ei de Qaare_kam, mit dem Feudel traktierte, saß Ernst mit Schmidtgärtner zwischen den schon erwähnten Setzkästen, Torfmullballen und Pflanztischen in der durch einen Kanonenofen beheizten Ecke eines Gewächshauses und drosch mit ihm und einem dritten Mann, den sie aufgelesen hatten, einen Skat. Meistens war das Zwiener Paule, den sie aber immer Herrn Mischke nannten, weil er sich beim Mischen der Karten viel, allzuviel Zeit ließ. Auch sonst paßte er nicht ganz. Obwohl er sich Genosse nannte, war er eigentlich kein richtiger Proletarier (so wenig übrigens wie Ernst und Schmidtgärtner), vielmehr ein Handelsmoan, der auf seinem klapprigen Fahrrad zwischen Wartha, Glatz und Silberberg herumfuhr und Textilien verkaufte, „feine englische Kattune, abgepaßte Damast-Hüllen, Kleiderleinwand, Crepons, schmale und breite seidene Zeuge von aller Farbe und Giete".

Anders als Laubsägearbeiten, Backen oder Sockenstricken gilt Skat nicht als typisch vorweihnachtliche Beschäftigung, da ja in dieser Zeit der Besinnung und auch der Buße Raum gegeben werden sollten. Aber besser, als über die Politik zu schimpfen oder zu hetzen, ist es allemal und besser, als den

Weibern hinterherlaufen, sowieso. Tatsächlich fiel es Ernst-August nicht leicht, gerade in dieser Zeit über die vielen Polinnen, die neuerdings in der Stadt waren, einfach hinwegzusehen, zumal es etliche darunter gab, die ganz nach seinem Geschmack waren. Doch er wußte natürlich nur zu gut, daß es sich dabei um verbotene Frichtla handelte. Und das hatte er sich nun einmal auferlegt, wenigstens Weihnachten Weihnachten sein zu lassen. Und warum sollte nicht auch ein Kommunist in Schlesien weihnachtliche Gefühle hegen? Sein Grundgefühl um die Weihnachtsfeiertage aber sagte ihm: Skat ja, Frauen nein.

Auch in diesem Jahr mischte Zwiener Paule wieder viel zu lange und legte die Karten erst auf den Tisch, als Schmidtgärtner den Oberförster aus Moschwitz ins Spiel brachte, der sich tot gemischt hatte. Ernst-August hob ab und fragte, ob seine Genossen gehört hätten, daß Stalin zum sechzigsten Geburtstag eine Gratulation aus Deutschland erhalten habe, vom Führer höchstpersönlich; der habe ihm alles Gute und den Völkern der befreundeten Sowjetunion eine glückliche Zukunft gewünscht. Ernst unterstrich: „Den Völkern der befreundeten Sowjetunion!" Schmidtgärtner sagte, Ernst spiele Vorhand und solle nicht quatschen, sondern zuhören, weil er jetzt reize. Ernst kam tatsächlich zur Sache, mußte aber gleich passen. Mischke, der eben noch „habichwillichwerdich" getönt hatte, ging bei vierundzwanzig die Luft aus und mußte ebenfalls passen. Schmidtgärtners Miene hatte sich nach dem Drücken merklich aufgehellt; er spielte Pik und legte seinen Kreuzbuben aus. Mischke bediente mit Kreuzacht, Ernst warf seine Karo Sieben mit der möglichst beiläufig zwischengeschalteten Bemerkung ab, daß die Engländer falsch gewickelt seien, wenn sie glaubten, daß Stalin für sie die Kastanien aus dem Feuer hole. Die Sowjets ließen sich nicht vereinnahmen. Schon gar nicht von London und der Wall Street. Das passe auch gar nicht zum russischen Charakter. Und dann fragte Ernst, ob sie nicht gelesen hätten, was jetzt in den Zeitungen, wohlgemerkt deutschen Zeitungen, stünde: „Die Politik der

Sowjets sei wie die Deutschlands gegen die Habgier und den Eigennutz der plutokratischen Demokratien gerichtet; Deutschland und die Sowjetunion seien geographisch, geschichtlich ..."

„Nun aber", mahnte Herr Mischke, ob Ernst-August bemerkt habe, daß Schmidtgärtner Karo-Bube gespielt habe. „Jetzt mal raus mit der Ziege auf den Markt."

Ernst sah, daß Mischke mit Karo As bedient hatte, übernahm mit Pik Bube und bekam den Stich. Die Karten einsammelnd, fuhr er unbeirrt fort:

„... und wirtschaftlich verbunden".

„Alles schön und gut", sagte Schmidtgärtner, ohne die von Ernst ausgelegte Herz Acht aus den Augen zu lassen. „Was aber", fragte er, indem er mit Herz As übernahm, „wenn der Führer seinen Lebenstraum vom Lebensraum im Osten noch nicht aufgegeben hat? Ich sage dir, lieber Genosse Schubert, wenn es einen gibt, auf den Verlaß ist, dann auf den Gefreiten aus Österreich".

Mischke sagte, wenn die beiden weiter soviel politisierten, könne er sich nicht konzentrieren, und bediente mit Herz König.

Ernst blieb hartnäckig und hob hervor, daß Stalin in den deutschen Zeitungen neuerdings als kluger Taktiker und Realpolitiker bezeichnet würde, „einer, der sich, wie war das noch? richtig! an die Tatsachen hält, der warten kann, wenn es notwendig ist, der aber auch handelt, entschieden handelt sogar, wenn die Zeit reif ist..."

„Was man von seinem Verehrer heute offenbar nicht sagen kann, Genosse Schubert", erwiderte Schmidtgärtner, der wieder vorn war und Herz-Dame spielte. Mischke mußte mit Herz Bube bedienen und Ernst warf Herz Neun ab. Auch dieser Stich gehörte Schmidtgärtner.

Ihm gehörten noch mehr Stiche. Beim neunten und zehnten spielte er seine beiden letzten Trümpfe aus. Damit hatte er das erste Spiel gewonnen. Zufrieden mit sich und seinem Spiel und unter dem Hinweis, so spiele man in Venedig und anderen großen Bädern, notierte Schmidtgärtner die Punktzahl.

Ernst war aber nicht unzufrieden, denn er war an diesem Tage in vorweihnachtlich aufgeräumter Stimmung und wollte sich seine Illusionen trotz Schmidtgärtners Bedenken nicht nehmen lassen. Beim Mischen verbreitete er sich noch über Stalin, der den Dawes und Young Plan als das gemeinste Manöver des englisch-französischen Finanzkapitals entlarvt und als Instrument der Ausbeutung Deutschlands bezeichnet habe. Die Taktik der Westmächte habe bisher immer nur darin bestanden, eine Annäherung an die Sowjetunion zu hintertreiben; dies sei geradezu eine Art Konstante der westlichen Politik, wo man offenbar nichts mehr fürchte als die Annäherung von Russen und Deutschen. Es würde Deutschland noch teuer zu stehen kommen, wenn es die ausgestreckte Hand der Russen nicht ergreife.

„Wie ergreifend", rief Mischke, „hier hört wohl einer das Grass wachsen!" Ihm reiche es nun, weil das keine Skatrunde mehr sei, sondern ein Tischkerierverein und er setzte Ernst die Pistole auf die Brust. Entweder Skat oder Politik, beides ginge nicht. Ernst gelobte Besserung und Mischke durfte Schmidtgärtner reizen. Diesmal konnte Mischke das Spiel beginnen, das er als „Rotenburger Sterbekasse" anmeldete, worauf Schmidtgärtner und Ernst spontan mit „Herzlich schön sang unser Küster" respondierten.

Am Ende hatte Schmidtgärtner, der Fuchs, das Spiel, wieder einmal gewonnen. Statt „Es ist ein Ros entsprungen" stimmten sie noch ein paar Lieder an, das „Solidaritätslied" und die „Moorsoldaten", das Ernst auf seiner Hohner begleitete und das ja auch eine Art Winterlied war.

„Doch für uns gibt es kein Klagen,
ewig kann's nicht Winter sein.
Einmal werden froh wir sagen:
Heimat, du bist wieder mein."

Man kann nicht von der ersten Kriegsweihnacht erzählen, ohne eines Vorfalls zu gedenken, bei dem Albert, wie es scheint, eine recht unrühmliche Rolle spielte. Hintergrund dafür war ein seit langem schwelender Konflikt zwischen den auf der linken und der rechten Straßenseite der Siedlung wohnenden heranwachsenden Jungen. Mit dem Hinweis auf soziale Unterschiede, der heute oft als Erklärung für alle Arten von Konflikten herhalten muß, ist es hier nicht getan. Ein soziales Gefälle gab es nicht. In dieser Hinsicht war man auf der rechten Straßenseite genauso schlecht aufgestellt wie auf der linken. Hier wie dort war man ähnlich gekleidet, man sprach auch ähnlich, die Kinder hatten ähnliche Probleme mit den Eltern und die Eltern ähnliche Probleme mit den Kindern – und mit dem Alkohol. Auch kulturelle oder religiöse Differenzen scheiden als Erklärung aus. Konfessionelle Unterschiede zwischen Protestanten und Katholiken wurden durch den verbindenden Glauben an den Führer ausgeglichen, später auch noch durch den Glauben an den Endsieg. Eine Ausnahme war lediglich Ernst-August, der an die Diktatur des Proletariats glaubte. Das war unschön, konnte aber dadurch ausgebügelt werden, daß zwei seiner Schwäger bei der SS waren und sein Sohn Albert an den Führer und später auch an den Endsieg glaubte.

So war der einzige Grund für den sich über Jahre hinziehenden Konflikt tatsächlich nur der, daß die einen hier und die anderen da wohnten. Wobei vielleicht hinzugefügt werden muß, daß die Häuser der Rechtswohner ein paar Jahre früher gebaut worden waren als die der Linkswohner. Und daß ihre Häuser, zumindest die in der Nähe des Bahndammes, mit dunklem Holz verschalt waren, was, wie schon erwähnt, zu dem Namen „Negersiedlung“ geführt hatte. Abgesehen von solchen Äußerlichkeiten gab es aber, wie gesagt, nichts, rein gar nichts, was den immer wieder aufflammenden Konflikt zwischen den Bewohnern der beiden Straßenseiten irgendwie hätte erklären können.

Anlaß dafür, daß der ausgerechnet am Nikolaustag eskalierte, war eine gute alte Tradition, die wie so vieles, was gut und alt und durch gute alte Überlieferung geheiligt ist, frevelhaft mißbraucht wurde. An diesem Tage verkleideten sich die Jungen in der Siedlung, die schon bei der Hitlerjugend waren, als Nikolaus, den sie aber Nickel nannten, und zogen mit einem Begleiter von Haus zu Haus.

Da die Verkleidung in der Hand von Pubertierenden lag, denen es vor allem darauf ankam, mit ihrem Auftritt Eindruck zu schinden, legte man besonderen Wert auf eine möglichst Schrecken erregende und Furcht einflößende Nikolausmaske. Obwohl in der Spielzeugabteilung von Kaufhaus Kaschuba auch freundlichere Masken aus Hartplastik zur Auswahl standen, waren die häßlichsten Fratzen immer zuerst ausverkauft. Außer der Maske trug man den alten, ausgedienten Mantel des Vaters oder Großvaters, der bis unter die Stiefelsohlen reichte, und eine wollene Zipfelmütze. In den Händen hielt man eine Rute. Auf ihre Auswahl wurde nicht weniger Sorgfalt verwendet als auf die Maske, da sie dem ganzen Auftritt den notwendigen schmerzhaften Nachdruck verleihen sollte. Normalerweise verwendete man aus Kostengründen nur Naturholz, also Weide, die es überall gab, am besten frisch geschnitten und gut gewässert. Man mußte nur darauf achten, daß die Ruten auch haltbar waren, damit es nicht nach dem fünften oder sechsten Hausbesuch vorschnell zu Materialermüdung kam. Außerdem war es sinnvoll, wenn man noch zwei oder drei Ersatzruten *in petto* hatte, da selbst die besten Ruten nach zehn oder zwanzig Hieben oft nicht mehr die erwünschte Wirkung erzielten.

Nickel kam selten allein, gewöhnlich hatte er als Kumpan den ahlen Jusef bei sich, wie man den Knecht Ruprecht hier nannte. Der hielt sein Gesicht hinter einer ähnlich Angst einflößenden Maske verborgen und trug im Gegensatz zu seinem Herrn noch einen mit Stroh oder Heu vollgestopften Sack auf seinem Rücken, auf dem oben Äpfel, Nüsse oder altes Spielzeug lagen. Man hatte ein bestimmtes, mit den anderen Nikoläusen abgesprochenes Revier, ging von Haus zu Haus und kehrte überall dort ein, wo es Kinder gab – davon gab es in der Siedlung genug. Entscheidend war die Frage: „Kannst du beten? Kannst du singen? Kannst du über die Keule springen?“ Wer etwas davon konnte, kriegte eine kleine Belohnung, meistens ein paar Nüsse, Äpfel oder Bonbons. Aber abgesehen davon, daß einigen Kindern nicht nach Beten, Singen oder Springen zumute war und sie vor lauter Angst sowieso kein einziges Wort über die Lippen brachten, nutzten viele Eltern die Gelegenheit zur Jahresendabrechnung und gaben dem Besuch ein paar dezente Hinweise auf schlechte Schulnoten, Widerworte, Unpünktlichkeit, Vergeßlichkeit, Unordentlichkeit und so etwas. So gab es überall mehr zu bestrafen als zu belohnen, und der Nikolaustag war aus diesem Grunde bei den meisten Kindern nicht besonders beliebt.

Irgendwo muß es dann passiert sein. Auf der Straßenmitte begegnete ein Nikolauspaar von der rechten Straßenseite einem anderen Paar von der linken Seite. Man beschuldigte sich gegenseitig, im Revier des anderen zu wildern. Lang Aufgestautes brach sich Bahn. Ein Wort gab das andere und bald auch ein Rutenschlag den anderen. Albert hatte sich bei der Auseinandersetzung zunächst noch zurückgehalten und nichts gesagt, hatte nur seine Maske ganz fest ans Gesicht gepreßt, um den sich so ergebenden Schutz der Anonymität auszunutzen und noch härter dreinzuschlagen als sonst. Solcherart enthemmt, bewirkten Alberts Rutenschläge, daß die Opfer durch ihr lautes Geschrei andere Nikolaus- und Ruprechtkollegen aus der Umgebung alarmierten. Schließlich kam es zu einer Massenkeilerei zwischen Links- und Rechtsbewohnern, von der, wie man sagt, später noch etliche zerbrochene Masken und ein paar rote Flecken im Schnee gezeugt haben sollen. Viel Blut ging auf Alberts Konto, der sich an diesem Tage aus den genannten Gründen als besonders schlagfertig erwies. Allerdings hatte er wohl nicht damit gerechnet, daß ihm ein kräftiger gegnerischer Stockhieb die Maske zertrümmerte und er mit einem Male, gut identifizierbar und in diesem Sinne völlig entzaubert, vor den anderen stand. Zum Glück hatte Albert es nicht weit nach Hause, wo er erst einmal vor der ihn verfolgenden Meute in Sicherheit war.

Albert war enttarnt worden. Unter den von ihm Gepeinigten waren zwei besonders nachtragend, wollten partout nicht vergessen, sondern sannen auf Rache. Menschlich verständlich, aber für Albert unangenehm, weil er von nun an nicht mehr unbefangen über die Straße oder zum Kaufmann gehen konnte, sondern jederzeit gewärtig sein mußte, dort auf die Nachbarjungen zu stoßen. Auch auf dem Weg zur Schule mußte er mit dem Schlimmsten rechnen. Aus diesem Grund ging er gar nicht erst hin, sondern tat nur so und schlüpfte, nachdem er sich von Rosa verabschiedet hatte, gleich wieder durch eine Luke auf den Dachboden ihres Hauses, wo er die Vormittage verbrachte. Auf dem Dachboden vertrieb er sich die Zeit mit „Lederstrumpf" oder seinen „Winnetou"-Bänden, die er schon zum dritten oder vierten Mal las, oder damit, in Illustrierten zu blättern, die er in der Nachttischschublade von Margot entdeckt hatte. Allerdings konnte Albert nicht umhin, sein Versteck von Zeit zu Zeit zu verlassen und sich, so gut es ging, heimlich über die Straße in den Garten zum Hittla zu schleichen. Dabei wurde er irgendwann von den beiden Nachbarjungen und ihren älteren Brüdern abgefangen, die geduldig vor dem Haus auf der Lauer gelegen hatten. Da nützte es auch nicht, daß Albert schrie: „Wiederkloppe zählt nicht!" Die Spielregeln wollte man sich von ihm nicht diktieren lassen. So war die Sache schnell abgegolten, das heißt sie war kurz, schmerzhaft und hinterließ erneut ein paar rote Flecken im Schnee, aber Albert konnte, nachdem er das überstanden hatte, wieder sein Dachbodenexil verlassen.

Weihnachten und die Tage davor hatten einen ganz bestimmten Ablauf, der sich in all den Jahren kaum veränderte. Am Vortag des Heiligen Abends kam Ernst am Nachmittag gewöhnlich mit seiner Quetschkommode und einem Tannenbaum aus Schmidtgärtners Weihnachtsbaumsortiment nach Hause. Den stellte er über Nacht neben dem Ziegen-Schweinestall ab und ging zu den Kaninchen hinüber, von denen er nach eingehender Musterung zwei am Schlafittel packte, um sie mit einem beherzten Genickschlag auf ihre Aufgabe als Weihnachtsfestbraten vorzubereiten. Jahrzehntelange Routine und eine scharfe Klinge erledigten den Rest. Wenn es darauf ankam, reichten zwanzig Minuten, um zwei Kaninchen küchenfertig zu machen. Die Kaninchenköpfe landeten, zumindest noch vor dem Krieg, mangels Nachfrage meistens bei Hund Nelly, der sich mit ihnen zum weihnachtlichen Nüsseknacken in seine Hütte verzog. Während das Blut abfloß und in einen Eimer oder in den Schnee daneben tropfte, grüßte man sich nachbarschaftlich über den Gartenzaun. Ernst grüßte Jeschke, der schon beim Enthäuten war, und Jeschke grüßte Haasla Barger, der sich gerade mit dem Ausnehmen beschäftigte und im übrigen die größte Kaninchenzucht besaß, weswegen er ja auch Haasla Barger genannt wurde. So grüßte einer den andern über den Zaun, bis die Reihe irgendwann an Katzen-Schubert kam, dessen Zunge nervös im Munde rollte und bei dem niemand genau wußte, ob das enthäutete Etwas, das an der geteerten Tür seines Holzschuppens hing und wie Kaninchen aussah, nicht in Wahrheit etwas ganz anderes war.

Die Sache mit den Kaninchen klingt nicht sehr weihnachtlich, aber genaugenommen paßten viele andere Dinge, die in dieser Zeit am Annaberg passierten, auch nicht zu Weihnachten, zum Beispiel, daß die Weihnachtsferien erst am 23. Dezember begannen und dann auch noch mit Zeugnissen verbunden waren. Rosa, die sich ihre Stimmung nicht verderben lassen wollte, steckte die Zeugnishefte meistens ungelesen und kommentarlos mümmelnd in die Schublade ihres Küchenschrankes. Und was die Kaninchen betraf, so pries Ernst-August seinen Herrgott, an den er nicht glaubte, jedes Mal dafür, daß es die Viechla gab. Zeigte es doch, daß der, den es nicht gab, wohl ein Herz für die armen Leit' haben mußte, denn wie hätten die Schuberts sonst zu ihrem Weihnachtsbraten kommen sollen? Das Geld war knapp, das Fleisch rationiert, und außerdem war Ernst zwar Kommunist, aber kein Vegetarier. Allein schon deswegen nicht, weil Hitler Vegetarier war und Ernst sich im allgemeinen an Stalin orientierte, der kein Vegetarier war. Stalin sollte, wie ihm die Genossen erzählt hatten, georgische Weine bevorzugen, aber die konnte sich Ernst weder zu Weihnachten noch zu Ostern leisten.

Rosa war seit dem Nachmittag für nichts anderes mehr ansprechbar als für ihre Mohnkliesla, zu deren Zubereitung sie sich mit Margot in die Küche zurückgezogen hatte und bei der sie von niemandem gestört zu werden wünschte. Hergestellt wurden sie nach alter Rezeptur. Eine vergilbte handschriftliche Aufzeichnung von Mutter Ludmilla lag zugrunde. Sie wurde alljährlich aus einem schon etwas angerosteten Blechdöschen in der Schublade des Küchenschranks hervorgeholt und von Rosa wie eine Art Vermächtnis behandelt. Nach Rosas Worten habe Ludmilla das Rezept irgendwann bei einer alten Bäuerin aus einem Dorf in der Nähe von Waldenburg erstanden, eine Urschlesierin, wie sie sagte, und die habe es von ihrer Mutter und die wiederum von ihrer Mutter und so weiter, weil es eben ein besonderes Rezept sei. In einem Anfall von Streitlust äußerte Ernst gelegentlich einmal die Vermutung, das Rezept müsse wohl von Rübezahl höchstpersönlich, vielleicht auch von dessen Mutter stammen. Es brauchte eine Weile, bis die Frauen das als Ironie erkannten.

Obwohl Rosa das Rezept auswendig kannte, las sie es ab. Denn das wußte sie auch aus der Kirche, daß heilige Texte immer abgelesen werden müssen, auch wenn der Pfarrer sie längst auswendig kann. Im übrigen war es sehr hübsch, wenn Rosa zu Margot sagen konnte: „Und weiter geht's im Text".

Die Zutaten für die Kliesla waren unterschiedlicher Herkunft: die Milch war von Kulbafongse, der Zucker war aus der Zuckerrübenfabrik in Zadel, obwohl rationiert, reichlich vorhanden, was an Margot lag, die dort einige Arbeiter kannte und zu Weihnachten ihre süßen Beziehungen ausspielte. Von Margot kamen aber auch Honig, Rosinen, Korinthen, Zimt, Mandeln und irgendwann sogar ein Fläschchen Rum - woher, wußte keiner ganz genau.

Der Mohn war Hedwigs Sache. Das lag daran, daß ihr Grundstück in der Blumenstraße an eine große Mohnwiese grenzte, aber mehr noch, daß sie in der Familie die engste Beziehung zum Metaphysischen hatte. Und Mohn hat nun einmal – nicht nur in Schläsing – etwas mit Metaphysik zu tun, ebenso wie natürlich Weihnachten.

Wie gewöhnlich kam Hedwig auch in diesem Jahr nachmittags gegen vier oder fünf mit Korbkinderwagen und Kindern durch den Schnee gestapft – zwei an der Hand, eines im Wagen und eines unter ihrem mütterlichen Herzen. Den Beutel mit der frisch gewaschenen und gebrühten Mohnsaat hatte sie unter dem Kopfkissen der an ihrem Nuppelpfropfen saugenden kleinen Grete verwahrt.

Gemahlen wurde der Mohn aber erst bei Rosa, denn nur Rosa besaß das dafür notwendige Utensil, eine alte Reib Asch aus Bunzlauer Braunzeug, die sie von ihrer Mutter Ludmilla geerbt hatte. Die behauptete, sie einst der alten Bäuerin aus dem Dorf bei Waldenburg abgekauft zu haben, der Urschlesierin also, die wiederum behauptete, sie habe die glasierte bräunliche Schüssel von ihrer Mutter erhalten. Wie weit die Kette der Überlieferung zurückreichte und wer das Ding zuerst besessen hatte, war nicht ganz klar, aber für Ernst gab es keinen Zweifel: Ganz am Anfang mußte die Mutter des alten sudetischen Berggeistes gestanden haben – möglicherweise auch dessen Großmutter.

War eben von „gemahlen“ die Rede? Nein, der Mohn wurde natürlich nicht gemahlen, er wurde in der Reib Asch, der Mohreibeschissel, gerieben oder gestoßen. Hedwig die Hüterin des Mohns, von dem sie wie alle in Schläsing nur ohne N als Moh sprach, konnte es partout nicht leiden, wenn von gemahlenem Mohn die Rede war. Moh mahlte man nicht. Mohnmahlmühlen, die heute für viel Geld als schlesische Antiquitäten gehandelt werden, galten ihr als modernes Teifelszeich, mit dem sich inzwischen selbst Nichtschlesier ihre Kliesla zusammenbastelten. Mit alter schlesischer Tradition und echten Mohnkliesla hatte das alles nichts zu tun. Nein, nicht um das Mahlen ging es bei der Zubereitung der

Kliesla, sondern um den Vorgang des Reibens, des Stoßens, darum, daß man den Mohn solange liebevoll in den feinen Rillen der Innenwand ihrer Reib Asch mit der Holzrührkeule hin und herrieb und -stieß, bis er schließlich milchig geworden war.

Nachdem Hedwig eingetroffen war, übergab sie ihre Kinder Lissy und Ruthla zum Spielen. Sie selbst begab sich in die Küche, in der Margot und Rosa schon tätig bei der Sache waren. Dort begann nun der wichtigste und geheimnisvollste Teil der Kliesla-Zubereitung.

Wie oft hörte Ruthla hinter der Küchentür den Singsang der Drei, der, wie sie mir später sagte, fast wie eine Messe oder ein Hexeneinmaleins geklungen habe: eine Art Sprechgesang, den Hedwig beim Zerreiben der Mohnsaat zelebrierte und der wie die gesungenen Worte des Pfarrers klang. Selbst die „Wandlung“ durfte nicht fehlen, wenn Milch zu Mohn und Mohn zu Milch kam und also die Milch ihre Eigenschaften an den Mohn und der Mohn seine Eigenschaften an die Milch abgab. Einzelne Wort- und Satzfetzen wie „sieße Breetcha“, „zum Quella bringa“ oder „Massa vermenga“ mündeten schließlich in eine Art Zauberspruch, der ungefähr so gelautet haben soll: „a Schichtla Breetcha, a Schichtla Moh, a Schichtla Zocker“ – ein Ohrwurm, der Ruthla an den Weihnachtstagen nicht mehr aus dem Kopf gehen wollte: „a Schichtla Breetcha, a Schichtla Moh, a Schichtla Zocker, a Schichtla Breetcha, a Schichtla Moh, a Schichtla Zocker“; und dann lachten alle Drei, und Ruthla hörte hinter der Tür, wie sie sagten: „und a Schichtla Punsch“.

Es gibt weltgeschichtliche Momente, bei denen allein das Wort entscheidet: wenn nach der Papstwahl in Rom weißer Qualm aufsteigt und der Kardinalprotodiakon das „Habemus Papam“ verkündet; oder wenn der Papst auf seinem Balkon steht und vor der auf dem Petersplatz versammelten Menge zur Weihnachts- oder Osterzeit seinen Segen „Urbi et orbi“ spricht; oder wenn der Münchner Oberbürgermeister zur Eröffnung des Oktoberfestes ein Faß Bier ansticht und unter lautem Beifall sein „A gzapft is“ ruft. So auch am Ende dieses Tages, wenn sich die Küchentür wieder öffnete und noch ein wenig Milchdampf, der aber irgendwie ganz anders roch als sonst, aus der Küche stieg und die drei Frauen ihre Frohbotschaft verkündeten, daß nämlich die Kliesla jetzt fertig seien und daß man sie soeben in die Schoale eigfiellt und koaltgestellt habe. Dem Weihnachtsfest stand nun nichts mehr im Wege.

Leser, die sich an dieser Stelle fragen, wie es möglich ist, Kliesla in eine Schale zu füllen, zeigen mit ihrer Frage, daß sie keine Schlesier sind. Denn Schlesier erkennen Nichtschlesier regelmäßig daran, daß diese glaubten, Mohnkliesla müßten etwas mit Klößen zu tun haben – so wie ja auch viele Nichtberliner meinen, Pfannkuchen hießen „Berliner“. In Wahrheit waren diese Kliesla aber nichts anderes als ein süßes Dessert, eine Art Tiramisu auf schlesisch.

Die eigentliche Feier begann bei den Schuberts noch recht nüchtern, mit Kartoffelsalat und Wurst vom Roßschlachter. An einen lebenden Karpfen, den man in der Frankensteiner Fischhalle bei Albert Meißner kaufen konnte, war nicht zu denken. Auch all die anderen geheimnisumwobenen, Gesundheit erhaltenden, Glück und Reichtum verheißenden schlesischen Weihnachtsdelikatessen konnte man sich nicht leisten. Allenfalls Hanfsuppe, aber die mochte keiner, und außerdem hatte man Mohnkliesla.

Bei ihrem Einkauf hatte Rosa gehört, wie eine Dame aus der Bahnhofsstraße sagte, daß Weihnachten ohne „Karpfen blau“ für sie kein Weihnachten sei und daß sie am Heiligabend lieber auf den Baum verzichten würde als auf ihren Weihnachtskarpe. Rosa hätte gern einmal auf ihren Baum verzichtet, wenn jemand gekommen wäre und ihr dafür zum Tausch einen Karpfen angeboten hätte. Nur fand sich niemand. Kartoffelsalat und Wurst mußten also genügen. Keine schlesische Weißwurscht, was stilvoller gewesen wäre, sondern Wurst von einem Roßschlachter, den Rosa entdeckt hatte und der viel billiger war. Tatsächlich schmeckte die Wurst ausgezeichnet, wenn man sich erst einmal dazu durchgerungen hatte, alte, sozusagen eingefleischte Vorurteile zu überwinden. Nur Lissy, die immer wie ein Pferd wieherte, wenn sie das Wort Roßschlachter hörte, bekam statt der Wurst ein Ei. Albert gackerte dann wegen der Extrawurst.

Das logistische Problem bei der Einbescherung bestand darin, daß es bei den Schuberts keine eigentliche Weihnachtsstube gab und alles in der Küche, die zugleich Wohnzimmer war, stattfinden mußte. Rosa löste es, indem sie die Küchenfenster je nach Außentemperatur mal mehr und mal weniger weit öffnete und den Kindern erzählte, daß jetzt das Christkind käme, um die Geschenke zu bringen, und daß sie solange draußen auf der Straße spielen müßten. Kurz vorher, noch während des Essens, war immer jemand von den älteren Familienmitgliedern unter irgendeinem Vorwand vom Tisch aufgestanden, um mit einem Bettlaken, das an einem Besenstiel hing, vor den Küchenfenstern herumzuwedeln und so zu tun, als ob das Christkind im weißen Gewand oder eines seiner Engel im Anflug sei.

Wie schon gesagt, war diese Aufgabe in den vergangenen Jahren gewöhnlich Herbert zugefallen. Da dieser nun schon im Oktober des Jahres in Oberschlesien, vorzeitig und viel zu früh, ganz in seiner Rolle als Engel aufgegangen war und seitdem keine Anstalten mehr machte, Himmelspfort oder, wie Albert meinte, Walhall wieder zu verlassen, mußte Ersatz gefunden werden und ein anderer Herberts Aufgabe übernehmen. In Frage kamen nur Heinz oder Martha. Die Wahl fiel auf Heinz, da Martha Rosa beim Einpacken der Geschenke behilflich sein mußte.

Wenn das weiße Tuch vor dem Fenster vorbeiflog und Ruthla und Lissy riefen, sie hätten einen Zippel vom Christkind gesehen, war das für Ernst das Signal, den Tannenbaum hereinzuholen und mit dem Schmücken zu beginnen. Diese Aufgabe hatte er sich, warum auch immer, seit Jahren vorbehalten. Vielleicht um sich und anderen zu beweisen, daß auch ein nüchterner, auf dem Boden des wissenschaftlichen Sozialismus stehender Kommunist wie er eine gemüthafte Seite haben konnte. Der Baumschmuck, den er in einem Karton aufbewahrte, stammte von seiner verstorbenen Mutter in Breslau und paßte eigentlich gar nicht so recht in die Armeleutesiedlung am Annaberg. Silberne Eicheln, Nissla und Fliegenpilze mit gefärbten Kappen, die so rot waren wie die sowjetische Fahne, Weihnachtskugeln, in mehreren Farben, schillernde Paradiesvögel und zwei Pfauen mit türkisblauem Flügel, dazu eine silberne Baumspitze – aber kein Lametta. Denn das hatte sich Ernsts Mutter, die ein wenig schöngeistig war, immer verbeten. Und Ernst hatte es von ihr übernommen.

Vor der Einbescherung hatte sich die Familie im dunklen Hausflur versammelt und wartete, bis sich endlich die Tür zur Küche auftat. Lissy zog ihrem Vatel noch schnell einen Scheitel, der wurde aber nur zur Hälfte fertig, weil sich meistens gerade in diesem Moment die Tür zur Weihnachtsstube öffnete. Auch in diesem Jahr konnte Ernst-August die von den Kerzen seines Weihnachtsbaums erleuchtete Weihnachtsstube nur unfertig betreten. Während der Rest der Familie sich über die Geschenke hermachte, blieb Ernst-August mit halbem Scheitel noch einen Augenblick an der Tür stehen und betrachtete versunken sein Werk. Nur Ruthla stand noch bei ihm und lobte seinen Baum: „Su a schiener Christbaum“, sagte sie und wiederholte es gleich darauf noch einmal: „Nee, su a schiener Weihnachtsbaum, Vatel“.

Anders als Lissy, die sich gleich auf ihre Geschenke stürzte, kostete Ruthla noch eine Weile die Vorfreude aus, die sie beim Anblick ihrer Geschenke empfand. Viel war es ja nicht, aber alle waren zufrieden, weil sie das bekamen, was sie sich gewünscht hatten. Ruthla erzählte mir, sie habe neununddreißig eine Puppe mit Mütze und Kleid bekommen, an die sie sich noch heute genau erinnern könne. Kleider und Mützen waren von Rosa selbst angefertigt worden. Auf die Ausstattung der Puppen mit Mützen legte sie Wert, denn dafür war sie ja schließlich Expertin. Als Arbeiterin in der Schlesischen Mützenfabrik ging viel Material durch ihre Hände, und es waren nicht alles Abfälle, was sie mit nach

Hause brachte. Seit Rosa in der Fabrik arbeitete, waren alle Puppen, die Lissy und Ruthla zu Weihnachten oder zum Geburtstag geschenkt bekamen, mit hochwertigen Mützen ausgestattet. Als man sich mit Kriegsbeginn stärker auf die Produktion von Militärmützen verlegte, begann sich auch der Mützenstil von Ruthlas und Lissys Puppen zu verändern. In diesem Jahr hatte Lissy eine Puppe im marineblauen Matrosenanzug mit doppelreihig geknöpfter Jacke bekommen und dazu einer Mütze, die, wie Albert fachmännisch feststellte, täuschend echt aussah. Als Rosa und ihre Kolleginnen ab 1941 verstärkt mit der Ausstattung von Rommels Afrikakorps zu tun hatten und Tropenfeldmützen aus sandfarbenem Leinen fertigten, trugen die Puppen von Lissy und Ruthla nicht zufällig Mützen aus ebensolchem Leinen mit rotem Inlett, und eine hatte sogar, sehr zur Freude Alberts, der immer viel Wert auf authentisches Aussehen legte, ein paar lackierte Lüftungsnieten, ganz so wie die Mützen von Generalfeldmarschall Rommels Leuten.

Albert kriegte in diesem Jahr ein Paar Schlittschuhe, die noch von Herbert waren. Heinz und Martha kriegten nur einen bunten Teller, weil sie schon älter waren. Heinz hatte für Rosa eine kleine Packung Bohnenkaffee auf den Gabentisch gelegt, daneben stand eine große Packung Kathreiner, die kam von Ernst. Ernst selbst legte keinen Wert auf Geschenke. Von Lissy bekam er dennoch eine selbstgestrickte Socke, die dazugehörige zweite war allerdings noch in Arbeit und würde es wohl, wie Ernst aus Erfahrung wußte, auch noch die nächsten Jahren hindurch bleiben.

Mit Blick auf die bunten Teller, auf denen außer Äpfeln ein paar Nüsse, Kekse und Faffernissla lagen, sagte Rosa zu Ernst noch, es sei nur gutt, daß sie sich das neimodsche Schuckladenzeug nicht leisten könnten, weil die Kinder davon sowieso nur schlechte Zähne bekämen. Die Kinder aus der Bahnhofstraße hätten ja alle schlechte Zähne. Dafür, daß ihre Kinder mit schlechten Zähnen herumliefen, würde sie nicht in der Mützenfabrik arbeiten. Ernst antwortete nicht, sondern kaute nur auf einer Haselnuß herum und nickte, was auch eine Antwort war, aber irgendwie kleinlaut wirkte.

Sie sangen: „Ihr Kinderlein kommet". Ernst begleitete auf seiner Hohner. Rosa weinte wegen Herbert. Als sie zu Ernst hinüberblickte, sah sie, daß er ebenfalls feuchte Augen hatte. Er sagte, Herberts Tod sei ihm doch sehr nahegegangen und die Sache mit dem mißglückten Attentat in München auch. Außerdem sei der Tannenbaum diesmal wirklich sehr schön geworden, wie Rosa zugeben mußte.

Plötzlich erschallten von nebenan Stimmen. Es klang wie ein schlechter Männergesangverein. Aus stimmbrüchigen Baß- und Baritonkehlen tönte, nicht ganz sauber intoniert, aber dafür so laut, daß die Nadeln des Christbaums zitterten, „Hohe Nacht der klaren Sterne" zu den Schuberts herüber; daß sich die Erde heute erneuere wie ein junggeboren' Kind und in den Herzen der Mütter das Herz der weiten Welt schlüge.

Die Jeschkes begingen nun schon seit zwei Jahren das Weihnachts- nur noch als Julfest. Wenn sich die Familie vor dem Tannenbaum versammelt hatte, hielt Vater Jeschke vor seinen in Reih' und Glied aufgestellten Söhnen ein zackige Julfestansprache, das heißt, er bemühte sich wenigstens darum. Er sprach vom Sieg des Lichtes über die Finsternis und von seiner Kriegsweihnacht in Frankreich, daß sie sich die Festfreude damals hart hatten erkämpfen müssen und daß dieser Krieg auch nicht einfach werden würde. Aber Dieter und Helmut, die beiden anderen Söhne, würden draußen im Feld für Deutschland streiten, und wenn sie fallen sollten, was die Vorsehung verhindern möge, dann nur, damit Deutschland lebe.

Jeschke meinte immer, seinen Kindern als Hausvater zum Julfest eine Ansprache schuldig zu sein. Ihr Leutnant in Verdun habe damals vor der Kompanie zum Julfest auch eine Weihnachtsansprache gehalten, und er wisse, wieviel Kraft in so ein paar Worten liegen könne. Ernst wunderte sich über die Geduld, mit der die Söhne ihrem Vater, der schon wieder stoark dreiviertel war, zuhörten.

Nun wurde es Zeit für die Mohnkliesla – Kliesla, wie gesagt nicht im Plural, sondern in der Einzahl, als Süßspeise und in einer großen Schale. Als alle Platz genommen hatten und Lissy den Scheitel von Ernst-August zu Ende gezogen hatte, sagte Ernst: Krappla, Pratzeln oder Striezel, das sei doch nischt wie latschiges Gepomper, aber Kliesla, das sei etwas ganz Besonderes.

Dann langten alle zu.

Zum Ausklang des Weihnachtsfestes besuchten sie die Mitternachtsmesse. Nur Rosa und Martha blieben zuhause, um abzuwaschen. Man ging zu den Pallottinern, einer katholischen Gemeinschaft, die gleich um die Ecke ein großes Missionshaus mit einer Kirche hatte.

Die Kirche war bis auf den letzten Platz besetzt. Nach der Predigt von Pater Rektor, dem priesterlichen Leiter des Missionshauses, erklang das *Transeamus* zur mitternächtlichen Stunde, dargebracht vom Chor der Pallottiner und begleitet von der Orgel. Pater Rektor hatte vorweg erklärt, wie auf das Rezitativ des Engels, der von einem Knabensopran gesungen wurde, die Selbstermunterung des Hirtenchores, sich auf den Weg zu machen, folge: *Transeamus!* Und wie danach die Bässe freudig *usque Bethlehem* hüpften, um sogleich innezuhalten und zu schauen, bis sie beim menschgewordenen Wort ankämen. Wie aber Maria und Joseph plötzlich übergroß in der Dominante dastünden und der Blick auf das Krippenkind gelenkt würde, *infantem positum in praesepio.*

Für einen echten Kommunisten war das alles ein bißchen dicke, aber schön war es dann doch, befand Ernst-August. Und darin war er sich zum ersten Mal mit allen anderen, sogar mit Sohn Albert, einig. Mit Ruthla sowieso, die während der ganzen Zeit zu Lothar hinüberblinzelte, der oben auf der Empore saß und ihr heimlich zugewinkt hatte.

Als sie aus der Kirche kamen, hatte es erneut zu schneien begonnen. Wieder einmal war Weihnachten geworden in Schläsing.

Transeamus!

Ein Schwein für einen Loewe Opta

Zwischen Dezember neunundreißig und März vierzig war's „an rene Noil Kälde"; klirrende Kälte hielt Schlesien fest im Griff. Am schlimmsten waren die ersten beiden Monate des neuen Jahres. Im Januar und Februar wurde das sonst so bewegliche Quecksilber von Tag zu Tag träger. Auf dem Thermometer fiel es stetig treppab, und an manchen Tagen blieb es sogar fröstelnd unter der Minus-Achtzehn-Grad-Marke. Am liebsten hätte es sich wohl ganz in sein gläsernes Vorratskügelchen zurückgezogen.

Frankenstein war eingeschneit. Maler und Liebhaber von Winterlandschaften kamen auch in diesem Jahr wieder auf ihre Kosten. Kalte Idylle, die das Gemüt erwärmten: Szene mit gefrorenem Bach an der Pause, rodelnde Kinder vor der Stadtmauer, Schlittschuh fahrende Jugend auf gefrorenen Teichen mit herumtollenden Hunden, Bilder wie auf breughelschen Gemälden, wie in Holland, das weit weg war, überall Eisblumen-, Eiszapfenzauber, und an den Fenstern haben Frauen buntes Spielzeug fromm geschmückt. Was für eine friedlich weiße Winterwelt, und das in den ersten Kriegsmonaten! Als habe die dicke Schneedecke den Krieg unter sich begraben.

Auf dem Weg in die Stadt mußte Ernst an die Schütteldome seiner Kindheit denken. Wenn er vor der Pausebachbrücke stand, stülpte er im Geiste einen blauen Lichtdom über die Dächer und Türme der Stadt und ihre rauchenden Schornsteine. Am Himmel des blauen Schütteldoms schwebte eine Wolke. Das war die Wolke Hoffnung. Dahinter winkte Gottväterchen Stalin. Aber das war nur so eine Stimmung.

Winterlandschaften sind gut für Herz und Augen und eine Verführung für Zungen, Kinderzungen zumal. Überall Eis, das in Form spitz zulaufender Zapfen massenhaft weggeschleckt werden konnte. Das schmeckte wie kalte Wassersuppe, kostete aber nichts und war mal etwas anderes.

Auf der Pause-Bricke vor der Silberberger Vorstadt hatte sich in den ersten Januarwochen eine kleine Gruppe von Mädchen und Jungen versammelt, die, Eiszapfen lutschend und leckend, das Eisengeländer betrachtete. Außer Erika und Helga waren auch Helmut, Hannelore, Ingrid, Gerd und Lothar mit dabei, die immer, wenn sie vom Spielen nach Hause gerufen wurden, anders hießen, Piezla und Läusla, Herzepinkerla und Säckerla und Kaffeekannla. Das Geländer hatte eine dünne weiße Eisschicht, die aussah, als habe jemand a Schichtla Zocker darauf gestreut. In der Wintersonne funkelten und glitzerten die feinen Kristalle und brachten Helmut, den ältesten und gewieftesten von allen, auf eine Idee. Die hatten seine älteren Brüder, die noch gewiefter waren als er, schon vorher an ihm ausprobiert.

„Du, Guste", sagte Helmut nach einer Weile, denn so nannte er Gerhard, „dodroan mußte amool lecka, doas schmeckt wie Zockernissla!"

Er wies dabei auf die feine Glitzerschicht, und tatsächlich streckte Guste, dem bei dem Wort Zockernissla schon das Wasser im Munde zusammengelaufen war, gleich seine Zunge heraus und leckte los. Er leckte lange. Er leckte mit Ausdauer. Ruthla, Erika und Helga, aber auch Hannelore, Ingrid und Lothar wunderten sich und dachten, wie fein das wohl schmecken muß, was er da leckt, all die kleinen Zockernissla, schade, daß wir nicht schon früher darauf gekommen sind. Helmut hat immer so gute Ideen.

Erst als Guste gar nicht mehr aufhören wollte mit Lecken und sich mit seiner Zunge so in den Geschmack seiner Zockernissla versenkt hatte, daß sein Gesicht puterrot anschwoll und er nur noch undeutliche Schreie von sich gab, merkten sie, daß etwas nicht stimmte. Sie riefen:

„Guste, was is? Nu laß' man gut sein, und hör' doch wieder auf mit Lecken".

Aber Gustes Zunge klebte am eiskalten Geländer und wollte sich partout nicht davon lösen. Stattdessen schwoll sein Kopf weiter rot an, und seine Schreie wurden immer lauter.

Doch dann hatte Helmut ein Einsehen und fand, daß sie alle genug Spaß gehabt hätten. Mit einem kleinen Ruck und der Hilfe seiner Finger trennte er Gustes Zunge wieder vom Geländer. Guste schrie, als würde ihm ein Zahn gezogen; die Zunge blutete und hatte rote Flecken. Obwohl Schmerz und Schreck bald nachgelassen hatten, hatte Guste an diesem Tag keine Lust mehr zum Spielen. Er verzog sich wimmernd in Richtung Siedlung. „Woart', iech wer'sch 'm Voater soan", rief er noch. Und mit Helmut würde er ganz bestimmt nie wieder spielen.

Albert war viel mit seinen Schlittschuhen unterwegs. Die meisten Jungen in seinem Alter waren das. Man hatte sie sich unter die Schuhe geschraubt. Schlittschuhe waren in diesen Jahren große Mode. Manche wollten ihre Kufen gar nicht mehr abschnallen. Selbst auf den Straßen und verschneiten Wegen gingen alle auf hohem Kothurn. Aber die Dinger erforderten ein festes Schuhwerk, und das war nicht immer vorhanden. Als Albert sich am Abend seine Schlittschuhe abschraubte, hingen die Sohlen seiner Schuhe daran. Das konnte Ernst nicht leiden und Rosa auch nicht, denn Schuhe waren nun einmal teuer. Darum nannte Ernst Albert einen nüschtnützigen Bankerte, griff zum Siebenstriemer und sagte, Albert dürfe sich nicht wundern, wenn sein Vater ihn genauso behandelte wie er seine Schuhe. Auf die richtige Pflege komme es an.

Aber irgendwann war der Winter vorbei, und es gab Wichtigeres, nämlich den bevorstehenden Umzug vom Annaberg zur Silberberger Vorstadt. Der sollte im Frühjahr stattfinden und war notwendig geworden, weil der tägliche Weg von der Siedlung zur Mützenfabrik für Rosa, die ihn zu Fuß zurücklegen mußte, auf Dauer zu weit war. Auf der Suche nach einer passenden Wohnung war man in der Silberberger Vorstadt fündig geworden, an einem Ort, der hier nicht ausführlicher beschrieben zu werden braucht, weil wir schon öfter an ihm vorbeigegangen sind. An der Stelle, wo die

Schloßpromenade die Silberberger Straße kreuzte und es einerseits geradeaus zum Markt ging, andererseits links an der alten Stadtmauer entlang zum Prinz Friedrich Wilhelm Platz (der neuerdings Horst-Wessel-Platz hieß), befand sich zur Rechten, gleich neben der Musikschule, ein altersgraues Mietshaus, in dem eine Wohnung frei geworden war. Die im Erdgeschoß gelegene Wohnung sollte im April bezugsfertig sein.

Eigentlich bot sie nicht viel mehr als die bisherige Wohnung, den üblichen Arbeiterstandard mit Wohnküche und Schlafraum. Außerdem mußten einige Nachteile in Kauf genommen werden. Da es keinen Garten, sondern nur einen Hinterhof gab, mußte die Familie auf eigenes Gemüse und Obst verzichten; auch für die beiden Ziegen und Schweine war kein Platz – lediglich für die Kaninchenställe. Andererseits bekam Rosa eine neue Küche mit einem Küchen- und Spültisch, und außerdem konnten die angrenzenden, zur Musikschule gehörenden Räumlichkeiten mitbenutzt werden – allerdings erst später, nachdem die Schule wegen des Krieges geschlossen wurde.

In den Augen von Ruthla, Lissy und Albert hielten sich Vor- und Nachteile die Waage. An die Stelle der großen Freiheit von Feld und Garten trat ein Kleinstadtidyll, aber mit viel Raum für Spiel und Entdeckungen. Die alte Schloßruine mit ihren unterirdischen Gewölben war nicht weit. Man konnte sie über die Promenade an der Stadtmauer entlang und den unmittelbar angrenzenden Park erreichen. Gleich hinter dem Haus erhoben sich auf einer kleinen Anhöhe die alte Stadtmauer und die Pfarrkirche von St. Anna mit ihrem schiefen Turm. Und die Kinder brauchten kaum eine Minute, um in das geschäftige Treiben am Ring einzutauchen, sich Läden und Schaufenster anzusehen oder sich von gut meinenden Erwachsenen einen Biehmer für ein Eis oder eine spitze „Titte“ mit Bonbons zustecken zu lassen. Man brauchte von nun an nicht erst ei die Stoadt zu laufen, sondern war gleich da.

Vor dem Umzug mußten die beiden Schweine allerdings noch einmal ordentlich aufgepäppelt werden, denn deren Schicksal war nun beschlossene Sache. Sie mußten weg, das war keine Frage. Das eine sollte verkauft und das andere geschlachtet werden.

Öfter als sonst wurde Ruthla nun von Rosa oder Ernst mit einem leeren Jutesack auf den Weg zur Windmühle an der Langen Liebe vor der Stadt geschickt, um bei Müller Pauh Schrot für die Schweine zu holen. Ruthla tat es nicht gern, nicht nur wegen der vielen Ratten (es waren die größten und fettesten Ratten, die sie je gesehen hatte), sondern auch weil Rosa angesichts ihrer leeren Haushaltskasse jedes Mal ausrichten ließ, der Müller möchte den Sack mit Schrot anschreiben, bezahlt werde später. Inzwischen stand eine hübsche Zahlenkolonne in dem mehlbestäubten Rechnungsheft des Müllers, und er sagte jedes Mal, mit seiner Geduld sei er nun am Ende. Beim nächsten Mal möchte er mit ihrem Vater persönlich sprechen, sonst gäbe es nichts mehr. Diesmal nur noch, „weil du's bist, Ruthla". Dabei schaute er eine Weile nachdenklich auf sie herunter, schüttelte den Kopf und sagte, sie sehe ja aus, „doss ma'm kennde a Vaterunser durch de Backa blosa". Meistens gab es dann immer noch a großes Stickla Brot mit Putter. Danach strich er erst mit der Hand über Ruthlas Haar, dann über seinen Backenbart, klopfte sich den Mehlstaub ab und verschwand, mit dem Fuß nach ein paar Ratten tretend, wieder in der weißen Staubwolke, aus der er gekommen war.

Obwohl Ruthla die Sache unangenehm, war, verstand sie nicht, warum Müller Pauh nicht noch ein wenig warten konnte. Denn daß er keine Not litt, war klar. Wie einer seiner Mehlsäcke hing der Bauch prall und feist über die Hose. Und daß es seiner Familie gut ging, sah Ruthla an seiner Tochter, die mit ihr in derselben Klasse war und immer gute Putter auf ihrer Stulle hatte. Auch Rosa war der Meinung, daß der Müller schon nicht verhungern werde und sich gut noch ein paar Wochen werde gedulden können, bis das

Schweinla verkauft sei und sie das Geld hätten, um den Schrot zu bezahlen.

Für Ernst war Müller Pauh der reinste Kapitalist; der reiche Knoaster solle sich schämen, rief er und schlug mit der Faust auf den Tisch, aber mit dieser Einstellung käme er nicht weit, damit sei im Sozialismus endgültig Schluß. Doch den Schrot holte er nie selbst ab, das mußte Ruthla tun, und mit dem Müller sprach er auch nie.

Vor dem Verkauf wurde aber erst geschlachtet. Schon ein paar Wochen vor dem Schlachttag hatte Ernst in blitzsauberer Sütterlinschrift und mit seinem Haro-Füllhalter einen Brief an seine Schwester Hannelore in Breslau („Brassel", wie Ernst sagte) verfaßt, um sie zu sich nach Frankenstein einzuladen. Die Familie müsse in Notzeiten zusammenstehen, sagte er. Inzwischen sei ja alles rationiert, und das Fleisch, das man für seine Lebensmittelmarken kriegte, reiche weder zum Leben noch zum Sterben. Bei ihnen in Frankenstein könne Hannelore wenigsten wieder einmal herzhaft in einen Schweinebauch beißen, und die selbstgemachte Wellwurscht schmecke sowieso viel besser als vom Schlachter in Brassel.

Früher war auch noch Ernst-Augusts Mutter gekommen. Die hatte noch schlechtere Augen als Ernst und war fast blind. Am Beispiel von Vater und Großmutter lernte Ruthla früh, daß es im Leben immer noch schlimmer kommen kann.

Hannelore kam mit zwei Koffern, einem vollen und einem leeren. Außerdem hatte sie ihren zwölfjährigen Sohn Eberhard mitgebracht. Ernst, Ruthla und Lissy holten sie zu Fuß vom Bahnhof ab. Albert blieb zuhause, weil er Eberhard nicht mochte. Er fand ihn „eingebildt". Nur weil der aufgeblasene Plumpspudding aus Breslau komme, brauche er nicht zu glauben, was Besseres zu sein, sagte er.

Albert war nicht frei von Eifersucht. Aber richtig war, daß Eberhard ziemlich dick war und seinen Vetter und seine beiden Basen deutlich merken ließ, wie primitiv er es bei ihnen fand. Zum Beispiel mokierte er sich darüber, daß es bei ihnen kein Badezimmer und keine Wassertoilette gab und daß er zum Drümseln, womit er sein Geschäft meinte, immer in das Hittla im Garten mußte. Als Albert antwortete, Wassertoaletten seien neimodsches Zeich, lachte Eberhard und sagte, Albert sei eine Laobertitte. Außerdem müsse er mal zum Freßklempner, denn er habe schlechte Zähne. Von ungesunden Zähnen kriege man Mandelentzündung. Dann sagte er noch, daß Lissy, die manchmal die beiden Ziegen hüten mußte, nooch Ziegabucke stinke und Albert keine Schuhe hätte, sondern Gurken. Als Albert erwiderte, er habe wenigstens nicht solche Mauken wie Eberhard, womit er Schweißfüße meinte, flüsterte der im drohenden Ton: „Poß uff, du – een Fiff und du bist umzingelt!“ Ruthla erschrak und blickte sich prüfend um, weil sie fürchtete, Eberhards Freunde aus Breslau könnten sich im Gebüsch versteckt haben. Später erfuhr sie, daß alle Breslauer solche Sprüche machten.

Überhaupt redeten Breslauer etwas anders. Sie sagten „pumpsen“ statt pupen. Das Pferd von Kassner Fritze, der gekommen war, um mit Rosa den Umzug zu besprechen, nannte Eberhard „Schindkracke“. Und wenn Lissy wieder einmal weinte, weil Eberhard sie gezwickt hatte, nannte ihn seine Mutter einen „ahlen Schubiak“, womit sie einen Grobian meinte; er ginge ganz nach dem Vater. Die Schuberts seien nicht so, die seien anders.

Als Ernst am Sonntag mit seiner Krawatte aus dem Haus trat, machte sich Eberhard vor Lissy und Ruthla über den „Würger“ lustig. Er sagte, in Breslau trüge man andere Krawatten als in Frankenstein, viel feiner und vornehmer.

Obwohl Eberhard und Albert sich nicht mochten, machten sie einige Dinge gemeinsam. Zum Beispiel gingen sie oft zusammen in die Holunderbüsche am Bahndamm, um dort Zigaretten zu rauchen. Die hatte Eberhard seinem Vater an der Garderobe heimlich aus dem Mantel gezogen. Marke Juno. Eberhard sagte, Juno schmecke ihm besser als Overstolz, wegen der größeren Würze. Das seien alles ausgewählte orientalische Tabaksorten. Firma Reemtsma eben. Appetitliche Frische.

Gerne stellte er den Mädchen Fangfragen. Mit ihnen konnte er zeigen, daß er was im Kuppe hatte; zum Beispiel fragte er, ob sie wüßten, was „Blumento-Pferde" seien oder was größer sei, Messer oder Gabel. Was es mit „Bumento-Pferde" auf sich hatte, wußten Lissy und Ruthla schon aus der Schule, denn auch in Frankenstein lebte man nicht hinter dem Mond. Über die letzte Frage hatte Lissy lange nachgedacht; sie war sogar in die Küche zum Schrank gegangen, um Messer und Gabeln nebeneinanderzulegen und miteinander zu vergleichen. Aber die Antwort war nicht „Messer", wie Lissy herausgefunden hatte, auch nicht „Gabel", wie Ruthla glaubte, sondern „Oder".

Auf die Oder war Eberhard überhaupt mächtig stolz. Die Pause nannte er immer nur ein kleines „Barnla". Einmal sagte er zu Lissy und Ruthla, wenn sie zu tief in die Pause glotzten, würden die Fische sterben.

Ähnlich spitzfindig wie die Sache mit Messer oder Gabel war die mit der Mühle. In allen vier Winkeln der Mühle ein Sack, auf jedem Sack vier Katzen. Eberhard wollte wissen, wie viele Füße in der Mühle waren. Lissy war gut im Kopfrechnen und antwortete auf Anhieb: vierundsechzig. Aber Eberhard lachte sie aus und sagte: keine, denn Katzen hätten keine Füße, sondern Pfoten.

Am Morgen des Schlachttages ersetzte die Sau den Wecker. Ruthla und Lissy waren mit einem Schlag wach. Als sie, die Gardine beiseiteschiebend, aus dem Schlafzimmerfenster guckten, hatte man eines der beiden Schweine bereits aus dem Stall geholt. Um einen Hinterlauf hatte man einen Strick gebunden. Das Schweinla war aber widerborstig, hätte lieber noch einen Scheffel Schrot von Müller Pauh gefressen und zerrte in entgegengesetzte Richtung. Ihm war nicht entgangen, daß an diesem Morgen irgendwas anders war als sonst. Mit mehr Verstand wäre ihm klar gewesen, daß Quieken sinnlos und seine Lage aussichtslos war.

Die Übermacht war gut aufgestellt. Außer Rosa, Ernst, Hannelore und der mit Rosa befreundeten Hebamme, die gerade von ihrem Fahrrad gestiegen war, stand noch der Hiemer Fleescher aus Protzan mit Axt, Fleischerschürze und in Gummistiefeln auf dem Platz vor dem Holzschuppen. Schober Wendlin kannte ihn aus seinem Junggesellenverein. Er hatte den kräftigen rotblonden Burschen mit den beiden ungleichen Beinen, der sich gerne mal was dazuverdiente, empfohlen. Eigentlich hieß er Fridolin Hübner und war von Hauptberuf Maurer. Er redete dem Schweinla gut zu, nannte es bei einem Namen, den ihm niemand gegeben hatte, sagte: „Kumm nur Jolanthe, kumm, is ja alles gut, Jolanthe", und versetzte seiner Jolanthe dann mit der stumpfen Seite seiner Axt einen kräftigen Schlag gegen den Kopf. Jolanthe plumpste dumpf zu Boden und streckte alle Viere von sich.

Dann kam das Messer zum Einsatz, das kurz zuvor noch einmal an einem Wetzstahl geschärft worden war; die Schweinegurgel wurde mit einem gekonnten Schnitt glatt durchtrennt. Aus dem Spalt der aufgeschlitzten Kehle schoß eine rote Blutfontäne. Um das Blut aufzufangen, hatte Rosa vorsorglich einen Zinkeimer darunter gestellt und warf sich zusammen mit der Hebamme auf die zuckende Sau. Ein Vorderlauf diente als Schwengel für die Blutpumpe. Dann drückten und massierten die beiden solange, bis der letzte Tropfen ausgepreßt und der Eimer mit dem warmen roten Saft gefüllt war. Rosa rührte mit ihren Händen fortwährend um und brachte den Eimer in die Küche, für die Blutwurst.

Indessen guckte Nachbar Jeschke um die Ecke; in seinen Händen hielt er eine Flasche Münsterberger Korn. Während Hannelore in die Küche eilte, um Schnapsgläser zu holen, sprach Jeschke wieder von Verdun und daß er noch nie so viel Blutt gesehen habe wie damals 1916 in Verdun, „ieber und ieber Blutt". Und daß Schnaps die Erinnerung reinige. Obwohl eine alte Regel besagte, daß das Schwein erst am Haken hängen mußte, genehmigten die Männer sich schon jetzt einen.

Solchermaßen gestärkt, wurde die Sau von ihnen unter lautem „Hau“ und „Ruck“ gemeinsam auf die Holzbank gewuchtet. Nun erklärte der Hiemer Fleescher Ruthla und Lissy, die im Nachthemd aus dem Haus gelaufen kamen, Jolanthe würde von ihm ordentlich herausgeputzt. Wenn er ihr erst die Borsten abgeschabt und die Klauen gereinigt habe, sei sie eine feine Dame, und dann könne sie zum Tanzen in den „Goldenen Löwen“ gehen. Er würde wohl mit ihr tanzen. Aber er käme ja eigentlich aus Frankenstein, jedenfalls sei er da geboren. Und ob sie nicht wüßten, daß es immer hieße: „Ich kumm aus Franksteen, iech hab a kurz und a lang Been“. Da sein rechtes Bein etwas kürzer sei als das linke, frage er sich, ob Jolanthe auch mit ihm wolle. Weiber seien eben wählerisch, die meisten heutzutage wollten nur noch Soldaten. Er sei ja noch nicht einmal k.v.

Obwohl sie nicht alles verstanden, mußten Lissy und Ruthla lachen. Ernst lachte auch, aber bitter. Übrigens könnten sie zu ihm Fridolin sagen, fuhr er fort, denn so heiße er mit Vornamen, und wie sie denn hießen. Und während die Mädchen Fridolin ihren Namen und ein paar Mädchengeschichten anvertrauten, bereitete er, unterstützt von den Frauen, die aus der Küche kamen und eimerweise heißgebrühtes Wasser über die Schweinschwarte gossen, Jolanthe für ihren Tanzabend im „Goldenen Löwen“ vor. Es ginge doch nichts über die natürliche Schönheit, sagte er, und wieder lachten alle.

Als Fridolin das Horn der Klauen abgezogen hatte, waren blutigrote Schweinepfoten zurückgeblieben, die Ruthla an Margots rotlackierte Fingernägel erinnerten. Sie stellte sich vor, wie sich Jolanthe, ganz ohne orientalischen Haarentferner, aber praktisch borstenlos, frisch geputzt und gewaschen und mit einem Handtäschchen auf den Weg zum „Löwen“ machte. Vorher mußte sie aber noch von der Horizontalen in die Vertikale befördert werden. Eine Leiter wurde herbeigeholt, und Jolanthes Hinterbeine wurden mit zwei Fleischerhaken an einem Pfosten befestigt. Nach ein paar weiteren Münsterberger Schnäpsen war die Leiter aufgerichtet und wurde mitsamt Schwein gegen die Wand des Bretterstalls gelehnt.

Jolanthe wäre jetzt ausgehfertig gewesen. Aber nun erklärte Fridolin den Mädchen mit gestellter Traurigkeit, daß der „Dukter“ eine Bauchoperation verordnet habe, vermutlich entzündeter Bilddarm. Sein gezücktes scharfes Fleischermesser konnte dem sich ihm entgegenreckenden prall gespannten Schweinebauch nicht mehr länger widerstehen. Als er mit spitzer Klinge, sachkundig und nicht ohne Andacht, von oben nach fuhr, öffnete sich der Leib mühelos, als ob er einen Reißverschluß aufgezogen hätte. Die Innereien und ebenso das feuchtfett glänzende, von blauroten Äderchen durchzogene graue Gedärm quollen ihnen warm, weich und dampfend entgegen und wurden von den Frauen in einer großen Zinkwanne aufgefangen. Aber der Bauchschnitt war erst der Anfang der Halbierung. Mit Hilfe von Säge und Beil wurden Wirbelsäule und Kopf auch noch gespalten. Am Ende waren linke und rechte Schweinehälfte fast ganz getrennt, und Jolanthe hing an der Leiter, aufgeklappt wie ein offenes Buch mit schlechter Bindung. Bevor Fridolin darin weiterlas, genehmigte er sich noch einen Schnaps.

Ohnehin mußte noch auf den Olber Dukter gewartet werden, der eigentlich Joseph Alber hieß und für die Fleischbeschau zuständig war. Deren Ergebnis war wichtig, aber nicht so wichtig, daß nicht schon vorher ein paar Stücke von Gekröse, Bein und Kopf zum Kochen in den großen Kessel auf dem Küchenherd geworfen werden konnten.

Als der Trichinenbeschauer kam, war Eberhard gerade wachgeworden. Zur Freude von Hannelore gab er sich aufgeweckt, machte den Schlaumeier und fragte den Olber Dukter mit aufgesetzter Neugier nach Einzelheiten seiner Arbeit. Vielleicht hatte Hannelore erwartet, der Dukter würde erkennen, was für ein helles Jungla ihr Bursche war, aber der sagte nur, Eberhard sei „a dichtiger Stupper“.

Noch bevor er Trichinenfreiheit verkündete, wußten Rosa, Hannelore und die Hebamme schon, wie das Wellfleisch diesmal schmeckte. Ein paar blaue Stempel auf den fahlweißen Hinterbacken der Sau und ein weiteres Schichtla Korn machten das Ergebnis amtlich.

Über Haus und Garten hing eine klebrige Dunstwolke von Blut und Fett und Fleisch, von Därmen, Darminhalten und Schnaps, die erst nach und nach durch den Duft aromatischer Gewürze und Gewürzmischungen, der aus der Küche kam, aufgeklart wurde. Muskat und Nelke, Knoblauch, Ingwer, Koriander, frisch gemahlener Pfeffer, der die Nase kitzelte, ließen manches vergessen und machten Appetit.

Zum Mittagessen gab es Fleischbrotel, denn Gewiegtes, wozu man anderswo Gehacktes sagt, hatten sie in Menge. Hannelore schwärmte vom „Gelinge", womit sie Lungenhaschee meinte, aber die Fleischbrotel hätten ihr auch wunderbar gemundet, sagte sie, „ein Gedicht, ein Gedicht". Rosa fand, das sei vornehmes Getue, aber Ernst erklärte ihr, so rede man in Brassel.

Während die Frauen noch in der Küche beschäftigt waren, saßen die Männer draußen auf der Holzbank und wärmten sich mit Schnaps. Über den Dächern der Siedlung arbeitete der Vollmond geduldig an seiner Abrundung. In der Ferne kläfften ein paar Hunde.

Jeschke wollte, daß Ernst ihnen etwas auf seiner Hohner vorspielte, „aber bloß keine Arbeiterlieder", fügte er noch hinzu. „Nur, wenn du uns noch eine Flasche Korn holst", erwiderte Ernst. Und weil er in aufgeräumter Stimmung war, sagte er noch: „Du weißt ja, wes' Brot ich ess', des Lied ich sing'". Rosa, die in der Küche stand und gerade Wurstmasse in einem Holztrog durchknetete, sagte zu Hannelore: „Es könnte uns allen besser gehen, wenn er es einmal tun würde". Aber dafür, daß er es nicht tat, war er eben ihr Ernst-August.

Jeschke holte Schnaps und Ernst seine Hohner. Dann sangen Ernst, Jeschke und der Hiemer Fleescher: „Schwarzbraun ist die Haselnuß". Das „Holdrio-duwiduwidi-holdriaholdria-duwiduwidi" war bis zum Schützenhaus zu hören.

An dem Tag, als Hannelore wieder abfuhr, kam es zwischen Ernst und Rosa zu einem Ehekrach, der eigentlich ein Krach ums geschlachtete Schwein war und als erster Schweinekrach bezeichnet werden könnte. Denn es gab noch einen zweiten. Hannelore war gerade auf dem Hittla und Eberhard schlief noch, als Rosa Ernst suchte und ihn nicht fand. Vom Flur aus sah sie, daß die Tür zu Margots Zimmer, in dem man Hannelore in der Woche untergebracht hatte, einen Spalt weit geöffnet war. Als sie in das Zimmer trat, wandte ihr Ernst den Rücken zu. Er stand vor Hannelores Bett und schien offensichtlich damit beschäftigt, verschiedene Arten von Wurst, dazu Gepökeltes und Eingemachtes in Dosen und Gläsern, mit anderen Worten, einen ansehnlichen Teil vom Geschlachteten möglichst raumsparend in Hannelores auf dem Bett liegenden, aufgeklappten Koffer unterzubringen.

Rosa fragte, was das zu bedeuten habe, aber Ernst, dem die Störung sehr unangenehm war, erwiderte nur unwirsch, andere Leute müßten auch „assa", und Familie sei schließlich Familie.

Rosa fragte, ob Ernst nicht wüßte, daß seine Kinder auch Familie seien und daß sich Ruthla, Lissy und Albert – von ihr ganz zu schweigen – genauso über ein paar Würschtel auf dem Mittagstisch freuen würden wie Hannelore. Ruthla sei ohnehin nur eine halbe Portion, sein prächtiger Neffe dagegen sei „an dicker Stoamper", ein paar Pfund weniger könnten ihm nicht schaden.

Statt gleich zu antworten, tat Ernst sehr beschäftigt, nestelte an den Knackern herum und rückte ein paar Mettwürste noch enger im Koffer zusammen. Nach einer Weile sagte er, Eberhard habe etwas mit den Drüsen, mit dem Essen habe das nichts zu tun. In Notzeiten müßten Menschen enger zusammenrücken, man dürfe nicht nur an sich denken.

„Jetzt härt aber die Gemittlichkeet uff", rief Rosa und stemmte ihre Hände in die Hüften: „... ‚nicht nur an sich denken'..." Ernst wolle doch wohl nicht behaupten, daß sie nur an sich denke. Was tue sie denn anderes, als von morgens bis abends an andere zu denken. „Ei de Fabricke gehn, Mitzen, Kulbafongse, Kiche, Haushalt, Kinder“, sie wisse manchmal nicht, wo ihr der Kupp stehe. Ohne sie müßten sie alle Gras fressen. Von den paar Kröten, die er mit seiner Versicherung verdiene, könne er ja noch nicht einmal selbst leben. Und woran er denn den lieben langen Tag so denke, und ob er außer Weiberärschla und seiner „internationalen Solität“ noch irgend etwas anderes im Kuppe habe.

Ernst sagte, solche Ausfälligkeiten brauche er nicht zu beantworten. Er wisse nur, daß er das – und dabei wies er mit dem Gesicht auf den mit Wurst und Einmachgläsern vollgepackten Koffer – Hannelore schuldig sei.

Schuldig? rief Rosa. Hannelore schuldig? Ob er sie etwas fuppa wolle. Ob er auch wisse, was er ihr und seinen Kindern schuldig sei. Er und seine Genossen täten sich offenbar viel auf ihre „internationale Solität“ einbilden, immerzu würden sie davon loabern. Ihr würde es schon reichen, wenn Ernst einmal die Hälfte der verknuchten Solität für sie und die Kinder aufbrächte.

Der Ehestreit wurde durch die Hannelores Ankunft unterbrochen. Hannelore sah beide fragend an, aber Rosa ging schweigend die Treppe hinab, und Ernst schloß den Koffer.

Am Nachmittag brachte Ernst seine Schwester und seinen Neffen allein zum Bahnhof.

Das zweite Schwein war für das Bare. Es sollte im Frühjahr verkauft werden. Rosa wollte dann endlich ihre Schulden bei Müller Pauh begleichen. Immerhin war es seinem Schrot und seiner Großzügigkeit zu verdanken, daß es ihre beiden Schweine so schnell zu Gewicht und Schlachtreife gebracht hatten. Aber Rosa hatte noch ein paar andere Posten auf ihrer Merkliste: Abgesehen von ein paar Zahlungsrückständen bei ihrem Lumpa-Moan sollten für die neue Wohnung noch Gardinen angeschafft werden. Außerdem konnten sie und ihre Mädchen ein paar neue Schürzen gut gebrauchen. Am Ende blieb sicherlich auch noch Geld für ein Radiogerät übrig. Damit lag Ernst ihr nun schon seit Monaten in den Ohren. Rosa fragte, ob es nicht auch ein kleiner Volksempfänger tue. Jeschkes hätten so einen, der sähe schmuck aus, würde wenig Platz einnehmen und hätte kaum 60 Reichsmark gekostet. Aber Ernst erwiderte, so eine Goebbels-Schnauze käme für ihn nicht in Frage, Volksempfänger hätten nur Mittelwelle und Langwelle, sein Gerät müsse auch Kurzwellensender empfangen können, das sei wichtig, ohne Kurzwelle brauchten sie gar nicht erst anzufangen. Am besten, Rosa mische sich da nicht ein, das sei Technik, und Technik sei Männersache, davon verstehe sie nichts. Rosa sagte, ob Kurzwelle, Dauerwelle oder Wasserwelle, Hauptsache der Prillkoasta koste nicht zuviel.

Ernst lenkte den Handwagen mit seiner Sau in Richtung Ring zur Fleischerei Kaps, deren Inhaber ihm bei seinem letzten Besuch trotz gesunkener Schweinefleischpreise ein gutes Angebot gemacht hatte. Unterwegs begegnete er Katzen-Schubert in Uniform, grüßte Haasla Barger über den Zaun und verweilte anschließend noch eine Weile vor dem Haus von Plumpa Fitze, wo Schlüpfer und Büstenhalter der Ehefrau an der Wäscheleine baumelten.

Vor dem Schützenhaus führte er ein längeres Gespräch mit Schober Wendlin über das Neueste aus seinem Junggesellenverein „Deutscher Frohsinn, Deutsche Treue, Deutsches Hoffen". Schober Wendlin erzählte, daß bei ihrer letzten Faschingsfeier eine Jumfer im Dirndl aufgetreten sei, und alle seien sie um sie rüm wie die Bie'n und hätten mir ihr rumgekoaschpert, einige hätten sogar versucht, ihr ein Kuschla zu geben. Um Mitternacht hätte sich dann rausgestellt, daß das hibsche Weibsbild kein anderer als Schnutlaschoaber gewesen sei, der Friseur aus Protzan. Schober Wendlin lachte abgewandt, in Richtung Schützenhaus, wo gerade wieder scharf geschossen wurde, aber überlaut, so daß Ernst große Mühe hatte, das Schwein hinterher zu beruhigen.

Bei Kaps wurde gewogen und vergütet, und dann hatte Ernst das Geld. Von Kaps ging es gleich weiter zum

Funkhaus Zwiener, das sich in Frankenstein als führendes Fachgeschäft für Radios empfahl. Ernst ging gerne zu Zwiener, denn das Geschäft hatte eine Verkäuferin, und die hieß Fräulein Blümel. Zu seinen Genossen hatte Ernst einmal gesagt, sie sei ein hibscher Kefer, sehr bewuschpert und gutt zu leiden. Sie sehe ein wenig so aus wie Rosa, er meinte aber nicht seine Rosa, sondern Rosa Luxemburg, schade nur, daß sie a bissel zu jung für ihn sei. Schmidtgärtner hatte gelacht und erwidert, man könne auch sagen, er sei a bissel alt für sie. Mischke hatte mitgelacht. Ernst habe seine Antennen wohl wieder mal auf Empfang gestellt, „Ernst, Ernst, irgendwann werden die Weiber dir noch das Genick brechen“.

Ernst mochte die Art, in der sie ihm alles erklärte. Das erste Gerät, das sie ihm vorstellte, dessen Modellbezeichnung er jedoch gleich wieder vergessen hatte, obwohl sie in Fräulein Blümels Munde gut geklungen hatte, steckte in einem schwarz glänzenden Bakelit-Gehäuse. Es war schlicht, klein und bezahlbar, denn es kostete nur 65 Reichsmark. Mittelwelle und Langwelle, sagte Fräulein Blümel. Ernst wartete noch eine Weile, aber der Begriff, auf den er wartete, kam nicht. Das genügte. Ernst war dankbar für die Information, die ihm weiteres unangenehmes Fragen ersparte, und erkundigte sich sogleich nach anderen Geräten, solchen, die vielleicht noch a bissel mehr zu bieten hätten. Ernst sagte nicht genau, was er mit „a bissel mehr“ meinte, denn er wollte sich möglichst unverfänglich ausdrücken.

Aber Fräulein Blümel verstand auch so und führte ihn geradewegs zu ihrem kleinen „Jubilar“, wie sie sagte, denn so hieß das Modell im Nußbaum-Holzgehäuse, für Mittelwelle, Langwelle und Kurzwelle, dazu ein Dynamischer LS, mit elektrodynamischer Erregerspule, alles in allem 145 Reichsmark. Eigentlich hatte Ernst jetzt das, was er wollte. Aber er konnte auch diesmal nicht treu sein. Statt stark zu bleiben und sich an die Vereinbarung zu halten, die er mit Rosa getroffen hatte, wurde er wankelmütig. Statt seinen „Jubilar“ unbeirrt im Auge zu behalten, folgte er mit seinen Blicken der geblümelten Bluse der Verkäuferin, die es geschickt verstand, seine Aufmerksamkeit über den blumigen Umweg auf den „Blaupunkt Ideal" zu lenken, der, wie sie sagte, durch seine Form bestach, aber im übrigen einen kleinen Nachteil hatte: Er kostete etwas mehr, nämlich 200 Reichsmark.

Ernst, der ein wenig von Formen zu verstehen glaubte, mußte zustimmen, war aber durch das Fehlen einer Erregerspule beunruhigt. Er befühlte sein Bündel mit Geldscheinen in der Hosentasche und kam zu dem Schluß, daß da noch etwas ging. Fräulein Blümel fand das auch und schritt ziemlich unverblümelt, fast schon ein wenig aufreizend, wie Ernst fand, zum großen Loewe Opta-Gerät in Nußbaum. Hier gab es kein Zurück. Das Gerät hatte nicht nur Langwellen-, Mittelwellen und Kurzwellen-Empfang, sondern auch eine Erregerspule – nur daß das Ganze diesmal 250 Reichsmark kostete. Damit lag es nur noch zwei Reichsmark unter der Summe, die er in der Tasche hatte, aber ein Vielfaches über der, die er mit Rosa vereinbart hatte. Ernst bezahlte in bar.

Dann verabschiedete er sich galant von seinem Fräulein, warf noch einen Blick auf ihre Bluse und im Vorbeigehen einen weiteren auf ein großes Plakat im Schaufenster: „Du bist Deinem Führer näher, wenn Du seinem Wort am Radio lauscht". Ernst fand, daß er auf einem guten Weg sei und wollte eben den Karton mit dem großen Gerät auf seinen Handwagen hieven, als Fräulein Blümel ihm von der Tür aus etwas nachrief; ein wenig verlegen erklärte sie ihm, daß da noch etwas sei.

Nanu, dachte Ernst und überlegte kurz, ob er wohl etwas hoffen dürfe oder etwas zu fürchten habe. Die Verkäuferin überreichte ihm ein kleines rotes Kärtchen. Sie habe vergessen, das an dem Gerät anzubringen sagte sie. Ernst nahm den kleinen Anhänger und las: „Denke daran", hm, dachte er, klingt nicht schlecht, „das Abhören ausländischer Sender ist ein Verbrechen gegen die nationale Sicherheit unseres

Volkes", das klang weniger gut, „es wird auf Befehl des Führers mit schweren Zuchthausstrafen geahndet".

„Denken S' dran, Herr Schubert", sagte die Verkäuferin noch.

„Ah, freilich", antwortete Ernst, „ich dachte schon..."

„Ja?"

„Es sei etwas Unangenehmes."

Tatsächlich wurde es für Ernst nun sehr unangenehm, aber erst zuhause, als Rosa sich nach dem Geld erkundigte. Anstatt die Karten offenzulegen und sich Rosa zu offenbaren, zog Ernst es vor, die Frage erst einmal unbeantwortet zu lassen und ihre Aufmerksamkeit auf das neue Radiogerät zu lenken. Er schwärmte von dem guten Empfang, dem außerordentlichen Klang, der Formschönheit des Geräts und sprach wohl auch von der Erregerspule, für die sich Rosa jedoch nicht im geringsten interessierte. Außerdem versuchte er, den bei seiner Ankunft entstandenen allgemeinen Trubel, das Interesse der Kinder, die sich lautstark um das Radiogerät drängten und auf erste akustische Signale warteten, für sich zu nutzen. Seine Taktik war es, Zeit zu gewinnen, um Rosa möglichst schonend auf die Wahrheit vorzubereiten.

Aber Rosa hatte das Ablenkungsmanöver längst durchschaut und beharrte hart, streng und unerbittlich auf der Beantwortung ihrer Frage. Während Ernst noch an der Antenne herumspielte und das Gerät bereits erste Laute von sich gab, blieb Rosas Miene versteinert. Ernst hätte es lieber gehabt, daß sie mümmelte. Mit Mümmeln konnte er umgehen. Versteinerung war schlimmer.

Doch bevor es zum Schlimmsten kam, wollte er wenigstens die letzte sich ihm bietende Chance nutzen, um die Situation noch für sich zu retten. Radio Breslau übertrug gerade einen Streifzug durch deutsche Operettenmusik, und Johannes Heesters sang als Bettelstudent Symon die Arie: „Ich knüpfte manche schöne Bande". Ernst sah Rosa aufmunternd an. Er lobte die Lautsprecherqualität und ob sie nicht zugeben müsse – aber Rosas Miene konnte das nicht erhellen, ganz im Gegenteil, Heesters Lob der schönen Polin machte alles noch viel schlimmer. Selbst ein paar Walzermelodien, die auf dem Deutschlandsender zu hören waren, konnten Rosa nicht gnädiger stimmen. Bei dem dritten vergeblichen Versuch, Rosas Aufmerksamkeit von anstehenden, drängenden Finanzproblemen auf das laufende Radioprogramm umzulenken, konnte sie nicht mehr an sich halten und es brach aus ihr heraus.

Das dürfe doch wohl nicht wahr sein, rief sie. Ob er etwa das gesamte Geld für diesen verknuchten Prillkoasta nausgeworfen habe. Und ob er sich nicht schäme.

Ernst legte den Finger auf den Mund und wies auf die Kinder.

Die Kinder sollten ruhig einmal hören, was für einen feinen Vater sie hätten, rief Rosa. Da wolle einer die ganze Welt verbessern und sei noch nicht mal in der Lage, für seine eigene Familie zu sorgen. Der Prillkoasta sei nichts nütze und müsse auf der Stelle wieder zurückgebracht werde.

Ernst erklärte jetzt, daß das nicht ginge. Er würde sich doch nicht zum Dämlack machen. Die Kinder schrieen und wollten sich das neue Radiogerät nicht wieder nehmen lassen.

Rosa kam in Bedrängnis und sah sich genötigt einzulenken. Schließlich fragte sie, nicht ohne Schärfe, woher jetzt die neuen Gardinen kommen sollten und ob Ernst Müller Pauh einen Besuch abstatten möchte, um ihm zu erklären, warum sie den Schrot nicht bezahlen könnten, oder ob sie wieder Ruthla schicken sollten. Ernst bemerkte die Ironie. Er spürte den Vorwurf: Verantwortungslosigkeit. Normalerweise wäre er aufgebraust. Diesmal verhielt er sich aber ruhig und drehte weiter am Suchknopf seines Loewe Opta, bis er auf einen neuen Sender gestoßen war. Dort hatte der „fröhliche Kindergarten“ begonnen, und irgendein einschmeichelnder Männerbaß erzählte Seehundgeschichten. Lissy und Ruthla waren entzückt und wollten hören. Rosa resignierte. Nach einer Weile bot Ernst Rosa an, selbst zu

Müller Pauh zu gehen, um mit ihm eine Ratenzahlung zu vereinbaren. Jetzt sollten sie sich erst einmal über das Radio freuen und ihre Gedanken auf den Frühling und den bevorstehenden Umzug in die Silberberger Vorstadt richten.

So ungefähr geschah es dann auch, nur daß Rosa nach einer Woche bei Müller Pauh vorsprach, weil sie irgendwann keine Lust mehr hatte, ihren Mann dauernd an sein Versprechen zu erinnern.

Der Rundfunkverbrecher

„Jesses und Maria", rief Hedwig, als sie den Umzugswagen erblickte, und dann bekreuzigte sie sich. Rosa hatte den Umzug bestellt, aber nicht den Kassner Fitze, der immer mit der Schindkracke kam und günstig war – den mußte sie abbestellen, denn wo gar kein Geld ist, ist auch das wenige viel. Nein, sie hatte Kulbafongse bestellt, der noch günstiger war, weil er gar nichts nahm und froh war, wenn Rosa ihm ab und zu seine nach Kuhstall stinkenden Hosen wusch. Eigentlich hätte sie gleich Kulbafongse fragen können, dachte Rosa, aber so ist das nun einmal, man kann nicht an alles denken, und wie oft braucht man im Leben Umwege, um auf das Richtige zu kommen.

Kulbafongse kam mit einem Ochsengespann. Das war zugegeben sehr einfach, primitiv geradezu, aber Hedwigs Stoßgebet bezog sich nicht darauf. Ihr Erschrecken hatte einen anderen Grund. Der saß unmittelbar neben Kulbafongse auf dem Kutschbock: es war der alte Kulbafongse, der auch mitgekommen – oder besser von seinem Sohn zuhause auf den Kutschbock gehievt worden war und nun neben dem jungen Kulbafongse auf dem Kutschbock des Ochsengespanns döste, wie zuhause hinter dem Kachelofen, steif und unbeweglich, oben frostweiß, unten steingrau und irgendwie „verknöchelt". Nur daß die Fahrt mit dem Ochsenwagen auch den Kopf, der sonst immer regungslos auf dem faltigen Hals des Alten saß, in Bewegung versetzt hatte und wie bei dem Wackeldackel im Auto meines Patenonkels Albert hin und her pendelte. Dadurch veränderte sich auch das Mienenspiel, so daß der alte Kulbafongse je nach Straßenlage entweder tiefernst in sich hineinblickte oder aber seine Umgebung freundlich angrinste.

„Jesses", rief Hedwig und bekreuzigte sich erneut, als sie Rosa und Ernst, die am Küchentisch saßen, von der Ankunft des Umzugswagens berichtete; sie habe schon gedacht, daß der bleiche Tod leibhaftig auf dem Kutschbock sitze. So wie Kulbafongses Vater stelle sie sich Bruder Hein vor, den Schnitter, der heißt Tod.

Ernst erwiderte, Hedwig würde sich zuviel mit ihrer Religion beschäftigen. Seitdem sie bei den Pallottinern ein- und ausgehe und bei diesem heiligen Siebafuß – wie heiße dieser Fatzke gleich noch? Pater...? „Paterrekter", warf Hedwig ein – ja, bei diesem Paterrekter, seitdem sei sie schon ganz überkandidelt. Sie solle es mal nicht übertreiben.

Hedwig reagierte beleidigt; sie könne es nicht dulden, daß Ernst schlecht über Personen spreche, die nicht anwesend seien und die er außerdem noch nicht einmal kenne. So etwas tue man nicht als Christ.

Ernst antwortete, er sei ja auch kein Christ. Überhaupt könne ihm ihr schönes Christentum den Buckel runter rutschen. Er habe genügend Marx und Engels gelesen, um über Religion Bescheid zu wissen. Gott sei bloß eine Erfindung des Menschen, wie der Mensch, so sein Gott. Im übrigen lasse er sich das Denken und Sprechen in seinen eigenen vier Wänden von niemandem verbieten, am wenigsten von seiner eigenen Tochter.

Wer in solchem Ton mit seinen Kindern spreche, rief Hedwig, dürfe sich nicht darüber wundern, wenn sie ihren Vater irgendwann ganz ablehnten. Es gebe Tage, da könne sie sogar Margot verstehen.

Ernst bemerkte scharf, Hedwig solle Margot aus dem Spiel lassen. Solange ihre Bälger noch klein wären, könne sie gar nicht mitreden. Sie wisse nichts von den Problemen, die Eltern mit ihren erwachsenen Kindern hätten.

Hedwig lachte bitter und erwiderte, Ernst wisse nichts von den Problemen, die erwachsene Kinder mit ihren Eltern hätten – aber weiter kam sie nicht, weil der jüngere Kulbafongse in diesem Augenblick knickbeinig, über beide stoppeligen Backen grinsend und nach Kuhstall stinkend, im Türrahmen stand und sie unterbrach: Er sei jetzt soweit, ob sie auch soweit seien.

Rosa war soweit. Sie hatte alles vorbereitet und in den letzten Tagen Geschirr, Besteck und Küchengeräte, dazu Wäsche und Kleidung in Persilkartons gepackt. Küchenbank, Stühle, Schemel, Schränke und Betten standen überall griffbereit und warteten nur darauf, von ein paar zupackenden Händen auf Kulbafongses Ochsenkarren verfrachtet zu werden. Im Garten standen außer Leiter, Werkzeug und anderem Kleinkram noch die Kaninchenställe.

Die Helfer hatten sich vor dem Haus versammelt. Nachbar Jeschke war gekommen, und auch Plumpa Fitze war diesmal mit dabei. Rosas Freundin, die Hebamme, kam mit dem Fahrrad angefahren. Über der Szene thronte der alte Kulbafongse auf seinem Kutschbock, oben frostweiß, unten steingrau und irgendwie stark verknöchelt. Sein Kopf wollte, einmal von einem unbekannten Beweger in Bewegung gesetzt, nicht aufhören zu wackeln.

Da Jeschke auch noch seine drei Söhne abkommandiert hatte, war der Wagen schnell beladen. Den Loewe Opta wollte Ernst ebenso wie seine Ziehharmonika persönlich im Handwagen zur neuen Wohnung bringen, damit die Sachen später nicht nach Kuhstall röchen, wie er sagte. Rosa erwiderte, das sei „Bleedsinn", sie habe noch nie davon gehört, daß Radios nach Kuhstall röchen, aber Ernst ließ sich nicht davon abbringen.

So blieb noch Zeit für den Abschied, den man mit einer Flasche Münsterberger Korn feierte. Plumpa Fritze fachsimpelte mit dem jüngeren Kulbafongse und Jeschke über Göpel; daß Ochsen am Göpel dieselbe Arbeit leisteten wie Pferde, aber der Esel nur ein Viertel; und daß ein Göpel zum Abpumpen von Wasser auch direkt über dem Brunnenschacht aufgestellt werden könne und daß dann keine Transmissionswelle erforderlich sei; und daß er vor kurzem in Peterwitz schon drei Pumpen an eine Welle gekuppelt hätte, um die hubweise Bewegung der Pumpen auszugleichen. Die Kurbelbewegung müßte dann allerdings um hundertzwanzig Grad sein.

Jeschke, dessen Gesichtszüge nach ein paar Münsterberger Korn ebenfalls um ein paar Grad verrutscht waren, grinste nur breit in sein Schnapsglas und sagte:

„Ei Peterwitz ei Peterwitz,
do hoat der Moan is Weib geplitzt".

Dann wurde Jeschke feierlich. Er gab Ernst die Hand, es quoll feucht aus seinen Augen. Einen guten Nachbarn und aufrechten Kameraden würde er verlieren, nuschelte er. Klar, Ernst sei zwar ein verknuchter Kommunist, aber in Verdun hätten sie auch ein paar davon in der Kompanie gehabt, und auf die sei immer hundertprozentig Verlaß gewesen. Wer keinen Charakter besäße, könne auch kein Kommunist sein, denn wer wollte das schon durchhalten, besonders in diesen Zeiten. Nee, nee, auf die Kommunisten lasse er nichts kommen. Für ihn zähle nicht, ob einer Leberwurscht esse oder zur Kirche gehe, sondern was für ein Kerl er sei. Auf den Korpsgeist käme es an. Die Nazis würden das mit der Weltanschauung übertreiben. Am Ende zähle aber immer nur der Mensch, der Kamerad im Schützengraben, auf den müsse hundertprozentig Verlaß sein, das würde er seinen Söhnen auch immer sagen. In Verdun habe er ja sehr viel Blutt gesehen...

Als Ernst bemerkte, daß das Gespräch wieder die ihm schon bekannte Wendung nehmen sollte, versuchte er schnell gegenzusteuern. Daher lenkte er Jeschkes Aufmerksamkeit auf die allgemeine weltpolitische Lage, auf die Besetzung Dänemarks und Norwegens, auf Englands Pläne im Mittelmeer und die Frage, wann der Krieg zu Ende sei. Jeschke sagte, wenn alle so kämpften wie seine beiden Söhne Dieter und Hans, könne es nicht mehr lange dauern.

Ihr Gespräch wurde durch lautes Hupen unterbrochen. Rosas Brüder, Peter und Paul, fuhren ohne Heinrich, der immer noch flüchtig durch die biehmischen Wälder streunte oder schon bei den Partisanen war, unter Geknatter, lautem Hallo und anerkennenden Bemerkungen mit ihren neuen BMW-Maschinen vor. Bald standen alle bis zum Nabel in einer Wolke bläulicher Auspuffabgase. Peter und Paul waren auf ihren Motorrädern nach Frankenstein gekommen, um ihrer Schwester anläßlich des Umzugs in die neue Wohnung eine Packung mit frischem Röstkaffee vorbeizubringen. Über dessen Herkunft wahrten sie wie immer strengstes Stillschweigen. Rosa war gerührt. Beide trugen höllenschwarze Lebesto Kradmäntel, dazu lederne Fliegerhauben. Auf Jeschke und Plumpa Fitze machte das Eindruck. Lissy stieg auf eines der Motorräder und bat um eine kleine Extrarundfahrt durch die Siedlung. Ihr Onkel wollte gerade Gas geben, doch Rosa verbot es und schimpfte; Lissy solle nicht auf den Wecker gehen, für Kinkerlitzchen sei jetzt keine Zeit.

Beim Anblick von Rosas Brüdern nickte Jeschke anerkennend und sagte, mit solchen Burschen müsse Deutschland den Krieg gewinnen, es ginge gar nicht anders. Ernst fürchtete, es könne auch ganz anders gehen, aber er wollte an diesem Vormittag nicht weiter darüber tischkerieren.

Und so machten sie sich auf den Weg. Während Rosa zu den beiden Kulbafongses auf den Bock gestiegen war, hatten Lissy und Rosa auf einem der Stühle, hinten auf dem Wagen Platz genommen. Der Treck setzte sich in Bewegung, und der Kopf des alten Kulbafongse, der sich inzwischen in Ruheposition eingependelt hatte, wurde erneut in Schwung versetzt. Vorneweg der Motorradkorso mit den beiden Brüdern aus Reichenstein, dann die Hebamme auf dem Fahrrad, dann das Ochsenfuhrwerk mit den beiden Kulbafongses, Rosa und den Kindern und schließlich Ernst-August, der einen Handwagen hinterherzog, mit seinem Loewe Opta und seiner Ziehharmonika. Hedwig, Plumpa Fitze und Jeschke blieben winkend zurück. Dabei machte Hedwig eine segnende Handbewegung; Plumpa Fitze erklärte Jeschke den Sinn einer Transmissionswelle, und der trank den letzten Rest aus seiner Schnapsflasche.

Als der Zug rechts in die Schloßpromenade einbog, hatte die Geißlersche ihn schon von weitem aus ihrem geöffneten Fenster erspäht. Die neue Nachbarin, die über ihnen in der ersten Etage des Hauses wohnte, hatte offenbar schon den ganzen Vormittag auf sie gewartet. Hinter ihr quengelten und drängelten ihre Kinder, die auch einmal einen Blick erhaschen wollten, was sich aber als nahezu unmöglich erwies, da ihre Mutter das Fenster fast ganz ausfüllte. Bei der Ankunft des Zuges stürzten die Kinder gleich ins Treppenhaus und standen kurze Zeit später vor der Haustür, um die Ankömmlinge zu mustern. Man musterte sich gegenseitig.

Obwohl Ernst, der sein Radiogerät an den Nachbarskindern vorbei zum Hauseingang schleppte, über sich nur ein paar große ballonartige Brüste und eine lange spitze Nase sah, stand sein Urteil nach kurzer Zeit fest. Vor der mußte er sich in acht nehmen. Hieß es nicht, daß ab einem bestimmten Alter jeder selbst für sein Aussehen verantwortlich sei? Auch wenn Rosa später behauptete, daß die Geißlersche nichts für ihr vernafftes Gesichte könne, so fand Ernst doch, daß eine so lange spitze „Nose" wie die ihre niemals von selbst komme, sondern noch andere Ursachen haben müsse. Physiognomische Eigenheiten hätten nach seiner Erfahrung immer auch einen charakterlichen Hintergrund, weil chronische Neugier Menschen, die überall ihre Nase hineinsteckten, auf Dauer verändere. Rosa bestritt Ernsts Theorie und fragte, ob er wüßte, wie Männer aussähen, die den ganzen Tag den Weibern hinterhergafften.

Ernst wollte die Auflösung nicht hören, aber Rosa sagte sie ihm trotzdem: Sie hätten Aacha, groß wie Pflugrader, vom vielen Glotzen, dazu einen ausgebeulten Hosenstall und wären zu nischt nutze außer zum Remmeln.

Das sei doch immerhin schon was, entgegnete Ernst, der mit Schlagfertigkeit punkten wollte.

„Zu wenig, zu wenig", rief Rosa.

Rosas Brüder halfen jetzt beim Entladen des Umzugswagens. Deswegen ging es sehr schnell. Nach kurzer Zeit war alles leergeräumt, und der Ochsenkarren mit den beiden Kulbafongses und den beiden Ochsen zuckelte wieder quietschend und knarrend in Richtung Groß Olbersdorf davon.

Das Maienwetter war prächtig, die Kastanien an der Promenade vor dem Haus blühten, und es wäre nach dem freundlichen Abschied am Annaberg auf ein friedliches Willkommen am Torberg hinausgelaufen, wenn Ernst sich stärker auf den Umzug konzentriert hätte, statt sich von der Geißlerschen, die das Geschehen von ihrem Fenster in der ersten Etage aus beobachtete, provozieren zu lassen. Ernst litt physisch darunter, besonders unter der langen Spitznase, die wie eine auf ihn geeichte Kompaßnadel beständig in seine Richtung zeigte. Ob er rechts vor der Haustür stand oder links davor, ob er sich entfernte oder näherkam, die Nase wurde er nicht los. Vielleicht war das aber auch nur so ein Gefühl. Sein KZ-Aufenthalt hatte ihn in dieser Hinsicht empfindlich gemacht; seitdem neigte er zu Überreaktionen. Als es ihm irgendwann zu bunt wurde und er die allzu große Aufmerksamkeit seiner neuen Nachbarin nicht mehr ertragen zu können glaubte, stellte er den Karton auf dem Platz unter ihrem Fenster ab und fragte, mehr sarkastisch als ironisch, ob sie den Inhalt auch noch sehen wolle. Eine Weile tanzte die Kompaßnadel orientierungslos im Kreis herum, dann verschwanden Kopf, Nase und Medizinbälle mitsamt Stützkissen aus dem Fensterrahmen, und das Fenster schlug mit lautem Knall zu.

Ernst war mit sich zufrieden und grinste, aber Rosa sagte, so ginge es auch nicht, so könne man nicht mit neuen Nachbarn umgehen. Ernst müsse lernen, sich stärker zu beherrschen. Jetzt müsse sie sehen, wie sie die Dinge wieder ins Lot bringe.

„Tu' dir keinen Zwang an", sagte Ernst und balancierte seinen Persil-Karton auf der Schulter vom Treppenhaus in die neue Wohnung.

Tatsächlich ging Rosa gleich nach dem Vorfall treppauf zur neuen Nachbarin. Zwischen ein paar dahingemurmelten Worten der Entschuldigung und des Bedauerns hörte Ernst unten im Flur des Treppenhauses gelegentlich seinen Namen, ein paar allgemeine Hinweise auf Umzug, Familie, Kinder, Krieg und die allgemeine nervliche Belastung. Nach einigen Einwendungen wie: „Ja aber, man wird ja wohl noch unter zivilisierten Menschen...“, durfte Rosa eintreten, und die Tür schloß sich für eine Weile.

Als Rosa wieder zurückkam, hatte sie jede Menge Verständnis und sagte, daß auch Ernst mehr Verständnis für Frau Geißler aufbringen müsse; immerhin sei sie schon seit ein paar Jahren Witwe, weil ihr Mann bei einem Grubenunglück ums Leben gekommen sei, und sie habe es mit ihren Kindern schwer genug. Sie komme übrigens aus Bernsdorf bei Schlause in der Nähe von Münsterberg, aber ihre Eltern kämen aus Breslau und ihr ehemaliger Schwager August Geißler, zu dem sie ein gutes Verhältnis habe und der in Berlin wohne, komme öfter zu Besuch. Sie sei ganz sicher, daß sie sich mit der Geißlerschen gut verstehen werde, für Politik würde sie sich übrigens gar nicht interessieren.

Dann fügte Rosa noch leise hinzu, daß sie es offenbar mit der Ordnung nicht so habe. Denn bevor sie in die Wohnküche durfte, mußte sie erst noch eine Weile warten; da habe die Geißlersche wohl die im Zimmer verstreuten Sachen zusammengesucht, auf einen Haufen geworfen und ein großes Laken darübergedeckt. Als Hausfrau habe sie für so etwas einen Blick. „So, so“, sagte Ernst-August, „Schlampe auch noch“, und das klang zum ersten Mal beruhigt.

Die Kinder fanden schneller zueinander. Lissy und Ruthla hatten sich bald mit Berta und Luise angefreundet, die ungefähr gleichaltrig waren. Kinder erkennen ihresgleichen schnell. Ein Blick auf die Kleidung oder das Gesicht genügt. Auch den Geißlerkindern standen die Spuren unbekümmerten und ungebremsten Wildwuchses ins Gesicht geschrieben. Sie kannten sich im und am Haus bestens aus und wußten, daß es hier eine richtige Falltür gab, gleich links hinter der Treppe. Durch sie gelangte man in den Keller. Auch im Hinterhof gab es eine Besonderheit, den Übungsraum für die Musiker des Frankensteiner Orchesters. Er war an die Rückseite des Hauses, unmittelbar an die neue Wohnung der Schuberts angebaut und stand heute leer.

Ruthla erinnerte sich an Dr. Werner, den Mann mit dem Geigenkasten, der sie auf der Pausebach-Brücke getröstet hatte, als ihr der Regen die Farben aus ihrem neuen Kleid gewaschen hatte. Berta und Luise erzählten, Dr. Werner sei Dirigent des örtlichen Orchesters und wohne mit seiner alten Mutter gleich neben ihnen in dem Eckhaus an der Silberberger Straße.

Zur Musikschule gehörte noch ein größeres Toilettenhaus mit sieben Plumpsklos, die auch von den Mietern des Hauses benutzt wurden. Wenn man die kleine Anhöhe hinaufstieg, kam man zum Wall mit der Stadtmauer. Ruthlas Versuch, sie zu erklimmen und einen Blick in den Pfarrgarten der St. Anna-Kirche zu werfen, scheiterte vorerst; aber sie würden ja noch länger hier wohnen, und irgendwann würde sie es schaffen, denn dort gab es Äpfel, wie Berta und Luise wußten. Man dürfe sich nur nicht erwischen lassen. Der Pfarrer verstehe keinen Spaß und sei sogar schon einmal handgreiflich geworden.

Indessen hatten es sich die Männer am Tisch in der Wohnküche bequem gemacht und stärkten sich mit ein paar Gläschen Slibowitz, der von Peter und Paul mitgebracht worden war und offenbar aus alten Beständen stammte. Sie stießen an auf die neue Wohnung und vergaßen auch Heinrich nicht, der sich immer noch in Böhmen herumtrieb oder schon bei den Partisanen war. Als Rosa von der Geißlerschen zurückgekommen war, wollte Ernst ihr die Funktion des neuen Küchentischs erklären, der, wie er sagte, eigentlich ein Spültisch sei, ein kombinierter Spül- und Küchentisch. Die Platte des beigeweißen Tisches war mit Linoleum bezogen. Der Tisch enthielt ein Gestell, das für den Abwasch ausgezogen werden konnte. Es hatte außer den beiden großen Emailleschüsseln auch noch zwei kleine Schälchen. Letztere waren für Seife und Spülbürste. Von den großen Schüsseln war die eine für das Seifenwasser, die andere für das Nachspülen mit klarem Wasser. Ernst wollte, daß Rosa die linke Schüssel zum Spülen und die rechte zum Abtropfen benutze, Rosa wollte es genau umgekehrt. Sie sagte,

Ernst solle sich da raushalten, er solle sich nicht um alles kümmern. Das tue er ja sonst auch nicht. Er könne gelegentlich mal beim Abtrocknen helfen.

Rosas Brüder grinsten und sagten: „Sie hoat's Heft ei a Händen". Gott sei Dank, seien sie unverheiratet und hätten solche Probleme nicht. Die Zeiten seien eben andere geworden. Frauen wollten sich heute nichts mehr sagen lassen. Dann stießen sie mit Ernst auf Mutter Ludmilla an.

Gleich neben der Wohnküche, nur durch die Tür getrennt, befand sich das Schlafzimmer. Von beiden Zimmern aus blickte man durch die Fenster auf die Schloßpromenade, auf der man zum Diakonissen-Mutterhaus und zur alten Burgruine gelangte. Rosa sagte, Rieke Geißler habe ihr von den vielen Spaziergängern erzählt, die hier vor allem am Wochenende entlang promenierten. Einige von denen hätten sich erst vor kurzem über ihre ungeputzten Fenster beschwert. Ernst lachte sarkastisch und murmelte etwas von ausgleichender Gerechtigkeit.

Bald hatte man sich eingelebt. Die Wege zur Arbeit, zur Schule und zum Einkauf hatten sich deutlich verkürzt. Ab jetzt wohnte man an der Schloßpromenade und durfte sich als richtiger Städter fühlen. Das hob Lebensgefühl und Selbstbewußtsein. Für kurze Zeit stellte sich bei allen etwas wie Zufriedenheit ein.

Das galt auch für Rosa und ihr Verhältnis zum Loewe Opta. Aus anfänglicher Verstimmung entwickelte sich bald interessierte Neugier und schließlich sogar Zuneigung, ja man könnte fast sagen: Liebe. Ihr Loewe, wie Rosa das Gerät nannte, sorgte schon am frühen Morgen für musikalische Untermalung, wenn sie die Pausenbrote für die Kinder schmierte; er spielte im Hintergrund, wenn das Wasser mit den Kliesla während der Mittagspause im Tippla köchelte, und leitete mit Volksmusik den Feierabend ein. Am Sonntag begleitete ein Hafenkonzert die Hausarbeit am Vormittag, ein Wunschkonzert die Hausarbeit am Nachmittag und ein Unterhaltungskonzert die Hausarbeit am Abend.

Nein, am Radio-Programm gab es nichts zu meckern, zumal seit Beginn des Krieges noch mehr Unterhaltungsmusik geboten wurde als vorher. Wenigstens in Sachen Musik wußte man da oben offenbar, was das Volk wollte. Der Propagandaminister hatte das gut eingerichtet, das mußte man ihm lassen.

Sogar Rosita Serranos „Roter Mohn“ konnte Rosa jetzt hören, an manchen Tagen sogar gleich mehrere Male. An der Stelle, wo es heißt: „Roter Mohn, den der Liebste mir gab, welkst du, weil ich ihn schon verloren hab'?“, mußte Rosa immer an Ernst denken, und dann vergoß sie nicht selten ein paar Tränen. Doch die ständige Wiederholung brachte auch einen gewissen Gewöhnungs- und sogar Abnutzungseffekt mit sich. Dafür gingen jetzt andere Sterne auf, der „Stern von Rio“ beispielsweise oder Lale Andersen und Ilse Werner.

Die Sache mit dem Bohnenkaffee konnte sie dem Herrn Propagandaminister allerdings nicht verzeihen, und auch dafür, daß das Rundfunkprogramm seit Beginn des Krieges nicht mehr in den Tageszeitungen abgedruckt wurde, hatte sie wenig Verständnis. Manchmal hörte sie gemeinsam mit Ernst den „Sender Runxendorf auf Welle Nullkommafünnef“, und zusammen lachten sie über das schlesische Original Lommel, den sie schon aus der Zeit kannten, als der „Reichssender Breslau“ noch „Schlesische Funkstunde“ hieß und sich noch nicht mit dem Hohenfriedberger Marsch ankündigte. Manchmal durften auch Albert, Lissy und Ruthla aufbleiben, um Lommel zu hören. Meistens am Sonnabend. Vorher wurden sie in der großen Zinkwanne gebadet, dann gab es Wurst vom Roßschlachter, und anschließend wurde das Radio angemacht. Wenn sie alle abgelacht hatten, sagte Ernst: „Na siehste, Rosa, und das alles für zwei Mark im Monat“.

Die Benutzung des Radios war Lissy, Ruthla und Albert streng verboten. Trotzdem kam es vor, daß Albert, wenn er allein war oder sich allein glaubte, vor dem Radio saß und heimlich Märsche hörte. Einmal hatte Ruthla von ihrem

Lieblingsplatz unter der Chaiselongue aus beobachtet, wie er dabei in der Küche auf- und abmarschierte und laut mitsang: „Auf der Heide blüht ein kleines Blümelein – bum, bum, bum – und das heißt – bum, bum, bum – Eeeerika".

Für Lissy und Ruthlas blieb das Kinderprogramm. Auch hier gingen die Programmgestalter mit der Zeit, denn es war ja Krieg. Kasperle wurde eingezogen. Gretel weinte und Großmutter noch mehr, doch bald war der Krieg zu Ende (es muß wohl auch eine Art Blitzkrieg gewesen sein), und Kasperle kam wieder heil und gesund nach Hause. Nun besuchten Kasperle und Gretel die Großmutter, und dort aßen sie gemeinsam eine Bratwurst. Oder so ähnlich. Ruth, die mir später davon erzählte, wußte nicht mehr, in welchem Jahr das war, als sie mit Kasperle bangte und sich mit Gretel und der Großmutter freute und ob sie zum Schluß Bratwurst aßen oder Limonade tranken, vermutlich beides.

Auch Margot spielte, immer wenn sie kam – und sie kam in der letzten Zeit häufig –, an den Knöpfen des neuen Radiogeräts herum. Sie war jetzt beim Kronen-Apotheker in Stellung und hatte dort sogar ein eigenes Zimmer. Wenn sie ihre Familie besuchte, verhielt sie sich aber immer noch so, als sei sie dort zuhause, zumindest wenn Ernst nicht da war. Das Radio behandelte sie, als gehörte es ihr. Rosa warnte und sagte, sie solle bloß nichts kaputtmachen, sonst gebe es wieder Krach mit Ernst, und davon hätte sie inzwischen genug. Gewöhnlich suchte Margot Tanzmusik. Sie fand sie auf der Skala aber häufig nur an Stellen, die etwas abseits lagen. In der vom Reichsministerium für Volksaufklärung und Propaganda herausgegebenen Liste von Sendern, „welche wir hören dürfen", waren diese Frequenzen nicht aufgeführt.

„Du bist wull verrickt gewur'n, Madla", rief Rosa, „stell' leiser, sunst kimmt die Geschtapo und nimmt uns alle hops".

Margot sagte, Rosa solle sich beruhigen, mit den Männern von der Gestapo käme sie schon zurecht, da brauche sich Rosa keine Sorgen zu machen, seien ja schließlich auch nur Männer. Und dann lachte sie und wiegte sich weiter im

Rhythmus ihrer Musik, bis es der Geißler über ihnen zuviel wurde und sie mit dem Besenstiel gegen die Wand klopfte.

Wenn Ernst ausländische Sender hörte, tat er das aus Prinzip. Vorsatz und kein Zufall lenkte den Anzeiger bei der Sendersuche auf verbotene Frequenzen. Das Hören verschaffte Ernst nicht nur wichtige Informationen, sondern auch ein gutes Gefühl: Der Geist von Subversion und Widerstand erwachte in ihm und verband sich irgendwie mit Freiheitspathos. Das hob die Stimmung und wirkte wie ein Stimulans. Noch war nicht alles verloren, noch hatte sich nicht alles im braununiformierten Einheitsbrei ringsum aufgelöst, sondern da war noch etwas, da regte sich noch etwas, da lebte noch etwas, er existierte noch – und dieses Bewußtsein bewirkte eine gewisse Euphorie und ein geradezu körperliches Wohlbefinden.

Das öde Einerlei der staatlich gelenkten Presse und des staatlich gelenkten Rundfunks, die dröhnende Tristesse der mit viel Pathos, Wagner, Beethoven und Marschmusik aufgepeppten Wochenschauen war kaum noch auszuhalten. Die Welt im Bann der deutschen Siege und der Führerreden, die deutsche Armee, die heldenhaften Kämpfe, die Kühnheit der deutschen Pläne, die Glanzleistungen der deutschen Pioniere, beherzte Stoßtruppführer, die heroische Ästhetik der an die Hüften gedrückten Maschinengewehre, stolze Ziffern, großer Vorsprung, ganz Luxemburg in deutscher Hand – auf der anderen Seite England und seine Kriegstreiber, rücksichtslos, brutal und verschlagen, nervös, schielend, winselnd, weil angesichts der deutschen Entschlossenheit das wohlverdiente Ende kommen sehend, zum soundsovielten Male beim Lügen ertappt, mit einem Wort niederträchtig. Und die Verbündeten? Polenpack, mehr Bestie als Mensch, unbedarfte Yankees, französische Erbfeinde, von Juden und Judengesindel ganz zu schweigen.

Ernst mochte weder die englischen noch die amerikanischen Kapitalisten, aber diese Klischees und Lügen waren schlimmer als die täglichen Eintöpfe, die er noch aus dem

Steckrübenwinter kannte. Immerhin halfen die Rüben damals beim Überleben, diese schwarzweiße Schablonenwelt dagegen bewirkte geistiges Siechtum und erzeugte bei ihm nichts als Ekel.

Ernst wußte, daß er auch in den ausländischen Sendern und selbst bei Radio Moskau, das er über Kurzwelle hörte, nicht die volle Wahrheit erfuhr, aber darauf kam es auch gar nicht an, denn was war schon Wahrheit? Wichtig war nur, daß er hier etwas anderes zu hören bekam als von den Sendern des Großdeutschen Rundfunks. Und genauso wichtig war, daß man dem System auf ganz einfache Weise die Grenzen aufzeigen konnte. Es gab einen wunden Punkt – und das war das Radio, so ein Loewe Opta eben, am besten mit Kurzwellenempfang. Die Warnungen des Propagandaministeriums, die Meldungen über die harte Bestrafung von Rundfunkverbrechern offenbarten nur eins, Hilflosigkeit. Die Nazis konnten machen, was sie wollten. Der Äther war frei. Gegen die langen und die mittleren und vor allem gegen die kurzen Wellen kamen sie einfach nicht an.

Und wer wußte denn schon, ob das auch wirklich stimmte, was die Zeitungen über die Bestrafung von Rundfunkverbrechern schrieben? Erst vor kurzem hatte Ernst gelesen, daß ein Sondergericht in Breslau einen Schlosser aus Münsterberg zu fünf Jahren Zuchthaus und zehn Jahren Ehrverlust verurteilt hatte. Angeblich weil er zehnmal ausländische Sender gehört und dann Hetznachrichten weitergegeben habe. Zehnmal. Aber woher wollte man das so genau wissen? Hatte der Hörer eine Strichliste geführt, oder hatte die Gestapo hinter der Gardine gestanden und mitgezählt? Das war doch vermutlich auch nur so eine symbolische Zahl wie die zehn Gebote oder die zwölf Apostel. Das sollte doch nur einschüchtern und den Leuten zeigen: Wir lassen nicht mit uns spaßen, wir meinen es ernst.

Aber das zog bei Ernst nicht. Auch wenn das Hören ausländischer Sender nicht ungefährlich war, so wurde die Gefahr doch maßlos übertrieben. Soweit ihm bekannt war, hörten sehr viele. Wollte man denn alle diese Leute einsperren? Radio Moskau war nicht ungefährlich, Verwarnungen gab es, Beschlagnahmungen auch, aber sonst? Außerdem mußte man nicht alles zum besten geben, was man gehört hatte. Man mußte wissen, mit wem man worüber sprach. Nein, die Nazis hatten einfach nur Angst und versuchten mit Drohungen zu verhindern, was nicht zu verhindern war.

Ernst genoß die unfreiwillige Komik und die hilflosen Phrasen, mit denen die sonst so Mächtigen vor dem Hören von Feindsendern warnten. In der Zeitung hatte er gelesen, der Deutsche habe es nicht nötig, seine Weisheit aus jenen Quellen zu schöpfen, deren Verlogenheit hundertprozentig durch den Gang der Ereignisse erwiesen sei. Wenn es sich so verhielt, hätte man das Hören dieser Sender doch bedenkenlos erlauben können. Wenn es stimmte, daß das gesunde Volksempfinden über den Rundfunkverbrecher längst ein vernichtendes Urteil gefällt hatte, wenn es stimmte, daß auch dem Dümmsten klar war, auf welcher Seite die Wahrheit und auf welcher Seite die Lüge zu finden war, bestand kein Anlaß zur Sorge. Wenn das Volk und sein Empfinden so gesund waren, was hätte ihm dann das Gift der feindlichen Hetzpropaganda und Lüge wohl anhaben können? Offenbar glaubten die Nazis ihren eigenen Worten nicht.

Nach einer gewissen Zeit kannte sich Ernst ganz gut auf der Skala seines Loewe Opta aus. Er kannte die Sender, die darauf eingezeichnet waren, aber auch die, die es nicht waren. Die Mehrzahl der eingezeichneten Sender war deutsch, Berlin, Frankfurt, Danzig, Dresden, Königsberg, Leipzig, Troppau oder Stuttgart. Was man hier erfuhr, war, abgesehen von der Musik, den Rezepten für das Mittagessen und anderen Nebensachen, die je nach Landesteil variierten, fast überall gleich. Die Welt im Banne des Führers, seiner Reden und seiner glorreichen Siege.

Um Führerreden kam auch Ernst nicht herum, schon wegen Albert. Er mußte sich überwinden, denn Geschrei war ihm prinzipiell zuwider. Ernst verglich Hitler mit Stalins nüchterner Sachlichkeit, obwohl er von dessen Reden bei Radio

Moskau kein einziges Wort verstand. Peter und Paul sagten, sie hätten den Führer in Berlin schon einmal aus der Nähe erlebt, und da hätte er nicht gebrüllt, sondern ganz normal gesprochen. Das Brüllen mache er nur für die Öffentlichkeit.

Inzwischen mußten auch deutsche Sender unfreiwillig durchblicken lassen, daß der Krieg nicht nur an der Front stattfand. Im Juni mußte der Sender Frankfurt abgeschaltet werden, weil sich englische Flugzeuge der Stadt genähert hatten. Aber das war erst der Anfang.

Die meisten Sender, die Ernst hörte, waren auf der Skala nicht verzeichnet. Als Anleitung für die Sendersuche war die vom Reichsministerium für Volksaufklärung und Propaganda herausgegebene Broschüre nützlich. In ihr waren alle 73 Sender, die man hören durfte, mit ihren Frequenzen aufgelistet. Um Sender zu finden, die man nicht hören durfte, brauchte man nur an den Stellen zu suchen, die dort nicht aufgeführt waren.

Das deutschsprachige Programm der BBC war schnell gefunden. Ernst und seine Genossen blieben aber immer skeptisch, denn in London saßen die Plutokraten. Irgendwann, wenn das Ende des Hitler-Regimes gekommen war, würden auch sie dran sein. Selbst der Vatikan, der Ernst bisher nur als Verkörperung dumpfen Aberglaubens gegolten hatte, wurde nach der Anschaffung des Radiogeräts von ihm mit anderen Augen betrachtet. Zwischen Gebeten und allerlei lateinischem Brimborium, über das er hinweghörte, gab es auf dem Vatikansender immer wieder nützliche politische Informationen. Die Worte des Papstes kurz vor dem Kriegausbruch im letzten Jahr hatten für einen Kirchenführer sogar recht vernünftig geklungen. Daß mit dem Frieden nichts verloren sei, aber alles mit dem Krieg, war im Grunde eine Platitüde, aber falsch war es nicht, und wo konnte man so etwas schon auf deutschen Sendern hören?

Als Hedwig Ernst einmal beim Hören von Radio Vatikan überraschte, lobte sie ihn und sagte, daß der Herr das gerne sehe und daß es dafür Sündenerlaß gebe. Doch Ernst brüllte nur: „Raus!“

Radio Moskau war ohne Anleitung schwer zu finden, aber Schmidtgärtner, der sein Wissen noch aus einer alten kommunistischen Rundfunkzeitung, der „Arbeitersendung“, hatte, konnte weiterhelfen. Der eigenartig weiche Klang des glockenspielähnlichen Sendezeichens mündete in einen Marsch, der die Gesichtszüge der Genossen straffte. Feierliche Stimmung kam auf, und man verhielt sich nicht viel anders als Hedwig, wenn sie Radio Vatikan hörte und dabei mitbetete oder mitsang. Nicht, daß die Genossen ihre Hände gefaltet hätten, aber sie erhoben sie zur Faust und summten leise und trotzig oder auch unter Tränen die „Internationale“. Radio Moskau grüßte über Kurzwelle „urbi et orbi“, und die verstreute Diasporagemeinde in Frankenstein grüßte andächtig zurück.

Nach ein paar Stunden Berlin, London, Vatikan und Moskau sagte Ernst immer: „So, jetzt kann mir niemand mehr etwas vormachen.“

Im Juni war der Schwager der neuen Nachbarin, der sich als „Geißler, August, kannst auch Aujust zu mir sajen“ vorstellte, aus Berlin zu Besuch gekommen. Ernst hatte vor der Haustür ein paar Worte mit ihm gewechselt. Geißler war eine rundum kernige Erscheinung, nicht nur wegen seiner Spiegelglatze („Besser ’ne Jlatze wie ja keene Haare“). Er war kräftig, gedrungen und arbeitete in der Einäscherungsanlage des Krematoriums Wilmersdorf. Ab und zu an den Wochenenden kam er nach Frankenstein, um nach seiner Schwägerin Rieke zu kieken, wie er sagte, und ihr über den Verlust ihres Mannes hinwegzuhelfen. „Wat die jetzt braucht“, sagte er zu Ernst, „is ’n richtijer Mann, keene uffjewärmte Leiche“.

Wenn August zu Besuch kam, schickte Schwägerin Rieke Geißler ihre Kinder gewöhnlich zum Spielen außer Haus. Je weiter weg, desto besser. Diesmal war die Gelegenheit günstig, weil vor der Stadt auf dem Ballonplatz gerade Volksfest war. Geißler drückte den Kindern ein paar Sechser in die

Hand, und dann nahmen er und seine Schwägerin sich den ganzen Nachmittag Zeit zum Trösten und Getröstetwerden.

Riekes Seufzer drangen bis in die untere Etage, so daß Rosa, die gerade mit Strümpfestopfen beschäftigt war, irgendwann aufblickte und fragend zu Ernst hinübersah, der mit dem Ohr am Loewe Opta klebte. Rosa sagte, daß die Geißler es ein bißchen übertreiben würde. Ihr Mann sei nun schon seit fünfunddreißig „verschitt", nach so vielen Jahren müsse doch mit Trauer auch mal Schluß sein. Ernst lachte und sagte, welche Frau würde bei so einem Witwentröster wie August Geißler nicht gern ein bißchen länger trauern.

Am Abend des Tages kamen die Genossen zu ihrer vereinbarten wöchentlichen Zusammenkunft in die Wohnung der Schuberts. Außer Schmidtgärtner und Mischke waren diesmal noch Alfred Datschke und Robert Matzner mit von der Partie, der eine Bäckergeselle, der andere Büroangestellter in der Mützenfabrik. Matzner kam aus Berlin und hatte in Neukölln die Rütli-Schule besucht, wo er mit kommunistischen Kreisen in Berührung gekommen war. Rosa hatte dafür gesorgt, daß die Kinder frühzeitig in den Betten lagen. Dann patrouillierte sie zwischen neun und elf Uhr abends auf der Promenade, zwischendurch inspizierte sie noch den Hinterhof mit den sieben Plumpsklos und den Übungsraum für die Musiker.

Man hatte sich darauf verständigt, beim Radiohören irgend etwas zu tun. Einfach vor dem Radio sitzen, wirke verdächtig, zu konspirativ, sagte Schmidtgärtner. Die Leute von der Gestapo stünden manchmal mir nichts, dir nichts vor der Tür, und dann müsse es so aussehen, als hätten sie sich zu einem geselligen Spielabend versammelt. Mischke wandte ein, daß ihnen das wegen ihrer Vergangenheit – auch Schmidtgärtner hatte bereits im KZ gesessen – sowieso keiner abnehmen würde, aber Schmidtgärtner bestand darauf. Das Beste wäre, sie nähmen ein Kartenspiel zur Hand und spielten irgend etwas, keinen Skat, weil man sich dabei zu sehr konzentrieren müsse, aber vielleicht Mau Mau. Um den

Eindruck eines möglichst ungezwungenen, geselligen Beisammenseins zu vervollständigen, holte Ernst auch noch seine Hohner aus dem Koffer.

Der Abend begann wie immer. Man fing mit Radio Vatikan an. Beim wiederholten Hören der mit schwerer Orgel vorgetragenen Melodie von „Christus vincit" verkniffen sich die Genossen inzwischen ihr Grinsen. Man konzentrierte sich auf die Nachrichten. Matzner schätzte sie höher als die von Radio London, weil die ihm zu viel kapitalistische Kriegspropaganda enthielten. Die anschließenden Herz-Jesu Andacht wollte Schmidtgärtner aber nicht bis zu Ende hören; nun sei es genug, sagte er, sie seien ja schließlich keine Patres; er bat Ernst, auf Radio London umzustellen. Das „Tam, tam, tam, taa" klopfte dumpf aus dem Lautsprecher. Ernst drehte erschrocken leiser. Bei gedrosselter Lautstärke erfuhren sie, daß die deutschen Truppen inzwischen die französische Grenze überschritten hätten; Chamberlain sei zurückgetreten und Churchill habe die englische Regierung übernommen. Churchill sei ein Bluthund, sagte Schmidtgärtner, der würde den Deutschen noch zu schaffen machen. Ernst drehte weiter, bis er Radio Moskau hatte. Das „Salut Moskau" machte die Genossen gefühlig. Man hatte bereits die ersten Takte der „Internationale" angestimmt, als plötzlich jemand mit „Tam, tam, tam, taa" an die Wohnungstür klopfte. Beethovens Schicksalsmotiv stritt mit der „Internationalen". Ernst stellte schnell auf Breslau um und ging mit umgehängter Hohner zur Tür. Hinten rief Schmidtgärtner: „Bube auf Bube stinkt", und Mischke antwortete: „Mau Mau".

„Wer da?", fragte Ernst.

„Ick bin's, Aujust, Ernst, kann ick mal kurz rinkieken?"

August Geißler stand vor der Tür. Die Flurlampe spiegelte sich unruhig auf seiner Glatze.

„Mensch Ernst, wat hör ick da? Radio London, ick jloob, meen Schwein pfeift. Ernst, biste dir im klaren, wat de da machst, du und deene Jenossen: Feindsender hören.

Weeßte, wat der Führer dazu sacht: Selbstverstümmlung, sacht er, seelische Selbstverstümmelung ist dette. Und wat is mit die Verantwortung für deene Rotzneesen, die kleene Lissy und det kleene Ruthla. Nee, nee, Ernst, paß uff. Nich daß ick nich ooch schon mal uff Feindsender jewesen wär, mal'n bissken zu weit jedreht und schon, hastenichjesehn, biste een Volksschädling. Kann ja schnell mal passiern. Aber wat Rieke mir da erzählt hat; in deene Position, Ernst, wo se dir doch sowieso schon uffn Kieker haben; mir is det ja schnurz piepe' ejal, weeste, aba... Een kluger Kopp hat ooch hinten Oojen. Hörste? Also Ernst, nischt für unjut. Is nich bös' jemeint. Ick jeh dann mal wieder ruff zu meene Rieke. Juten Abend noch die Herrschaften und piano, piano."

Teppichklopfen am Führergeburtstag

Die Zeit, sie schritt voran, und nach kurzer Zeit fragten sich Ernst, Rosa, Margot, Albert, Lissy und Ruthla, wie sie so lange Zeit ohne ihren Loewen hatten leben können. Ohne ihn ging gar nichts mehr. Wie hätte Rosa ohne Musik am Morgen ihre Brote schmieren können, und was eigentlich hätte sie ohne Radio und ohne Breslauer Lommeleien zu lachen gehabt, wenn sie aus der Mützenfabrik kam oder einen ihrer Waschtage bei den Kulbafongses hinter sich hatte? Wer hätte Ernst ohne Radio Moskau die Welt erklärt? Nach welcher Musik hätte Albert paradieren und Margot ihre Hüften schwingen sollen? Und wer hätte Lissy und Ruthla etwas über Kasperles Kriegsabenteuer erzählt, wenn es den Loewen nicht gegeben hätte, der zugegeben ein bißchen teuer, aber im Grunde unbezahlbar war?

Und dann waren da ja auch noch die vielen Sondermeldungen, die seit Kriegsbeginn über den Äther gingen und die man nicht verpassen durfte. Albert erinnerte sich später oft an den Vormittag des vierzehnten Juni, als er in der Wohnküche saß und von Vater Ernst im Ziehharmonika-Spiel unterrichtet wurde. Während das Radio leise im Hintergrund spielte und Rosa breitbeinig vor ihrem neuen Küchen- und Spültisch stand, konnten sich Vater und Sohn nicht darüber einigen, ob sich das Fingerspitzenspiel besser mit „Braun ist unser Kampfgewand“ oder spanischen Bürgerkriegsliedern erlernen ließ. Albert war renitent und Ernst schielte schon nach dem Siebenstriemer, der zusammen mit Kuckucksuhr und Dürers betenden Händen auch in der neuen Wohnküche das schon bekannte Wandensemble bildete. Doch plötzlich wurde eine Sondermeldung aus dem Führerhauptquartier angekündigt. Nach den einleitenden Blech-Fanfaren hieß es: „Hier ist der Großdeutsche Rundfunk mit allen deutschen Sendern. Angeschlossen sind die Sender des Protektorats Böhmen und Mähren“.

Weil er die großsprecherische Aufmachung nicht mochte, tat Ernst anfangs so, als hörte er darüber hinweg. Rosa verstand nur Böhmen und wollte schon wieder von Bruder Heinrich anfangen, aber Ernst winkte ab. Er war neugierig geworden und bedeutete ihr, den Mund zu halten, Heinrich gehöre jetzt nicht hierher. Dann stellte er lauter: Das Oberkommando der Wehrmacht gab den Zusammenbruch der ganzen französischen Front zwischen dem Ärmelkanal und der Maginotlinie bekannt, nicht nur den Zusammenbruch, sondern den völligen Zusammenbruch, mit einem Wort, Frankreich war so gut wie besiegt, Paris eine offene Stadt. Einmarsch der siegreichen Truppen, Stolz und Genugtuung, einzigartiger Siegeslauf, Flandernschlacht, geschichtliche Stunde, Deutschland über alles.

Albert sagte: „Wir haben den Erbfeind besiegt. Als nächstes kommt England dran". Ernst sagte erst einmal gar nichts und hoffte, daß Radio Moskau ihm in den nächsten Tagen alles erklären würde. Vielleicht, so dachte er für einen Moment, würde es zusammen mit der Sowjetunion doch noch zu einem Kampf gegen den gemeinsamen Feind, den englischen Imperialismus und Plutokratismus kommen. Hatte nicht Genosse Ulbricht vom Zentralkomitee sich erst vor kurzem im Sinne eines Bündnisses von Kommunisten und Nationalsozialisten geäußert? Schmidtgärtner hatte den Artikel in der kommunistischen „Welt" entdeckt und während ihrer letzten Zusammenkunft vorgelesen. Ulbricht behauptete, daß die englisch-französische Allianz den Krieg gegen die sozialistische Sowjetunion wolle, wenn nicht jetzt, dann später. Verglichen mit Hitler, sei der englische Imperialismus das größere Übel.

Aber Ernst tat sich schwer mit solchen Gedanken. Für ihn waren das theoretische Spielereien. Gewiß, auch er hatte um die Weihnachtszeit damit geliebäugelt, aus einer Anwandlung, irgendeinem kindischen Harmoniebedürfnis heraus, wie das zu Weihnachten manchmal so ist; aber abgesehen davon, daß er den Nazis nicht traute, saß der Haß auf sie und Hitler viel zu tief – nicht zuletzt wegen Dürrgoy. Mit denen gemeinsame Sache zu machen, kam gar nicht in Frage.

In den nächsten Wochen war von nichts anderem die Rede als von dem deutschen Sieg über Frankreich. Die Geißlersche saß von morgens bis abends vor ihrem Fenster, um ja nichts von den vorbeiziehenden Umzügen, dem Getrommel und Tamtam auf der Straße zu verpassen.

Anders als Albert vermied Ernst es, auf die Straße zu gehen. Die Leute sagten, Deutschland sei in diesen Tagen wie eine einzige große Familie. Ernst wußte, daß er nicht zu dieser Familie gehörte und fürchtete, man könne ihm das irgendwie ansehen.

Eine Woche später erhielt Rosa ein Paket aus Paris. Es kam mit der Feldpost und war von ihren Brüdern Peter und Paul. Außer einer großen Packung mit Bohnenkaffee enthielt es noch ein paar Stückchen Toilettenseife, dazu eine schwarzweiße Ansichtskarte vom Eiffelturm. Darauf teilten die Brüder mit, daß sie mit ihrer Kompanie gerade im Kino gewesen seien und nachher noch mit dem Krad nach Schloß Versailles fahren würden. Von den französischen Weibern hätten sie auch schon einen Eindruck bekommen, gestern abend auf dem Montmartre. Oh, là, là, was für zierliche kleine Luderchen! Davon könne man sich keinen Begriff machen, wenn man es nicht selbst erlebt hätte. Außerdem seien sie viel freizügiger als die deutschen. Paul und Peter hatten sogar schon ein paar Brocken französisch gelernt. *Je peux vous tenir compagnie?* Nur vor der Franzosenkrankheit müsse man höllisch aufpassen. Dann schrieben sie noch *Au revoir* und daß die Franzosen kein „Heil Hitler" sprechen könnten, sondern „eil Itler" sagten,

Peter et Paul, à Paris.

PS fügten sie hinzu, daß es wegen der vielen Raffkes in den Geschäften nicht ganz einfach gewesen sei, aber sie hätten trotzdem noch ein paar Seidenstrümpfe und Schlüpfer für Rosa und Schwester Herta in Berlin ergattert. Die kämen in den nächsten Tagen in einem zweiten Päckchen.

Rosa war gerührt und auch Ernst freute sich auf die Feldpostsendung – hatte er doch immer schon wissen wollen, wie sich französische Seidenstrümpfe und Schlüpfer anfühlten.

Der Sommer verging mit Schiffeversenken. Der U-Bootkrieg gegen England zeitigte Erfolge, aber es gab auch militärische Mißerfolge, und zwar im Luftkrieg. Von britischen Bombardements deutscher Städte war die Rede. In Hamburg war eine Schar spielender Kinder durch englische Bomben getötet worden. Frankfurt, Augsburg, Braunschweig, Bremen, Erfurt und andere Städte blieben nicht verschont, ja selbst in Berlin und Cottbus fielen nun Bomben. Doch zum Glück lebte man in Schlesien, das jetzt „Luftschutzkeller des Reiches" genannt wurde.

Was Ernst nicht im Radio hörte, aber ihn vielleicht auch interessiert hätte, war, daß ein Mann namens Rudolf Höß im September des Jahres den Befehl erhielt, ein zusätzliches Arbeitslager bei Auschwitz in Oberschlesien zu errichten, etwa zweihundert Kilometer entfernt – weit, aber nicht weit genug.

Die Welt, sie änderte sich täglich, und ein Atlas, den man heute kaufte, konnte schon morgen wieder veraltet sein. Man tat gut daran, sich zu gedulden und ein wenig zu warten, am besten bis nach dem Krieg, denn Kriege machen Grenzen flüssig.

So war alles im Wandel – aber auf Weihnachten war Verlaß. Zumindest in Frankenstein in Niederschlesien. Wie jedes Jahr fiel der Schnee pünktlich zum Fest. Ernst verbrachte die Tage davor beim Skat in Schmidtgärtners Gewächshaus. Am Heiligen Abend kam Hedwig mit Mohn, es gab Kliesla, und die Messe besuchte man bei den Pallottinern, wo man bei *Transeamus* ein Tränchen verdrückte. Pater Rektor trug wie immer dick auf, Ruthla blinzelte zu Lothar hinüber und Lothar zu Ruthla, und auf dem Heimweg wurde Ernst sentimental.

Die Lockerung des Tanzverbotes während der Festtage kam Margot sehr entgegen. Tanzen war jetzt dreimal wöchentlich schon ab sechzehn Uhr erlaubt und zwischen Weihnachten und Neujahr sogar täglich. Margot übertrieb natürlich wieder, aber das Reservoir an Soldaten war wie ihre Lust auf Kerle: unerschöpflich. Wenn ihr Arbeitstag beim Ringapotheker beendet war, gab es kein Halten mehr. Der alte Apotheker zeigte sich großzügig, vielleicht auch erkenntlich, und gab ihr öfter frei. Ernst wollte von alledem nichts hören.

Es gab Weihnachts-Sonderzuteilungen: außer siebenhundertfünzig Gramm Hülsenfrüchten (oder Reis) fünfhundert Gramm Zucker, Marmelade und sogar Bohnenkaffee. Im Juli hatte Rosa das Päckchen mit den französischen Nylons und Schlüpfern erhalten, die Ernst ihr, wenn die Kinder im Bett lagen, auf dem Küchensofa wieder auszog. Einige Schlüpfer waren aber zu klein, die hatte Margot zu Weihnachten bekommen. Rosa sagte, im Grunde sei sie für so etwas auch schon zu alt.

Man hätte also rundum zufrieden sein können und war es auch, wenn nicht der Krieg gewesen wäre, mit ungewissem Ausgang.

Auch im Jahre 1941 informierten die Sender des Großdeutschen Reiches wieder so einseitig und tendenziös wie im vorangegangenen Jahr. Genaugenommen informierten die Feindsender nicht weniger einseitig und tendenziös, aber eben aus anderer Sicht und mit anderer Absicht. Ernst saß vor seinem Loewe Opta – der Stoffbezug des Radios hatte inzwischen schon einen Schweißabdruck von seinem Ohr – und versuchte sich aus den Einseitigkeiten sein Bild zu machen. Das war nicht immer leicht, aber es gelang, wenn man Radio Moskau das Schlußwort überließ.

Die Tage flossen vorüber, die Opfersonntage, der Heldengedenktag, der Führergeburtstag; und dann irgendwann, zwischen einem deutsch-italienischen Austauschkonzert und „Froher Funk für alt und jung“, gab es wieder eine wichtige Sondermeldung. Die deutschen Truppen seien nun in Jugoslawien und Griechenland, hieß es – aber gab es denn überhaupt noch einen Ort in Europa, wo sie nicht waren?

Im Mai machte Führerstellvertreter Heß seine Englandreise, und das war ein Rätsel. Ernst und seine Genossen waren noch bis zum 22. Juni mit dessen Lösung beschäftigt. Aber an diesem Tag begann der Krieg mit der Sowjetunion, und damit, darin waren sich die Genossen einig, war das Geheimnis gelüftet. Sie vermuteten, daß der Stellvertreter entweder auf eigene Faust oder in allerhöchstem Auftrag auf der Insel nach einem Bündnispartner gegen Stalin gesucht hatte. Aber dieser Coup war gründlich mißlungen.

Im Radio und in den Zeitungen war von einem aufgezwungenen Krieg die Rede und daß es nun darum ginge, die europäische Kultur vor der tödlichen Gefahr des Bolschewismus zu retten. Daß sich hinter der Ostgrenze von der Ostsee bis zum Schwarzen Meer ungeheure Mengen an Streitkräften konzentriert hätten, die nur auf den Befehl Stalins warteten, Europa zu fluten und in einem Meer blutroter Barbarei versinken zu lassen. Von einem Komplott, einem Dolchstoß, einer Weltverschwörung war die Rede, von Moskaus Verrat am Hitler-Stalin-Pakt, aber auch von Englands und Frankreichs Verrat an Europa.

Die Gefühle des Frankensteiner Kommunisten Ernst-August Schubert, bekannt als Kommunisten-Schubert, schwankten in diesen Tagen zwischen Verblüffung, Bangigkeit und Hoffen. Über allem aber Klarheit. Die Nebel hatten sich gelichtet. Die Fronten waren wieder geklärt. Vorbei war es jetzt mit der vagen Idee einer deutsch-russischen Allianz gegen den westlichen Kapitalismus, die nach Abschluß des Hitler-Stalin Paktes kurz aufgeleuchtet war. Freund und Gegner waren wieder erkennbar. Mit dem Beginn des Krieges gegen Sowjet-Rußland durfte Ernst seinen Krieg gegen die Nazis neu erklären.

Wie dieser Krieg ausgehen würde, darüber waren sich die Genossen bei ihren wöchentlichen Zusammenkünften völlig einig: Hitler würde den Krieg verlieren. So ein Frühlingsspaziergang wie der Waffengang gegen Frankreich würde sich nicht wiederholen. Was jetzt auf Deutschland zukam, würde für die Nazis das sichere Ende bedeuten, für den Sozialismus in Deutschland aber war es ein möglicher Anfang, sofern es ein Deutschland nach dem Krieg überhaupt noch geben würde. Daß der allmächtige Führer bei seiner Erklärung die Vorsehung aus dem Spiel gelassen und sich in seiner Stellungnahme auf einen anderen Allmächtigen und dessen Hilfe besonnen hatte, zeigte: Diesmal war es wirklich ernst, es ging ums Ganze.

Noch über etwas anderes war man sich im klaren: daß das Leben von nun an wieder gefährlicher werden würde, weil es gefährlicher geworden war, Kommunist zu sein. So wie Ernst den Nazis seinen Krieg mit Beginn des 22. Juni neu erklärte, würden die Nazis auch ihm ihren Krieg aufs neue erklären. Von nun an empfahl sich noch größere Vorsicht. Doch Ernst konnte keine Vorsicht, er blieb der, der er war.

Am Nachmittag des nächsten Sonntags waren Margot und Hedwig zum Kaffee gekommen. Hedwig hatte ein selbstgebackenes Striezla mitgebracht, ihre Kinder spielten mit Lissy und den Geißlers auf dem Promenadenweg „Ich erkläre den Krieg". Ruthla hatte sich unter der Chaiselongue in der Küche verkrochen. Von ihrem Lieblingsplatz aus lauschte sie den Gesprächen der Familie am Küchentisch. Es war spät geworden. Rosa hatte zwei Kerzen auf den Kaffeetisch gestellt; die flackerten und warfen unruhige Schatten gegen die Wand.

Die Frauen waren sehr aufgeregt wegen des Rußlandkrieges. Margot zog an ihrer Zigarettenspitze, die sie erst vor kurzem vom Kronen-Apotheker geschenkt bekommen hatte. Am elfenbeinfarbenen Mundstück klebte roter Lippenstift. Margot ärgerte sich darüber, daß wegen des Kampfes an der Ostfront alle Tanzveranstaltungen in Frankenstein abgesagt worden waren. Sie sagte, die deutschen Soldaten stünden in Paris, bald würden sie auch in Moskau stehen. Es sei Unsinn, wegen des Krieges das Tanzen zu verbieten. Das bissel Vergnügen solle man den jungen Kerlen, die jetzt an die

Ostfront geschickt würden, doch gönnen. Was hätten sie denn sonst von ihrem Leben?

Ernst nickte und sagte: „Auch wieder richtig".

Dann erzählte Hedwig, sie habe den Pfarrer von Schweidnitz getroffen. Jesses, was der ihr erzählt habe, Jesses und Maria.

Jetzt wollten alle wissen, was der Pfarrer von Schweidnitz Hedwig erzählt hatte.

Von seltsamen Himmelserscheinungen habe er gesprochen. Im Januar Nordlichter am Abendhimmel und im März tanzende Flämmchen am Turm der Kirche in Schweidnitz. „Elmsfeuer", rief Hedwig mit sich überschlagender Stimme, „Elmsfeuer!"

Rosa und Margot hatten noch nie etwas von Elmsfeuer gehört und wollten wissen, was das sei. Auch Ruthla war beunruhigt und kam jetzt unter der Chaiselongue hervorgekrochen.

Aber Hedwig konnte die Frage nicht genau beantworten; sie wußte nur, daß es sich dabei irgendwie um blitzähnliche Lichter handeln müsse und daß Elmsfeuer nichts Gutes bedeuteten. Außerdem sei erst in der letzten Woche in Münsterberg ein Kalb mit acht Beinen und zwei Schwänzen geboren worden, das man habe notschlachten müssen. Im August werde es eine große Mondfinsternis geben. Hedwig sagte, sie sei sicher, das alles seien die Zeichen der Endzeit. Die letzten Tage seien nahe. Jetzt müßten alle Buße tun. In der Heiligen Schrift sei es vorhergesagt: „Die Sonne wird sich verfinstern, und der Mond seinen Schein verlieren; die Sterne werden vom Himmel fallen, und die Kräfte der Himmel werden ins Wanken kommen. Und dann wird der Herr, auf einer großen Wolke sitzend, am Himmel erscheinen mit dem Zeichen des Kreuzes". In der Offenbarung des Johannes habe sie von den vier Reitern mit den vier Pferden gelesen; das zweite Pferd sei feuerrot. Ob sie sich nicht denken könnten, wer damit gemeint sei. Und dann wiederholte sie: „Feuerrot, feuerrot. Dem, der darauf saß, wurde Macht gegeben, den Frieden von der Erde zu nehmen, daß sie sich untereinander umbrächten, und ihm wurde ein großes Schwert gegeben".

Ernst war es inzwischen zu bunt geworden. „Nun ist's aber gut, Hedwig", sagte er. Er habe schon verstanden, wen sie mit dem roten Reiter meine. Er sei schließlich nicht „bleed". Aber sie solle jetzt nicht alles durcheinanderbringen. Ab und zu sei es gut, sich seines eigenen Verstandes zu bedienen, sofern man einen solchen habe, statt seine Weisheiten immer nur aus der Bibel zu beziehen – oder von diesem komischen Fatzke, wie heiße er gleich noch?

„Paterrekter", sagte Hedwig.

„Paterrekter", wiederholte Ernst. „Stalin als roter Reiter, das ist doch lächerlich".

Aber Hedwig bestand darauf: die Elmsfeuer seien das Zeichen.

Ernst sagte, er wisse nicht, ob die Elmsfeuer das Zeichen seien, aber daß sie offenbar nicht ganz bei Verstand sei und daß sie bald alle Baumrinde fressen müßten, und zwar nicht wegen Stalin, sondern wegen Hitler, das wisse er genau.

Hedwig sagte: „Pst". Rosa schloß die Fenster. Margot paffte an ihrer Zigarettenspitze und blies ein paar Rauchringe in Richtung Decke. Ruthla dachte an den bitteren Geschmack von Baumrinde und daran, daß sie lieber Zockernissla lutschte.

Irgendwie ging das Jahr trotz Krieg und Kriegsgeschrei, trotz Nordlichter und Elmsfeuer, trotz Mondfinsternis, achtbeiniger Kälber und apokalyptischer Reiter noch leidlich zu Ende, nur daß es im Westen Deutschlands plötzlich nicht mehr hieß „Bomben auf Engelland", sondern Bomben von Engelland, und daß die Amerikaner im Dezember auch noch den Krieg erklärten.

Vor lauter Kriegen und Kriegserklärungen wußte Ruthla schon gar nicht mehr, wer gegen wen Krieg führte. Als Ernst schließlich auch noch behauptete, die Deutschen würden Krieg gegen ihr eigenes Volk führen, geriet sie völlig durcheinander. Ernst sagte, daß nicht nur junge Männer auf den Schlachtfeldern von Rußland sterben würden, sondern auch Menschen in den Konzentrationslagern, und selbst in den Altersheimen und Irrenanstalten werde inzwischen gemordet. Erst im August habe er bei Radio Vatikan und BBC etwas über die Tötung von Kranken, die von den Nazis als seelenlos und lebensunwert bezeichnet wurden, gehört, aber er wollte nicht weiter darüber sprechen.

Und doch ... zu Weihnachten wurde es in Schlesien tatsächlich wieder gemittlich. Der Schnee fiel pünktlich, Mischke mischte noch länger als im letzten Jahr, man aß Kliesla, sang *Transeamus* bei den Pallottinern, verdrückte ein Tränchen und rutschte mit „Quax der Bruchpilot“, der jetzt überall in den Kinos lief, ins Jahr 1942. „Deutschlands Sieg schafft den Frieden“, murmelte Katzen-Schubert dunkel, als er Kommunisten-Schubert auf der Pausebrücke begegnete. Aber Ernst blickte über das Geländer in die Pause und tat, als habe er nichts gehört.

Rosa nähte auch in diesem Jahr wieder Mützen, diesmal für den Generalfeldmarschall Rommel und sein Afrikakorps. Ihr Lieblingsmodell war die Tropenfeldmütze M 41 – inzwischen ein begehrtes Sammlerobjekt, das für viel Geld auf Internetbörsen oder in Militaria-Läden gehandelt wird. In historischen Wochenschauen kann man noch sehen, wie sie sich im Wüsteneinsatz bewährte. Experten sprechen vom tadellosem Sitz, erstklassiger Verarbeitung und zeitlos schönem Design. Ein Kammerstück aus sandfarbenem Leinen. Man könnte auch von Kammermusik sprechen. Mützenmacherische Kammermusik. Keine Mützensymphonie, wie die viel zu großen, schweren Schirmmützen auf den Häuptern der Generäle und des Führers, sondern luftige, kleine Meisterwerke mit klarer, durchsichtiger Linienführung.

Unter diesen Mützen aus sandfarbenem Leinen mit den Lüftungsnieten aus Feinzink und dem roten Innenfutter könnte es Rommels Wüstenfüchsen aber auch zum ersten Mal gedämmert haben, daß unter der großen Mütze ihres Führers irgend etwas nicht stimmte. Denn daß sie am Ende nicht den Sieg davontrugen, war nicht ihre Schuld, sondern lag daran, daß es an Nachschub und an allem möglichen fehlte. Die Alternative Sieg oder Tod, vor die der Führer sie 1942 gestellt hatte, war zu eng; der Heldentod, den er von ihnen verlangte, überstieg ihre Kräfte. Außerdem standen ihnen die schmucken Mützen aus Frankenstein ganz gut, und sie hätten sie gerne noch etwas länger getragen. Rosa und ihre Kolleginnen hatten handwerklich sauber gearbeitet. An den Tropenfeldmützen der Frankensteiner Mützenfabrik lag es nicht, daß Rommels Leute schließlich klein beigeben mußten. Die Mützen überdauerten nicht nur Siege, sondern auch Niederlagen – wie einige ansonsten einwandfrei erhaltene Exemplare mit ein paar Einschußlöchern, die man später zwischen ein paar verblichenen Knochen im Wüstensand fand, noch zeigen können.

Während Rosa nähte, klebte Ernst mit seinem Ohr am Loewe Opta. Ruthla ging inzwischen schon in die dritte Klasse. Allerdings war die evangelische Volksschule in der Tuchmacherstraße, die sie bisher besucht hatte, in eine Berufsschule umgewandelt worden; Ruthlas neue Schule war die frühere katholische Mädchenschule und befand sich am Rosenring, gleich um die Ecke. Auf dem Weg dorthin, in der Maurergasse, kurz vor der Hirschgasse, stand auf einem Platz, nicht weit von der Schule, eine große Teppichstange, die bei den Kindern einfach „Kloppstange" hieß. Dort traf sie sich mit Lothar oft an den Nachmittagen, wenn gerade keine Teppiche geklopft wurden und sie weder Lust auf Schularbeiten noch auf den Hort hatte. Kopfunter hingen sie an der Stange und betrachteten, sich über „Krüsopas", Zockernissla und eifersüchtige Mägde unterhaltend, eine Welt, die auf dem Kopf stand.

Aber Ruthla hatte noch eine andere Freundschaft geschlossen. Das geschah gleich nach ihrer Ankunft in der Silberberger Vorstadt, irgendwann im Mai oder Juni. Nicht, daß sie Lothar untreu geworden war, ihr neuer Freund stand sozusagen außer Konkurrenz, war auch viel älter und schon erwachsen. Es war der Dirigent des Orchesters, das sich wöchentlich im Saal hinter dem Haus zum Proben traf, Dr. Werner. Von Rieke Geißler hatte Rosa schon gehört, daß er zusammen mit seiner Mutter im Nachbarhaus, dem Eckhaus an der Silberberger Straße wohnte.

Rieke Geißler wußte auch, daß er sich vor ein paar Jahren in eine bildhübsche junge Frau aus Wartha verliebt hatte. „A Gesichtel wie Milch und Blutt“, sagte sie immer wieder, „wie Milch und Blutt“. Die beiden sollen verlobt gewesen sein, von Heirat war die Rede, sogar von Kindern. Aber dann endete alles ganz „unglicklich“. Kurz vor der Hochzeit habe sie in Brassel einen wohlhabenden Dachpappenfabrikanten kennengelernt, ein „ahler Trompel“ und außerdem gut zwei Jahrzehnte älter als sie, aber dafür hatte er was auf der hohen Kante. Die beiden hätten nicht lange gewartet. Nach ein paar Wochen hätte es geheißen: „Se hänga schunt eim Kastla“. Heute lebe sie mit ihrem Fabrikanten in Brassel und habe, wie sie von Dr. Werners Mutter wisse, erst vor kurzem ein kleines Madla bekommen.

Seitdem habe er sich sehr verändert, sagte die Geißler. Er sei ja schon immer etwas anders, ernster gewesen, aber nun sei er geradezu seltsam geworden. Wenn die Proben mit den Musikern beendet seien, säße er manchmal noch stundenlang vor dem alten Blüthner-Klavier im Saal und würde vor sich hin phantasieren. Lauter trübsinnige Sachen. Manchmal würde er dieselben Takte minutenlang wiederholen. Die Geißler bemühte sich nachzusingen, was sie gehört hatte, als sie das letzte Mal am Proberaum vorbeigeschlichen war. Aber es mißlang kläglich. Rosa schüttelte den Kopf; so etwas hatte sie noch nicht gehört, obwohl sie sich inzwischen im Radio auskannte.

Man könne manchmal meinen, er sei schwermütig, fuhr die Geißler fort, aber dann sei er plötzlich wieder ganz normal und sogar richtig ausgelassen. Erst vor kurzem habe er sie gefragt, ob sie mit ihm einen Walzer tanzen möchte. Sie habe sich erst ein wenig geniert, weil sie zu dick und außerdem nicht mehr die jüngste sei. Aber dann habe er sie einfach genommen, habe „An der schönen blauen Donau“

gepfiffen und sei mit ihr durch den Probensaal gewalzert. Zum Glück habe sie niemand gesehen. Sie würde nicht ganz klug aus ihm. Er sei halt a bissel verrickt.

Die Tür zum Proberaum war einen Spalt geöffnet, als Ruthla daran vorbeikam. Sie hatte gehört, daß jemand auf dem Klavier spielte und spähte vorsichtig hinein. Im Hof und selbst im Saal duftete es nach Holunderblüten; der Duft kam von den Büschen, die oben am Hang vor der verwitterten Stadtmauer standen. Der Dirigent saß in seinem grauen, etwas abgetragenen Jackett vor dem Klavier und wandte ihr beim Spiel den Rücken zu. Trotzdem schien er sie gleich bemerkt zu haben, denn er sagte, sie könne ruhig reinkommen und sich setzen. Ruthla, die gewohnt war, von niemandem bemerkt zu werden, wunderte sich, kletterte auf einen der neben dem Klavier stehenden hohen Stühle und hörte eine Weile schweigend zu. Sie trug wieder den grasgrünen Hänger mit den weißen Punkten. Der Dirigent unterbrach sein Spiel und blickte zu Ruthla hinüber. Er musterte ihr Sommerkleid und fragte lächelnd, ob es denn diesmal wasserfest sei.

Ruthla nickte. Es sei zwar nicht von Blcylc, aber trotzdem wasserfest. Ihre Muttel habe es vom Lumpamoan. Der habe ihr versichert, so etwas solle nicht wieder vorkommen. Das Kleid sei aber sehr schön gewesen.

Der Dirigent fand das auch und erinnerte sich an die roten Kirschen mit den grünen Blättern auf weißem Grund. Dann wollte er wissen, woher Ruth ihr Ringla habe.

„Von Lothar“, sagte Ruthla, das sei „Krüsopas“.

Der Dirigent hatte sich eine Zigarette angezündet und fragte, ob sie denn auch wisse, was so ein Ring bedeute.

„Das ist ein Treueversprechen“, erwiderte Ruthla.

„Ein Treueversprechen“, wiederholte Dr. Werner ein wenig verblüfft; woher sie denn das wisse.

„Von Lissy.“

Der Dirigent sog den Rauch seiner Zigarette tief ein, besann sich eine Weile und fragte, ob sie und ihr Lothar für so etwas

Schweres wie ein Treueversprechen nicht noch ein wenig zu jung seien.

Aber Ruthla verstand nicht und erzählte, daß sie im letzten Jahr zusammen mit Lothar im Vestipül des Hotels Umlauf gewesen und dort auf den Sesseln herumgesprungen seien. Dann sei aber der Portier gekommen und habe sie vertrieben. Weil er den Hühnerplinz habe, habe er sie nicht fassen können. Dann lachte Ruthla und machte eine lange Pause.

Als der Dirigent bemerkte, daß Ruthla auf etwas wartete, fragte er, was denn das sei, „Hühnerplinz".

Ruthla hatte die Frage erwartet und antwortete prompt: Wenn man schlecht im Dunkeln sehen könne, das sei Hühnerplinz.

Danach seien sie noch zu Kulbafongse, der würde am Bahndamm wohnen und außerdem furchtbar stinken wegen seiner Kühe. Er habe noch einen Vater, aber der säße nur den ganzen Tag hinter dem Kachelofen und sei schon sehr verknöchelt. Auf dem Wege zu den Kulbafongses seien sie an der Kapelle bei den Mohnfeldern vorbeigekommen, wo sich die Mägde mit ihren Sicheln wegen ihrer Eifersucht umgebracht hätten. Dort hätten sie für sie gebetet. Ihre Schwester Hedwig habe gesagt, die unglicklichen Madla seien jetzt im Fegefeuer, aber ernstgemeinte Gebete könnten ihre Seelen erlösen.

Der Dirigent wollte von Ruthla wissen, was das für ein Gebet gewesen sei. Ruthla sagte, eigentlich sei es gar kein richtiges Gebet gewesen, sondern nur ein Lied, ein Sommerlied. Sie habe es von Lothar. Man könne es aber auch als Gebet verwenden; sie erinnere sich nicht mehr ganz genau, da es für sie ja auch neu gewesen sei, es habe aber ungefähr so gelautet: „Den lieben Sommer bring'n wir wieder und den Maien mit Blümlein mancherleien der liebe Gott wird bei uns wohnen und himmlische Kronen droben in der Herrlichkeit sitzt die Frau auf'm Stuhl breit da droben muß sie sitzen mit ihrem Herrn Jesu Kristen".

Der Dirigent fragte, ob das, was er auf dem Klavier gespielt habe, ihr gefiele.

Ruthla antwortete nur: „Na ja". Und dann fügte sie noch hinzu, Frau Geißler habe gesagt, es klinge ein wenig traurig.

Der Dirigent fragte, ob sie es auch traurig finde.

Ruthla nickte: „Ein wenig traurig schon".

Der Dirigent fragte, ob sie es nicht auch ein bißchen schön fände.

„Ein bißchen schön auch", antwortet Ruth.

„Schöne Sachen sind alle ein wenig traurig", sagte der Dirigent, „und oft macht erst die Erinnerung, daß uns das, was einmal traurig war, später schön erscheint".

Ruthla überlegte eine Weile. Dann dachte sie an ihren Bruder Herbert, der im letzten Jahr gefallen war. Sie erzählte, daß sie damals, also vor einem Jahr, noch zu jung gewesen sei und noch nicht begriffen habe, was das bedeutet, wenn ein Soldat gefallen ist, aber inzwischen wisse sie, daß Herbert tot sei und nicht mehr wiederkomme. Darüber sei sie sehr traurig, aber die Erinnerung an Herbert sei auch schön. Zu Weihnachten, wenn das Christkind komme und um das Haus herum fliege, müsse sie immer an ihn denken.

Traurig finde sie auch, daß Onkel Heinrich nicht mehr komme, weil er jetzt irgendwo in Böhmen sei.

Als der Dirigent mehr über Heinrich wissen wollte, sagte Ruthla, daß ihr Onkel vor ein paar Jahren in Reichenstein aus dem Gefängnis geflohen sei, wo man ihn wegen seiner Pascherei eingesperrt habe.

„Ach", sagte der Dirigent erstaunt, „du hast aber eine sehr aufregende Familie".

Ruthla nickte. Dann wollte sie wissen, weshalb er immer dasselbe Stück spiele.

Er antwortete, weil er es schön finde; von schönen Sachen könne man sich nur schwer trennen.

Ruthla sagte, daß sie es auch schön finde, wenn sie mit Lothar zusammen sei und daß sie sich auch immer schwer trennen könnten.

Der Dirigent erwiderte, Ruthla habe ihn schon ganz gut verstanden. Dann erzählte er, daß das Orchester in den nächsten Monaten wegen des Krieges aufgelöst werden müsse, weil die meisten Musiker dann im Krieg seien. Er werde wohl zur Luftwaffe gehen. Für Ruthla und ihre Familie hätte das auch einen Vorteil, denn dann hätten sie noch ein wenig mehr Platz und könnten auch den Proberaum mitbenutzen.

Ruthla fand es schade, daß sie sich nicht mehr sehen würden. Aber der Dirigent tröstete sie und sagte, er käme sicherlich noch ab und zu zum Fronturlaub nach Hause, und außerdem würden sie sich ja bis zum September öfter sehen.

Die Frage nach dem Musikstück, dessen Anfangstakte der Dirigent damals auf dem Klavier ständig wiederholt haben soll, ließ mir keine Ruhe. Ruths Versuche es zu singen, scheiterten. Ihre Beschreibung war sehr vage: am Anfang habe ein aufsteigender Dreiklang gestanden mit noch einem Ton obendrauf und dem nächsten ganz tief unten. Von oben sei es dann wieder abwärts gegangen, aber ganz allmählich, und zum Schluß sei dann der Anfang noch einmal bekräftigt worden. Festlegen wollte Ruth sich aber nicht, dazu sei es zu lange her. Aber damals, als der Dirigent noch da war, seien ihr diese Töne immer wie ein Ohrwurm durch den Kopf gegangen.

Ihr sei noch eingefallen, daß der Dirigent gesagt habe, es gebe Klänge, hinter denen könne man die Welt wie hinter einer Glaswand betrachten, man empfinde keinen Schmerz mehr, aber viel Glück, und selbst das Traurigste würde schön. Aber damals habe sie das nicht verstanden und gemeint, Musiker müßten so reden.

Der Führergeburtstag des Jahres neunzehnhundertzweiundvierzig muß vor allem deswegen erwähnt werden, weil Rosa ihn angeblich vergessen hatte, Ernst ihn am liebsten vergessen hätte und Albert und Lissy seit Tagen an nichts anderes dachten als an ihn. Ruthla konnte ihn gar nicht vergessen, weil Herr Karger schon seit einer Woche über nichts anderes redete. Im Kollegium sagte er, es sei ihm immer ein ganz besonderes Anliegen, seinen Schülerinnen Person und Wirken des Führers nahezubringen. Das Leuchten in ihren Augen verrate ihm, daß seine Worte auf fruchtbaren Boden gefallen seien und aufopferungsvolle Liebe für den Führer bewirkt hätten.

Um hinter der herben Sprödigkeit seiner Gestalt, hinter der unnahbaren Größe seiner Erscheinung den Menschen Adolf Hitler zu zeigen, seine Bescheidenheit, seine Charakterstärke, seine Seelengröße, erzählte er oft, wie der Führer im Polenfeldzug unvermittelt im Geschoßhagel bei den Soldaten aufgetaucht und nicht eher von ihnen gewichen sei, bis daß der Feind „geworfen" wurde. Wie er sich als erster Soldat der deutschen Wehrmacht zusammen mit den anderen Kameraden bescheiden mit dem Teller vor der Gulaschkanone angestellt habe und wie er schließlich mit dem Flugzeug in der Nähe eines Lazaretts landete und sodann durch die Reihen der Betten gegangen sei und für jeden Verwundeten ein gutes Wort oder einen warmen Händedruck gehabt habe.

Karger verstand es, die sanften Seiten des Charakters in einfühlsamen Worten zu schildern, ohne, wie er sich ausdrückte, das Herbe, Fremdartige, ja Überweltliche seines Wesens außer acht zu lassen. Regelmäßig pries er seine Schülerinnen am Ende glücklich, weil sie das Zeitalter Adolf Hitlers erleben durften, den das Schicksal zur rechten Zeit gesandt habe, um das deutsche Volk vor dem Abgrund zu retten. Ihren Willen und ihre Begeisterung müßten sie nun daran setzen, dem Führer Adolf Hitler Freude zu machen. Seinem Vorbild nachzufolgen müsse „immerdar" Ansporn und höchste Ehre sein.

Wenn Karger in Uniform mit ruhig festem Schritt durch die Bankreihen seiner Schulklassen ging, war einigen Freundinnen von Ruthla zumute, als schreite der Führer höchstpersönlich durch den Klassenraum. Nur Ruthla nahm wieder einmal an Worten Anstoß, wußte nicht wie man einen Feind „warf" und wunderte sich darüber, daß Herr Karger „immerdar" sagte, wenn er über Hitler sprach, statt „immer", wie gewöhnlich; und was „höchste Ehre" war, wußte sie auch nicht. Auf jeden Fall war sie aber gut eingestimmt auf das, was sie am Morgen des zwanzigsten April am Rosenring erwartete. Eine kleine intime Schulfeier sollte es werden, aber eine Bühne war auch schon aufgebaut.

Der Führergeburtstag war vor allem Alberts Tag. Auch er war vorbereitet worden. In der Jungenschule lag der Schwerpunkt allerdings stärker auf dem Militärischen. Feierliche Fahnenaufmärsche, packende Erlebnisberichte von Frontsoldaten, Darbietungen von Manövern mit Platzpatronen gehörten zum Programm.

Gewöhnlich kamen an diesem Tag auch die Schüler der Adolf-Hitler Eliteschule aus Wartha. Die anderen Jungen sagten zu Albert: Vor denen können wir uns verstecken. Das ganze Erscheinungsbild! Einfach prima. Die sind auf Zack! Eine ganz andere Haltung als bei uns, ein ganz anderer Drill. Die Mädels hätten das auch schon gemerkt. Und statt des Fahrtenmessers hätten sie richtige Pistolen.

Alberts Wunsch war es, irgendwann statt des Fahrtenmessers eine richtige Pistole zu besitzen.

Auf Ruthlas Feier wurde nicht geschossen, aber geredet, viel geredet, vor allem vom Schicksal, vom Schicksalskampf und Schicksalsraum, von Schicksalsmacht und Schicksalsbestimmung, von Schicksalsfügung, schicksalhafter Bedeutung und anderen schicksalhaften Zusammenhängen.

Und Ruthla erfuhr auch, daß selbst die deutsche Sprache kaum reichte, um auszudrücken, was echte Nationalsozialisten an diesem Tag fühlten. Überall suchte und rang man nach Worten, um die Bedeutung des Augenblicks, die Größe der Gestalt des Führers zum Ausdruck zu bringen. Ruthla wunderte sich darüber, daß man immerfort suchte und nicht fand und trotzdem redete.

Außerdem erfuhr sie noch, daß die Jungmädels und Pimpfe zur jüngsten Garde des Führers gehörten. Dort seien alle vom Glauben erfüllt, das Volk der Zukunft zu werden. Nirgendwo in der Welt würde eine Jugend fröhlicher und glücklicher aufwachsen als in Deutschland. Hier gäbe es keine Eigenbrötler und Angsthasen, die hinter dem warmen Ofen säßen, sondern harte Jungen und tapfere Mädchen. Lissy, die seit dem letzten Jahr bei den Jungmädels war und zwei Reihen vor Ruthla stand, blickte sich um und pleckte ihre Zunge.

Die Reden waren lang, aber die Lieder, die sie sangen auch, denn sie hatten viele Strophen und einen ständig wiederkehrenden Refrain, und selbst leichte Kinderarme können irgendwann schwer werden.

Während also Ruthla noch auf dem Rosenring stand und mit immer schwerer werdendem Arm alle drei Strophen von „Ein junges Volk steht auf, zum Sturm bereit“ absang, war Rosa mit geschultertem Teppichläufer und mit einem Klopfer bewaffnet auf dem Weg zur Teppichstange. Ihr Haus an der Promenade war nicht mit einer eigenen Teppichstange ausgestattet, wohl weil Teppiche bei den Mietern, inklusive Familie Geißler, nicht zum Wohnungsinventar gehörten. So blieb Rosa also nichts anderes übrig, als die Stange in der Maurergasse zu benutzen.

Seitdem sie die Wohnung an der Promenade hatten, sagte Rosa immer, in ihrer Wohnung wolle sie es so sauber haben, daß es „knackt und knallt“. Ernst hatte im Prinzip nichts dagegen, aber er mochte nicht, daß sie übertrieb. In der letzten Zeit erkenne er die Rosa, die er damals geheiratet habe, kaum noch wieder. Sie habe sich, wie solle er sagen, in einen wild gewordnen Boschtwies verwandelt, nicht nur zu Weihnachten und Ostern, sondern überhaupt, und das finde er inzwischen nicht mehr gemittlich. Rosa erwiderte nur, Ernst solle den Mund halten und sich über eine saubere Wohnung freuen; es sei alles schon schwer genug, und für manche Fehler müsse man lebenslang büßen.

Daß Rosa ihre Putzwut selbst am Führergeburtstag nicht im Zaum halten konnte, hatte noch einen besonderen Grund. Es hing damit zusammen, daß Schwester Herta in Berlin erst vor ein paar Tagen einen Teppichläufer aus ihrer mit Teppichen jeglicher Art reich bestückten Berliner Altbauwohnung aussortiert und ihr geschenkt hatte. Peter und Paul waren damit beauftragt worden, das gebrauchte und schon etwas abgewetzte Stück auf dem Motorradgepäckhalter über die Reichsautobahn von Berlin-Mitte nach Frankenstein zu bringen. Rosa, die sich schon damit abgefunden hatte, daß ihre Ehe mit Ernst-August teppichlos bleiben würde, war freudig überrascht – auch wenn sie fand, daß Herta, die einen Beamten im höheren Dienst geheiratet hatte und bereits über eine stattliche Anzahl an Teppichen und Läufern verfügte, schon früher einmal auf diese Idee hätte kommen können. Außerdem hätte sie ihr ruhig ein weniger abgenutztes Exemplar schenken können, aber das wollte sie auf keinen Fall kritisieren; sie freute sich aufrichtig darüber, daß sie wider Erwarten in ihrem Leben doch noch zu einem Teppichläufer gekommen war und schwor sich, es ihm nie an hausfraulicher Pflege und Sorgfalt fehlen zu lassen.

Rosa behauptete später, sie habe nichts vom Führergeburtstag gewußt, aber das ist ziemlich unglaubwürdig. Schon am Vorabend hatte es einen Fackelzug gegeben und danach einen Großen Zapfenstreich auf dem Ring. Spätestens beim morgendlichen Wecken mußte sie gemerkt haben, daß an diesem Tag etwas anders war als sonst. Als sie aus dem Haus trat, hatte sie noch bei sich gedacht, daß die Fahne bei den Geißlers, die schlapp und schmuddelig aus dem Fenster hing, auch mal wieder gewaschen werden müßte; im übrigen leuchtendes Rot in allen Straßen und Gassen; Hakenkreuzfahnen wehten von allen Häuserfronten, Dächern und Türmen; Feier- und Aufbruchstimmung allüberall. Rosa hätte blind sein müssen, wenn sie nicht bemerkt hätte, daß es wieder einmal so weit war, daß das deutsche Volk den zwanzigsten Ostermond feierte, weil ihm vor nunmehr 53 Jahren eine große Freude widerfahren war und die Vorsehung jenen Mann hatte geboren werden lassen, dem es seine Wiedergeburt und Größe verdankte. Frankenstein, nun freue dich, immerdar!

Daß Rosa später bestritt, etwas davon gewußt zu haben, hatte einen Grund. Sie hätte zugeben müssen, daß ihr der Teppichläufer von Schwester Herta wichtiger war als der Führer und dessen Geburtstag; sie hätte zugeben müssen, daß die Freude über den neuen Läufer aus Berlin größer war als die, die Frankenstein und ganz Deutschland an diesem Tag erfüllte. Aber wer gab das schon gerne zu – in diesen Zeiten?

Natürlich hatte Rosa keine politischen Motive, wie man ihr später unterstellte. Wie sollte sie auch? Politik interessierte sie nicht. Das war Ernsts Sache. Sie half ihm ab und zu bei seinen „Aktionen", aber auch nur, weil er ihr Ehemann war. Ihre Unterstützung beschränkte sich immer auf das rein Organisatorische.

Und doch war das, was Rosa tat, in den Augen von Herrn Karger und anderen unverzeihlich, und zwar gerade deswegen, weil es nicht aus politischem Kalkül geschah, sondern weil es aus dem Herzen kam, aus dem Herzen einer deutschen Haufrau – von dort also, wo doch eigentlich der Führer wohnen sollte. Offensichtlich war also der Führer in Rosas Herz noch nicht recht angekommen, noch nicht eingezogen, zumindest nicht in der gleichen Weise wie ihr Teppichläufer, dem sie ehrfürchtig klopfend, obgleich nicht ohne gewisse Gereiztheit, ihre Reverenz erwies. Immer im Dreierrhythmus, einen Schlag bei dem Gedanken an Kafferationierung, einen bei dem Gedanken an den Krieg und einen bei dem Gedanken an Ernst-August. Das war ihre Art, sauber zu machen.

Indessen versuchte Herr Karger in seiner Ansprache das zu tun, was man bei Rosa offensichtlich versäumt hatte: bei den ihm anvertrauten jungen Menschen hingebungsvolle, aufopferungsvolle Liebe zum Führer zu wecken. Man hatte bereits sämtliche Strophen von „Ein junges Volk steht auf zum Sturm bereit" hinter sich gebracht, und Ruthlas rechter Arm, der ihr so schwer geworden war, daß er zwischenzeitlich auf der Schulter der vor ihr stehenden Banknachbarin Helga ausruhen mußte, durfte sich während der Ansprache für eine Weile erholen.

Karger begann mit einem persönlichen Bekenntnis, damit, daß er sich in diesen Zeiten kein größeres Glück vorstellen könne als dem Genius des Volkes zu huldigen. Die Schwere der Zeit sei auch ihre Größe. Dann sprach er in seiner üblichen Weise über die Charakterstärke des Führers, fügte wohl auch ein paar Zitate aus seinem Lieblingsbuch „Mein Kampf" ein und redete vom unbedingten Glauben an den Endsieg. Zum Schluß mahnte er noch, den Frohsinn, der nun einmal zur wahren, unverfälschten Jugend gehöre, nicht zu vergessen. Schließlich bat er Adelheid Vieweger, Klassenbeste und Tochter des Frankensteiner Veterinärmediziners, darum, ein Gedicht vorzutragen:

„Und das ist das Größte, daß er nicht
nur unser Führer ist und vieler Held,
sondern er selber gerade fest und schlicht,
daß in ihm ruhn die Wurzeln unserer Welt
und seine Seele an die Sterne strich,
und er doch Mensch ist so wie du und ich."

Die Verse waren verklungen. Karger wirkte ergriffen und hatte seine rechte Hand auf den linken Handrücken gelegt. Er hielt die Hände ganz so wie der Führer, vor den Bund seiner braunen Stiefelhose. Und dann brach es aus ihm heraus:

„Der allmächtige Gott erhalte uns noch recht lange den geliebten Führer, dem wir immerdar unsere ganze Liebe und unser Vertrauen schenken wollen. Adolf Hitler ist Deutschland. Deutschland ist Adolf Hitler!"

Auf dem Rosenring war es totenstill geworden. Einige empfanden Andacht, nicht wenige peinliche Verlegenheit, die sie sich aber nicht anmerken ließen. Vermutlich sollte als nächstes die Fahne gehißt und das Horst Wessel-Lied gesungen werden. Während Lehrer und Schüler sich schweigend auf ihre Sendung besannen oder des Führers gedachten und seine Leiden und Kämpfe für das deutsche Volk vor dem inneren Auge vorüberziehen ließen, während Ruthla noch überlegte, warum Karger auch diesmal wieder „immerdar" statt „immer" gesagt hatte und im übrigen die Zeit nutzte, um ihren rechten Arm noch ein wenig zu entspannen, hallte von der Maurergasse her ein lautes Klopfen über den Rosenring: es war Rosa, die in dem schon erwähnten Dreierrhythmus ihren Läufer traktierte.

Karger lief rot an, Frau Ganswind zischte ihrer Kollegin Frau Gründel etwas zu; der neue Hauswart, Herr Hupka, rannte im Zickzack über den Platz und bat Herrn Dingel und Herrn Prügel, der aber nur so hieß, gemeinsam mit ihm schnellstmöglich die Ursache der Störung zu ermitteln. Man erwischte Rosa noch in flagranti. Herr Dingel rief: „Auch das noch", und wollte sagen, das ist die Frau vom Kommunisten-Schubert. Für eine kurze Weile glaubte man an bösen Vorsatz, der Verdacht politischer Sabotage schwebte über der Teppichstange. Ob sie nicht gesehen habe, daß ganz Frankenstein dem Führer zu Ehren das Festkleid angelegt habe? Ob sie den Führer und das deutsche Volk beleidigen wolle?

Aber Rosa, die aus langer Erfahrung wußte, daß Angriff die beste Form der Verteidigung war, schoß einfach zurück. Wie üblich eröffnete sie mit: „Jetzt is aba Polen uffa", und fuhr dann fort, so unsachlich wie nur irgendwie möglich und wie es ihre Art war. Von Kleidung brauche man ihr nichts zu erzählen und von Festkleidung schon gar nicht, die könne sich nämlich ihre Familie gar nicht leisten. Sie habe acht Kinder und einen Mann, ob sie wüßten, was das für Arbeit sei. Ob sie einmal sehen wollten, wie Arbeitshände aussähen. Wenn sie wollten, könnte sie ihnen auch ihr goldenes Mutterkreizla zeigen, das ihr erst vor kurzem im Rathaus überreicht worden sei. Ihren Sohn Herbert habe sie auch schon hergeben müssen, der sei noch am Anfang des Krieges gegen Polen gefallen, und ihre Tochter Lissy hätte sie erst im letzten Jahr dem Führer geschenkt. Was sie sich anmaßten, sie politisch zu verdächtigen. Ob sie schon etwas von der Tropenmütze M41 gehört hätten, ob sie nicht wüßten, daß sie Tag für Tag in der Fabrik säße und dort Mützen nähte, damit Rommel und seine Leute unten in Afrika etwas auf dem Kopf hätten und das deutsche Vaterland verteidigen könnten. Und ob es nicht schon genug sei, daß sie und all die anderen deutschen Hausfrauen oft wochenlang auf Kaffee verzichten müßten. Was man denn noch alles von ihr verlange, irgendwann müsse auch mal Schluß sein.

Nachdem die Herren Rosa eine Weile zugehört hatte, ließen sie die Sache auf sich beruhen. Herr Dingel sagte, entweder stelle sich die Schubert so bleed oder sie sei es tatsächlich. Für alle, die Rosa kannten, lag die Antwort auf der Hand. Von einer Anzeige sah man ab.

Als Rosa nach etwa einer Woche wiederkam, klopfte sie statt des bisherigen Dreierrhythmus einen Viererrhythmus: einen Schlag wegen der Kaffeerationierung, einen wegen des Krieges, einen wegen Ernst – und einen wegen der Nazis mit ihrem verknuchten Führergeburtstag.

Kinderszenen

Wie die kleine Tochter der Hebamme in Wirklichkeit hieß, konnte mir niemand mehr sagen, weil alle sie nur als „Madla“ kannten und auch sie selbst auf die Frage nach ihrem Namen immer nur antwortete, „Madla“, sie sei das „Madla“. Weil sie die Dinge sehr genau nahm, weiß ich nicht, ob sie damit einverstanden gewesen wäre, wenn ich sie Coppelia nenne. Ich tue es aber trotzdem. Coppelia, weil sie meistens in der Nähe des Fensters saß, ganz so wie das anmutige Geschöpf des alten Puppenmachers Coppelius, das in den Ballettaufführungen auch immer am Fenster oder auf dem Balkon sitzt.

So schön wie die Tochter des Puppenmachers war diese Coppelia mit der aus dem Mund lugenden großen Zunge, den tief sitzende Ohren und dem kurzen Hals allerdings nicht, aber dafür war sie auch kein seelenloses Püppchen. Seele, oder was man so nennt, hatte sie sicherlich mehr als all jene, die ihr das damals absprachen und naserümpfend oder mit ein paar abfälligen Bemerkungen vor ihrem Fenster vorbeigingen.

Wenn jemand länger vor ihrem Haus stehenblieb, kam Coppelia ganz dicht an das Fenster heran, schob die Faltengardine mit den großen Blumenmotiven beiseite und preßte ihre Nase an die Scheibe. Wegen der weit auseinander liegenden Augen, der flachen Nase, auf der der Bügel ihrer Drahtbrille keinen rechten Halt fand, und den links und rechts vom Kopf abstehenden Pferdeschwänzchen wirkte das Gesicht ohnehin schon recht breit; wenn sie es an die mit Speichel und Fettfingern verschmierte Fensterscheibe drückte, sah es aus wie plattgebügelt.

Sobald Coppelia bemerkte, daß jemand sie hinter dem Fenster entdeckt hatte, öffnete sie ihren Mund mit den vereinzelt stehenden Zähnen und schlug ihre kannibalische Lache an, so zügellos laut, daß man es bis auf die Straße hören konnte und den Passanten einen heiligen Schrecken einjagte. Dann winkte sie ihnen mit ihren breiten Händen und den kleinen Wurstfingern linkisch und unbeholfen zu. Es gab Passanten, die winkten zurück, und es gab solche, die sagten nur: „Für die wäre der Gnadentod das Beste“.

Wie alt Coppelia war, wußte keiner, und denen, die es einmal wußten, ist es entfallen. Vielleicht war sie so alt wie Ruthla, aber sie mochte älter sein und sah jedenfalls älter aus, in jedem Fall war sie viel korpulenter und entwickelte, wenn es darauf ankam, Bärenkräfte. Aber robust war sie nicht. Sie war viel krank, hatte mal dies und mal das. Sehr oft war sie erkältet und sabberte dann noch mehr als sonst.

Seitdem Margot in der Apotheke arbeitete, kamen Lissy und Ruthla öfter an dem Haus in der Nähe der Apotheke vorbei, um Päckchen abzuholen, die Margot für Rosa auf dem Hof, gut versteckt hinter einer Buchenhecke, deponiert hatte. Sie enthielten Dinge, die man auch bekommen konnte, wenn man den Vordereingang der Apotheke benutzte, doch dann kosteten sie Geld. Die Päckchen auf dem Hof kosteten gar nichts, und das war Rosa sehr lieb. Manchmal warfen Lissy und Ruthla unterwegs einen Blick hinein. Außer ein paar Salben, Pflastern und harmlosen Hausmitteln, die ohne Rezept erhältlich waren, befanden sich neuerdings kleine Fläschchen mit verschiedenen Backaromen darunter, nicht nur Vanille, auch Lakritze, Karamel, Kokosnuß und anderes.

Ernst mochte das nicht und sagte, Rosa würde irgendwann noch die ganze Familie damit vergiften. Auf keinen Fall käme ihm dieses „Zeich“ in sein Striezla. Das würde den Kuchen ruinieren. Aber Margot war anderer Meinung. Wenn sie da war, hieß es immer, Rosas Kuchen würde von Woche zu Woche besser.

Beim ersten Mal hatten sich Lissy und Ruthla genauso erschrocken wie die meisten, die Coppelia noch nicht kannten. Beim zweiten Mal machten sie schon ihre Späße mit ihr, und beim dritten Mal wurde Coppelia darüber so aufgeregt, daß sie an die Scheiben trommelte und ihre Mutter, die Hebamme, kommen mußte, um sie wieder zu beruhigen. Lissy entwischte. Als die Hebamme aus der Haustür trat, war sie mit dem Päckchen bereits hinter dem Zigarrenladen verschwunden. Nur Ruthla war noch zurückgeblieben und mußte die Schelte der Hebamme mit gesenktem Kopf über sich ergehen lassen. Zu ihrer Entschuldigung wußte sie nichts vorzubringen. Sie hätte alles auf Lissy schieben können, aber das erschien ihr irgendwie zu simpel und deswegen sagte sie gar nichts. Die Hebamme fand, daß es das Beste wäre, wenn sie die kleine Schubert einmal zu sich ins Haus nähme, damit sie und Coppelia sich kennenlernten.

Coppelia war immer noch sehr aufgeregt, als Ruthla das Zimmer betrat, aber die Stimmung schlug schnell um. Schon nach kurzer Zeit wallte Ruthla eine solche Woge der Sympathie entgegen, daß sie schützend ihre Hände vor sich halten mußte. Es half ihr aber alles nichts. Coppelia zwang sie in einen Schwitzkasten aus heftiger Zuneigung, aus dem sie Ruthla erst wieder entließ, als ihre Mutter sagte, daß es nun genug sei und sie sich an den Tisch setzen sollten.

„Das hast du nun davon“, sagte die Hebamme mit gespieltem Ernst und schob einen Teller mit einem Stück Babe und ein großes Glas Apfelsaft auf Ruthlas Platz. Auch Coppelia bekam Kuchen und Saft, aber ihre Tischmanieren wollten Ruthla nicht gefallen. Nicht nur, daß sie mit vollem Mund sprach und lachte; Ruthla hatte kaum ihren ersten Bissen getan, da war sie schon fertig. Sie wollte mehr und wurde sogar laut, aber die Hebamme bestand darauf, sie solle warten, bis Ruthla aufgegessen habe. Es gab für beide noch ein zweites und ein drittes Stück, und auch am Apfelsaft wurde nicht gespart.

Danach wurde Coppelias Spielzeug durchgemustert. Das war eine ganze Menge, und es war viel Spielzeug darunter, um das Ruthla jedes andere Kind beneidet hätte. Verschiedene Puppen, ein Puppenwagen, ein Kaufmannsladen, eine Kinderpost, ein Bauernhof mit Holzfiguren und viele Spiele. Das meiste davon war noch gar nicht gebraucht. Die Hebamme bemerkte Ruthlas unsicheren Blick und sagte, daß ihr Madla schon irgendwann etwas damit werde anfangen können, sie gebe die Hoffnung nicht auf.

Sie beschränkten sich auf die Puppen. Coppelia war über ihre neue Spielgefährtin entzückt und bekundete das bei jeder Gelegenheit durch Umarmungen. Aber Ruthla spielte unbeirrt weiter. Wenn Coppelia etwas nicht gelang, konnte ihre Stimmung plötzlich in Wut umschlagen, und dann wurde sie ziemlich heftig und laut. Manchmal faltete sie auch ihre Hände, als würde sie beten, oder sie brabbelte unverständliches Zeug in sich hinein. Die Ernsthaftigkeit, mit der Ruthla in ihrem Spiel fortfuhr, übertrug sich irgendwann auch auf Coppelia, und ihre Wutausbrüche oder Umarmungsattacken wurden weniger.

So verbrachten sie den ganzen Nachmittag mit den Puppen. Die Hebamme bemerkte, daß Ruthla einen vorteilhaften Einfluß auf die Stimmung ihrer Tochter hatte und lud sie ein, in Zukunft öfter zu kommen.

Zuhause mußte Ruthla von ihrem Nachmittag im Haus der Hebamme berichten. Lissy fand die Vorstellung, mit einer „Idiotin" zu spielen, zuerst eklig, war aber wegen der vielen, noch ganz unbenutzten Spielsachen, von denen Ruthla sprach, neugierig geworden. Ein paar Tage später stand sie zusammen mit Ruthla vor der Haustür der Hebamme und fragte, ob sie auch mitspielen dürfe.

Das wiederholte sich noch ein paar Mal und ging trotz der etwas schwierigen Dreierkonstellation und obwohl Lissy immer wieder Spiele wollte, die Coppelia nicht verstand, sogar ganz gut, doch nach wenigen Wochen war plötzlich alles zu Ende.

Daß Coppelia nicht mehr am Fenster saß, war Lissy und Ruthla schon am Montag auf ihrem Weg zur Apotheke aufgefallen. Als Ruthla am Dienstag vorbeikam und keine Coppelia mehr fand, erzählte sie es Lissy. Und Lissy, die am Mittwoch vorbeikam und keine Coppelia entdeckte, erzählte es Ruthla. Am Donnerstag gingen beide, um nach Coppelia zu gucken, aber sie war wieder nicht da, und auch die Hebamme trafen sie nicht an. Am Freitag stand das Fahrrad der Hebamme vor ihrem Haus in der Promenade. Ruthla konnte hören, daß sie sich leise mit Rosa im Proberaum für die Musiker unterhielt, aber was sie sprachen, verstand sie nicht, nur daß die Hebamme zwischendurch immer wieder schluchzte und von Rosa getröstet werden mußte.

Wenn Rosa etwas Wichtiges mitzuteilen hatte, saß sie meistens am Küchentisch. Es ging auch nie ohne Kaffee. Irgendwo fanden sich immer noch ein paar Böhnchen, und die schoß sie zusammen mit Kathreiner oder ein paar Lupinen solange durch das Wasser, bis die Brühe irgendwie das gewünschte Aroma hatte. Während also Rosa am Küchentisch saß und in ihrer Kaffeetasse löffelte, eröffnete sie Ruthla und Lissy, mümmelnd und unter fortwährendem Räuspern, daß ihre Freundin, die Hebamme, bei ihr gewesen sei und ihr erzählt habe, daß ihr kleines Madla heute Vormittag verstorben sei. Vor ein paar Tagen hätte es in die Klinik gemußt. Es habe zwar nur einen harmlosen Schnupfen gehabt, trotzdem habe es der Arzt gleich in ein Krankenhaus einweisen lassen, und danach sei es nicht mehr zurückgekommen. Keiner verstehe so recht, wieso das Madla an einem harmlosen Schnupfen habe sterben können, aber sie wüßten ja, daß es immer etwas kränklich gewesen sei und auch viel empfindlicher als andere Kinder, vielleicht läge es daran. Es sei alles so schnell gegangen. Das Madla sei sogar schon eingeäschert worden, und in der nächsten Woche würde die Beisetzung auf dem Friedhof am Hindenburgdamm stattfinden.

Lissy sagte, der Tod sei für Madla eine Gnade, aber Ruthla mußte weinen.

Am Abend hörte Ruthla von ihrem Lieblingsplatz unter der Chaiselongue, wie Rosa mit Ernst am Küchentisch saß und wie sie sich über die Tochter der Hebamme unterhielten. Daß die Nazis offenbar trotz aller Kritik an ihrem verknuchten Euthanasieprogramm festhielten und sogar schon Kinder umbrächten. Die würden erst in ein Krankenhaus oder

Heim eingeliefert und von dort mit dem Bus in zentrale Tötungsanstalten gebracht, wo man sie abspritzte oder verhungern ließe. Damit man den Teifeln nichts nachweisen könne, würden die armen Leit gleich danach in den Krematorien verbrannt. Die Angehörigen kriegten nur noch die Urnen zu sehen und wüßten noch nicht einmal, ob darin die echte Asche enthalten sei. Er wisse das alles von Radio Vatikan und BBC und von seinen Genossen. Heutzutage sei schon jemand, der stottere, seines Lebens nicht mehr sicher. Soweit seien sie also mit dem Rassenwahn gekommen. Und es würde täglich schlimmer. Aber man würde schon sehen, was man davon hätte. Bei der Bombardierung von Lübeck und Rostock habe es bereits Hunderte von Toten gegeben, Frauen und Kinder.

„Die vielen unschuldigen Kindla“, rief Rosa, „warum nur?“

Ernst lag die Antwort auf der Zunge, aber er schwieg. Stattdessen sprach er wieder davon, daß sie bald alle Baumrinde fressen müßten.

Bei dem Wort „Baumrinde“ dachte Ruthla an den Tag, als sie die Nachricht von Herberts Tod erhalten hatte, und sie hatte wieder den bitteren Geschmack des Abends auf der Zunge, als sie in die Rinde biß. Auch wirkten Ernsts Worte durch ständige Wiederholung für sie von Tag zu Tag bedrohlicher. In Augenblicken wie diesen wünschte sich Ruthla den Krieg, der in Frankenstein bisher vor allem in Form von Reden und Truppenaufmärschen in Erscheinung getreten war, weit weg.

Das Grab mit Coppelias Urne befand sich am Rande des Friedhofs in der Nähe des Bahndamms. Die Mädchen kamen anfangs in den Sommermonaten noch sehr oft und brachten immer Blumen mit, die sie auf den Wiesen gepflückt hatten. Solange der Mohn blühte, kamen sie mit Mohn, der auf den Feldern hinter Hedwigs Haus wuchs; Mohn, der zu üppigen Sträußen gebunden in ihren Armen lag. Später wurden die Besuche von Ruthla und Lissy seltener. Ganz vergessen haben sie Coppelia nie.

Es schien, als habe sich der Tod in diesem Sommer an Ruthlas Fersen geheftet; sie wurde ihn einfach nicht los. Eine Woche, nachdem Coppelia verstorben war, kam Lothar und sagte, daß er ihr etwas zeigen wolle. Barbara, die Tochter vom Plumpa Fitze, die schon lange krank gewesen sei, sei jetzt gestorben und werde im Waschhaus, in der Nähe ihrer alten Wohnung, aufgebahrt. Die Aufbahrung sei öffentlich und alle, die sie kannten, könnten sie dort besuchen. Heute halte ihre Großmutter die Totenwache.

Ruthla, die die lebende Barbara gar nicht richtig gekannt hatte, fürchtete sich vor der Begegnung mit der toten, aber sie war auch neugierig. Wie sich die Nachricht vom Tode eines Menschen anhörte, wußte sie inzwischen, das hatte sie bei Herbert und zuletzt bei Madla erfahren. Wie ein Toter aussah, wußte sie aber noch nicht. Die Toten, die sie kannte, hatten sich aus ihrem Leben geschlichen, ohne ihr Gelegenheit zu geben, Abschied zu nehmen. Von Herbert waren ihnen nur ein blutiger Lederbeutel, ein Metallschildchen mit eingravierten Zahlen und Nummern und ein paar Reichsmark geblieben, vom Madla gar nichts, nur eine Stelle mit Erde auf dem Friedhof, und wenn Ernst recht hatte, war noch nicht einmal sicher, ob es ihre Asche war, die darunter lag.

Ruthla und Lothar gingen also gemeinsam auf der Silberberger Straße in Richtung Siedlung und bogen hinter dem Tabeenstift rechts in die Schützenstraße. Vom Schützenhaus, wo wieder geschossen wurde, war es nicht mehr weit zum Waschhaus, gleich vor ihrer ehemaligen Wohnung. Ruthla kannte es gut. Sie wußte auch, daß das Haus nicht nur zum Waschen benutzt wurde, sondern auch dazu diente, von Zeit zu Zeit den Leichnam verstorbener Anwohner aufzubahren. Sehr oft war das bisher aber noch nicht vorgekommen. Genau genommen konnte sie sich nur daran erinnern, daß Schober Wendlins Mutter vor ein paar Jahren dort gelegen und ihr Sohn die Totenwache gehalten hatte. Rosa hatte mit ihr und Lissy darüber gesprochen, aber sie hatte auch gesagt, daß sie nicht dorthin gehen sollten, weil das

Gesicht der Mutter durch den Krebs entstellt sei und sie ihr Anblick nur erschrecken würde. Dabei sei der Tod eigentlich gar nichts Schlimmes und manche Leit' sähen im Tode besser aus als im Leben.

Lothar öffnete die Tür des Waschhauses, Ruthla folgte ihm in vorsichtigem Abstand. Bevor sie sich endgültig dazu durchringen konnte, die Tür hinter sich zu schließen, blieb sie noch eine Weile vor dem Ausgang stehen und blickte sich aufmerksam im Raum um. In der Mitte stand ein kleiner alabasterweißer Kindersarg. Man hatte ihn auf zwei Schemel gestellt, die gewöhnlich für den Waschzuber bestimmt waren; darüber hatte man eine helle Decke gebreitet, so daß das Ganze wie eine Art Podest aussah. Von draußen fiel Sonnenlicht schräg durch die kleinen Fenster des Waschhauses auf den Sarg. An dessen Kopfende brannten zwei hohe Kerzen. Im Sarg lag, bekleidet mit einem Totenhemdchen und gebettet auf atlasweißen Kissen und Spitzendecken, die Tochter der Plumpas.

Man hatte dem Mädchen eine Krone aus Rosmarinzweigen geflochten und auf das glatte dunkle Blondhaar gelegt. Sie erinnerte an eine Dornenkrone und sollte wohl auch daran erinnern. Denn das Mädchen war lange krank gewesen und hatte viel gelitten. Damit, daß es eines Tages korallenrot aus ihrer Nase lief, hatte es angefangen. Man hatte erst nicht viel darauf gegeben, aber dann wollte das Nasenbluten gar nicht mehr aufhören. Am Ende teilten die Ärzte den Eltern mit, daß ihre Tochter unheilbar an Leukämie erkrankt sei.

Jetzt schien in ihrem Körper kein einziger Tropfen Blut mehr zu sein. Alle Farbe war aus Wangen, Lippen und Gesicht gewichen und hatte eine weich modellierte wächserne Maske zurückgelassen, eine abgelegte Kinderlarve. Aber die Schönheit der ebenmäßigen Züge und ein schimmernder Flaum von mildem Licht, der auf ihnen lag, versöhnten mit der Abwesenheit von Leben. Die Augen waren geschlossen und wie mit einem dämmerfarbenen Gazeschleier bedeckt.

Beim Öffnen der Tür wehte ein lauer Luftzug durch den Raum. Die Kerzen am Kopfende des Sarges flackerten unruhig, aber die Gesichtszüge des Kindes verharrten in tiefem Todesschlaf. In diesem Augenblick erschien Ruthla das Mädchen in dem Sarg selbst wie eine Kerze ohne Flamme, eine erloschene Kerze. Seine Arme lagen rechtwinklig und ein wenig steif auf der Decke, die schmalen feingliedrigen Finger der linken Hand umschlossen ein kleines Sträußchen mit frühlingshimmelblauem Vergißmeinnicht. Auf die Decke hatte man Rosmarinzweige gestreut, außerdem lag ein Heiligenbildchen darauf, auf dem das Porträt eines anderen Mädchens zu sehen war. „Maria Goretti", flüsterte Lothar, der katholisch war und inzwischen schon den Kommunionunterricht bei Pater Rektor besuchte, das sei Maria Goretti. Ruthla wußte nicht, wer das war, aber sie zog es vor, nicht weiter danach zu fragen.

Alles, was an die eigentliche Bestimmung des Waschraums hätte erinnern können, war entweder entfernt, verdeckt oder beiseitegeschoben worden. Über den Waschkessel hatte man eine Decke gebreitet und eine Vase mit porzellanweißen Madonnenlilien darauf gestellt. Die Wände waren mit waldgrünen Girlanden geschmückt, rechts und links hinter dem Sarg standen zwei Kübel mit Lorbeerbäumen. Nur der Geruch von Schmierseife und gewaschener Wäsche hing hartnäckig im Raum und mischte sich mit dem schweren Duft der weißen Lilien und dem harzigen Parfüm der Rosmarinzweige.

Nachdem Ruthla die Tote eine Weile betrachtet hatte, glaubte sie, Gott, von dem sie nur wußte, daß ihr Vater nicht an ihn glaubte, für das eigene Leben danken zu müssen. Aber das war nur ein erster Impuls, denn wenig später bemerkte sie am Ausdruck des Gesichts, daß die Tote gar nicht um ihr verflossenes Leben zu trauern schien, sondern offenbar sehr zufrieden war mit ihrem jetzigen Zustand, froh darüber, schlafen zu dürfen, nicht mehr am Leben teilnehmen zu müssen, frei zu sein davon. Daher schien es Ruthla unpassend, sich für etwas zu bedanken, was die Tote gar nicht vermißte. Sie geriet darüber in Verwirrung und legte unwillkürlich ihren Arm auf Lothars Schulter.

Lothar fragte, ob er das Vaterunser beten solle, das habe er gerade im Kommunionunterricht bei Pater Rektor gelernt. Aber Ruthla, die das Vaterunser nicht kannte, fand, daß sein Gebet aus Troppau, das eigentlich ein Lied oder Gedicht war, viel schöner sei und bat ihn, es noch einmal so zu sprechen, wie er es vor dem Bildstock im Mohnfeld gemacht hatte. Denn sie selbst hatte es vor lauter Aufregung vergessen. Also wiederholte Lothar es noch einmal und schloß mit:

„Der liebe Gott wird bei dir wohnen droben in der Herrlichkeit da sitzt die Frau auf'm Stuhl bereit da droben muß sie sitzen mit ihrem Herrn Jesu Kristen".

Und dann fügte er noch ein „Amen" hinzu, denn das wußte er inzwischen, daß alle Gebete damit endeten.

Die Großmutter des verstorbenen Mädchens war schwarz gekleidet und hatte die ganze Zeit auf einem Stuhl neben dem Sarg gesessen, wo sie stumm ihren Rosenkranz durch die Finger gleiten ließ; zwischendurch erhob sie sich immer wieder, um ihrer toten Enkelin mit einem Stofftuch Flüssigkeit, die von Zeit zu Zeit aus der Nase lief, abzuwischen. Nach dem Gebet der Kinder blickte sie zum ersten Mal auf.

„'s is a Engala gewur'n",

flüsterte sie und wies irgendwo in die Richtung ihrer Enkelin, vielleicht höher. Sie fragte Ruthla noch, ob sie sie gekannt hätte. Ruthla zögerte einen Augenblick und sagte dann aber wahrheitsgemäß: „Nein".

„Brav", erwiderte die Alte, „braves Kindla".

Nachdem die kleine Plumpatochter auf dem Friedhof an der Hindenburgstraße beigesetzt worden war, konnte die Trauerdekoration entfernt und das Waschhaus seiner ursprünglichen Bestimmung zurückgegeben werden. Der Blick auf den beheizbaren Waschkessel war nun wieder frei. Statt des Kindersargs stand auf den beiden Holzschemeln der hölzerne Waschbottich, statt der Lorbeerbäume in Kübeln und waldgrüner Girlanden schmückten hölzerne Wäschezangen, Handpaddel, Bürsten, Zinkwannen und Waschbretter den Raum. Und statt nach Rosmarin und Lilien roch es nur noch nach Schmierseife und Soda.

Etwa anderthalb Wochen später stand Hedwig im Waschhaus und wusch Wäsche für sich, ihre vier Töchter und für ihren Mann Joseph, der vor ein paar Tagen wieder von seinem Heimaturlaub zurück an die Ostfront gefahren war. Daß Hedwig Wäsche wusch, wäre an sich kaum erwähnenswert. Auch wenn der bloße Vorgang des Wäschewaschens in Zeiten, in denen eine vollautomatische Waschmaschine noch nicht zum selbstverständlichen Hausinventar gehörte, heute wieder auf Interesse stößt und bereits Gegenstand von Unterrichtseinheiten, Workshops und Museumsprojekten geworden ist, soll von ihm nur am Rande die Rede sein und nur deswegen, weil er mit Lena, Hedwigs ältester Tochter, zu tun hatte und mit einem Ereignis, das die Familie noch lange beschäftigte.

Alles fing damit an, daß Hedwig ausnahmsweise Lenas Quengelei nachgegeben und sie zum Waschhaus mitgenommen hatte. Lenas drei jüngere Geschwister waren zuhause geblieben, wo sie von Hedwigs Schwester Martha betreut wurden. Während also Lena draußen auf ihrer Ritsche vor dem Waschhaus saß, sich die Sonne durch ihre lichtblonden Locken scheinen ließ und Kinderlieder sang, die sie von Martha gelernt hatte, war Hedwig drinnen so sehr mit ihrer Wäsche beschäftigt, daß sie kaum noch ein Auge für irgend etwas anderes hatte, auch für Lena nicht.

Besonders Josephs Weißwäsche machte ihr zu schaffen. War es wegen der vielen Kriegsgeschichten, die Joseph ihr erzählt hatte, stand sie noch unter dem Eindruck der Beerdigung der kleinen Plumpatochter? Beim Anblick von Josephs weißem Leinennachthemd stiegen plötzlich Bilder auf, Bilder, die Hedwig einfach nicht wollte und die sie auch durch das Waschen nicht los wurde. Denn unter ihren Händen verwandelte sich Josephs Nachthemd in ein Totenhemd.

Am Ende versuchte sie es mit Wäscheblau, von dem sie ein wenig mehr als gewöhnlich nahm, weil sie glaubte, das

Totenhemdweiß durch einen bläulichen Schimmer neutralisieren zu können. Das machte die ganze Sache aber nur noch schlimmer. Denn jetzt stellten sich erst recht Bilder ein, von Leichen und Leichenteilen, farblich ins Bläuliche und Bläulich-Violette spielend. Josephs Erzählungen waren voll und übervoll von diesen Schilderungen.

Hedwig sah ja ein, daß Joseph alles loswerden mußte. Es war einfach zuviel für ihn. Aber für sie erst recht. Deswegen hatte sie ihm geraten, zu Ernst zu gehen und mit ihm darüber zu sprechen. Aber das war keine gute Idee. Joseph stand schon nach einer guten halben Stunde wieder vor der Tür und sagte, daß sie sich gestritten hätten. Mit Ernst sei ein vernünftiges Gespräch über den Krieg und die Russen einfach nicht möglich.

Während also Hedwig gegen die Verwandlung von Josephs Nachthemd in ein Totenhemd anwusch, saß Lena auf der Ritsche und sang: „Hänschen klein". Möglicherweise brachte sie dieses Lied auf den Gedanken, es dem kleinen Hänschen gleichzutun und auch einmal in die weite, weite Welt hinauszugehen. Stock und Hut hatte sie nicht, ein Ränzlein auch nicht, aber wohlgemut war sie, und so machte sich auf den Weg zum Bahndamm am Ende der Siedlung, um mit einem der vorbeifahrenden Züge in die weite Welt zu fahren.

Später hat man gefragt – und man mußte so fragen – wie das geschehen konnte. Wie es geschehen konnte, daß Lena vom Waschhaus zum Bahndamm gelangte, ohne daß jemand sie bemerkte. Der Vorwurf richtete sich nicht nur an Hedwig, sondern auch an diejenigen Anwohner, die an diesem Vormittag auf der Straße waren. An Schober Wendlin also, der vor dem Haus von Plumpa Fitze stand und sich mit ihm am Gartenzaun unterhielt, oder an Katzen-Schubert, der sich in seinem Garten an etwas zu schaffen machte, was ein Kaninchen war, aber auch etwas anderes hätte sein können. Und wo war Frau Jeschke?

Da Schober Wendlin die Angelegenheit später sichtlich peinlich war und er nicht recht mit der Sprache heraus rückte, nehme ich an, daß es mit seinen nervösen Leiden zusammenhing. Vielleicht war sein Blick, als Lena von rechts kam, wieder einmal nach links verrutscht und dann eingerastet. Vielleicht löste sich seine Verspannung, für die er natürlich nichts konnte, zu eben dem Zeitpunkt, als Lena an ihm vorbeigegangen war und er wieder nach rechts blicken konnte. Das ist zugegeben nur eine Vermutung, aber wer Schober Wendlin kannte, wußte, auszuschließen ist das nicht.

Plumpa Fitze gab unumwunden zu, daß er mit Schober Wendlin an jenem Vormittag wieder einmal über sein Lieblingsthema gesprochen habe, über Göpel also, Göpel im allgemeinen und das Schmieren von Göpeln im besonderen. Göpel hatten ihm geholfen über die Krankheit seiner Tochter hinwegzukommen, Göpel halfen ihm auch über ihren Tod. Er erinnerte sich sogar daran, Schober Wendlin darauf hingewiesen zu haben, beim Schmieren von Göpeln auf keinen Fall die an der Manteldecke durchbrechende Spindel der senkrechten Welle außer acht zu lassen. Dabei müsse er wohl die Kleine übersehen haben.

Warum Katzen-Schubert damals nichts mitbekam, blieb unklar, wie überhaupt so vieles an ihm.

Der einzige, der Lena bemerkte, war der schwarze Ziegenbock, der vor dem Haus der Jeschkes an einen Pflock angebunden war und graste. Normalerweise wäre auch Frau Jeschke im Garten gewesen, um Salat zu pflücken. Daß sie ausgerechnet an diesem Vormittag in ihrem Haus geblieben war, hing mit dem Bock zusammen, den sie neuerdings als „ahlen Teifel" und „verknuchtes Vieh" bezeichnete, weil er ein paar Tage vorher just in dem Augenblick mit dem Pflock davongelaufen war, als sie ihn mit dem umgekehrten Ende der Axt in die Erde rammen wollte. Statt des Pflocks traf sie ihr rechtes Schienbein. Seitdem kurierte sie viel daran herum, so auch an diesem Vormittag, an dem sie gewöhnlich Salat zu pflücken pflegte. Und daß der Ziegabucka Lena wohl bemerkte und trotzdem nicht meckerte, wird man bei einem so diabolischen Tier nicht unnatürlich finden.

Jedenfalls war Lena auf ihrem Weg von niemandem in der Siedlung gesehen worden. Am Bahndamm suchte sie noch eine Weile nach einem Bahnhof; als sie keinen fand, setzte sich auf den Schotter zwischen den Gleisen und wartete dort auf den Zug. Der mit einem Dieselmotor ausgerüstete Triebwagen auf dem Weg nach Silberberg kam pünktlich wie immer und fuhr mit einem lauten Pfiff und im abgebremsten Tempo geradewegs auf sie zu und – über sie hinweg.

In dem Augenblick, in dem Hedwig den Pfiff hörte, ließ sie Josephs Nachthemd in das wäscheblaue Wasser sinken und stand wenig später auf der Straße. Als Plumpa Fitze und Schober Wendlin sie bemerkten, war sie so aufgelöst, daß Plumpa Fitze vor Schreck über ihren Anblick der Göpelfaden riß und in seinen Ausführungen steckenblieb. Vom Waschhaus zum Bahndamm brauchte Hedwig kaum eine Minute. Dort hatten sich bereits einige Bewohner der Negersiedlung um den Güterzug versammelt:

„Das arme Kindla", riefen die Frauen. Die Männer beschimpften den Lokführer, der kreidebleich am Bahndamm stand und seine Unschuld beteuerte.

Mit dem Ruf: „Mein Madla, laßt mich zu meinem Madla", drängelte Hedwig sich durch. Was sind das nur für Zeiten, dachte sie, in denen man bei jedem Nachhemd an ein Totenhemd denken muß? Und im Geiste sah sie schon alles vor sich: Lena, aufgebahrt im Waschhaus, so wie die Tochter vom Plumpa Fitze vor ein paar Wochen. Am Kopfende des Sarges zwei Kerzen, hinter dem Sarg die beiden Kübellorbeerbäume, auf der weißen Totendecke ein paar Rosmarinzweiglein, Ida würde die Totenwache halten, Rosa würde mümmeln, Ruthla würde weinen. Und Ernst? Hedwig mochte gar nicht daran denken: Er würde seine Hände in die Hosentaschen stecken, wie er es bei der Totenmesse für die kleine Plumpa getan hatte. Es sollte doch niemand denken, er faltete sie zum Gebet.

Das Schicksal im allgemeinen. Es ist sehr schwankend, unstet, wankelmütig, es ist launisch. Ist das Schicksal eine

Frau? Die Frage ist nicht unberechtigt, aber anachronistisch in Zeiten, in denen Geschlechtsmerkmale so wenig wie Geschlechtsunterschiede noch eine Rolle spielen. Als poetische Allegorie genommen wäre eine Frau sicherlich geeigneter, Schicksal zu spielen als ein Mann, schon wegen der Optik. Doch auch darüber gibt es inzwischen unterschiedliche Ansichten.

Fest steht allerdings, daß oft eine komplizierte Verknüpfung von Umständen dazu führt, daß ein Unglück passiert, daß aber eine noch viel kompliziertere Konstellation dazu führen kann, daß es gerade nicht passiert. Der tragische Ausgang scheint sorgfältig vorbereitet, die Schicksalsfäden sind so raffiniert verschlungen, daß das Ergebnis unausweichlich scheint: Jetzt muß es passieren – und doch wird das Gewebe noch einmal aufgeribbelt und neu verstrickt. Also doch – eine Frau?

Kurz und gut. Da regte sich was.

Lena, die schon von allen aufgegeben worden war, kletterte unter dem Triebwagen hervor und stand mit ölverschmiertem Gesicht, aber im übrigen völlig unversehrt da. „Mein Schuhla", sagte sie, „mein Schuhla", denn das lag noch unter dem Zug.

Später sah Hedwig darin das Zeichen. Das sei das Zeichen, sagte sie immer wieder und hob ihre Augen himmelwärts, Jesses und Maria, das Zeichen, das Zeichen.

Von nun an begann sie mit der Missionierung der Heiden.

Ein paar Wochen später wurde ihr Mann Joseph bei Charkow von Partisanen erschossen und ganz ohne weißes Totenhemd in der ukrainischen Erde begraben.

Paterrekter

Eigentlich lautete die korrekte Amtsbezeichnung Pater Rektor. Aber die meisten sagten Paterrekter – und die Schuberts, an denen der Kelch des humanistischen Gymnasiums seit Generationen vorbeigegangen war, sowieso. Darum will auch ich der Gewohnheit folgen und fortan von Paterrekter sprechen.

Warum und unter welchen Umständen er gekommen war, wußte niemand ganz genau. Einige Frankensteiner munkelten etwas von Strafversetzung, wollten von Weibergeschichten gehört haben, aber das waren Gerüchte, auf die niemand etwas gab. Oder nur dann, wenn man Paterrekter nicht mochte. Die meisten mochten ihn, jedenfalls die Frankensteiner Frauen, die in die Kirche des Missionshauses strömten, um seine Messen zu besuchen. Es sei lange her, so sagten sie, daß ihnen jemand das Wort so klar verkündet habe. Die Frankensteiner Männer mochten ihn weniger und meinten, dafür ihre Gründe zu haben. Reden wollten sie darüber nur unter vier Augen. Aber bewiesen werden konnte nie etwas.

Jedenfalls war Paterrekter irgendwann da und tat das, wozu er laut seiner lateinischen Amtsbezeichnung berufen war: das Herz-Jesu Missionshaus der Pallottiner in Frankenstein als gütiger und bisweilen strenger Hausvater mit ordnender Hand zu leiten. Darüber hinaus versah er als Mitglied der *Societas Apostolatus Catholici* und geweihter Priester selbstverständlich auch noch die gewöhnlichen geistlichen Dienste, als da sind: Messe halten, die heiligen Sakramente ausspenden, Witwen und Waisen trösten und das Wort des Herrn in Schlesien verbreiten.

Wie er eigentlich, das heißt mit seinem bürgerlichen Namen hieß, wußte niemand, da jeder ihn nur als „Paterrekter“ kannte und manche das wohl schon für seinen eigentlichen Namen hielten. Man sagt, daß eine Handvoll Frauen seinen Vornamen, einige davon sogar seinen Kosenamen gekannt hätten, aber das war vermutlich wieder nur so ein böses Gerücht. Der Leiter der schlesischen Pallottiner-Niederlassung war kein Gralsritter und hatte keinen Anlaß, seinen Namen geheimzuhalten. Ich bin sicher, daß die Brüder aus seiner Gemeinschaft ihn bei seinem Namen genannt haben. Vielleicht haben sie Bruder Hans oder Georg zu ihm gesagt oder Bruder Hinz oder Kunz. Ruthla wußte seinen Namen von ihrer älteren Schwester Hedwig, die sogar seinen Vornamen gekannt haben soll. Ich will ihn hier übergehen, zumal Namen nichts sind als Schall und Rauch.

Mit Bestimmtheit kann ich ausschließen, daß Paterrekter irgend etwas mit jenem aufrechten Pater zu tun hatte, der nach seinem irdischen Martyrium heute auf seine wohlverdiente Seligsprechung wartet. Für Selig- oder gar Heiligsprechung war dieser nach Frankenstein versetzte Geistliche wegen der notorisch vernebelten Quellenlage und sich widersprechender Zeugenaussagen wohl weniger geeignet, auch wenn einige sagen, er habe zweifellos das Zeug dazu gehabt. Was mich in dieser Angelegenheit, möglicherweise zu Unrecht, etwas voreingenommen macht, ist die Tatsache, daß die, die das behaupteten, wiederum ausschließlich Frauen waren.

Es ist hier nicht der Ort, die Geschichte des Missionshauses auszubreiten, sowenig wie die der *Societas Apostolatus Catholici*, die in der Mitte des 19. Jahrhunderts von dem heiliggesprochenen Vinzenzo Pallotti als Gemeinschaft von Laien und Priestern im geschwisterlichen apostolischen Dienst ins Leben gerufen wurde. Nur soviel sei gesagt, daß es bei den Pallottinern, anders als in den katholischen Ordensgemeinschaften, kein Gelübde gab, was aber ihrer Verpflichtung zu Armut, Gehorsam und Keuschheit keinen Abbruch tat und ihr den heiligen Ernst nicht nahm. Jedenfalls im allgemeinen nicht.

Von den über ganz Deutschland verstreuten Niederlassungen der Gemeinschaft war das in den zwanziger Jahren entstandene Missionshaus im schlesischen Frankenstein sicherlich am imposantesten. Die großzügig gestaltete und in parkähnliche Gärten eingebettete hufeisenförmige Anlage war unweit der Breslauer Straße und dem Pausebach vor den alten Stadtmauern gelegen. Der unter dem Schirm zweier steinerner Apostel stehende überdachte Eingang mit dem breiten Treppenaufgang war von der Straße, die heute „Piastowka“ heißt, zu erreichen. Weder Ruth noch Albert erinnerten sich an den damaligen Straßennamen, was verständlich ist, da sie die Anlage immer nur durch den Hintereingang, also von der gegenüberliegenden Seite, betraten, der vom Annaberg aus nur einen Katzensprung entfernt war. Schon nach ein paar Straßen standen sie auf dem großen begrünten Anwesen, an dem sie vor allem der Garten mit seinen hohen Obstbäumen reizte.

Außer der Streuobstwiese gab es einen Kräuter- und einen Gemüsegarten mit allen nur denkbaren Sorten, wie Rüben, Kohl, Spinat, Erbsen und einem großen Beet mit Bohnen, Stangenbohnen. In den hohen, von Bohnen berankten Stangenzelten konnte man im Sommer Versteck spielen. Die grünen Zelte ließen sich aber auch noch ganz anders nutzen – vorausgesetzt man war etwas älter und hatte genügend ausschweifende Phantasie. Auch einen Ziergarten gab es mit Rabatten von Rosen, Rittersporn und Akelei. Die Rosen waren für den Altarschmuck. Zur Freude von Paterrekter und zur Ehre der heiligen Jungfrau blühten gleich hinter der brüchigen Mauer des Missionshauses zwischen Mohn und Lupinen majestätische Madonnenlilien in lichtweißen Trauben. Wenn Paterrekter Gäste durch den Garten führte, zitierte er gern ein paar Verse aus dem Hohelied Salomos, das zu seinen biblischen Lieblingsbüchern gehörte. Zur Blütezeit im Juni umfaßte er dann sanft die porzellanweißen und nur an den Spitzen zart goldgrün überhauchten Blütenkelche und zitierte mit gesenkten Augenlidern aus der Heiligen Schrift: „Mein Freund ist mein, und ich bin sein, der unter den Lilien weidet“.

Wenn man aus der Stadt kam, wo die Hakenkreuzfahnen wehten und die Soldaten aufmarschierten, empfand man den Unterschied sofort. Man ließ das Stiefelgedröhn, die

Marschmusik und den ganzen Lärm hinter sich und tauchte bei Gorka, Zwippeln, Möhrn und Stangenbohnen ein in die stille Welt der geschäftigen Brüder. Nicht ganz so still und abgeschieden ging es zu bei ihnen wie früher bei den Ordensbrüdern in der Klosterstraße, aber doch so, daß jeder, der kam, sofort merkte: Es gibt immer noch Orte, an denen das Kreuz und nicht das Hakenkreuz gilt.

Es herrschte ein strenges Reglement, denn Zucht und Heiligung bestimmten das ganze christliche Leben. Weil der Hauptakzent der Arbeit bei den Pallottinern seit jeher auf der Mission lag, hatte man auch eine Druckerei. Hier entstanden das monatlich herausgegebene Mitteilungsblatt sowie Kalender, christliche Traktate und Broschüren. Ernst-August und seine Genossen, denen zur Anfertigung ihrer Flugblätter nur das Hektographiergerät von Schmidtgärtner zur Verfügung stand, sprachen nie ohne Neid davon.

Ansonsten Messen, Andachten, Lobpreis und Beichten rund um die Uhr. Gebet am Morgen, Gebet am Abend, Gebet in der Nacht. Wer so etwas mochte, und viele Frankensteiner Frauen mochten das, dem wurde viel geboten. Und auch der, den es, einmal auf den Geschmack gekommen, nach subtileren spirituellen Reizen verlangte, kam auf seine Kosten: Exerzitien jeglicher Art, jeden Freitag um siebzehn Uhr Verehrung des Heiligsten Herzens Jesu und der Barmherzigkeit Gottes, in der Fastenzeit Kreuzwege für Kinder und Erwachsene, dazu verschiedene Ehrungen der heiligen Jungfrau, Fatima-Gedenken, Rosenkranzandachten und heiliges Gedächtnis ihres unbefleckt gebliebenen Herzens. Eine Hausordnung schärfte die Grundregeln des Römischen Katechismus ein. Vernachlässigung der Gottesdienste galt als schwere Sünde.

Seit Ende der dreißiger Jahre war Paterrekter Leiter und oberster Hirte des Herz-Jesu-Missionshauses. Zu so einem Amt mußte man berufen sein. Paterrekter war in jeder Hinsicht ein Berufener, der reine Hirte, wie seine treuesten Anhängerinnen, die keine Messe versäumten, seufzend und mit schwärmerischem Augenaufschlag sagten, gleichsam als ob dies eine Art vierter Glaubensartikel sei.

In seine Predigten flocht er im warmherzigen Plauderton gern Passagen mit persönlichen oder biographischen Bemerkungen ein – schon allein deswegen, um seinen Zuhörern auf diese Weise einen Begriff davon zu geben, daß auch er nur ein ganz normaler Mensch und kein Heiliger sei (wessen es nach Meinung einiger böser Zungen keineswegs bedurft hätte). Hier erfuhr man, daß er der Sohn eines einfachen Moselwinzers war und nun schon im 21. Profeß- und 18. Priesterjahr seinen Dienst im Weinberg des Herrn versah. Die Berufung zum Priesteramt habe er früh verspürt. In seinen Predigten sprach er immer von seinem „Vanitas-Erlebnis". Während eines ausgelassenen Winzerfestes in seiner früheren Heimat soll dem zur Melancholie neigenden sechzehnjährigen Jüngling plötzlich die Nichtigkeit alles Irdischen bewußt geworden sein. Damals entdeckte er ein Thema, das, wenn möglicherweise auch nicht als Lebensthema, so doch als Predigtthema, dauernd präsent blieb: Wandel in Keuschheit. Das Studium der heiligen Schrift und der frühen Christengemeinde hatte ihn in der Überzeugung bestärkt, daß es sich dabei um Kern und Stern des christlichen Glaubens handele. So vermehrte er die Seligpreisungen des Herrn in der Bergpredigt in seinen Ansprachen gern um ein paar weitere, die er den sogenannten apokryphen Schriften entnommen hatte, wie: „Selig sind, die ihr Fleisch rein bewahrt haben, denn sie werden ein Tempel Gottes werden", oder: „Selig sind die Enthaltsamen, denn Gott wird zu ihnen reden".

Oft sprach er davon, daß es ihn anfangs noch zu den „Oblaten der Makellosen Jungfrau Maria", die man kurz auch „Oblaten" nennt, gezogen hätte, daß aber der Herr es anders mit ihm gemeint habe und er so zu den Pallottinern gekommen sei.

Unter den christlichen Gestalten der jüngsten Geschichte war ihm Maria Goretti, die ihm als Märtyrerin der Reinheit und Vorbild für die junge Generation galt, die liebste. Eben damals war in den katholischen Gemeinden viel von dem jungen, aus einer italienischen Bauernfamilie bei Ancona stammenden Mädchen und ihrem beklagenswerten Schicksal die Rede. Ihre Geschichte geisterte durch Predigten und Ansprachen und wurde von Paterrekter so ergreifend und anschaulich geschildert, daß den grau- und weißhaarigen Weibern auf den vorderen Bänken vor Rührung die Brillen beschlugen. Diejenigen, die das Pech hatten, keinen der vorderen Plätze bekommen zu haben und mit den hinteren Sitzgelegenheiten Vorlieb nehmen mußten, hatten ihre Hand zu einem Hörrohr geformt und an das Ohr gelegt, um sich ja keines der von der Kanzel kommenden Worte entgehen zu lassen. Auf der Kanzel schilderte Paterrekter in dramatischen Farben, wie sich die Elfjährige gleich nach ihrer Erstkommunion den Annäherungsversuchen eines vierzehnjährigen Nachbarjungen namens Alessandro Serenelli ausgesetzt sah, wie sie sich aber immer wieder standhaft widersetzt habe, bis der Zurückgewiesene, rasend geworden, zum Messer griff und sie mit vierzehn Stichen tötete.

Paterrekters Sinn für rhetorische Effekte bewährte sich in der Art, wie er auf dem Höhepunkt seiner Schilderung, nach der schauerlichen Bluttat, von der Kanzel röchelnd, Marias letzte Worte zitierte: „Ich verzeihe ihm, ich will ihn bei mir im Himmel haben". Um die übermenschliche Kraft, mit der das kleine Mädchen seinem Mörder verzieh, zu unterstreichen, wiederholte Paterrekter den Satz noch einmal etwas lauter und ließ alsbald eine lange furchtbare Totenstille folgen, die nur vom leisen Schluchzen der Zuhörerinnen unterbrochen wurde. Auch die Darstellung der anschließenden reumütigen Umkehr des zur Zwangsarbeit verurteilten Mörders, den das Mädchen in Träumen und Visionen mit weißen Lilien bedachte und der schließlich als Laienbruder in den ehrwürdigen Orden der Kapuziner eintrat, war äußerst effektvoll.

Nach Paterrekter lehre das Beispiel des kleinen italienischen Mädchens eindrucksvoll, daß die Treue zur christlichen Berufung bisweilen auch den Einsatz des eigenen Lebens erfordere. Keuschheit sei der Inbegriff, schloß er, der Inbegriff des Evangeliums und überhaupt. Daß dem so sei, dafür würde er mit seinem Blute sterben.

Für die fleißigsten Erstkommunikantinnen hielt Paterrekter stets ein paar Bildchen mit einem Porträt bereit, auf denen Maria Goretti mit weißen Lilien, Palmenwedel und entrückten, himmelwärts gerichteten Augen zu sehen war und die mit bunten Bonbons gemalt zu sein schienen. Nachdem Ruthla mir einen Einblick in den Stolz ihrer Kindheit, die Fleißbildchen von Paterrekter, gab, glaube ich gern, daß sie ihren Eindruck auf kleine Erstkommunikantinnen nicht verfehlten.

Es gab auch eine in der hauseigenen Druckerei, vor allem für die jüngere Generation verfertigte Broschüre, in der man das Schicksal des armen Mädchens und seines Mörders nachlesen konnte. Irgendwann in diesen Jahren beteiligte sich Paterrekter mit mehreren anderen Brüdern an einem Papstgesuch zur Heiligsprechung des Mädchens, die am 27. April 1947 unter Papst Pius XII. auch erfolgte.

Während die Behandlung dieses Sujets einwandfrei und theologisch nicht zu beanstanden war, gab es einen anderen Punkt, der eine Zeitlang in der Gemeinde für Aufsehen sorgte und mit dem Paterrekter einen Teil der Frankensteiner Männer gegen sich aufbrachte. Dieser betraf das heikle Thema des ehelichen Verkehrs, den Paterrekter nur um des Nachwuchses willen duldete, aus dem jedoch kein Lustgewinn gezogen werden dürfe. Die Keuschheit müsse auch und gerade in der Ehe gewahrt bleiben. Jeder Anflug von Lustgefühl sei sündhaft und müsse für die nächste Beichte vorgemerkt werden. Frauen täten gut daran, ihren Männern nur zur Erzeugung von Nachkommenschaft und nicht zur Befriedigung ihrer animalischen Lust zu Willen zu sein.

Einer solchen Sichtweise wollte sich die Mehrzahl der in der Kirche sitzenden Männer doch nur ungern anschließen, selbst wenn Paterrekter sich dafür zu Recht oder Unrecht auf den *Catechismus Romanus* und hohe katholische Autoritäten berief. Schließlich war er aber klug genug, kein weiteres

Öl in das Feuer zu gießen. Es gelang ihm, die sich um ihre angestammten ehelichen Rechte sorgenden Männer zu beruhigen. Er sprach von Mißverständnissen, und das Ganze geriet nach einer Weile wieder in Vergessenheit.

Die theoretische Ablehnung der Geschlechtslust stand in einem seltsamen Kontrast zu der praktischen Obsession, mit der sich Paterrekter in fast schon ausschweifender Weise in der Schilderung pikanter Bibelstellen erging. Wenn er seiner Gemeinde die Versuchungen und Anfechtungen biblischer Gestalten ausmalte, geschah dies überaus plastisch und so einfühlsam, daß nicht nur Frauen, sondern auch die in den Kirchenbänken sitzenden Männer verblüfft aufhorchten und, falls es sie in die hinteren Reihen verschlagen hatte, ihrerseits die Hände zu einem Hörrohr formten, um sich ja kein Detail entgehen zu lassen. Auch Brillengläser beschlugen, wenn Paterrekter anhub, Batsebas in Öl gebadeten nackten Leib zu schildern, wie dieser sich an jenem verhängnisvollen Abend in seiner ganzen weiblichen Schönheit vor den staunenden Augen des Königs Davids in den abendlichen Himmel Jerusalems emporgereckt habe, oder von der schönen Susanna, wie sie sich unter den geilen Blicken der beiden Alten zum Bade entblößt habe und mit wippenden Brüsten in das leicht bewegte Wasser ihres Bassins stieg. In diesen Augenblicken senkte sich eine schwüle Stimmung auf die zuhörende Gemeinde, und in dem sakralen, weihrauchgeschwängerten Raum schwebte ein unausgesprochener Verdacht.

Gerne lustwandelte Paterrekter nach reichlich genossenem Mittagessen, wenn der Bauch die Soutane spannte, auf der schattigen Lindenallee, die das Missionshaus auf der linken Seite wie eine Art Säulengang flankierte. Dazu hielt er immer eine Goldschnittausgabe des Neuen Testaments mit Psalmen in der Hand, was ihn für jedermann, der ihm begegnete, als einen Schriftgelehrten auswies. Bisweilen blieb er stehen und blickte durch die großen Gläser seiner mächtigen dunklen Hornbrille in das aufgeschlagene Büchlein, um einen Psalmvers oder irgendeinen biblischen Spruch, der ihm gefiel, laut zu memorieren.

Außerhalb der Messen trug er fast immer ein samtschwarzes Birett auf seinem Kopf, auf dem der frühzeitige Haarausfall eine kleine, behaarte Mittelinsel auf der Oberseite zurückgelassen hatte. Die Frankensteiner Frauen übersahen das wie so vieles an ihm, hatten sie doch gelernt, nicht mit weltlichen Augen, sondern mit denen des Herzens zu schauen und auf den inneren Menschen zu achten.

Um den inneren Paterrekter kennenzulernen, brauchte man nur auf seine Stimme zu hören. Die sonore und wohlklingende Stimme war für den Prediger eine Gottesgabe, das Pfund, mit dem er wucherte. Zu unendlich vielen Modulationen war sie fähig. Mal flehend bußfertig, mal siegreich triumphierend, mal demütiges Bekenntnis, mal siegreiche Fanfare, mal autoritativ fordernd und gebieterisch mächtig wie ein brausender Sturm, dann wieder milde werbend, wie eine leichthin säuselnde Brise, mal Gesetz, mal Evangelium, mal herb, mal süß, mal forte, mal piano – aber immer wie Musik und in tiefen wie hohen Lagen angenehm für die Ohren. Sensible Personen, durchweg Frauen, meinten, wenn sie Paterrekter hörten, sei es, als ob der Heiland höchstpersönlich zu ihnen spräche.

Seine Predigten begann er bisweilen mit „meine Vielgeliebten“, was jedes Mal ein verlegenes Lächeln auf die Gesichter seiner Zuhörerinnen in den ersten Reihen zauberte. Gerne ließ er sich, vor allem vor seinen Brüdern, über den heiligen Priesterstand und dessen Aufgaben aus. Sich selbst nannte er gerne „Gehilfe zur Freude“ – auch dies eine Formulierung, die, wie das Mienenspiel einiger Frankensteiner verriet, zu vielerlei Deutung Anlaß gab und wohl besser unterblieben wäre. Manchmal sprach er von sich auch als „Handlanger“. Wenn dann die Gemeinde verblüfft aufschreckte, fügte er beschwichtigend hinzu: „Handlanger Gottes“, oder auch, weil ihm sehr viel am trinitarischen Gedanken gelegen war: „einen Handlanger der allein tätigen Erbarmung Gottes des Vaters, des Sohnes und des Heiligen Geistes“.

Wenn er bemerkte, daß seine Zuhörer während der Predigt zu ermüden drohten und bereits einige auf ihren Bänken eingenickt und in den Kirchenschlaf gesunken waren, rief er von der Kanzel:

„Ich eile zu kommen",

eine Bemerkung, die von bösen Spöttern gern aus dem Zusammenhang gerissen wurde und in ihren Lotterbetten zum geflügelten Sprichwort geworden sein soll.

Paterrekter nahm seine Berufung sehr ernst, das war klar. Hedwig, die Schwester meiner Mutter und seine jahrelange Vertraute, berichtete, wie sie ihn wegen einer wichtigen Angelegenheit noch am späten Abend habe aufsuchen müssen. Die Tür zu seinem Studierzimmer habe offengestanden, und da habe sie ihn durch den Türspalt gesehen: wie er sich im fahlen Schein des Kerzenlichts über die Heilige Schrift gebeugt habe. Mit der Linken habe er in dem Heiligen Buche geblättert, die Rechte aber ruhte auf einem bleichen, hohläugigen Totenschädel. Ein unheimlicher, tödlicher Ernst habe sie damals beim Anblick des studierenden und meditierenden Gottesmannes angeweht und bis ins Mark erschüttert. Wie der Heilige Vinzenz sei er ihr erschienen, nein, wie der Heilige Hieronymus im Gehäus.

Ja er muß wohl eine imposante Person gewesen sein, dieser Paterrekter. Ruthla begann immer ein wenig zu zittern, wenn sie ihm auf der Straße oder bei seinem mittäglichen Spaziergang auf der Lindenallee des Missionshauses begegnete. Aber dann tat sie, was alle kleineren und größeren katholischen Mädchen in Frankenstein taten, sofern sie nicht einfach blindlings davonliefen. Sie machte einen Knicks, reichte ihm die Hand und sagte mit bebender Stimme: „Gelobt sei Jesus Christus". Er aber strich ihr väterlich wohlwollend über das dunkle Mädchenhaar und entgegnete: „In Ewigkeit, Amen".

Das war Paterrekter.

Hedwig sagte von sich, sie habe ihm viel zu verdanken, sie sei durch ihn erweckt worden, also praktisch so gut wie geistlich auferstanden. Durch Paterrekter seien ihr die Augen geöffnet worden; sie habe bisher in Dunkel und Unverstand dahingelebt, aber durch ihn sei ihr klargeworden, worum es im Leben wirklich gehe, daß wir uns auf einem schmalen Grat bewegten und daß alles von der Wiege bis zur Bahre ein Kampf um Fluch oder Segen, Heil oder Verderben sei. Und daß wir ohne die Hilfe der Heiligen Mutter Kirche und der Heiligen Jungfrau hoffnungslos dem Verderben und der ewigen Verdammnis anheimgegeben seien. Das Lena-Wunder habe ihr dann vollends gezeigt, daß es zwischen Himmel und Erde mehr gebe, als wir mit unserem menschlichen Verstand zu erfassen vermöchten.

Das geistliche und erzieherische Versagen ihrer Eltern, über das sie sich auch schon intensiv mit Paterrekter, aber auch mit der Stiefgroßmutter Ida in Reichenstein ausgetauscht hatte, bedrückte sie, und so unternahm sie alle Anstrengungen, um wenigstens zu retten, was zu retten war. Ernst-August mußte man wohl abschreiben; auch bei Albert würde ihre Mühe nicht auf fruchtbaren Boden fallen; die drei Brüder von Rosa waren vermutlich ebenfalls verloren, und über Berthold, von dem niemand genau wußte, wann er gerade seine Wachphasen hatte, wollte sie erst gar nicht reden. Aber da waren immerhin noch Mutter Rosa und die jüngeren Schwestern, Lissy, Ruthla und Margot. Alle, mit Ausnahme von Rosa, ungetauft. Es war klar, daß man sie nicht einfach sich selbst überlassen konnte, sondern daß sie, Hedwig, als älteste Schwester und praktisch wiedergeborene Christin eine Verantwortung hatte. Besonders gegenüber Margot, bei der Ernst-Augusts Erziehung kläglich versagt hatte.

Und in der Tat war es ein löbliches Unterfangen, daß sich Hedwig um das Seelenheil ihrer Geschwister und Mutter sorgte. Es ging ja nicht nur um das Seelenheil, obwohl dies allein jede Anstrengung wert gewesen wäre. Hedwig spürte, daß ihre Familie orientierungslos dahintrieb, daß es an klarer Wegweisung mangelte, kurz daß eine ebenso geistige wie geistliche Grundlage, eine Ordnungsmacht fehle. Was aber konnte ordnungsstiftender sein als die Religion – die katholische zumal? Natürlich hätte man es auch mit den Evangelen versuchen können, bei denen Rosa ab und zu, wenn es ihre Zeit erlaubte, in die Kirche ging. Aber die Katholiken waren das Original, und wer wußte, ob die evangelischen Sakramente überhaupt wirkten? Bei den Katholiken konnte man da absolut sicher sein. Nur hier war das Heil, nur hier gab es den Papst, die Heilige Messe, die Mutter Gottes – und den Paterrekter.

Seitdem Hedwig regelmäßig bei den Pallottinern die Messe besuchte, gingen auch rein äußerlich Veränderungen mit ihr vor. Schon seit ein paar Wochen neigte sie den Kopf so schief, wie man das bei Paterrekter bisweilen sah, dazu senkte sie ihre Stimme, bis sie ihren charakteristisch tiefen grundgütigen Ton gefunden hatte und sprach, als habe sie Römischen Katechismus und „Gotteslob“ gleichzeitig verspeist. Während sie häufig zum Himmel aufblickte, als befände sie sich in einem fortwährenden inneren Dialog mit dem Heiland, verzog sie ihren Mund zu einem madonnenhaften Dauerlächeln, das außer den zwei großen oberen Schneidezähnen auch die kleine Lücke dazwischen bloßlegte.

Wenn sie mit ihren vier Kindern zu Besuch kam, versuchte sie, die Familie in ein Gespräch über ihre Lieblingsthemen hineinzuziehen. Als sie sich gerade mit Maria Goretti beschäftigte, fragte sie, ob schon jemand von dem bedauernswerten Schicksal dieses kleinen Mädchens gehört habe. Ernst-August, der am Küchentisch saß und einen Stapel frisch hektographierter Wurfsendungen durchzählte, blickte noch nicht einmal auf. Er hatte nichts davon gehört und wollte auch nichts davon hören. Auch Rosa, die an den letzten Resten ihres Kathreiner-Kaffees nippte, schüttelte den Kopf, wobei ihre Hände ein wenig zitterten, denn sie war schon seit ein paar Tagen auf Entzug und erwartete jeden Moment die Ankunft der beiden Brüder aus Reichenstein. Nur Ruthla und Lissy wollten mehr über „Mariakoretti“ wissen. Sie hatten von Hedwigs Kindern gehört, daß das

Mädchen sterben mußte, weil ihr Mörder den Drang hatte. Als Hedwig zu erzählen begann, schlug aber Ernst-August mit der Faust auf den Tisch und sagte, Hedwig solle nicht versuchen, die Familie zu missionieren, Religion sei Opium fürs Volk – eine Bemerkung, die dafür sorgte, daß es am Tisch eine Weile ganz still wurde und selbst Rosas Hände zu zittern aufhörten.

Darauf erwiderte Hedwig, daß es hier nicht um Mission ginge, sondern um ein kleines Mädchen, an dem man lernen könne, daß es besser sei, aufrecht zu sterben, als in Schande zu leben. So ein Madel könne auch für Ernst-Augusts Töchter ein Vorbild sein. Man könne ja an Margot sehen, welche Folgen es habe, wenn Kindern die moralischen Vorbilder fehlten.

Darauf sah Hedwig Ernst-August scharf durch ihre Brille an und tat, als ob es etwas gebe, über das sie und Ernst-August mehr wüßten als die anderen. Ernst-August wich ihrem Blick aus und nestelte nervös an seinen Flugblättern herum. Wiederum war es ganz still am Tisch.

„Kinder brauchen Vorbilder", fuhr Hedwig fort, „solche wie den heiligen Franz, den heiligen Ignatius, die heilige Elisabeth, die heilige Therese, die heilige Ludmilla oder eben Maria Goretti". Ohne Vorbilder müßten Kinder moralisch verlottern. Ob Ernst-August und Rosa nicht schon bemerkt hätten, wie die Leute in der Stadt die Nase rümpften, wenn von den Schuberts die Rede sei, und wie sie hinter ihrem Rücken von „Rucksackgesindel", „Bagage" und „Pack" sprächen. Darüber sollten sie einmal nachdenken.

Ernst-August war klug genug zu wissen, daß es besser war, Hedwig nicht zu widersprechen. Abgesehen davon, daß er nicht wußte, was sie wußte, und er auf jeden Fall vermeiden wollte, daß sie etwas über ihn erzählte, was Rosa nicht wußte, ließ sich nicht leugnen, daß sich der Einfluß der Kirche günstig auf die Entwicklung der Kinder auswirken konnte und jedenfalls besser war als der von HJ oder BDM.

Außerdem besann er sich darauf, daß es auch aus taktischen Gründen gut war, sich stärker zu tarnen. Hedwigs katholische Anwandlungen kamen da gerade recht. Dies war auch der Grund dafür, daß er den Dürerdruck mit den betenden Händen an der Wand in der Küche, gleich neben dem Siebenstriemer, zähneknirschend und mit geballter Kommunistenfaust in der Hosentasche, duldete. Sollten die Leute ruhig über ihn denken, was sie wollten. Er mußte es ja nicht übertreiben. Auf die Knie würde er nicht fallen. Also ließ Ernst-August Hedwig gewähren, zählte seine Flugblätter und verschwand.

Nachdem Hedwig einmal auf den Geschmack gekommen war, ging sie immer öfter zur Messe. Schon bald gehörte sie zum engsten Vertrautenkreis des Paters, der für gewöhnlich auf der linken Seite, direkt unter der Kanzel saß. Diese Bank war allerdings so gut wie reserviert, und niemand in der Gemeinde wagte es, sich ohne ausdrückliche Zustimmung von Paterrekter hier hinzusetzen. Der erste Platz gehörte der Römer, Inhaberin der „Conditorei Römer" in der Burgstraße, eine betuchte Kriegerwitwe, die mit Vornamen Auguste hieß; dann folgte die Witwe vom Fischhändler Unsinger (Ernst-August: „dirre wie ann' Schindel"); danach die Kuglersche vom verstorbenen Feinkosthändler (Ernst-August: „a ahles Loster"); darauf die dicke Klose, die ihr Bein nachzog, und die boshafte Juska mit dem hängenden Augenlid und schließlich die Grütznersche aus der Silberberger Vorstadt.

Wer das Unglück hatte, während des Gottesdienstes in der Bank hinter den Sechsen zu sitzen, dem verstellte eine Galerie höchst altertümlich anmutender Haartrachten den Blick auf Hochamt und Messe. Ob Ohrschnecke oder Knoten, ob onduliert oder Dutt – mit und ohne Nadel –, gemeinsam waren allen Frisuren die mehr oder weniger grauen und weißen Strähnen. Dazu waren die Sechs immer von einer ominösen Duftaura aus Mottenpulver, Weihrauch, Sherry und Pfefferminzbonbons umgeben, die denen, die hinter ihnen saßen, die Luft zum Atmen nahm und das Gotteslob im Hals ersticken ließ.

Erst nachdem Hedwig vom Paterrekter Erlaubnis bekommen und unbeanstandet neben der Grütznerschen rechts außen Platz genommen hatte, habe sich, so behaupteten einige Frankensteiner mit besonders feiner Nase, zu der Pfefferminz-, Mottenpulver-, Weihrauchmischung noch eine Note süßlichen Rosenwassers beigesellt.

Selbstverständlich gab es eine feste Hierarchie. Um in der Hierarchie aufzurücken, mußte man von Paterrekter eine oder mehrere Aufgaben übertragen bekommen haben. Ohne einen solchen Sondereinsatz war man praktisch chancenlos. An der Spitze der Hierarchie stand die Römersche, nicht weil sie Paterrekter bisweilen Pasteten, kleine Törtchen und süßes Naschzeug mitbrachte, sondern weil sie dessen literarische Ambitionen mit einem Druckkostenzuschuß – man sprach von Summen im vierstelligen Bereich – unterstützte. In der Regel waren es umfangreiche Monographien über theologisch-asketische Themen, meistens über die katholische Sexualmoral, die Paterrekter als zu lasch kritisierte, aber auch Biographien, wie die über das Schicksal der kleinen Maria Goretti, die in Druck gingen. Auf die Römersche folgten die Unsinger und die Kugler. Von der Unsinger war bekannt, daß sie Paterrekter zu Silvester stets mit einem lebenden Karpfen bedachte. Dagegen wußte man von der Kuglerschen, daß sie ihm zu allen hohen kirchlichen Festtagen eine Flasche Rotwein und eine Kiste Zigarren schenkte. Die anderen Frauen machten sich auf ihre Weise dienstbar, indem sie Broschüren und Mitteilungsblätter verteilten, Botengänge ausführten oder, falls die Haushälterin gerade einmal nicht da war, Staub wischten.

Obwohl Hedwigs Dienste anfangs noch nicht genau festgelegt waren und niemand recht wußte, was Paterrekter eigentlich dazu bewogen hatte, sie in ihrem Kreis aufzunehmen, hatte ein Wink von seinen Händen genügt, um ihr einen Platz neben den Sechsen zuzuweisen. Daß die Aufnahme in den engsten Vertrautenkreis eine Verpflichtung zum regelmäßigen Besuch seiner Messen einschloß, war selbstverständlich. Regelmäßig, das hieß auch wochentags, und zwar dienstags und freitags sowie sonnabends um achtzehn Uhr. Ohne Ausnahme.

Hier lag ein Problem, denn Hedwig hatte vier Mädchen im Alter von einem, drei, vier und fünf Jahren. Wann immer möglich, half die jüngere Schwester Martha aus. Auch Lissy und selbst Ruthla, die nicht viel älter war als Hedwigs älteste Tochter, wurden zum Kinderhüten bestellt. Doch auch sie waren nicht immer und nicht jederzeit verfügbar. So hatte denn Hedwig, wenn sie ihre Abendmesse besuchen und Paterrekter nicht ernstlich verstimmen wollte, keine andere Wahl, als die Kinder ab dreiviertel sechs schweren Herzens und mit viel Gottvertrauen sich selbst zu überlassen. Dazu schloß sie schon einmal um etwa fünf, manchmal auch schon früher, die Vorhänge. Die Abdunkelung sollte bewirken, daß sich die Kinder, die zu diesem Zeitpunkt noch hellwach waren, innerlich auf das Schlafengehen einstellten, hatte aber meistens nur den gegenteiligen Effekt. Jetzt wurden sie erst recht wach. Wenn Hedwig dann auch noch flötete „Kindla, s'ist Zeit zum Schloafageha", stieben die drei Ältesten gewöhnlich laut schreiend auseinander und versuchten sich im Haus oder Garten (wenn Hedwig vergessen hatte, die Tür abzuschließen) zu verstecken.

Nachdem es Hedwig gelungen war, ihren Nachwuchs wieder einzusammeln und die allzu Widerspenstigen gründlich mit dem Kochlöffel durchgeklopft hatte, was Hedwig „durchberschten" nannte, falteten alle nach dem vorgeschobenen Abendbrot die Hände und dankten Gott dafür, daß er Leib und Seele auch diesmal wieder so sanft zur Ruhe habe kommen lassen. Außerdem gedachten sie noch des Heiligen Vaters in Rom sowie des leiblichen Vaters Joseph, als dieser noch lebte, damit er bald wieder aus dem fernen Rußland nach Hause komme, gedachten des Heiligen Franz und der heiligen Elisabeth, auch der heiligen Ludmilla gedachten sie und natürlich der liebreichen Gottesmutter, beteten gemeinsam den Rosenkranz rauf und runter und sangen das Avemaria. Nach dem Segen schloß Hedwig die Haustür sorgfältig hinter sich, verwahrte den Schlüssel gut neben einem nach Rosenwasser duftenden Anhäkeltaschentüchlein in ihrer Handtasche und eilte über den Kiesweg hin zu den Pallottinern, wo bereits die Glocken zur Abendmesse läuteten.

Es mag aus heutiger Sicht verlockend erscheinen, sich darüber und über viele andere Anekdoten, die in diesem Zusammenhang in der Familie über Hedwig und ihren Paterrekter erzählt werden, lustig zu machen. Aber man konnte Hedwig verstehen. Es war Krieg. Für eine Frau, deren Mann im Krieg war, auf deren Ehebett jeden Abend eine Leerstelle klaffte, so wie eine offene Wunde, die noch zu jung war, um sich mit alledem als etwas Endgültigem abzufinden, in deren Innern es mitunter wie in ihrer Küche auf dem Herd brodelte und zischte, bot die Kirche einen fast vollwertigen Ersatz. Hedwig sehnte sich nach ihrem Ehemann und nach einer intakten Familie, nach Harmonie, Geborgenheit und ein paar guten Worten. Das alles war bei den Pallottinern ersatzweise zu finden, und zumal von dem letzteren hatte Paterrekter im Übermaß. Er hatte aber nicht nur Worte, als intimer Kenner der menschlichen Seele verstand er sich auch auf das Brodeln und Zischen in Hedwigs Innerem und war darauf bedacht, es im besten Sinne abzulenken, umzuleiten, von den unruhigen und unbeständigen Leidenschaften hin zu der Leidenschaft für das Ewige, von den irdischen und fleischlichen hin zu den erhabenen himmlischen Gefilden, von den Gedanken an irdische Umarmungen hin zu den seligen Umarmungen des Heilands. In der Psychologie spricht man von „Kompensation"; doch das ist ein häßliches Wort, wie so vieles auf diesem Gebiet.

Im Grunde also war das, was Paterrekter tat, ein überaus verdienstvolles Werk in dieser schweren Kriegszeit, für das ihm vor allem der an der Front kämpfende Ehemann Joseph, wenn er das Ende des Krieges noch erlebt hätte, Dank hätte schulden müssen, wäre da nicht ein Mißklang, ein Schatten, ein Fragezeichen, ein möglicher Makel gewesen, der in der Lage war und ist, Paterrekters allzeit lautere Absicht, ja seine Glaubwürdigkeit und die seiner Botschaft selbst in Frage zu stellen – und das war Theo.

Was es so schwer macht, darüber zu berichten, ist die Tatsache, daß über der ganzen Angelegenheit bis heute der Schleier des Ungewissen liegt. Und doch war es die bloße Existenz des jüngsten Sohnes meiner Tante Hedwig, des kleinen Theo, die den Familienangehörigen von Anfang an Fragen aufgab. Klar war, daß Hedwigs Mann Joseph damals noch lebte und ab und zu von der Ostfront zum Urlaub nach Hause kam. Von daher schien alles ganz unverdächtig. Mann kommt vom Fronturlaub, Frau kriegt Kind. So geschah es überall. So hätte es auch hier sein können. Aber es hätte eben auch alles ganz anders sein können. Wer will es auf sich nehmen, in einer so heiklen Angelegenheit zu entscheiden? Wer möchte sich anmaßen, hier ein Urteil zu sprechen?

Gerüchte entstehen nicht einfach aus dem Nichts. Sie entstehen aus leisen, unhörbaren Gedanken. Aus stillen Gedanken wird ein kaum wahrnehmbares Wispern und Flüstern, das Wispern und Flüstern wandelt sich in ein Gemurmel und Gezischel, dann in Raunen, und irgendwann steht ein mit Klatsch und Tratsch gemästetes unappetitliches Gerücht vor uns, Fama, fett und häßlich.

Der pfiffigen Unsinger vom verstorbenen Fischhändler war es zuerst aufgefallen, daß das kleine Theochen genauso hellstrahlende graublaue Augen hatte wie der Pater, während doch Joseph braune und Hedwig grüne hatte, und daß da ein kleines Muttermal an genau derselben Stelle saß wie beim Pater, etwa einen Zentimeter rechts über der Oberlippe.

Von da an nahm Fama ihren Lauf und schwoll immer weiter an: die Unsinger sagte es der Römerschen, die Römersche der Kuglerschen, die Kuglersche der Klose, die Klose der Juska, die Juska der Grütznerschen, und die verbreitete das Gerücht in der ganzen Gemeinde, gefüttert, so wie der Dichter sagt, mit Leichtgläubigkeit, Irrtum, Neid und

Zwietracht. Eine Weile hielt sich Fama noch verborgen, huschte nur heimlich um Häuser und Straßen am Annaberg und rund um das Herz-Jesu-Missionshaus; irgendwann aber war es so weit, da traute sie sich heraus und lachte ihrem Gegenstand frech und unverschämt ins Gesicht.

Es war an einem lauen Spätsommerabend, als Hedwig, die an diesem Tag entschuldigt in der Messe gefehlt hatte, mit ihren Kindern, Mutter Rosa, Ruthla, Lissy und Martha vom Bahnhof aus Reichenstein zurückkehrte. Auf dem Weg nach Hause begegnete ihnen auf dem Hindenburgdamm, kurz vor dem Horst Wessel Platz (die Messe war eben zu Ende), die Gruppe der sechs Vertrauten, die ihnen wie eine Gesandtschaft der zwölf Apostel entgegenkam und offenbar auf dem Weg zum Friedhof war. War es Bosheit, Rohheit, Eifersucht oder alles zusammen, jedenfalls beugte sich eine nach der anderen über den Kinderwagen und blickte dem kleinen Theo in sein arglos sabberndes Pummelgesicht mit den hellblau strahlenden Augen und dem ominösen kleinen Pigmentfleck, bis auf einmal die Juska die gichtigen Hände vor ihren flachen Hängebrüsten faltete und entzückt ausrief:

„Ganz der Paterrekter!"

Am Schlimmsten war das Schweigen. Rosa hatte gehofft, Hedwig, die wortgewandte, schlagfertige, würde die Unverschämte scharf zurechtweisen, den Affront giftig erwidern, so wie es sonst ihre Art war und wie sie es so gut konnte, wie man es ihr gar nicht zugetraut hatte, wenn ihr dann das Madonnenlächeln gefror und der Dialogfaden mit dem Heiland für einen Moment riß. Wenn das grundgütige Grundrauschen durch ein leichtes Verschieben des Lautsprecherreglers einem bösen, häßlichen Krächzen wich.

Auch Martha blickte erwartungsvoll zu Hedwig hinüber, aber Hedwig – schwieg. Sie, von der alle ein Wort der Klärung erwartet hatten – sie schwieg. Das war das Schlimmste.

Wenn es so geschehen sein sollte, wenn es so war, wie es das Gerücht sagt, dann ist es so geschehen. Aber man wird mildernde Umstände geltend machen müssen. Denn Paterrekter war nicht so einer wie Bruder Brunsmann, der mit seinem tiefen, bis zur Nasenwurzel reichenden dunklen Haaransatz, seinen Glubschaugen und seinen wulstigen Lippen eher wie eine Art Caliban in der Soutane anmutete. Bei Bruder Brunsmann waren, wovon man sicher ausgehen darf, Geist und Fleisch gleichermaßen unwillig. Das war bei Paterrekter anders. Bei ihm war der Geist in hohem Maße, ja fast im Übermaß willig.

Stangenbohnen

Ja die Liebe! Is ist a su e Ding im de Libe! Man hat sie eine Himmelsmacht genannt, aber außerhalb der Operette zieht sie manchmal ganz schön nach unten. Menschen mit christlich-humanistischer Bildung haben den Antagonismus, wie sie sagen, durch die Unterscheidung von himmlischer und irdischer Liebe, *amor sacro e amor profano*, zum Ausdruck bringen wollen. Die himmlische Liebe sei die von körperlichen Begierden und unsauberen Leidenschaften gereinigte geistige Liebe, eine Liebe also, die einen Zug nach oben habe und deswegen auch unvergänglich, ewig sei, wobei ihr all jene Attribute zugeordnet wurden, die herkömmlicherweise mit dem heiligen Geist und seinen Gaben in Zusammenhang gebracht werden: Selbstlosigkeit, Uneigennützigkeit, Hingabe, Hochsinn, Opferbereitschaft und was das Synonyme-Lexikon sonst noch unter dem Stichwort bereithält. Dagegen sei die irdische Liebe, auch fleischliche Liebe genannt, materialistisch, egoistisch, rein körperlich, ja geradezu körperfixiert, mit einem deutlichen Zug nach unten, in Richtung Bauch und tiefer. Unzucht, Unreinheit, Ausschweifung gehörten dazu. Sie sei so vergänglich wie das Fleisch, an das sie sich brünstig klammere.

Das Problem ist allerdings, daß in der komplexen Wirklichkeit bisher weder die eine noch die andere Form der Liebe rein nachgewiesen werden konnte. Eine Liebe ganz ohne sinnliche Dimension ist in einer körperlich sinnlichen Welt schwer vorstellbar. Selbst an den erhabensten Liebesromanzen haftet noch ein kleiner schmutziger Erdenrest.

Umgekehrt braucht jede irdische Liebe, die diesen Namen noch irgendwie verdient und nicht in schlammigem Morast versinken will, immer auch ein Fünklein Witz und Phantasie – und wo sollten die herkommen, wenn nicht von dort, wo alle Inspiration herkommt, von oben also. So ist denn alle Liebe nur ein *Corpus permixtum*, nur daß der Zeiger der Skala mal mehr in diese oder mehr in jene Richtung weist.

Darum ist es mit der Unterscheidung von irdisch und himmlisch wie mit allen Versuchen, die Wirklichkeit zu begreifen. Sie sind Modelle, grobe Anhaltspunkte, nichts weiter. Sie geben das Idealmaß vor, ungefähr so wie das Urmeter in Paris oder die Enzykliken des Papstes, von denen ja auch noch keine ohne Abstriche in die Praxis umgesetzt werden konnte. Aber sie lehren uns auch, besser zu verstehen, nicht nur Paterrekter und sein Bemühen um innere und äußere Bewahrung des geistlichen Menschen, auch das zähe Ringen – und Scheitern seiner schwächeren Brüder. Für beides, für das Ringen wie für das Scheitern, gab es einen Namen: Margot, die schon vor Lissy und Ruthla von Hedwig für den katholischen Glauben gewonnen werden konnte.

Hedwig meinte es damals bitter ernst. Jetzt sei es Zeit, so sagte sie, ein klares Bekenntnis abzulegen – und das bedeutete für alle, die es noch nicht waren: katholisch zu werden. Konfessionell und weltanschaulich standen die Schuberts, wie schon erwähnt, seit langem bedenklich auf der Kippe, schwankten zwischen katholisch, evangelisch und gar nichts. Bei Ernst-August hatte Hedwig es mit der Missionierung gar nicht erst versucht. Dafür versuchte sie es bei Albert und Rosa um so nachdrücklicher. Aber die waren störrisch. Albert glaubte nur an Deutschland, und Rosa wollte nicht mehr umlernen, sondern weiterhin lutherisch bleiben, wie sie es immer gewesen war.

So wandte sich Hedwig erst Margot zu und dann den Schwächsten, Lissy und Ruthla. Sie nahm Margot mit in die Kirche und ins Missionshaus und wanderte anschließend mit ihr durch die Gartenanlagen, wo sie ihr die in den Gemüsebeeten arbeitenden Brüder vorstellte; oder sie sprach, wenn Ernst nicht da war, mit Lissy und Ruthla ein Tischgebaatla und erzählte ihnen etwas über Maria Goretti und die Heilige Jungfrau. Aber Ernst registrierte das und verbat sich jeden weiteren Zugriff auf seine jüngsten Töchter.

Nur über Margot konnte er nicht mehr verfügen, und so war sie bald restlos für den katholischen Glauben gewonnen. Der Weihrauch, die Farben, die Rituale, so sagte sie mit schwärmerischem Augenaufschlag, hätten ihr Leben bereichert; das sei doch etwas ganz anderes als das, was sie bei den griesgrämigen Evangelen in Rosas Kirche in der Klosterstraße erlebt habe.

So wuchs sie täglich im Glauben, und das Katholische war ihr schnell zur zweiten Natur geworden. In enger Absprache mit seinem Amtsbruder Pater Weiland hatte Paterrekter die Teilnahme an einem Katechumenat in die Wege geleitet, das noch im Herbst des Jahres abschließen sollte. Im Prinzip war Pater Weiland auch sehr mit Margots Leistungen zufrieden. Sie hatte ein gutes Gedächtnis, es fiel ihr nicht schwer, aus der Heiligen Schrift oder aus dem Römischen Katechismus zu zitieren. Was er allerdings vermißte, war die innere Anteilnahme. Ihm kam es manchmal vor, als ob sie den memorierten Stoff allzu kalt und unbeteiligt, einfach mechanisch herunterleiere, ohne sich wirklich über dessen Bedeutung im klaren zu sein. Auch standen ihre Gestik und ihre Bewegungen beim Sprechen oft in keinem inneren Zusammenhang zum Inhalt des Gesprochenen. Die Antwort auf die Frage nach den vier Merkmalen der wahren Kirche war richtig: Einigkeit, Heiligkeit, Allgemeinheit und das Apostolische – aber wozu dieses Wippen mit den Brüsten? Warum der kokette Augenaufschlag bei den sieben Todsünden? Auch war die Liste der zehn Gebote kaum dazu angetan, die Lippen beständig mit der Zunge zu befeuchten. In anderen Fällen war der Ausdruck nicht angemessen. Daß Gott seine Gnade verleihen möge, damit wir der Versuchung widerstehen, war ein ernstes Gebetsanliegen. Warum dann dieses sibyllinische Lächeln? Frevelhaft war es, den Mitmenschen zur Sünde zu reizen. Warum diese laszive Modulation beim Aufsagen der sogenannten „neun fremden Sünden"? Daran, daß der heilige Joseph Jesu Nährvater war, bestand nicht der geringste Zweifel. Wozu dann diese leichte, kaum wahrnehmbare Ironie beim Aussprechen des Wortes „Nährvater"? Und was war so erheiternd daran, daß der Sünderin im *Evangelium Lucae* die Sünden vom Herrn erlassen wurden, weil sie so viel geliebt hatte?

Pater Weiland war natürlich nicht naiv, und da er schon einiges über seine geistliche Tochter läuten gehört hatte, wußte er, woran er mit ihr war und wovor er und andere sich bei ihr in acht nehmen mußten. Andererseits ließ sich nicht bestreiten, daß viele Fragen von einem durchaus aufrichtigen Bemühen zeugten, tiefer in das Geheimnis des christlichen Glaubens einzudringen.

Auch in das des Bösen?

Man könnte es meinen, denn zweifellos lag der Schwerpunkt von Margots Interesse auf der christlichen Sündenlehre. Satans Herrschaft über den Menschen, seine Schmeicheleien, seine ständigen Versuchungen, der verführerische Reiz von Sodoms Äpfeln, das waren Margots Themen. Und immer wieder ihre Frage: Was ist fremde Sünde? Und immer wieder Pater Weilands Antwort: „Zu der wir Rat oder Befehl geben oder sonst auf irgendeine andere Weise verleiten". Als ob sie es nicht verstünde. Oder nicht oft genug hören konnte. Als sie einmal das Sündenbekenntnis sprach: „Es ist mir von Herzen leid über meine Sünden, weil ich dich dadurch erzürnet und deine Ungnade, zeitliche und ewige Strafen verdienet habe. Ich nehme mir ernstlich vor, nicht mehr zu sündigen", vergoß sie danach ein paar Tränen, echte Tränen, wie Pater Weiland bemerkte. Leider machte sie vieles wieder durch ihre jäh aufblitzenden Spötteleien zunichte. Als Pater Weiland sie fragte, was Sünde sei, stellte sie unter dem Gelächter der übrigen Katechumeninnen unvermittelt die Gegenfrage: „Kann denn Liebe Sünde sein?"

Wenn Pater Weiland seine Katechumeninnen aus dem Unterricht entließ, spazierte Margot, die von ihrem Kronenapotheker für den guten christlichen Zweck einen freien Nachmittag bekommen hatte, noch gerne ein wenig durch die Gartenanlagen der Pallottiner, die sich gleich hinter Missionshaus und Kirche befanden, über die Streuobstwiese und am Spalierobst vorbei zu den Gemüsebeeten.

Doch wäre es ganz falsch zu glauben, Margot habe damals ein besonderes Interesse für Kohl, Kartoffeln, Pastinaken oder Rettich gehabt. Eigentlich interessierte sie sich gar nicht dafür, sondern nur für die schwarzgewandeten Brüder, die in den Beeten standen und ihrer Arbeit nachgingen, für Bruder Leipold zum Beispiel oder Bruder Bertram – weniger für Bruder Brunsmann, der ihr von Anfang an nachgestellt hatte und der für sie eine leichte Beute gewesen wäre – zu leicht.

Mit anderen Worten, Margot schritt ihr neues Jagdrevier ab. Geistliche waren etwas anderes als die Kerle, die sie aus dem „Goldenen Löwen" kannte. Für die Vielerfahrene, die immer auf der Suche nach Abwechslung war, lag hier ein ganz besonderer Reiz. Neugier trieb sie – und noch etwas anderes.

Auf ihrem Weg durch die Gartenanlagen begegnete Margot gleich hinter der Kapelle Bruder Bertram, der gerade in den Kartoffelreihen stand und seine Ackersegen-Spätkartoffeln in Händen hielt – einen Schatz, den er soeben mit seiner Forke aus der Krume gehoben hatte. Im Verhältnis zu seinem Körper waren seine Hände eigentlich viel zu groß, was aber nicht nur damit zusammenhing, daß er größere Hände als andere Männer gehabt hätte, sondern auch damit, daß er im Vergleich zu ihnen ziemlich klein war.

Bruder Bertram mochte Mitte vierzig sein und war seit vielen Jahren bei den Pallottinern. Wie alle Brüder hatte auch er eine abgeschlossene Berufsausbildung. Früher hatte er als Lehrer an einem Gymnasium in Torgau Latein und Deutsch unterrichtet, dann kam das Bekehrungserlebnis, danach ein längerer Aufenthalt in Rom. Wenn er im Missionshaus nicht gerade Unterricht in der Lektüre lateinischer und griechischer Kirchenväter erteilte, arbeitete er am liebsten draußen im Garten.

Als Margot kam, wußte Bruder Bertram sofort, was die Stunde geschlagen hatte, daß nicht nur ein junges hübsches Madla vor ihm stand, sondern der *Diabolos*, der Versucher *in persona*. Daß er ihn gesucht und gefunden hatte. Es würde ein hartes Ringen geben, am Ende würde einer unterliegen, und das würde, so wie Bruder Bertram sich kannte, vermutlich er selbst sein. In seinen Gebeten war es ihm schon seit Monaten offenbart worden. So wie der Herr dreimal versucht worden war, so würde auch er dreimal versucht werden. Wo und wie und wann, das wußte er damals noch nicht, das wußte er erst hinterher, als ihm klargeworden war, daß der Versucher einen ganz bewußten Plan verfolgt hatte, um über Kartoffeln, Birnen und Stangenbohnen zu seinem Ziel zu gelangen.

Auch Bruder Bertram war nicht wie Bruder Brunsmann. Er kannte seine Schwächen, aber anders als Bruder Brunsmann glaubte er auch an seine Bestimmung. Und diese Bestimmung bestand für ihn in der Einhaltung seines Gelöbnisses, daß nicht nur Ehelosigkeit, sondern Keuschheit verlangte. Er wußte, daß das Keuschheitsgebot von einigen Brüdern weitläufig ausgelegt wurde, er wußte, daß auch er selbst es in seiner Vergangenheit dabei oft an Sorgfalt hatte mangeln lassen, aber an seinem Entschluß, seiner Bestimmung zu folgen, und das hieß für ihn, sich selbst treu zu bleiben, änderte das alles nichts. Niemand bleibt gerne hinter dem zurück, was er von sich erwartet. Auch Bruder Bertram nicht.

Doch wußte Bruder Bertram auch, und er wußte es aus Erfahrung, daß es überall dort, wo Menschen mit festen Vorsätzen sind, auch solche gibt, die sie von eben diesen Vorsätzen abbringen wollen, warum auch immer. Die Störenfriede, Plagegeister, Verwirrer, Spielverderber gehörten zum Christsein wie die Antimaterie zur Materie. Warum es sie gibt, warum die guten Bemühungen der Heiligen durch sie immer wieder durchkreuzt werden, hatte ihm niemand sagen können, auch Paterrekter oder Pater Weiland nicht. Vielleicht um ihren Hochmut zu brechen? Vielleicht. Es war das Geheimnis des Bösen.

Margot tat so vertraut, als sei sie bereits seit Jahren mit Bruder Bertram bekannt. Sie erzählte ihm, daß sie von Pater Weiland komme, der mit ihr und den anderen Mädchen im Taufunterricht über die sieben Werke der Barmherzigkeit gesprochen habe. Dort haben sie erfahren, daß Glaube und Liebe die beiden Grundsäulen des christlichen Gnadenstandes seien. Ob sie Bruder Bertram nicht auch mit einem guten Werk zu Diensten sein könne.

Bruder Bertram räusperte sich kurz, lobte ihre christliche Haltung und erwiderte, daß sie ihm, wenn sie wolle, morgen Nachmittag beim Einsammeln der Kartoffelkäfer behilflich sein könne. Gleich glänzte Margot mit ihrem Wissen. Sie wußte, daß die Käfer von amerikanischen Flugzeugen abgeworfen worden seien, um der deutschen Wirtschaft zu schaden. Das hatte sie von den Soldaten im „Goldenen Löwen" gehört, aber das verschwieg sie. Bruder Bertram antwortete nach einer kurzen Zeit des Nachdenkens, daß das wohl gut möglich sei, die Amerikaner seien ja bekanntlich zu allem fähig. Margot sagte noch, daß man die amerikanische Herkunft ihrer Meinung nach auch an den Streifen auf den Flügeln der Käfer erkennen könne, denn die amerikanische Flagge habe ja auch Streifen, nur daß bei den Käfern die Sterne fehlten. Bruder Bertram räusperte sich wieder und antwortete, er wolle über dieses Fündlein nachdenken. Da er eine Reihe von gestreiften Käfern nicht-amerikanischer Herkunft kenne, sei die Angelegenheit seines Bedünkens eher unwahrscheinlich.

Am nächsten Nachmittag erschien Margot in einer eng sitzenden himmelblauen Bluse und einem weiten himbeerfarbenen Rock zum Kartoffelkäfersammeln. Bruder Bertram hatte alles vorbereitet und auch ein Marmeladenglas mit Petroleum mitgebracht, in das die Käfer hineingeworfen werden sollten. Die beiden schritten die Reihen ab, wobei Margot entweder gebückt vor Bruder Bertram herging oder ihm ebenso gebückt entgegenkam, aber immer so, daß er entweder ihr Gesäß, das unter dem himbeerfarbenen Rock leicht zu erahnen war, oder aber ihre Brüste, die halb aus ihrer himmelblauen Bluse hervorquollen, vor Augen hatte. Die dauernde Fixierung auf das eine oder auf das andere hatte zur Folge, daß die Wirkung von Meditation und Gebet, mit denen sich Bruder Bertram noch kurz vor dem Treffen für den geistlichen Kampf gestärkt hatte, allmählich nachzulassen und seine guten Vorsätze zu verblassen begannen.

Als Margot plötzlich hochschreckte und rief, daß ihr ein Käfer in den Ausschnitt geflogen sei, ob Bruder Bertram ihr behilflich sein könne, das Tier zu fangen, waren seine inneren Abwehrkräfte bereits weitgehend erlahmt. Vermutlich wäre er Margot bei der Suche nach dem amerikanischen Saboteur sogar behilflich gewesen und hätte dabei einen Blick unter das blaue Himmelszelt geworfen, auf die fleischfarbene Landschaft ihrer Brüste mit den Höhen, Tälern und Schluchten, Gipfeln und Gipfelkreuzen, um nach dem kleinen Spion zu spähen – wenn nicht in eben diesem Moment Pater Brunsmann aus dem Blumenkohl gekommen wäre, der zwar in Sachen *eroticis* viel verdorbener war als Pater Bertram, vor dem man sich aber genau deswegen besonders in acht mußte. Also ließ Pater Bertram den Kartoffelkäfer dort, wo er war, unter Margots Bluse, und nahm weiter keinerlei Notiz davon.

Margots Plan war gescheitert. Abgesehen von dem unpassenden Zeitpunkt und dem schlecht gewählten Ort hatte sie nicht bedacht, daß sich Kartoffelbeete für ein Tête-à-Tête wenig eignen. Vereinzelte Versuche, der „Grundbirne", wie man die Kartoffel auch genannt hat, der „Erdtoffel" oder „Krumbeere" ein wenig Erotik abzugewinnen, blieben daher bisher auch meist vergeblich. Die Aura von Verruchtheit, die Granatäpfel oder Liebesäpfel – von den Sodomsäpfeln ganz zu schweigen – umweht, blieb den treuherzigen Erdäpfeln bis heute versagt. Auch ist ein Liebesakt auf dem Kartoffelacker zwar ohne weiteres möglich, aber doch sehr beschwerlich und gesundheitlich bedenklich. Bauern oder Feldarbeiter, denen ein wenig Feuchtigkeit oder Kälte nichts ausmacht, werden sich eher dazu finden als Angehörige des geistlichen Standes, die es gerne warm und trocken haben und die schnell mal das Rheuma plagt.

Was der Kartoffel aber vor allem fehlt, ist Atmosphäre, Aura, Mythologie. Mythen, Bilder, Vorstellungen, das ganze Gedankenkino also, sind nun einmal wesentliche Bestandteile der Erotik. Die Kartoffel ist, wenigstens in unseren Breitengraden, noch nicht recht angekommen, noch zu jung, um mythenbildend gewirkt haben zu können. Daß Margot es bisweilen erregend fand, die erdigen Knollengewächse durch ihre Finger gleiten zu lassen, mag ja sein, tut aber nichts zur Sache, denn wie fast immer in erotischen Angelegenheiten kommt es dabei nicht nur auf einen, sondern auf zwei an.

Bruder Bertram hätte wohl selbst dann nicht bis zu Ende mitgespielt, wenn Bruder Brunsmann nicht aufgetaucht wäre. Vor allem fehlte der Sichtschutz. Als Margot Pater Bertrams Unschlüssigkeit bemerkte, angelte sie das Krabbeltier wieder aus ihrer Bluse, in der sie es kurz zuvor noch selbst hatte verschwinden lassen, und statt es, wie verabredet, in das Petroleumglas von Bruder Bertram zu werfen, zerknackte sie es zwischen ihren Fingern.

Bei den Kartoffeln konnte es also nicht bleiben. Aber vielleicht wäre es bei den Birnen anders? Margot wollte es zumindest einmal versuchen. Daß Birnen sich für ihre Absichten besser eigneten als Kartoffeln, war klar und war auch Margot klar, obwohl sie sich über die Gründe dafür, abgesehen von dem Sichtschutz, natürlich nicht recht im klaren war und sich auch in der Mythologie zu wenig auskannte. Sie wußte also gar nicht, daß sie die Mythologie bei ihrem Unternehmen auf ihrer Seite hatte. Wußte nicht, daß die Birne geheiligte Frucht Heras war, jener Göttin also, die viel mit Liebe und allem, was dazu gehört, zu tun hatte. Das alles wußte Margot nicht, aber Bruder Bertram, der mythologisch versiert war und damals, während seiner Romreisen, in den vatikanischen Museen ein- und ausgegangen war, wußte es. Er brauchte nur einen Blick auf eine der an den Bäumen seines Klostergartens hängenden Früchte zu werfen, und dann sprachen sie zu ihm als stumme Zeugen vergangener Zeiten, über alte Mythen und alte Sagen, über dies und das und noch viel mehr.

Aber daß die Birne als Paradiesfrucht eine Rolle gespielt hatte, wußte auch Margot, denn das hatte ihnen soeben Pater Weiland im Unterricht beigebracht. Obwohl sich die Schriftgelehrten an diesem Punkt nicht ganz einig waren, war es für den Pater eine erwiesene Tatsache, daß Urmutter Eva Urvater Adam mit einer Birne, nicht mit einem Apfel verführt hatte. Letzteres sei exegetisch längst widerlegt, sagte der Gottesmann, der auf allen theologischen Gebieten eine ganz selbständige Position vertrat. Von einem Apfel würden heute überhaupt nur noch Ketzer und Protestanten sprechen.

Doch ganz abgesehen davon, brauchte man ja nur genauer hinzuschauen und ein wenig auf Form, Konsistenz und Farbe zu achten, um zu wissen, was es mit diesen Früchtchen auf sich hatte und daß sie mit Sünde und mit Erotik zu tun haben mußten, was bei den frommen Pallottinern in Frankenstein damals so ziemlich auf dasselbe hinauslief.

Was die Gestalt der Frucht betrifft, so ist der Fall ohnehin klar. Eine anzüglichere Form als die der Birne mit ihren an- und abschwellenden Rundungen, bei denen die primären und sekundären Geschlechtsorgane von Mann und Weib Modell gestanden zu haben scheinen, ist kaum denkbar. Man wundert sich überhaupt darüber, daß prüdere Zeiten an der Form der Früchte keinen Anstoß nahmen und sie unverhüllt an den Bäumen hängen ließen.

Doch ganz abgesehen davon, sagt man nicht auch: Kleine Birne langer Stil? Aber was bedeutete das eigentlich? Margot hatte da so eine vage Ahnung.

Nicht zuletzt deswegen erbot sie sich, Bruder Bertram in der nächsten Woche im Anschluß an den Katechismusunterricht von Bruder Weiland beim Pflücken der Birnen behilflich zu sein, was Bruder Bertram, der es neuerdings ein wenig mit dem Rücken hatte, nur recht war.

Die von Margot arrangierte Szene war klassisch und noch nicht einmal besonders einfallsreich. Sie oben auf der Leiter beim Pflücken, Bruder Bertram unter ihr beim Halten der Leiter. Wenn sie dann in ihrem himbeerfarbenen Rock ein paar Sprossen über ihm schwebte, würde sich, so hoffte sie, der Rest schon von ganz allein finden – sofern Bruder Bertram überhaupt ein Kerl war, aber daran zweifelte sie eigentlich nicht. Im Gegenteil, irgendein Instinkt, ihre innere Stimme sagte ihr, daß Bruder Bertram mehr Kerl war als jeder andere, was immer das heißen mochte. Deswegen war sie sehr neugierig.

Margot hatte das Motiv der frivolen Pflückerin irgendwann einmal auf einer Postkarte gesehen. Ein ordinärer Panzergrenadier, der sie unter dem Ladentisch in Oppeln erworben hatte, hatte ihr die Karte zu Pfingsten, als es noch gar kein Obst gab, zugeschickt. Im Geiste hatte Margot das Ganze dann oft durchgespielt, so oft, daß eigentlich gar nichts schiefgehen konnte. Bruder Bertram tat auch genau das, was sie beabsichtigt hatte und was die Männer auf solchen Karten alle tun, nur daß er erst noch eine Weile etwas anderes tat und pfeifend im Garten umherblickte, von einer saftigen Birne, die er in seiner Linken hielt, abbiß, darauf die Mirabellen betrachtete, die inzwischen ebenfalls reif geworden waren, dann die Zwetschgen, die schon bläulich angelaufen waren, um schließlich doch noch, wenn auch eher beiläufig, einen kurzen Blick unter den himbeerfarbenen Rock der sich über ihm wiegenden jungen Pflückerin zu werfen.

Wenn der Leibhaftige selbst, der bärtige Höllenfürst, unter Margots Rock gesteckt, ihn angegrinst und dabei seine feuerrote Zunge herausgestreckt hätte, wäre Bruder Bertram in diesem Augenblick kaum anders zumute gewesen. Das, was er sah, verwirrte, bestürzte, verstörte ihn, wühlte ihn auf. Sicherlich könnte die Sache, um die es ging und die in diesem Moment an seinem seelischen Gleichgewicht zerrte, auch ganz anders, aus nüchterner Distanz und als schlichter anatomischer Sachverhalt beschrieben werden. Aber mit nüchternen Worten hatte es Bruder Bertram, zumindest in dieser Beziehung, nicht so. Zu stark war die kirchliche Prägung. In seiner mit christlichen Bildern randvoll gesättigten Phantasie sah alles anders aus: zwar war das, was er sah, tatsächlich kein schwarzbärtiger Höllenfürst mit herausgestreckter Zunge, eher eine aufgeborstene purpurrotglänzende Höllenfrucht, eine glatte Schlange, die ihm lispelnd ihr feuchtes

Zünglein aus halbgeöffnetem Maul zeigte, aber war das nicht viel schlimmer? Vor Bruder Bertrams Augen flimmerte es wie im Fieber.

Bruder Bertram hielt die Leiter immer noch mit der Rechten, doch die Rechte zitterte und die Leiter auch, denn bei diesem Anblick überkam es ihn dreifach: Auf den heiligen Schrecken folgte ein wehes Sehnen, dann ein starkes Verlangen und schließlich der unbezähmbare Wunsch, seine Hände in weißes Fruchtfleisch zu graben. Und wie er so sehnte, verlangte und wünschte, hatte er geradezu das Gefühl, daß sich seine Linke, in der er noch immer die gelbe Birnenfrucht hielt, allmählich veränderte, Horn ansetzte, Haar ansetzte und sich schließlich in etwas verwandelte, was einer Klaue oder Kralle ähnlich war. Mit ihr zerquetschte er die Birne zu süßem Matsch.

Am Zittern der Leiter bemerkt Margot schon, daß sie Bruder Bertram bald soweit hatte. Als sie wieder auf dem Boden stand, stellte sie ihm den mit Birnen randvoll gefüllten Eimer vor die Füße und pfiff dem Verstörten einen frechen Schlager mitten ins Gesicht. Die Melodie aus der rauschenden Ballnacht war ihr beim Pflücken in den Sinn gekommen: „Ich liebe jeden, der mir gefällt".

Die schwersten und sündigsten Momente seines bis dahin in gemächlichen geistlichen Bahnen dahinfließenden Lebens standen Bruder Bertram aber noch bevor, denn Margot empfahl sich jetzt für die Stangenbohnen. Als Pflücktag vereinbarten sie einen Donnerstagnachmittag in der letzten Augustwoche, zur Zeit der Hundstage also, die für ihre große Hitze bekannt sind.

Auch in diesem Jahr machten die Hundstage ihrem Rufe alle Ehre, denn es war wirklich unerträglich heiß. Margot erschien wieder in ihrem weiten himbeerfarbenen Rock, nur daß die Bluse, die sie trug, diesmal noch etwas knapper ausgefallen war und eine andere Farbe hatte, eine Art Pflaumenlila. Ihr brünettes Haar, das sich auf dem Rücken nach innen rollte, trug sie offen.

Als sie sich begrüßten, seufzte Bruder Bertram bei ihrem Anblick leise in sich hinein und bekreuzigte sich unauffällig, um sodann ein paar Informationen zum Stand der Dinge und über das sachgemäße Pflücken von Stangenbohnen zu geben, wobei er sich besonders über deren Zucht und Pflege ausbreitete. Er führte aus, daß die Bohne in sogenannten Stangenzelten aufgezogen werde und daß dafür Stäbe entweder im Kreis oder in Reihen in den Boden gesteckt und dann an den oberen Spitzen miteinander verbunden werden müßten. Mit Blick auf seine Lieblingsbohne rief Bruder Bertram, Margot möge nur einmal sehen, wie üppig sich seine Blauhilde um die Bohnenstangen ranke. Und dann fügte er noch hinzu, daß der Name Stangenbohnen keineswegs etwas mit der Form der Schote zu tun habe, sondern mit dem Gestell.

Hing es mit der Hitze zusammen oder womit?

Jedenfalls schien es Bruder Bertram plötzlich, als wiederhole irgendeine Stimme während seines Sprechens das Gesagte noch einmal, wobei ihm allerdings jedes Mal ein ganz anderer Sinn als der ursprünglich Gemeinte unterlegt wurde. Nach kurzer Irritation fuhr er aber weiter fort. Um Margot den Pflanzvorgang zu erläutern, beugte er sich mit ihr über die Stelle, an der die Bohnen von ihm in die Erde gesetzt worden waren. Er sprach davon, daß die Saatbohnen nur leicht mit Erde bedeckt werden dürften, denn Bohnen wollten Glocken hören.

Dann blickte er zu Margot hinüber, die sich mit ihm über den Boden gebeugt hatte, sah ihre prallgefüllte Bluse – und wieder waren sie da, die Stimme und der Doppelsinn. Bruder Bertram lächelte verlegen, Margot auch, aber nicht verlegen, sondern frivol.

Weiter sagte Bruder Bertram noch, daß die Stangenzelte in vielen Klostergärten auch als eine Art Sichtschutz verwendet werden könnten.

Kaum war das ausgesprochen, ging es wieder los. Als stolpere er ständig über seine eigenen Worte. Aber Bruder

Bertram trat die Flucht nach vorn an, redete nun von der Ernte und davon, daß die Bohnen geerntet werden dürften, sobald man die Schoten beim Biegen glatt durchbrechen könne und sich die Kerne noch nicht durch die Hülse abzeichneten. Nur zum Auspalen müßten die Bohnen rascheltrocken sein und solange an der Pflanze bleiben, bis die Schoten angeschwollen seien.

Vielleicht lag es an Margots Gesichtsausdruck, vielleicht lag es auch an ihm selbst, der Doppelsinn war an diesem heißen Nachmittag einfach nicht wegzukriegen. Darum verzichtete Bruder Bertram von nun an auf jede weitere Erklärung und übergab Margot unwirsch einen Drahtkorb für die Blaue Hilde. Sie schlich kichernd davon.

Dann begannen sie mit dem Pflücken.

Nach einer Weile bemerkte Bruder Bertram, daß Margots Drahtkorb immer noch leer vor dem Bohnenzelt herumstand. Er warf also einen neugierigen Blick in das Innere der grünen Blätterhöhle, in der seine Erntehelferin entschwunden war und in der sich die Hitze des ohnehin heißen Augustnachmittags inzwischen unerträglich gestaut hatte. Tatsächlich war Margot dort mit Pflücken beschäftigt, nur daß sie zu seinem Erstaunen gar keinen Drahtkorb dafür benötigte. Die Bohnen hatte sie in dem Bausch ihres hochgeschlagenen Rockes gesammelt. Als Margot Bruder Bertram bemerkte, wandte sie sich zu ihm um und präsentierte ihm, unter frivolem Lachen und bis zur Obszönität unzweideutig, nicht nur ein Bohnenhäufchen mit Blauer Hilde, sondern auch noch den nackten Unterleib darunter, glatt und schweißglänzend, haarlos selbst da, wo zwei wulstige Lippen zwischen zwei strammen Schenkeln paarig gegeneinanderstanden.

Bruder Bertram hatte resigniert. Zu groß war die Hitze der Versuchung. Beim *Signum crucis*, das ihm als Not- und Rettungsanker noch in den Sinn kam, verweigerten Arme und Hände bereits ihren Dienst. Auch das „Schild des Gebetes“, das Paterrekter seinen Brüdern als äußerste Waffe, sozusagen als Wunderwaffe, im Kampf gegen den Versucher empfohlen hatte, war Bruder Bertram längst entfallen. Sein Kopf war leer, so leer, daß er sich an kein einziges Gebet mehr erinnern, geschweige denn selbst eines formulieren konnte. Er spürte, daß der Versucher jetzt ganz von ihm Besitz ergriffen hatte und Widerstand vollkommen zwecklos geworden war. Vielmehr war es an der Zeit, sich demütig zu seiner menschlichen Schwachheit zu bekennen. Wenn die Dinge nun einmal so standen, wie sie standen, war es dann nicht recht und billig, das, was es morgen zu beichten galt, heute noch ein wenig zu genießen? Was war das für ein armseliger Büßer, der seine Sünden vorher noch nicht einmal richtig genossen hatte.

Also betrat Bruder Bertram ergeben den Eingang des grünen Stangenzeltes, stellte sich vor Margot und ließ seine schmalgestellten Satyraugen ungehemmt über ihren Unterleib schweifen. Er kostete jetzt alle Details aus, schlürfte sie geradezu gierig in sich hinein, so daß ihre Scham unter seinen immer fordernderen Blicken schamlos errötete und wie eine mit rosafarbenen Blättern gefüllte, aufbrechende Mohnknospe immer mehr anschwoll. Und weil dieser Krieg nicht mehr zu gewinnen war, schlug auch Bruder Bertram sein schwarzes Gewand hoch, das sich, etwa in Bauchhöhe, ohnehin schon von ganz allein, wie von unsichtbarer Geisterhand bewegt, angehoben hatte.

Was Margot nun sah, übertraf all ihre Erwartungen und erfüllte sie mit Hoffen, zugleich aber auch mit einer gewissen Bangigkeit. Es war, als habe Bruder Bertram die Insignien seiner Männlichkeit nicht nur einfach zwischen den Beinen, so wie all die anderen Männer, die sie bisher kennengelernt hatte, sondern als säße er geradezu darauf, wie jemand auf einem dicken Ast oder auf einen Baumstamm sitzt – so wie Priapos, der Gott der Gärten und der Fruchtbarkeit, den Margot, die nichts von humanistischer Bildung wußte, natürlich nicht kannte, wohl aber Bruder Bertram, der alles Klassische wertschätzte und während seiner Romwallfahrten immer durch die vatikanischen Museen gewandelt war.

Und obgleich Margot in ihrem Leben noch nie etwas vom Gott der Gärten gehört hatte, verhielt sie sich doch gleich so vertraulich, als habe sie ihn schon immer gekannt. Jedenfalls ließ sie alle Schoten fallen, ließ Blauhilde Blauhilde sein, sank ehrfürchtig vor Bruder Priapos auf die Knie und erwies seinem mächtigen Gemächte ihre Reverenz. Lange sinnend und sehr tief blickte sie in sein drittes Auge – Götter begnügen sich selten mit zweien –, schob dann kurz entschlossen das störende Schlupflid beiseite und ließ den Augapfel leise seufzend im weichen Futteral ihres Mundes verschwinden. „O ei o-e ing a-e ich och ie e-ehen", sagte sie, was wegen der gurgelnden Artikulation etwas unschön klang. „Mit vollem Munde spricht man nicht", erwiderte Bruder Bertram kurz angebunden, und ob sie keine Kinderstube gehabt habe und nicht wisse, daß sich das nicht gehöre, er könne es nun einmal nicht leiden. Alsdann hob er an und begann zu rezitieren:

„In me mihi credite, dixit
utetur veris viribus hasta rudis."

Margot nahm ihren Augapfel, der inzwischen so rot glühte wie eine reife Tomate, verwundert aus dem Mund und wollte wissen, was das nun wieder zu bedeuten habe. Aber Bruder Priapos sagte nur, das sei Lateinisch, ein Epigramm aus dem *Corpus Priapaeorum*, das brauche sie sich aber nicht zu merken, die lateinischen Vokabeln natürlich auch nicht, denn die kämen in ihrem Leben vermutlich nie wieder vor. Der antike Dichter lasse durch ein hibsches Madla, vermutlich so eines wie sie selbst, sagen, daß die *hasta rudis*, die rohe Lanze ihres Gottes – das sei metaphorisch, also bildlich, aber sie wisse schon, was damit gemeint sei –, an anderer Stelle noch weit größere Kräfte entfalten könne.

Margot setzte jetzt wieder ihr frivoles Lächeln auf und tat sehr wissend, denn auch wenn sie kein Latein konnte und kein humanistisches Gymnasium besucht hatte, verstand sie sehr wohl, was der Dichter hatte sagen wollen und von welcher „anderen Stelle" er sprach. Sie wechselte also mit immer noch hochgeschlagenem Rock von der Knie- in die

Rückenlage, stellte ihre rundlichen Schenkel auf Empfang und streckte Bruder Priapos ihr anderes Futteral entgegen, das nach Meinung vieler Frankensteiner Männer schon fast zu groß, aber immer noch viel zu klein war, um die gewaltigen Maße dieses Gottes zu fassen. Sie habe es so gewollt, sagte Bruder Bertram kurz entschlossen und trotz der Hitze fast ein wenig kühl, als er sich über sie beugte, und er fügte wie eine letzte Warnung hinzu, gleich werde er seines rohen Amtes walten. Zuvor jedoch bedurfte es äußerster Achtsamkeit, bis seine *hasta rudis* den Umständen entsprechend sorgfältig eingeführt war und, ungefähr eine Handbreit vor dem Schaft, denn mehr war anfangs noch nicht möglich, von einer eng anliegenden rosaroten Manschette – Bruder Bertram sprach von „nymphenrosa" – umschlossen wurde. Jetzt erst konnte Bruder Bertram, allmählich beschleunigend und dabei schnaufend und zunehmend an Fahrt gewinnend, ganz so wie die Dampfeisenbahn auf ihrer Fahrt von Frankenstein nach Reichenstein, vom sanften in den rohen Modus schalten.

„Totamque hanc sine fraude, quantacumque est",

so fuhr er auf Lateinisch fort,

„tormento citharaque tensiorem
ad costam tibi septimam recondam ",

was aber Margot nicht verstand und was auf Deutsch in freier Übersetzung ungefähr soviel bedeutet wie: „Gespannter noch als das Seil eines Katapultes, straffer als eine Zitherseite, werde ich ihn dir ohne Umschweife ganz, wie groß er auch ist, bis zur siebten Rippe rammen".

Die beiden glaubten sich an diesem Tage unbeobachtet. Eigentlich waren sie es auch. Aber wer rechnet schon mit Fama? Denn obwohl später nie ein Augenzeuge namentlich benannt werden konnte, hieß es plötzlich, Margot und Pater Bertram hätten an jenem besagten Donnerstag während der Hundstage, als die Hitze am größten und eigentlich kaum noch auszuhalten war, bei den Stangenbohnen im Gemüsegarten hinter dem Missionshaus ein Stelldichein gehabt und dort Dinge getan, die man, nun ja, bei den frommen Pallottinern eigentlich nicht erwartete.

Sie hatten beide nicht damit gerechnet – auch Bruder Bertram nicht, der es hätte wissen müsse, weil er oft in den vatikanischen Museen in Rom war, über entsprechende humanistische Bildung verfügte und seinen Ovid und Vergil gut kannte –, daß Fama, die allgegenwärtige, vermutlich wieder einmal die ganze Zeit hinter dem grünen Stangenbohnenzelt gestanden, gelauscht, durch die Ranken gelugt und alles mitgekriegt hatte. Dabei hatte sie nicht nur das, was sie sah, weitererzählt, sondern sich ihrer Art entsprechend, auch das, was sie nicht sah, ausgemalt und ausgesponnen, denn mit halben Sachen begnügt sich Fama selten.

Wer Genaueres nicht wissen wollte, das waren die wenigsten, wußte immerhin soviel, daß die Margot vom Kommunisten-Schubert in den Stangenbohnen vor Bruder Bertram auf die Knie gegangen war und daß die beiden alsdann „a verdammtes Gelecke gehoabt“ und sich dabei lateinisch unterhalten hätten. So ungefähr erzählte es Albert bei Tisch. Rosa schlug die Hände über den Kopf zusammen, und Ernst-August rief: Auch das noch, seine Tochter Margot, vor dem Kirchenmann auf die Knie, und das alles auf Latein! Was seien das nur für Zeiten, Jesses und Maria, als Vater bleibe ihm doch nichts erspart.

Sardonisch - diabolisch oder: Die Macht des Wortes

Das sardonische Gelächter ist ein bitter grimmig grinsendes, ein verquältes und oft gewaltsam erzwungenes Lachen. Die Engländer sagen *sardonian grin* dazu, und die Franzosen sprechen von *ris sardonien*. Die Italiener nennen es *riso sardanoco*, aber eigentlich kommt es aus dem Griechischen. Mit anderen Worten, das sardonische Lachen war ein Fall für Bruder Bertram, der von Beruf Altphilologe war und sich in antiquarischen Dingen besser auskannte als seine Brüder. Erst vor ein paar Monaten hatte er in einer Fachzeitschrift für Altertumswissenschaft einen Artikel darüber publiziert. Nach der notwendigen begrifflichen Abgrenzung vom homerischen, ironischen und sarkastischen Lachen, mit denen der *risus sardonius* vom Laien immer wieder verwechselt wird, hatte er darin einen kurzen Überblick über die gängigen Erklärungen des Wortes und seiner Herkunft gegeben. Er hatte sich über das *Sardoa herba*, das bittere, schon bei Vergil begegnende Kraut Sardiniens ausgebreitet, bei dessen Genuß sich der Mund zu unwillkürlich grinsendem Lachen verzerrt. Er war kurz auf die vermeintliche Sitte der Sardinier eingegangen, die ihrem Gott Kronos zu Ehren unter geheucheltem Lachen Menschen geopfert haben sollen. Und er war einem möglichen etymologischen Zusammenhang mit dem „zähnefletschenden Grinsen“ nachgegangen. Schließlich aber – und darin bestand sein eigener bescheidener Beitrag, auf den er sehr stolz war – hatte er ganz neue Bezüge zu den sardonischen Phallusträgern mit ihren ledernen Phalloi und ihren Gesichtsmasken aufgedeckt.

Ganz klug war die Fachwelt aus dem Artikel mit den von Bruder Bertram insinuierten Bezügen nicht geworden, doch sprach man von anregender Lektüre, die zu tieferem Eindringen in den Gegenstand Anregung geben könne.

Als Bruder Bertram an einem Spätsommerabend des Jahres zweiundvierzig an Hedwigs Haus vorbeikam, hatte er sicher nicht daran gedacht, hier auf sein Thema zu stoßen. Und doch, als sein Blick auf das Kellerfenster fiel, war sein erster Gedanke sofort der, daß hier jemand sardonisiere. So sardonisch verquält, wie ihn die kleine Bärbel, Hildas zweitälteste Tochter und Lenas Schwester, aus dem Kellerfenster angrinste, hatte er es auf den antiken Vasenbildern in den vatikanischen Museen gesehen, in denen er während seines Romaufenthaltes ein- und ausgegangen war.

Darum war es gut, daß Bruder Bertram und kein anderer an diesem Tag an Hedwigs Haus vorbeikam. Als Experte hatte er einen geschulten Blick für den *risus Sardonius*. Wäre Plumpa Fitze an seiner Stelle gewesen, hätte er vermutlich nur wieder seine Göpel im Kopf gehabt, an die er nach dem Tode seiner kleinen Tochter fast nur noch dachte, und hätte vor lauter Göpelgedanken die kleine Bärbel nicht gesehen. Auch Katzen-Schubert war nicht der richtige Mann, weil er zu undurchsichtig war und niemand sagen konnte, wie und ob er bei dem Anblick der kleinen sardonisierenden Bärbel reagiert hätte. Ganz zu schweigen von Schober Wendlin, bei dem zu befürchten war, daß er Bärbel ganz übersehen hätte, weil Hedwigs Haus zur Linken lag und sein Blick wieder einmal rechts eingerastet war. Außerdem war Bruder Bertram der geistesgegenwärtigste von allen: Er tat darum auch gleich das Richtige, das heißt er packte das nach Luft ringende kleine Madla an den Schultern und hielt es einstweilen solange fest, bis Hilfe kam. Die kam auch wenig später um die Hecke – und zwar in Gestalt von Martha.

Martha kehrte gerade aus ihrer Mützenfabrik zurück, in der sie neuerdings zusammen mit Rosa arbeitete. Eigentlich hätte sie schon um dreiviertel sechs, also eine viertel Stunde vor Paterrekters Abendandacht da sein sollen, doch da es an diesem Tag in der Fabrik viel zu tun gab, hatte sie sich verspätet und war erst um sechs da. Hedwig hatte aber nicht mehr auf sie gewartet und war, nachdem sie die Kinder zu Bett gebracht und sich selbst überlassen hatte, beim ersten Glockenläuten bereits zur Abendandacht der Pallottiner geeilt.

Martha begriff sofort, daß die kleine Bärbel den Mund nicht aus freien Stücken zum Lachen verzogen hatte und war im Nu im Keller des Hauses, wo das mit einem Nachthemdchen bekleidete Mädchen schlaff im Fensterrahmen hing. Bärbel war, wie sich später herausstellte, kurz nachdem ihre Mutter das Haus verlassen hatte, in den Keller gegangen und hatte dort das geöffnete Fenster entdeckt. In der Hoffnung, noch ein wenig draußen spielen zu können, war sie auf den Haufen mit den Eierkohlen vor dem Fenster geklettert und hatte ihren Kopf durch den Schlitz des nach oben geöffneten Kippfensters gezwängt. Dabei waren ihr offenbar die Eierkohlen unter den Füßen weggerollt – mit der Folge, daß diese nun ohne jeden Halt in der Luft hingen. Eine Weile suchten sie, dann zappelten sie und schließlich baumelten sie nur noch. Halt gab es nur für den Hals.

Nachdem Martha das Bärbelchen aus seiner eingeklemmten Lage befreit hatte, schrie es laut, und das ist bei Kindern, wie man von Neugeborenen weiß, in der Regel immer ein gutes Zeichen. Nach einem Viertelstündchen war die Kleine jedenfalls wieder wohlauf und kriegte von Martha zur Stärkung eine große Tasse Puttermilch, die sie völlig wiederherstellte. Das durch die Umstände erzwungene bittere Lachen, der *risus Sardonius*, verwandelte sich schnell in ein helles Kinderlachen, was Bruder Bertram, der ebenfalls bei einer Tasse Pfefferminztee am Tisch saß und seine Magentabletten schluckte, mit Aufmerksamkeit registrierte, kam doch dabei dem philologisch geschulten Mann das Aion-Lachen aus der vierten Vergil-Ekloge eigentümlich in den Sinn.

Als Hedwig eintraf, tischkerierten sie und Martha noch eine Weile über die Frage von Schuld und Unschuld. Viel Zeit für gegenseitige Schuldzuweisungen blieb aber nicht, weil gleich am folgenden Sonntag das nächste Unglück passierte. Diesmal war Hedwig in der Frühmesse, während die Kinder und Martha noch schliefen. Bevor Hedwig die Haustür hinter sich schloß, hatte sie ein paar Briketts in den Ofen gelegt. Eigentlich wollte sie um neun wieder zurücksein, aber weil Paterrekter sie zum Zählen der Kollekte eingesetzt hatte, wurde es später. Indessen hatten sich in ihrem Haus wegen mangelnder Ofenbelüftung giftige Dämpfe entwickelt. Plumpa Fitze vermutete später, es habe sich mit Sicherheit um Kohlenmonoxid gehandelt, CO also, farblos, geruchlos, aber hochgiftig, er kenne das aus seiner Arbeit. In der Familie wurde über solche wissenschaftlichen Einzelheiten jedoch nie ausführlicher gesprochen.

Zum Glück war Ernst an diesem Sonntagvormittag wegen seiner Versicherungsgeschäfte unterwegs. Als er in der Blumenstraße vor Hedwigs Haus stand und sah, daß die Gardinen morgens um zehn immer noch geschlossen waren, wurde er argwöhnisch. Zusammen mit Nachbarn brach er die Haustür auf und fand seine Enkelinnen sowie Tochter Martha reglos und wie tot. Er sei gerade im rechten Augenblick gekommen, versicherte der herbeigerufene Hausarzt, Doktor Masur, der zur Beruhigung aller bei den Kindern und Martha nur ganz leichte Vergiftungserscheinungen diagnostizierte. Nur wenig später, dann wären sie alle erstickt.

Ernst-August war aufgebracht. Er sagte, das Maß sei voll; er werde nicht länger zusehen, wie seine Enkeltöchter Hedwigs religiösem Wahn geopfert würden. Daß Hedwig neuerdings nur noch bei den Pallottinern ein- und ausgehe und nur noch unter der Kanzel von Pater..., also diesem komischen Vogel säße, sei ihre Sache, aber daß die unbeaufsichtigten Kinder währenddessen zuhause erstickten, könne er nicht zulassen. Der Kirchgang habe sich bei Hedwig inzwischen zu einer Art Sucht entwickelt. So etwas könne bei ungefestigten Menschen, zu denen er Hedwig rechne, schnell passieren. Mit ihrem Gerede von Seelenheil und Höllenstrafen habe die Kirche die Menschheit nun schon seit Jahrhunderten in Angst und Schrecken versetzt, um sie von sich abhängig machen. Damit müsse endlich einmal Schluß sein. Die Menschheit müsse begreifen, daß Religion nichts anderes sei als Opium fürs Volk – „Opium fürs Volk“, wiederholte er zum soundsovielten Male.

Hedwig tat, als ob sie gähne. Abgesehen davon, daß Paterrekter mit der Sache nicht das Geringste zu tun habe, sei doch klar, daß Bärbel vermutlich gar nicht mehr leben würde, wenn Bruder Bertram nicht gewesen wäre.

„Eben“, sagte Ernst.

„Nicht eben“, entgegnete Hedwig scharf. Statt dem braven Kirchenmann dankbar zu sein, betreibe Ernst infame Hetze gegen die katholische Kirche. Ob er keine Rücksicht kenne mit den Gefühlen einer jungen Witwe. Immerhin habe sie bei der Kirche den Halt gefunden, den er ihr als Vater nicht geben konnte. Bei den Pallottinern würde auch für sein Seelenheil gebetet.

Ernst verbat sich jedes Gebet für sein Seelenheil. Ihm sei nur daran gelegen, daß Hedwig ihren Pflichten als Mutter nachkomme.

Hedwig lachte laut auf. Wie es denn mit seinen Pflichten als Familienvater und Ehemann bestellt sei. Die Sache mit den Weibern hätte bei ihm doch auch schon Suchtcharakter angenommen. Das nähme noch ein böses Ende.

Ernst sagte, er wisse nicht, wovon sie rede und daß sie sich aus seinem Leben raushalten solle.

Nun schlug sich auch noch Margot auf Hedwigs Seite. Ernst-August habe als Vater versagt, rief sie. Ein Bolschewik könne seinen Kindern kein Vorbild sein. Bolschewiken seien ungläubig und hätten weder Glauben noch Moral. Ida habe das auch gesagt.

Aha, rief Ernst höhnisch und rieb sich die Hände, das sei ja einmal etwas ganz Neues. Auf so etwas aus ihrem Munde habe er schon lange gewartet. Ob sie überhaupt wisse, wie man das Wort Bolschewik buchstabiere. Und wie ausgerechnet sie es wagen könne, ihm mit Moral zu kommen.

Margot tat eine Weile wie betäubt. Dann brach sie unvermittelt in Tränen aus und schluchzte laut auf. Hedwig legte ihren Arm teilnehmend auf ihre Schulter und blickte Ernst vorwurfsvoll an. Sie schüttelte den Kopf und sagte, wenn sie Ernst so höre, werde ihr das volle Ausmaß seiner Gottlosigkeit erst ganz bewußt. Ob er nicht wisse, was er seiner Tochter antue. Er sei ein bedauernswerter Mensch.

Ernst-August hatte inzwischen eingesehen, daß die Auseinandersetzung mit seinen beiden Töchtern sinnlos war und wechselte darum kurzerhand das Thema. Er vermisse schon seit Wochen ein bestimmtes Buch, sagte er, ob jemand wisse (er blickte dabei zu Margot), wo es geblieben sei. Margot fragte, von welchem Buch Ernst spreche. Als Ernst sich in Schweigen hüllte, nannte sie ihn einen komischen Vogel. „Sucht nach einem Buch und weiß noch nicht mal, wie es heißt", sagte sie. Wie sie ihm da wohl helfen solle. „Hilf dir selbst, so hilft dir Gott", fügte Hedwig noch hinzu, und dann brachen sie und Margot in ein helles, ein wenig ins Ironische spielendes Gelächter aus. Ernst-August mochte das nicht; sarkastisch lachend erhob er sich und ging davon.

Die Sache mit dem Buch wurde nie geklärt. Da Ernst-August niemandem den Titel des von ihm vermißten Buches nannte, konnte ihm auch niemand sagen, wo das vermißte Buch geblieben war. Rosa fiel nur auf, daß Albert im Gespräch mit seinen Freunden Karl und Hans neuerdings Wörter benutzte, die ihr bis dahin, wenigstens in der Bedeutung, in der Albert sie zu gebrauchen schien, fremd waren, aber über deren unsaubere Herkunft kein Zweifel bestehen konnte. „Die Fut pudern, bimsen, stemmen, den Spargel putzen, den Klöppel schwingen, Duteln und Dutelpresse", um nur das zu erwähnen, die anderen Wörter, die Albert neuerdings benutzte, wenn er mit seinen Freunden zusammensei, möge sie gar nicht aussprechen. Auch aus Margots Mund hatte sie schon das eine oder andere Wort gehört. Wo käme denn der Unflat nur her, das sei doch alles kein Schlesisch, sagte sie, als sie wieder einmal mit Ida im Schlackental bei einer Tasse Kaffee zusammensaß und Vater Berthold nebenan in seinem Bett von Ludmillas weißen Fleischbrüsten träumte. In Frankenstein und auch in Reichenstein habe man so etwas weder gehört noch je in den Mund genommen. Wer habe dieses Gift nur in die Familie gebracht? Ida seufzte tief und erwiderte, das käme alles von Ernst und seinem Bolschewismus, damit würde er noch die ganze Familie in den Abgrund reißen.

Aber Rosa sagte diesmal: „Ach, laß nur“.

„Warum?“ fragte Ida erstaunt.

Wenn der Iwan käme, antwortete Rosa, könne ihnen der Bolschewismus noch nützlich sein. Vielleicht würde Ernst unter den Russen ein großes Tier. Ernst habe etwas in der Art schon angedeutet. Seine Papiere lägen alle bereit. In ihrer Mützenfabrik gäbe es auch schon viele, die nicht mehr an den Endsieg glaubten.

„Pst“, sagte Ida. Aber Rosa lachte.

„Wer soll uns denn hier im Schlackental hören?“

Vorsichtshalber sah sie sich aber doch um. Dabei fiel ihr Blick durch die halboffene Tür ins Nachbarzimmer, auf Vater Berthold, der immer noch in seinem Bett lag und eben, von seinem eigenen Scharchen erschreckt, jäh auffuhr.

„Er träumt wohl wieder von Ludmilla“, sagte Rosa, die wußte, daß Ida das nicht gerne hörte.

Aber Ida wiegelte ab; in letzter Zeit spreche er immer weniger von ihr, im Moment eigentlich kaum noch. „Was ist der Mensch“, rief sie, „daß der Herr seiner gedenkt, und des Menschen Kind, daß er sich seiner annimmt? Wer ist Ludmilla, wer sind wir beide, du und ich, Rosa? Keiner von uns ist unersetzlich, auch Ludmilla nicht.“

Wer die Büchse der Pandora zuerst geöffnet hatte, blieb im dunkeln. Ob Albert das Buch, dessen Titel Ernst entfallen war, als erster entdeckte und mit sich nahm, um sich draußen vor dem Haus hinter den Büschen oder auf einem der sieben Plumpsklos im Hof bengalischrote Ohren anzulesen, oder ob Margot es aufgestöbert hatte, mit Fingern so lang, daß selbst geheimste Verstecke, verborgenste Fächer, tiefste Schubladen, in die der Finger Gottes kaum reichte, nicht sicher davor waren.

Albert und Margot schienen jedenfalls Gefallen an dem Schmöker gefunden zu haben. Und sie wollten ihr Bücherwissen unbedingt weitergeben. Albert beeindruckte damit seine Freunde Hans und Karl, und Margot hatte einen Plan.

Wie dieser Plan genau aussehen sollte, war anfangs noch nicht ganz klar. Klar war nur, daß sich die Sache mit Bruder Bertram nach dessen Beichte erledigt hatte und er von da an in den Gemüsebeeten allein, ohne Margots Hilfe, zurechtkam, daß aber Margots Appetit noch lange nicht gestillt war. Sie verlangte nach mehr geistlicher Kost, sie strebte nach Höherem als Bruder Bertram, jetzt wollte sie auch ihren geistlichen Vater, Pater Weiland.

Der Hinweis darauf, daß Pater Weiland nicht sonderlich attraktiv war, schmal, hager und knochig, mit angegrautem Borstenhaar, daß seine Ohren zu groß, seine Lippen zu schmal, seine Brillengläser zu stark waren, daß sein linkes Augenlid und überhaupt seine ganze linke Gesichtshälfte nach einem kleinen Schlaganfall etwas herabhing, daß er die üble Angewohnheit hatte, mit den Fingerknöcheln zu knacken und immer ein wenig nach Anislikör roch und daß er abgesehen von solchen Äußerlichkeiten viel zu verkopft war und den ganzen Tag nur mit seinen Büchern und theologischen oder exegetischen Problemen befaßt war, verkennt Margots Motivation. Hier ging es nicht um die üblichen Formen von Männlichkeit (dafür hatte sie ihre Kerle im „Goldenen Löwen"), hier ging es darum, neue Möglichkeiten zu erkunden und in der Tiefe auszuloten. Vor allem ging es um die Frage, wie weit die Macht der Versuchung, Margots Macht also, reichte, und ob sie in der Lage war, damit auch die letzten und stärksten Bastionen, die ihr im Weg standen, zu Fall zu bringen. Diese Bastionen waren aber keine anderen als – die von Moral und Gesetz, beides verkörpert in Pater Weiland. Wenn es ihr gelänge, ihn als Repräsentanten dieser Dinge, um die nach Margots Ansicht viel zu viel Aufhebens gemacht wurde und die ihr in hohem Grade zuwider waren, mit den Mitteln, die ihr zur Verfügung standen, von seinem hohen moralischen Roß zu stoßen, dann hatte sie gewonnen. Dann hatte sich für sie auch alles andere erledigt – alles, was sich ihr gegenüber als Autorität aufgespielt hatte, von Pater Weiland und Ernst-August bis zu hin zu den verhaßten Heimerzieherinnen, war dann nur noch Pseudo-Autorität, Schein, hohle Fassade. Dann hatte sie ihr Ziel erreicht. Dann war alles gerechtfertigt, was sie getan hatte, aber auch das, was sie noch tun würde.

Das Ganze war also eine Machtfrage. Margot war nicht nur eine schlechte Verliererin sondern auch eine schlechte Siegerin. Und das aus Prinzip. Sie schuldete den Verlierern nicht den geringsten Respekt. Man könnte geradezu sagen: Darin lag der Sinn dessen, was sie tat: vor niemandem Respekt haben zu müssen. Jeden moralischen Anspruch als falsche Anmaßung abzutun und mit einem ironischen Lachen zu beantworten – mit einem Wort: frei zu sein.

Die Idee mit dem Beichtstuhl brauchte eine Weile, um zu reifen. Ganz am Anfang waren da nur einzelne Wörter und Sätze aus einem von Ernst vermißten Buch. Erst allmählich verbanden diese sich mit dem großen nußbaumbraunen Holzschrank, der in der Kirche der Pallottiner gleich rechts neben dem Eingang stand, zu einem Plan.

Der Beichtstuhl hatte Margot von Anfang an fasziniert. Obwohl Neue Sachlichkeit seinen Stil bestimmte und dem Tischler nur ein paar schüchterne Holzschnitzereien mit ein paar verschwiegenen Rosen gestattet hatte, stand er immer sehr mysteriös da. Die Sünden, die hier Woche für Woche von kleinen Firmlingen, braven Hausfrauen oder biederen Frankensteiner Ehemännern gebeichtet wurden, mochten im allgemeinen kaum der Rede wert sein, ein bißchen Nascherei, ein bißchen Diebstahl, ein bißchen Fremdgehen, ein bißchen mir-ist-die-Hand-ausgerutscht. Aber darauf kam es nicht an. Das ganze Drumherum und die Art und Weise, in der die sündigen Verfehlungen in diesem Möbel zur Sprache gebracht wurden, war so sündhaft geheimnisvoll, daß allein der Gedanke daran genügte, Margot wohlige Schauer über den Rücken zu jagen.

Margot hatte die Intimität des Beichtstuhls für sich entdeckt. Oft wartete sie, bis die Kirche leer war, um dann hineinzuschlüpfen und im Halbdunkel die Stille, das Schummerlicht, die Atmosphäre eines Ortes, an dem die Sünde wohnte, auf sich wirken zu lassen. Der im Kirchenschiff hängende schwere Weihrauchduft löste die Glieder und wirkte phantasieanregend. Ließ sich etwas Stimulierenderes denken als zwei Menschen, die nur durch eine schmale Wand voneinander getrennt waren, aber durch das Bekenntnis der Sünde miteinander zu einer verschworenen Gemeinschaft verbunden wurden – als Geheimnisse, die selbst unter Eltern und Ehepartnern unausgesprochen blieben?

Und dies alles im Modus des Flüstertons. Der leise Fluß der Rede wurde nur ab und zu durch ein kurzes Stocken oder Innehalten, durch ein paar Sekunden beschämten Schweigens unterbrochen, so daß im Halbdunkel des Beichtstuhls nichts zu hören war, außer dem Rascheln der Soutane oder dem Atem des Beichtvaters. Der heimliche Pischpar-Ton war die Tonart, in der Sünde ruchbar wurde. So war die Sprache des Beichtstuhls die Sprache der Sünde. Sünde flüstert, Sünde wispert, Sünde seufzt, Sünde haucht. Es gab verschiedene Kombinationen, seufzendes Hauchen, flüsterndes Wispern – und zwischen dem hin- und herwabernden Sündengeflüster immer wieder der priesterliche Baß von Pater Weiland oder der sonore Bariton von Paterrekter.

So war – nicht zuletzt, weil Seufzen und Klagen, Wispern und Hauchen aber auch die Laute jener Liebe waren, auf die sich Margot so gut verstand – der Beichtstuhl zu ihrem Lieblingsplatz geworden. Meistens kam sie gar nicht, um zu beichten, sondern nur, um sich von ihren Gedanken treiben zu lassen.

Ein Problem war die Trennwand, aber sie konnte überwunden werden – durch das gesprochene Wort. Im Grunde machte das sogar den besonderen Reiz des Beichtstuhls aus, daß man seinem Gegenüber nicht in die Augen zu sehen brauchte, sondern im Gespräch mit ihm ganz auf die Kraft der Wörter setzen konnte. Man sandte ein kleines Wörtlein durch das Beichtgitter und wartete ab, was passierte. Manche Wörter verpufften wirkungslos, andere zündeten gar nicht erst, aber es gab auch solche, die gingen, kaum daß man sie ausgesprochen hatte, hoch wie eine Ladung Dynamit.

War das nicht die Macht des Wortes, von der Paterrekter in seinen Predigten so viel sprach? Paterrekter war es auch, der ihnen erzählte hatte, daß die heilige Jungfrau, als sie vom Geist überschattet wurde, durch das Ohr empfangen hatte. Durch das Ohr! Was mußte das für ein machtvolles Wort gewesen sein – oder mußte man ein besonders empfindsames Organ dafür haben? Pater Weiland hatte große Ohren.

Margot glaubte jetzt, Wörter zu haben, machtvolle Wörter, magische Wörter, die sie befähigten, das Unterste zuoberst und das Oberste zuunterst zu kehren. Natürlich war Pater Weiland nicht die heilige Jungfrau, aber vielleicht konnte Margot für ihn die Versucherin sein, so wie sie es für Bruder Bertram gewesen war. Sie wollte auf den Acker gehen und aussäen, so wie der Feind im Evangelium Matthäi.

Manchmal erinnerte sie der Beichtstuhl auch an einen Waggon mit drei Kupees, eins mit Sitzplatz erster Klasse und zwei mit Kniebänken dritter Klasse. Erste Klasse für Pater Weiland, dritte Klasse für Margot und ihresgleichen. Margots Selbstwertgefühl hatte von Anfang an darunter gelitten. Mit den Knien auf dem Betbänklein rutschen war ihre Sache nicht. In dieser Beziehung dachte sie ganz wie Ernst. Sie wollte sehen, ob sich das nicht ändern ließ, ob es ihr nicht gelang, Pater Weiland dorthin zu setzen, wo sie immer saß, auf die Armesünderbank. Die Dinge flüssig halten, ein wenig aufmischen, konnte niemandem schaden. Am wenigsten Pater Weiland, der sich wer weiß was auf seine Glaubensstärke zugute zu halten schien. Hören und Sehen wollte sie ihm vergehen lassen. Mit Hilfe ihrer Wörter. Wie hatte sie immer mit Mutter Rosa gesungen, wenn sie am Reformationstag in der Kirche waren? Ein Wörtlein kann ihn fällen. Das war auf den Feind gemünzt. Aber war nicht jeder, der sie mit Moral traktierte, Margots Feind? Es gab nur einen, dem sie erlaubte, über andere moralische Urteile zu fällen – sich selbst.

Irgendwann war die Sache endgültig entschieden. Das muß an einem der letzten Oktoberabende zweiundvierzig gewesen sein. Der Entschluß fiel im Beichtstuhl, genauer gesagt, in der Mitte des Beichtstuhls, wo Pater Weiland saß, wenn er die Beichte abnahm. Denn dort nahm Margot immer Platz, wenn sie allein in der Kirche war. Die beiden Sünderkämmerchen rechts und links davon lagen ihr nicht so.

Beichtgelegenheit war bei den Pallottinern werktags zwischen acht und neun Uhr sowie sonnabends zwischen vierzehn und achtzehn Uhr. Margot hatte den Sonnabend gewählt und kam ungefähr um siebzehn Uhr. Ihr schwebte ein Blitzangriff vor, unvorbereitet und aus heiterem Himmel. Um Pater Weiland in Sicherheit zu wiegen, hatte sie sich bisher sehr zurückgehalten, hatte ihm das Sensibelchen mit den Gewissensbissen vorgemacht, war bei der Beichte lächerlicher Bagatellsünden in Tränen ausgebrochen und hatte auf diese Weise sein Vertrauen erschlichen. Pater Weiland sollte, soweit dies für den Beichtvater überhaupt möglich war, an nichts Böses denken, wenn sie kam. Dann, wenn er schon etwas erschöpft oder in Gedanken bei der Predigt für den nächsten Sonntag war, wollte sie zuschlagen. Ihre Wunderwaffe waren die Wörter.

Und so war es auch. Margot hauchte ihr „Gelobt sei Jesus Christus“ durchs Gitter, und Pater Weiland erwiderte gleichgültig und müde, fast schon ein wenig abwesend, in Gedanken ganz bei seiner morgigen Predigt, sein „In Ewigkeit, Amen.“ Dann bekreuzigte sie sich.

Die Gebote eins bis fünf übersprang sie, offenbar entsann sie sich keines Vergehens, das ihr irgendwie erwähnenswert erschienen wäre. Erst beim sechsten Gebot wurde sie gesprächig. Margot beichtete die Sache mit Bruder Bertram – aber sie tat es so, wie Autoren ihre Romane schreiben, mit anderen Personen, anderen Schauplätzen und anderen Wörtern, jenen, die sie in dem Buch von Ernst-August gelesen hatte. Und alles sehr anschaulich. Man könnte auch sagen, Margot log, während sie beichtete, aber das war nichts

Neues, denn das hatte sie auch bisher immer schon getan, selbst dann, wenn sie nicht beichtete.

Es wäre besser gewesen, wenn Pater Weiland den Anfängen gewehrt hätte. Aber abgesehen von allem anderen, war er nicht auf der Hut, nahm ihn die Vorbereitung der Predigt für den kommenden Sonntag gedanklich zu sehr in Anspruch. „Seid nüchtern und wachet; denn euer Widersacher, der Teufel, geht umher wie ein brüllender Löwe." Warum der brüllende Löwe, das war die Frage, die Pater Weiland beschäftigte, seitdem er den Text für die Sonntagspredigt studierte. Die meisten Ausleger hoben einfach auf das *Tertium comparationis* von Löwe und Satan ab, Hunger und Gier. Aber das war Pater Weiland zu platt, nichts für seinen verwöhnten Theologengaumen. Nein, die Sache mußte komplizierter, vielschichtiger sein. Handelte es sich bei dem Löwen etwa um den Löwen der Johannesoffenbarung, womöglich um den Löwen Juda? Oder war es gar der Löwe, mit dem der Apostel Paulus einst in der Arena von Ephesus gekämpft hatte?

Für jemand wie Pater Weiland, der die Schrift kannte und sie zu lesen verstand, gab es unendlich viele Bezüge. Das waren die Früchte einer fundierten theologischen Bildung, die er, wie er seine Brüder wissen ließ, von Jahr zu Jahr mehr genoß.

In solche und noch tiefere Betrachtungen war Pater Weiland versunken, als er Margot die Beichte abnahm. Erst bei dem Ausdruck „die Fut pudern" merkte er auf. Seine großen Ohren kamen näher an das Gitter. Kein Zweifel, er hatte richtig gehört. Doch was war das, „die Fut pudern"? Auch wenn der Ausdruck ihm nicht geläufig war, hatte er den Sinn ahnungsweise sofort vor Augen. Durfte er als Beichtvater gleichwohl nach der Bedeutung fragen? Wäre es nicht angemessener gewesen, sich alle Ausdrücke, die auch nur im Verdacht, einer irgendwie vulgären Bedeutung standen, kategorisch zu verbitten? Hätte er nicht besser daran getan, seine Ohren zu verstopfen, um die böse Saat gar nicht erst bei sich aufgehen zu lassen – so wie es der heilige

Ignatius einst im Umgang mit ketzerischer Lehre empfohlen hatte?

Pater Weiland jedoch bat um eine Erklärung. Ein kardinaler Fehler, wie sich sogleich herausstellte. Als hätte sie nur darauf gewartet, sprudelte es jetzt aus Margot heraus. Sie blieb kein Detail schuldig, sondern erzählte Erlebtes und Erfundenes so flott und anschaulich, daß es dem Beichtvater durch Haupt und Glieder fuhr.

Durch seine törichte und nur halb unschuldige Nachfrage hatte Pater Weiland dem Versucher Einlaß gewährt, und nun war er da – und mit ihm die Wörter. Sie benahmen sich, als seien sie immer schon bei ihm zuhause gewesen. Und Pater Weiland ließ alle gewähren, unternahm nichts, außer daß er seine auf Empfang gestellten großen Ohren noch genauer auf die Wörter ausrichtete und sich immer bereitwilliger den von ihnen aufgewühlten Vorstellungen hingab. So durften Ausdrücke wie „die Fut pudern“, „den Spargel putzen“, „die Duteln pressen“ nicht nur unbehelligt und unbeanstandet das Beichtgitter passieren, sie durften auf heimliches Einverständnis hoffen und sogar auf einen stillen Willkommensgruß. Eine Invasion weiterer Ausdrücke und Wörter drängte durch das Gitter und prasselte auf den Pater ein. Margot hatte ihre vollen roten Lippen ganz dicht an das Gitter gepreßt. Pater Weiland mußte an den Kirschbaum in seiner Kindheit denken und daran, wie der Nachtwind die Kirschen damals an sein Schlafzimmerfenster gedrückt und ihr wildes Klopfen seine Lust geweckt hatte. Margots Atem, ihr Parfüm taten das übrige. Pater Weiland sah Margot vor sich, wie sie in diesem Augenblick ihre Duteln an das Holz des Beichtstuhls preßte, ihre Fut, der Klöppel …

Und dann fiel der Satz – jener Satz, der den immer noch um Fassung ringenden Pater ins Bodenlose stürzte, es war das Wörtlein, das ihn fällte. Wie eine glatte giftige Natter schlängelte er sich durch das Beichtgitter – und biß zu.

Pater Weiland war es unter seiner Soutane unerträglich heiß geworden. Im Eilverfahren wollte er Margot absolvieren, er stammelte die Absolutionsformel, aber selbst dazu fehlte es ihm inzwischen an Konzentration, und er brachte alles durcheinander. Wie jemand, der wild mit der Fliegenklappe um sich schlägt, versuchte er sich der ihn bedrängenden Anfechtungen und sündigen Gedanken durch ein hingeflüstertes „Satan weiche“ oder „Hinweg Satan“ zu erwehren, aber es nützte alles nichts, es kam nur noch Unsinn zustande: „Satan weiche, Gott, der barmherzige Vater, hat mich durch den Dienst der Kirche mit der Welt versöhnt, hinweg Satan, er schenke Verzeihung und … So spreche ich mich los, nein ich spreche dich los, nein mich los, Satan hinweg, hinweg, von Deinen Sünden im Namen des Vaters, des Sohnes und des … *Apage Satana, Apage,* Amen, Amen.“

Während sich Margot aus ihrem Beichtkämmerchen verdrückte und sich auf eine der hinteren Kirchenbänke zurückzog, blieb Pater Weiland noch eine Weile wie betäubt sitzen. Dann rief er den Meßdiener und verlangte nach Paterrekter, der sich in der Behandlung seelsorgerlicher Notfälle auskannte. Als er mit wehendem Habit durch die Kirchentür eilte, fand er Pater Weiland so, wie er ihn noch nie gesehen hatte: in sich zusammengesunken auf der Kirchenbank neben dem Beichtstuhl sitzend, im Gesicht abwechselnd kreidebleich und erbsgelb, hyperventilierend, ein gebrochener Mann. Immer wieder stieß er aus, er sei verworfen, der Herr habe ihn verworfen. Gott sei seiner armen Seele gnädig.

Jetzt tat Beruhigung not. Paterrekter setzte sich an seine Seite, legte ihm seine Hand auf die schweißnasse Stirn und redete mit gütlichen Worten auf ihn ein. Von weitem sah Margot noch, wie Pater Weiland und Paterrekter im Beichtstuhl verschwanden und daß Pater Weiland dort Platz nahm, wo sie eben gesessen hatte. Das erfüllte sie mit tiefer Genugtuung. Es war vollbracht. So sah es also aus, wenn Pater Weiland seine Sünden beichtete. Er würde sie Paterrekter beichten, und Paterrekter würde das Gehörte dem Bischof beichten, der Bischof würde es dem Kardinal und der würde es irgendwann dem Papst beichten. Und der Papst?

Fälle, in denen ein Sündenbekenntnis zum Anlaß für einen erneuten Sündenfall geworden ist, gab es und wird es immer wieder geben. Auch in literarischer Hinsicht.

Margots Beichte hatte für Aufhebens gesorgt. Als sie Hedwig am nächsten Sonntag nach der Messe traf (sie wurde von Paterrekter gehalten, der den erkrankten Pater Weiland vertrat), wurde sie heftig von ihrer älteren Schwester getadelt. Sie wisse schon über alles Bescheid, sagte Hedwig. Paterrekter habe gestern Abend in seinem Studierzimmer ein wenig mit seinem Herrn Zwiesprache gehalten, wie alle großen Heiligen es zu tun pflegten, zum Beispiel der heilige Hieronymus im Gehäus. Da sei sie zufällig vorbeigekommen und hinter der Tür unfreiwillig Zeuge seiner Worte geworden. Es sei nicht ihre Art, Dinge auszuplaudern, die das Beichtgeheimnis beträfen, und nur ungern gebe sie wieder, was sie hinter der Tür gehört habe, aber Margots Läuterung zuliebe müsse sie eine Ausnahme machen.

Pater Weiland sei, wie sie wohl wisse, durch die Wortwahl in ihrer Beichte zu schwerer Gedankensünde erregt worden. Wie ein Nervenfieber sei es gestern über ihn gekommen. Und wie er sich durch ihre Worte zu Vorstellungen habe hinreißen lassen, die einem Mann Gottes nicht gebührten, habe er am Ende sogar gemeint, gänzlich von Gott abgeschieden zu sein und bereits einen Vorgeschmack auf die ewige Verdammnis zu spüren. Im Flüsterton fügte Hedwig noch hinzu, Pater Weiland sei der Meinung, daß sich durch Margots Beichte irgend etwas in seinem Kopf festgesetzt habe, das er nicht mehr herausbekommen könne.

Was denn das sei, was sich in seinem Kopf festgesetzt habe, wollte Margot wissen.

„Nun, gewisse Vorstellungen“, antwortete Hedwig und blickte Margot vorwurfsvoll an, „aber *eine* ganz besonders.“ Für eine Weile habe er gemeint (Hedwig stockte ein wenig und lächelte dann in sich hinein) ... für eine Weile habe er gemeint, daß sich sein Hirn unter der Schädeldecke in eine riesige Eichel verwandelt habe. Er habe geglaubt, für jede geistige oder theologische Arbeit fortan gänzlich unbrauchbar zu sein und sein Leben „mit diesem Ding da“ in seinem Kopf verbringen und schließlich am Jüngsten Tage „mit diesem Ding da“ vor seinen Herrn treten zu müssen. Den Auslöser für seinen Zusammenbruch habe am Ende aber ein Satz gegeben.

Margot wollte wissen, welcher Satz das gewesen sei, der Pater Weiland um seine Ruhe und fast um seinen Verstand gebracht habe. Hedwig wollte erst nicht darüber reden. Aber dann sagte sie, Margot habe wohl während der Beichte davon gesprochen, daß jener Mann in den Stangenbohnen zuletzt zu ihr gesagt habe, jetzt sähe sie aus wie ein – „durchgeficktes Eichhörnchen“.

Aber Margot, als sie das hörte, lachte, sie lachte und lachte, konnte gar nicht mehr aufhören mit Lachen, sie, die den alten griechischen Rhapsoden gar nicht kannte, lachte, als sie das hörte, ein wahrhaft homerisches Lachen – das ein Kenner nicht vom diabolischen hätte unterscheiden können.

Ruthla wird katholisch

In den letzten Wochen ihrer Schwangerschaft kam Hedwig kaum mehr zur Messe. Aber dafür erschien Paterrekter immer häufiger in der Blumenstraße. Lissy erzählte, sie wisse von Lena, daß der Pater bei seinen Besuchen zuerst einen Segen für Hedwig und dann für das Kindla spräche, meistens auf lateinisch. Danach säßen sie noch eine Weile am Tisch und äßen zusammen ein Stückchen Mohnstriezla, das Hedwig für Paterrekter gebacken habe. Ab und zu gäbe es auch einen Frankfurter Kranz. Dazu würde Paterrekter immer Bohnenkaffee trinken, Hedwig dagegen trinke nur Kathreiner, wegen ihres Magens, wie sie sagte, und wegen ihrer Schwangerschaft. Lena wisse das, weil sie heimlich durch das Schlüsselloch geguckt habe, denn die Kinder würden jedes Mal, wenn der Pater käme, nach draußen zum Spielen geschickt, selbst wenn es Strich regnete.

Im Herbst war es dann soweit, Hedwig kam nieder. Und weil er am Tag des Heiligen Theodor von Euchaita geboren wurde, sollte der Sohn Theodor heißen.

Ernst, der gerade Hedwigs Heiligenkalender vor sich hatte, sagte, Theochen habe Glück gehabt, daß er am neunten November geboren sei. Wenn er früher geboren wäre, hätten ihn die „Verrickten“ womöglich Pirmin oder Protasius genannt, und wenn er später auf die Welt gekommen wäre, hieße er vielleicht Philemon, Chrysogonus oder Jakob der Zerschnittene. Rosa entgegnete, Ernst ärgere sich nur, weil Hedwig nichts von seinen drei Namensvorschlägen habe wissen wollen. Aber das müsse er verstehen. Hedwig sei schließlich eine fromme Katholikin, und Ernst könne nicht erwarten, daß sie ihren Sohn auf den Namen Karl, Friedrich oder Joseph taufen lasse. Hedwig sei nicht bleed und habe sofort durchschaut, wen er dabei im Sinn gehabt habe.

Das seien doch alles ganz normale deutsche Namen, versicherte Ernst scheinheilig. Hedwigs Mann – Ernst vermied es, von Theos Vater zu sprechen – habe schließlich auch Joseph geheißen

Rosa sagte nur, Ernst solle sie nicht veralbern. Außerdem, fuhr sie fort, sei Theodor doch auch ein sehr hibscher Name. Hedwig habe ihr gesagt, er sei griechisch und würde „Geschenk Gottes" bedeuten.

„Nennt man das neuerdings so?", fragte Ernst.

Rosa entgegnete, Ernst solle still sein, sie wisse, was er meine, aber das seien alles Mutmaßungen; es gebe keine Beweise, und das sei auch gut so. „A heiliger Mensch, a gruße Anfechtung." Im übrigen sei er der Letzte, der das Recht habe, sich über so etwas aufzuregen.

Der heilige Theodor, fuhr sie fort, sei übrigens ein römischer Soldat gewesen. Weil er nicht den Götzen geopfert, sondern heidnische Tempel in Brand gesteckt habe, habe man ihn später heilig gesprochen.

„So, so, Tempel in Brand gesteckt", wiederholte Ernst-August, „und dafür wird man Heiliger".

Deswegen wohl nicht, fuhr Rosa fort, aber er habe dann den Martertod sterben müssen, und man habe ihn bei lebendigem Leibe verbrannt.

Richtig so, sagte Ernst-August, an Kulturgütern vergreift man sich nicht. Er würde ja auch keine Kirchen in Brand stecken, obwohl es ihn manchmal in den Fingern juckte, besonders wenn er an diesen Paterrekter denke.

„Pst", sagte Rosa erschrocken, „laß das bloß nicht Hedwig hören, sonst gibt es wieder Krach".

Die Geburt fand zum fünften Mal zuhause in der Blumenstraße statt. Rosa sollte kommen, um Hedwigs Kinder zu beaufsichtigen. Als sie eintraf, stand das Fahrrad der Hebamme schon vor der Haustür. Hedwig hatte bereits Routine im Kinderkriegen, und nach zweieinhalb Stunden Wehen hatte sie das kleine Theochen mit Hilfe der energisch zupackenden Hebamme glücklich in die Welt gepreßt. Doktor Masur wurde nicht benötigt. Nur hatte Hedwig darum gebeten, man möge Paterrekter gleich nach der Geburt Bescheid geben, damit er sie und das Kind segne. Der Hebamme war das nicht recht, sie ließ es aber dennoch durch Lena ausrichten. Paterrekter stand schon wenige Minuten später mit seinem Meßköfferchen vor der Tür.

Nachdem er dem kleinen Theodor eine Weile auf den Grund seiner graublauen Augen geblickt hatte, musterte er noch andächtig den Pigmentfleck rechts über der Oberlippe, nahm dann seinen Weihwasserwedel aus dem Köfferchen und begann mit den Segenshandlungen, die er an diesem Tage, da seine Freude groß war, noch durch ein paar improvisierte und sozusagen spontan aus ihm hervorbrechende Gebete ergänzte. Er begann mit dem *Salve, Regina, mater misericordiae; vita, dulcedo et spes nostra, salve*, um sodann das Kind und darauf die Mutter des Kindes zu segnen. Er segnete sie an Geist und Leib und Gliedern, an Schultern, Armen und Händen, an Beinen, Füßen und Zehen, segnete auch noch die Hebamme und ihre gesegnete Arbeit, segnete mit ausgebreiteten Segensarmen die verlegen mümmelnde Großmutter Rosa, die abzuwiegeln versuchte, da sie ja evangelisch sei, segnete den Vater und die Geschwister, segnete das Land und die Stadt, segnete das Haus und die Wohnung, segnete das Jahr, den Tag und die Stunde, hielt währenddessen nach immer neuen Möglichkeiten der Segnung Ausschau und begann, als er keine fand, erneut die Mutter zu segnen, sprach davon, daß sie in Todesgefahr gewesen und die Wellen des Todes und so weiter, und sie habe das Tal des Todes durchschritten – und merkte gar nicht, wie die Hebamme, die seit langem keine so unkomplizierte Geburt erlebt hatte, zu Rosa hinübersah und sich an die Stirn tippte. Schließlich aber, als alles gesegnet war und es, außer ein paar auf der Küchentapete herumkriechenden Stubenfliegen, weit und breit nichts mehr zum Segnen gab, rief Paterrekter noch, erschöpft und in sich zusammensinkend, „Amen, Amen, Amen".

Eigentlich war das dritte Amen immer ein Zeichen dafür gewesen, die Kaffeekanne von der Herdplatte zu nehmen, ein Stückchen Striezla auf den Tisch zu stellen und mit dem gemütlichen Teil des Nachmittags zu beginnen. Da sich aber an diesem Tage, da Hedwig im Kindbett lag und alles um sie und den kleinen Theo drehte, niemand darum kümmerte, steckte Paterrekter seinen Wedel wieder ein, schloß das Köfferchen und machte sich ohne Kaffee und Striezel auf den Heimweg.

Es sollte aber für Paterrekter nicht die letzte Gelegenheit gewesen sein, seine Arme segnend über Hedwig und ihr kleines Theochen zu breiten. Denn schon wenige Wochen später wurde Theo getauft. Die bescheidene kleine Feier fand im engsten Familienkreis statt. Außer Hedwigs Schwiegermutter Alma, die zugleich erste Patin war, waren Rosa sowie Martha, Margot und die Kinder Ruthla und Lissy da, dazu aus Reichenstein Ida, Berthold und Herta als zweite Patin. Ernst schützte Arbeit vor und ließ sich entschuldigen. Aus der Gemeinde war nur die Römersche aus der Konditorei in der Burgstraße gekommen, außerdem noch die Witwe vom Fischhändler Unsinger. Die Kuglersche, die dicke Klose und die boshafte Juska waren wegen eines Streits mit Hedwig nicht eingeladen worden. Hedwig wollte sich über die Ursache des Streits nicht näher äußern. Aber hinter vorgehaltener Hand erfuhr Rosa am Kaffeetisch von der Römerschen, daß bei der Auszählung der Kollekte am Sonntag Allerheiligen, für die Hedwig und die Unsinger Verantwortung trugen, irgend etwas nicht mit rechten Dingen zugegangen sei.

Beim Taufgottesdienst war Paterrekter wieder in seinem Element. Die Liturgie der Taufe bot dem stets zum Segnen Bereiten ein weites Betätigungsfeld. Vor der eigentlichen Austeilung des Sakraments hielt Paterrekter, vor dem Altar stehend, noch eine Ansprache, worin er sich händereibend über die Bedeutung der Taufe ausließ und erklärte, der kleine Theodor sei fortan Glied der großen Familie des dreieinigen Gottes, mit anderen Worten ein „Blutsverwandter Gottes“. Rosa erschrak bei diesen Worten und war froh, daß Ernst nicht mitgekommen war. Schließlich gedachte der Pater auch noch des irdischen Vaters, des guten Joseph, dessen

Leib zwar bei Charkow in russischer Erde begraben liege, aber dessen Geist in diesem Moment als ein guter Engel unter ihnen weile. Als sie den Namen ihres gefallen Mannes hörte, griff Hedwig reflexartig in ihre Handtasche und holte das nach Rosenwasser duftende, roséfarbene Anhäkeltaschentüchlein heraus, um ein paar Kriegerwitwentränen zu trocknen.

Die Taufzeremonie wurde von Paterrekter seit Jahrzehnten in der gleichen Weise gehandhabt. Jedes Wort, jeder Griff saß. Nur daß der kleine Theo, der von Hedwig kurz zuvor gestillt worden war und die ganze Zeit schaukelnd im Arm über das Taufbecken gehalten wurde, sich eine kleine Abweichung von der üblichen Agenda erlaubte und seinen Mageninhalt ausgerechnet in das von Paterrekter frisch geweihte Wasser spuckte. Der Zwischenfall wurde aber vom Pater diskret kaschiert, der Meßdiener brachte eine Karaffe frischen Wassers, und Hedwig nahm größeren Abstand vom Taufbecken. Dafür rückte Paterrekter näher an Mutter und Kind heran, hauchte hier, segnete dort und salbte Theos Stirn mit Chrisam aus einem kleinen vergoldeten Döschen. Dreimaliges Amen, das schmalbrüstige Orgelnachspiel eines übergewichtigen Kantors, dünnes Glockengebimmel und die Übergabe einer Taufkerze, die dem kleinen Theo auf dem Weg zum Vater heimleuchten sollte, beendeten den Taufgottesdienst.

Von der Herz-Jesu Kirche ging es dann wieder zurück in die Blumenstraße, wo man sich in der Wohnküche an dem in eine Mittagstafel umgewandelten Küchentisch zum Mahl versammelte. Martha hatte das Festessen zusammen mit Margot vorbereitet. Zu Beginn gab es eine Art Kraftbrühe aus zwei Kaninchenköpfen mit selbstgemachten Bandnudeln, danach Kaninchenbraten mit Kliesla und Rotkohl; zum Abschluß noch ein Kompott mit selbstgepflückten Blaubeeren. Alma und Ida schnalzten mit der Zunge, und Hedwig sagte, Ernst sei selbst daran schuld, daß er sich dieses Mittagessen habe entgehen lassen.

Nach dem Essen wurden die Kinder zum Spielen nach draußen geschickt. Und während die Frauen abwuschen oder sich unterhielten, verschwand Berthold in seiner grünen Schafferkluft diskret nebenan im Schlafzimmer, stellte seine gewichsten Stiefel vor Hedwigs Bett und sank unter den segnenden Händen einer Schutzmantelmadonna, deren Bildnis goldgerahmt über dem Kopfende hing, in seine übliche Ruhestellung.

Auch Paterrekter war eingeladen. Wegen des monatlich stattfindenden Fatima-Gedenkens im Missionshaus konnte er aber erst am Nachmittag zu Kaffee und Kuchen kommen. Hedwig hatte ihm den Stuhl rechts neben sich reserviert. Zwischen Hedwig und Paterrekter stand nur noch die Wiege des kleinen Theodor. Immer wieder holte Hedwig den kleinen Theodor heraus, wiegte ihn im Arm und zeigte ihn dem Pater. Dabei sagte sie immer: „mei Lammla, mei Lumpsla“ oder „mei Strünkla“. Paterrekter aber sprach von seinem „Puutzla mit den schin'n Augerlen“.

Als Rosa einen Blick in die Richtung des traulich nebeneinander sitzenden Paares mit dem Kind inmitten warf, stand ihr plötzlich das Bild der Heiligen Familie vor Augen, und sie hätte sich, obwohl Protestantin, am liebsten bekreuzigt. Wieder war sie froh darüber, daß Ernst nicht mitgekommen war.

Für den Kaffeetisch hatte Hedwig ihre Sammelgedecke aus dem Küchenschrank geholt, was nur bei besonderen Anlässen geschah. In der Mitte des Tisches standen, neben der Schale mit Schlagsahne, die Rosa von Kulbafongse mitgebracht hatte, drei Kuchenteller mit Mohnstriezel, Sträßelkucha und einer Sißbabe, für die Hedwig ihren gesamten Eiervorrat geopfert hatte. Nach einem kurzen, von Paterrekter gesprochenen Tischsegen war die Kaffeetafel eröffnet. Dem Pater war das größte Stück Striezla vorbehalten, und er verzehrte es mit einer doppelten Portion Schlagsahne und krümelnder Inbrunst.

Während die Erwachsenen am Kaffeetisch saßen und sich unterhielten, spielten die Kinder im Garten. Üblicherweise bekamen sie nur die Kuchenreste. Obwohl es ihnen eigentlich untersagt war, die Erwachsenen zu stören, kam Bärbel nach einer Weile plärrend herein und behauptete, Ruthla habe sie angestiftet, Lena anzustiften, Grete in den Po zu kneifen. Darauf hatte Rosa Bärbel an die Hand genommen und war, da sie sich ohnehin gerade verabschieden wollte, mit ihr in den Garten hinausgegangen. Kaum war Rosa draußen, sagte Ida, ein wenig vorgebeugt und mit gedämpfter Stimme, daß ihr die Entwicklung von Ruthla schon seit langem Sorge bereite. Das Kind habe etwas Heimtückisches an sich, das sei sicher von ihrem Vater Ernst-August, aber mehr wolle sie dazu nicht sagen, sie habe schon zuviel gesagt.

Hier widersprach Hedwig. Sie neigte den Kopf ein wenig schief zur Seite und erwiderte mit tiefer, grundgütiger Stimme, daß Ruthla im Grunde ein gutmütiges Kind sei. Wohl machten sich inzwischen hier und da die Folgen des Fehlens einer christlichen Erziehung bemerkbar. Aber Rosa könne nichts dafür, es sei Ernst-August, der sich bisher gegen die Taufe gestellt habe. Ruthla habe gute Anlagen und eine angeborene Herzensdemut.

„Aha", bemerkte Paterrekter, mit vollem Munde kauend, „also sozusagen eine *anima naturaliter Christiana*".

Die Worte des Paters hatten, da noch niemand am Tisch den lateinischen Ausdruck zuvor gehört hatte, teils nachdenkliches, teils betroffenes Schweigen ausgelöst. Nach einer kurzen Bedenkpause antwortete Hedwig, ja, ja, so könne man das wohl auch ausdrücken. Die Demut des Kindes wäre von der Art, daß es sogar die Brinkel – Hedwig sagte immer „Brinkel", wenn sie Krümel meinte – unter dem Tisch aufesse, wenn sie es dazu auffordere.

Das konnte Paterrekter kaum glauben.

„Doch, doch", rief Hedwig, und um dem Pater den Beweis zu liefern, ließ sie Ruth von Martha hereinrufen. Ruthla kam kurze Zeit später mit Martha und stand mit gesenktem Kopf und ängstlich auf den Boden gerichtetem Blick vor Hedwig.

„Bist a gutes Kindla?“, fragte Hedwig.

Ruthla nickte und zupfte dabei verlegen an ihrer weißen Festtagschürze, die ihr von Rosa eigens für diesen Tag genäht worden war.

„Schien“, sagte Hedwig. Dann könne sie doch die frischen Brinkel unter dem Tisch aufsammeln, und wenn sie wolle, dann dürfe sie sie sogar assa.

Ruthla blickte unsicher nach rechts und links, erst zu Hedwig, dann zu Paterrekter, und als sie merkte, daß es den beiden ernst war, ging sie auf die Knie und kroch unter die Tischdecke.

„Bist a gutes Kindla“, rief Hedwig der unter dem Tisch krabbelnden Ruthla noch zu. Und dann blickte sie triumphierend zu Paterrekter.

„In der Tat, ein gutes Kind“, rief Paterrekter und klatschte begeistert in die Hände: „Lobt nicht auch unser Herr Jesus Christus also die Demut des griechischen Weibes aus Syrophönizien um ihres Wortes von den heidnischen Hündlein willen, die die Brosamen der Kinder Israels fressen?“

„Eine ‚Amina nataliter christana‘“, sagte Hedwig. Darauf lachte zuerst Hedwig und dann Paterrekter. Der war ganz außer sich wegen der großen Demut, so daß ihm beim Lachen unwillkürlich ein Furz entfuhr. Da lachte der ganze Tisch.

Bisher hatte Ruthla immer geglaubt, ein gutes Kind zu sein. Es war ihr ja auch von allen so gesagt worden. Eine Weile hatte sie sogar gemeint, darauf stolz sein zu können. Doch als sie jetzt, auf allen Vieren nach Krümeln suchend, unter dem Tisch herumkroch, die sich überschlagende Stimme von Hedwig und das scheppernde Lachen von Paterrekter hörte, dazu Idas Gelächter und den schrillen Diskant ihrer Stieftochter Herta – da wußte sie, daß sie es nicht war. Sie wußte, daß auch sie böse Gedanken hatte und daß die sich ganz unwillkürlich und ganz ohne ihr Zutun einstellten. Zum Beispiel dachte sie jetzt für einen Moment daran, wie es wäre, wenn sie unbemerkt die beiden Schnürsenkel des

Paters miteinander verknotete. Und sie malte sich aus, was dann geschehen würde. Wie sich Paterrekter mit einem Furz und einem frommen Bibelvers auf den Lippen von seinem Krümelplatz erheben würde und dann über seine eigenen Füße stolperte. Vielleicht würde er der Länge nach auf das Linoleum schlagen, oder er würde in seiner Soutane auf die gedeckte Kaffeetafel mit der Schlagsahne fallen, vielleicht würde er in Margots Arme sinken oder noch besser in Hertas. Herta würde rufen: „Gelobt sei Jesus Christus“, und der Pater würde antworten: „In Ewigkeit, Amen“. Dann würde Hedwig ihre Arme hochwerfen und vor Schreck „Jesses und Maria“ schreien.

Möglicherweise sollte Ruthla die Schnürsenkel des Paters gleich mit Hertas roten Schnallenschuhen verknoten. Sobald einer von beiden dann von seinem Platz aufstünde, würde er den andern mit sich reißen; möglicherweise würde Herta mit ihrem dicken Hintern auf dem Schoß des Paters landen, oder sie würden beide unter dem Tisch liegen, eingewickelt in eine Tischdecke mit Kathreiner- und Bohnenkaffeeflecken, mit zermatschtem Kuchen und zerschlagenem Sammeltassenporzellan.

Und noch eine andere Idee stellte sich wie von selbst und fast ganz ohne Ruthlas Zutun ein. Wie es wäre, wenn Ruthla die Schnürsenkel des Paters mit dem Zipfel der Tischdecke verknotete? Oder mit dem Tischbein? Es gab so viele Möglichkeiten für jemand, der böse war.

Und doch, eigentlich wollte Ruthla gar nicht böse sein, ihr hätte es schon genügt, wenn sie wenigstens katholisch gewesen wäre. Wie gern hätte sie mit Paterrekter oder Hedwig lachend am Tisch gesessen, hätte Striezel gegessen, Bohnenkaffee getrunken, hier und da so a bissel gebrinkelt und dazu ein paar fromme Worte aus der Heiligen Schrift zitiert. Und dann hätte sie den heidnischen Hündlein unter dem Tisch von Zeit zu Zeit das Fell gekrault und ihnen gesagt: „Brav, brav“, und daß sie dankbar dafür sein müßten, wenn sie ein paar Brosamen, die ihnen von den Kindern des Hauses übriggelassen worden waren, abkriegten.

Als Ruthla wieder unter der Tischdecke hervorkroch, war sie, wie Hedwig später berichtete, eine andere. Mit schmalgestellten Augen und zu allem entschlossenen Gesichtsausdruck, „hart wie Kiesel", sagte die bibelkundige Hedwig, sei sie auf sie zugegangen, habe sie sich vor sie gestellt, mit dem Fuß auf das Linoleum gestampft und gerufen:

„Ich will auch katholisch werden!"

Ida berichtete den Vorfall später ähnlich, nur daß sie noch hinzufügte, Ruthlas Entschlossenheit habe ihnen allen geradezu Angst eingejagt. Hedwig habe sich, als Ruthla auf sie zuging, hinter Paterrekter weggeduckt. Der aber habe, nach einer kurzen Zeit des Innehaltens und der Besinnung, von einem göttlichen Bekehrungswunder gesprochen, die Hände gefaltet, zur Decke aufgeblickt und dann mit fester Stimme gesagt: „Ja mein Kind, du sollst katholisch werden. So wahr der Herr lebt und so wahr du lebst: ich lasse nicht von dir!" Und dann habe er Ruthla mit ausgebreiteten Armen gesegnet, habe ihr sanft über das dunkle seidene Haar gestrichen und ein dreifaches Amen gesprochen, worauf Hedwig ihm noch ein Stickla Striezel auf den Kuchenteller gelegt habe.

Rosa war gerührt, als sie von Ruthlas Entschluß, katholisch zu werden, hörte. Obwohl sie es lieber gehabt hätte, wenn Ruthla sich in ihrer evangelischen Kirche in der Klosterstraße hätte taufen und einsegnen lassen, war sie stark beeindruckt, daß ihr Nesthakla einen selbständigen Entschluß gefaßt hatte. Sie wird jetzt erwachsen, sagte sie zu Hedwig, mit mutterstolzem Vibrato in der Stimme.

Nur Ernst-August tobte und wollte wissen, was man auf der Taufe des kleinen Theo mit seinem Ruthla angestellt habe. Außerdem machte er Rosa Vorwürfe, daß sie seine Tochter schutzlos den „Verrickten" überlassen habe. Rosa wehrte sich und entgegnete, daß er sich sein Gejammer sparen könne. Er hätte ja nicht zuhause bleiben brauchen, dann hätte er selbst auf seine Tochter aufpassen können. Ernst machte den Versuch, Ruthla die Taufe doch noch auszureden, aber als er bemerkte, daß sich bei seinen Worten in ihren Augen Tränen sammelten, ließ er es auf sich beruhen.

Für Ernst kam es noch schlimmer, denn auch Lissy wollte jetzt katholisch werden. Ruthla fand das schade. Sie hatte sich schon darauf gefreut, ihrer heidnischen Schwester bald ein paar Brinkel unter den Tisch werfen zu können, um herauszufinden, ob sie auch eine *Anima naturaliter christiana* habe. Aber wenn Ruthla katholisch würde, wollte Lissy unter keinen Umständen Heidin bleiben. Auch sie wollte jetzt Taufe und Kommunion. Ernst redete von Massenwahn. Aber er war machtlos.

Beide wurden noch im selben Monat getauft und besuchten von da an den Kommunionunterricht von Paterrekter. Viel war von der heiligen Jungfrau die Rede, aber auch vom heiligen Paulus und anderen Heiligen, die am Beispiel eines aufopferungsvollen Lebens gezeigt hatten, wie man den Drang bekämpft. Besonders viel sprach Paterrekter über Maria Goretti, die lieber sterben wollte als in Schande leben. Paterrekter sagte, man müsse sich diese Beispiele immer vor Augen halten, dann könne man den Anfechtungen widerstehen. Ruthla beobachtete, wie Lissy dabei verständnisvoll nickte. Aber sie glaubte ihr nicht und fand das Nicken „eingebildt". Für sie war das Wort „Drang", trotz Lissys Erklärung, ein leeres Wort ohne jede Bedeutung geblieben. Zu Lothar empfand sie Zuneigung, aber keinen Drang, und auch sonst konnte sie nicht viel mit dem Wort anfangen. Die erste wirkliche Anfechtung in ihrem Leben hatte sie unter dem Tisch von Hedwig erlebt, und die hatte darin bestanden, die Schnürsenkel von Paterrekter zu verknoten. Aber solche und andere Versuchungen waren überwunden, seitdem sie selbst katholisch geworden war.

Zu Weihnachten durfte sie bereits im Krippenspiel mitwirken und einen Hirten spielen. Paterrekter hatte in der Bibliothek des Missionshauses ein altes schlesisches Hirtenspiel entdeckt. Das hatte er, nicht ohne literarisches Geschick, überarbeitet, um es mit Kommunionskindern und

Gemeindejugendlichen am Heiligen Abend in der Kirche aufzuführen. Ruthla sollte den jüngsten Hirten spielen. Sie hatte nur wenig Text zu sprechen. Das benötigte Kostüm, Hirtenhut, Stock und Umhang, kriegte sie von Hedwig. Ebenso ein kleines Requisitenlamm, das ihre ältere Schwester an einem der Adventssonntage aus ein paar Wollresten zusammengebastelt hatte.

Paterrekter legte Wert darauf, daß die Hirten im Gegensatz zu den anderen Darstellern, Joseph, Maria, den Königen und den Engeln, auf schlesisch sprachen. Sie seien, so sagte er, Menschen aus dem Volke, und deswegen müßten sie die Sprache des Volkes, den Dialekt ihrer schlesischen Heimat sprechen.

Ruthlas Einsatz kam, als der Engel auftrat. Sie und die beiden anderen Hirten sollten wie geblendet zu Boden fallen. Erst nach einer Weile sollten sie sich die Augen reiben und langsam erheben, und der erste Hirte sollte dann sagen:

„Seich doch, Gespohn, es eiß a Schehn dou!"

Darauf sollte der Schäfer antworten:

„O du Nor, es eiß keh Schehn, es eiß a Starn".

Und schließlich sollte Ruthla sagen:

„Es eiß keh Starn, es eiß a gruße Schehn".

Danach sollte der Engel im weißen Gewand zu ihnen kommen und sagen:

„Ihr Hirten hier auf dieser Weide,
ich verkündige Euch große Freude,
weil oben ist zu dieser Frist
ein König geboren, Herr Jesu Christ.
Gehet hin gen Bethlehem in die Stadt,
da liegt er in der Krippen hart
und hat geringe Windelein:
das soll davon Euer Zeichen sein".

Ruthlas Freude, an diesem Spiel als Hirte teilnehmen zu dürfen, wurde allerdings durch zweierlei getrübt: Erstens, der Engel, vor dem Ruthla und die beiden anderen Hirten niederfallen sollten, war kein anderer als – Lissy. Das allein war schon schlimm genug, zumal Ruthla fürchtete, Lissy könnte ihr während des Spiels heimlich die Zunge zeigen. Doch war der zweite Schmerz noch viel größer: Lothar, der auch mitspielte, war Joseph, aber Maria war Hannelore. Doch Lothar beschwichtigte Ruthla und sagte, daß er nur mit Hannelore verlobt sei und daß Verlobung noch etwas ganz anderes sei als Heirat und Ehe, und außerdem sei das Christkindla ja auch nicht von ihm, sondern vom Herrgott. Ruthla, die trotz des Kommunionunterrichts in theologischen Dingen zeitlebens unsicher war, konnte die Auskunft nicht zufriedenzustellen, jedenfalls betrachtete sie das Heilige Paar bei den Proben immer mit Argwohn.

Bei der Vorführung nahm der eingeübte Dialog dann allerdings einen anderen Verlauf als vorgesehen, da der erste Hirte, der von Guste gespielt wurde, so aufgeregt war, daß er vom Text abweichend rief:

„Seich doch, Gespohn, es eiß a Starn dou!"

Nun blieb dem zweiten Hirten nichts anderes übrig als zu antworten:

„O du Nor, es eiß keh Starn, es eiß a Schehn".

Wenn Ruthla der Logik ihrer beiden Vorgänger gefolgt wäre, hätte sie nun sagen müssen:

„Es eiß keh Schehn, es eiß a gruße Starn".

Doch dann hätten sich natürlich alle gefragt, warum sie den Engel, der unmittelbar vor ihr stand, als Stern bezeichnete. Also rief sie:

„A Schehn, a Schehn!"

Das war schön, denn so hatte Ruthla den Anschluß hergestellt, und Engel Lissy konnte fortfahren. Paterrekter lobte die Geistesgegenwart und sagte später, Ruthla habe das Zeug für größere Rollen. Schon im nächsten Jahr könne sie den Engel spielen, und wenn sie noch etwas gewachsen sei, vielleicht sogar die Maria. Zur Maria hatte selbst Lissy es bisher noch nicht gebracht.

Nach dem *Transeamus* stapften die Schuberts wieder im Schnee nach Hause. Ruthla erhielt für ihre Schlagfertigkeit vor allem von Hedwig großes Lob - zum Ärger von Lissy, deren Text länger und schwerer gewesen war und die das ungerecht fand. Aber Ernst tröstete sie und sagte: „Was ist schon gerecht?“ Selbst Albert war mitgekommen. Er hatte entdeckt, daß die Auswahl hübscher Frankensteiner Mädchen nirgendwo größer war als in der Kirche der Pallottiner am Heiligen Abend.

Nach der Bescherung und vor den Kliesla saß die ganze Familie vor dem Loewe Opta wegen der angekündigten Weihnachtsringsendung, die schon seit Tagen als große Sensation angekündigt worden war. Ernst sprach von übler Goebbels-Propaganda, aber neugierig war er doch. Punkt fünf vor halb acht ging es los auf dem Sender des Großdeutschen Rundfunks. Angeschlossen waren diesmal noch dreißig Übertragungsstellen an entlegensten Orten, im Eismeer und im Schwarzmeer, an der Lapplandfront und an der Wolga, im finnischen Winterwald und am Atlantik, am Mittelmeer und in der afrikanischen Wüste, im Kaukasus und in Stalingrad. Allüberall sollte bei rauschender und knackender Leitung von deutscher Militärpräsenz Zeugnis abgelegt werden, natürlich mit „Heilige Nacht, stille Nacht“ als Höhepunkt.

Rosa verdrückte eine Träne und Albert fand das alles sehr erhebend, sprach später seinen Freunden gegenüber von einem starken Erlebnis, regelrecht überwältigend, und hätte am liebsten „Deutschland über alles in der Welt“ angestimmt. Dagegen lachte Ernst die ganze Zeit hämisch, besonders als auch noch die Verse des Lutherchorals erklangen: „Und wenn die Welt voll Teufel wär’, es muß uns doch gelingen“. Jetzt, wo sie merkten, daß es ans Eingemachte ginge, würden sie plötzlich wieder fromm, die Nazis, aber der Teufel ließe sich nicht mit Beelzebub austreiben, rief er.

Danach kam noch die Ansprache von Reichsminister Dr. Goebbels, die Ernst aber gleich wegdrückte, weil er sich das Weihnachtsfest von den Nazis nicht völlig vermiesen lassen wollte, wie er sagte. Sowieso sei es das letzte Mal, daß Deutsche auf russischem Boden „Stille Nacht“ gesungen hätten, das täte man nur einmal und nicht ungestraft, Stalingrad sei ja schon so gut wie verloren und der Krieg auch, und nicht lange, dann würden die Soldaten der Roten Armee russische Weihnachtslieder in Berlin singen. Ha, ha, ha. Dann könnten sie alle Baumrinde fressen. Ha, ha, ha. Rosa fragte, was denn das diesmal für eine Weihnacht werden solle, Ernst solle endlich mit seiner verknuchten Politik aufhören, er würde ja allen Angst machen. Bevor sie Baumrinde fräßen, sollten sie sich doch erst einmal alle an ihren Kliesla „gietlich“ tun.

Dann versammelten sich wie jedes Jahr um den Tisch und verdrückten ihre Kliesla. Danach hatte sich die Stimmung wieder merklich aufgehellt. Auch bei Ruthla und Lissy, die unter den Ausbrüchen ihres Vaters am meisten gelitten hatten. Und selbst Ernst hatte Frieden geschlossen, mit dem Schicksal, aber hauptsächlich mit sich.

Im Frühjahr liefen die Vorbereitungen für Ruthlas und Lissys Kommunion. Hedwig hatte zusammen mit Martha die Patenschaft für Lissy übernommen, dafür hatte Ruthla Hedwigs Freundinnen, Auguste Römer und Isolde Unsinger, als Patentanten bekommen. Für die Witwe vom Fischhändler Unsinger war das Patenamt nur eine Formalie, dagegen nahm die kinderlos gebliebene Römer ihre Aufgabe als Patentante sehr ernst. Im März, ein paar Wochen vor der Kommunionfeier, wollte sie zusammen mit Ruthla bei der Schneiderin für das Kommunionkleid Maß nehmen lassen. Danach wollten sie bei Schuh-Rieker am Ring noch ein Paar Schuhe für die Feier kaufen. Die Römer wollte auch für die Kosten aufkommen, was Rosa willkommen und Ernst, der das Ganze sowieso überflüssig fand, peinlich war. Er flüsterte Ruthla zu, daß die Römer eine „ahle Timpelkräte“ sei, vor der sie sich hüten müsse. Ruthla wußte nicht, was eine Timpelkräte war, aber sie versprach aufzupassen.

Auguste Römer war Kriegerwitwe. Ihr Mann war 1915 als Jäger des Reservebataillons No. 20 bei Balechow gefallen und hatte ihr außer viel Geld eine gut gehende Konditorei hinterlassen, aber leider keine Kinder. Obwohl sie finanziell so gut ausgestattet war, daß ihr der „Kupp ni meh wieh zu thu'n" brauchte, wie Rosa, die sich auf Kopfschmerzen diese Art verstand, nicht ohne Eifersucht bemerkte, hätte die Römer vermutlich alles hingegeben, um dafür ein kleines Lumpsla oder Kitschla im Arm wiegen zu können. Da es der Herrgott in dieser Beziehung aber nun einmal nicht gut mit ihr gemeint hatte, ergab sie sich irgendwann in ihr Schicksal und beschäftigte sich, abgesehen von ihrer Konditorei, viel mit Wohlfahrtspflege und Armenfürsorge. Es gab in Frankenstein kaum einen Wohltätigkeitsverein, dem sie nicht angehörte. Außerdem arbeitete sie ehrenamtlich für das Rote Kreuz. Seit den zwanziger Jahren hatte sie ihr Herz auch noch für die Negerkindla entdeckt und für die Mission in Deutsch-Ostafrika gesammelt und gespendet. Sie hatte dafür gesorgt, daß zu Weihnachten neben der Krippe in der Kapelle des Missionshauses ein Schluckneger aufgestellt wurde, ganz so, wie sie ihn einmal bei einem Besuch im Kölner Dom gesehen hatte. Der Schluckneger war eigentlich eine Sammeldose, aber in Form einer gußeisernen Büste, die einen Schwarzen darstellte. Darunter war zu lesen:

„Willst Du den Heiden Hilfe schicken,
so laß mich Ärmsten freundlich nicken.
Vergelt's Gott!"

Wenn man einen Biehmer oder eine andere Münze in die ausgestreckte Hand des Schluckneger legte und einen Hebel betätigte, führte er sie mittels eines bestimmten Mechanismus an seinen weit aufgesperrten Mund, und die Münzen verschwanden hinter den großen, auseinanderstehenden weißen Zähnen. Dazu rollte er noch mit den Augen und wackelte mit den Ohren, was nicht nur die Römer, sondern auch die Kommunionkinder entzückte. Übrigens arbeitete die Römer noch im Kyffhäuserbund, in dem sie eine Zeitlang den Vorsitz innehatte.

Sie hatte das Ruthla am Nachmittag zu sich nach Hause in die Burgstraße bestellt. Von dort wollten sie gemeinsam zuerst zur Schneiderin und anschließend zum Schuhhaus-

Rieker. Ruthla stand pünktlich vor dem Haus und fuhr mit dem Fahrstuhl in die erste Etage, wo sie die Wohnungstür bereits angelehnt fand. Sie schloß die Tür hinter sich und ging durch den geräumigen Flur vorbei an der Garderobe, wo sie durch den Anblick eines bernsteingelben Fuchsaugenpaares, das sie aus dem Halbdunkel böse anfunkelte, erschreckt wurde. Augen und Kopf gehörten aber nur zu einer Stola, die sich um den Garderobenhaken schlang.

Beim Betreten des Wohnzimmers versank Ruthla mit ihren Schuhen in einem großblumigen, weichen Perserteppich. Der Anblick des Zimmers mit den bordeauxfarbenen Seidentapeten, hohen Fenstern, schweren Samtvorhängen, Kristallüstern, Vitrinen, seidenmatt glänzenden Schränken und gepolsterten Stühlen hatte Ruthla, die so etwas noch nie gesehen hatte, sichtlich verwirrt. Hinter einer Mahagoni-Flügeltür öffnete sich der Wintergarten, in dem ein paar große Fächerpalmen ihre Blätter spreizten. Ruthla wußte eine Zeitlang nicht, worüber sie mehr staunen sollte, über die große, reich ausgestattete Wohnung, oder darüber, daß sie nur von einer einzigen Person bewohnt wurde.

Ihre Patentante saß auf einem der Sessel, dic zusammen mit einem empiregrün bezogenen Kanapee um einen Nußbaumtisch herum aufgestellt waren. Vor ihr stand ein geschliffenes Kristallglas mit einer Blumengravur, das zur Hälfte mit Sherry gefüllt war, außerdem eine Kuchenetagere mit Liebesknochen, Streuselkuchen, Quarkkuchen und einem Stück Bienenstich.

Ruthla guckte sich im Zimmer um und suchte nach weiteren Gästen, entdeckte aber niemand. Als die Römer ihr Patenkind erblickte, sagte sie, Ruthla solle nicht herumstehen wie „a Päckel Cichorie", sondern näherkommen und sich auf das Kanapee setzen. Ruthla zögerte, weil auf dem Kanapee bereits ein paar Käte-Kruse-Puppen saßen. Aber die Römer signalisierte ihr, daß dort noch Platz für sie sei und daß sie sich einfach daneben setzen solle.

Auguste Römer war klein und rundlich. Sie trug ein elegantes, aber etwas zerknittertes drosselgraues Kostüm. Auf der von stattlichen Brüsten gespannten alabasterweißen Bluse hob und senkte sich ein schlichtes Collier mit grau schummernden Perlen.

Das glatte dunkle Haar, in das sich bereits silbrige Strähnen eingewoben hatten, war hinten mit einem Kamm hochgesteckt. Die Haut der Wangen und die etwas pummelige, großporige Nase erschienen gerötet und waren hier und da mit ein paar feinen violettfarbenen Äderchen gemasert. Die trübgraue Iris der rötlich umränderten Augen schwamm in wäßrig glasigem Chamois. Die wulstigen Lippen waren leicht geöffnet und erinnerten Ruthla an das Maul eines Karpfens.

An einen wohlwollenden Karpfen, denn als Ruthla Platz genommen hatte, glitt ein heller Schein tief empfundenen mütterlichen Wohlwollens über ihr Gesicht. Es war ein wahrhaft warmherziges, überfließendes Wohlwollen, so daß es Ruthla, die Wohlwollen in dieser hohen Dosierung noch gar nicht kannte, fast ein wenig unbehaglich zumute wurde. Als ihre Patentante sie „Schneckla" nannte und dann auch noch „Lammla" („schön, daß du da bist, Lammla"), erfaßte sie eine diffuse Bangigkeit. Sie blickte erst ein wenig hilflos zu den aufgereihten Puppen neben sich und dann über die Kuchenetagere hinweg in das rundliche Gesicht ihrer Patentante vor sich. Über den Tisch wehte ein Duft von Chanel No. 5 zu ihr herüber – und noch etwas anderes...

Es passierte aber weiter nichts Verdächtiges, außer daß die Römersche die Zähne ihres Karpfenmundes entblößte und ihr Zähne zeigend, aber immer noch wohlwollend über die Etagere hinweg zulächelte und sagte, daß ihr Schneckla es heute einmal besonders gut haben solle. Dann balancierte sie mit der Kuchengabel einen Liebesknochen auf Ruthlas Kuchenteller, wünschte einen gesegneten Appetit und schien gespannt darauf zu warten, daß ihr Lammla loslegte. Der Liebesknochen schmeckte ausgezeichnet, zumal Ruthla diese Art von Leckerei gar nicht kannte, sondern nur Rosas nach künstlichen Backaromen schmeckenden Hausmacherkuchen. Das Mißtrauen schwand mit jedem Bissen mehr, und Ruthla konnte einfach nicht verstehen, was Ernst gemeint hatte, als er sie vor der Römer warnte. Sie wurde zu nichts verführt, zu nichts verleitet, außer zum nächsten Stickla Kuchen, das die Römersche ihr, noch bevor sie überhaupt mit ihrem Liebesknochen fertig geworden war, mit sanftem Nachdruck auf den Teller schob. Und während sich Ruthla, die das gerne über sich ergehen ließ, an den Streuselkuchen machte, beobachtete Auguste Römer ihr Patenkind aus feuchtglasigen Augenwinkeln. Sie selbst aß keinen Kuchen, sondern begnügte sich mit einem Glas Sherry, das vor ihr auf dem Tisch stand und an dem sie in immer kürzer werdenden Abständen nippte.

Ansonsten blickte sie weiterhin mit Wohlwollen – einem Wohlwollen, das keinen Widerspruch duldete – in Ruths Richtung und schob ihr nach einer Weile unerbittlich das nächste Kuchenstück auf den Teller. Nach dem dritten Mal kam Ruthla sich vor wie der Schluckneger in der Herz-Jesu Kirche.

Auguste Römer wollte wissen was Ruthla im Kommunionunterricht bei Paterrekter gelernt habe. Ruthla war inzwischen selbstsicherer geworden. Sie nippte an dem Glas mit der waldmeistergrünen Limonade, das die Römer für sie hingestellt hatte, und erzählte von Alexandro Zenelli und seinem großen Drang, aber daß Maria Goretti lieber sterben wollte, als in Schande leben. Mit ihrer Schwester Lissy habe sie schon oft darüber gesprochen. Aber wegen Albert immer in Löffelsprache.

„Löffelsprache!" rief die Römer ganz entzückt. Löffelsprache gefiel ihr. Löffelsprache erinnerte sie an ihre eigene Kindheit. Sie wollte von Ruthla wissen, was Tisch in der Löffelsprache hieß.

„Tilewisch", antwortete Ruthla.

„Und Kuchen?"

„Kulewu chelewen."

„Und Sherry?"

„Sherlewer rylewy", antwortete Ruthla.

„Sherlewer rylewy", wiederholte die Römer lachend. Noch während sie lachte, füllte sie ihr Glas wieder nach, obwohl es erst halbleer war.

„Zulewum Wohlewohl", sagte sie und preßte ihren Karpfenmund so innig an das handgeschliffene Sherryglas, daß Ruthla schon fürchtete, sie habe sich daran festgesaugt. Die Römer schlürfte den bernsteingelben Saft in einem Zuge hinunter.

Vor Schreck über die ungestüme Reaktion fielen Ruthla ein paar Krümel auf den Perserteppich. Aber die Römersche sagte, das seien nur Brinkel, die könne sie ruhig liegen lassen, tritt sich fest.

Sie lachte dann lauthals über ihre eigenen Worte und füllte, noch während sie lachte, das Glas erneut randvoll. Ruthla sagte, daß die Brinkel für die Heiden seien. Paterrekter habe auch gesagt, daß die heidnischen Hündlein, die eine natürliche Demut und eine „Animanaturalia" hätten, die Brosamen der Kinder Israels fressen müßten. Aber sie sei jetzt keine Heidin mehr, sondern katholisch, obwohl ihr Vater Kommunist sei und das nicht gewollt habe.

Die Römer schüttelte sich vor Lachen. „Brav, mein Fischla", rief sie, mit geöffnetem Karpfenmund nach dem Glase suchend. Ruthla werde noch eine richtige Katholikin. Sie sei stolz auf ihr kleines Fischla.

Dann wollte sie ihr ein weiteres Stickla Kuchen auf den Teller schieben, aber Fischla mochte nicht mehr. Nach dem vierten Kuchenstück spürte Fischla in der Gegend ihrer Eingeweide ein gärendes Unbehagen, das sich inzwischen auch durch knurrende und glucksende Laute bemerkbar machte. Sie fragte, wo es zum „Hittla" ginge.

Die Römer war so erschrocken, daß ihr fast das Glas aus der Hand gefallen wäre.

„Hitler? Jesses und Maria", rief sie, „wie kimmste denn da druff, ist dir nicht wohl, mein Schneckla?"

Ruthla antwortete, sie habe mit „Hittla" die „Toalette" gemeint.

Nun gab es für die Römersche kein Halten mehr. Sie lachte so schallend laut, daß sie sich am Sherry verschluckte und ihr Glas auf der Tischplatte abstellen mußte. Zum „Hittla", japste sie immer wieder, „zum Hittla, aber nee, aber ja, aber nee, aber ja".

Nachdem sie ihren Hustenanfall überstanden und wieder nachgefüllt hatte, erhob sie sich mit den Worten: „Nu kumm, mein kleenes Scheißerle", und begleitete Ruth auf ihrem Weg zur Toilette. Mit dem Sherryglas in der Linken erklärte sie ihr die Funktion der Spülung. An der Türe flötete sie noch:

„Zulewum Wohlewohl!"

Durch die halbgeöffnete Tür sah Ruthla jetzt einen Ellenbogen, einen gewinkelten Arm und ein Sherryglas, das sich zwei suchenden, zu Saugnäpfen geformten Lippen näherte. Dann schloß sich die Tür. Ruthla begriff nun, was Ernst mit „Timpelkräte" gemeint haben könnte. Und ihr kam plötzlich das Bild des Schlucknegers in den Sinn – nur diesmal ganz anders.

Jetzt wollten sie einkaufen. Die Römersche blieb vor der Garderobe stehen, wo sie vor dem Spiegel eine Zeitlang mit sich und ihrem Erscheinungsbild kämpfte. Der Kampf war aber nicht zu gewinnen, und so legte sie kurz entschlossen und fast ein wenig trotzig ihre Fuchsstola über die Schulter, setzte ihren zum drosselgrauen Kostüm passenden drosselgrauen Velourhut auf und warf sich im Hinausgehen noch ruckartig zwei extra starke Hillers Pfefferminzbonbons in den geöffneten Rachen.

Sie spazierten Hand in Hand, was Ruthla aber nicht sehr behagte, weil der von den Schultern herabhängende Fuchs mit den glühenden Bernsteinaugen bedenklich nahe an sie herankam. Außerdem ging ihre Patentante, wie sie fand, ein wenig „kriwatschelig", und sie hatte öfter das Gefühl, daß sie beim Überqueren der Straße das Gleichgewicht verlieren könnte. Hunde, die ihnen auf der Straße begegneten, knurrten sie grimmig an, vermutlich wegen der Fuchsstola.

„Verknuchte Luppa", rief ihnen die Römersche zu, und an Ruthla gewandt sagte sie: „Heitzetooge hoat's zu viele Luppa in Franksteen".

Die Schneiderei befand sich in der Tuchmacherstraße. Die Schneiderin wußte schon Bescheid und empfing sie mit einem Kannla Kaffee. Ruthlas Patentante kramte in ihrer Lederhandtasche und holte ein flaches Silberfläschchen hervor. Den Inhalt, ihre Medizin, wie sie sagte, schüttete sie in die Kaffeetasse und setzte sich dann in aufgeräumter Stimmung neben den Zuschneidetisch. Während die Schneiderin an Ruthla Maß nahm, erzählte sie weitläufig und mit auf den Tisch gelehntem Arm von ihrer eigenen Erstkommunion. Wie „schien" der Pfarrer damals gesprochen habe und daß sie damals alle wie „kleene Engerle" ausgesehen hätten. Sie redete noch viel über dies und das, über ihr Leben, ihr schweres Schicksal, ihren früh verstorbenen Mann, den Jäger aus dem Reservebataillon No. 20, den Herrgott, die Muttergottes, und kam immer wieder auf die „schienen Engerlen" zurück. Die Schneiderin nickte freundlich. Zu antworten fiel ihr schwer, nicht nur weil sie die ganze Zeit ein paar Stecknadeln zwischen ihren Lippen hielt.

Der Inhaber des Schuhladens empfing Auguste Römer persönlich mit einer Verbeugung, so tief, daß er dabei mit seiner kahlen Stirn fast die Spitzen seines auf Hochglanz polierten Edelschuhwerks berührte. Auf alles, was die Römer über sich, ihr schweres Schicksal, ihren bei Balechow gefallenen Gatten und die lieben Engerlen erzählte, antwortete er mit Ja und Amen, sie habe ja so recht und noch a Stickel drieber. Ruthla, die sich erst vor kurzem zusammen mit Lothar vor dem Schaufenster seines Ladens die Nase platt gedrückt hatte und von ihm verscheucht worden war, musterte er mit Argwohn. Der verflog erst als ihre Patentante für sie ein Paar teure weiße Lackschuhe gekauft hatte. Bei der Verabschiedung öffnete er den beiden die Tür und wünschte der gnädigen Frau und ihrem Madla noch einen schönen Tag. Dabei verbeugte er sich abermals so tief, daß seine Stirn fast an die Schuhspitzen stieß.

Am Ende ihres gemeinsamen Einkaufspaziergangs machte Auguste Römer mit ihrem Patenkind unmittelbar vor dem Eingang ihrer Konditorei in der Burgstraße, Ecke Kirchstraße, halt. Ein paar Häuser hinter dem Café erhob sich, fallend, doch ohne je zu Boden zu gehen, Frankensteins schiefer Turm. Die Zeiger der Turmuhr zeigten auf sechs. Auf der anderen Seite des Turms reckte eine Kastanie ihr laubloses Geäst in den Abendhimmel. Am Ende der Straße verstellte die ockerfabene Backsteinfront des Pfarrhauses von St. Annen den Blick auf die Stadtmauer. Irgendwo dahinter mußte sich, etwas abschüssig, das Haus der Schuberts befinden. Vom Ring und von der Straße hallte der Lärm vorbeifahrender Motorräder und einiger Limousinen zu ihnen herüber.

Der Tag neigte sich für Ruthla dem Ende zu. Es war kühler geworden. Auguste Römer schlang ihre Fuchsstola fester um ihre Schultern. Zeit für ein feierliches Schlußwort. Sie wies auf das beleuchtete weiße Schild über dem Eingang ihres Cafés. „Conditorei Römer“ stand dort, und über den großen Fenstern des Cafés im Erdgeschoß stand in großen Lettern: „Conditorei, Cafe“. Mit C, obwohl es doch wie K gesprochen wird, dachte Ruthla, die das sehr vornehm fand. Dies alles, hob die Römer nun feierlich an und wies dabei auf das Gebäude, sollte dereinst, wenn der Herrgott sie zu sich genommen habe und sie bei den lieben Engerlen sei, ihrem Schneckla gehören.

Und während sie so sprach, glühten die bernsteinfarbenen Augen des Fuchses.

Bei der Messe am Sonntag nach Ostern war Paterrekter ganz in seinem Element. Abgesehen davon, daß der Kommunionsgottesdienst wieder einmal viel Gelegenheit zum Segnen bot, hatte er eine volle Kirche und so viele Besucher wie sonst nur zu Weihnachten. Die Kirche war bis auf den letzten Platz besetzt. „’s kunnde“, wie Ernst später sagte, „kee Oppel mehr zur Arde“.

Dabei war Ernst nur wider Willen mitgekommen. Zuvor hatte Rosa ihm klarmachen müssen, daß seine Töchter es ihm nie verzeihen würden, wenn er bei ihrer Kommunion nicht dabei wäre. Das mußte er einsehen. Aber er legte Wert auf die Feststellung, daß er den ganzen Zirkus, wie er sich ausdrückte, nur unfreiwillig mitmachte. Was sollten denn die Genossen denken?

Also demonstrierte Ernst seine Unabhängigkeit in der Messe auf die übliche Weise, indem er sich während des allgemeinen Gebets mit beiden Armen auf der Rückenlehne der vorderen Kirchenbank abstützte und sich, aufmerksam prüfend, links und rechts, nach diesem und jenem, vor allem nach den auf den Kniebänken hockenden Frankensteiner Frauenzimmern umsah und ihnen in den Ausschnitt guckte.

An einem der Sonntage vor der Kommunion hatte es in der Kirche noch eine Art Prüfung gegeben. Das war reine Formsache, denn natürlich waren alle zweiundfünfzig Mädel und Jungen zur Kommunion zugelassen worden, selbst Ruthlas Spielkamerad Guste, von dem Lothar sagte, er sei dumm wie die Sünde. Als Paterrekter über das Morgengebet sprechen wollte und Guste fragte, was er morgens nach dem Aufwachen als erstes mache, antwortete der: „Dann 'll gieh iech oscht amool naus pullern". Das war nicht die Antwort, auf die Paterrekter gewartet hatte, aber es sorgte für allgemeine Heiterkeit. Und Paterrekter schenkte es Gelegenheit, sich mit einem pastoralen Lächeln in Szene zu setzen und sich und seinen Stand von seiner besten, das heißt volksnahen und menschlich warmherzigsten Seite zu präsentieren.

Obwohl Ernst völlig unreligiös war, ging ihm der Anblick der etwa dreißig weißgekleideten Kommunionmädchen aus ihm selbst völlig unerklärlichen Gründen nahe. Er löste Empfindungen von Anmut, Reinheit und Unschuld aus, über die er schon lange hinwegzusein glaubte und die er, fast unwillig, schnell wieder beiseite schob. Möglicherweise hätte er sich ihnen aber auch länger ausgesetzt, wenn die Frauen um ihn herum nicht gewesen wären. Das hyperventilierende Geschluchze, die spitzen Laute weiblichen Entzückens waren ihm schwer erträglich. Rosa ließ erbsengroße Tränen über ihre Wange kullern, Martha und Alma auch,

Ida bekreuzigte sich unaufhörlich wie ein aufgezogener Trommelaffe, dagegen tischkerierten Hedwig und die Römer die ganze Zeit über die Frage, ob man die Madla mit kleinen Bräuten oder mit Engerlen vergleichen solle. Während Hedwig es mehr mit den ersten hatte und mit schräg geneigtem Kopf und grundgütiger Stimme von „Bräuten Christi" sprach, bestand die Römersche, die auch heute morgen wieder nach Sherry und Dr. Hillers Pfefferminzbonbons roch, auf ihren Engerlen. Sie zeigte mit dem Finger auf Ruthla und sagte: „A Engerle koon a ne scheener sein".

Nach der Messe hatte die Römer für Ruthla und Lissy noch einen Fotografen bestellt. Die etwas angegilbten Bilder, die Ruthla irgendwo zwischen den grauen Kartonseiten ihres Fotoalbums aufbewahrt hat, zeigen sie im weißen Kommunionkleid und mit einem ebensolchen Blumenhaarkranz im glatten dunklen Seidenhaar, mal mit Kerze und mal mit Täschchen und Gebetbuch. Hedwig wünschte sich Fotos, die Lissy und Ruthla im Gebet, mit gefalteten Händen und himmelwärts gerichteten, tränenden Augerlen zeigen sollten, ganz so, wie sie es von den Abbildungen der kleinen Maria Goretti kannte. Aber der Fotograf entgegnete, er habe auch seine Grundsätze. Für religiösen Kitsch sei er nicht zuständig.

Das goldgeschnittene Gebetbuch war ebenso wie das weiße Kommuniontäschchen ein Geschenk von Auguste Römer. Von Hedwig gab es ein besticktes Anhäkeltaschentuch, von Rosa einen Rosenkranz. Rosa hatte sich von Hedwig beim Kauf beraten lassen, denn in dieser Materie kannte sie sich als Protestantin nicht aus. Von Patentante Unsinger gab es außer einer Glückwunschkarte gar nichts.

Da sich die beiden Patentanten gleich nach der Messe verabschiedet hatten, war die Familie beim Mittag und Kaffee, mit Ausnahme von Rieke Geißler und der Hebamme, die Rosa eingeladen hatte, fast ganz unter sich. Ruths Reichensteiner Onkel erschienen erst nach der Messe. Als die Familie zurückkam, standen ihre Motorräder vor dem Haus. Eigentlich hätten es drei sein müssen, aber es waren zwei, weil

Heinrich – wie der Leser inzwischen weiß – immer noch flüchtig war.

Man gratulierte, man aß zusammen Mittag, man trank zusammen Kaffee, und um ungefähr halb sechs wurde man politisch. Inzwischen stand außer dem Kaffeegeschirr auch noch eine Flasche Slibowitz auf dem Tisch. Ernst sprach von Stalingrad und davon, daß es nun wohl nicht mehr lange dauern werde, dann sei der Spuk vorbei. Die Deutschen seien leider unheilbar bleed, aber sie würden für ihre Dummheit noch bitter bießen müssen. Das alles sei aber erst der Anfang. Schlimm sei nur, daß dafür so viele unschuldige Frauen und Kindla sterben müßten. Die Bomben auf Lübeck im letzten Monat hätten gezeigt, was den deutschen Städten blühe.

Während Ernst redete, hatten Peter und Paul, die in ihrer schwarzen SS-Kluft erschienen waren, finster in sich hineingebrütet. Nach einer langen Besinnungspause erwiderten sie, mit solchen Reden würde Ernst den Kameraden an der Front, die Deutschlands Freiheit verteidigten, in den Rücken fallen.

„Deutschlands Freiheit!?" rief Ernst höhnisch. Seine Freiheit habe Deutschland doch schon dreiunddreißig, als die Nazis an die Macht kamen, verloren. Außerdem sollten sie ihm einmal erklären, warum Deutschland seine Freiheit in Stalingrad und vor Moskau verteidigen müsse. Ha, Ha, ha.

Die Mienen der beiden Brüder verdüsterten sich immer mehr. Das seien militärische Dinge, davon verstehe er nichts, sagten sie. Und im übrigen könnten sie diese Art von Defätismus nicht dulden. Ernst sei ihr Schwager, deswegen wollten sie das überhört haben. Aber jetzt solle er lieber den Mund halten, oder er habe nicht ginstik.

Ernst antwortete nur, er rate den beiden, ihm jetzt nicht pampich zu kommen. In seinen eigenen vier Wänden habe er bisher immer gesagt, was er denke, das werde er auch weiterhin so halten. Wenn sie ihm das verbieten wollten, sehe er sich genötigt, sie auf der Stelle ärschlich nauszuschmeißen.

„Oho“, rief Schwager Paul, und auch Peter rief: „Oho“, und fügte leise hinzu: „Ahle Kommunistenlerge!“

Die Drei fixierten sich nun gegenseitig. Aus der Zeit, in der er sich in Breslau zusammen mit anderen Genossen Saalschlachten mit den Nazis geliefert hatte, wußte Ernst noch, wie wichtig der Blickkontakt ist. Der Gegner mußte spüren, daß man keinen Millimeter zurückweichen würde. Es war wie im Tierreich: wer kniff, wurde gebissen. Niemals rückwärts, niemals ducken, auf keinen Fall die Stimme beim Reden zurücknehmen. Nur keine Angst zeigen, auch wenn der Gegner in der Übermacht war. Und wenn die gegnerische Faust flog, bereit sein, sie abfangen und blitzschnell reagieren, selbst zuschlagen, am besten mitten ins Gesicht.

Rosa war die Zuspitzung nicht entgangen. Sie hatte die Fenster geschlossen und in der üblichen Art wieder mit ihrer nervösen Mümmelei angefangen. Weil sie Ernst und auch ihre beiden Brüder gut kannte, wußte sie, daß es für besänftigende Worte inzwischen zu spät war. Mahnungen zur Vernunft wären bei den drei Hitzköpfen ungehört verhallt. Pragmatisch, wie sie war, fügte sie sich ins Unvermeidliche, schickte Lissy und Ruthla zum Spielen nach draußen und sammelte zusammen mit der Geißlerschen eilig das restliche Geschirr vom Tisch. Nun wollte sie Ernst auch noch die Brille abnehmen, aber der wehrte sich heftig und sagte, sie solle die Finger von ihm lassen, er könne selbst für sich sorgen.

Peter fragte, ob Ernst sich nicht schäme, so mit seiner Schwester zu reden. Ernst entgegnete, er solle sich nicht in Sachen einmischen, die ihn einen feuchten Kehricht angingen.

Peter pfiff durch die Zähne, „Oho“, sagte er wieder und fügte noch hinzu: „Roter Hund“.

Was folgte, war weniger eine Unterhaltung als eine Aufeinanderfolge unterschiedlicher Drohungen, Sätze und

Sprüche, für die Philologen und Volkskundler den Begriff „schlesisches Rackerlatein“ geprägt haben. Das waren gängige, durch häufigen Gebrauch abgenutzte Redewendungen. Doch auf Originalität kam es dabei nicht an; ihr Zweck bestand vor allem darin, das Feld für den folgenden Schlagtausch vorzubereiten.

Ernst eröffnete mit einem alten Klassiker: „Kumm' du mer ock ei de Schuta, dir war' ich Luft macha“.

Darauf Peter: „Dich sack' ich dreimal eia Saak und wieder raus, ahle Kommunistenlerge, du“.

Nun wieder Ernst, der weiter zuspitzte: „Ich war' der'sch Geherne glei ausbügeln“.

Diesmal war es Paul, der konterte: „Ich ga der 'n Fautze, daß der glei die rote Suppe anooch kimmt“.

Die Drohungen, aber auch der Anblick seiner beiden ihm gegenübersitzenden Schwäger hatten Ernsts Stirnadern vor Zorn anschwellen lassen. Nicht nur die schwarzen Uniformen, sondern vor allem die kleinen schwarzen Bärtchen, die sie neuerdings über der Oberlippe trugen und die beim Sprechen hin und herwippten, hatten das bewirkt. Der Gedanke an die verhaßte Führervisage reizte Ernst bis aufs Blut. Erinnerungen an vergangene Zeiten wurden wach. Die glorreichen Jahre der Saalschlachten lebten in seinem Geiste wieder auf, dazu all die Stimmungen und Parolen der dreißiger Jahre.

Vor seinem geistigen Auge sah Ernst die stolz erhobenen Fäuste der antifaschistischen Kämpfer – und dann fuhr er blitzschnell seine Rechte aus. Er hatte auf Pauls Bärtchen gezielt. Der Schlag wurde aber durch Peter umgelenkt und traf die Tischplatte. Rosa schrie: „Jesses, mein Tischla!“ Wo es denn so etwas gäbe, und ob Ernst ihr jetzt auch noch die neue Küchen- und Spültischkombination kaputtmachen wolle.

„Haste gehört, Ernst“, keuchte Peter, „was deine Frau sagt?“

Es kam zu einem Gerangel; aus dem Gerangel wurde ein Handgemenge. Aber Ernst war schon lange nicht mehr der, für den er sich hielt. Dagegen waren seine beiden Schwäger professionell ausgebildet und nahkampferprobt. Nach ein paar Sekunden hatte Peter seinen Schwager im Schwitzkasten. Paul kam dazu und packte Ernst am Schlafittel, um mit ihm ein Machtwort, wie er sagte, zu sprechen.

Doch dann öffnete sich plötzlich die Tür, und August Geißler schob seine Glatze durch den Spalt, um nach seiner Rieke zu gucken. Er erkannte die Situation augenblicklich und rief:

„He, Atze, wat is?"

„Sag' dem Fatzke, daß er sich raushalten soll", rief Peter seiner Schwester Rosa zu. Aber Geißler August dachte nicht daran, sich rauszuhalten, sondern stürmte augenblicklich ins Zimmer:

„Ernst, Ernst, wart, ick komm dir zu Hilfe!"

Der Auftritt komplizierte die Angelegenheit unnötig. Eigentlich war die Sache nach dem Schwitzkasten und Pauls Machtwort bereits abgeschlossen. Nun ging es wieder von vorne los.

Peter rief August Geißler zu, er solle bleiben, wo der Pfeffer wächst, er würde ihm sonst die „Ploatte lüfta".

Geißler entgegnete in bestem Berliner Rackerlatein: „Nu plusta Dir ma nich so uff, sonst polier ick dir die Fresse".

Jetzt griff Paul ein: „Dich, Christkind, stupp' ich ei de Pfeife".

„Wat denn, wat denn", rief August jetzt, „ick hau dir jleich eene vor'n Bahnhof, dit dir sämtliche Jesichtszüje entjleisen!"

Worauf Peter auf August zuging und ihn mit den Worten: „Wart, wenn ich Dich ei de Mache krieg', do gieht der'sch ni gutt", zu Boden warf.

Aber Rosa war durch Erfahrung gewitzt und wußte was ihre Männer in solchen Situationen brauchten. Sie hatte den günstigsten Moment abgewartet. Als die Vier schnaufend, ineinander verkeilt und verschlungen auf dem Boden lagen, verschaffte sie ihnen Abkühlung mit einem großen Eimer Wasser, den ihr die Geißlersche aus dem Flur besorgt hatte.

Die Erfrischung tat den Vieren gut. Man erhob sich, räkelte sich, räusperte sich, befühlte seine Glieder und grinste sich nach einer Weile zwinkernd aus geschwollenen Augen an.

Als Ruthla und Lissy zurückkamen, saßen die Vier wieder am Tisch und tranken ihren Slibowitz. Dazu hatte Ernst seine Quetschkommode herausgeholt. Man sang: „Hoch auf dem gelben Wagen."

Zucker aus Zadel

Zucker ist süß. Zucker versüßt den Tee. Zucker versüßt den Kaffee. Zucker versüßt den Alltag. Und erst recht den Sonntag. Zucker versüßt das Leben. Und selbst Kriege werden durch Zucker süß. Solange es Zucker gibt, ist der Krieg noch nicht verloren – glauben viele Menschen. Und weil viele das glauben, legen Regierungen Wert darauf, daß es in ihrem Land immer Zucker gibt, selbst wenn der Krieg schon fast verloren ist.

In Schlesien kam der Zucker traditionell aus der Rübe. Im niederschlesischen Cunern entstand die erste Fabrik der Welt, in der Runkelrüben für die Herstellung des begehrten süßen Kristalls verwertet wurden. Der quecksilbrige Hugenotte Franz Carl Achard hatte 1802 zwischen seinen Frauenaffären Zeit gefunden, dort eine Fabrik zu gründen. Für die Zuckerproduktion hatte Achard ungefähr die gleiche Bedeutung wie Scharfenberg für die Arsengewinnung. Allerdings stammte die Idee, aus Rüben Zucker zu gewinnen, nicht von ihm, sondern von seinem Lehrer Andreas Sigismund Markgraf. Doch Achard setzte dessen Pläne mit bemerkenswerter Energie um, und er tat es mit Erfolg – jedenfalls mit zeitweiligem, denn während der Napoleonischen Kriege wurde seine Fabrik durch einen Brand zerstört. Achard war ruiniert und starb in Armut, Krankheit und Vergessen. Selbst den Nekrolog sollen sich die feinen Herren von der Akademie gespart haben.

Später, lange nach seinem Tod, erinnerte man sich wieder an ihn. Jetzt hieß es, er sei seiner Zeit mit seinen Ideen weit vorausgewesen, habe einen genialischen Weitblick besessen und so weiter – man kennt das. Bald entstanden überall Zuckerfabriken, vor allem in Schlesien, denn die schlesische Erde eignete sich nun einmal gut für den Rübenanbau. Die Vorteile eigener Zuckerfabrikation lagen ja auch am Tage. Man war unabhängig vom Zuckerrohr aus Übersee. Kontinentalsperren, Embargos und Seeblockaden konnten dem

Genuß der süßen weißen Raffinade nichts mehr anhaben. Dank Franz Carl Achard war Deutschland in Sachen Zucker zum Selbstversorger geworden.

Die Zuckerfabrik in Zadel bei Frankenstein war am Ende des 19. Jahrhunderts entstanden. Im Herbst fuhren die Pferdefuhrwerke, vollbeladen mit Rüben, durch Frankenstein in Richtung Zadel. Rosa schickte ihren Albert dann auf die Straße, um ihr ein paar Rüben zu besorgen. Wenn Albert Glück hatte, merkte der Kutscher nichts und es gelang ihm, hinten aufzuspringen und vom fahrenden Wagen einen Sack mit Zuckerrüben zu ergattern. Wenn er Pech hatte, zog ihm der Kutscher seine Peitsche über den Rücken. Die Striemen schmerzten. Meistens hatte Albert aber Glück und konnte mit einem Sack Rüben entkommen. Daraus wurde von Rosa brauner Sirup gekocht.

Wie und warum Ernst-August zum Wachpersonal der Zuckerfabrik avancierte, konnte ich nicht mehr aufklären. Ruth und Albert nehmen an, daß er zwangsverpflichtet wurde. Wie auch immer, seit Sommer dreiundvierzig trug er die Uniform eines Aufsehers über polnische und russische Zwangsarbeiter und Zwangsarbeiterinnen. Der Mangel an geeigneten Kräften muß groß gewesen sein, wenn man sich dazu entschließen konnte, einen stadtbekannten Kommunisten zum Aufseher zu machen. Daß er freiwillig eine Uniform trug, die an die verhaßten schwarzen Uniformen seiner Schwäger in Reichenstein erinnerte, kann man sich schwer vorstellen.

Aber Ernst hatte von nun an eine neue Tätigkeit. Besser müßte man vielleicht sagen, er hatte überhaupt eine, denn sein Versicherungsgeschäft kann ihn bis dahin kaum beansprucht haben. Da er für seine Arbeit finanziell vergütet wurde, durfte Rosa auf eine kleine Aufbesserung ihrer Haushaltskasse hoffen. Aber sie hatte auch Ängste. Und am Ende zeigte sich, was jedem von Anfang an hätte klar sein müssen, daß Hoffnungen im Hinblick auf Ernst wieder einmal eitel, aber Ängste vollkommen berechtigt waren. Man hatte den Bock zum Gärtner gemacht.

Ernst wurde von Ruth und Albert immer mit etwas in Verbindung gebracht, was sie den „Zuckerrübenaufstand von Zadel“ nennen. Da dieser Aufstand in den Chroniken und Geschichtsbüchern nirgendwo auftaucht und alles an ihm nebulös ist, kann er hier nicht ausführlich dargestellt werden. Schon die Alliteration könnte den Verdacht nähren, daß es sich dabei mehr um die Intuition eines gemittlichen Nachmittagspläuschchens bei Kaffee und Striezla handelt als um belegte Tatsachen. Wer Albert oder Ruthla kennt, ihre Phantasie und Unbesorgtheit in Sachen historischer Quellen, ihre leichte Erregbarkeit in Sachen Wörter, die schnell mal in Geschichten umgewandelt wurden, wird so etwas nicht ausschließen können.

Und doch ist es sehr unwahrscheinlich, daß die Sache völlig aus der Luft gegriffen ist. Ernst-August war zweifellos ein Hetzer und Demagoge. Ihm wäre so etwas durchaus zuzutrauen gewesen. Auch wenn er sich auf vieles nicht verstand, am wenigsten auf eine geregelte Arbeit, für so etwas hatte er Talent. Ihm fielen zum richtigen Zeitpunkt immer die richtigen Stichworte, Anspielungen und rhetorischen Fragen ein, das heißt solche, die man stellen mußte, um zuzuspitzen und eine Sache in ihrem vollen empörenden Licht erscheinen zu lassen. Ohnehin meinte er nach Stalingrad wieder Oberwasser zu haben und davon ausgehen zu können, daß Krieg und Nazis dank Väterchen Stalin und Roter Armee nur noch eine Sache von kurzer Zeit sein würden. Warum sollte er also nicht gewagt haben, seine Position für ein bißchen Propagandaarbeit zu nutzen und mit ein paar gezielten Einflüsterungen Unruhe zu stiften, zumal ihm das so gut lag?

Es heißt, irgendwann seien die Zwangsarbeiter in Zadel aufmüpfig geworden und hätten mit Zuckerrübenschnitzeln um sich geworfen. Die Umstände dieses merkwürdigen Vorfalls sind völlig ungeklärt. Das einzige, was existiert, ist die von Albert und Ruthla hartnäckig verteidigte Behauptung, es seien Zuckerrübenschnitzel durch die Luft geflogen. Ich habe gefragt: Wer hat geworfen, und was oder wer wurde beworfen – und warum? Gab es schlechte Arbeitsbedingungen, zu wenig Essen, zu wenig zu trinken, zu wenig Schlaf? Immer wenn ich so fragte, nippte Ruthla nachdenklich an ihrer Sammeltasse und Albert kaute verlegen auf seinem Striezla herum; sie sagten: „Ja, ja, ganz recht, gute Fragen“, aber eine Antwort konnte mir keiner von ihnen geben. Erwiesen sei nur, daß Ernst Zwangsarbeitern angeboten habe, ihnen im Falle eines Aufstandes seine Waffen zur Verfügung zu stellen, denn das habe Albert persönlich aus Ernsts Mund gehört. Ich habe darauf verzichtet, dieser Behauptung, die nach meiner Meinung noch mehr Fragen aufwarf als die erste, weiter nachzugehen.

Wie auch immer, der Ausgang war genauso unklar wie der ganze Verlauf dieses merkwürdigen Aufstandes der Zadeler Zwangsarbeiter. Obwohl Ernst-August nicht mit letzter Sicherheit als Anstifter ausgemacht werden konnte und ihm offenbar auch nichts Konkretes nachgewiesen wurde, mußte er seinen Dienst ein paar Monate nach Antritt seiner Arbeit wieder quittieren. Irgendwie war er verdächtig, aber Genaueres wußte keiner.

Während der Zuckerrübenaufstand in Zadel eine erzählerisch unerfreuliche, weil unergiebige, weil unklare Angelegenheit ist und mangels zuverlässiger Quellen und längst verstorbener Zeitzeugen im Ungefähren bleiben muß, steht ein anderer Aspekt in hellerem Licht.

Hell? Bei nochmaligem Lesen der Passage stoße ich mich an der Formulierung. Denn was hell im Lichte lag, sollte für die Familie ein durchaus dunkles Kapitel werden. Jedenfalls hinterließ die kurze Zeit in Zadel nachhaltige, für alle sichtbare und spürbare Folgen. Denn noch in anderer Hinsicht zeigte sich, daß man den Bock zum Gärtner gemacht hatte. Ernst hatte es nicht nur mit polnischen und russischen Zwangsarbeitern, sondern auch mit Zwangsarbeiterinnen zu tun, und das war wieder einmal das Problem. Der eingefleischte Hang zu den Weibern, den slawischen zumal, trug bittere Frucht. Denn in Zadel gab es viele Slawinnen – Russinnen, Polinnen, Ukrainerinnen, Tschechinnen.

Nicht, daß er mit den deutschen Frauen unzufrieden gewesen wäre, aber Slawinnen zogen ihn nun einmal magisch an. Ernst liebte seine Rosa, die dank Ludmilla immerhin eine halbe Slawin war. Aber er liebte sie nur halb. Die andere Hälfte, die Treue, blieb er ihr schuldig. Nicht aus bösem Willen, sondern aus Schwäche. Immer dann, wenn er ein Gesicht mit leicht hervortretenden Wangenknochen und ovalen Augen sah, war die Erinnerung an sie wie ausgelöscht. Seine Reaktion darauf hatte etwas Reflexhaftes. Sie war den Schwalben ähnlich, die im Hof nisteten. Sobald die Jungen ihr Schnäbelchen aufrissen, mußte es von den Alten gestopft werden. Für sie gab es keine Freiheit. So wenig wie für Ernst.

Wie Rosa später von den Genossen erfuhr, denen Ernst von dieser Begegnung erzählt hatte, muß *sie* etwa dort gestanden haben, wo die alte Duplex-Dampfpumpe stand, möglicherweise auch dort, wo die Melasse vom Zucker getrennt wird: in einem von dickem braunklebrigem Sirup beträufelten chamottgelben Umhang. Russische Lieder, so heißt es, habe sie gesungen und außerdem einen Marsch gepfiffen. Nein, nicht irgend einen, sondern *den* Marsch, Tschernetzkys „Salut Moskau“ – das Sendezeichen von Radio Moskau:

„Dada-daa, dadadadada-daada“.

Ernst kam gerade, als sie die Phrase beendet und eine Pause gemacht hatte. Dann blickten sich beide an, sie in sein erstaunt fragendes Gesicht, er in ihre schmalen grauen Slawinnenaugen. Nach einem kurzen Moment des Zögerns beantwortete er sich die Frage, die er stellen wollte, selbst; er nahm die musikalische Phrase auf und gab sie pfeifend zurück, ganz wie im Marsch, in dem das Motiv des Glockenspiels auch noch einmal wiederholt wird:

„Dada-daa, dadadadada-daada“.

Nun wäre es an ihr gewesen zu staunen, aber sie tat es nicht, sondern sie sah ihn, ein wenig überrascht zwar, aber im übrigen überlegen lächelnd, aus den Augenwinkeln an – von oben, obwohl sie etwas kleiner war als er. Dann pfiffen sie beide zur Quinte aufwärts steigend: „Salut Moskau".

Sei gegrüßt, mein Moskau, dachte Ernst, der Moskau noch nie gesehen hatte und noch nicht einmal in Rußland gewesen war, der völlig nebulöse, unklare und schwärmerische Vorstellungen von Rußland und Moskau hatte und für den es sich dabei um eine Art Sehnsuchtsort, etwas Mythologisches handelte, so wie bei Atlantis oder Arkadien.

Salut Moskau. Was für ein Gruß! Was für ein Moment! Ernsts Stimmung hob sich ins Monumentale. Hoffnung, die Ernst seit der Machtübernahme fast schon ganz fahrengelassen hatte, schien wieder auf, nicht abstrakt und gesichtslos, sondern in Gestalt einer jungen hübschen Frau. Doch was heißt Frau? Die junge Russin erschien ihm in diesem Moment wie eine Offenbarung, eine begehrenswerte Ikone des kommenden Triumphes. Die Überlegenheit und Würde, die die Arbeiterin unter ihrem mit braunem Sirup bekleckerten Umhang trotz der demütigenden Arbeit durch ihre Haltung und ihren Ausdruck auf ihn ausstrahlte, beeindruckte ihn. Sie erschien ihm wie ein Sinnbild für den vorweggenommenen Sieg über Nazideutschland. In diesem Augenblick, so soll Ernst später seinen Genossen erzählt haben, hätte er sie am liebsten von oben bis unten abgeleckt.

Sie sprach russisch, fragte Ernst nach seinem Namen und ob er sie verstehe. Aber Ernst war der russischen Sprache nicht mächtig, kannte nur ein paar Brocken, die er bei Radio Moskau gehört hatte, und haspelte ein falsch betontes „Priviet", um sich sogleich auf Deutsch nach ihrer Heimat zu erkundigen. In gebrochenem, aber gut verständlichem Deutsch – sie mußte es in der Schule gelernt haben – erwiderte sie mit dunkler, angenehm verschleierter Stimme, daß sie aus Leningrad stamme und erst seit ein paar Tagen hier sei. Während Ernst noch zuhörte und verständnisvoll nickte, waren seine Gedanken und Blicke aber schon längst anderswo. Sinneseindrücke vermischten sich mit irgendwo Gesehenem. Das Gewicht der aufrecht vor ihm stehenden schlanken Frauengestalt war, wie ihm schien, ein wenig auf das rechte Bein verlagert, fast so, als wäre sie soeben auf unsichtbaren Flügeln vor ihm auf der Erde gelandet. Unter den Falten ihres dünnen Umhangs zeichneten sich reliefartig zwei jugendlich feste, spitz abstehende Brüste ab. Ihr Gesichtsausdruck war wie ihre ganze Haltung: es lag etwas Kühnes, Verwegenes darin. Freundlich, aber distanziert musterte sie ihn aus den Augenwinkeln. Die Brauen schienen wie mit kaffeeschwarzer Japantinte, kalligraphisch exakt, aber mit großzügigem Schwung hingetuscht. Die schmalen Flügel ihrer flachen, fast etwas kindlich wirkenden Nase waren ein wenig gebläht, die vollen Lippen leicht geöffnet. Das dunkelbrünette Haar hatte sie mit einem baumwollblauen Kopftuch, das die beiden schön geformten kleinen Ohren freiließ, zusammengebunden.

Während die Rote Armee im Osten ihre ersten großen Triumphe über die deutsche Wehrmacht feierte und erst noch auf dem Wege nach Deutschland war, hatte Ernst bereits willig kapituliert

Rosas Freundin, die Hebamme, hatte die beiden zuerst gesehen. Sie war zu einer Frau in der Schützenstraße gerufen worden, bei der angebliche Senkwehen eine Frühgeburt ankündigten. Wie sich herausstellte, war die ganze Aufregung aber umsonst, und die Hebamme fuhr nach einer guten Stunde wieder mit ihrem Köfferchen zurück in die Stadt. Auf dem Weg zur Hindenburgstraße war sie durch die „Lange Liebe“ geradelt. Dort unter den Weiden, nicht weit vom Ballonplatz, wo im Sommer der Frankensteiner Jahrmarkt stattfand und man einen weiten Blick in die umgebende Wiesensenke hat, hatte die Hebamme sie gesehen: Ernst und die Russin, Seit’ an Seit’. Er: ein verliebter Traumtänzer, hochgradig kurzsichtig, der Welt abhanden gekommen. Sie: um Jahrzehnte jünger, verliebten Turteleien nicht abgeneigt, aber bodenständig und mit Weitsicht. Er: im beigegrauen Flanellanzug, aber ohne Krawatte. Sie: in petrolblauem Rock und rot karierter Bluse, die oberen Knöpfe geöffnet. Aus der Ferne konnte die Hebamme noch erkennen, wie die beiden zwischen Binsen und Schilf am Bruch Halt machten. Ernst wirkte aufgeräumt, fast ein wenig aufgedreht, „lenzig angehaucht“, wie die Hebamme das später nannte. Er wies auf einen kleinen Tümpel und wollte seiner Russin etwas zeigen, zwei gründelnde Stockenten. Als sie sich vorbeugte, verlor sie das Gleichgewicht. Mit rasch rettendem, geistesgegenwärtigem Zugriff bewahrte er sie vor dem Fallen. Aus dem Griff um die Hüften entwickelte sich ein Techtelmechtel, in dessen Verlauf sich beide einander umschlangen und dessen erotische Einzelheiten die Hebamme aus der Entfernung nicht deutlich erkennen konnte.

Ihr war es auch so genug. Noch ehe die beiden sie bemerkten, lenkte sie ihr Fahrrad wieder zurück in Richtung Schloßpromenade. Vor dem Haus der Schuberts stellte sie ihr Rad an die rissige grauverputzte Hauswand und eilte durch den Eingang in den Flur. Aber Rosa war an diesem Vormittag nicht in ihrer Wohnung, sondern bei Nachbarin Rieke Geißler, oben in der ersten Etage. Bei einem Schwätzchen zerlegten die beiden auf dem Küchentisch zwei frisch geschlachtete und gehäutete Kaninchen. Unter dem Tisch stand ein Blecheimer für die Innereien. Hinten spielte Ruthla mit den Geißlerkindern Berta und Luise Vater, Mutter und Kind. Ihren Wohnbereich hatten sie mit einer schmuddeligen grauen Wolldecke, die auf einer aufgespannten Wäscheleine hing, abgetrennt. Sie saßen gerade vor einer Hochzeitssuppe mit Wasser und Apfelscheiben, als die Hebamme in die Küche platzte.

„Nu is er ganz verrickt gewur’n“, rief sie, und dann erzählte sie japsend, daß sie Ernst mit einem Weibsbild unter den Weiden in der Langen Liebe beobachtet habe. Jeden Augenblick müßten die beiden um die Ecke biegen und dann die Straße zur Vorstadt hochkommen.

Rosa versenkte mümmelnd ein paar Innereien im Eimer, legte dann ihr silberrosafarbenes Kaninchen aus den Händen und eilte mit dem blutigen Küchenmesser an das Fenster. Die Hebamme und die Geißlersche folgten ihr.

Tatsächlich erschienen Ernst und seine Russin wenig später an der Kreuzung hinter den Weiden.

„Jesses, so a Zulke“, rief Rosa.

„A Tamterlam“, rief die Geißler. Er habe sich wohl „urndlich ei se vergafft“.

Aber die Hebamme wußte noch mehr und erzählte, daß die beiden in der Langen Liebe, vor den Binsen am Bruch, a verdamptes Rumgetolke und Rumgeknutsche gehabt hätten.

Den Rosenkranz werden sie nicht miteinander gebetet haben, murmelte die Geißler, ohne ihren Blick von der Straße zu wenden.

Aba a hibsche Larve hätte sie ja, die Russin, stellte sie anerkennend fest, a sehr hibsche Larve.

Auch Ruthla wollte aus dem Fenster gucken, aber die Geißlersche hielt ihr ihre schwieligen, nach Kaninchenleber und Knoblauch stinkenden Hände vor das Gesicht und sagte: „Nischt for deine Aacha, Madel“. Und dann seufzte sie noch, armes Madla, es sei schlimm, daß der Herrgott sie mit so einem Vater gestraft habe. Sie schärfte Rosa ein, endlich Dompf zu machen. Sie hätte ja auch oft Ärger mit ihrem Mann gehabt der, Gott hab ihn selig, in der Grube verschitt gegangen sei, aber das hier, das hier, das ginge einfach zu weit.

Die Geißlersche hatte gar nicht bemerkt, daß Rosa, noch während sie mit ihr redete, aus der Küche gerannt und durch das Treppenhaus auf die Straße geeilt war. Sie begriff erst, als sie Rosa mit blutiger Küchenschürze von der Schloßpromenade zum Torweg laufen sah, wo sich Ernst offenbar gerade an der Stadtmauer unter den Kastanien von seiner Russin verabschieden wollte. Aus dem Fenster sah sie noch, wie Rosa sich vor den beiden aufbaute und der Russin mit der flachen Hand, mit der sie eben noch in ihr Kaninchen gelangt hatte, ohne lange zu zögern, einen Schlag ins Gesicht versetzte.

„Ahle Zulke“, rief sie dabei, und „pulirter Teifel“.

Das Mädchen machte kurz Anstalt, auf den Schlag zu reagieren, aber Ernst gab ihr ein Zeichen und sie ging wortlos davon.

„Und du, du", rief Rosa jetzt, zu Ernst gewandt, er solle wenigstens seinen Hosenstall zumachen. 's stinke ja nach Leder.

„Du konnst mer amool ei a Hobel blosa", erwiderte Ernst trotzig.

Alles habe seine Grenzen, rief Rosa, als Frau hätte sie schließlich auch ihre Ehre, auch wenn er das nicht verstünde, und was sollten denn die Leute in Frankenstein von ihnen denken.

Ernst sagte nur, Rosa solle bloß keine Flappe ziehen und so verbost gucken. Was andere Leute dächten, interessiere ihn nicht. Solche Dinge kämen in der Ehe nun einmal vor. Es sei ja nicht das erste Mal.

Rosa lachte bitter: „Nu eben".

Noch während er sprach, war Ernsts Blick auf das Fenster der Geißlerschen Wohnung gefallen. Als er dort außer Rieke Geißler auch noch das Gesicht der Hebamme entdeckte, wurde ihm alles klar.

Die Hebamme sei eine ahle Murchel, sagte er unwirsch, sie sei noch schlimmer als die Geißlersche und müsse auch alles mit ihrer großen „Nosen" beschnuppern.

Er solle nur nicht ablenken, rief Rosa. Er sei ein ehrloser Mann, es gebe nicht nur ehrlose Weiber, sondern auch ehrlose Männer.

Aber Ernst ging dennoch zum Gegenangriff über: Sie solle ihm nicht gleich den Ochsen wild machen, erwiderte er, die Sache mit dem Kulbafongse sei doch auch nicht sauber.

Der? lachte Rosa, der sei doch viel zu alt, und außerdem würde er nach Kuhstall stinken.

Bei Männern gebe es überhaupt keine Altersgrenze. Die hätten immer einen Drang und könnten noch ganz lange. Und außerdem…

„Was außerdem?", fragte Rosa.

Wenn Kulbafongse nach Kühen stinke, paßten sie ja prima zusammen.

Ernst hatte den Satz kaum beendet, da hatte Rosa auch ihm einen Schlag ins Gesicht versetzt. Seine Brille wurde auf die Straße geschleudert, und er hätte fast das Gleichgewicht verloren. Während er noch auf allen Vieren auf der Straße herumrobbte und das Kopfsteinpflaster nach seiner Brille absuchte, schritt Rosa zurück ins Haus, wo die Hebamme und die Geißler immer noch am Fenster standen. Als sie wieder bei ihnen war, sagte sie, wenigstens habe sie ihre Ehre als Frau wiederhergestellt, und darauf sei sie stolz.

Als Ruth Rosa fragte, warum der Vatel in der letzten Zeit soviel mit anderen Frauen herumlaufe, antwortete sie, daß das mit seinen „trieben Aacha" zusammenhinge. Da könne er die Frauen manchmal nicht mehr auseinanderhalten.

Aber Ruthla wußte von Lissy, daß das alles mit dem Drang zu tun hatte, und sie begriff allmählich auch, daß das Wort selten etwas Gutes zu bedeuten hatte.

Die Ereignisse dieses Tages boten in den nächsten Tagen noch viel Gesprächsstoff. Meistens saß Rosa mit Rieke Geißler im Musikersaal. Der stand seit dem letzten Jahr leer, denn die meisten Musiker waren inzwischen eingezogen worden. Die Mutter des Dirigenten Dr. Werner, die im Eckhaus am Torweg wohnte, hatte Rosa erzählt, daß ihr Sohn an der Ostfront bei Donbass schwer verletzt worden sei. Jetzt liege er in einem Lazarett in Breslau und werde sicher bald zum Erholungsurlaub nach Frankenstein kommen. Entsetzlich sei es, was mit ihm geschehen sei. Rosa wollte mehr wissen. Aber statt zu antworten, vergrub die Mutter des Dirigenten nur das Gesicht in ihren Händen. Die Geißlersche hatte gehört, daß der Dirigent nach einem Flugzeugunglück unter schlimmen Schmerzen leide.

Jedenfalls war der Leerstand Rosa und ihrer Nachbarin hochwillkommen. Sie nutzten den Musikersaal nicht nur zum Angloabarn bei einer Tasse Muckefuck, wenn die erste

Hausfrauenarbeit getan war, sondern auch als Abstellraum, zum Wäschetrocknen oder Gemüseputzen. Wenn die Reichensteiner Brüder wieder einmal auf ihren Motorrädern dagewesen waren, gab es sogar Bohnenkaffee. Rosa wußte nie, woher der kam und wollte es auch nicht wissen.

Bei den Gesprächen mit Rieke Geißler ging es immer um Ernst, aber auch um den Krieg und die Kinder und den neuesten Klatsch aus der Mützenfabrik. Manchmal gesellte sich auch die Hebamme dazu, und sie saßen zu dritt. Ruthla durfte im Hintergrund auf dem verstimmten Blüthner-Klavier spielen. Lissy hatte ihr den Flohwalzer beigebracht. Den klimperte sie rauf und runter und so schnell es eben ging. Aus ihr wird noch eine zweite Elly Ney, sagte die Geißlersche. Rosa erwiderte, ein bißchen Musik für den Hausgebrauch, das sei alles, mehr könne man nicht verlangen. Vielleicht könnte sie es einmal an ihre Kinder weitergeben.

Auch Margot war oft mit Rosa im Musikerraum zu sehen. Sie riet Rosa, sich von Ernst zu trennen. Aber Rosa erwiderte, das sei nicht nötig. Innerlich sei sie schon lange von ihm geschieden.

Auf seinem Wege zum Hittla oder zu den Kaninchenställen kam Ernst oft an dem Musikersaal vorbei. Wenn er durch das Fenster blickte, verstummte das Gespräch der Frauen augenblicklich. Ernst sagte dann nur „Blablabla" und ging weiter. Zu Rosa sagte er, er verstünde nicht, warum sich Frauen stundenlang ausmähren müßten. Männer brauchten das nicht.

Im übrigen zeigte sich, daß Rosas resolutes Auftreten auf dem Torweg auf Ernst Eindruck gemacht hatte und jedenfalls nicht ohne Wirkung geblieben war. Ernst hatte ein irgendwie unbehagliches Gefühl und schien eine Weile ernsthaft um Wahrung des Ehe- und Familienfriedens bemüht. Zur Beschwichtigung brachte er Rosa ab und zu kleine Geschenke mit, und bisweilen hatte er sogar familiäre Anwandlungen. Er spielte mit Lissy und Ruthla „Mensch Ärgere dich nicht" oder „Mühle", was er früher, soweit sich Rosa erinnern konnte, nie getan hatte. Außerdem bekam Albert wieder Unterricht im Ziehharmonikaspiel. Nur im Hinblick auf Alberts HJ-Uniform blieb Ernst kompromißlos. Das senfbraune Hemd konnte er auf keinen Fall in seinen eigenen vier Wänden dulden. Albert blieb nichts anderes übrig, als sich hinter den Büschen vor dem Haus umzuziehen, bevor er zu seinem HJ-Dienst ging.

Außerdem hatte Ernst-August in erzieherischer Hinsicht nur wenig Spielraum, wenn er sich nicht verdächtig machen wollte. Alberts Nazi-Begeisterung mußte er zähneknirschend hinnehmen. Es gab jedoch Situationen, in denen er die Beherrschung verlor. Als Albert zu Beginn des Krieges nach der Melodie: „Das kann doch einen Seemann nicht erschüttern", sang: „Und wenn das ganze England brennt und Chamberlain im Nachthemd rennt – Chamberlain, Chamberlain ohne Hemd", vergaß er sich und gab Albert eine Ohrfeige, obwohl er Chamberlain und die englischen Lords eigentlich nicht mochte.

Was Ernst nicht wußte, war, daß Albert in der letzten Zeit mit ein paar Freunden aus der Hitler-Jugend den Zwangsarbeitern in Zadel nächtliche Besuche abstattete. Sie hatten herausgefunden, daß einige männliche Arbeiter häufig in den Betten der Frauen anzutreffen waren. In ihrer HJ-Kluft rannten die Hitlerjungen laut lärmend und mit gezückten Messern durch die Baracken. Die aufgeschreckten männlichen Zwangsarbeiter flüchteten dann schnell wieder in ihre eigenen Betten. Albert fand das in Ordnung. Streiche machen, Lachen und Frohsinn gehörten zu echt deutschen Jungen, sagte er. Außerdem müsse der Umgang mit Sklavenvölkern früh eingeübt werden. Die Deutschen seien im allgemeinen viel zu zimperlich und würden aus angeborenem Gerechtigkeitssinn dazu neigen, anderen vorschnell die volle Gleichberechtigung zu gewähren. Aber man dürfe nicht vergessen, daß die Kriegsgefangenen Deutschlands Feinde seien. Das habe ihnen ihr Gruppenleiter gesagt und auch, daß kein Pole oder Russe mit einem Deutschen am selben Tisch essen oder gemeinsam mit ihm den Feierabend verbringen dürfe.

Eine Zeitlang sah es so aus, als ruderte Ernst zurück, als wollte er Rosa nicht noch weiter herausfordern und als sei die Sache mit der Russin ein für allemal beendet. Zweifellos hatte Ernst die besten Vorsätze, das steht außer Frage. Er wußte, daß für ihn viel auf dem Spiel stand. Aber er war wieder einmal zu schwach. Die dreiste Zurschaustellung ihres Verhältnisses in der Frankensteiner Öffentlichkeit war in Wahrheit natürlich kein Ausdruck besonderen Mutes gewesen, sondern von Hörigkeit und Schwäche.

Später gab er ihr die Schuld, denn er hatte ja gewollt. Als er sich endgültig von ihr verabschieden wollte, hatte sie ihn mißverstanden und statt „auf Wiedersehen" „do skorogo", „bis später", geantwortet. Obwohl „do skorogo" zu den wenigen russischen Wendungen gehörte, die Ernst kannte und er das Mißverständnis sofort bemerkte, klärte er es nicht auf, sondern beließ es dabei. „Do skorogo" war eine Phrase ohne Punkt, eine Musik ohne Schlußkadenz, ein quälender Schwebezustand, der alles zwischen ihnen offen ließ. „Do skorogo" hinterließ eine Lücke, einen Hohlraum, in den immer wieder Vorstellungen, Bilder, Phantasien einfließen konnten. Und fast alle Bilder waren Variationen des Bildes, das er sah, als sie zum ersten Mal vor ihm stand und das seitdem nicht mehr aus seinem Kopf wollte. Die mit brauner Zuckerrübenmasse beträufelte russische Eroberin – nur daß sie in Ernsts Phantasien immer ganz ohne Umhang, hüllenlos nackt war, von den spitz abstehenden Brüsten bis zu den Zehen.

Wenn Ruthla in dieser Nacht nicht aufs Tippla gemußt hätte, wäre die Sache vermutlich gar nicht ans Licht gekommen. Aber Ruthla mußte, mitten in der Nacht. Links neben ihr lag Rosa und nuschelte im Schlaf irgend etwas von Kaffee und von Mützen, rechts neben ihr hätte Ernst liegen müssen. Aber der kam heute Abend wegen seiner Arbeit später, so jedenfalls hatte er es Rosa gesagt. Ruthla kletterte also aus ihrer Ritze über Ernsts Matratze aus dem Bett und schlurfte im Nachthemd, mit Puppe Rosemarie in der

Linken, in Richtung Küchentür, hinter der ein Eimer für das nächtliche Geschäft stand.

Kurz vor der Tür blieb sie stehen, denn sie hatte dahinter Geräusche gehört. Tuscheln, keuchender Atem, leises Stöhnen, quietschende Sofafedern. Eine Weile lauschte Ruth gespannt mit schräg geneigtem Kopf, dann öffnete sie die Türe eine Handbreit und spähte in die Küche, die nur von einer Kerze erleuchtet wurde. Durch die Öffnung entstand ein leichter Luftzug, der das Kerzenlicht unruhig flackern ließ und die von der Decke hängenden, Schatten werfenden Fliegenfänger leicht hin und her bewegte. Die Zeiger der Kuckucksuhr wiesen auf zwanzig vor zwölf. In der Ecke standen noch Schaufel, Besen und ein Blecheimer, die von Rosa nach der Reinigung des Treppenhauses dort abgestellt worden waren. Von einer Stuhllehne hingen – mehr abgeworfen als abgelegt – eine Bluse und eine Hose schlaff herab. Auf der Chaiselongue lagen ineinander verschlungen Ernst und sie. Im Licht der Kerze sah Ruthla, daß Ernst mit gespitzter Zunge über ihre abstehenden Brüste fuhr, so als seien sie große Zockernissla, und daß er sich dabei nicht genugtun konnte mit Lutschen und Kosten und schließlich gierig daran kleben blieb – wie Guste im Winter am Brückengitter des Pausebaches.

Ernst sagte „Schatenka“ zu ihr und flüsterte, daß sie sein süßer Zucker sei, und sie antwortete, er sei ihr Rübchen. „Расти, расти, репка, сладка! Расти, расти, репка, крепка“[2], flüsterte sie. Ernst wollte, wissen, was das heiße. Doch sie entgegnete lachend, sie wolle es ihm ein anderes Mal übersetzen.

Nach einer Weile hatte Ruthla genug von Zucker und Rübchen; sie benötigte Lissy, um sich das Märchen, das sich ihr Vater und seine Russin auf der Chaiselongue erzählten,

---

[2] Es handelt sich um ein Zitat aus einem bekannten russischen Märchen (auf deutsch etwa: „Wachse, mein Rübchen, wachse, werde süß! Wachse, mein Rübchen, wachse, werde fest!“).

erklären zu lassen. Sie schlich leise an das Bett ihrer Schwester, weckte sie und zog sie an der Hand zur angelehnten Tür. Lissy war anfangs noch etwas benommen, wurde aber durch das Schauspiel, das sich ihr auf der Chaiselongue in der Küche bot, mit einem Schlage hellwach.

Aus dem beschaulichen Märchenspiel war indessen ein erregter Ringkampf geworden, bei dem der Vater, wie es Ruthla schien, der Unterlegene war und die Russin ubadruf saß. Über den keuchenden halbnackten Athleten fand ein anderer Kampf statt, ein Gebetskampf: Dürers Hände rangen um Erhörung für ein unbekanntes Anliegen.

„Walewas ilewist dalewas?“, fragte Ruthla.

„Pst“, antwortete Lissy, „dalewas ilewist delewer Dralewang“.

„Ilewich halewa belewe Alewangst“, flüsterte Ruthla.

„Braulewauchst dulewu nilewicht. Sielewie tulewun silewich nilewicht weleweh. Elewes scheileweint nulewur solewo“, antwortete Lissy, ohne ihren Blick abzuwenden.

Lissy und Ruthla hatten bereits eine Weile an der Tür gestanden und dem Ringkampf auf der Chaiselongue zugeschaut, als Rosa plötzlich in ihrem kanarienvogelgelben Nachthemd hinter ihnen erschien. Sie sah die beiden erst fragend an. Aber dann glitt, als sie die stöhnenden Laute aus der Küche hörte, eine Ahnung über ihr Gesicht und sie riß, ohne die Antwort abzuwarten, die Küchentür weit auf.

“Nu is aba Polen uffa!”

Der Mensch in seiner Verblüffung ist selten originell. Um Schrecken oder auch Entsetzen auszudrücken, greift er dankbar zu jeder sich ihm anbietenden Phrase. In Schlesien, so sagt man, habe es Frauen gegeben, die sogar den Tod des Ehegatten mit einem erstaunten: „Nu is aba Polen uffa“, kommentiert haben sollen. Auch Rosa benutzte die Floskel oft, eigentlich bei allen möglichen Gelegenheiten. Nur daß sie es, je nach Situation, mal mit mehr und mal mit weniger Nachdruck tat. Diesmal gebrauchte sie höchsten, ja man kann sagen, allerhöchsten Nachdruck.

Ein Druck auf den Schalter hatte die Wahrheit ans Licht der Küchenlampe gebracht. Eine Weile blickte Rosa verächtlich in Richtung Chaiselongue, dann sah sie sich ratlos suchend um, und schließlich fiel ihr Blick auf den Besen in der Ecke. Ohne lange zu zögern, ergriff sie den Stiel und ging wild fuchtelnd auf die beiden los. Erynnie oder Jüngstes Gericht? Aus Rosas Augen schossen Blitze, die Nase schnaubte Wut, ihr Mund war halb geöffnet, jederzeit konnte sich ein furchtbares Gewitter entladen. Vor ihr wanden sich Ernst und die Russin, halbnackt, wie aufgescheuchtes Gewürm. Bei Rosas Anblick schlichen sie kleinlaut und beklommen zum Stuhl, um ihre Blöße zu bedecken.

„Verknuchte Schickse", schrie Rosa, die so erregt war, daß sie sogar das Mümmeln vergaß, wie sie es wagen könne, auf ihrem Sofa, in ihrer Küche, mit ihrem Mann. „Ich schmeiß dich uff wie ne Biehmgeige!"

„Внимание! Внимание!"[3] erwiderte die Russin, ohne genau zu erklären, wovor sich Rosa vorsehen sollte. Aber abgesehen davon, daß Rosa sowieso kein Russisch verstand, fürchtete sie sich nicht – in diesem Moment hätte sie weder Tod noch Teufel gefürchtet. „Ich schmeiß dich uff wie ne Biehmgeige", wiederholte sie und fuhr wie eine kanarienvogelgelbe Furie durch die Küche. Mit dem Besenstiel klopfte sie viermal gegen das Holz der Tür, dreimal kurz, einmal lang: „Durte hot der Zimermoan a Luch gelon".

Um keine Mißverständnisse aufkommen zu lassen, gab sie ihren Worten mit ein paar derben Hieben den notwendigen Nachdruck. Schließlich stieß sie die Russin aus der Küche ins Treppenhaus und knallte die Tür hinter ihr zu.

Als sie sich Ernst zuwandte, war Rosa wieder ganz ruhig geworden. Trotzdem lag jetzt etwas sehr Unheilvolles, sehr Giftiges in der Luft. Die Kinder schickte sie aber vorher ins Bett.

---

[3] „Vorsicht! Vorsicht!"

An den nächsten Tagen war das Geschehen dieser Nacht das einzige Gesprächsthema in der Familie. Hedwig, Martha und Margot erfuhren zuerst davon, aber nicht von Ernst, der sich darüber selbst unter seinen Genossen eisern ausschwieg, sondern von Rosa. Unter Mümmeln und Tränen erzählte sie, was sich in jener Nacht – nur ein paar Meter neben ihrem Bett – auf der Chaiselongue ereignet hatte. Bei den Töchtern herrschte Empörung. Sie riefen „Jesses und Maria“ und sagten, daß es so nicht weitergehen könne und rieten Rosa, sich von Ernst scheiden zu lassen. Rosa hörte ihnen eine Weile zu, aber bei dem Wort „Scheidung“ schüttelte sie jedes Mal den Kopf und antwortete, daß sie es nicht über ihr Herzla bringen könne. Am Ende wurde sie regelmäßig sentimental, erzählte von früher, kramte vergilbte Hochzeitsbilder hervor, sprach von ihren „Aktionen“, von ihren Motorradabenteuern und daß Ernst es als Kommunist immer schwer gehabt habe und sie ihn nicht allein lassen könne. Die Töchter schüttelten den Kopf, und sagten, Ernst sei a Schweinskupp und ihr sei nicht mehr zu helfen.

Bei den Kindern herrschte Beklemmung. Ruthla und Lissy brauchten ein paar Tage, um die Bilder des Abends zu verdauen. Die Unterhaltungen zwischen ihnen fanden fast ausschließlich in Löffelsprache statt. Und auch Hedwigs ältere Kinder, Lena und Bärbel, die durch Lissy und Ruthla Bescheid wußten, verlegten sich jetzt immer mehr auf Löffelsprache – was sich angesichts dessen, daß Hedwig die Gespräche ihrer Kinder mit Argwohn belauschte, ohnehin empfahl.

Im Sommer war Ruthla oft bei Hedwig in der Blumenstraße. Hedwig hatte hinter ihrem Haus einen Garten mit einer großen Wiese, an die sich ein Mohnfeld anschloß und auf der Ruthla mit ihren kleinen Nichten oft stundenlang spielte. So auch an jenem Sonntagnachmittag im Juli, ungefähr vierzehn Tage später. Hedwig hatte das Fenster zum Garten weit geöffnet, um die spielenden Kinder jederzeit im Blick zu haben – eine Vorsichtsmaßnahme, zu der die Sache mit Lena im letzten Jahr Anlaß gegeben hatte.

Drinnen im Wohnzimmer saßen Hedwig, Margot und Paterrekter an der Kaffeetafel. Hedwig hatte Paterrekter eingeladen, Margot hatte auf dem Weg zur Freundin zufällig neingeschaut. Statt Mohnstriezla hatte Hedwig einen Frankfurter Kranz gebacken. Paterrekter mußte seit ein paar Tagen sauer aufstoßen. Er sagte, das könne an ihrem Striezla liegen. Hedwig war erst beleidigt und bestritt jeden Zusammenhang, aber dann stellte sie sich darauf ein, zumal Paterrekter Frankfurter Kranz ebenso gern, ja vielleicht sogar noch lieber aß.

Während Hedwig, Paterrekter und Margot vor ihrem Kuchenteller saßen, spielte Ruthla mit ihren kleinen Nichten im Garten. Ein Weilchen hatten sie Lena geneckt. Als sie zu heulen anfing, rannte Hedwig zum Fenster und fragte, was das für sackermentsche Noarrheeten seien. Gleich würde sie mit dem Kochleffel kommen und alle durchberschten. Da die Kinder wußten, daß auf ihre Mutter in dieser Beziehung immer Verlaß war, verlegten sie sich auf andere Spiele. Ein Weile beschäftigten sie sich mit ihren Schippelkugeln, dann hieß es „Taler, Taler du mußt wandern", „Plumpsack geht um", „Mariechen saß auf einem Stein", und als ihnen das auch zu langweilig geworden war und sie die Lust zum Toben überkam, fiel ihnen das „Fanglaspiel" ein. Um zu bestimmen, wer die anderen haschen sollte, sagte Ruthla einen Abzählvers auf:

„Auf dem See
schwamm ein Reh,
dippe, dippe, dap,
und du gehst ab!"

Ruthla wies mit dem Finger auf Grete, und alle Mädchen stoben auseinander.

Der Frankfurter Kranz war ganz nach dem Geschmack von Paterrekter. Inzwischen lag bereits das dritte Stück auf seinem Teller. Während Hedwig von Ernst und der Russin erzählte, murmelte er etwas von Sodom und Gomorrha. Der Verfall der Sitten, insbesondere der geschlechtlichen, sei das untrügliche Zeichen dafür, daß sie sich bereits in der

Endzeit befänden. Darüber habe er in seinem jüngsten Werk ausführlich gehandelt. Dort sei das gesamte biblische Material gesammelt. Spreche nicht schon der Apostel Paulus in seiner Epistel an Bruder Timotheus davon, daß in den letzten Tagen schlimme Zustände herrschen würden? Menschen, die die Wollust mehr liebten als Gott. Ja der Tag des Herrn stehe unmittelbar bevor.

Hedwig ging es heute mehr um den Ruf der Familie. Inzwischen könnte man sich ja nirgendwo mehr in Frankenstein sehen lassen, sagte sie, man müsse sich für seinen Vater schämen. Ernst würde sie alle mit in den Abgrund reißen. Wo solle das hinführen?

Paterrekter schob ein neues Stück Kuchen auf den Teller und zitierte aus dem Evangelium Johanni. Es sei besser, sagte er, daß ein Mensch für das Volk geopfert werde, als daß das ganze Volk verderbe.

„Wir können doch nicht den eigenen Vater anzeigen", rief Hedwig.

Nein, das gehe natürlich nicht, sagte Paterrekter. Dabei legte er seine gefalteten Hände auf den Bauch und bemühte sich, ein saures Aufstoßen zu unterdrücken.

„Wenn es aber sonst niemand tut", sagte Margot und zog an ihrer Zigarettenspitze, „irgend etwas muß doch geschehen, damit Ernst zur Besinnung kommt".

„Auf keinen Fall anzeigen", sagte Hedwig, „die meisten kommen nicht mehr zurück. Immerhin ist er unser Vater". Und überhaupt, fuhr sie dann noch fort, wer sollte denn so etwas tun, wer wäre zu so etwas fähig?

Margot ging ans geöffnete Fenster, blickte geistesabwesend in den Garten und entließ aus ihren gespitzten roten Lippen drei Rauchwölkchen, die sich zu schmalen konzentrischen Bändern formten. Eine Weile schwebten sie wie nebelgraue Saturnringe umher, dann senkten sie sich ganz allmählich zur Erde. Aus der Ferne hallten die Abzählverse der Kinder zu ihr herüber:

„Auf dem See
schwamm ein Reh
dippe, dippe, dapp
und du gehst ab!"

Dem Leder wird Erotik nachgesagt. Aber dieses Urteil ist aus der Lektüre heutiger Lack- und Leder-Kataloge genommen, nicht aus den Erfahrungen der dreißiger und vierziger Jahre, in denen die meisten Menschen bei ledernen Mänteln gewöhnlich an Überwachung, Bespitzelung und Schlimmeres dachten, an Gestapo eben. Im nachhinein glaubte Ruth, sich daran erinnern zu können, sie immer schon unbewußt wahrgenommen zu haben, die Männer in den Ledermänteln, die eigentlich gar nicht schwarz waren, sondern eher dunkelgrün, meergrün, algengrün, unergründlich und auf mysteriöse Weise allgegenwärtig. Hielten sie sie sich hinter dem Gebüsch vor dem Haus versteckt, oder standen sie hinter dem Haus vor der Stadtmauer oder auf den Straßen, als dunkle Eckensteher? Ruthla konnte sich nicht genau daran erinnern, wo sie sie gesehen hatte, aber sie hätte schwören können, daß sie sie gesehen hatte. Rosa sagte später, Ernst sei oft gewarnt worden.

Seitdem das mit Ernst passiert war, mochte Ruthla kein Leder mehr. Ihre spätere lebenslange Abneigung gegen Leder hatte damit zu tun.

Verständlicherweise mochte auch Ernst kein Leder. Er kannte es aus seiner Zeit in Dürrgoy. Damals hatte er sich geschworen, in Zukunft besser aufzupassen und stärker auf die Männer in den Ledermänteln achtzugeben. Aber seine guten Vorsätze waren das eine, seine Schwäche das andere.

Jedenfalls war er keineswegs überrascht, als vor der Drechslerei in der Nähe der Frankensteiner Post, in der er neuerdings als Hilfsarbeiter tätig war, eine Limousine vorfuhr, aus der zwei Männer mit grauen Velourhüten und knöchellangen Ledermänteln stiegen. Er wußte sofort, daß er gemeint war, daß sie seinetwegen gekommen waren und daß aus ihrer Sicht mehr als genug Anlaß bestand, ihn abzuholen.

Bemerkenswert war nicht, *daß* sie kamen – irgendwann mußten sie kommen –, sondern daß sie Ledermäntel trugen. Denn es war Sommer und eigentlich gar keine Zeit für Ledermäntel.

Allerdings hatte sich schon seit dem frühen Morgen, von Silberberg bis Münsterberg, von Reichenstein bis Reichenbach, über Frankenstein ein trübgraublaues Wolkentuch gespannt. Das Barometer war über Nacht gefallen, und jederzeit mußte mit Regen gerechnet werden. Falls sie die Ledermäntel nicht aus Prinzip trugen, trugen sie sie vermutlich aus Vorbedacht. Bei der Gestapo dachte man immer vor.

Tatsächlich waren die beiden Männer kaum aus dem Auto gestiegen, da fielen auch schon die ersten Regentropfen. Als die Männer den Eingang der Drechslerei erreicht hatten, schüttete es in Strömen. Das nasse Leder glänzte feucht, kalt und abweisend.

Nach der Feststellung der Identität, die eigentlich überflüssig war, da man Ernst seit Jahren kannte, sprachen sie vermutlich nur das Notwendigste. Sehr zivil, diskret und unaufgeregt, professionell eben. Es gibt keine Zeugen für das Gespräch. Vielleicht raunten sie Ernst halblaut zu, er möge ihnen unauffällig folgen. Vielleicht fügten sie auch noch hinzu, daß er den Bogen diesmal überspannt habe und daß das Maß nun voll sei. Keiner kann heute mehr sagen, was damals gesprochen wurde in der Drechslerei.

Ernst ließ das Leder sprechen. Er wußte, daß es keinen Sinn hatte, jetzt Worte zu drechseln; er folgte. Normalerweise hätte man den Weg zur Polizeistation im Rathaus auch zu Fuß hinter sich bringen können; aber auch darin zeigte sich die weise Voraussicht der bemäntelten Männer, daß sie in Anbetracht des bevorstehenden Regens die Limousine genommen hatten.

Während sie fuhren und der Regen auf das Blechdach der Limousine trommelte, hatte Ernst auf dem Hintersitz zwischen dem knarzenden Leder rechts und links schon einmal Gelegenheit, sich auszumalen, wie es weitergehen würde mit ihm. Am unangenehmsten waren die Verhöre; an die Verhörmethoden erinnerte er sich nur ungern. Wenn man die Schinderei erst einmal hinter sich hatte, war das Schlimmste in der Regel ausgestanden. Aber vielleicht würde man diesmal glimpflicher mit ihm umgehen. Gestapo-Leute arbeiteten überall anders. Es gab solche und solche. Lager war auch schlimm, aber da war man zusammen mit anderen. Wer es ins Lager geschafft hatte, konnte froh sein. Doch soweit mußte man erst einmal kommen.

Draußen goß es kübelweise. Auf der Windschutzscheibe schaufelten die beiden Scheibenwischer gegen die Wassermassen an. Obwohl wenig Grund zur Eile bestand, pflügten die Reifen der Limousine viel zu schnell durch die Pfützen. Autos der Gestapo hatten es aus Gründen, die nur ihre Fahrer kennen, immer eilig. In den Bordsteinrinnen schäumte Wasser auf. Weil ihm das Leder nicht behagte, ging Ernst-August rechts und links auf Distanz und verkroch sich hinter einem imaginären Punkt, der irgendwo in der Mitte lag, dort, wo ihn nichts mehr erreichen konnte.

Schließlich bog die Limousine in die Schloßpromenade ein und bremste scharf unter den Kastanien vor seiner Haustür. Man wollte Ernst-August noch Gelegenheit geben, sich umzuziehen. Nun wußte er, was er von Anfang an geahnt hatte, daß es diesmal ernst war.

Rosa konnte noch schnell eine Decke über den Loewen werfen, bevor Ernst in Begleitung der beiden Ledermäntel in der Wohnküche erschien. Ruthla machte gerade Schularbeiten und addierte Zahlen. Sie verstand nur das Wort „Verhör“ und daß die Männer Ernst Gelegenheit geben wollten, sich vorher umzuziehen. Rosa, der es nie an Worten fehlte, war sprachlos. Sie gehorchte willig. Wie eine Somnambule schritt sie zum Wäscheschrank und überreichte Ernst schweigend Hemd, Jacke und Hose.

Während Ernst sich noch umzog, beugte sich einer der beiden Ledermänner über Ruthlas Rechenheft und sagte

„128". Ruthla erschrak, aber dann sah sie auf, blickte kurz in das Gesicht des Mannes mit dem Velourhut, blickte wieder auf ihre Zahlen, überlegte, rechnete – und richtig: 12 plus 53 plus 34 plus 29 ergab 128. Ruthla bedankte sich artig und trug die Zahl 128 in ihr kariertes Heftla. Unter dem Schatten der Hutkrempe entdeckte Ruthla ein keineswegs unfreundliches Lächeln.

Indessen war Ernst damit beschäftigt, die Knöpfe seines Hemdes zu schließen, was sich als schwierig erwies, da seine Hände und Finger angefangen hatten zu zittern. Als er bei den Kragenknöpfen angelangt war, kriegte er das Zittern nicht mehr weg. Seine Finger vibrierten, Gesicht und Lippen hatten sich entfärbt, und seine Kinnlade zuckte konvulsivisch. Als er sich kurz mit den Händen auf den Tisch stützte, schien es Ruth, als würde sich das Zittern auf den Tisch übertragen. Die Tasse begann zu klappern, der Muckefuck schwappte, und selbst Ruthla wurde von den Vibrationen erfaßt. Sie blickte schüchtern auf. Ernst nestelte mit den Fingern am Kragen und versuchte verzweifelt, die Knöpfe zu schließen. Es wollte ihm nicht gelingen.

Wenn Ruthla später Ernsts Gesichtsausdruck beschreiben wollte, sprach sie von einem stummen Schrei – aber das ist natürlich viel zu pathetisch. Jedenfalls muß Ernst in diesem Moment mit seinen beiden zitternden Händen am Kragen ganz hoffnungslos ausgesehen haben, wie jemand, den man zu einer Aufgabe verdammt hatte, die ihm ewig unlösbar sein würde. Aber Rosa kam ihm zu Hilfe. Sie schloß die beiden Kragenknöpfe, und auch den Scheitel zog sie für ihn gerade.

Die Männer waren kaum aus der Tür, als Rosa Ruth bereits einen Regenschirm in die Hand drückte und ihr auftrug, zum Rathaus zu laufen. Sie wußte, daß sie Ernst-August ins Rathaus bringen würden. Ruthla sollte alles aus der Ferne beobachten und ihr später berichten. Es kam nicht oft vor, daß Rosa sich Ruthlas besondere Begabung, aufmerksam zu sein und trotzdem unbemerkt zu bleiben, zunutze machte. Ruthla war geschmeichelt und lief rasch den Torweg zum

Rathaus hoch, entschlossen, sich nichts von dem, was ihr dort begegnete, entgehen zu lassen. Dabei war Rosas Vorsicht im Grunde völlig überflüssig; sie hätte zum Rathaus gehen können, ohne daß jemand daran Anstoß genommen hätte. Aber vermutlich schämte sie sich.

Als Ruthla am Ring angekommen war, hatte es zu regnen aufgehört. Die meisten Passanten, die auf dem regenglatten Pflaster vor dem Rathaus spazierten, hielten aber ihre Schirme noch immer aufgespannt, auch die Römersche, die auf dem Weg vom Schuhhaus zum Café mit Fuchsstola und in drosselfarbenem Kostüm an Ruthla vorbeikriewatschelte, ohne sie zu bemerken. Ruthla stand neben dem Treppenaufgang zum gotischen Eingangsportal. Von dort aus beobachtete sie unter dem Dach ihres Schirms die Beine der Vorübergehenden, derer die ins Rathaus gingen und derer die kamen. Doch an diesem Nachmittag waren es nur wenige: Ruthla sah Schober Wendlin, der sie unter dem Schirm nicht erkannte und daher seelenruhig in ihre Richtung blickte, sie sah die Eltern von Hannelore und den Vater von Gustel und noch ein paar andere Besucher des Rathauses. Vermutlich waren die meisten wegen der Bezugsscheine hier.

Aber dann kam Margot aus dem Rathaus. Oben auf der Treppe wurde sie von einem der beiden Männer, die Ernst abgeholt hatten, freundlich verabschiedet. Sie sagte, das sei doch selbstverständlich, verabschiedete sich mit „Heil Hitler“ und schritt davon in Richtung Torweg. Sie geht wie eine Siegerin, dachte Ruthla noch. Eine halbe Stunde später kam auch Ernst mit den beiden Ledermännern. Er sah blasser aus. Sie fuhren ihn mit der Limousine in Richtung Gefängnis, nicht weit von seiner Wohnung, auf der anderen Seite der Schloßpromenade. Zuhause hatte Rosa ihre Stimme wiedergefunden, aber nur, um mit auf dem Küchentisch aufgestützten Armen ein paar unartikulierte Laute von sich zu geben. Auch Margot war jetzt da. Sie saß vor dem Loewe und hörte Swing.

Drittes Buch

Der starke Siegfried

Ernst-August war jetzt in Auschwitz, aber nicht aus der Welt. Jedenfalls vorläufig nicht. Zweimal im Monat erhielt die Familie einen Brief aus dem Konzentrationslager, zweimal im Monat schrieb Rosa ihm einen Brief in das Konzentrationslager. Das entsprach den Anweisungen, die auf Ernsts Karten zu lesen waren: daß jeder Schutzhaftgefangene im Monat zwei Briefe oder zwei Karten von seinen Angehörigen empfangen und an sie absenden dürfe und daß die Briefe an die Gefangenen gut lesbar mit Tinte geschrieben sein müßten und daß sie nur fünfzehn Zeilen auf einer Seite enthalten dürften, Postkarten dagegen zehn Zeilen. Außerdem seien nur Briefbögen normaler Größe gestattet. Briefumschläge müßten ungefüttert sein, einem Brief dürften nur fünf Briefmarken à zwölf Pfennig beigelegt werden. Alles andere sei verboten und unterliege der Beschlagnahme. Auch daß keine Fotos als Postkarten verwendet werden dürften, stand da noch und daß man zwar Geld, aber keine Pakete schicken dürfe, da die Gefangenen im Lager alles kaufen könnten.

Die Nachricht, daß Ernst im Lager alles kaufen konnte, erleichterte Rosa. Sie wußte nicht genau, was mit „alles“ gemeint war, aber es klang irgendwie beruhigend. Rosa stellte sich vor, daß es im Lager verschiedene Kaufläden, vielleicht sogar ein großes Kaufhaus gab, in dem Ernst sich mit allem Notwendigen versorgen konnte. Sie redete sich ein, daß es Ernst gar nicht so schlecht ging und daß es ihm nur an Geld fehle. Sobald sie wieder ihr Gehalt aus der Mützenfabrik bekommen hatte, legte sie mit Martha das Geld für die monatliche Postanweisung zusammen. Auch Hedwig beteiligte sich daran, und selbst Margot legte manchmal einen Schein dazu.

Nur das Schreiben machte Rosa große Mühe. Nicht nur, weil ihr das Briefeschreiben nicht lag, sondern weil sie nicht wußte, wie sie das, was sie Ernst mitteilen wollte, auf fünfzehn Brief- oder zehn Postkartenzeilen unterbringen sollte. Oft saß sie auch nach einer Stunde noch, mümmelnd und an Ernsts Haro-Füllfederhalter herumkauend, bei einer Tasse Muckefuck an ihrer Küchen- Spültischkombination, ohne eine einzige Zeile zu Papier gebracht zu haben. Nicht, daß ihr nichts einfiel. Aber die Beschränkung machte sie unfrei. Wie sollte sie die zulässigen Wörter und Sätze finden, ohne sich ständig zu wiederholen: „Danke für die Post, uns geht es gut, wie geht es Dir?"

Schließlich entschied sie sich vorzuschreiben. Sie brachte alles zu Papier, was ihr im Moment einfiel und begann dann zu streichen und zu kürzen, bis sie eine Version hatte, die genau zehn oder zweimal fünfzehn Zeilen umfaßte. Oft mußten Lissy oder Albert für Rosa eine Reinschrift anfertigen, weil sie keine Zeit dafür hatte oder ihre Hände zitterten. Ruthla hätte sich gerne beteiligt, aber Rosa fand, daß ihre Handschrift dafür noch nicht geeignet sei, weil es ihr an Reife fehle.

Irgendwann hatte Rosa, vielleicht aus Müdigkeit oder weil ihr nichts mehr eingefallen war, die beiden letzten Zeilen frei gelassen hatte, so daß Lissy beim Abschreiben der Karte noch einen kurzen Satz hinzufügen konnte: „schmittgärtner hamse dinstach auch hopps genommen". Als Rosa die Karte auf dem Wege zur Post noch einmal durchlas, erschrak sie. Lissy bekam einen Huscher und war für das nächste Vierteljahr gesperrt. Dafür wurde Ruthla von nun an die Aufgabe übertragen, Abschriften anzufertigen.

Die Abwesenheit ihres Vaters brachte Ruthla noch einen anderen Vorteil. Neuerdings brauchte sie nicht mehr in der Ritze zwischen Ernst und Rosa zu schlafen, sondern hatte Ernsts Bett ganz für sich. Doch mußte sie nun mehr als sonst an ihren Vater denken. Die Sorge um ihn bedrückte sie und ließ sie nicht einschlafen. Nach ein paar Tagen entschloß sie sich, wieder in ihre Ritze zurückzukehren. Sie wollte es nicht gut haben, solange es Ernst schlecht ging.

Wenn Ruthla Näheres über Ernst wissen wollte, antwortete Rosa, daß er sich jetzt nicht in einem Gefängnis, sondern in einem Lager befinde und daß er auch kein Verbrecher, sondern nur ein „Schutzgefangener“ sei. Das sei noch etwas anderes. Was daran anders war, konnte Rosa nicht erklären, aber „Schutzgefangener“ klang gut, als ob Ernst-August eine zu schützende Person sei.

Die Sache mit Ernst-August hatte sich auch in Ruthlas Klasse herumgesprochen. Der Ausdruck „Kommunisten-Schubert“ fiel jetzt häufiger, hinter vorgehaltener Hand oder ganz offen als Schimpfwort, wenn Ruthla einmal mit einer ihrer Freundinnen in Streit geraten war. Lothar wußte von seinem Vater, daß die Lagerinsassen eine besondere Sträflingskleidung mit blau-weißen Streifen tragen mußten. Da bedauerte Ruthla Ernst, der immer soviel Wert auf sein Äußeres gelegt hatte, noch mehr.

Daran, daß ihre Freundinnen sich von ihr zurückgezogen hätten, seitdem ihr Vater im Lager war, kann sich Ruth aber nicht erinnern. Mit einer Ausnahme: Sibylle, Tochter eines Berufschullehrers aus der Bahnhofstraße, mit der sie sich bis dahin gut verstanden hatte, durfte plötzlich nicht mehr mit ihr spielen. Statt Sibylle empfingen sie die besorgten Eltern an der Tür und verabschiedeten sie auch gleich wieder.

Anfangs hatte Rosa ihren Kindern die Briefe und Karten, die sie von Ernst erhielt, noch am Küchentisch vorgelesen. Nach dem fünften oder sechsten Mal ließ sie es sein. Zu oft wiederholte sich der Inhalt; es waren die immer gleichen Floskeln: „Liebe Rosa! Ich bin gesund, es geht mir gut. Brief erhalten. Danke für alles. Küsse und Grüße an alle. Ernst, geb. am 2. 3. 1895“; es folgten die Häftlingsnummer und der Absender, das Konzentrationslager Auschwitz. Ruthla und Lissy kannten das Geburtsdatum ihres Vaters inzwischen wie ihr eigenes, und seine Häftlingsnummer konnten sie sogar rückwärts aufsagen.

Rosa legte die Karten, die sie von Ernst empfing, nachdenklich beiseite. Für seinen schriftlichen Ausdruck hatte Ernst schon in der Schule viel Anerkennung erhalten. Jeschke, die Hebamme und natürlich die Geißlersche hatten sich ihre Behördenbriefe meistens von Ernst schreiben lassen. Aber seine persönlichen Briefe an die Mutter oder an seine Schwester in Breslau hatten Rosa noch mehr beeindruckt. Die flüssige Art, wie er einen weißen Bogen Papier mit Wörtern und Sätzen füllte, die genau das ausdrückten, was sie nur empfinden, aber nicht ausdrücken und genaugenommen noch nicht einmal denken konnte, flößte ihr Respekt ein.

Vieles von dem, was er über seine Arbeit, seine Vorhaben und seine beruflichen Erfolge schrieb, fand sie überspannt, manches entsprach auch nicht ganz den Tatsachen, aber daß ihr Ernst etwas im Kuppe hatte, ließ sich nicht bestreiten. Schade nur, daß er sein Licht wegen seiner politischen Überzeugung unter den Scheffel stellen mußte und außer der Familie, Jeschke, der Hebamme und der Geißlerschen niemand etwas von seiner Begabung hatte. Was hätte aus ihm werden können, wenn er kein Kommunist, sondern ... aber nein, das mochte Rosa nicht einmal denken.

Nun aber las Rosa nur noch: „Ich bin gesund, es geht mir gut. Brief erhalten. Danke für alles. Küsse und Grüße an alle“. Als ob man auch seine Wörter eingesperrt habe, dachte Rosa. Und sie empfand für einen Moment die Demütigung, die darin liegen mußte, daß jemand wie Ernst, der ganz andere Ausdrucksmittel hatte, gezwungen wurde, solche nichtssagenden Sätze zu schreiben. Sicher kostete es ihn jedes Mal Überwindung, dachte Rosa. Aber im Grunde hatten diese Briefe keinen anderen Zweck, als ihr zu sagen, daß er lebte und noch da war. Es war für sie und ihre Kinder. Dann wieder fiel ihr ein, daß Ernst womöglich geheime Botschaften in seinen Karten versteckt haben könnte. Doch sie fand keine.

Anfangs reckten sich seine Buchstaben noch selbstbewußt wie eh und je in die Höhe. Ernst hatte eine auffallend schöne Schrift. Mit Hilfe eines graphologischen Handbuches und einer aus Rosas Besitz stammenden Karte mit Ernsts Handschrift habe ich in den großen, natürlich bewegten Schriftzügen „Ungezwungenheit bei starkem Selbstgefühl" erkennen können. Allerdings könnte die häufig wechselnde Schriftlage auch auf große Impulsivität und ein ungeordnetes Triebleben schließen lassen. Die leicht geknickten und stark betonten Unterlängen werden als entsprechendes Indiz gedeutet. Der Grundcharakter ist aber allgemein der von Freimut und einer Offenheit, die leicht in Unvorsichtigkeit umschlagen kann, wie vor allem die größer werdenden Wortenden belegen. Dazu kommen strichförmige, horizontale Schlußzüge, die auf ein Streben nach Beharrung und Behauptung der Position hinweisen.

In Sachen Beharrung und Behauptung unterschied sich Ernsts Schrift nicht von Rosas, nur daß ihre Wörter am Ende nicht größer, sondern immer kleiner wurden, was der Fachmann als einen Hinweis auf Schlauheit und Finesse betrachtet. Rosas übertrieben dicke i-Punkte lassen sich übrigens auch in Alberts Handschrift wiederfinden. Graphologen sehen darin einen Hinweis auf eine Anlage zur Knauserigkeit und Pfennigfuchserei – die man bei Müttern von acht Kindern oder angehenden Kaufleuten wie Albert nicht verwerflich finden wird.

Aber natürlich können diese und andere graphologischen Bewertungen genaugenommen gar nicht streng wissenschaftlich belegt werden. Auch wenn man die Regel als solche akzeptiert, gibt es viel zu viele Ausnahmen, um sich wirklich darauf verlassen zu können.

Dennoch ist die Versuchung, den Charakter eines Menschen aufgrund seiner Handschrift zu bestimmen, natürlich groß. Die Möglichkeit an sich ist ja auch faszinierend und reizt zu immer neuen Erklärungsversuchen. Weisen die auffallenden, sinnlosen Schleifenbildungen in Hedwigs Schrift etwa auf eine gewisse Überspanntheit hin? Und was ist mit den rücklaufenden Schlußzügen bei Margot oder ihrer Tendenz zur Einrollung an den Einleitungszügen – können sie etwas über ihre Unberechenbarkeit oder über ihr Verhältnis zu Lüge und Wahrheit aussagen?

Wenn das alles so einfach wäre!

Offenkundig dagegen war, daß Ernsts Schriftzüge schon nach einem halben Jahr merklich schwächer geworden waren. Die einst so stolz aufgerichteten Buchstaben und Wörter fielen immer mehr ab; sinkende Zeilen, zittrige Schriftzüge. Das alles waren, soviel wußte auch Rosa, Hinweise auf zunehmende Erschöpfung und Schwäche, vielleicht auch Krankheit. Rosa machte sich große Sorgen. Die Buchstaben sähen ja aus wie kleene Bliemla, die ihre Köppla hängen ließen, sagte sie. Ernst sei damals in Dürrgoy immer so hitzig gewesen. Was, wenn er sich auch jetzt wieder mit den Aufsehern angelegt habe? Nein, das alles waren keine guten Zeichen.

Dazu kam die Kaffeekrise, die sich von Monat zu Monat weiter verschärfte. Rosas Brüder aus Reichenstein konnten auch nicht helfen, denn die kämpften jetzt an der Ostfront gegen den Iwan. Deswegen trank Rosa die restlichen Böhnchen neuerdings mit Verstärkung von getrocknetem Lupinensamen, was zwar die Illusion von echtem Kaffee verstärkte, aber das Zittern in den Händen nicht beseitigte.

Und dann war da noch die Sache mit Rosita Serrano, die 1943 von den Nazis ein Auftrittsverbot bekommen hatte. Offiziell hieß es, es habe ein Untersuchungsverfahren wegen Spionageverdachts gegeben. Aber von Mischke hatte Rosa erfahren, daß es wohl um jüdische Flüchtlinge gegangen sein müsse, denen sie mit Geld geholfen hatte. Nun war nicht mehr viel von ihr zu hören; auch von Lale Andersen nicht, die, offenbar ebenfalls wegen ihrer Beziehungen zu den Juden in Ungnade gefallen war.

Schließlich hatte Rosa schon seit Monaten ihren Lumpoamaon verloren, bei dem sie immer alles „fier ginstik“ bekommen hatte. Er hatte ihr noch gesagt, daß jetzt alle rein meschugge gewur’n seien in Deutschland und er solange untertauchen werde, bis der Schlamassel zu Ende sei. Er wundere sich sowieso, warum man ihn bisher noch unbehelligt gelassen habe. Und dann hatte er ihr ein paar Kleider geschenkt für ihre kleenen Madla.

Auch die Stimmung in ihrer Schlesischen Mützenfabrik war gedrückt. Anlaß war eine Lieferung mit Militärmänteln, die gefallenen Soldaten der Ostfront gehört hatten und nun zu Mützen umgearbeitet werden sollten. Dabei stellte sich heraus, daß viele Mäntel noch mit Blut durchtränkt waren. Einige Arbeiterinnen waren daraufhin in den Streik getreten. Es sei eine regelrechte Sauerei und Zumutung gewesen, sagte Rosa.

Einziger Lichtblick in diesen düsteren Zeiten war, daß Albert seine Schule erfolgreich abgeschlossen hatte und inzwischen eine Lehre als Kaufmann bei Noack am Ring absolvieren durfte. Wegen Ernst-August hatte der alte Noack Albert ursprünglich nicht haben wollen, aber dann hatte Paterrekter auf Hedwigs Veranlassung ein gutes Wort für Albert eingelegt, und nun stand er mit Schürze und einem gespitzten Bleistift hinter dem rechten Ohr im Laden am Ring.

Hinter dem Tresen war er aber nur selten zu sehen, meistens mußte er Säcke mit Zucker oder Mehl schleppen oder im Lagerraum Tütchen abpacken. Wenn niemand da war und ihn niemand sah, ließ er sich hinter den Säcken die Zuckerkristalle schippchenweise in den Mund rieseln. Aber natürlich vergaß er Rosa und seine Geschwister nie. Die ganze Familie profitierte von seiner neuen Beschäftigung.

Auf Ernsts Verhaftung folgte ein langes Schweigen. Es war ein Schweigen, wie man es aus der Musik kennt: eine Pause mit einer Fermate. Eine Stille mit einem Ausrufezeichen. Nicht, daß von Rosa, Hedwig, Margot und Martha nicht über Ernst gesprochen wurde; man sprach, klagte, seufzte, jammerte mehr als genug. Aber man sprach, ohne etwas zu sagen und ohne die Fragen zu stellen, die jetzt hätten gestellt werden müssen. Obwohl sie alle immer mit der Möglichkeit gerechnet hatten, daß es irgendwann so kommen würde, fragte man nie, warum es so gekommen war und an wem es lag, daß es so gekommen war. Alle waren irgendwie aufgewühlt, die Tränen, die man vergoß, waren echt – und doch war man zugleich auf eine ganz unbestimmte Art erleichtert, ja geradezu befreit. Das war mit Schuld und Schuldgefühlen erkauft, über die man nie offen sprach. Von den Älteren fühlte sich keiner ganz unschuldig. Manchmal strich Margot über Rosas zittrigen Hände, so, als wollte sie sagen: Nicht weinen Rosa, dir ist es doch auch ganz recht so – oder?

Obwohl Ernst seinen Aufgaben als Familienvater kaum nachgekommen war, hinterließ seine Abwesenheit ein Vakuum. Hedwig bemühte sich nach Kräften darum, es auszufüllen. Sie sei bereit, so sagte sie, bei der Erziehung von Lissy und Ruthla mitzuhelfen und Verantwortung für ihre geistige und geistliche Entwicklung zu übernehmen. Ihr lag besonders daran, die Fehler und Versäumnisse, die sich Ernst nach ihrer Meinung hatte zuschulden kommen lassen, zu korrigieren – sanft zu korrigieren, wie sie eigens hinzufügte, denn Sanftmut war ihr wichtig, weil Sanftmut christlich war und man einen Christen vor allem an seiner Sanftmut erkannte. Eine solche Sanftmut, wie sie der Herr gelebt und die Apostel gepredigt hatten.

Nach kurzer Zeit empfanden Ruthla und Lissy den nachmittäglichen Unterricht, der in Hedwigs Küche in der Blumenstraße stattfand, aber nur noch als lästig. Fast immer ging es um Glaubensdinge: Was ist andächtiges Beten? oder: Wie können wir das heilige Sakrament der Eucharistie würdig empfangen? Das kannten sie schon von Paterrekter, nur daß Hedwig diese und andere Themen ausschließlich mit dem Leben und Schicksal der kleinen Maria Goretti verband. Wie einen Katechismus fragte Hedwig die einzelnen Lebensdaten und -umstände der kleinen Märtyrerin ab. Sie wollte wissen, wie die Eltern hießen, wo sie wohnten, wieviele Kinder das Ehepaar Goretti hatte, wie die Namen der Geschwister lauteten, an welcher Krankheit der Vater gestorben war, wie alt Allessandro war, als er Maria nachstellte, wie alt Maria war, als sie starb, und wie ihre letzten Worte lauteten.

Daran anknüpfend ging es stets um die Frage, wie falsche, ungöttliche und sündige Gedanken bekämpft werden müssen und warum Unkeuschheit für den Menschen das allergrößte Unglück ist. Auch darum, was man tun muß, um keusch zu bleiben. Lissy und Ruthla sollten dann jedes Mal antworten: „Alles meiden, was zur Unkeuschheit führen kann". Wenn Hedwig fragte, was Unkeuschheit sei, sollten sie antworten: „Schlechte Schriften und Bilder, schlechte Filme, Schaustellungen und Tänze, schlechte Kameraden und schlechte Gesellschaft, unehrbare Kleidung, Müßiggang und Verweichlichung".

Ruthla hätte gerne gewußt, was „unehrbare Kleidung" oder „Schaustellungen" waren, aber sie fürchtete, Hedwig könne dann rot werden, herumstottern und ihr aus Ärger einen Huscher wegen ihrer angeblichen Vorwitzigkeit geben, wie sie das schon öfter getan hatte.

Überhaupt wünschte sich Ruthla ihren Vater an diesen Nachmittagen oft zurück. Ernst hatte sie immer vor Hedwig und ihren Versuchen, Einfluß auf ihre Erziehung zu nehmen, geschützt. Jetzt fühlten sie und Lissy sich ihrer älteren Schwester hilflos ausgeliefert. Anfangs waren sie noch neugierig gewesen und hatten aufmerksam zugehört. Mit der Zeit aber begannen sie sich zu langweilen. Sie schnitten heimlich Grimassen, stießen sich an oder wurden albern.

Aber das konnte Hedwig nicht leiden. Ihre grundgütige Tonlage veränderte sich schlagartig und verwandelte sich in einen harten Diskant. Entweder erhob sie drohend ihre Hand oder aber sie sprach ohne Übergang von der ewigen Verdammnis derer, die in Todsünde gestorben waren und Gott niemals schauen dürfen. Gerne malte sie die Höllenstrafen in aller Ausführlichkeit aus, die unerträglichen Qualen im verzehrenden Feuer, die immerwährende Verzweiflung, die Gesellschaft der dämonischen Geister. Manchmal ahmte sie auch das Jaulen und Schreien der Verdammten nach, so daß Lissy und Ruthla sich erschrocken an der Tischkante festhielten.

Bei dem Gedanken an eine ewige Höllenqual stießen Lissys und Ruthlas Gedanken an Grenzen, und es schwirrte ihnen im Kopf. Hedwig wußte von zwei ungehorsamen, gottlosen Kindern aus Schweidnitz zu berichten. Deren Bäuche hatten sich von einem Tag auf den anderen wie große Luftballons aufgebläht, weil sie wegen ihres bösen Wandels Dämonen als Behausung dienten. Dank eines Exorzisten aus dem benachbarten Heidersdorf hätten die Dämonen aber ausgetrieben werden können, doch die beiden Kinder hätten schwer gelitten und seien für immer gezeichnet.

Anfangs hatte Ruthla sich dadurch noch einschüchtern lassen und heimlich ihre Hand auf den Bauch gelegt, um zu prüfen, ob dort bereits ein Wachstum festzustellen sei. Aber bald liefen Hedwigs Drohungen bei ihr nur noch ins Leere, und statt sich durch Hedwigs Geschichten bange machen zu lassen, begann sie ihre ältere Schwester beim Sprechen genau zu beobachten.

Dabei fielen ihr Ernsts Worte ein: Wie der Mensch so sein Gott. Wenn sie in die Gesichtszüge ihrer großen Schwester blickte, konnte sie sich gut vorstellen, wie ihr Gott aussah: vermutlich genauso rechthaberisch und engstirnig wie Hedwig selbst. Ruthla wurde klar, daß der Gott, an den sie glaubte, ein ganz anderer war. Auch wenn sie nicht genau sagen konnte, wie er aussah und ob er überhaupt beschrieben werden konnte, wußte sie, daß Hedwig und sie nicht an dasselbe dachten, wenn sie von Gott sprachen. Dabei waren doch beide katholisch.

Überhaupt wurde Ruthla Ernst immer ähnlicher. Jedenfalls war dies Idas Meinung. Als Hedwig ihr während eines Besuchs eine Probe ihrer Erziehungsarbeit geben wollte und Ruthla nach dem Schicksal der Seelen im Fegefeuer befragte, verweigerte diese beharrlich die Antwort. Obwohl Hedwig sich bemühte, ihr zu helfen und mit den Lippen ein F wie „Feuer“ oder „Flammen“ bildete, so daß außer ihrer oberen Zahnreihe auch die Lücke zwischen den Schneidezähnen zu sehen war, hüllte sich Ruthla in Schweigen. Schließlich nahm Ida Hedwig beiseite und flüsterte hinter vorgehaltener Hand, daß Hedwig sich keine Mühe zu geben brauche. Sie habe es schon immer geahnt, in Ruthla stecke der Vater: „Die Sünden der Väter …“; mehr wolle sie nicht dazu sagen. Hedwig kenne die Heilige Schrift so gut wie sie. Das Kind habe den Dämon. Aber das sage sie Hedwig nur im Vertrauen, und sie möge es für sich behalten.

Auch Margot kümmerte sich jetzt mehr um ihre jüngeren Geschwister. Aber das lag in erster Linie an ihrem neuen Freund Erwin, der mit Nachnamen Klapproth hieß. Erwin hatte nicht nur einen weich geformten Mund und wäßrig verträumte blaßblaue Augen, sondern auch ein kindliches Gemüt. Und weil Gleiches sich gern zu Gleichem gesellt, spielte Erwin am liebsten mit Kindern. Schon bei seinem ersten Besuch in Margots Familie hatte er Lissy und Ruthla in sein weites kinderliebes Herz geschlossen. Er hätte zweifellos den ganzen Nachmittag mit ihnen unter den Kastanien vor dem Haus mit „Fangla“, „Versteckla“ und „Taler, Taler, du mußt wandern“ zugebracht, wenn Margot sich nicht zwischendurch eingeschaltet und eigene Ansprüche angemeldet hätte. Ab und zu zogen sich die beiden in den Hof zurück, was den anderen aber nicht verborgen blieb, denn als Albert aus dem Toilettenhaus kam, berichtete er grinsend, er habe etwas gesehen, was sie noch nicht gesehen hätten. Als Lissy und Ruthla mehr wissen wollten, sagte er im Flüsterton, daß die beiden ein verknuchtes Rumgetolke gehabt hätten.

Erwin kannte aber nicht nur neue Spiele, sondern auch freche Abzählverse. Allerdings waren auch einige darunter, die Lissy und Ruthla nicht gefielen, zum Beispiel:

„Ente quente Feifermil,
meine Kinder frassa viel,
alle Tag ne Bimme Brot,
nimm a Beil und schlagse tot!“

Rosa freute sich auch und sagte, Margot habe jetzt etwas Festes. Außerdem sei Erwin Obergefreiter und eine Seele von Mann. Um so einen Schwiegersohn werde sie jeder beneiden. Sie konnte es nicht vergessen, daß Erwin ihr bei seinem Antrittsbesuch einen üppigen Herbstblumenstrauß mit rubinroten Astern, reinweißen Dahlien, roséfarbenen Hortensien und Hagebuttenzweigen überreicht hatte. Das sei für sie, die so etwas noch nie erlebt hatte, gewesen wie Weihnachten, Ostern und Pfingsten zusammen. Nur die Geißlersche meinte, das sei wohl alles a bissel iebertrieben und außerdem habe ein Frichtla wie die Margot so einen wie den Erwin eigentlich gar nicht verdient.

Erwin war es auch, der Margot vorschlug, Lissy und Ruthla auf ihren Ausflügen in die Umgebung mitzunehmen. Margot wollte erst nicht, weil sie Sorge hatte, zu kurz zu kommen. Aber als Erwin sie beschwichtigte und noch hinzufügte, sie könnte sich auf diese Weise schon einmal mit dem Gedanken an eigene Kinder vertraut machen, willigte sie ein.

An einem sonnigen Oktobertag fuhren sie gleich nach einer von Rosa zubereiteten Kürbissuppe mit der Frankensteiner Kreisbahn über Groß Olbersdorf, Peterwitz, Oberpeterwitz und Schönwalde nach Silberberg. Der Herbst hatte die belaubten Hänge von Eulengebirge und Waldenburger Bergland hier und da schon brandgelb verfärbt. Jetzt glühten sie wie einzelne Feuerherde auf. Von weitem präsentierte sich die alte hocherhabene Feste, die schon vielen Malern, Zeichnern und Stechern Modell gestanden hatte und deren meterdicke Mauern sich über Silberberg hinweg trutzig in die Höhe reckten, wie immer wolkennah, mit flatternden Hakenkreuzfahnen. Schon aus der Ferne bot sie sich den Vieren, bei geöffneten Fenstern und mäßigem Fahrtwind, als erwünschtes Ausflugsziel an.

Vom Bahnhof aus ging es zu Fuß immer weiter bergauf, vorbei an Kirche, Markt und Rathaus. Rechts und links von ihnen kletterten die Häuser der kleinen Stadt in geschlossenen Zweireihereihen den Gebirgspaß hinauf, eines immer höher als das andere. Von oben betrachtet, hatte das Straßenbild die Form eines spitz zulaufenden Keils, dessen Schenkel sich kurz vor der Paßhöhe trafen. Weil die nördlich liegende Straßenseite von der Sonne beschienen wurde, die südliche dagegen nicht, sprach man in Silberberg von einer „Sommer-“ und einer „Winterseite“. Damit ist eigentlich auch schon alles Wesentliche über den Aufbau des Silberberger Straßennetzes gesagt. Nur daß unten noch Platz für eine Mittelreihe blieb und für die evangelische Kirche.

Kurz vor der Paßhöhe hatten sie die Stadt hinter sich gelassen und schwenkten nach rechts, wo es durch das von einem leichten Wind bewegte rot-goldene Laub des Herbstwaldes zum Fort Hohenstein ging. Sie hätten auch nach links zum Fort Spitzberg gehen können, denn die Feste bestand aus mehreren zusammenhängenden Anlagen. Aber am meisten lockte der Turm von Hohenstein, und dort wollte man hin.

Weil es aber immer höher ging, verlangsamten sich die Schritte mehr und mehr, und Lissys Quengeleien häuften sich. Aber Erwin wußte Rat. Er erzählte Geschichten über dies und jenes, über das Fort und die Menschen, die es einst bewohnt hatten. Vieles war ausgedacht, wie zum Beispiel die Sache mit der Prinzessin im Kerker, die von einem edlen Ritter befreit wurde, aber anderes stimmte. Daß der preußische König Friedrich der Große, den aber alle nur den „Alten Fritz“ nennen, die Festung hatte erbauen lassen, um sich die Österreicher vom Hals zu halten. Daß viertausend Menschen daran gearbeitet hatten. Daß der große Kaiser Napoleon die Feste einst belagert hatte, aber nicht einnehmen konnte, weil sie praktisch uneinnehmbar sei. Und daß der höchste, schon von weitem sichtbare Turm der Festung Donjon genannt wird. Hier befanden sich nicht nur die Quartiere für die höheren Offiziere, sondern außer Bäckerei und Brauerei auch ein Lazarett für die Verwundeten. Von hier aus konnte man durch unterirdische Gänge, die Kasematten genannt wurden, zu den verschiedenen Anlagen der Festung gelangen.

Als Lissy und Ruthla wenig später vor den wuchtigen Mauern der Feste standen und die sechs Buchstaben über dem Eingangstor zu dem Wort „Donjon“ zusammensetzten, sagte Margot: „Seht ihr, von meinem Erwin kann man viel lernen". Aber dann fand sie, daß ihre Schwestern jetzt genug von ihrem Erwin gelernt hätten und es an der Zeit sei, daß er sich um sie kümmere.

Im Donjonhof gab es auch eine Restauration. Hölzerne Tische und Bänke, die der Herbstwind mit ein paar eingerollten gelben Laubblättern dekoriert hatte, luden zum Aufenthalt. Erwin und Margot bestellten sich je ein Glas Peterwitzer Bier aus der Bergschlößchen Brauerei; Lissy und Ruthla bekamen giftrote Himbeerbrause. Erwin kaufte auch noch eine Ansichtskarte, um seiner Mutter in Hirschberg einen „Gruß von der unbesiegten Festung Silberberg (Seehöhe 686 m)" zu schreiben – mit einem Bild von Festung und Altem Fritz. Während er, den Federhalter in seiner Rechten, vor seiner Karte saß und noch nach passenden Worten für seine Mutter suchte, tätschelte Margot seine Linke. Das aber führte zu einem kleinen Zerwürfnis, denn Erwin erklärte, sich so nicht konzentrieren zu können. Lissy und Ruthla waren verständnisvoller und verabschiedeten sich diskret, nachdem sie ihre Gläser geleert hatten.

Über eine Treppe im Innenhof ging es auf die mit vier halbrunden Ecktourellen besetzte Feste, von denen sich nach allen Seiten eine weite Aussicht in das Land bot. Im Osten lag die Landschaft wie ein aufgerollter Flickenteppich vor ihnen.

„Dahinten liegt Frankenstein", rief Lissy und wies mit dem Zeigefinger auf einen breiten blaugrauen Dunstklecks vor dem Horizont, der mit Silberberg durch eine dunkle Zickzacklinie aus Alleen, Häusern und Gärten verbunden war.

„Und wo ist Auschwitz?", wollte Ruthla wissen.

„Noch weiter im Osten, irgendwo ganz weit dahinten", erwiderte Lissy.

„Von wo die Russen bald kommen?"

„Wer sagt denn so was?", fragte Lissy.

Aber Ruthla überhörte die Frage, denn sie war schon weiter. Sie blickte auf die Schautafel, die man für die Besucher des Donjons angebracht hatte, und versuchte mit den Augen von Frankenstein nach Reichenstein zu reisen, dorthin wo ihre Großeltern wohnten. Aber um einen Blick auf die Ausläufer des Reichensteiner Gebirges zu erhaschen, mußte sie sich auf die Zehen stellen, denn der Spitzberg vor ihren Augen versperrte ihr die Sicht.

„Dort irgendwo müssen Opa Berthold und Ida in Reichenstein wohnen", sagte Ruthla.

„Und dort irgendwo muß Onkel Heinrich jetzt sein", rief Lissy und zeigte in den Süden, dorthin, wo, wie sie glaubte, die böhmischen Wälder rauschen, die, von denen Rosa immer sprach, wenn sie Heinrich meinte.

„Oder da", rief Ruthla und zeigte auf einen Punkt, der nach ihrer Meinung etwas mit Prag zu tun haben mußte: „Der arme Heinrich!"

Sie hatten begonnen, sich im Uhrzeigersinn zu drehen, und waren bemüht, sich im blauen Dunst der Gebirgszüge, die im Westen ihre Sicht begrenzten, zurechtzufinden. „Die Schneekoppe", behauptete Lissy und zeigte auf den Glatzer Schneeberg, ohne daß Ruthla, die es auch nicht besser wußte, ihr widersprach.

„Und da ganz hinten muß irgendwo Hirschberg und da irgendwo Landeshut liegen."

„Rübezahl, zeig dich einmal!", rief Ruthla.

„Pst", sagte Lissy, die sich an die Geschichten vom Berggeist erinnerte, „das kann er nicht haben, darüber ärgert er sich".

Der Gedanke an den Berggeist ließ beide eine Weile ehrfürchtig schweigen. Aber dann glaubte Lissy zu wissen, wo Dresden liegt und wo Berlin.

„Wo die Bomber jede Nacht kommen?", fragte Ruthla.

Aber diesmal überhörte Lissy ihre Schwester.

„Und da liegt Breslau." Dabei wies sie in eine Richtung, in der nach Ruthlas Meinung unmöglich Breslau liegen konnte. Sie stritten sich eine Weile, Lissy gab ihrer Schwester einen Klaps, und eine Verfolgungsjagd begann, vom Niederturm zum Oberen Turm und vom Neudorfer Turm zum Stadtturm.

Nach einem Viertelstündchen hielten sie inne und ließen sich erschöpft an der oberen Mauereinfassung nieder. Von dort konnten sie in den Donjonhof blicken, in dem Erwin und Margot immer noch vor ihren Peterwitzer Bieren saßen. Sie winkten Erwin zu. Der winkte prompt zurück und machte Anstalt, zu ihnen hochzukommen, um mit ihnen „Fangla" zu spielen. Aber da war Margot davor. Sie packte ihren Erwin am Arm, und beide machten sich nach kurzem Disput auf den Weg zum Eingang des Gewölbes, von dem aus man in das Innere der Festung gelangte. Erwin konnte ihnen von weitem nur noch „Kasematten" zurufen und daß sie auf Margot und ihn warten sollten. Dann verschwanden er und Margot im Dunkel des Gewölbeeingangs.

Natürlich wollten Ruthla und Lissy nicht warten, sondern auch zu den Kasematten, in die es Erwin und Margot mit Macht gezogen hatte. Darum folgten sie ihnen und betraten wenig später selbst die unterirdischen Gänge der Festung, zaghaft zunächst, weil das Gewölbe, das nach Feuchtigkeit und Moder roch, nur schwach beleuchtet war, an Verlies und Kerker denken ließ und überhaupt Furcht einflößte. Aber allmählich und weil weiter nichts passierte, wurden sie immer beherzter. Die Gewölbemauern luden zu Echospielen ein. „Rübezahl, zeig dich einmal!" Und auch für das Versteckla-Spiel eigneten sich die weitverzweigten Gänge.

Wo sie dann auf Margot und Erwin stießen, konnten sie später nicht mehr genau sagen. Lissy meinte, es müsse unter dem Stadtturm gewesen sein, Ruthla erklärte, die Nische habe sich unter dem Oberen Turm befunden. Beides ist vermutlich gleichermaßen falsch. Aber es kommt auch gar nicht darauf an. Vermutlich wären Lissy und Ruthla achtlos an der Nische vorbeigelaufen, wenn sie nicht durch ein helles Seufzen, dem ein dunkles Stöhnen antwortete (oder war es umgekehrt, antwortete das Seufzen dem Stöhnen?), darauf aufmerksam gemacht worden wären. Viel konnten sie im Schummerlicht ohnehin nicht erkennen. Aber immerhin dies, daß Erwin vor Margot stand und sie an die Mauer des Gewölbes preßte. Von Margot sahen sie nichts, außer zwei nackten Schenkeln, die sich wie zwei weiße Fleischranken um Erwins Gesäß gewunden hatten.

Lissy und Ruthla setzten ihre Unterhaltung in Löffelsprache fort und gingen in den Donjonhof zurück, wo sie auf Margot und Erwin warteten.

Ein paar Wochen, nachdem Erwin wieder zurück an der Front war, gab Margot bekannt, daß sie heiraten wollten. Sie war schwanger, und deswegen schien ihr Eile geboten. Da jedoch Erwins Antrag auf Heimaturlaub abschlägig beschieden worden war, beantragte man eine Fernheirat. Die Entscheidung des OKW ließ auf sich warten, weniger wegen Erwin, dessen politische Gesinnung tadellos war und dessen arische Abstammung sowieso außer Zweifel stand, als wegen Margots Vater Ernst-August, dessen Schicksal immer noch wie ein dunkler Schatten über der Familie lag. Nach längerem Hin und Her wurde die Heirat dennoch genehmigt.

Die Zeremonie fand im Frankensteiner Standesamt statt. Als Trauzeugen waren August und Rieke Geißler anwesend. Erwin wurde durch einen Stahlhelm vertreten, der auf dem Stuhl lag, wo gewöhnlich der Bräutigam saß. Während der Zeremonie brach Margot in Tränen aus. Während sie noch hyperventilierte, ruderten ihre wohlgeformten, schlanken Hände eine Weile in der Luft herum, als suchten sie nach irgend etwas; doch dann hatten sie gefunden, und sie strichen zärtlich über den kalten Stahl des Helms.

Trotz der gefühlvollen Anwandlung blieb das Ganze ein eher nüchterner Verwaltungsakt – aber er hinterließ Spuren. Margot war jetzt Ehefrau. Und man sah es ihr an, weniger wegen des Eherings, den sie manchmal trug und manchmal absetzte, sondern weil sie jetzt sehr erfahren tat und – wie Rosa der Geißlerschen sagte – irgendwie fraulicher wirkte als sonst.

Ungefähr zu dieser Zeit gastierte ein Zirkus in Frankenstein. Eigentlich war Zirkus in Frankenstein nichts Besonderes, das kam jedes Jahr ein-, zweimal vor. Meist waren es kleinere, manchmal aber auch größere Zirkusse, wie Sarrasani oder Busch. Die Zelte standen gewöhnlich auf dem Ballonplatz an der Langen Liebe, dort, wo sonst der Jahrmarkt stattfand, mit seinen Schaukeln und Karussells, Schieß- und Losbuden, mit „August, sollst mal runterkommen" und „Haut den Lukas". Der Zirkus, von dem hier die Rede ist, hieß Circus Rosetti, war ein Familienunternehmen und gehörte zu den kleineren. Gleichwohl blieb er der Familie Schubert in dauerhafter, wenngleich zwiespältiger Erinnerung.

Hedwigs Schwester Martha hatte sich vor zwei Jahren in den Schwerlastjongleur verliebt und ihn nach der Vorstellung wegen eines Autogramms aufgesucht. Die Autogrammstunde im Zirkuswagen hatte sich nach Marthas eigenen Worten zu einem kleinen Techtelmechtel entwickelt, und es hatte den Anschein, als würden Marthas Gefühle von dem Muskelprotz erwidert.

Ganz sicher konnte man allerdings nicht sein, weil der starke Siegfried – denn so lautete der Künstlername des Athleten – zwar außergewöhnlich stark, aber auch sehr wortkarg war und jedenfalls ungern über seine Gefühle sprach. Vielleicht weil ihm Worte nicht so lagen, vielleicht aber auch, weil er seine Gefühle auf eine ganz andere, sehr viel männlichere Weise auszudrücken verstand, so, wie es sich für einen Schwerlastjongleur gehört: durch Heben, Drücken, Reißen oder Stoßen. Frauen, die ihm gefielen, pflegte er gern an die breite, behaarte Brust zu drücken und dann lachend in die Höhe zu stemmen oder mit ausgestreckten Armen über seinem Kopf zu schwenken, so wie er es mit seinen Hanteln tat. Manchmal warf er die erschreckt aufjuchzenden Frauen auch einfach in die Luft und fing sie so mühelos wieder auf, als handele es sich um herumfliegende Kleidungsstücke.

Wenn er etwas gesprächiger aufgelegt war, fügte er noch irgendeinen lustigen Spruch oder Reim hinzu, wovon er jede

Menge kannte, denn er war mit dem Zirkus viel herumgekommen. Das war so seine Art.

Im übrigen war der starke Siegfried sehr verträglich. Er sei wie a sanftes Lammla, sagte Martha, und auch ganz anspruchslos. Nur beim Essen kannte er kein Maß. Das Fleisch schlang er kiloweise, in großen Stücken und meistens noch halbroh hinunter. Das sei wegen *forza, forza*, behauptete er, denn seine Mutter war Italienerin. Und Martha berichtete, beim Mittagsessen ginge es zu wie bei der Fütterung der Löwen.

Martha hatte von ihm fünf Freikarten bekommen, zwei für Erwachsene, drei für Kinder und Jugendliche. Weil Rosa seit dem Sturz von Mutter Ludmilla alle Formen von Luftakrobatik verabscheute und freiwillig verzichtet hatte, bekam Margot die Erwachsenenkarte und Albert, Lissy und Ruthla die restlichen Karten. Mitte Oktober besuchten sie gemeinsam eine Nachmittagsvorstellung.

Es war ein trüber Herbstnebeltag. Die Uhren waren schon am vierten Oktober um eine Stunde zurückgestellt worden. Obwohl es erst vier Uhr nachmittags war, hatte es auf dem Ballonplatz bereits zu dämmern begonnen. Aber aus dem Zelt tönte Musik, und durch den Eingang fiel wie aus einer geöffneten Weihnachtsstube ein Schwall bunten Zirkuslichts. Das versprach den erwartungsvoll ins Zelt strömenden Besuchern, jungen wie alten, eine willkommene Aufhellung der durch Krieg und Kriegsereignisse gedrückten Stimmung.

Margot trug ein muskatbraunes Kostüm mit einem Bleistiftrock, der ihre Knie nur knapp bedeckte, dazu ein Paar mit Kork besohlter Plateauschuhe, denn Leder war in dieser Zeit rar. Marthas Kostüm war derbyblau und hochgeschlossen. Hüte trugen beide: Martha, passend zum Kostüm, einen selbstgefertigten, gefilzten blauen Wollhut mit kleiner Krempe und Seidenband, Margot dagegen ein etwas gewagteres Modell, ein asymmetrisches braunes Häkelhütchen mit Blätter-Applikation und Lederknopf. Hübsch anzusehen.

Die Holzbänke waren bis auf den letzten Platz besetzt. Bekannte wurden gesichtet. Ihnen gegenüber, gleich neben Lothar und seinen Eltern, saß Schober Wendlin, der die Vorstellung bereits zum dritten Mal besuchte. In der Reihe dahinter erklärte Plumpa Fitze seiner Frau gestikulierend die Technik des Dressurreitens, sprach von Longieren, Kompliment und Plié, vertiefte sich in die Unterschiede von Gegenlaufen und Achterlaufen und hörte erst auf, als seine Banknachbarn ihn zischend zur Ruhe mahnten.

Auch Lehrer Karger war da und saß in senfbrauner Uniform und mit Armbinde neben Tochter und Enkeltochter gleich neben dem weinroten Vorhang des Manegeneingangs. Man grüßte sich, nickend, winkend oder mit Blicken. Nur Schober Wendlin fixierte dabei wieder einmal den Falschen und grüßte das hängende Augenlid der Banknachbarin zu seiner Rechten, der alten Juska.

Die Vorstellung begann. Durch den Manegeneingang trat in abgewetztem schwarzem Frack und mit Zylinderhut Rosseau Rosetti, Zirkusdirektor und Familienoberhaupt in einer Person. Ein Kunstreitakt der Geschwister Rosetti eröffnete das Programm. Nach dem mit höflichem Applaus bedachten Auftakt trat der Direktor selbst in die Manege und präsentierte dem Publikum seine Freiheitsdressuren sowie ein paar anmutige Apportieraktionen mit Pferden und Ponys, die von Plumpa Fitze, der sich jetzt wenig um das gereizte Gezischel seiner Banknachbarn bekümmerte, fachkundig kommentiert wurden. Dann ein Auftritt von Signorina Rosetti, der älteren Tochter des Direktors. Nachdem sie einige Kostproben ihrer Taubendressur gegeben hatte, bewies sie auch auf dem Drahtseil hohe Kunstfertigkeit und vor allem: eine bewundernswerte Balance, was bei den Schuberts traurige Erinnerungen an die unglückliche Ludmilla weckte.

Eben wollte Lissy Ruthla noch zuflüstern, daß sie später auch zum Zirkus wolle, da kündigte Direktor Rosetti bereits Stepptänzer Angelo Pirelli an, einen Sproß aus altem italienischem Artistenadel. Pirelli riß das Publikum durch eine rasante Kombination unterschiedlicher Schrittfolgen mit. Der

Beifall wollte nicht enden und war noch nicht ganz verebbt, als er zur Überraschung aller oben auf der Leiter unter der Zirkuskuppel auftauchte und aus etwa sieben Meter Höhe zum gefährlichen Lawinensturz ansetzte. Im Zirkus hielt alles den Atem an – nur Schober Wendlin verdarb es sich, weil er wegen der nervösen Anspannung nicht vom zuckenden Augenlid der Juska loskam –, dann stürzte sich der italienische Adelssproß rücklings mit einem gewagten Salto mortale in die Tiefe und stand sogleich mit beiden Beinen wieder in der Manege. Applaus brandete auf, und Angelo Pirelli nahm ihn huldvoll entgegen.

Dann endlich kam der Auftritt des starken Siegfrieds. Er war nur mit einem zotteligen Bärenfell bekleidet und stapfte mit behäbigen Schritten in die Manege. Damit aus dem feurigen Halbitaliener ein echter Teutone wurde, hatte er über seine gekrausten schwarzen Naturlocken eine blonde Langhaarperücke gestülpt. Auf der glänzenden, straffen Haut seiner vor Kraft strotzenden Bizepse spiegelte sich Scheinwerferlicht. Für Martha und Margot und viele andere Frankensteiner Frauen war das Attraktion genug.

Aber Siegfried konnte mehr. Er hatte Hanteln unterschiedlicher Größenordnung mitgebracht, eine schwerer als die andere, die er so mühelos stemmte, als seien sie aus Pappmaché. Dazu Eisenkugeln und einen Stahlfederexpander, den er wie Gummi hin- und herdehnte. Mit den Kugeln jonglierte er wie mit Tischtennisbällen. Schließlich warf er eine von ihnen in die Höhe (sie hatte ungefähr die Größe eines Kinderkopfes), fing sie, indem er sich nach vorne beugte, mit seinem Stiernacken auf und ließ sie ganz allmählich von der mächtigen Schulter abwärts in die zur Schale geöffnete Hand rollen.

Der Applaus war groß. Martha warf einen triumphierenden Seitenblick auf Margot, den diese aber, da sie gerade mit ihren Plateauschuhen beschäftigt war, nicht erwiderte.

Als sie wieder auf dem Ballonplatz standen, war Ruthla noch ein wenig benommen, Lissy und Albert sprachen aufgeregt durcheinander, aber Martha steuerte zusammen mit

Margot zielstrebig auf den Hintereingang des Zeltes zu, wo sie sich mit ihrem starken Siegfried verabredet hatte. Der steckte immer noch in seinem Bärenfell und war gerade damit beschäftigt, die während der Vorstellung benötigten Requisiten auf seinen Holzkarren zu laden. Er freute sich über Marthas Besuch, aber auch Margots Gegenwart schien ihm nicht unangenehm. Lissy stellte wieder ihre überflüssigen Fragen, wollte dies und jenes wissen und auch, wohin die Reise mit dem Zirkus gehe. Er sprach von einer Tournee durch Frankreich.

„Nach Paris?", fragte Albert.

„*Si, si*", erwiderte Siegfried. Und weil ihm beim Stichwort Paris noch ein paar Verse einfielen, sagte er:

„Auf der Brücke zu Paris
saß ein altes Weib und schiß
in ein altes Butterfaß,
sapperlot wie knallte das!"

Das gefiel nicht nur Albert, Lissy und Ruthla, sondern auch Martha, die sich vor Lachen nicht mehr halten konnte, vor Lachen zu bersten schien und sich dabei eng an die Bärenfellbrust ihres starken Siegfried schmiegte. Der aber nahm sie und schleuderte sie hoch in die Luft, so daß sie ganz laut „Jesses und Maria" schrie. Alle andern hielten vor Schreck den Atem an. Doch Siegfried fing sie mit seinen starken Armen wieder sicher auf. „O, mein Siegfried!" rief Martha nun, „o, mein Siegfried!"

Margot stand ein wenig abseits, schmunzelte, zog an ihrer Zigarettenspitze und blies versonnen ein paar Rauchwölkchen durch ihre gespitzten roten Lippen.

Etwa drei Tage später besuchte Margot die Nachmittagsvorstellung erneut, diesmal aber allein. Martha war an diesem Tag in der Mützenfabrik. Gleich nach der Vorstellung lief Margot eilig hinter das Zirkuszeit, dorthin, wo sie vor ein paar Tagen den starken Siegfried getroffen hatten. Der stand tatsächlich wieder an Ort und Stelle und war wie schon vor drei Tagen damit beschäftigt, Hanteln, Eisenkugeln und andere Gerätschaften auf den Holzkarren zu laden. Margot näherte sich leise und versteckte sich unauffällig hinter dem Zelttuch des Manegeneingangs. Dann lugte sie ein wenig hervor und hauchte:

„Auf der Brücke zu Parie-ies…“

Siegfried vernahm den Lockruf wohl, sah auf und erblickte Margot, die inzwischen hinter dem Zelt hervorgetreten war. Wie das letzte Mal war sie in ihrem muskatbraunen Kostüm, dem dazu passenden Häkelhütchen und ihren Plateauschuhen erschienen. Siegfried war erst überrascht, doch dann ließ er seine Augen wohlgefällig und nicht ohne Andacht über die weichen Konturen des vor ihm stehenden jungen Fräuleins schweifen, vom Bleistiftrock aufwärts bis zu der prall gefüllten Kostümjacke. Er war schon nahe dran, einem seiner stärksten Instinkte zu folgen, Margot um ihre muskatbraune Taille zu fassen und sie danach in die Luft zu werfen – wenn ihn nicht ganz plötzlich irgend etwas gehindert hätte, irgendein Gedanke, irgendein Skrupel, irgendeine Erinnerung.

Margot verstand sofort und sie bemühte sich, seine Bedenken zu zerstreuen. Sie wisse genau, was in diesem Moment in ihm vorgehe, sagte sie, Martha habe ihm sicherlich viel über sie erzählt. Man müsse aber nicht alles glauben, was ihre Schwester von sich gebe. „Ach, Martha, Martha“, seufzte Margot. Siegfried kenne Martha noch nicht. Was habe sie nicht schon alles mit ihr erlebt. Lebenslang sei Martha auf sie eifersüchtig gewesen, habe mit Lügen und Intrigen immer wieder versucht, sich ihrem Glück in den Weg zu stellen. Nach außen gebe sie sich als harmlose Unschuld, doch in Wahrheit sei sie ein ganz ausgekochtes Frichtla. Ihre Schwester könne so kalt und berechnend sein. Margot vergoß ein paar echte Tränen.

Die „Du kennst noch nicht“-Nummer war übrigens nicht neu. Margot hatte sie seit Jahren in und außerhalb der Familie praktiziert. Ob sie mit Rosa über Ernst sprach oder mit Ernst über Rosa, ob sie mit Hedwig über Martha sprach oder mit Martha über Hedwig, ob sie mit Rieke Geißler über

August sprach oder mit August über Rieke Geißler, immer hieß es: „Du kennst noch nicht…"

Margot kannte immer noch eine andere Wahrheit, von der ihr Gegenüber nichts wußte und die er noch nicht einmal ahnte. Bedauerlicherweise war diese Wahrheit aber immer nur Margots Wahrheit, das heißt, sie war von der Unwahrheit nur schwer zu unterscheiden.

Darum verfing die Masche bei Rosa oder Hedwig auch schon lange nicht mehr, und bei Ernst hatte sie nie funktioniert. Doch bei dem starken Siegfried, der zwar sehr stark aber nicht besonders helle war, hatte Margot Erfolg. Deswegen und weil ihn die schweren Gewichte, die er unter Margots Kostümjacke vermutete, persönlich und beruflich interessierten, glaubte er nur zu gern, was sie ihm über Marthas Eifersucht und ihre Lügen erzählte.

Margot fragte ihn noch, ob er einen Ring an ihrem Finger sähe. Als der starke Siegfried den Kopf schüttelte, antwortete sie: „Na also". Damit war der Beweis erbracht, und einem Rendezvous, wenn möglich schon morgen Mittag – da habe sie gerade frei und könne ihm etwas kochen –, stand nichts mehr im Wege. Sie versprach, ihn abzuholen.

Darüber freute sich der starke Siegfried so sehr, daß er im Überschwang seines Glücks Hand an Margots muskatbraune Taille legte und sie hoch in die Luft schleuderte, doch nur, um sie sogleich wieder behutsam aufzufangen. Er nutzte die Gelegenheit, seine Hände schon einmal an die Gewichte zu gewöhnen, die er bei ihrem Treffen zu jonglieren hoffte.

An dem Tag und zu der Zeit, als Margot sich mit dem starken Siegfried zum Rendezvous verabredet hatte, saß Rosa gerade im Musikersaal und war damit beschäftigt, Ruthla zu verjüngen. Das schien ihr nötig, weil Ruth in diesem Monat ihren elften Geburtstag gefeiert und somit statt des Kinderbezugsscheins einen Bezugsschein für Jugendliche erhalten hätte, was in vieler Hinsicht wenig vorteilhaft gewesen wäre. Also rubbelte Rosa mit dem Radiergummi an Ruthlas

Geburtsurkunde herum und korrigierte die Zahl der Lebensjahre um ein Jahr nach unten.

Während Rosa sorgfältig radierte und retuschierte, kam Albert in den Saal gestürzt, natürlich in seiner HJ-Uniform, die er, seitdem Ernst in Auschwitz war, auch zuhause trug. Er war so aufgeregt, daß er kaum sprechen konnte.

Daß Erwin auf Heimaturlaub sei, rief er, und daß er ihn in der Breslauer Straße gesehen habe. Aber …

„Was aber?“, wollte Rosa wissen.

„Nu“, erwiderte Albert, „Margot und den starken Siegfried auch!“

Die beiden stünden unten am Torweg und würden mit’r herumkoaschpern. Wenn der Erwin jetzt um die Ecke böge und den Torweg nunter käme, dann …

Rosa hatte den Ernst der Lage begriffen. Albert solle jetzt nicht länger wie a gepfruppter Offe herumstehen, rief sie, sondern schleunigst zu Margot laufen und ihr sagen, daß Erwin auf Fronturlaub in Frankenstein sei.

Albert rannte windhundschnell (oder wie man damals auch sagte, „in Nullkommanix“) die Silberberger Straße hinunter, dort wo sie die Lange Liebe kreuzt.

„Erwin“, rief er den beiden schon von weitem entgegen, „Erwin...!“

„Was Erwin?“, fragte Margot.

„Erwin ist da!“

Siegfried stutzte und wollte mehr wissen: „Wer ist Erwin?“

„Margots Mann“, hechelte Albert, noch ehe Margot antworten konnte.

„Ach“, sagte Siegfried.

Margot stieß einen lauten Seufzer aus. Den Rücken ihrer Rechten legte sie an die Stirn, so als habe sie eine Migräne oder ein plötzlicher Schwindel erfaßt. Die Knie wurden schwach, sie sank dahin. Siegfried, der neben ihr stand, konnte sie jedoch auffangen – wobei es sich als glücklicher

Umstand erwies, daß sie genau in seine Richtung gefallen war.

Eine Weile überlegte er, was er mit der ohnmächtigen und alle Viere von sich streckenden Margot in seinen Armen machen sollte. Ratlos, hilflos blickte er mal hierhin, mal dahin. Aber irgendwann besann er sich und tat das, was er immer tat, wenn bei ihm die Sprache versagte. Mit der ganzen Kraft, zu der er als Schwerlastathlet fähig war, schleuderte er sie in die Höhe.

Margot flog wirklich sehr hoch, so hoch, daß Albert später mutmaßte, sie müsse die Festung Silberberg gesehen haben. Die meisten Familienmitglieder hielten das für übertrieben, und Margot sprach sich über das, was damals geschehen war, nie aus.

Richtig ist, daß sie während des Fluges offenbar Zeit fand, wieder aus ihrer Ohnmacht zu erwachen. Fallend ruderte sie mit ihren Armen, so wie Großmutter Ludmilla es einst in ähnlich prekärer Lage getan hatte, griff hier nach rechts und da nach links, nach vorne und nach hinten, um sie alsdann, da sie weder hier noch da Halt fanden, weit auszubreiten, in dem Vertrauen, von Siegfried aufgefangen zu werden.

Aber der war gar nicht mehr da. Er war einfach weggegangen, zurück zu seinem Zirkus.

Zug der Toten

Zum Glück hatte der Sturz für Margot keine ernsten Folgen. Denn durch Alberts Geistesgegenwart konnte das Schlimmste verhindert werden. Sein blitzschnelles Ein- und Zugreifen bewirkte, daß die Lücke, die durch den Weggang des starken Siegfried entstanden war, für Margot nicht allzu schmerzlich wurde. Ihr Sturz wurde durch sein beherztes Zupacken abgefedert oder besser: abgemildert. Denn ganz konnte auch Albert nicht verhindern, was nur der starke Siegfried hätte verhindern können: daß Margot Bodenkontakt hatte. Aber sie fiel weich, denn sie fiel nur auf die Grasnarbe am Straßenrand. Die ganze Sache war also glimpflich ausgegangen. Margot konnte gleich wieder aufstehen und sich, nachdem sie ihren Hut aufgesetzt und das Kostüm zurechtgezupft hatte, zusammen mit Albert auf den Weg zur Schloßpromenade machen.

Erwin war schon da. Er saß zusammen mit Ruthla und Lissy am Küchentisch und spielte mit ihnen eine Partie Halma. Groß war die Freude des Wiedersehens, besonders bei Margot, die ihren Erwin an diesem Tag gar nicht mehr aus ihren Armen lassen wollte und ihn vor lauter Küssen, Liebkosungen und Schmusereien fast erstickt hätte. Erst Rosas Hinweis auf die Kinder bewirkte, daß das junge Ehepaar sich nach einer Stunde verabschiedete und sich auf den Weg in die eigene Wohnung, nicht weit von Hedwigs Haus in der Blumenstraße, machte.

Man kann nur wünschen, daß Erwin die Liebesfreuden, die er vermutlich in den nächsten Tagen erleben durfte, noch einmal mit allen Fasern seines jungen Daseins genossen hat, denn es waren seine letzten. Nur wenige Wochen, nachdem er sich wieder von Margot an die Ostfront verabschiedet hatte, erhielt sie die Nachricht von seinem Heldentod.

Margot hatte in diesen Monaten eine Art Schnellreifungsprozeß durchmachen müssen – vom unbesorgten Weltkind zur Katholikin, dann zur Ehefrau und werdenden Mutter und nun auch noch zur Kriegerwitwe. Das prägte sie und zeichnete sich auch auf ihren Gesichtszügen ab, die nach übereinstimmender Meinung von Rosa, Hedwig und Martha an Reife gewonnen hatten. Margot sprach jetzt viel von Schicksal, schicksalhaften Zeiten oder schicksalhaften Erfahrungen. Im Radio hörte sie neuerdings nicht nur Swing auf Feindsender, sondern sogar Beethovens Fünfte auf Radio Breslau, wenn auch nur den ersten Satz. Die Todesanzeige, die sie für ihren Erwin aufgab, hatte sie sich etwas kosten lassen, aber Geld dürfe, wie sie sagte, bei Herzensangelegenheiten keine Rolle spielen. Bei den Formulierungen hatte sie sich lange vom jungen Leiter der Anzeigenabteilung beraten lassen. Herausgekommen war am Ende dies:

„O Schicksal, wie bist du so hart!

Unsagbar schweres Herzeleid brachte uns die noch unfaßbare traurige Nachricht, daß nach kurzem Eheglück und kurz vor der Geburt seines so heiß ersehnten Nachwuchses mein geliebter, herzensguter, unvergeßlicher Mann

Erwin Klapproth,

Obgf. bei einer San.-Komp., Inh. des E K 2 nach fast dreijährigem Fronteinsatz an einer im Osten sich zugezogenen Verwundung im blühenden Alter von 21 Jahren den Heldentod gestorben ist.

In tiefer stiller Trauer

Die schwergeprüfte Gattin usw."

Bevor Margot Mutter wurde, wurde es aber erst einmal Weihnachten. Die Familie bereitete das erste Weihnachtsfest ohne Ernst vor, und das ging nicht ohne heimliche und offene Tränen. Merkwürdigerweise vermißte man ohne Ernst das, worüber man sich vorher, solange er da war, geärgert hatte: seine spitzen Bemerkungen, seine Ironie, seinen Sarkasmus. Und selbst seine Weibergeschichten fehlten, mit denen man ihn unter Druck setzen – oder auch von sich ablenken konnte. Ohne Ernst waren die Gespräche am Küchentisch eintönig geworden. Hedwig phantasierte endlos über Maria Goretti und die heilige Jungfrau, Rosa und Martha unterhielten sich fast nur noch über ihre Kolleginnen in der Mützenfabrik, Margot sprach vom Schicksal im allgemeinen und von ihrem im besonderen, und Albert redete unwidersprochen von Wunderwaffen und dem bevorstehenden Endsieg. Man war unter sich und wünschte insgeheim, daß es nicht so bliebe. Das Gegengewicht fehlte. Ernst eben. Man tröstete sich damit, daß er bald wiederkommen werde. Aber sicher war man nicht, zumal seine Schrift, wie Rosa bekümmert feststellte, von Mal zu Mal schlechter wurde. Gespräche über das Warum seiner Abwesenheit gab es aber nicht – man wollte sich das Fest nicht verderben. So bereitete man sich wieder einmal auf das große *Transeamus* vor, nur daß das Gewächshaus von Schmidtgärtner diesmal leer blieb. Und auch das Skatblatt und die Hohner blieben unbespielt.

Weihnachten kam dann wieder mit Krippenspiel und Kliesla. Ruthla durfte zwar nur den Engel und nicht Maria spielen, aber das war nicht weiter schlimm, weil Lothar diesmal nur Hirte und nicht Joseph war. Und auch in diesem Jahr meinte es der Winter mit Schlesien und den schlesischen Kindern gut. Erst glitzerten nur die Zockernissla auf dem Eisengeländer der Pausebachbrücke, aber dann fiel der Schnee in dichten Flocken. Die schlesischen Madla blickten wieder aus ihren eisblumenverzierten Fenstern und sangen: „Schneeflöckchen, Weißröckchen"; derweil standen die Bübla am Weiher und blickten fragend aufs Eis. Und im Hinterhof der Schuberts stand ein Schneemann. Ein Kriegsschneemann. Weil Eierkohlen Luxus waren, hatte man für die Augen Kieselsteine genommen und die Mohrrübe für die Nase durch einen Ast ersetzt. Aber der Kopf wurde von einem verrosteten Kochtopf bedeckt, und das kam einem Zylinderhut sehr nahe. Ruthla hatte den Schneemann zusammen mit den Geißlerkindern gebaut, und sie alle waren mächtig stolz darauf. Nur Lissy meinte, einem Schneemann ohne rote Rübe fehle die Wärme.

An diesem Nachmittag saß Ruthla im Hittla. Sie hatte die Tür einen Spalt weit geöffnet, um auf ihren Schneemann blicken und dem Spiel der Flocken zuschauen zu können. Die Luft im Hof war kalt und klar. Nur vom Hang vor der Stadtmauer wehte bisweilen ein strenger Kaninchenstallgeruch herüber. Es hatte zu dämmern begonnen, die Fenster der Geißlerschen waren schwach erleuchtet, auch im Musikersaal flackerte eine Kerze. Klänge kamen von dort, aber sie unterbrachen die Stille nicht. Jemand spielte Klavier. Es waren die gleichen Töne wie immer, die gleichen wie im letzten Jahr, wieder der aufsteigende Dreiklang mit noch einem Ton obendrauf und dem nächsten ganz tief unten.

Ruthla stapfte durch den Schnee zum Saal und setzte sich auf einen der Stühle in der Nähe des Klaviers. Im Halbdunkel hörte sie dem Spiel des Dirigenten, der ihr den Rücken zuwandte und vor dem Blüthner-Klavier saß, eine Weile zu. Der schien sie bemerkt zu haben und hielt plötzlich, das Spiel unterbrechend, inne:

„Meine Mutter erzählte mir, daß dein Vater im Konzentrationslager ist“, sagte er.

„Er ist in Schutzhaft“, verbesserte Ruthla.

„Und warum?“, wollte der Dirigent wissen.

„Muttel sagt, weil er Kommunist ist und weil er Radio Moskau gehört hat“, antwortete Ruthla. Aber ihre Stimme klang unsicher.

„Und du, was glaubst du?“

Ruthla zögerte; nach einer Weile sagte sie: „Ich glaube, auch deswegen, weil er fremdgegangen ist.“

„Niemand kommt ins Konzentrationslager, weil er fremdgegangen ist.“

„Aber mit einer Russin.“

Das Gespräch stockte für eine Weile.

„Dann ist die Familie wohl jetzt sehr traurig.“

„Ja, nein, ja“, erwiderte Ruthla, „ich weiß nicht.“

Sie schwieg.

Auch der Dirigent schwieg. Er schien noch etwas fragen zu wollen, doch nach einer Pause setzte er sein Klavierspiel wieder fort.

Ruthla dachte in diesem Moment an die Worte des Dirigenten bei ihrem letzten Gespräch, daran, daß man die Welt beim Hören von Musik wie hinter einer unsichtbaren Wand betrachten könne und selbst das Traurige dadurch schön würde. Sie versuchte zwischen sich und ihren Erlebnissen eine Wand aus Musik zu schieben und die Bilder, die vor ihr auftauchten, durch die Klänge der Musik hindurch zu betrachten: ihr Vater Hand in Hand mit der Russin, die beiden auf dem Küchensofa, ihr Vater in Begleitung von zwei Gestapomännern, seine zitternden Hände am Kragenknopf; Ruthla erinnerte sich an Rosas Tränen und an Margot, die wie eine Siegerin ausgesehen hatte, als sie aus dem Rathaus kam. Aber Ruthla fürchtete auch den Krieg, der von Tag zu Tag näher rückte; sie hatte den bitteren Geschmack der Baumrinde noch nicht vergessen und versuchte sich in einen Kokon aus Musik einzuspinnen, zuzuspinnen, wegzuspinnen. Aber sie schaffte es nicht; die Wand zwischen ihr und den Ereignissen war zu dünn und zerbrach an einem Mischmasch aus Gefühlen, an der Enttäuschung über den Vater, aber auch an dem Mitleid mit ihm, dem Mitleid mit Rosa und der dumpfen, sprachlosen Enttäuschung über sie und ihre Familie.

„Nicht schon wieder, Madla“, rief der Dirigent.

„Was?“, fragte Ruthla.

„Na, weinen.“

Der Dirigent beendete das Spiel und wandte sich plötzlich um.

„Nicht erschrecken!“

Obwohl in dem schwachen Dämmerlicht der beiden in den Messinghaltern des Klaviers steckenden Kerzen kaum etwas zu erkennen war, hatte sich Ruthla schon längst erschrocken. Sie sah nicht viel, doch selbst in dem Halbdunkel konnte man erkennen, daß der Dirigent eine Augenklappe trug, die das linke Auge bedeckte. Die Haut der linken Gesichtshälfte schien unregelmäßig und wie vernarbt.

„Eine Verbrennung", sagte der Dirigent.

Ruthla wollte wissen, ob es weh getan habe.

Aber der Dirigent schwieg.

Nach einer Weile begann er zu erzählen: Wie sein Flugzeug in Flammen aufgegangen sei, und wie er geglaubt habe zu verbrennen, aber plötzlich auf einem Feld mit roten Blumen erwachte, über sich einen Himmel von tiefem Blau, saphirblau, fügte er noch hinzu. Von irgendwo habe er einen frischen Lufthauch verspürt; und dann sei alles gut gewesen.

Später habe man ihm gesagt, daß er das Bewußtsein verloren habe. Doch er habe das nicht glauben können. Er habe gemeint, es müsse eher umgekehrt gewesen sein: das Feuer sei der schlechte Traum, das Feld mit den Blumen dagegen Wirklichkeit. Genaugenommen glaube er das immer noch. Und leise fügte er etwas hinzu, was er als Geheimnis bezeichnete und was Ruthla damals nicht verstand, aber ungefähr so lautete: Er glaube, daß das Leben im Augenblick noch in einer Art Schlaf liege und träume, und wir seien seine Gedanken. Sinnlose Traumgedanken, wirre Phantastereien, krauses Zeug. Um zur Klarheit zu kommen, müßten wir warten, bis es erwache.

Aber damit wußte Ruthla nichts anzufangen. Es berührte sie unangenehm. Darum wich sie aus ins Praktische. Ob er noch Schmerzen habe, wollte sie wissen.

Kaum noch, erwiderte er, die Ärzte hätten ihm darüber hinweggeholfen. Aber seine Worte klangen jetzt wie aus weiter Ferne. Wie aus der Ferne klang auch das, was er spielte oder wieder spielte, nachdem er während des Gesprächs mit seinen Fingern stumm über die Tasten gehuscht war: der aufsteigende Dreiklang mit noch einem Ton obendrauf und dem nächsten ganz tief unten. Der Dirigent hatte Ruthla wieder den Rücken zugewandt. Noch während seines Spiels verließ sie leise den Saal.

Bisher hatten die Begegnungen mit dem Dirigenten bei Ruthla ein Gefühl von Tröstung und sogar Glück hinterlassen. Aber jetzt empfand sie zum ersten Mal Beklemmung, nicht wegen seines verbrannten Gesichts, sondern wegen seiner Worte, die ihr zusammenhanglos erschienen, aber auch wegen der seltsam entrückten Ruhe, mit der er gesprochen hatte. Ihr wäre es lieber gewesen, wenn er ganz normal geklagt oder gejammert hätte, so wie das alle in ihrer Umgebung taten und wie sie es gewohnt war. Mit dieser Ruhe wußte sie nichts anzufangen. Sie fühlte sich an die Begegnung mit der kleinen Tochter von Plumpa Fitze erinnert. Beide Begegnungen hatten etwas in ihr berührt, was sie anzog, aber auch abstieß. Es lag etwas Wahres in dieser Ruhe, aber auch irgend etwas, wogegen sich ihre Jugend wehrte, etwas Abstoßendes, Todkrankes.

Später erzählte sie Rosa von ihrem Gespräch mit dem Dirigenten, und Rosa erzählte es der Geißler weiter. Die lachte. Von wegen rote Blumen und so, sagte sie, der hänge doch seit dem Unglück an der Nadel. Seine Mutter hätte es ihr im Vertrauen erzählt. Sie selbst habe es schon gleich nach seiner Rückkehr zu Weihnachten am Blick erkannt. Ob Rosa das noch nicht bemerkt hätte. Dabei sei er so begabt gewesen. Ein Künstler eben. Aber erst diese unglückliche Liebesgeschichte und nun der Krieg und schließlich diese furchtbare Verletzung. Für so einen sensiblen jungen Mann sei das natürlich alles zuviel. Es sei schon schwer genug, den Krieg als Zivilist zu überstehen. Selbst August mache ihr inzwischen Sorgen. Und dabei sei er doch ein richtiger Kerl. In den letzten Wochen sei er auf seinen Besuchen fast immer benippelt gewesen. Vor ein paar Tagen sei er sogar gleich nach der Ankunft auf dem Sofa eingeschlafen. Aber das käme alles vom Krieg. An das Gerede vom Endsieg glaube doch inzwischen sowieso keiner mehr. Noch ein paar Monate und dann stünde der Iwan vor der Tür. Na, das gäbe einen Spaß. Davon, was russische Soldaten mit den deutschen Weibern zu tun pflegten, habe Rosa ja sicher schon gehört. Und ob sie auch von der gelben Gefahr gehört habe und daß sie sogar Kinder mit der Zunge an die Tischplatte nagelten. August habe es ihr bestätigt. Die seien zu allem fähig, die Russen. Ihre Kinder dürften davon gar nicht wissen, die würden vor lauter Angst die ganze Nacht kein Auge mehr zudrücken. Sie solle nur ja auf Lissy und Ruthla aufpassen.

Bevor der Iwan in Frankenstein angekommen war, verging aber noch mehr als ein Jahr. Vorher brachte Margot ihre Tochter Monika zur Welt. Das war im Frühjahr vierundvierzig und fand in Rosas Küche statt, genauer gesagt auf dem Küchensofa. Als Ruthla aus der Schule kam, stand, wie so oft, das Fahrrad der Hebamme vor der Haustür. Auf dem Küchentisch, in und neben dem aufgeklappten Hebammenkoffer, lagen ein paar Pinzetten und Scheren, außerdem Spritzen, Metalldosen und –klemmen sowie ein hölzernes Hörrohr. Auf dem Herd brodelte das Wasser in Kessel und Topf, und der Dampf beschlug die Scheiben. Die Hebamme sagte, Margot sei von einem gesunden Mädchen glücklich entbunden worden. Margot, die auf der Chaiselongue lag, wirkte angestrengt und murmelte immer nur: „Nie wieder, bloß nie wieder".

Ruthla und Lissy durften einen Blick in die Wiege werfen. Lissy rief: „So a kleenes Betschla". Das hatte sie von Hedwig gehört. Ruthla wußte nicht, was Betschla bedeutete. Lissy konnte es ihr auch nicht erklären, sie sagte nur, daß Ruthla nicht so dumme Fragen stellen solle. Betschla sei ein Kosewort, und als Frau verstehe man die Bedeutung von Kosewörtern nicht mit dem Kopf, sondern mit dem Herzen. Ruthla wollte lieber mit dem Kopf verstehen und sagte nur: „So a kleenes Würmla", was nach ihrer Meinung besser zu der kleinen krebsroten Monika paßte. „Würmla" klang zwar etwas nüchterner als „Betschla", aber immerhin wußte Ruthla, was damit gemeint war.

Am Abend kam Hedwig. Sie hatte für Margot einen Strauß Narzissen aus ihrem Garten mitgebracht und war ganz außer sich. Vor der Wiege stehend, neigte sie ihren Kopf und schlug klatschend die Hände zusammen. Dabei rief sie immer: „Mei Schneckla", „mei Lumpsla", und daß Monika so „a liebes Patschele und a schien'n rutes Guschla" habe, ganz so wie Vater Erwin, Gott hab' ihn selig.

Der Vorschlag, Margots Tochter den Namen Monika zu geben, kam übrigens von Hedwig. Die hatte ihn von Paterrekter. Er hatte ihr erzählt, daß die heilige Monika die Mutter des Kirchenvaters Augustin gewesen sei. In dessen Buch „Bekenntnisse", das er als Lektüre dringend empfehle, werde sie erwähnt. Seitdem las Hedwig jeden Abend einen Abschnitt, wobei ihr oft die Augen zufielen. Sie sagte, es sei eine außerordentlich schwere, weil eigentlich lateinische, aber auch sehr lohnende Lektüre. Man könne daraus lernen, daß große Heilige in ihrer Jugend oft schwere Sünder gewesen seien.

Während der nächsten Wochen wurden auch die übrigen Familienmitglieder mit der Lebensgeschichte des Kirchenmannes traktiert, besonders Lissy und Ruthla. Aber sie waren froh über den Themenwechsel, nicht etwa, weil sie der Kirchenvater irgendwie interessiert hätte, sondern weil sie vom Leben der Maria Goretti inzwischen genug gehört und überhaupt genug hatten.

Auch Monikas Geburt wurde von Margot im Lokalblatt angezeigt. Außerdem gab sie ein paar Wochen später noch eine Bekanntschaftsanzeige auf. Rosa und Hedwig hatten ihr dazu geraten. Dabei war das Anknüpfen von Bekanntschaften eigentlich nicht Margots Problem. Aber Rosa und Hedwig waren der Meinung, daß Margot jetzt eine reife Frau sei und ihren Ruf, auch wegen Monika, nicht länger aufs Spiel setzen dürfe. Sie solle sich darum nur noch um ernstgemeinte Bekanntschaften bemühen. Wörtlich lautete die Anzeige:

„Junge, lebensfrohe Kriegerwitwe, berufstätig, angenehme Erscheinung, einwandfreie Vergangenheit, in geordneten Verhältnissen lebend, gute Hausfrau, mit kleiner Tochter, sucht gutaussehenden, gebildeten Lebenskameraden".

Über den Inhalt der Anzeige hatte Margot lange mit Rosa und Hedwig gestritten. Rosa hatte gemeint, daß es nicht so sehr auf gutes Aussehen und Bildung ankomme sondern mehr auf den „Hintergrund", aber Margot hatte erwidert, das dürfe man zwar denken, aber nicht schreiben, weil es die Männer abschrecken würde. Außerdem seien Männer mit Bildung in der Regel auch finanziell gut gestellt. Hedwig fand das Wort „Lebenskamerad" nicht aussagekräftig genug. Margot solle stattdessen „Ehemann" schreiben. Außerdem fehle ein Hinweis auf die christliche Religion. Sie schlug darum folgenden Wortlaut vor:

„Junge Kriegerwitwe mit kleiner Tochter wünscht auf diesem Wege die Bekanntschaft eines gebildeten katholischen Herrn zum kameradschaftlichen und geistlichen Gedankenaustausch; spätere Heirat nicht ausgeschlossen."

Margot aber lachte nur laut auf und sagte, sie brauche keinen Betbruder, sondern einen richtigen Kerl – eine Bemerkung, die dazu beitrug, daß die beiden Schwestern zwei Wochen lang nicht mehr miteinander redeten.

Wenige Tage nach Monikas Geburt gab es im Haus der Schuberts wieder große Aufregung, weil ein Dieb unter Ausnutzung der Verdunkelung auf den Hinterhof gelangt war und dort versucht hatte, Rosas Kaninchen zu stehlen. Zum Glück war er von der Geißlerschen, die gerade auf einem der sieben Plumpsklos saß, bemerkt worden. Der Dieb konnte aber mit einem Kaninchen über die Stadtmauer im Pfarrgarten entwischen. Margot, die inzwischen gute Kontakte zu einigen Mitarbeitern der Lokalzeitung hatte, bat diese, sich des Falles anzunehmen. Tatsächlich erschien zwei Tage später ein groß aufgemachter Artikel mit einem Bild von Rieke Geißler und Rosa (beide mit Kaninchen im Arm), verbunden mit der Warnung an die Leser, angesichts der Häufung solcher Vorfälle in den letzten Monaten besser achtzugeben. Auch der Pfarrer von Sankt Annen wurde erwähnt. Er hatte gerade die eigenen Kaninchen gefüttert, als der Diebstahl geschah. Da er den Dieb auf der Flucht gesehen hatte, konnte er sogar eine Personenbeschreibung liefern. Nach allgemeiner Ansicht deutete alles auf einen polnischen Zwangsarbeiter hin.

In derselben Zeitung wurde übrigens zum soundsovielten Male vor Spionen gewarnt. Ruthla kannte das schon von den Plakaten auf der Litfaßsäule vor dem Haus. „Achtung Spione“ stand da und: „Vorsicht bei Gesprächen“. Zu sehen war ein im Café sitzender, sich hinter der Zeitung versteckender Mann, der ein Gespräch am Nachbartisch belauschte. Der Zeitungsartikel war, wie es hieß, ohne Verantwortung der Schriftleitung erschienen. „Pst schweige!“ stand darüber und: „Feind hört mit“. Die Botschaft: Keine Gespräche über die Arbeit in der Öffentlichkeit. Der Feind ist überall!

Zur Verdeutlichung und um einen Begriff von der Allgegenwart des Feindes zu vermitteln, hatte der Graphiker den Schatten eines mit Hut und Mantel bekleideten Mannes auf den Text des Artikels gelegt. Das flößte Furcht ein und beschäftigte Ruthla sehr, vor allem deswegen, weil es Lothar sehr beschäftigte und er in der letzten Zeit von nichts anderem mehr redete. Lothar und Ruthla waren vom Spionfieber ergriffen. Gewisse Personen erschienen ihnen neuerdings in einem ganz anderen Licht: Katzen-Schubert zum Beispiel, der ihnen ja schon immer verdächtig vorgekommen war. Zwar trug er meistens Uniform und grüßte mit „Heil Hitler“, aber das konnte nach Lothars Ansicht auch eine besonders raffinierte Tarnung sein, wie man sie von den berühmten Meisterspionen kannte, über die er gerade ein Buch las.

Eine Begegnung, die sie kurz nach Ostern mit Katzen-Schubert auf der Pausebachbrücke hatten, schien Lothars Verdacht zu bestätigen. Er und Ruthla hatten sich über das Brückengeländer der Pause gebeugt und abwechselnd ins Wasser gespuckt, als Katzen-Schubert plötzlich hinter ihnen auftauchte. Sein Schatten schreckte sie auf. Es war der typisch harte Spionschatten, nur daß an der Stelle, wo sonst der charakteristische breitkrempige Herrenhut war, eine SA-Schaftmütze saß. Katzen-Schubert trug wie üblich Uniform und grüßte mit „Heil Hitler". Er schien sie eine Weile zungerollend, wie es seine Art war, beobachtet, möglicherweise sogar belauscht zu haben. Aber dann stellte er, der sonst so einsilbige, sonst so wortkarge, eine Frage, die höchst verdächtig klang und nach Lothars Ansicht keinen Zweifel mehr an seinen zwielichten Absichten ließ. Katzen-Schubert fragte: „Na ihr beede, was macht denn die Schule?" Hinter vorgehaltener Hand warnte Lothar Ruthla davor zu antworten oder irgendwelche Angaben über ihre Arbeit zu machen. Tatsächlich schafften die beiden es, beharrlich zu schweigen und so zu tun, als ob sie die Frage überhört hätten. Sie preßten ihre Lippen fest zusammen und richteten den Blick starr auf die Pause. Katzen-Schubert wartete noch eine Weile, aber dann trollte er sich mit einem unwirsch gegrummelten „Dann eben nicht" davon.

Lothar und Ruthla sahen ihre Aufgabe in dieser Zeit aber nicht nur darin, Spionageangriffe abzuwehren, sondern auch Spione ausfindig zu machen oder zu „enttarnen", wie Lothar sich ausdrückte. Da sie schon wußten, daß Spione sich hauptsächlich hinter Zeitungen verbargen, richteten sie ihr Augenmerk in erster Linie auf die Frankensteiner Zeitungsleser. Die hielten sich vor allem in den Cafés und Gaststätten auf. Ruthla erinnerte sich daran, daß ihre Patentante im letzten Jahr versprochen hatte, ihr später die Konditorei zu vererben. Sie bat sie um Erlaubnis, sich zusammen mit Lothar einmal in der Woche still mit einem Glas Wasser an einen der etwas abseits stehenden freien Tische ihres Cafés zu setzen. Als Auguste Römer sie nach dem Grund fragte, tat Ruthla sehr geheimnisvoll und flüsterte ihr in Löffelsprache zu, daß es darum ginge, Spione zu „elewent talewar nelewen". Darüber war die Römersche so entzückt, daß sie sich hinter dem Vorhang einen Schluck aus ihrem Medizinfläschchen genehmigen mußte. Ruthla und Lothar ließ sie ein Glas Limonade an den Tisch bringen.

Wenn Ruthla mit Lothar im Café Römer saß, holte Lothar jedes Mal seinen kleinen Anschreibeblock aus seiner Hosentasche, den er aus dem Kaufladen seines Vaters hatte, und machte mit einem Bleistift über alle verdächtig wirkenden Personen Notizen. Der Block füllte sich wegen der großen Zahl Zeitung lesender Cafébesucher rasch. Wenn der Block voll war, gingen sie. Lothar sagte, er wolle die Beobachtungen zuhause auswerten. Dabei blieb es.

Indessen ging es mit Deutschland immer weiter bergab. Den meisten war klar geworden, daß das Kriegsende bevorstand. Eine diffuse Untergangsstimmung breitete sich aus und legte sich wie Mehltau auf das sonst so quirlige schlesische Gemitt. Im Laufe des Krieges hatte man gelernt, in schwierigen Situationen auf den Führer zu blicken, aber darin lag schon seit Monaten kein Trost mehr. Rosa war regelrecht erschrocken, als sie ihn in der Ufa-Wochenschau auf der Leinwand erblickte. Das war in der Vorschau zur „Feuerzangenbowle", zu der sie Margot ins Kino mitgenommen hatte. Aufgequollen sähe er aus, sagte sie, und seine Bewegungen – so langsam und bedächtig, als sei er um Jahrzehnte gealtert. Der ganze Ausdruck, Jesses, ein gebrochener Mann. Mit so einem sei kein Krieg mehr zu gewinnen.

Rosa hatte zweifellos übertrieben, aber richtig war, daß ein Krieg die Verantwortlichen ganz schön alt aussehen lassen kann. Dabei hatten Hitlers Reden nach dem Juli-Attentat noch so geklungen, als würde er wieder zur alten Form auflaufen. Das überstandene Attentat gab den Erwählungsglauben, gab Selbstbewußtsein, gab den alten Biß zurück. Selbst Albert, der bis dahin nur an Führer und Endsieg geglaubt hatte, begann jetzt von dem unergründlichen Walten der Vorsehung zu phantasieren. Doch der euphorische Anflug war nur von kurzer Dauer, denn weitere Wunder blieben aus. Und auch auf die versprochenen Wunderwaffen hoffte man vergebens.

Im nachhinein hätte man meinen können, das Intermezzo im Juli sei lediglich eine neckische Laune des Schicksals gewesen, vielleicht auch der Trick eines begabten Regisseurs, sich die Fallhöhe zu erhalten und nicht den Knalleffekt zu verderben.

Nach Jahren der Ungewißheit war die von Deutschlands politischer Führung ausgebrachte Saat endlich aufgegangen. Und da zeigte sich, daß die Frucht so grundschlecht war wie der Baum, von dem sie stammte. Und daß es bittere, giftige Früchte waren, die nun heillos vom Himmel niederprasselten, in Gestalt von Phosphor-, Spreng- und Brandbomben. Schlesien blieb weitgehend verschont, aber die Grenze nach Osten verschob sich täglich, und Breslau war auch bald dran. Und was der Feind nicht schaffte, besorgten die Deutschen in gewohnter Manier selbst, denn darin, den eigenen Leuten an die Kehle zu gehen, waren sie schon immer gut. Im Schützenhaus war Hochbetrieb. Man schoß scharf, jetzt auch auf „Deserteure", „Defätisten", „Wehrkraftzersetzer", „Vaterlandsverräter" und überhaupt auf alles, woran man sein Mütchen wegen des verpatzten Krieges kühlen konnte. Wenn Ruthla an Lothars Wohnung vorbeikam, knallte es fast immer. Hedwig sagte: „Wenn sie doch wenigstens während der Messe damit aufhören würden".

Und vor Jeschkes Haus standen die „Kettenhunde". Vom Waschhaus aus hatte Hedwig kurz vor Weihnachten beobachtet, wie der Wagen der Feldjäger dort vorgefahren war. Sie suchten nach Hans Jeschke, der erst jüngst an die Ostfront einberufen worden war. Sie hätten, wie es später hieß, das Haus von oben bis unten durchsucht und sogar mit ihren Bajonetten im Heu herumgestochert, aber nichts gefunden. Hans war desertiert und Vater Jeschke ein gebrochener Mann. Denn Fahnenflucht, sagte er, sei schlimmer als der Tod. Durch Fahnenflucht werde man aus dem Gedächtnis des Volkes gelöscht. Wie der Teufel in den Krotzbeeren habe der alte Jeschke dagestanden, sagte Hedwig später, und es einfach nicht glauben wollen. Selbst die Nachricht vom Heldentod seiner beiden anderen Söhne Klaus und Dieter, die er ein paar Wochen später erhielt, vermochte ihn nicht mehr aufzurichten.

Kurz danach und unmittelbar vor Weihnachten kam die Geißlersche noch mit einer anderen Nachricht. Sie erzählte, daß die Mutter des Dirigenten ihren Sohn tot in seinem

Zimmer aufgefunden habe. Von einer Überdosis Morphium war die Rede.

Ruthla verkroch sich einen halben Tag lang unter dem Küchensofa. Diesmal kam kein Dirigent, um sie zu trösten.

Zu Weihnachten war die Stimmung gedrückt. Der Russe kam näher und näher, Erwin war tot, von Ernst hatte man seit Monaten nichts mehr gehört, an Kaffee mochte Rosa noch nicht einmal mehr denken, nur das *Transeamus* und die Kliesla waren wie immer. Doch die bange Frage lautete: Wie lange noch?

An einem Januarnachmittag – draußen fiel Neuschnee und es dämmerte schon – stand ein SS-Mann vor der Tür und klopfte an. Höflich erkundigte er sich nach einer Möglichkeit zum Übernachten. Höflich bedankte er sich, als die stets gastfreundliche Rosa ihm ihre Chaiselongue anbot. Er wolle nicht lange bleiben, sagte er, und ein Frühstück wolle er auch nicht, denn er müsse morgen ganz früh raus, aber für ein kleines Abendbrot sei er dankbar.

Er komme von der Schloßruine. Das heißt, eigentlich kämen sie alle aus dem Osten, aus Oberschlesien, denn wegen der Russen hätte ihr Lager evakuiert werden müssen. Die Reise sei über Schrom und Reichenau gegangen, aber heute Nachmittag habe man Frankenstein erreicht. Alles *per pedes*, und dabei lachte er, denn der SS Mann war nicht nur ein sehr höflicher, sondern auch humorvoller Mann. Man habe die Gefangenen unten im Gewölbe der alten Ruine einquartiert. Es seien recht viele, aber man habe alle unterbringen können, zumal sie auch nicht viel Platz brauchten. Abgesehen davon, daß die meisten von ihnen dürre wie die Schindeln seien, würden sie wegen der Kälte ganz eng aneinanderrücken; das würde viel Platz sparen; das Gewölbe sei wie für sie geschaffen. Nähere Angaben wollte oder konnte er nicht machen. Schließlich seien Zahlen nichts als Schall und Rauch, und dann lachte er wieder, grundlos, wie Rosa fand.

Rosa war im Laufe des Gesprächs immer unruhiger geworden und hatte inzwischen vor lauter Aufregung zu mümmeln begonnen. Ob er etwa von Konzentrationslagern spreche, fragte sie. „Konzentrationslager?“, wiederholte der SS-Mann, „ein böses Wort“. Aber Rosa ließ nicht locker. Ob er aus Auschwitz käme. Der SS-Mann wollte wissen, worum es ging. Rosa erzählte von Ernst und daß sie ihn dreiundvierzig nach Auschwitz gebracht hätten, wo er seitdem in Schutzhaft sei, und daß sie in den letzten Monaten keine Post mehr von ihm bekommen hätten und daß seine Handschrift immer schlechter geworden sei, obwohl er doch sonst immer so eine schöne Schrift gehabt habe, und zum Schluß nur noch Krickelkrackel, und daß sie nicht mehr wüßten, ob er überhaupt noch am Leben sei. Der SS-Mann fragte, wie ihr Mann ausgesehen habe. Er habe Brille getragen, mümmelte Rosa, und ganz schlechte Augen habe er gehabt.

„So, so, Brille“, lachte der Mann. Ob sie etwa glaube, daß er sich noch an alle Brillenträger im Lager erinnern könne. Die meisten hätten ihre Brillen gleich bei der Ankunft abgeben müssen. Die seien auch nicht mehr nötig gewesen. Von denen, die jetzt in der Burg untergebracht seien, trage keiner eine Brille. Für einige Wege – der SS-Mann zögerte kurz, bevor er lächelnd fortfuhr (denn er war ein sehr humorvoller Mann) – benötige man keine Brille.

Indessen ergriff Albert, der die ganze Zeit am Tisch gesessen und zugehört hatte, die Gelegenheit, um sich in das Gespräch einzuschalten. Wieviel Wachleute die Gefangenen beaufsichtigten, wollte er wissen. „Ganz wenige“, erwiderte der SS-Mann. Aber wie das möglich sei, bei so vielen Menschen? Kein Problem, antwortete der SS-Mann, die meisten Gefangenen seien sowieso schon fast über den Erlan. Die sagten kein Piep und kein Papp mehr. Die könne er notfalls allein beaufsichtigen.

Jetzt zeigte Rosa ihr altes Hochzeitsbild. Der SS-Mann nahm das Foto zur Hand und nickte anerkennend: „A hibsch Gespann“, sagte er, und ihr Mann sähe so gesund und kräftig aus. Die meisten, die ins Lager gekommen seien, hätte man nach einem viertel Jahr nicht wiedererkennen können. Er schüttelte den Kopf und legte das Foto beiseite. Nein, an dieses Gesicht konnte er sich nicht erinnern.

Albert hatte sich in aller Stille hinausgeschlichen, um sich auf den Weg zur Schloßruine zu machen und die Gefangenen mit eigenen Augen zu sehen. Die Ruine war nicht weit, ein paar hundert Meter vom Haus entfernt. Doch schon nach einer viertel Stunde war Albert wieder zurück. Rosa saß immer noch mit Ruthla, Lissy und dem SS-Mann in der Küche. Rosa sagte, Albert solle sich doch zu ihnen an den Abendbrottisch setzen. Aber Albert wollte nicht und verzog sich stattdessen gleich ins Bett, weil er, wie er sagte, morgen sehr früh raus müsse.

Das Frankensteiner Schloß hatte bessere Zeiten erlebt. Seine Geschichte reicht weit zurück. Um anno dreizehnhundert soll an der Stelle, wo die Ruinen des heutigen Schlosses stehen, eine herzogliche Burg erbaut worden sein, die aber im fünfzehnten Jahrhundert wieder geschleift wurde. Frankenstein blieb Jahre und Jahrzehnte wüst und leer, was ja auch kein Wunder war, denn wie sollte wohl eine Stadt ohne sichere Befestigung gedeihen? Zum Glück kam aber der Herzog von Münsterberg-Frankenstein, Karl der Erste, ein Zeitgenosse Luthers. Er beendete die Politik der offenen Grenzen und ließ nicht nur die Stadtmauer befestigen, sondern auch ein paar neue Wehr- Stadttürme erbauen. Die alte Burg wurde wieder in Schuß gebracht und in ein schmuckes Schloß verwandelt. Den Frankensteinern gefiel das. Es gab ihnen das lang vermißte Gefühl von Sicherheit zurück und beflügelte den kulturellen und wirtschaftlichen Aufstieg der Stadt. Diese und andere Wohltaten haben sie dem Herzog niemals vergessen, weswegen sie ihm und seiner Frau Anna in der St. Annen Kirche auch ein Epitaph widmeten.

Den Auftrag für den Wiederaufbau des Schlosses soll der Chronik zufolge ein Mann aus Niederbayern bekommen haben, Benedikt Ried von Piestung, der Baumeister der polnischen Piastenkönige. Ein Mann mit Geschmack und persönlicher Handschrift. Sein Schloß sollte etwas im Stile italienischer Renaissance sein, mit viel Symmetrie und klassischer Strenge, repräsentativ, aber doch wehrhaft und trutzig. Dafür empfahl sich eine quadratische Vierflügelanlage mit großem Innenhof. Zwei Türme außerdem, an diagonal gegenüberliegenden Ecken, ein starker Burgfried über dem Hauptportal, ein hoher Hungerturm als Gefängnis. Als Geschütztürme taten die Türme lange Zeit ihre Dienste.

Als der Dreißigjährige Krieg zu Ende ging, blieb von der Anlage nicht mehr viel übrig. Die Kaiserlichen hatten sich gegenüber den Schweden als siegreich erwiesen und sprengten das Schloß in die Luft. So entstand Schlesiens größte Schloßruine – Schauplatz historischer Stadtfeste, Treffpunkt für Heimatvereine, Liebespaare und Dohlen.

Als Ruthla am nächsten Morgen aufstand, war der SS-Mann schon wieder weg. Rosa war beim Roßschlachter, auf dem Herd köchelte Wasser, und das Frühstück stand auch schon auf dem Tisch. Aber etwas anderes war Ruthla an diesem Morgen wichtiger als das Frühstück. Sie schlüpfte in den abgewetzten grauen Wollmantel, den Rosa im letzten Jahr vom Lumpamoan gekauft hatte, dann lief sie über die Promenade hinauf zur Schloßruine. Das war nicht weit. Die wuchtigen Steinwände des verfallenen Gemäuers, sonst von Gestrüpp überwuchert, waren von einer hohen Schneeschicht bedeckt. Die Morgensonne stand schon über den Ruinen; ihr blasses Licht verschwamm im Fahlgrau des winterlichen Himmels. Dohlen umflogen die beiden Turmruinen, und Raben kreisten über ein paar Wehen aus Schnee.

Erst auf den zweiten Blick offenbarte sich, was der Schnee nur halb verbarg: zebragestreifte Stoffetzen einer Jacke, die Brustkorb und Rippen einer behaarten Männerbrust kaum bedeckten; menschliche Gliedmaßen, nur noch von welker Haut umspannt und von bloßen Knochen kaum zu unterscheiden; schwarzrot geronnenes Blut; ein kahlrasierter Schädel, eingefallene Wangen und in tiefen Höhlen Augen, die der Winter gnädig mit einem dünnen Flaum frischen Schnees bedeckt hatte. Ein zugeschneiter Toter, und daneben andere. Ruthla stand zwischen Schneehügelgräbern.

Die Befehle der Wachmänner hallten aus dem Gewölbeeingang der Burgruine. Es dauerte eine Weile, bis alle kamen. Ein scharfer Geruch ging denen voraus, die aus den Grüften stiegen. Es war ein stummer Zug von kaum-noch-Lebenden, von Halbtoten, von Dreivierteltoten. Alle in blau-grau gestreiften, viel zu dünnen Anzügen mit ebensolchen Mützen. Wer Glück hatte, trug Schuhe aus Holz, an den Füßen der meisten aber hingen Lumpen wie umgewickelte Grabtücher.

Nur langsam setzte sich die Kolonne in Bewegung. Sie schleppte sich in Dreier- und Vierer-Reihen über den verschneiten Burghof zur Promenade, graue Gestalten, eng aneinandergeschlossen wegen der Kälte. Ein Schwarm krächzender Raben eskortierte den Zug, den man für eine Prozession hätte halten können, doch es fehlten Gebet und Gesänge, es fehlte jede Art von Segen.

Die Kolonne hatte sich seitlich in die Stadt geschlichen und wollte seitlich wieder hinaus, wenn möglich ohne großes Aufsehen. Man zog über die Schloßpromenade zur Silberberger Vorstadt und von dort hinunter zur Langen Liebe in Richtung Protzan. Aber Ruthla, die sich angeschlossen hatte, sah, wenn auch aus sicherer Distanz, daß es einige gab, die weder zur Langen Liebe noch nach Protzan wollten, solche, die gar nicht mehr wollten, Dreivierteltote, die es gewaltig nach unten zog und die sich einfach in den Schnee sinken ließen, als wären sie schon angekommen. Den schwarz gekleideten Bewachern mit dem skelettierten Grinsemann auf den Mützen entging das nicht. Nach ein paar Sekunden standen sie neben ihnen und luden durch. Geschossen wurde mal mit Karabiner, mal mit Revolver, aber immer sehr präzise.

„Die Augen brachen im Tode“. In den Märchen und Geschichten, die Ruthla las, kam diese Formulierung manchmal vor. Sie hatte sich oft gefragt, was sie bedeutete. Nun sah sie am Wegrand, wie Augen im Tode brechen, nicht nur vertrüben, sondern die Richtung wechseln von etwas Bestimmtem zu etwas ganz Unbestimmtem.

Inzwischen hatten sich auch einige Hitler-Jungen eingefunden. „Wozu die ganze Arbeit?", riefen sie. „Am besten das ganze Pack wird liquidiert, bevor der Russe kommt". Dabei übernahmen sie die Aufgaben des Wachtpersonals nur allzu gern und nutzten jede Gelegenheit für ein paar Fußtritte, Stockschläge oder antreibende Rufe: „Husch husch ins Grab", oder: „Schneller, schneller, oder ihr kriegt eine Ladung Vaterland ins Genick!"

Rosa, die gerade vom Roßschlachter gekommen war und dort auf Bezugsschein ein paar Würste gekauft hatte, stand ratlos vor dem Haus. „Die armen Leit'", rief sie und dachte dabei doch nur an ihren Ernst. Sie hätten nur so dünne Hemdla, und es sei so kalt. Was daraus noch werden sollte, die müßten ja allesamt vur die Hunde gehen. Sie verteilte ihre Würschel, hier eins, da eins. In einem wüsten Anfall sich aufbäumenden Lebenswillens balgten sich die Halbtoten und Dreivierteltoten im Schnee. Als Rosa bemerkte, was sie mit ihren Würschteln angerichtet hatte, war es zu spät. Und die Hitlerjungen waren auch schon da, wollten wissen, wo denn da die Würde geblieben sei und woher die Würste kämen. Dic Geißlersche schloß eilig ihr Fenster, und Rosa ergriff die Flucht, versteckte sich im Eingang eines Nachbarhauses und kam erst nach Stunden zurück.

Kurz nachdem der Zug endgültig aus dem Blickfeld verschwunden war, erschienen auch schon die ersten Helferinnen. Man war gut aufgestellt beim Roten Kreuz in Frankenstein. Noch Anfang fünfundvierzig klappte hier alles wie am Schnürchen. Auch die Römersche war gekommen, denn sie war Wachtführerin beim DRK. Ihre alte, schon ein wenig angerostete Handmarie mit den großen Speichenrädern war immer mit dabei. Die Helferinnen sammelten die am Straßenrand liegenden Toten ein und luden sie auf. Man brachte sie in ein Massengrab, vermutlich auf dem Friedhof in der Hindenburgstraße. Ein über die Kopfseite gespanntes Faltdeck aus dünnem Tuch sollte die Toten vor neugierigen Blicken schützen. Aber sie schützte die Neugierigen auch vor dem Anblick der Toten.

Historiker mögen sich auf Spurensuche begeben und den Weg verfolgen, den die „armen Leit"" damals in Richtung Protzan gingen, mögen fragen, wo sie geblieben sind, auf welchem Bahnhof, in welchem Lager sie ankamen, falls sie es je erreichten. Für Ruthla verschwanden sie in der winterlichen Kälte, aus der sie gekommen waren, in einem fahlen Bleigrau, in einem großen Schneeweiß.

Tante Herta im Nadelöhr

Es ist wahr, die Angst vor den asiatischen Horden brauchte man den Schlesiern nicht erst einzureden. Dafür wurzelte sie viel zu tief. Sie hatte mit Erfahrungen zu tun, die man heutzutage gern als traumatisch zu bezeichnen pflegt und die, ob traumatisch oder nicht, jedenfalls uralt waren. Wenn man es genau nimmt (was man in historischen Dingen immer tun sollte), reichte sie bis ins Mittelalter zurück, bis zum Jahr zwölfhunderteinundvierzig, als es auf dem Schlachtfeld von Wahlstatt bei Liegnitz für Schlesien ums Ganze ging. Damals, in der Zeit der höchsten Not (Rußland war bereits von den besagten Horden überrannt worden), hatten Polen und Schlesier noch nicht gegeneinander, sondern miteinander gekämpft, hatten wie ein Mann zusammengestanden und das Abendland unter dem Banner des Kreuzes verteidigt.

Die ganze, ein wenig kopflose Geschichte ist eng mit dem Namen des Herzogs von Schlesien und Seniorherzogs von Polen in Personalunion, dem Piasten Heinrich dem Zweiten verknüpft, der auch der Fromme genannt wird. Als der deutsch-polnische Herzog, unterstützt von Templern, Deutschrittern und Johannitern, den Kampf gegen das mongolische Heer führte, hatte er die Schlacht und leider auch den Kopf verloren. Seine Ritter hatten schon vor ihm den Kopf verloren, weil sie beim Anblick eines Kopfes, den die Mongolen mit sich führten (die Chronik spricht von einer häßlichen Mißbildung), in Panik geraten waren. Über die Herkunft dieses Kopfes herrscht bei den Chronisten Uneinigkeit. Klar ist nur, daß dessen Gehirnmasse durch eine Ladung Pulver ersetzt und auf einen Stab gespießt worden war, wo er Feuer und Rauch spuckte.

Abergläubisch, wie sie nun einmal waren, hielten die christlichen Rittersleut' die pyrotechnische Kriegsfinte der gewitzten Asiaten für Dämonenspuk und ergriffen die Flucht. Der fromme Heinrich, weniger abergläubisch und kopfscheu als die andern, blieb und kämpfte mit vier verbliebenen Getreuen unerschrocken weiter, büßte aber dabei, wie schon erwähnt, seinen eigenen Kopf ein.

Keiner konnte verhindern, daß die Mongolen diesen wenig später auf eine Stange spießten und als Drohung und Faustpfand benutzten, um sich Eintritt in das Liegnitzer Schloß zu verschaffen. Der Versuch scheiterte allerdings an der Dickköpfigkeit eines Ritters namens Mieslaus und daran, daß die Liegnitzer Schloßbesatzung, sich nicht erpressen lassen wollte.

Da inzwischen die verbündeten Böhmen dazugekommen waren, zogen sich die Mongolen irritiert, geschwächt und nun ihrerseits ein wenig kopflos unter Führer Batu Khan, dem Sohn des Dschingis, in die Weiten ihrer asiatischen Steppe zurück – nicht ohne zuvor einige schlesische Städte, die auf der Rückzugsroute lagen, darunter wohl auch Frankenstein, in Schutt und Asche zu legen und ein paar weitere Köpfe rollen zu lassen.

Übrigens konnte Heinrichs Leichnam trotz des fehlenden Kopfes später identifiziert und feierlich zu St. Jacob in Breslau begraben werden, was daran lag, daß seine Mutter, die schlesische Schutzpatronin Hedwig von Andechs, ihren kopflosen Sohn an der sechsten Zehe seines linken Fußes wiedererkannte.

Die Geschichte von Heinrich dem Frommen, seinem verlorenen Kopf und den Greueltaten entmenschter Reiterscharen mit schiefgestellten Augen, vorspringendem Jochbein und gelblicher Hautfärbung hatte sich den Schlesiern eingeprägt. Nicht zuletzt aufgrund der blühenden Phantasie der Chronisten, die von Köpfen zu berichten wußten, die herabfielen wie reifes Obst von den Bäumen, von hohen Pyramiden, die aus tausend abgeschlagenen Schädeln errichtet, mit Öl übergossen und dann angezündet wurden, oder auch von Ohren, die den in der Schlacht gefallenen christlichen Rittersleut abgeschnitten und in neun Säcke gefüllt wurden.

Hedwig sprach von der Geißel Gottes, Gog und Magog, die gekommen seien, um die Gottlosigkeit der Einwohner zu strafen. Damals sei der Weltuntergang noch aufgeschoben worden, allein wegen des frommen Heinrich, dessen Leben mehr wert war als das von tausend Sündern. Aber jetzt, wo die asiatischen Horden erneut vor der schlesischen Grenze stünden, habe die göttliche Geduld ein Ende, und der Untergang sei nahe.

„Endzeit ist", rief Hedwig, „jetzt ist die Zeit der Buße. Jetzt ist der Tag des Gerichts. Schon ist der rote Reiter unterwegs, schon geraten die Kräfte des Himmels ins Wanken. Und dann kommt er, aus dessen Munde ein scharfes Schwert geht, und er wird regieren mit eisernem Stabe und die Kelter treten, voll vom Wein des grimmigen Zornes Gottes, des Allmächtigen. Das ist das verdammte Blut der Sünder". In der Offenbarung Johanni sei das alles vorhergesagt.

Da Ernst jetzt fehlte, war niemand da, der Hedwigs frommen Wortschwall aufhalten konnte. Rosa seufzte nur die ganze Zeit, wenn sie bei einer Tasse Lupinenkaffee mit ihr am Küchentisch saß und Hedwig sie mit ihren Tiraden in Angst und Schrecken versetzte. Dazu murmelte sie halblaut etwas von „Jesses" oder „Jesses und Maria", obwohl sie doch protestantisch war.

Nur Ruthla hätte gern ein paar Fragen gestellt. Wenn sie den Gesprächen von ihrem Platz unter der Chaiselongue aus lauschte, schwirrte es in ihrem Kopf. Sie hätte gern mehr über Gog und Magog, Magog und Gog erfahren, über die Hedwig so laut und aufgeregt gackerte wie die Hühner auf dem Hof von Kulbafongse. Gerne hätte sie gewußt, was die Grausamkeit der Gog- und Magog-Mongolen mit den Russen zu tun hatte. Waren denn die Russen Mongolen oder waren sie Slawen? Oder waren die Slawen Mongolen – und wie grausam waren die Slawen? Nach den Worten von Herrn Karger waren die Slawen Untermenschen. Aber woran erkannte man Untermenschen? Daran, daß sie grausam waren? Wenn Großmutter Ludmilla eine Tschechin war, mußte sie wohl auch eine Slawin gewesen sein, denn

Tschechen seien Slawen, sagte Albert. War denn Ludmilla etwa grausam? War auch sie ein Untermensch? Dann müßte Rosa ein halber Untermensch sein. Aber Rosa war nicht grausam, noch nicht einmal halb. Ob Russen, Mongolen, Gog und Magog, Slawen oder Untermenschen: klar war das ja wohl alles nicht.

Dafür war das Plakat auf der Litfaßsäule in der Silberberger Straße, die auf Ruthlas Schulweg lag, überaus klar und unmißverständlich. Berta und Luise hatten schon eine Weile stumm betreten davorgestanden, als Ruthla und Hannelore dazukamen. Es war das Bild, vor dem Mutter Geißler gewarnt hatte. Aber nun hing es öffentlich und für jedermann sichtbar an der Plakatsäule. Es zeigte einen großen schlitzäugigen Soldaten, offenbar einen Russen, und ein am Tisch sitzendes kleines blondes Mädchen. Die Zunge war ihm von dem bösartigen Grinsemann mit einem Hammer an die Tischplatte genagelt worden.

Nun war es also raus! So würde es ihnen ergehen, das würde den Kindern bevorstehen, wenn Deutschland den Krieg gegen die Russen verlöre. Ihre Zungen würden an den Tisch genagelt! Und wer weiß, zu welchen Grausamkeiten die Russen, die gleichzeitig Mongolen, Slawen und Untermenschen waren, sonst noch fähig waren. Sicher würden auch Köpfe rollen, und vielleicht würden sogar Pyramiden daraus gebaut, höher als der schiefe Turm, vielleicht sogar höher als das Rathaus von Frankenstein. Und die Ohren kämen in große Säcke.

Nachdem die Mädchen das Plakat eine Zeitlang auf sich hatten wirken lassen, begann Luise, die jüngste, zu weinen. Ruthla versuchte sie zu trösten und sagte, das sei alles „Proganda“; ihr Vater, der jetzt in Schutzhaft sei, habe immer gesagt, Russen seien ganz anders, als die Leute sich erzählten, und außerdem seien sie kinderlieb. Sicher hätten die Russen ihn schon in Auschwitz befreit, und wenn er zurückkäme, würde er in Frankenstein Bürgermeister und würde sie alle beschützen.

Ganz glauben mochte Ruthla das aber selbst nicht. Jedenfalls betete sie in den letzten Wochen mehr als sonst. Meistens zu der Heiligen Jungfrau. Daß die Gottesmutter wichtiger war als Vater und Sohn, hatte sie bei Paterrekter gelernt.

Es wurde viel gebetet in diesen Wochen und Monaten. Bei Hedwig verstand sich das von selbst, Martha machte, was Hedwig machte, und Margot sagte, seitdem Ernst nicht mehr da sei, fiele ihr das Beten leichter; Lissy betete in Löffelsprache, und selbst Rosa bewegte neuerdings stumm ihre Lippen, wenn sie vor dem Herd oder beim Abwasch vor ihrer Küchen- und Spültisch-Kombination stand. Nur Albert schien immer noch zu glauben, daß der Krieg gewonnen werden könnte. Aber auch er mußte zugeben, daß die Aussichten dafür wenig günstig waren.

Ihm fiel auf, daß sich die Sprache in den Zeitungen, in denen er das Kriegsgeschehen verfolgte, allmählich verändert hatte. Natürlich war noch immer von den militärischen Großtaten der Deutschen die Rede und ihrem entschlossenen Willen, den Sieg der gerechten Sache herbeizwingen, auch davon, daß es im Osten gelungen sei, den gewaltigen Druck der Bolschewiken in einer schier übermenschlichen Kraftanstrengung zum Stehen zu bringen – andererseits war jetzt die Blickrichtung eine andere. Hatte es früher immer geheißen, die Deutschen würden den Krieg gewinnen, hieß es jetzt, sie würden ihn auf keinen Fall verlieren. Hatte es früher geheißen, wieder einmal sei ein deutscher Angriff gelungen, hieß es jetzt, ein sowjetischer Angriff sei gescheitert. Das waren feine, kleine, aber wichtige Unterschiede, die man nicht übersehen durfte und die selbst bei Albert erste Zweifel aufkommen ließen. Hinzu kam noch, daß die Liste derer, die für Großdeutschland den Heldentod gestorben waren, von Monat zu Monat länger geworden war, wie man am übermäßig aufgeblähten Familienanzeigenteil der Zeitung erkennen konnte.

Rosa überflog die Zeitung nur noch. Meistens landete sie gleich nach dem Fortsetzungsroman auf der Hausfrauenseite. Dort las sie dann Artikel über den Hausgarten im sechsten Kriegsjahr oder über die Fettrationen der einundsechzigsten Zuteilungsperiode. Das war ihre Art, das von Tag zu Tag unerbittlich näher kommende Kriegsende zu verdrängen.

Ruthla wäre in diesen bangen Wochen am liebsten ganz unter ihrer Chaiselongue geblieben. Zum ersten Mal in ihrem Leben war sie froh, von anderen übersehen zu werden. Vielleicht würde sie von den schlitzäugigen Mongolen, die Russen waren, ja auch übersehen. Vielleicht würde es ihr gehen wie dem jüngsten der sieben Geißlein, dem es gelang, sich noch schnell im Uhrenkasten zu verstecken, bevor der Wolf kam. Ruthlas Uhrenkasten war der Platz unter der Chaiselongue.

Die Anspannung wuchs von Tag zu Tag und schlug schließlich, wie so oft bei Rosa, auf den Darm. Ihre Kolitis meldete sich wieder. Rosa saß jetzt häufiger als sonst auf dem Hittla, und am letzten Wochenende des Monats März kam sie gar nicht mehr herunter. An jenem Märzwochenende also, an dem die Umstände ihr viel Zeit zum Nachdenken erlaubten, fiel auch ihre Entscheidung. Sie habe nachgedacht, sagte sie, als sie wieder mit Hedwig, Margot, Albert, Lissy und Ruthla am Küchentisch saß. Mit der Wunderwaffe sei offenbar nicht mehr zu rechnen, aber der Iwan käme so sicher wie das Amen in der Kirche.

Hedwig blickte beleidigt über ihre Tasse mit Pfefferminztee und sagte, sie könne solche Redensarten nicht dulden, das sei lästerlich. Aber Rosa antwortete, sie rede, wie ihr der Schnabel gewachsen sei. Hedwig solle nicht jedes Wort auf die Goldwaage legen.

Darauf sagte Hedwig, Rosa fange jetzt auch schon an wie Ernst. Aber Rosa war es egal, ob sie wie Ernst oder der Papst redete, jedenfalls sei es in Frankenstein jetzt zu gefährlich geworden, und deswegen würden sie morgen zu Vatel und Muttel ins Schlackental fahren.

Lissy und Ruthla freuten sich, Margot herzte ihre kleine Monika und schluchzte, Hedwig sagte, sie würde mit ihren Kindern und mit Martha bei einer katholischen Gemeindeschwester in Reichenstein unterkommen. Nur Albert hatte den Glauben an die Wunderwaffe und den Endsieg noch nicht ganz aufgeben. Er drückte das aber anders aus und erklärte, daß er bei Kaufmann Noack in Frankenstein bleiben und dort seine Pflicht erfüllen werde. Margot kicherte und fragte, ob etwa das hibsche Madla, mit dem sie ihn erst vor kurzem am Ring gesehen habe, auch etwas mit seiner „Pflichterfüllung“ zu tun habe. Aber Albert erwiderte, Margot solle besser ihre Guschen halten, so ein Frichtla wie sie habe es gerade nötig. Rosa sagte nur: „Bloß keinen Streit jetzt, wo der Russe kommt. Mach', was du willst, aber paß' auf dich auf! Wir fahren nächste Woche“.

Merkwürdigerweise wurde das Wetter um so besser, je näher die Russen an Frankenstein heranrückten. Schon ein paar Wochen, bevor die Frankensteiner darüber stritten, ob man Widerstand leisten oder kampflos kapitulieren solle, hatte die Natur ihre weiße Fahne gehißt und das strahlendste Blütenweiß angelegt, das die Jahreszeit zu bieten hatte.

Ruthla und Albert sprechen gewöhnlich von den Kirschbäumen, wenn sie das Kriegsende meinen. Die „Kaaschbooma“ hätten damals geblüht, sagen sie immer, die „Kaaschbooma“. Als ob nicht auch in den Jahren davor Kirschbäume und Kirschbaumalleen in Frankenstein und Umgebung geblüht hätten. Aber Kriegszeiten sind nun einmal anders, weil durch die jahrelange Gewöhnung an den Ausnahmezustand alles, was vorher selbstverständlich war, zum Wunder geworden ist. Ein Wunder war eine gute Mahlzeit, ein Wunder war eine Tasse Bohnenkaffee, ein Wunder war die Geburt eines Kindes, und ein Wunder war der Lauf der Jahreszeiten, der sich weder durch den Donner von Fliegerbomben noch durch das beständige Grollen der Artillerie, das von Breslau her zu hören war, aus seinem Takt bringen ließ. Jedenfalls schien die Natur keineswegs gewillt, sich durch das Kriegsgetöse aus ihrem Rhythmus bringen zu lassen, hielt vielmehr unbeirrt und kraftvoll, wie es seit je ihre Art ist, an ihrem Jahrtausende alten Programm fest und ließ auf den Kriegswinter einen Frühling folgen. Mit Kirschbäumen eben, die in diesem Jahr vermutlich nur deswegen so ausufernd, verschwenderisch und überbordend zu blühen schienen, weil das nach den vielen Kriegswintern von keinem mehr erwartet worden war.

Vor den Kirschbäumen hatten schon die Schlehen geblüht, und auch Weißdorn hatte sein Bestes gegeben. Primeln, Tulpen und Narzissen hatten geblüht wie eh und je. Und Vergißmeinnicht blühte so blau wie der Frühlingshimmel, der sich über Stadt und Umland breitete. Rosa hatte bei Kulbafongse noch schnell Kartoffeln gesteckt, um die Saatkartoffeln zu retten. Das war für sie eine Art Lebensversicherung. Denn wer sät, der wird auch ernten. So glaubte sie jedenfalls.

Während Rosa am Morgen der Abfahrt ein paar Sachen packte, die sie nach Reichenstein mitnehmen wollte, dudelte im Hintergrund das Radio. Irgendwann zwischen „Frauengymnastik“ und „Hörszenen aus der Geschichte des Zuckers“ wurde über die neueste Führer-Rede gesprochen. Der Führer hatte in einer Ansprache an deutsche Soldaten erneut und zum soundsovielten Male vor dem jüdisch-bolschewistischen Todfeind gewarnt, der mit seinen Massen zum Angriff angetreten sei, um Deutschland zu zerschlagen und das deutsche Volk auszurotten. Vom Schicksal der deutschen Frauen, Mädchen und Kinder war die Rede, davon, daß sie im Falle der Niederlage ermordet oder zu Kasernenhuren erniedrigt würden.

Rosa schaltete ab und trällerte irgendeinen Schlager. Das Wort „Kasernenhure“ hatte sie zum ersten Mal gehört. Je länger sie darüber nachdachte, desto weniger wünschte sie, weiterhin von heldenhaften deutschen Soldaten verteidigt zu werden. Sie wollte alles nur noch so schnell wie möglich hinter sich bringen, notfalls ... Aber sie spann den Gedanken nicht zu Ende. So weit ist es also schon gekommen, dachte sie, doch was würde sie nicht alles tun, für ein wenig Frieden und ab und zu eine Tasse Bohnenkaffee?

Als sie gegen Mittag mit Ruthla und Lissy auf dem Rosenring ankam, um von dort mit einem Wehrmachts-LKW nach Reichenstein zu fahren, standen schon andere Frankensteiner dort und warteten auf die Abfahrt. Die einen wollten zu ihren Schwiegereltern nach Tarnau, die anderen hatten eine Großmutter in Baumgarten, die Familie von Hannelore wollte unbedingt zu einer befreundeten Familie nach Wollnsdorf, die Kaschels nach Camenz, und die dicke Klose fuhr ebenfalls zu ihren Kindern nach Reichenstein. Vor dem LKW, einem alten Wehrmachts-Ford, standen ein paar SA-Leute und verteilten Bonbons an die Kinder. Die Stimmung war, dem Wetter entsprechend, aufgeräumt und heiter, ja fast ein wenig aufgekratzt. Warum das so war, konnte niemand sagen, und wenn es jemand hätte sagen können, hätte er es vermutlich nicht getan, denn es lag ein unausgesprochener Defätismus in der Luft. Man feierte bereits das Ende des Krieges, ohne auszusprechen, daß man die Hoffnung auf einen deutschen Sieg längst aufgegeben hatte. Stattdessen tat man so, als glaubte man noch an Wunderwaffen oder einen kurz bevorstehenden Endsieg. Man winkte den Davonfahrenden zum Abschied nach und rief noch: „Wir sehen uns bald wieder!"

Sie fuhren ohne Margot, Martha und Hedwig, die erst ein paar Tage später kommen wollten. Auf dem offenen Wagen ging es über Mauerstraße, Silberberger Tor und Greeweststraße in Richtung Reichenstein. Von ihren Holzbänken auf dem LKW konnten sie auf Lehrer Karger herabblicken, der auf dem Weg zum Rathaus war. Lissy wußte, daß er im Volkssturm als Kompanieführer zur Verteidigung des Heimatgaus eingesetzt worden war. Hannelores Großvater sprach grinsend von „HJ-Spätlese" und fügte für seine Tochter hinter vorgehaltener Hand hinzu: „Bekleidung und Verpflegung sind mitzubringen, Armbinde und Feind stellt das Deutsche Reich". Er wußte auch, daß in der Zuckerfabrik in Zadel inzwischen sogar Sechzehnjährige kaserniert wurden.

Aber dann waren sie bereits vor der Stadt auf den Alleen mit den blühenden Bäumen und fuhren durch eine Landschaft, die längst mit allem Frieden geschlossen hatte.

Ida war der Besuch der Verwandtschaft aus Frankenstein gar nicht recht, aber sie hatte ihn auch nicht verhindern können, weil Berthold Rosa Anfang des Jahres angeboten hatte, mit ihren Kindern ins Schlackental zu kommen. Kriegszeiten seien nun einmal besondere Zeiten, hatte er von seinem Bett aus gemurmelt, da müsse die ganze Familie zusammenstehen. Nun waren sie jedenfalls da, Tochter Rosa und die Enkelkinder. Ida wünschte insgeheim, daß die Russen sich etwas beeilen möchten, aber das war natürlich einer jener Wünsche, die sie für sich behielt und den sie – hübsch eingerahmt zwischen „Gegrüßet seist du Maria voll der Gnade“ und „In Ewigkeit Amen“ – während der Sonntagsmesse auf der Betbank nur den Heilandsohren anvertraute.

Ida sagte kaum etwas, als Rosa mit den Kindern vor der Tür stand, sondern fügte sich mürrisch ins Unvermeidliche. Nach nahezu grußlosem Empfang führte sie die Drei in ihr Schlafzimmer und warf ihnen ein paar Bettdecken auf die Dielen. Bertholds Bett, das bisher in diesem Zimmer gestanden hatte, stand jetzt unter dem kleinen Weihwasserschälchen in der Küche.

Rosa unterhielt sich beim Kofferauspacken mit Lissy und Ruthla und erinnerte sich überlaut und nicht ohne ein paar geschickt plazierte Seufzer an Ludmillas große Gastfreundschaft, was Ida aber einfach überhörte. Immerhin gab es Bohnenkaffee, an dem es im Schlackental nie fehlte.

Während die Mädchen bereits nach draußen gelaufen waren und am Bach nach Gold suchten, saß Rosa mit Ida am Küchentisch und sprach über die jüngsten Ereignisse, zu denen sich auch Berthold in seinen Wachphasen vom Bett aus zu Wort meldete. Ida erzählte, daß Herta in ein paar Tagen aus

Berlin käme und daß Rosa und die Mädchen sich das Zimmer dann mit ihnen teilen müßten. Berthold sagte, was in Berlin passiere, könne sich im Schlackental niemand vorstellen. Radio und Zeitungen würden natürlich nicht darüber berichten. Da sei immer nur von deutschen Abwehrerfolgen die Rede. Alles „Bleedsinn". Von Herta wisse er, daß wegen der vielen Bomben dort kein Stein mehr auf dem anderen stehe. Selbst Frauen und Kinder würden von den Tieffliegern abgeknallt. Er hoffe nur, Tochter Herta käme wohlbehalten nach Reichenstein.

Tatsächlich stand Herta wenige Tage später vor der Tür. Wohlbehalten und überraschend gut gekleidet, das heißt nach der neuesten Mode, im grauen Bleistiftrock, weiblich gerundet und eng tailliert. Ida verschlug es die Sprache. Einem eingeübten Reflex folgend, legte sie die Hand auf die Stirn, um sich zu bekreuzigen. Mehrmals wiederholte sie ihr „Jesses und Maria", ohne zu erklären, warum sie statt eines Willkommensgrußes Heiland und Heilandmutter beschwor. Dann wandte sie sich schnell wieder ihrem auf dem Herd köchelnden Mittagessen zu. Und dabei blieb es. Ihrer Stieftochter aus Berlin schenkte sie von nun an nur noch wenig Beachtung. Am Abend, als Ida zu Berthold ins Bett gestiegen war, flüsterte sie ihm allerdings noch zu, daß Herta mit ihrem Aufzug nicht ins Schlackental passe und was denn die anderen Leute sagen sollten. Aber Berthold antwortete nicht und tat, als ob er schon schliefe.

Mit Hertas Ankunft wurde es noch enger im Haus. Dafür duftete es jetzt gut. Rosa, Lissy und Ruthla durften von nun an hautnah miterleben, wie sich Frauen in Berlin benehmen, wie sie sprechen, wie sie sich kleiden, wie und womit sie sich schminken und wie sie sich parfümieren. Als Rosa ihre Schwester wiedersah, verschlug es ihr vor Verblüffung eine Zeitlang die Sprache. Dann sagte sie, Herta sähe aus, als habe Deutschland den Krieg gewonnen. Herta erwiderte, wenn Rosa so einen wie Egon statt Ernst geheiratet hätte, könnte sie auch so aussehen, aber sie habe es ja anders gewollt. Wer einen Bolschewiken heirate, müsse wissen, worauf er sich einlasse. Nun säße Ernst in Auschwitz, und niemand wisse, ob er überhaupt noch am Leben sei. Rosa erwiderte, wenn die Russen ihn befreit hätten, könne vielleicht noch was aus ihm werden, das Zeug dazu habe er. Aber Herta lachte spitz auf und fragte, ob Rosa etwa am Endsieg zweifle. Nur gut, daß ihr Mann Egon, der an der Front gegen den Iwan kämpfe, das nicht höre. Der reagiere immer sehr empfindlich auf so etwas, weil es nämlich Defätismus sei.

Seitdem Herta in Reichenstein war, stöberten Lissy und Ruthla in ihrem Sachen herum, probierten heimlich Lid-, Lippenstift und Wimperntusche aus, spazierten als „feine Damen“ durch den Wald zur Kreuzkapelle oder zum Erlengraben und wuschen sich zum Schluß alles wieder im Goldbach ab. Gut gefiel ihnen auch Hertas zuckerwattefarbene Unterwäsche, die sie jeden Abend beim Zubettgehen bewundern durften, bevor Herta in ihr Spitzen-Nachthemd schlüpfte. Rosa, die so etwas nicht hatte, sagte: „Drei Worte nur: Hautana macht Figur“.

Daß Herta mit und ohne Unterwäsche Figur hatte, stand jedenfalls fest und lag vor allem an ihrer schlanken Taille und dem wohlgerundeten Hinterteil, das sie in jeder Lebenslage gebührend zur Geltung zu bringen wußte. Leider nicht immer zu ihrem Vorteil.

Schon bevor die Russen nach Reichenstein kamen, hatten viele Einwohner, darunter auch einige Geschäftsleute, die Stadt verlassen. Es kam zu ersten Plünderungen. Daß Deutsche deutsche Geschäfte plünderten, hatte es noch nicht gegeben. Rosa konnte es kaum glauben. Und weil sie es kaum glauben konnte, machte sie sich mit einer großen Tasche auf den Weg in die Stadt, um sich davon zu überzeugen, ob es stimmte. Wie die volle Tasche, mit der sie zurückkehrte, ahnen ließ, hatte alles gestimmt.

Die Russen kündigten ihre Ankunft schon am frühen Morgen durch lauten Geschützdonner an. Der Donnerlärm war auch im Schlackental zu hören. Als Ruthla durch das Fenster blickte, sah sie draußen einen langen Zug von Menschen, hauptsächlich Frauen mit Kindern und alte Leute aus Reichenstein, durch das Schlackental ziehen. Alle waren auf dem Weg zur Waldschenke, in der sie vor den ankommenden russischen Soldaten sicherer zu sein glaubten als in der Stadt. Der Krieg war jetzt in einer Phase, in der er sich zu einer Art „Verstecklaspiel“ für Erwachsene zu entwickeln begann.

Nur an Berthold gingen die Ereignisse mehr oder weniger vorbei. Er lag wie immer auf seinem Bett unter seiner Decke, stocksteif und mit gefalteten Händen, aber vermutlich ohne zu beten. Denn Träume, in denen gebetet wird, gibt es nicht. Es gibt in Träumen ja auch keinen Gott, zu dem man beten könnte. Schläfer brauchen keine Gebete, weil sie alles haben und Träume ihnen alles geben.

Über das, was Berthold damals träumte, kurz bevor die Russen kamen, gibt es keine verläßlichen Nachrichten. Aber vermutlich war er wieder einmal im Schlaf durch die Luft gereist, denn Flugträume kamen bei ihm sehr häufig vor. Und es waren seine liebsten. Wie oft war er mit ausgebreiteten Armen und rudernden Bewegungen in grüner Schafferkluft und gewichsten Stiefeln vom Schlackental aufgestiegen und hatte adlergleich die Gegend überflogen, Kreuzberg und Kuhberg unter sich gelassen, Schwarzen Teich und Schwarze Brücke überflogen und war schließlich, nach einem kleinen Umweg über Zechenhaus und Kreuzkapelle, wieder in sein Schlackental zurückgekehrt.

Nach dem Tode von Ludmilla driftete er aber immer häufiger nach Osten ab, dorthin nämlich, wo die Berge tschechisch wurden, dorthin, wo ihn Ludmilla, die Schöne, die Heilige, die Luftzeugin mit dem Schleier und den großen weißen Fleischbrüsten erwartete. Wenn die Träume gut ausgingen, umarmten sie sich, und aus den Käfigen vor dem Haus riefen alle Zeisige auf tschechisch: „Čížek, čížek, čížek“. Wenn sie dagegen schlecht ausgingen, stürzte Berthold kurz vorher ab, ganz genauso wie Ludmilla einst abgestürzt war, als sie bei ihrer Galmannla-Suche die Bulanxe verloren hatte. Wenn das passierte, konnte es sogar sein, daß er im Schlaf einen lauten Schrei ausstieß. So jedenfalls bezeugte es Ida.

Aber an diesem Tag gab Berthold nur ein beglücktes dreimaliges Seufzen von sich, was wie das Zwitschern der Zeisige vor dem Hause klang und darauf schließen ließ, daß er bei Ludmilla angekommen war.

Indessen saßen Rosa, Ida und Herta am Küchentisch und besprachen sich. Ida sagte, daß sie in jedem Fall bei Berthold bleiben werde. Sie stellte es Rosa anheim, ebenfalls zu bleiben, brachte aber dann, beiläufig und nicht ohne Hintersinn, den benachbarten Gertrudstollen ins Gespräch, der als mögliches Versteck für sie und die Kinder sicher viel besser geeignet sei als ihre Schlackenmühle. Sie und Berthold, fügte sie außerdem noch hinzu, seien überdies „ahle Leit" und hätten das Leben praktisch schon hinter sich, auf sie käme es jetzt nicht mehr an. Aber Rosa habe noch zwei Madla, und das sei etwas ganz anderes.

Rosa, die den Stollen noch von früher kannte, überlegte eine Weile und sprach schließlich von einer guten Idee. Herta dagegen, die unter Platzangst litt, wollte lieber im Haus bei Ida und Berthold bleiben, als sich vorzeitig im Bergwerk begraben zu lassen, wie sie sagte.

Während Rosa noch ein paar Sachen zusammensammelte, klopfte jemand an die Fensterscheibe. Hedwig, Margot und Martha standen vor dem Haus und sagten, daß sie auf dem Weg zur Waldschenke wären; dort sei es in den nächsten Stunden für sie am sichersten. Aber weder Herta und Ida noch Rosa wollten sich ihnen anschließen. So verabschiedete man sich und wünschte sich gegenseitig alles Gute.

Wenig später klopfte es ein zweites Mal. Diesmal stand der Ortsgruppenleiter vor der Tür, in senffarbener Uniform und mit hochrotem Kopf. Er sagte, daß er dringend mit Berthold sprechen müsse. Ida warf einen Blick in die Küche und schüttelte den Kopf. Sie erwiderte, Berthold habe wieder einmal eine schlechte Nacht gehabt und benötige jetzt Ruhe. Aber dem Uniformierten perlte der Schweiß von der

Stirn. Ihm war so eng in seiner senffarbenen Uniform, daß er den Kragenknopf öffnete. Ob sie nicht wüßten, daß der Russe schon in Reichenstein stünde, er habe gerade noch die Kurve gekriegt, aber sich leider nicht mehr umziehen können. Sein guter alter Freund Berthold dürfe ihn jetzt nicht im Stich lassen.

Dann fing er an, sich weitläufig über ihre Schulzeit, ihre gemeinsamen Bubenstreiche auszubreiten und wie man sich gegenseitig immer geholfen und eine Hand die andere gewaschen habe, bis er schließlich zu seinem eigentlichen Anliegen kam: Er benötige dringend Hemd und Hose; man wisse ja, wie empfindlich der Russe auf diese Uniform – er wies auf seine Kleidung – reagiere.

Ida konnte jetzt keinen Mann in Partei-Uniform bei sich gebrauchen; deswegen schlurfte sie zum Kleiderschrank und kramte ein paar alte Sachen von Berthold hervor. Als sie wieder zurückkam, war der Ortsgruppenleiter schon halb ausgezogen. Er hatte sich die Uniform, die ihm wie eine Art Nessosgewand auf der Haut zu brennen schien, hastig vom Leibe gerissen, als ginge es um sein Leben, was ja nicht ganz falsch war.

Nachdem Ida die Uniform hinter dem Haus entsorgt hatte, wurde er gleich viel ruhiger. Sein rotes, immer noch schweißnasses Gesicht nahm normale Farbe an, und der Atem ging wieder regelmäßiger. Während er sein Hemd zuknöpfte, erzählte er noch dies und das und fragte auch, ob sie die Bilder von Nemmersdorf gesehen hätten, Frauen, die man an Scheunentore genagelt oder mit abgerissenen Kleidern auf den Mist geworfen habe, wie totes Vieh. Man könne sich nicht schlimm genug ausmalen, wozu die russische Bestie fähig sei, flüsterte er; es seien auch viele Lustmörder unter den Soldaten, davor müßten sich die Frauen in acht nehmen. Bei diesen Worten musterte er besonders Herta.

Rosa wußte jetzt, daß sie die richtige Entscheidung getroffen hatte und der Gertrudstollen das passende Versteck für sie und ihre Kinder war. Auch der Ortsgruppenleiter war von dem Gedanken, sich einstweilen dort zu verbergen, angetan und schlug vor, sie zu begleiten. Rosa war das recht. Sie verabschiedete sich und ging gemeinsam mit ihm, Lissy und Ruthla über die Brücke in Richtung Stollen.

In der Schlackentalmühle war trotz der Geschütze, die von Zeit zu Zeit und in größeren Abständen noch aus der Ferne zu hören waren, Ruhe eingekehrt. Zumindest äußerlich. Ida war zu Berthold ins Bett gekrochen; auf dem Weg zur Waldschenke vor dem Haus ließ sich kaum noch jemand sehen, und auch die Vögel in den Käfigen, Dompfaff, Stieglitz und Zeisig, waren inzwischen still geworden.

Nur unter dem linken Körbchen von Hertas Hautana-BH klopfte es wild. Die Erzählungen des Ortsgruppenleiters hatten Wirkung hinterlassen und setzten ihr gewaltig zu. Sie ahnte, daß ihre Aussichten, die Ankunft der Russen in den nächsten Stunden körperlich unversehrt zu überstehen, nicht gut standen. Ein prüfender Blick in ihren kleinen Handtaschenspiegel machte klar, daß ihr jetziger Aufzug kaum dazu angetan war, ihre Chancen zu verbessern. Um in der verbleibenden Zeit zu retten, was noch zu retten war, kramte sie hastig einen der langen erdfarbenen Röcke aus Idas Kleiderschrank hervor, dazu eine erdfarbene Schürze und ein ebensolches Kopftuch. Außerdem entnahm sie dem Blecheimer am Ofen ein Häufchen Asche, um ein wenig graue Schminke aufzutragen. Sie war eben dabei, sich zu entkleiden und wollte gerade in ihre erdige Ida-Kluft steigen, als aufgeregtes Zwitschern in den Käfigen vor dem Haus Besuch ankündigte. Herta stand noch in ihrem zuckerwattefarbenen Hautana-Unterrock da, als die Tür aufgestoßen wurde und drei russische Kosaken mit vorgehaltenem Karabiner in das Zimmer stürmten. Sie suchten nach SS und waren überrascht, ersatzweise eine Frau mit graugeschminktem Gesicht und im Unterrock anzutreffen. Sie ließen verblüfft ihre Karabiner sinken und waren sich offenbar nicht ganz im klaren darüber, ob sie an ein Gespenst oder an die Einladung zu einer frivolen Orgie im Stile des russischen Zarenhofes glauben sollten.

Herta wollte das Überraschungsmoment nutzen, um zu entkommen, was freilich mehr einem eingefleischten Fluchtreflex als der Vernunft geschuldet war. Sie stürzte von der Küche in das Nachbarzimmer, öffnete die Flügel eines kleinen Butzenfensters und wollte hinaus in den Schlackentalforst. Aber das Fenster war zu eng. Zwar gelang es Herta noch, den oberen Teil der Sanduhr mit Mühe durch die Luke zu zwängen, aber bei dem unteren haperte es sehr. Ausgerechnet ihr Pracht- und Prunkstück machte Probleme und wollte nicht durch. Da steckte er nun fest, Hertas Stolz, Egons Augenweide, die Begier seiner Jugend, der Trost seines Alters, das vielbesprochene Thema seiner Männerabende, das verhätschelte, vertätschelte Pläsier ihrer wonnigen Stunden. Alles Schieben, alles Drücken, Reiben und Ruckeln nützte nicht. Stattdessen gaben die Bewegungen dem Beckenboden erotisierenden Schwung. Hertas Hintern schaukelte und schlenkerte, wippte und wackelte, wiegte und wogte, kurvte und kreiste, so daß die drei Besucher angesichts der unaufgeforderten, aber nicht unwillkommenen und überraschend freizügigen Darbietung eine Weile wie benommen dastanden, bis sich die Spannung schließlich in einem schallenden Kosakenlachen entlud. Eine Weile beratschlagte man auf russisch. Offenbar gab es Differenzen wegen der Reihenfolge. Die Sache wurde militärisch entschieden, dem Ranghöchsten ward Vortritt gewährt.

Während der Kosakenleutnant seinen Kosakenzipfel anstellig durch den Hosenschlitz schob und sich zielstrebig dem kreisenden Hinterteil der eingeklemmten Herta näherte, schlossen die beiden anderen diskret die Türe, setzten sich an den Küchentisch und ließen sich von Ida, mit vorgehaltenem Karabiner, einen Kosakenkaffee bringen. Selbst Berthold war mittlerweile wachgeworden, aber nur, um nach einem Viertelstündchen erneut die Augen zu schließen. Später behauptete er, er habe gesehen wie Herta und Ida die drei Kosaken umarmt, bei ihnen auf dem Schoß gesessen und gemeinsam mit ihnen Wolgalieder gesungen hätten. Einer der Kosaken habe dann auf den Küchendielen einen Kasatschok mit Wechselsprung hingelegt, und alle hätten dazu den Takt geklatscht. Zum Abschluß hätten sie eine alte russische Weise, „Abendglocken" oder so etwas, angestimmt, und ein weißes Reh habe dabei durchs Fenster geschaut.

Aus der letzten Bemerkung erhellt die Unglaubwürdigkeit der Geschichte, denn die von Berthold mitgeteilte Szene ist ganz und gar unwahrscheinlich und kann nur als surreal bezeichnet werden. Es zeigt sich einmal mehr, daß mein Urgroßvater mit zunehmendem Alter immer weniger zwischen Traumwelt und Wirklichkeit zu unterscheiden wußte.

Als die Drei weg waren, sagte Ida, daß Herta selbst schuld an allem sei. Ihr ganzer Aufzug habe nun einmal nicht gepaßt. Aber Berthold meinte nur, wenn die Deutschen nicht am Wolgastrand gewesen wären, wären die Russen auch nicht ins Schlackental gekommen.

Während also in der Schlackentalmühle Wolgalieder gesungen wurden (oder auch nicht), tasteten sich Rosa und der Ortsgruppenleiter vorsichtig im Gertrudstollen voran. Kosaken begegneten ihnen dort nicht, aber dafür war es dunkel, teilweise feucht und außerdem nicht ungefährlich. Lissy quengelte schon nach den ersten fünf Minuten, Ruthla drückte sich eng an Rosa, und der Ortsgruppenleiter versuchte die ganze Zeit, die Ängste wegzupfeifen. Wenn er nicht gerade pfiff, hielt er Vorträge über dies und jenes – das war seine Art, sich Mut zu machen.

Er erzählte ihnen, daß das System von Schächten und Gängen, das einst zwecks Goldabbaus in die Erde getrieben worden war, insgesamt einundzwanzig Ebenen habe und mehr als dreihundert Kilometer umfasse. Vielleicht wäre das besser ungesagt geblieben, denn nun wollte Rosa keinen Schritt weiter. Sie hatte Sorge, sich im Stollen zu verlaufen und am Ende nicht mehr herauszufinden. Deswegen legte sie keinen Wert mehr auf einen Ausflug zum Schwarzen Stollen, und auch den Wasserfall, von dem der Ortgruppenführer die ganze Zeit redete, wollte sie jetzt nicht mehr sehen. Sie sagte, ihr sei es lieber, über Tage von den Russen

„ich weiß nicht was", als unter Tage verschitt zu gehen oder zu verschmachten. Sie kehrten also wieder zum Eingang zurück und schickten Ruthla und Lissy voran, um die Lage vor dem Stollen auskundschaften zu lassen.

Draußen hatte es bereits zu dämmern begonnen. Ausgerechnet an diesem Abend trug der Mai ungewöhnlich dick auf, mit seidiger Luft, duftendem Flieder und seufzenden Nachtigallen. Ein Blick auf den Schlackenweg zeigte den Mädchen, daß sich der Zug der Reichensteiner Flüchtlinge inzwischen wieder in die umgekehrte Richtung bewegt hatte, von der Waldschenke zur Stadt. Als Rosa und der Ortsgruppenleiter das hörten, waren sie beruhigt. Sie sagten, daß sie sich jetzt unter die Leit' mischen wollten, um mit ihnen nach Reichenstein zurückzukehren.

Obwohl der Ortgruppenleiter sein Bestes tat, um inkognito zu bleiben, gab es viele Reichensteiner, die sich lebhaft daran erinnerten, ihn am Morgen noch in Uniform gesehen zu haben. Solche, die ihn nicht leiden konnten – und davon gab es damals viele –, behielten das nicht für sich. Der Ortsgruppenleiter war kaum in der Stadtmitte vor dem Rathaus am Ring angelangt, als sich schon die ersten Finger auf ihn richteten. Sofort kamen russische Soldaten, um ihn in Gewahrsam zu nehmen. Rosa wich zurück. Doch ließ man sie und die Kinder in Ruhe. Man interessierte sich nur für ihren Begleiter. Zusammen mit anderen Reichensteiner Parteigrößen, mit und ohne Uniform, verschwand er auf einem russischen Militär-LKW in unbekannte Richtung.

Nachdem die Russen Personen, die ihnen verdächtig erschienen, aussortiert hatten, durfte der Rest der auf dem Ring stehenden Reichensteiner wieder nach Hause. Auch Rosa durfte sich zusammen mit Lissy und Ruthla auf den Fußweg nach Frankenstein machen. Der Weg war lang, aber Rosas Schritte waren jetzt leicht und fast ein wenig beflügelt, denn allenthalben war große Erleichterung spürbar. Nicht, daß die Gefahr schon überstanden war. Aber immerhin wußte sie jetzt, wie es sich mit ihr lebte. Das also war der Moment, auf den sie alle seit Wochen gewartet, den sie gefürchtet hatten. Und doch fand Rosa, daß die Wirklichkeit gar nicht so schlimm sein konnte und auch nicht so schlimm war wie die Bilder, die ihr die Angst in der Zeit davor eingegeben hatte.

Zwar Furcht und Sorge waren immer noch da, und doch war das alles nichts, verglichen mit den vergangenen Nächten, als gelbe Traumgesichter mit schiefgestellten Augen und vorspringendem Jochbein sie aus dem Schlaf geschreckt hatten. Dabei waren die russischen Soldaten, die plündernd und immer auf der Suche nach Schnaps durch die Straßen zogen, keineswegs zimperlich. Zugleich erschienen sie ihr aber auch wieder irgendwie menschlich in ihrer Schwäche. Außerdem hatte Rosa viel Glück – ein Glück, das, wie sie später erfuhr, nicht alle hatten. Hier gab es keinen, der ihr in den Weg trat, kein „Frau, komm', raboti", was vielleicht an Lissy und Ruthla lag. Kinder waren, so schien es, für die Russen tabu, und die Mutter auch. Jedenfalls konnten die Drei das weißbeflaggte Reichenstein unbeschadet hinter sich lassen.

Sie gingen zu Fuß über die Frankensteiner Straße in Richtung Galgenkreuz, vorbei an Friedhof und Bahnhof, Entgoldungsanstalt, Farbenfabrik und Arsenikwerk. Von Dörndorf wollten sie weiter über Wolmsdorf, Camenz, Grochwitz nach Zadel und Frankenstein. So hatte Rosa sich das gedacht, aber irgendwo zwischen Dörndorf und Wolmsdorf kam die Müdigkeit, und ihre Schritte wurden immer langsamer. Was Lissy betraf, so war des Quengelns schon seit Dörndorf kein Ende, und auch Ruthla mochte nicht mehr. In der Scheune eines alten Bauerngehöfts unweit der Landstraße wollten sie übernachten. Obwohl das Wohnhaus beleuchtet war, schienen die Bewohner nicht da zu sein; möglicherweise hatten sie sich aus Angst vor den russischen Soldaten im benachbarten Waldgrundstück versteckt. Als die Drei durch eines der Fenster des Wohnhauses blickten, fanden sie einen gedeckten Tisch mit Essen und Trinken. Offenbar waren die Bewohner kurz vor der Mahlzeit geflüchtet.

Für Ruthla war das wieder einmal ein Anblick wie im Märchen, nur daß jetzt Szene und Kulissen gewechselt hatten. Auf das „Verstecklaspiel“ der sieben Geißlein folgte eine Aufführung der Bremer Stadtmusikanten. Wie im Märchen konnten sich Rosa, Lissy und Ruthla einfach an den Tisch setzen und an einer üppigen Bauernplatte mit Sauerbrot und Bluttwurscht satt essen. Danach ging es in die Betten, große Bauernfederbetten. Auch dies eine neue Erfahrung, denn so daunenweich wie in diesen Betten, behauptete Ruth später, habe sie in ihrem Leben nie wieder geschlafen.

Noch in der Morgendämmerung verließen sie den Hof, und ungefähr gegen Mittag kamen sie in Frankenstein an. Die Geißlersche stand schon vor dem Haus und lief Rosa entgegen. Wie, um sich zu vergewissern, daß sie nicht träumten, kniffen sie sich gegenseitig, schüttelten sich und fielen sich schließlich weinend in die Arme. Dann sagte die Geißler, Rosa solle nicht erschrecken wegen der Wohnung. Die Soldaten hätten sich wie Säue benommen. Erst seien die Deutschen gekommen und danach die Russen. Aber das ließe sich ja alles wieder aufräumen, Hauptsache, sie seien gesund und lebten noch. Sie hätte ja auch so einiges erlebt, nicht so schlimm, wie befürchtet, aber schlimm genug. Doch darüber wolle sie sich mit ihr nicht vor den Kindern unterhalten. In den nächsten Tagen hätten sie ja noch genug Zeit. Und dann sagte sie wieder: „Hauptsache gesund“, und schluchzte erneut.

Es war gut, daß die Geißlersche Rosa gewarnt hatte. So war sie vorbereitet, als sie die Wohnung betrat. Aber schlimm war es doch, zumal für so einen Boschtwiesch wie Rosa: der süßliche Gestank von Verwesung und Fäulnis, der ihr entgegenschlug, Essensreste und Scherben, auf dem Boden verstreut, dazu herumliegende Kleidungsstücke, aber auch Ernsts Briefe aus Auschwitz, zerrissen, mit Speiseöl übergossen. In der Schale ihrer Küchen- und Spültisch-Kombination klebten Nudelreste, Siebenstriemer und Kuckucksuhr waren verschwunden, Dürers Hände beteten im Kohleneimer. Der Läufer, den sie einst von Schwester Herta geschenkt bekommen hatte, war mit Blutflecken besudelt. Überall lagen die abgenagten Knochenreste ihrer Kaninchen herum. Rosa war den Tränen nahe. Aber dann spürte sie plötzlich den Arm von Rieke Geißler auf ihrer Schulter. „Hauptsache gesund", sagte sie wieder, „wir kriegen das schon hin".

Rosa machte den Herd an, aber der Rauch wollte nicht abziehen. Dichter, beißender Qualm schlug ihr entgegen und überlagerte den allgegenwärtigen Fäulnisgestank. Als Rosa auf dem Flachdach mit einem Stab im Schlot herumstocherte, entdeckte sie Alberts HJ-Uniform.

Jetzt war es Zeit, an Albert zu denken. Bei Kaufmann Noack war er nicht, und auch die Geißler hatte seit dem achten Mai nichts mehr von ihm gehört.

Einen ganzen Nachmittag lang rief Rosa: „Albert, Albert!" Aber er kam nicht. Krieg und Kriegsereignisse hatten ihn weit weg, bis nach Prag verschlagen.

Albert auf der Reise nach Prag

Man sagt: Eine Schwalbe macht noch keinen Sommer. Aber die fünf Russen, die auf ihren zotteligen Kosakengäulen im Galopp über die mit weißen Bettüchern beflaggte Hindenburgstraße in Richtung Oberring jagten, als seien sie auf dem Sonntagsderby der Breslauer Trabrennbahn, machten Albert sofort klar, daß es jetzt ernst wurde. Die Rote Armee war da. Irgendwie muteten die Fünf vor der Kulisse der Weinhandlung Lowag, Uhrmachermeister Jaschke und Kaufhaus A. Volkmer exotisch und eben deswegen auch ein wenig beängstigend an. Auch die neunschwänzige Reitgerte, mit der die Russen ihre Gäule traktierten, prägte sich Albert ein. Aber um richtig gefährlich zu wirken, waren sie vielleicht ein wenig zu klein – nicht nur die Pferde, sondern auch die Reiter, denn die waren nicht viel größer als er selbst, und Albert war nicht groß. Ob man ihnen zutrauen durfte, die Zungen kleiner Kinder auf Tischplatten zu nageln, was, wie Albert wußte, zu den Lieblingsbeschäftigungen russischer Soldaten gehörte, mußte vorerst noch dahingestellt bleiben. Ihre äußere Erscheinung legte es nicht nahe, schloß es aber auch nicht geradezu aus.

Auf jeden Fall hielt Albert es für geraten, seine bisherigen Pläne noch einmal zu überdenken. Seine ursprüngliche Absicht, die Ausbildung bei Kaufmann Noack trotz widriger Umstände nicht abzubrechen, sondern auf Pflichtbewußtsein zu setzen, seiner Arbeit nachzugehen, weiterhin Kisten zu stapeln, Fässer zu schleppen, Kartons zu leeren und Tüten zu packen, war inzwischen doch sehr ins Wanken geraten. Nicht so sehr durch den Anblick der fünf Russen, sondern vor allem durch die nicht enden wollenden Trecks der durch die Stadt ziehenden und von der Ostfront kommenden deutschen Landser. Was Albert auf deren Gesichtern las, war nicht sehr ermutigend. Offenbar hatten sie bereits viel Gelegenheit gehabt, die Soldaten der Roten Armee, die in den nächsten Stunden Frankenstein fluten würden, aus nächster Nähe kennenzulernen – und keiner von ihnen sah so aus, als ob er großen Wert auf ein Wiedersehen legte. Offenbar hatte man auf der anderen Seite noch eine offene Rechnung mit ihnen zu begleichen; die Zeit, um gemeinsam Wodka zu trinken und Wolgalieder zu singen, war noch nicht gekommen.

Die meisten hatten alles, was auf der Flucht behinderte, von sich geworfen; Helme, Tarndecken, Gasmasken; hier und da lagen selbst Karabiner und Handgranaten am Straßenrand oder in den Gräben, auch Uniformen, Kartenmaterial und militärische Abzeichen aller Dienstgrade, die man sich vom Leibe gerissen hatte.

Man mußte das verstehen, denn die Sprache des Krieges, ohnehin simpel genug, wurde immer simpler, je mehr es dem Ende zuging. Nun gab es nur noch ein primitives Freund-Feind-Schema, ein „Stalin gutt, Hittler kaputt". Für Nuancen, Differenzierungen gar, war die Zeit noch nicht reif. Ein paar falsche Signale, Farben oder Codes zur Unzeit konnten schnell Mißverständnisse auslösen und lebensgefährlich werden – oder auch lebensrettend, je nachdem.

Eine Ausnahme machten nur die Soldaten von der SS. Sie blieben ihren Waffen, Uniformen und Insignien nibelungentreu verbunden, was mit ihrer ideologischen Verbohrtheit zusammenhing und damit, daß sie nun einmal auf den Götterdämmerungsmodus geeicht waren und nicht mehr umschalten konnten. Der Hauptgrund aber war wohl der, daß ihnen auch gar nichts anderes übrig blieb. Ein zu besseren Zeiten eintätowiertes Zeichen hatte ihnen ein Kainsmal eingebrannt, das sie aber vor nichts mehr schützte. Kapitulation kam für sie nicht in Betracht, weil weder Russen noch polnische oder tschechische Partisanen, die sich in vielerlei Hinsicht als noch nachtragender erwiesen, die Sache auf sich beruhen lassen wollten. Bei einfachen Landsern erwies man sich unter Umständen großzügig, nur bei den schwarzen Männern von der SS kannte man keine Gnade, und nach dem Gesetz ausgleichender Gerechtigkeit meinte man, dafür seine Gründe zu haben.

Nach einem kurzen Gespräch mit seinen beiden Freunden Hans und Kurt beschloß Albert, sich abzusetzen, seinen Dienst nach der Mittagspause vorerst auf unbestimmte Zeit zu quittieren und sich den Soldatentrecks anzuschließen, die aus den Mauern der Stadt in Richtung Silberberg westwärts zogen. Abgesehen von allem anderen war wohl kaum damit zu rechnen, daß der normale Geschäftsbetrieb bei Noack in den nächsten Tagen weiterlaufen würde. Die fünf Russen sahen nicht so aus, als würden sie morgen früh für ein Pfund Zucker oder Mehl vor der Ladentheke anstehen. Und von den russischen Soldaten, die jetzt von Nordosten und von Breslau her in die Stadt eindrangen, war, nach allem, was er darüber gehört hatte, so etwas auch nicht zu erwarten.

Bevor sich Albert dem in Richtung Silberberg ziehenden Soldatentreck anschloß, rannte er zurück in die Wohnung, zog den Karton mit seiner HJ-Uniform unter dem Bett hervor und verschwand damit im Hinterhof hinter den Kaninchenställen, kurz vor der Mauer zum Pfarrgarten. Dort warf er noch einmal einen andächtigen Blick auf den Inhalt der Pappschachtel, um den er einst mit Vater Ernst-August gerungen, für den er gelitten und den er geliebt hatte: auf den khakifarbenen Blouson mit den Steinnuß-Knöpfen, auf das schwarze Halstuch mit dem Lederring, die kecke Schiffchenmütze und natürlich die Armbinde mit dem Zeichen, *dem* Zeichen, von dem er, wie es schien, sich für die nächsten Wochen und Tage bis auf weiteres würde verabschieden müssen.

Jetzt, wo man mit allem rechnen mußte, war es gut, dem Beispiel der Soldaten zu folgen und alles, was später Unannehmlichkeiten mit sich bringen konnte, beizeiten aus dem Wege zu schaffen. Aber wohin? Die Kaninchenställe waren natürlich zu gefährlich, weil die hungrigen Soldaten vermutlich zuerst auf sie aufmerksam werden würden. Und auch sonst gab es im Hof kein Versteck, das vor den Russen sicher gewesen wäre. Albert kam auf die Idee, von der Anhöhe vor der Mauer auf das Dach des Hauses zu klettern und sein Päckchen von dort in den Schornstein fallen zu lassen.

Vielleicht wäre es besser gewesen, seinen Revolver, den er erst vor ein paar Wochen für sein Fernglas eingetauscht hatte, dort ebenfalls zu verstecken, aber für diesen schwersten aller Abschiede war es noch zu früh. Albert steckte ihn in das Schulterholster unter seinem roten Karohemd, zog seine gelbe Turnhose an und lief zurück zu seinen Freunden.

Südwestwärts sollte es also gehen, weil man den Amerikaner im Südwesten wähnte, vielleicht sogar schon irgendwo im Böhmischen. Das hatte man gehört, aber Genaueres wußte keiner. Daß man sich geirrt hatte, erfuhr man erst später. Doch natürlich können auch Irrtümer dem Leben eine Richtung geben, wenn auch eine falsche.

Zu sagen, die Stimmung unter den Soldaten sei gedrückt gewesen, ist schon fast zuviel. Für Stimmungen, Gefühle gar, hatten die Männer, denen Albert und seine beiden Freunde sich angeschlossen hatten, gar keine Zeit, dazu waren sie zu sehr mit sich selbst beschäftigt. Die Sache mit der unverbrüchlichen Kameradschaft, wo jeder für jeden und so weiter, hatte man vorerst abgehakt und in den Ruinen der zerschossenen Häuser und abgebrannten Dörfer, im russischen Schlamm, Eis und Schnee gelassen; da hatte das Sinn gehabt, davon würde man später noch den Kindern und Enkelkindern erzählen, aber jetzt mußte jeder selbst sehen, wie er durchkam oder besser, wie er wegkam. Selbstrettung durch Flucht lautete die Devise. Die Russen hinter ihnen bedeuteten Gefangenschaft oder Tod, und vor ihnen war alles ungewiß.

Aber dieser Tag, für den Historiker und Politiker bis heute keinen rechten Namen haben, weil Begriffe wie „Kapitulation“, „Befreiung“, „Kriegsende“ die gemeinte Sache immer nur halb treffen, war ein Tag im wunderschönen Monat Mai, als alle Knospen sprangen und die Kirschen am Straßenrand und in den Gärten blühten. Eigentlich keine Zeit zum Sterben, dachte Albert, der zum ersten Mal in seinem

Leben nicht mehr bedauerte, kein Soldat geworden zu sein, so wie Herbert, der gefallen war, oder Heinz, von dem man seit Wochen nichts mehr gehört hatte, oder Peter und Paul aus Reichenstein, die die Festung Breslau verteidigt hatten und von denen niemand wußte, ob sie noch lebten.

Der Soldat, neben dem Albert eine Weile herging, hieß Helmut, kam aus Hannover und humpelte. Er sei bei der Infanterie gewesen, sagte er, und fügte leise und sehr falsch singend hinzu: „Infanterie, Infanterie, du bist die Krone aller Waffen, du trägst mit Stolz den schweren Affen, marschierst für Deutschlands Ruhm und Deutschlands Herrlichkeit hinein in alle Ewigkeit“.

Kaum einer von denen, die einst mit ihm in die andere Richtung gezogen seien, sei jetzt noch am Leben. Sie alle seien nur Kanonenfutter gewesen, fügte er hinzu. Falls es jemals wieder einen Krieg geben werde, womit wohl nicht zu rechnen sei, denn Deutschland sei kaputt, ja mehr als das, kaputter als kaputt - falls es trotzdem jemals einmal wieder zum Krieg komme, rate er Albert vor allem eins: auf keinen Fall Infanterie. Kavallerie, nun gut, die Burschen von der Reiterei kämen überall durch, sprängen mit ihren Gäulen über Stock und Stein, vorausgesetzt natürlich die machten nicht schlapp; Panzer auch, obwohl er selbst um nichts in der Welt in so einer Sardinenbüchse sitzen möchte, aber das sei sein persönliches Problem, Platzangst eben. Dasselbe gelte übrigens auch für U-Boote. Flieger, Marine, klar, aber Infanterie? Niemals!

Der Infanterist hatte bemerkt, daß Alberts Hemd an einer Stelle ein wenig bauschte und wollte wissen, was das sei.

„Trommelrevolver“, erwiderte Albert, „sechs Schuß, neun Millimeter“.

„Glückwunsch“, sagte Helmut, „nichts wie weg mit dem Ding“. Die Russen verstünden mit so was keinen Spaß. Cowboy und Indianer könne er spielen, wenn er zuhause bei Mama sei. Albert war verstimmt. Ihm gefiel die Gesprächswendung nicht. Er ließ Helmut weiter nach Hannover humpeln und schloß sich wieder seinen beiden Freunden an.

Kurz hinter ihrer Siedlung wandte Albert sich noch einmal um und warf einen Blick zurück auf Frankenstein. Doch hinter ihm regnete es weder Feuer und Schwefel vom Himmel noch erstarrte er zur Salzsäule. Die Silhouette der Stadt erwies sich Krieg und Kriegsgeschrei gegenüber erstaunlich resistent, was vermutlich mit der weißen Fahne zu tun hatte, die vom Rathausturm hing. Die Nadel des neugotischen Rathausturms stach wie eh und je spitz in den vergißmeinnichtblauen Himmel, und der schiefe Turm kippte immer noch nordwärts, ohne jemals zu fallen. Dann ist also noch alles in Ordnung, dachte Albert, dem beim Verlassen der Stadt nicht entgangen war, daß von der Promenade her Karabinerschüsse hallten, die vermutlich einem Trupp von SS-Soldaten galten.

Von da an ging es auf die blaue Eule zu. Aber die Straße von Peterwitz über Schönwalde bis Silberberg wurde von Häusern und einzelnen Gehöften gesäumt, die ihnen den Blick auf Äcker, Wiesen und Gebirge versperrten. Scheunen und Scheunentore, ein Kirchturm, Gräben, Hecken, Zäune, blühende Obstgärten und Menschen, die ihnen neugierig, unschlüssig, ratlos nachblickten. „Ei Peterwitz, ei Peterwitz", dachte Albert im Vorübergehen. Als die Eule wieder in Sicht war, waren sie fast schon in Silberberg.

Silberberg schien Schutz zu verheißen. Wenigstens gaukelte die alte Feste, die wie eh und je ein wenig großsprecherisch über dem Ort prangte, so etwas vor. Aber natürlich war klar, daß es sich dabei um ein leeres Versprechen handelte, da die Festung, die schon im letzten Jahrhundert eingemottet, das heißt geschleift worden war, seit über hundert Jahren nur noch eine Art Theaterkulisse bildete. Weder die Festung noch der alte Fritz, dessen Andenken die treue Gemeinde der Endsiegpropheten bis zuletzt beschworen hatte, konnten jetzt noch helfen.

Eine Weile war überhaupt fraglich, ob die Drei die Oberstadt von Silberberg würden betreten können, denn kurz nachdem sie am Bahnhof, der dem Ort ein wenig vorgelagert war, angekommen waren, wurden sie von einem Trupp zudringlicher Russen aufgehalten, der ihnen von Frankenstein nachgesetzt war. Drei „Tiger“, die es nicht bis nach Sibirien geschafft hatten, rasselten heran und bauten sich vor dem Bahnhof auf, um den Fliehenden eine kleine Verschnaufpause zu gönnen.

„Damit jagen sie den Iwan über die Rüben“, sagte Hans. Albert dachte noch, wieso Rüben zu dieser Jahreszeit, gibt es die nicht erst im Herbst? Albert suchte nach Rüben, fand aber keine, da hatten die Panzer auch schon das Feuer eröffnet und schossen aus ihren Achtkommaachtzentimeter-Kanonen, daß den Dreien in der Mulde das Hören und Sehen verging. Später sprach Albert davon, sie hätte ihm und den anderen das Leben gerettet, die drei Tiger hätten ihren Rückzug gesichert. Vielleicht war es so. In jedem Fall flößten sie Respekt ein. Ein paar allzu vorwitzige T 34-Panzer verkrümelten sich und gingen auf vorsichtige Distanz.

Doch das Brüllen der drei Tiger blieb nicht unbeantwortet. Nach einer Weile scholl es aus dem Wald, in den sie hineingerufen hatten, wieder zurück, ein ohrenbetäubendes Granatfeuer. Die Russen hinderten die Deutschen an der Flucht, die Deutschen hinderten die Russen an der Verfolgung. So hinderte jeder jeden. Albert und seine Freunde verkrochen sich bäuchlings in einer Mulde in der Nähe des Bahnhofs.

„Schweres Pak-Feuer“, flüsterte Hans, der sich auskannte, „haut selbst den stärksten Tiger um“.

Hoffentlich nicht, dachte Albert, der bisher nicht nur an den Endsieg, sondern auch an die Unbesiegbarkeit des deutschen Tigers geglaubt hatte.

Das Heulen der Granaten wollte ihm nicht gefallen. Der Blick auf die blühenden Bäume und irgend etwas anderes, das ihn schon seit geraumer Zeit beschäftigte, sagte ihm, daß diese schrille Musik nicht zur Jahreszeit paßte. Auch war ihm klargeworden, daß eine Rückkehr nach Frankenstein in den nächsten Tagen kaum mehr möglich sein würde und daß es daher besser war, mit den Soldaten weiter in den Südwesten zu gehen, falls er das russische Feuer überleben sollte. Letzteres sei damals nicht ganz so selbstverständlich gewesen, wie man im nachhinein meinen könne, sagte Albert später, es seien damals viele Stoßgebete in den Sand der Mulde am Kleinbahnhof von Silberberg hinein gesprochen worden.

Punkt sechs stellten die Russen das Feuer ein und machten Feierabend. Nach Alberts Worten habe sich in solchen ganz einfachen kleinen Gesten der menschlich versöhnliche Charakter des Iwan gezeigt, der bei aller sonstigen Brutalität gerne mal Fünfe gerade sein ließe und den Karabiner beiseitelegte, um sich nach getaner Arbeit zu entspannen, bei mehrstimmigem Gesang und einer Flasche Schnaps oder auch zwei, je nach Vorratslage. Der Fanatismus mancher deutschen Soldaten, vornehmlich der schwarz gekleideten, die gar nicht mehr abschalten konnten, sei den Russen fremd gewesen. Andererseits seien viele Russen in betrunkenem Zustand gefährlicher gewesen als in nüchternem. Da sei die Brutalität oft in Bestialität umgeschlagen. Das hätten vor allem die deutschen Frauen zu spüren bekommen.

Für Albert und seine Kumpanen war es Zeit, aus der Mulde zu kriechen, den Staub abzuschütteln und den Vorsprung, den ihnen die Russen gegönnt hatten, zu nutzen. Die Drei zögerten auch nicht lange, sondern reihten sich wieder in den Treck ein, der sich über den Bahnhofsweg und die Sommerseite an den Kasernen vorbei zur Silberberger Oberstadt und weiter zur Paßhöhe hoch schlängelte. Wegen der starken Steigung war es mit Rücksicht auf die entkräfteten Pferde notwendig geworden, einige allzu schwere Fuhrwerke teilweise zu entladen. Am Straßenrand stapelten sich daher Kisten und Kartons mit Lebensmitteln, Wehrmachtskleidung, dazu Tarndecken, Wehrmachtsstiefel, Waffen und sogar ein Sortiment von Haro-Füllfederhaltern. Die Drei griffen zu und nahmen mit, was ihre Taschen aufnehmen konnten. An den Füßen trugen sie jetzt schwere Knobelbecher. Das wirkte imposant. Allerdings scheuerten sie sich ihre Sohlen an dem harten Material so wund, daß ihre neuen Siebenmeilenstiefel schon nach ein paar Kilometern wieder gegen ihr altes Schuhwerk ausgetauscht werden mußten.

Die Frage, wie es damals von Silberberg aus weiterging, ist mir von Albert nie plausibel beantwortet worden. Nach meiner Meinung kann der Weg nur über Volpersdorf, das heute Woliporz heißt, in Richtung Neurode fortgesetzt worden sein, auch wenn Albert sich partout nicht mehr an diese Namen erinnern kann. Von dort könnte der Treck dann nach Tunschendorf, Reichenforst und Wünschelburg nach Karlsberg und dann über die Grenze nach Nachod und Königgrätz gezogen sein. Oder ging es von Silberberg direkt nach Glatz und nach der tschechischen Grenze, die damals offiziell nicht mehr existierte, nach Bad Kudowa und Nachod? Fest steht, daß Alberts Erinnerung erst wieder mit Nachod und den Ereignissen jenseits der tschechischen Grenze einsetzt. Und für dieses Aufleuchten der Erinnerung gab es Gründe.

Vom ersten Abend weiß Albert sonst nichts weiter zu berichten, außer daß die Drei vor Erschöpfung irgendwo am Straßenrand in einen Graben fielen und, eingehüllt in eine Tarndecke, im Freien nächtigten. Der Treck, dem sich inzwischen auch einige Bewohner der umliegenden Ortschaften angeschlossen hatten, was zu Stauungen und Verzögerungen auf der Straße führte, zog noch lange an ihnen vorbei. Auch als Albert am nächsten Morgen um vier erwachte, waren die Menschen unterwegs, zu Fuß, auf Rädern, motorisiert oder auf Pferdekutschen. Auf manchen Leiterwagen stapelten sich Möbel, Matratzen und Hausrat zu schwankenden Türmen, obenauf die fußlahmen Alten.

Als sie hinter Bad Kudowa die tschechische Grenze überschritten, war den Dreien das Gehen so beschwerlich geworden, daß sie zwischendurch längere Pausen einlegen mußten. Ein am Wege liegendes Militärfahrrad erschien ihnen wie ein Geschenk der Vorsehung (an die zu glauben Albert noch nicht ganz aufgehört hatte). Allerdings hatten nur zwei Personen auf dem Rad Platz. Man vereinbarte, daß jeweils zwei Freunde auf dem Fahrrad voranfahren und der dritte zu Fuß folgen sollte. Nach zwei oder drei Kilometern sollten die beiden, die vorangefahren waren, auf ihren Kumpan warten, und dann würde ihm einer von ihnen das Fahrrad für die nächste Etappe überlassen. So sollte jeder einmal drankommen. Tatsächlich ging das eine Weile auch ganz gut. Doch als Albert zum dritten Mal hinterher trottete und sich bereits auf das Fahrrad freute, das hinter der nächsten Wegbiegung für ihn bereitstehen sollte, waren weder Fahrrad noch Freunde da.

Albert, der mit dem Begriff Vorsehung inzwischen zu haushalten gelernt hatte, hielt es für einen glücklichen Zufall, daß ihm nur wenig später ein streunendes und offenbar herrenloses Kavalleriepferd in die Quere kam. Ein wenig Erfahrung mit dem Reiten und mit Pferdepflege hatte er bereits auf Bauernhöfen in der Umgebung von Frankenstein sammeln können, den Rest kannte er aus seinen Karl May-Büchern. Da Sattel und Zäumung noch vorhanden waren, brauchte sich Albert nur auf den Pferderücken zu schwingen und loszureiten. Der Hannoveranerhengst war schon etwas heruntergekommen, erwies sich aber als durchaus brauchbar. Die Hoffnung, hoch zu Roß an den beiden treulosen Freunden auf dem Rad vorbeizuziehen, beflügelte Albert eine Weile. Die Tarndecke, die er bisher nur zum Schlafen in Löchern, Gräben oder Heuschobern gebraucht hatte, diente ihm jetzt als eine Art Poncho, was einen sehr verwegenen Eindruck machte.

Doch kam Albert nicht sehr weit. Schon kurz vor Nachod stieß er auf eine Panzersperre, die von tschechischen Partisanen, die mit deutschen Beutewaffen ausgerüstet waren, bewacht wurde. Albert bereute kurz, es nicht den Kavalleristen gleichgetan zu haben und einfach über die Felder geritten zu sein, statt die Straße zu benutzen. Aber dafür war es jetzt zu spät. Bei den Sperren handelte es sich um sogenannte „Tschechenigel“, drei miteinander verschweißte

Profilstahlträger, die auch einen Tiger ins Stolpern gebracht hätten.

Nachdem die Tschechen erst einmal auf Albert aufmerksam geworden waren, war an Umkehr oder Flucht nicht mehr zu denken. Die Partisanen hätten ihn ohne Zögern mit ein paar Salven aus ihren Karabinern vom Pferd geschossen. So blieb Albert nichts weiter übrig, als der Aufforderung der Tschechen zu folgen, von seinem Pferd zu steigen und die Arme zu heben. Die Tschechen stanken nach Schnaps und waren zu Scherzen aufgelegt. Einer von ihnen hielt Albert die Mündung seines Gewehrlaufs direkt vor das Gesicht und gab ihm Gelegenheit, die ausgefeilte Technik eines deutschen Karabiners zu bewundern. Die war Albert zwar bereits hinlänglich bekannt, dennoch lobte er die gute Verarbeitung und bekundete Freude darüber, deutsche Waffentechnik endlich in tschechischen Händen zu wissen. Er wollte gerade von Onkel Heinrich anfangen, als er scharf gefragt wurde:

„Du Pistolett?"

Albert schüttelte stumm den Kopf. Eine sprachlich korrekte Antwort, wie zum Beispiel: „Nein, ich besitze keine Pistole", hätte schnell als indirekte sprachliche Belehrung oder gar Besserwisserei ausgelegt werden können. Dagegen konnte eine Antwort, etwa in der Art wie: „Ich nix Pistolett", für hellhörige Ohren leicht als Veralberung aufgefaßt werden. In dieser angespannten Situation mußten Mißverständnisse unbedingt vermieden werden.

„Wenn du Pistolett, dann du sein tot."

Der Konditionalsatz war grammatisch nicht korrekt, aber inhaltlich eindeutig.

Albert ließ seinen Tarndeckenponcho fallen. Unter Püffen und Stößen mit dem Gewehrkolben durchsuchte man ihn, suchte im Poncho, suchte in der Turnhose, suchte in der Unterhose, suchte im Hemd, fand aber nichts. Auch keinen sechsschüssigen Trommelrevolver, neun Millimeter. Denn den hatte Albert zusammen mit dem ledernen Holster, kurz nachdem er die tschechische Grenze überquert hatte, einem glücklichen Impuls folgend, in den Puusch geworfen.

Vielleicht lag es am süßlichen Verwesungsgestank, der ihn seit ein paar Kilometern bei seinem Ritt durch die Wälder umweht und nachdenklich gestimmt hatte. Vielleicht waren es die Bilder der Soldaten, auf die man mit Gewehrkolben, Spaten und mit den Füßen solange eingeschlagen hatte, bis nur noch ein blutiger Matsch von ihnen übriggeblieben war. Albert hatte das warnende Beispiel derer vor Augen, die zu lange auf die Macht ihrer Waffen vertraut hatten. Da lagen sie nun, als verwesende Fleischklumpen, Fraß für Fliegen und Maden. Das war einprägsamer als die mahnenden Worte irgendeines humpelnden Infanteristen aus Hannover. Wenn Albert in diesen Tagen überhaupt noch eine Chance haben sollte, dann, das hatte er begriffen, ohne Revolver.

Die Partisanen hatten denn auch weiter nichts zu beanstanden. Nur der Anblick der Turnhose, ein senfgelbes Textil, dessen Farbe Albert damals im Kaufhaus Alfred Beck, Schneiderei-Artikel, Strümpfe, Trikotagen, nicht ohne Bedacht ausgewählt hatte, veranlaßte einen von ihnen dazu, den Karabiner reflexartig zu entsichern und erneut auf Albert zu richten.

„Bloß Turnhose, Schule, Sport, kein Nazi“,

sagte Albert beschwichtigend und illustrierte seine Worte mit ein paar Kniebeugen.

Das genügte. Albert durfte weiterziehen, ohne Pferd, ohne Tarndeckenponcho, ohne seine drei Haro-Füllfederhalter und ohne gelbe Turnhose, denn die hatte man inzwischen an den Ast einer Fichte geklemmt und als Zielscheibe für Schießübungen, auf kurze Distanz und auf lange, benutzt.

Nach Königgrätz ging es weiter zu Fuß, diesmal nur noch in Unterhose, aber dafür in Begleitung eines Trecks deutscher Soldaten und einiger Zivilisten, denen sich Albert etwa eine halbe Stunde hinter der Panzersperre anschloß, und der von Glatz und Bad Kudowa über die tschechische

Grenze in Richtung Königgrätz zog. Inzwischen hatte sich allerdings herausgestellt, daß man bei der Flucht vor den Russen den tschechischen Partisanen in die Arme gelaufen war, die in kleineren oder größeren Trupps plötzlich überall auftauchten.

Es war immer dasselbe Schema: Zuerst wurde entwaffnet und dann aussortiert. Besonders auf die Soldaten der Feldgendarmerie hatte man es abgesehen; die helleren Uniformen verrieten sie. Meist trieb man sie in die Wälder, weil sich das Geschäft des Quälens und Tötens dort ungestörter betreiben ließ. Viele von denen, die noch Munition hatten, gaben sich die Kugel selbst.

So kam der Treck, Albert weiß bis heute nicht mehr wie, nach Königgrätz, der Stadt mit den fünf Türmen und dem trigonalen Marktplatz mit der Mariensäule. Zusammen mit dem Sitz des Bischofs bilden die Clemens-Kapelle, die Heilig-Geist-Kathedrale und die ehemalige Jesuitenkirche Mariä Himmelfahrt ein rundum frommes Stadtbild, prädestiniert für Prozessionen, Fronleichnamzüge und Messen unter freiem Himmel.

Aber man erwartete sie nicht zur Messe. Männer, Frauen, Väter, Mütter, Kinder, Greise hatten sich mit Steinen, Knüppeln, Stecken, Krückstöcken, Eisenstangen, Luftpumpen, Gummischläuchen, Mistgabeln und Wehrmachtskoppeln bewaffnet und auf dem Markt ein Spalier gebildet, durch das die Ankommenden hindurchgetrieben wurden. Man schlug, hieb, drosch, prügelte, peitschte, spie, boxte und stach drauflos, solange, bis Blut floß und auf dem Pflaster Pfützen bildete. Alberts Vordermann, den es am härtesten getroffen hatte, schwappte das Blut ketchuprot aus dem Stiefel.

Vor dem Palast des Bischofs feierte man ein Fest mit Frauen, die man aus ihren Wohnungen auf die Straße getrieben hatte. Man hatte sie kahlgeschoren, mit Hakenkreuzen tätowiert oder ihnen die Röcke über den Kopf gezogen. Diejenigen Körperstellen, mit denen die Kollaborateurinnen ihr Vaterland an den Feind verraten hatten, waren durch Schläge und Tritte mit roten und blauen Flecken markiert.

Manche waren gekommen, um das Geschehen mit ihren Fotoapparaten festzuhalten. Für passende Perspektive und gelungenen Bildausschnitt ging man sogar auf die Knie. Später wurden die Bilder in Alben geklebt, für Familienfeiern, Geburtstage oder Silberhochzeiten, zur Erinnerung an den Sieg im Mai fünfundvierzig. Es müßte sie noch geben.

Während Albert zusammen mit anderen durch das Menschenspalier getrieben wurde, fiel sein Blick für einen kurzen Augenblick auf die Jungfrau oben auf der Säule mit den zwölf goldenen Sternen drumherum. Einst war die Säule von den Königgrätzern aus Dankbarkeit für die Errettung von der Pest errichtet worden, weswegen sie „Pestsäule“ genannt wurde. Doch mit dieser Pest wurde die *Immaculata* nicht fertig. Sie beschränkte sich darauf, mit weichverklärten, entrückten Zügen hinter einer Wolke von Seligkeit zu dösen und das Treiben unter ihren jungfräulichen Füßen einfach wegzulächeln.

Dabei waren diejenigen, die an diesem Tag auf dem Markt von Königgrätz waren, eigentlich ganz normale Menschen, was man so normal nennt, solche, wie man sie jeden Tag auf der Straße sah und auch heute noch sieht. Wie Albert später erfuhr, soll ein Kaminkehrer dabei gewesen sein, der noch vor zwei Jahren auf dem Fahrrad allen, die es hören wollten und auch denen, die es nicht hören wollten, sein „Heil Hitläär“ zugerufen hatte, eine Konditorei-Angestellte, die ihr erstes Kind erwartete, die freundliche Frau vom Internisten, die aber keine Deutschen mochte, die Söhne des Studienrats – nur daß sie wohl an diesem Tag, an dem sie ihren Siegeskarneval feierten, offenbar Masken über ihre Normalität gestülpt hatten – oder war die Normalität die Maske? Wie der Haß die Physiognomie verändern kann, dachte Albert noch, wie er die Züge explodieren, wie er das Kinn vortreten und die Augen aus den Höhlen treten läßt.

Die Szenen von den Ausschreitungen in Nachod und Königgrätz bestimmen bis heute Alberts Bild vom Ende des

Krieges. Die Menschen, die damals nicht auf der Straße waren, sah Albert nicht. Aber es gab sie auch. Vielleicht standen sie an den Fenstern ihrer Wohnung und schauten nachdenklich dem Treiben auf dem Marktplatz zu. Vielleicht wandten sie sich nach einer Weile angewidert ab, schoben die Gardine zurück und zerstreuten sich bei irgendeiner Hausarbeit, lenkten sich mit einem Buch oder irgend etwas anderem ab. Nicht, daß sie unter der Besatzung weniger gelitten hatten als der Mob, der auf der Straße tobte. Aber es stieß sie ab, ihren Sieg so zu feiern wie die Besiegten, als sie noch Sieger waren, ihre Niederlage gefeiert hatten.

Vielleicht dachten sie ja auch eine Weile daran, auf den Markt zu gehen, dem Treiben Einhalt zu gebieten, aber Angst oder Gleichgültigkeit waren größer. Jedenfalls ließen sie es geschehen, und so kam es, daß sich die Trennlinien von Gut und Böse, Böse und Gut, Opfer und Täter, Täter und Opfer am Ende des Krieges, als schon der Frieden begonnen hatte, ununterscheidbar verwischten.

Nur einmal stob der Menschenpulk auseinander, als ein deutscher Spähpanzer über den Marktplatz fuhr, den wegen der schweren Bewaffnung niemand aufzuhalten wagte. Für Albert und andere bot sich jetzt die Gelegenheit zu fliehen. Doch kaum hatten sie Königgrätz hinter sich gelassen, gerieten sie erneut in die Hände von Partisanen. Mit ihnen zusammen ging es nach Prag.

In Prag wurde Albert zusammen mit den anderen in einer Kaserne untergebracht. Wenigsten war er dort vor denen geschützt, die sich immer noch in den Straßen vor der Kaserne austobten und an allem vergriffen, was sie irgendwie an die früheren Besatzer erinnerte. Auf seinem Strohlager hörte Albert noch nachts die Hilfeschreie. Aber er konnte nicht helfen, niemand konnte helfen. Er fühlte sich in der Kaserne sicher, aber in manchen Nächten überwog das Gefühl der Ohnmacht – und das der Schuld, das uns die Ohnmacht einredet.

Im übrigen schützte ihn sein Alter. Vor der Folter, den Quälereien, den willkürlichen Hinrichtungen und den ebenso willkürlichen Scheinhinrichtungen. Diese und andere Erfahrungen blieben den Älteren vorbehalten, Soldaten und Zivilisten, die mit ihm in der Kaserne untergebracht waren. Das ging ungefähr eine Woche lang. Dann durfte Albert, der mit ein paar Blutergüssen davongekommen war, die Kaserne wieder verlassen und heimkehren.

Das erste, was er bemerkte, als er die Kaserne verließ, war der starke Duft der Fliederblüte an der Kasernenmauer. Es war, als wollte die Natur und der anbrechende Frühling in diesen Tagen die Spuren des Krieges, die noch allenthalben, an den zerschossenen Mauerruinen und verbrannten Häusern, den am Wege liegenden Leichen und Kadavern und als überall anwesender Geruch von Blut und Verwesung gegenwärtig waren, mit aller Kraft wegblühen

Vor der Kaserne begegnete Albert den beiden Schwestern Regina und Marion. Sie kamen aus Zadel und besaßen ein kleines Ponygespann. Die Angst vor den Russen hatte sie nach Prag verschlagen. Nachdem sie die Hoffnung, hier auf die Amerikaner zu stoßen, inzwischen begraben hatten, wollten sie wieder zurück zu ihrem kleinen Bauernhof, wo keine Eltern mehr auf sie warteten. Sie boten Albert an, mit ihnen zu fahren.

Marion war achtzehn Jahre alt, älter als Albert, aber jünger als ihre neunzehnjährige Schwester Regina. Die Jüngere dominierte. Marion wußte, was sie wollte. Alles an ihr war fest, stramm, bestimmt. Sie entschied, wohin sie fuhren, wann sie fuhren, wie sie fuhren, wer bei den Fahrten wo saß und wo sie Halt machten. Sie entschied selbstverständlich und mit Nachdruck. Offenbar war sie es gewohnt, für andere zu entscheiden. Und ihre Schwester widersprach nie.

So ging es mit Regina und Marion auf dem Ponygespann im Zuckeltrab nach Zadel. Sie brauchten drei Tage und drei Nächte. Sie übernachteten in Scheunen oder Schuppen am Rand der Straße. Und natürlich bestimmte Marion immer, wer wo schlief. Am ersten Abend sagte sie zu Albert:

„Regina schläft dort, ich schlafe hier, und du schläfst da".

Auch am zweiten Abend hieß es wieder:

„Regina schläft dort, ich schlafe hier, und du schläfst da".

Nur am letzten Abend sagte sie:

„Regina schläft dort, ich schlafe hier, und du schläfst bei mir".

Die Wendung war Albert nicht unwillkommen. Ganz überraschend war sie nicht, weil er schon während der Fahrt gemerkt hatte, daß es Marion gefiel, wenn er neben ihr auf dem Kutschbock saß, Bein an Bein, und jeder die Körperwärme des anderen spürte. Während Regina wie üblich sogleich der Aufforderung ihrer Schwester nachkam und sich in die hinterste Ecke der Scheune begab, legte sich Albert zu Marion ins Heu. Er machte auch keine großen Umstände, sondern kroch dicht an sie heran, so dicht, daß er ihren Atem spüren konnte, der nach Sauerampfer roch, den sie zum Abendbrot mit ein paar Kommißbrotscheiben gegessen hatten.

Aber Albert schlief vor lauter Müdigkeit und Erschöpfung sofort ein. Im Einschlafen will er noch bemerkt haben, daß Marion ihm einen Sauerampferkuß auf die Lippen drückte, aber darauf wollte er sich später nicht festlegen, er könnte das auch schon geträumt haben. Da er am nächsten Morgen Marion nicht mehr fragen mochte und sie es ihm auch nicht erzählt hätte, blieb die Angelegenheit in der Schwebe, wie so vieles in dieser Beziehung.

Später war Albert mit sich und dem Verlauf des Abends nicht recht zufrieden. Aber nach einigem Nachdenken sagte er immer, es sei gut gewesen, so wie es war. Die Antwort auf die Frage, die Albert seit Wochen beschäftigte, hatte er bekommen. Sie ließ sich schwer in Worte fassen und war von der Art wie die Blüte eine Antwort ist auf eine Knospe, kurz bevor sie platzt. Albert wußte jetzt, daß das Leben außer dem Krieg noch ein paar andere Dinge für ihn bereit hielt, Dinge, die er unbedingt noch erleben wollte.

Zweiklassengesellschaft im Viehwaggon

Der Krieg war zu Ende, Albert war wieder da, und auch Hedwig und Margot waren mit ihren Kindern aus Reichenstein zurück. Über die Vorgänge in der Waldschenke sprachen sie nur selten, aber aus Andeutungen, die Hedwig im Gespräch mit Rosa am Küchentisch machte, erfuhr Ruthla, daß nicht alle Frauen soviel Glück gehabt hatten wie Rosa. Hedwig sagte, daß die Russen weder vor alten Frauen noch jungen Mädchen Halt gemacht hätten. Einigen von ihnen habe man sogar die Röcke über den Kopf zusammengebunden und gleich mehrmals hintereinander vergewaltigt. Männer, die ihre Frauen oder Töchter schützen wollten, seien mit dem Gewehrkolben niedergeschlagen oder erschossen worden. Rosa wollte wissen, wie es Margot ergangen sei. Hedwig lachte. Margot, mein Gott, Margot. Rosa kenne doch Margot. Die habe alles locker genommen. Außerdem habe sie einen russischen Leutnant kennengelernt, und seitdem sei sie für alle anderen Russen tabu gewesen. Sogar Fleisch, Brot und Butter habe sie von ihrem Leutnant gekriegt. Rosa sagte: „Ja, ja, unsere Margot, immer obenauf".

Nur von Ernst-August hörte Rosa nichts, und dabei war Auschwitz schon seit Januar befreit. Margot sagte, Ernst habe womöglich eine andere Frau kennengelernt, vielleicht eine Russin, er habe es ja immer mit Russinnen gehabt. Oder er sei in Moskau bei seinem verehrten Genossen Stalin. Margot sagte das nicht ohne Ironie. Aber Rosa tippte sich an die Stirn und erwiderte: „So ein Bleedsinn". Wenn Ernst noch lebe, würde er sicher zu ihnen nach Frankenstein zurückkehren. Was solle Ernst denn in Moskau, er könne ja noch nicht einmal russisch. Vielleicht liege er im Lazarett, vielleicht sei er ja schon unterwegs, vielleicht komme er morgen, vielleicht stünde er schon vor der Tür.

Natürlich stand Ernst nicht vor der Tür, auch am nächsten und am übernächsten Tag nicht, aber das „vielleicht" gab Rosa das Gefühl, es könne noch alles gut werden. Ganz glaubte sie es zwar selbst nicht, und manchmal zweifelte sie überhaupt daran, ob es mit Ernst tatsächlich besser würde als ohne ihn. Aber dann redete sie sich ein, daß er durch das KZ geläutert worden sei und von nun an mehr Verständnis für sie und ihre Gefühle haben werde; und dafür, daß sie als Ehefrau auch ihren Stolz habe. Wie seine Handschrift zeigte, hatte Ernst sicherlich viel gelitten in Auschwitz. Nein, Rosa hatte die Hoffnung noch nicht ganz aufgegeben.

Ruthla, die unter der Chaiselongue lag und zugehört hatte, malte sich aus, wie es sein würde, wenn ihr Vatel wieder zurückkäme. Möglicherweise würden ihn die Kommunisten, die jetzt den Krieg gewonnen hatten, als Helden feiern. Und einen Verdienstorden bekäme er auch. Die Freundinnen, die sie bisher als „Kommunisten-Schubert" gehänselt hatten, würden sich bei ihr entschuldigen, und alle würden sie wegen ihres Vaters bewundern. Nach seinem Tode würde eine Straße nach ihm benannt werden, und Ruthla würde sie einweihen. Später würde sie dann Café-Conditorei Römer in der Burgstraße erben, so wie ihre Patentante es ihr versprochen hatte. Rosa würde hinter der Kuchentheke stehen, Lissy würde servieren, und sie würde zusammen mit Lothar an einem der Tische sitzen und bei einer Tasse Kaffee und einem Liebesknochen mit Schlagsahne Zeitung lesen oder Spione beobachten. Dann würden sie heiraten, acht Kinder bekommen und, ach, der liebe Gott würde bei ihnen wohnen, mit der himmlischen Kronen und...

Unter der Chaiselongue machte Ruthla ihre ersten Erfahrungen mit dem Konjunktiv. Einen ganzen Nachmittag lang und ohne Herrn Karger, der jetzt in Gefangenschaft war, irgendwo in Sibirien, wie es hieß, genoß sie das süße Gift der Möglichkeiten; sie genoß es in vollen Zügen, ließ sich in schwachen und starken Formen und mit viel „hätte", „könnte", „würde" bunten Flitter vorgaukeln und war am Ende kirre vor lauter Eventualitäten.

Mit dem Konjunktiv eng verwandt ist die Poesie. Auch sie hat etwas Tröstliches. Doch anders als der Konjunktiv ist sie genaugenommen keine Möglichkeits-, sondern eine

Wirklichkeitsform – auch wenn diese Wirklichkeit nicht von allen bemerkt wird und man dafür ein besonderes Empfangsorgan benötigt, so wie Ruthla es besaß.

Auf der Skala der Wahrnehmung sendet die Poesie ein wenig außerhalb der gewohnten Frequenzen. Doch immer dann, wenn Ruthla die beängstigenden, chaotisch auf sie einstürmenden Ereignisse des Krieges im Zauberlicht ihres Märchenbuches betrachtete; wenn sich die beunruhigenden Bilder vor ihren Augen verwandelten und sie unvermittelt und von einem Augenblick zum anderen in ihre Märchenwelt entführten (nicht weniger bedrohlich, aber doch irgendwie vertraut), war sie plötzlich auf Empfang.

So war es ihr ergangen, als aus der Flucht ein Verstecklaspiel mit bösem Wolf und sieben Geißlein wurde und ein gedeckter Tisch in einem einsamen Bauernhaus sie in das Märchen der Bremer Stadtmusikanten versetzte. Und so erging es ihr auch, als sie sich mit Lissy auf den Weg zum Friedhof machte, um ein Sträußchen mit frisch gepflückten Wiesenblumen auf Coppelias Grab zu legen. Als sie durch die Hindenburgstraße gingen, schneite es mitten im Frühling. Aber es war kein Schnee, was vom Himmel fiel, es war auch keine Kirschblüte, sondern es waren geschlissene weiße Federn, die auf das Pflaster schwebten. Frau Holle schüttelt die Betten, dachte Ruthla und blickte aufwärts zu den Fenstern. Doch statt einer alten, gutmütigen Frau mit großen gelben Zähnen sah sie nur russische Soldaten, die aufgeschlitzte rote Betteninletts in ihren Fäusten hielten, aus denen Daunenfedern in dichten weißen Wolken wie Schneeflocken auf die Hindenburgstraße wirbelten.

Ein schlesischer Scheinwinter, ohne kleine Madla, die, an Fenstern stehend, „Schneeflöckchen, Weißröckchen" singen, ohne Bübla auf dem Eis, ohne Zockernissla und ohne *Transeamus*.

Auf Schnee und Federn kam es den Soldaten aber auch gar nicht an, sie wollten nur das rote Inlett. Es war die Farbe Rot, die es ihnen angetan hatte. Die scharlachroten Betteninletts wurden zur Umwidmung und Ausstaffierung des alten Ehrenmals, dem Heldenhain am Prinzeneck, benötigt, dort, wo von der Hindenburgstraße die Reichenbacher Straße und die Bahnhofsallee abzweigten. Auf den Fundamenten des alten deutschen sollte ein neues russisches Soldatendenkmal entstehen. „Völker, hört die Signale", statt: „Ich hatt' einen Kameraden".

Als Ruthla am Nachmittag noch einmal zurückkam, war das neue Ehrenmal schon fertig. Über dem Scharlach deutscher Betteninletts prangte jetzt ein roter Sowjetstern. Aber das war noch nicht alles, denn das Ganze war ein Gesamtkunstwerk mit Figuren. Auf dem Boden des Rondells lag eine Gruppe toter deutscher Soldaten, die man so arrangiert hatte, daß dem Betrachter russischer Sieg und deutsche Niederlage gleichermaßen eindrucksvoll vor Augen standen. Bei den Soldaten handelte es sich um zusammengeschossenen Reste des deutschen Widerstands, den es auch in Frankenstein vereinzelt gegeben hatte, vor allem auf seiten der SS, die sich in Sachen Kapitulation und weiße Fahnen, wie schon beiläufig bemerkt, sehr schwer tat und bis zuletzt als uneinsichtig und geradezu bockbeinig erwies.

Nach der Einweihung wurde aufgeräumt. Gleich am nächsten Morgen war die Auguste Römer mit ihren Helferinnen vom Roten Kreuz wieder vor Ort. Die großen Speichenräder ihrer Handmarie rotierten den ganzen Vormittag. Man hatte in diesen Wochen alle Hände voll zu tun. Auch anderswo lagen noch viele Soldatenleichen und wollten gesichtet, gesammelt und unter dem Schutz des Faltdecks zum Friedhof gebracht werden. Das schuldete man der Pietät und den Toten, vor allem aber wohl dem Bedürfnis der Lebenden nach Normalität.

Auch im Hause der Schuberts machten die Kriegsereignisse Aufräumarbeiten nötig. Rosa brauchte ein Wochenende, damit alles wieder so blitzblank war wie vorher. Nur die Blutflecke auf dem Läufer von Schwester Herta ließen sich selbst mit schärfsten Reinigungsmitteln nicht ganz entfernen. Rosa löste das Problem auf ihre Weise mit ein bißchen Kaschieren und Augenwischerei, das heißt dadurch, daß sie einen zweiten, kleineren Läufer, den sie aus Reichenstein mitgebracht hatte, auf die Flecken des ersten legte. Wenn sie nach der Herkunft des zweiten Läufers befragt wurde, reagierte sie ausweichend, sprach über den Krieg im allgemeinen und das Chaos der letzten Kriegstage im besonderen. Da habe ja niemand mehr gewußt habe, was noch wem gehörte.

Allerdings gab es außer der Reinigung der Wohnküche ein anderes, wichtigeres Problem. Bald nach ihrer Ankunft zupfte Rieke Geißler Rosa am Ärmel und führte sie schweigend in den Treppenflur an die Stelle, wo es hinter der Treppe durch die Falltür in den Keller ging. Vorsichtig öffnete sie die Tür und ließ Rosa einen Blick dorthin werfen, wo sich in besseren Zeiten Kohlen und Kartoffeln mit Einmachgläsern Gesellschaft geleistet hatten. Jetzt war der Keller bis oben vollgestopft mit Uniformen, Helmen, Gewehren, Munition und Munitionstaschen, Tornistern und anderen Militaria, die von deutschen Landsern, die im Haus auf der Flucht übernachtet hatten, zurückgelassen worden waren. In ihrer üblichen Art begann Rosa gleich zu mümmeln, womit sie zu verstehen gab, daß sie den Sachverhalt wohl begriffen hatte. Wenn die Russen oder auch Polen davon Wind kriegten, mußten Rieke Geißler und sie mit dem Schlimmsten rechnen. Man verständigte sich darauf, sich in der Dunkelheit zu treffen, um einen Teil der Sachen auf einem Handkarren aus der Stadt zu schaffen und im Pausebach zu versenken. Den anderen, weniger riskanten Teil wollte Rosa zu ihrem Lumpoaman bringen, der inzwischen zurückgekehrt war und erst vor ein paar Tagen seinen Laden wiedereröffnet hatte.

Tatsächlich brauchten Rosa und Rieke Geißler mehrere Abende, um den Keller leer zu räumen. Als besonders heikel erwies sich das Versenken der Landserausrüstungen im Pausebach, da dieser wieder einmal zu wenig Wasser führte. Der Lumpoaman übernahm Tornister, Ranzen und Taschen, aber mit dem Rest wollte auch er nichts zu schaffen haben.

Der Keller war nun wieder aufgeräumt, die Küche blitzsauber, und dennoch war nichts mehr so wie vorher. Man lebte in einer Art Schwebezustand, einer Zeit des Umbruchs, auf die jede Woche, jeden Tag der vollständige Abbruch folgen konnte. Äußeres Zeichen dafür war die Armbinde, die von nun an von allen Deutschen getragen werden mußte. Rosa hatte sie selbst genäht, denn von den neuen Herren gab es nichts geschenkt, auch keine Armbinde. Den Buchstaben N, der für das polnische Wort „Niemiec" stehen sollte und „Deutscher" bedeutete, hatte sie aus einem schwarzen Schnürsenkel geformt und auf weißes Leinen genäht. Lissy bemängelte, daß die Ecken zu rund seien und das „N" mehr nach einer Blindschleiche aussähe als nach einem wirklichen Buchstaben. Aber Rosa erwiderte nur, daß es darauf nicht ankäme, die Polen würden sie schon erkennen.

Und tatsächlich erkannte man sie gut. Nicht nur, daß viele vor ihnen ausspuckten oder mit Füßen nach ihnen traten, sie mit polnischen Schimpfwörtern bedachten oder einem hämischen „Heil Hittläär". Seitdem Ruthla und Lissy mit der Armbinde durch die Stadt gingen, wurden sie oft zu Arbeiten gezwungen, für die sie weder Lohn noch Dank erhielten. Meistens zu Reinigungsarbeiten. In der Bahnhofsstraße waren sie mehrere Tage damit beschäftigt, in einigen großen Villen Fenster zu putzen und Fußböden zu fegen.

Wie sich die Zeiten ändern, dachte Ruthla; eben hatten die Polen noch eine Armbinde mit einem „O" wie „Ostarbeiter" getragen und für die Deutschen gearbeitet, jetzt trugen die Deutschen eine Armbinde mit einem „N" und arbeiteten für die Polen.

Möglich war das aber auch nur, weil Ruthla und Lissy viel freie Zeit hatten – und die hatten sie, weil sie nicht mehr zur Schule mußten. Denn die Schule am Rosenring war von nun an für sie geschlossen, Unterricht gab es nur noch für polnische Kinder. Nachdem Ruthla und Lissy die von der Verwaltung verordneten Ferien ein paar Wochen lang genossen hatten, stellte sich ein Unbehagen ein. Zum ersten Mal kam es ihnen in den Sinn, daß Schule wohl etwas für Privilegierte sein müsse.

Wenn Ruthla nicht mit Lissy oder ihren Freundinnen butscherte, war sie mit Lothar unterwegs, der immer etwas Neues wußte. Irgendwann, an einem späten Augustnachmittag, tat er wieder einmal sehr geheimnisvoll und deutete an, ihr etwas Besonderes zeigen zu wollen. Sie gingen über die Hindenburgstraße vorbei an Brüderklosterkirche und Friedhof. Hinter dem Friedhof, vor dem „Gasthaus Elefant“ blieb Lothar stehen und wies in die Richtung des Eingangs, vor dem polnische Milizen patrouillierten, die an ihren viereckigen Kappen zu erkennen waren. Dann sagte er noch etwas, aber Ruthla war wegen des lauten Motorengeräuschs zweier laufender LKW abgelenkt und konnte ihn kaum verstehen.

Der Motorenlärm begann Ruthla zu beschäftigen. Ihr war, als hörte sie zusammen mit den Motoren noch irgend etwas anderes: Erst klang es wie ein anschwellendes Wimmern, dann wie Schreie – als ob die Motoren wimmerten und schrieen, dachte sie.

Als sie wieder auf dem Rückweg waren, sagte Lothar, die Schreie kämen nicht von den Motoren, sondern aus den Kellern; es seien Deutsche, die dort unten von den polnischen Milizen gefoltert würden. Die Motoren habe man angestellt, damit man die Schreie draußen nicht höre. Ob sie nicht wüßte, daß der alte Jeschke dort vor kurzem totgeprügelt worden sei. Ruthla wußte es nicht und fragte auch nicht weiter.

In der Nacht hatte Ruthla einen Traum. Ernst-August wurde von polnischen Milizen im Rathaus verhört und geschlagen. Als er fragte, wo denn die Gerechtigkeit bliebe und daß er Kommunist gewesen und im Widerstand gewesen sei, lachten die Soldaten. Das sagen sie alle, riefen sie. Er sei ein verfluchter „Niemiec“, und jeder „Niemiec“ sei ein gottverdammter Lügner.

Albert arbeitete seit Juni des Jahres für die Russen und war in der Kaserne für die Betreuung der Pferde zuständig. Aber das war für ihn ein Glücksfall. Denn Pferde lagen ihm, und das tägliche Kardätschen, Striegeln und Bürsten gefiel ihm viel besser als Tüten zu packen oder Kisten zu schleppen. Die Arbeit bei den Russen hatte überdies den Vorteil, daß Albert dann und wann eine große Blechschüssel mit Eintopf aus der Kasernenküche mit nach Hause brachte, die zumal in den mageren Wochen hochwillkommen war.

Kurz gesagt, gab es, seitdem polnische und russische Verwaltung in Frankenstein sich einander abwechselten und je nachdem, ob die polnische oder die russische Flagge auf dem Rathaus wehte, unterschiedliche Zeiten. Leichtere und schwerere. Zeiten, in denen Rosa im Rathaus Bezugsmarken erhielt, und Zeiten, in denen es nichts gab. Ohne Bezugsmarken kein Essen. Hedwig sprach dann immer von den „sieben mageren" und den „sieben fetten Jahren", aber in Wahrheit handelte es sich natürlich nicht um Jahre, sondern nur um Monate – selbst wenn manche Monate so mager waren, daß sie gar nicht zu Ende gehen wollten und den Kindern wie Jahre erschienen. Die „fetten Jahre" begannen in der Regel immer dann, wenn die russische Flagge wehte, während die mageren anbrachen, sobald die polnische Flagge gehißt wurde.

Um an ein paar Zloty zu kommen, war Rosa genötigt, beim Lumpoaman ihr letztes Hemdla, wie sie sagte, zu versetzen. Am schwersten fiel ihr der Verkauf von Ernsts beigegrauem Flanellanzug, den sie eigentlich nicht mochte, weil er sie immer an die Affäre mit der russischen Zwangsarbeiterin erinnerte. Aber jetzt wurde ihr plötzlich klar, daß sie mit dem Verkauf auch die Hoffnung auf Ernsts Rückkehr aufgab. Als Trost blieb ihr nur der Gedanke, daß Kleidung zu ersetzen sei und sie einen neuen Anzug kaufen würden, falls Ernst tatsächlich wiederkehren sollte. Später beschwerte sich Rosa, weil der Lumpamoan sie angeblich übers Ohr gehauen habe. Doch Rosa durfte froh sein, überhaupt jemanden zu haben, der ihr Geld gab. Inzwischen war es in

Frankenstein nicht mehr üblich, Deutsche zu bezahlen. Man nahm einfach nur noch weg.

Seitdem der alte Kulbafongse verstorben und der Sohn von seinem Hof vertrieben worden war, war Rosas Quelle für Milch und Butter und andere landwirtschaftliche Produkte versiegt. Aber Margot unterstützte Rosa auf ihre Weise. Einmal brachte sie eine große Kanne mit Milch, dazu Quark und Butter mit. Eine Woche hielt man sich daran „gietlich". Dann erfuhr Rosa von der Geißlerschen, daß in der Molkerei eingebrochen worden sei. Der Täter oder die Täter seien unerkannt entkommen.

Es gab aber auch Lichtblicke, wenigstens für Hedwig. Zu ihrer großen Freude meldete sich das Kirchenjahr mit seinen christlichen Festen zurück, das jedoch nie ganz in Vergessenheit geraten war. Pfingsten wurde gefeiert wie eh und je, und als das Hochfest des Leibes und Blutes Christi sich jährte, schritten Hedwig und Martha wie in früheren Zeiten mit gefalteten Händen im Zug der christlich-katholischen Festgemeinde hinter Monstranz und Baldachin um den Ring.

Zu einem ganz anderen Umzug kam es um die Zeit der Heuernte. Zur Erklärung des Vorfalls, der sich in den Sommermonaten ereignete und Hedwig aus der Fassung brachte, sei vorangeschickt: Die Russen mochten die Kinder, und die Kinder mochten die Russen. Nachdem das Mißverständnis mit den angenagelten Zungen aus der Welt war, hatten die Kinder schnell Vertrauen zu den Soldaten gefaßt. Auch ein paar klebrige Kommißbrotscheiben, die ihnen von den russischen Soldaten zugesteckt wurden, könnten dazu beigetragen haben, womit aber nicht gesagt werden soll, daß materielle Gründe den Ausschlag für die Freundschaft gegeben hätten. Kinder sind in dieser Hinsicht unbestechlich. Man fühlte sich ehrlich zueinander hingezogen, was etwas mit Wesensverwandtschaft, Spontaneität und Lust an Tanz, Gesang und Albereien zu tun hatte, hier wie dort. Daß der Schnaps diesen schönen Wesenszug bei

den meisten Russen noch verstärkte, was störte es die Kinder?
Hedwigs Tochter, die kleine Lena, störte es auch nicht, und deswegen verbrachte sie einen ganzen Nachmittag mit den Soldaten auf den Wiesen vor Frankensteins Stadtmauern. Im Gras sitzend und russische Lieder singend, sah sie ihnen dabei zu, wie sie mit Gabel und Rechen das Heu einbrachten. Nachdem der Wagen bis oben beladen war, machte man sich singend wieder auf den Rückweg zur Kaserne. Lena bekam einen Ehrenplatz und durfte ganz oben auf dem schwankenden Heuhaufen sitzen. Und weil es heiß war an diesem Nachmittag, zog sie sich erst das Röckchen, dann das Höschen aus und spendete einem vor ihr im Heu sitzenden jungen Kosaken, der sich von Zeit zu Zeit einen großen Schluck aus einer Flasche mit anilinblauem Spiritus genehmigte, ein Stückchen Würfelzucker, indem sie es von hinten in seinen Mund schob. Denn Spiritus wird am besten süß genossen.
Die Geißlersche, die es später Hedwig erzählte, sagte, es sei ein Bild für die Götter gewesen. Wie das Fuhrwerk mit den singenden Russen über das Pflaster der Schloßpromenade gerumpelt sei und wie ganz oben auf dem Heuhaufen die kleine Lena gethront und einem Kosaken Zucker in den Mund geschoben hätte – so nackend wie sie der Herrgott schuf –, einfach göttlich.
Das mit dem „Bild für die Götter“ traf in gewisser Hinsicht sogar zu. Wenn Bruder Bertram da gewesen wäre, hätte er bestätigen können, daß es solche Götterszenen gab und daß er sie damals gesehen hatte, als er in den vatikanischen Museen ein- und ausgegangen war. Bruder Bertram wußte, was ein Bacchanal war. Und in gewissem Sinn war auch dies ein Bacchanal. Nur daß der Bacchusknabe auf dem Wagen in Wahrheit ein Mädchen war, daß keine Panther sondern zwei Gäule den Heukarren zogen, daß die Männer keine halbnackten Bacchanten, sondern uniformierte russische Soldaten waren, daß sie keinen Wein aus Schläuchen tranken, sondern Schnaps und anilinblauen Spiritus aus Flaschen,

und daß die Musik, die sie machten, nicht von Thyrsos, Zymbeln, Doppelflöten kam, sondern von einer russischen Ziehharmonika.

Hedwig war entsetzt, als sie die Geschichte von der Geißlerschen, die ihren Mund wieder einmal nicht halten konnte, hörte. All ihre Mühe, die Erziehungsarbeit von Jahren sei durch die sittenlose Barbarei eines einzigen Nachmittags zunichte gemacht worden, sagte sie später. Und mit ihrem ohnehin schon strapazierten Kochlöffel versuchte sie an Moral zu retten, was bei Lena noch zu retten war.

Bald kam der September und mit ihm die ersten Nebel. Am frühen Vormittag verabschiedeten sie sich, und am späten Nachmittag waren sie wieder da. Von den Wiesen bei der Pause waberten sie den Torberg hoch, und dort schlichen sie überall herum, vor dem Haus und auf der Promenade, im Hof, um das Musikerhaus und um die Klos. Wechselnde Nebelgestalten, dünne, elastische Schleier, milchiger Dunst, formlos, immer auf der Suche nach Formen.

Lissy hatte zuerst bemerkt, daß an diesem Tage etwas anders war als sonst, irgendeine Unruhe hinter Holunder und Schlehen jenseits der Straße, Stimmen, Lachen, metallische Laute. Dann wieder Lichtblitze, unterdrücktes Lachen. Auch die Geißlersche war darauf aufmerksam geworden. Doch als sie von ihrer Wohnung aus auf die Straße blickte, schlug ihr nur ein kalter Nebelhauch entgegen. Sie wich fröstelnd zurück und schloß das Fenster.

Als der Lärm in den Büschen gegen Abend noch weiter anschwoll, wurde es Rosa zuviel. Sie spüre, so sagte sie mümmelnd, daß irgend etwas, sie wisse nicht was, in der Luft liege und daß sie nicht in der Wohnung bleiben könnten. Erst vor ein paar Tagen sei die Nachbarin der Hebamme in ihren eigenen vier Wänden von einer Bande polnischer Bengel beschossen worden. Wer weiß, was für Gesindel sich draußen in den Büschen herumtreibe. Sie müßten augenblicklich aus der Wohnung.

Und dann ergriff sie auch schon ein paar Decken und flüchtete mit Lissy und Ruthla durch das Treppenhaus auf das Dach des Hinterhauses. Sie waren kaum auf dem Flachdach angekommen, als auch schon scharf aus den Büschen auf das Haus geschossen wurde. Krachende Einschläge, zerberstende Scheiben, jaulende Querschläger. Die Drei legten sich flach hin und schlossen die Augen. Lissy wollte sich aufs Beten verlegen: „Heilige Maria, Mutter Gottes, bitte für uns", aber Rosa fauchte sie an, ob sie „verrickt" geworden sei, sie müßten jetzt ganz leise sein.

Nur Rieke Geißler konnte wieder einmal nicht stillsitzen, wollte wie immer ganz genau wissen, was draußen vor sich ging, und mußte unbedingt ihre spitze Nase aus dem Fenster stecken. Was sie dann sah, hat sie später niemandem mehr erzählt. Konnte sie nicht erzählen, weil es keine Gelegenheiten mehr dafür gab, etwas zu erzählen, kein Schwätzchen mehr mit Rosa und auch kein vormittägliches Anglo-abarn im Musikersaal. Weil sich herausstellte, daß aus Nacht und Nebel etwas auf sie zugeflogen kam, was ihr ein für allemal die Sprache verschlug. Da half es ihr auch nichts, noch schnell kehrt zu machen und vom Fenster in den Flur zu flüchten. Das Ding hatte sich schon an ihre Fersen geheftet und hatte sie eingeholt, ehe sie überhaupt zwei Schritte laufen konnte. Es zerbarst gleich hinter ihren Ohren mit einem so ohrenbetäubenden Krach, daß Rosa, die doch eigentlich leise sein wollte, vor Schreck in die Explosion ihr „Jesses und Maria" schrie, was Lissy gleich zum Anlaß nahm, ihr unterbrochenes Gebet mit den Worten: „jetzt und in der Stunde unseres Todes, Amen", zu beenden.

Am nächsten Tag stellte man fest, daß die Granate die Schädelplatten des Hinterkopfes weggesprengt hatte und mit ihnen einen großen Teil dessen, was einmal darin enthalten war. Statt des Schädels war nur noch eine leere Maske, eine mit einem Wulst blutiger Gehirnmasse umgebene Trichteröffnung übriggeblieben. Überhaupt hatte die Geißler ihre körperliche Hülle allzu übereilt und nachlässig zurückgelassen, so daß Rosa am nächsten Tag nichts anderes übrigblieb, als das zu tun, was ihre Freundin Rieke immer getan hatte, wenn sie auf die Schnelle Ordnung machen wollte: erst einmal ein Laken darüber breiten.

Der Lärm von der Schloßpromenade drang bis zu den russischen Soldaten am Ring. Die waren sowieso auf deutschen Widerstand programmiert, dachten sofort an SS und waren im Nu da. Sämtliche verbliebenen Bewohner des Hauses und der Nachbarhäuser wurden augenblicklich an die Wand gestellt und, nachdem das Mißverständnis geklärt war, wieder nach Hause gewinkt, denn man fand weder Waffen noch Waffen-SS. Die Polen in den Büschen waren auch verschwunden, und so begnügte man sich damit, einen patrouillierenden Soldaten vor das Haus zu stellen.

Rosa, Lissy und Ruthla mußten die Nacht auf dem Dach verbringen, immer in der Hoffnung, daß der Russe vor ihrer Haustür bald wieder verschwinden möge. Aus Furcht, entdeckt zu werden, wagten sie kaum zu atmen. Russen schossen schnell und oft ohne Vorwarnung, das wußten sie. Und sie wollten nicht das Opfer eines Mißverständnisses werden, denn so etwas kam vor. So also verharrten sie die ganze Nacht frierend auf dem Dach, blickten bibbernd auf den russischen Soldaten hinunter und ließen sich den Qualm seiner Machorka in die Nase steigen. Erst gegen Morgen hatte es damit ein Ende. Nachdem der Russe die Packung mit den Selbstgedrehten leergeraucht und seine letzte Zigarette weggeschnipst hatte, verschwand er im Frühnebel, und die Drei konnten wieder zurück in ihre Wohnung.

Zum Glück waren die beiden Geißlerkinder Berta und Luise gerade bei ihrer Tante und den Großeltern in Bernsdorf an der Schlause. Nur zur Beerdigung ihrer Mutter kamen sie noch einmal nach Frankenstein zurück. Außer ihnen, den Schuberts und ein paar Nachbarn aus der Schloßpromenade war auch August Geißler aus Berlin unter der Trauergemeinde. Zum schwarzen Anzug trug er einen Zylinderhut mit abgewetztem Samtbezug. Den trug er immer im Krematorium, wenn er nicht in der Einäscherungsanlage arbeitete, sondern in der Feierhalle, oder wenn er als Sargträger gebraucht wurde.

Als die Schuberts auf dem Friedhof erschienen, trat August Geißler gerade aus der Kapelle, wo er vor dem geöffneten Sarg von seiner Rieke Abschied genommen hatte. Er sei ja ooch nich in Watte gewickelt sagte er, schon wejen seine Arbeit im Krematorium nich. Aber so'n Jeschmadder wie bei seine Rieke habe er noch nicht gesehen. Eigentlich sei sie, oder was von ihr übriggeblieben sei, mehr ein Fall für den Rost als für die Kiste, aber für die Überführung habe leider die Penunse gefehlt.

Bei Rosa tranken sie hinterher noch eine Tasse Lupinenkaffee. August fragte, ob Rosa jetzt auch Witwe sei. Sie ahnte, worauf er hinauswollte und erwiderte kurz angebunden, daß Ernst immer noch vermißt werde. Augusts Stimme nahm einen teilnahmsvollen, samtigen Klang an; er sei, flüsterte er ihr zu, jederzeit für sie da, und sie wisse ja, wo sie ihn erreichen könne. Rosa wußte es nicht und wollte es auch gar nicht wissen.

Nicht nur, daß ihr an Augusts Tröstungen wenig gelegen war, sie hatte jetzt ganz andere Sorgen. Seit dem Tod ihrer Freundin Rieke dachte sie immer öfter daran, Frankenstein und Schlesien mit ihren Kindern zu verlassen. Wegen der Sicherheit, aber auch weil es sich ohne Geld auf Dauer schlecht leben ließ. Außerdem hatten Lissy und Ruthla seit Anfang des Jahres nicht mehr die Schule besucht. Und wo würde Albert Arbeit bekommen, wenn die Russen eines Tages wieder abziehen würden? Helmut war in amerikanischer Gefangenschaft. Ihre Brüder Peter und Paul, die bis zuletzt in Breslau gekämpft hatten, waren inzwischen abgetaucht. Rosa wußte nicht, wo sie steckten, wußte nur, daß sie sich irgendwo auf dem Lande herumtrieben und sich darauf verlegt hatten, sich durch Einbrüche auf den Bauernhöfen das Notwendigste zum Überleben zu verschaffen.

Aber wohin hätte sie gehen sollen? Und selbst wenn sie materiell nicht viel zu verlieren hatte, war da immer noch etwas, was sie in Frankenstein festhielt und was sich schwer beschreiben ließ: ein diffuses Durcheinander von Stimmungen, Erinnerungen und Gefühlen. Am Ende blieb also alles beim Alten, und alle Pläne, die Rosa mit Hedwig am Küchentisch besprach, wurden wieder verworfen.

Doch dann wurde ihnen die Entscheidung abgenommen. Ein Anschlag auf der Litfaßsäule vor dem Haus verkündete mit fettgedruckten schwarzen Buchstaben einen Befehl der polnischen Kommandantur. Daß auf Anordnung der polnischen Regierung die gesamte deutsche Bevölkerung das polnische Staatsgebiet zu verlassen habe und daß beim Verlassen des polnischen Staatsgebietes nur zwanzig Kilogramm Gepäck mitgenommen werden dürften und daß alle Personen, welche dieser Aufforderung nicht nachkämen, mit Gewalt entfernt würden und daß der Befehl bis dann und dann Punkt zwölf Uhr ausgeführt sein müsse. Jeder Widerstand würde notfalls mit Gewalt gebrochen, es gelte das Kriegsrecht und so weiter.

Martha und Hedwig waren mit ihren Kindern schon ein paar Tage vorher im Eisenbahnwaggon gen Westen gefahren. Rosa, Lissy und Ruthla verabschiedeten sie auf dem Bahnsteig des Güterbahnhofs in Frankenstein. Aus dem von Hedwigs mit Bettwäsche und Küchengeräten vollbeladenen Korbkinderwagen guckte, mit graublauen Augen und einem kleinen braunen Pigmentfleck über der Oberlippe, der kleine Theo heraus, „ganz der Paterrekter", wie Rosa noch dachte.

Beim Abschied gab es keine Trauer, noch nicht einmal Melancholie. Stattdessen rief Hedwig immerzu: „Wir sehen uns bald wieder!" Ihr hektisches Gewinke, die abrupten Heiterkeitsausbrüche wirkten reichlich aufgedreht, ja geradezu verdächtig, und veranlaßten die umstehenden polnischen Milizen dazu, zur Mäßigung zu mahnen.

Berthold und Ida aus Reichenstein waren schon weg. Für Berthold war der Abschied grausam, weil Vertreibung für ihn Vertreibung aus seinem Bett bedeutete, Umgewöhnung und Umstellung von der horizontalen in die vertikale Lage, und sei es nur für ein paar Wochen. Schlimmeres konnte man ihm nicht antun.

Der Gedanke, daß ihr Geburtshaus im Schlackental fortan nicht mehr von ihren Eltern, sondern von fremden Menschen bewohnt wurde, verdarb auch Rosa die Lust am Bleiben. Sie begann zu packen. Obwohl sie wenig besaß, fiel es ihr schwer zu entscheiden, welche Gegenstände dableiben und welche mitgenommen werden sollten. Den Loewe Opta hatte sie, nach einer Zwischenlagerung im Kaninchenstall, wo sie ihn hinter einem Strohballen versteckt hatte, an ihren Lumpamoan verkauft. Klar war auch, daß sie ihre Küchen- und Spültischkombination und ein paar andere Möbelstücke nicht würde mitnehmen können. Das war schmerzlich. Andererseits wurden Pfannen, Tippla und Küchengeschirr ebenso wie Bettdecken unbedingt benötigt und natürlich auch Proviant in Form einer Dose mit Brot und Wasserflaschen.

Alles übrige aber bereitete Kopfzerbrechen. Zwanzig Kilo waren nicht viel, die kamen schnell zusammen. So quälte sich die sonst so pragmatische und zupackende Rosa, überlegte dies und überlegte das und kam zu keinem Ende. Noch am Tage der Abfahrt befiel sie mümmelnde Unrast. Weil Albert ihr gesagt hatte, daß ihr kleiner Wandspiegel die Reise sowieso nicht unbeschadet überstehen würde, hatte sie ihn in der Wohnung zurückgelassen. Sie waren schon in der Breslauer Straße, als Rosa plötzlich wankelmütig wurde und wieder umkehrte, um den Spiegel doch noch mitzunehmen. Selbst nach der Anfertigung der Waggonlisten, als sie bereits auf dem Güterbahnhof standen, kehrte sie noch einmal um und lief zurück in die Wohnung. Erst im letzten Moment, kurz vor der Abfahrt des Zuges (die andern waren schon im Waggon), erschien sie am Bahnsteig. In der Hand hielt sie einen Beutel mit Wäscheklammern.

Die Familie hatte im letzten Waggon Platz genommen – ein Viehverschlagwagen mit Schiebetüren und einem Bremserhäuschen. Die Sache mit dem Viehwaggon klingt dramatischer, als sie in Wirklichkeit war. Zwar erweckt das Wort

„Viehwaggon“ den Eindruck menschenunwürdiger Zustände, doch immerhin gab es darin durchbrochene Seitenwände, die einen Blick nach draußen ermöglichten. Auch das Bremserhäuschen bot, wie sich später noch herausstellen sollte, manche Möglichkeit zu Abwechslung und Zerstreuung. Ungefähr sechzehn oder achtzehn Personen aus Frankenstein hatten in dem Waggon Platz genommen, ungefähr ebensoviel sollten in Breslau noch zusteigen.

Dann kam die Lok. Krachende Puffer, kreischende Achsen, der Zug setzte sich in Bewegung, die Fahrt begann. Die Frömmeren unter den Fahrgästen stimmten einen Choral an: „Harre meine Seele“. Nach und nach fielen auch Rosa, Margot und die Kinder ein, nur Albert war nicht nach geistlichen Liedern zumute. Außerdem war er im Stimmbruch. Erst später, als die Lieder weltlicher wurden, brummelte er dazwischen.

Um während der Fahrt aus den etwas höher gelegenen Sehschlitzen der Seitenwände gucken zu können, hatten Lissy und Ruthla die mitgebrachten Decken und Bettwäsche in einer Ecke des Waggons übereinandergestapelt und sich obendrauf gesetzt. Durch den schmalen Sehschlitz warfen sie einen letzten Blick auf die Stadt. Der Himmel war wieder vergißmeinnichtblau, der schiefe Turm neigte sich, ohne je zu fallen, und auf dem Turm des Rathauses wehte bei mäßigem Südost die weißrote polnische Flagge. Albert ermunterte Rosa, mit ihnen einen Blick zurückzuwerfen, aber sie wollte nicht.

Die meisten Äcker lagen brach und waren überwuchert von Unkraut – oder was man so Unkraut nennt. Viel wilder Mohn war zu sehen, dazwischen lichtblaue Cyanen und weiße Margeriten. Ruthla mußte an Lothar denken, der schon ein paar Tage vor ihnen mit seiner Mutter abgefahren war. Und dann übte sie sich wieder eine ganze Weile im Konjunktiv, aber auch in Geographie. Sie überlegte, wo sie sich wiedersehen würden, vielleicht in Helmstedt oder Braunschweig, in Münster oder Dortmund. Vielleicht auch in Osnabrück, wo Hedwig jetzt war. Vielleicht würden sie sich in ein paar Wochen wiedersehen, vielleicht aber auch erst in ein paar Jahren, wenn Lothar ein Mann und sie eine Frau sein würde. Da sie schon verlobt waren, konnten sie gleich heiraten. Nur die Sache mit der Straßenbenennung und der Conditorei Römer, die ihr von ihrer Patentante versprochen worden war, hatte sich wohl erledigt. Nicht nur, daß die Römer seit ein paar Wochen im Westen war, auch ihr Café hatte inzwischen einen polnischen Inhaber. Kein Liebesknochen mit Schlagsahne also, keine Zeitung mit Guckloch für Spione. Aber Lothar würde mit Sicherheit irgend etwas anderes einfallen, da war Ruthla ganz sicher. Langeweile würde es bei ihnen nicht geben.

Nach längerer Fahrt kamen sie endlich in Breslau an. Im schmalen Ausschnitt ihres Sehschlitzes erblickte Ruthla eine Stadt in Trümmern. Ruinen, Giebelgerippe und Schutthalden bezeugten die Spuren einer Zerstörung, von der nur die Vegetation, die in sommerlichem Grün zwischen den Trümmern hervorlugte, verschont geblieben war. Margot, die früher oft in Breslau gewesen war, erkannte kaum etwas wieder.

Nachdem die Fahrgäste aus Breslau ihre Körbe, Kisten, Säcke, Pakete und Koffer in den Waggon gewuchtet und auf dem Boden der gegenüberliegenden Seite des Waggons Platz genommen hatten, musterte man sich gegenseitig, zeigte sich aber wortkarg und ging schließlich dazu über, sich ganz zu ignorieren. Die Breslauer ließen deutlich spüren, daß ihnen wenig an Gesprächen mit den Frankensteinern gelegen war. Als durchzöge eine unsichtbare Trennwand den Waggon. Und weil sich der Anblick des jeweiligen Gegenübers auf Dauer nicht vermeiden ließ, senkte man den Blick oder guckte durch ihn hindurch.

Vermutlich hing alles mit Rosa zusammen. Denn die hatte, kurz bevor sie in Breslau ankamen – die anderen sangen eben die dritte Strophe von „Lieb Heimatland ade" –, einen ihrer Kolitisanfälle bekommen, was sicherlich der Nervosität geschuldet war, denn jede größere Aufregung schlug ihr auf den Darm. Da sie nicht darauf warten konnte, bis der

Eisenbahnzug hielt, blieb ihr nichts anderes übrig, als solange auf ihrem Blecheimer Platz zu nehmen. Als Sichtschutz hatte sie sich eine Wolldecke um ihre Hüften geschlungen. Aber auch so ließ sich nicht verhindern, daß sich die Gerüche aus dem Eimer im ganzen Waggon ausbreiteten. Die Breslauer rümpften ihre Nase, und einer von ihnen, der vor lauter Aufregung zwinkerte, wollte sich beschweren. Rosa, die noch von Ernst wußte, wie man mit Breslauern umgeht, erwiderte barsch, „Wos wulln Se – Sie loabrige Titte?", hier brauche sie niemand zu schurigeln. Schließlich könne sie ooch nischt dafier, der Meckerkopp solle Ruhe geben und seinem Herrgott tausendmal dafier danken, daß er ihm die Gnade geregelten Stuhlgangs gegeben habe. Der Breslauer erwiderte, sie sei eine ausverschämter Person mit ungebildetem, pöbelhaftem Benehmen, aber dabei blieb es.

Von nun an sprach man nur noch mit Seinesgleichen, die Breslauer mit den Breslauern, die Frankensteiner mit den Frankensteinern. Das heißt, eigentlich sangen die Frankensteiner in erster Linie, weil sie gemerkt hatten, daß sie die Breslauer auf diese Weise am meisten ärgern konnten. Auch Rosa sang, auf ihrem Eimer sitzend, inbrünstig mit: „Wem Gott will rechte Gunst erweisen", „A schienes Madla", „O du Heimat, lieb und traut".

In den Liedpausen versuchte Ruthla von ihrem erhöhten Platz neben dem Sichtschlitz mitzubekommen, was man sich auf der anderen Seite des Waggons erzählte. Immer wenn die Breslauer über ihre Kriegs- und Nachkriegserlebnisse und über die Häuser und Geschäfte, die sie zurückgelassen hatten, sprachen, senkte sich eine gedrückte Stimmung über die Gruppe. Einer von ihnen, den Rosa als „Koofmichl" bezeichnete, weil sie gehört hatte, daß es sich dabei um einen Kaufmann handelte, hatte Verwandte in Görlitz (er sprach aber immer von „Gerltz"). Er sagte, daß sich niemand vorstellen könne, was für Zustände dort geherrscht hätten und wie groß der Hunger dort gewesen sei. In Hoyerswerda hätten die Menschen in ihrer Not sogar die

Wiesen kahl gefressen und die Rinde von den Bäumen gekratzt.

Die Sache mit der Rinde ließ Ruthla aufhorchen. Davon hatte sie schon zu Beginn des Krieges gehört. Und sie wußte auch, wie Rinde schmeckte.

Von Zeit zu Zeit blieb der Zug auf offener Strecke stehen. Die Lok wurde abgehängt, die Menschen traten nach einer Weile zögernd aus ihren Waggons auf das freie Feld, und keiner wußte, wie es weitergehen sollte. Beim ersten Mal wäre fast Panik ausgebrochen, weil das Gerücht umging, daß alle von der polnischen Miliz umgebracht werden sollten. Aber es gab nirgendwo Miliz, und so nutzte man den Halt, um sich auf die Suche nach Wasser zu begeben oder nach Eßbarem umzusehen.

Einmal hielt der Zug einen ganzen Tag lang in der Nähe eines großen Kartoffelfelds. Bis zum Abend brannten ringsum die Kartoffelfeuer. Auch Rosa saß mit Lissy, Ruthla und Albert auf dem Feld und pellte Kartoffeln. Während Lissy mit der zweijährigen Monika spielte, hielt Ruthla nach Margot Ausschau. Die saß gerade mit einem kräftigen jungen Mann aus dem benachbarten Waggon im engen Bremserhäuschen und ließ sich von ihm eine heiße Kartoffel in den Mund stecken.

Manchmal hielten sie auch an Bahnstationen, wo es etwas zu essen gab, einen Salzhering oder ein halbes Brot und eine Suppe. Wenn fließendes Wasser vorhanden war, nutzte Margot die Gelegenheit, um die Kinderkleidung zu waschen.

Nach ungefähr einer Woche kamen sie in Marienborn an. Dort erfuhren sie, daß der Zug noch bis Hannover weiterfahren würde. Nach Geschlechtern getrennt, mußten sie sich zur Entlausung in eine der Baracken begeben, wo ihnen aus einer großen Spritze weißes Pulver auf den Körper gesprüht wurde. Es staubte wie in der Mühle von Müller Pauh. Ruthla und Lissy standen in der Staubwolke und lachten sich an. Sie waren angekommen, im Westen. Ihr Abenteuer war beendet. Aber vielleicht hatte es auch gerade erst begonnen.

Klausi

Klausi ist eigentlich kein Hundename. Hunde heißen Bello, Rex und Hasso. Kleine Hunde kann man auch Flocki, Waldi oder Fiffi nennen. Selbst Namen wie Socke, Krümel oder Stups sind möglich. Wenn es sich um größere Hunde handelt, empfiehlt sich Harras, Pluto oder Sultan, auch Brutus habe ich schon gehört. Aber Klausi paßt weder zu großen noch zu kleinen Hunden – und am wenigsten zu so einem. Für ihn wäre Etzel oder Tetzel das Richtige gewesen, weil sich das auf Gemetzel und Geschnetzel reimt, auch Attila oder Nero hätten gepaßt. Am besten wäre Leviathan gewesen, aber davon hatte man hier noch nichts gehört. Jedenfalls war Klausi eine reine Irreführung und einfach nur lächerlich.

Für Ruthla hatte das Grauen anfangs weder Namen noch Gestalt. Sie konnte es nur hören, als wütendes Gebell, als wildes Geknurr, als Gescharre und Gekratze, aber sehen konnte sie es noch nicht, denn es bellte, knurrte, scharrte und kratzte hinter der geschlossenen Niedertür der Diele des Bauernhauses, zu der ein Flüchtlingsbetreuer sie mit ihrer Familie von der Sammelunterkunft begleitet hatte.

Aus der geöffneten Obertür blickte Bauer Paul Brackmann. Er überragte die Ankömmlinge um einen halben Kopf und sah von oben auf sie herab. Die rechte Hand umfaßte den versilberten Knauf eines Gehstocks. Den Daumen seiner linken Hand hatte er in die Tasche seiner tanngrünen Weste gehakt. So stand er immer, wenn er arbeitete, denn seine Arbeit bestand in erster Linie darin, hier zu stehen und seine Frau und sein Gesinde, drei Knechte und eine debile Magd, die mit einem der Knechte verheiratet war, mit eingehaktem Daumen bei der Arbeit zu beaufsichtigen. Von Zeit zu Zeit nahm er seine Taschenuhr aus seiner Westentasche und las die Uhrzeit ab. Die goldene Uhr hing übrigens an einer ebensolchen Kette, und die war im mittleren Knopfloch seiner Weste befestigt.

Beim Anblick der Flüchtlingsfamilie hatte sich Brackmanns schmales Gesicht, das halb vom Schatten eines breitkrempigen Lodenhuts bedeckt wurde, noch weiter verfinstert. Nach kurzer Musterung der Ankömmlinge wandte er sich an den Flüchtlingsbetreuer und wollte wissen, ob er „al wedder ünnerwegens“ sei, „om Flüchtlinge te verdeelen“.

Der Betreuer nickte seufzend. Mit einem Blick auf die Liste in seiner Hand gab er zu verstehen, daß Bauer Brackmann ausweislich seiner Unterlagen noch über Platz für eine Unterkunft verfüge. Der Bauer brabbelte auf plattdeutsch etwas in sich hinein, was wie ein Fluch klang und sehr wahrscheinlich auch einer war.

Dann wollte er wissen, woher die Flüchtlinge kämen. Der Betreuer blickte auf seinen Zettel und las ab: „Franken-stein, Niederschlesien“; es hörte sich an, als habe er sich statt der Schlesier zur Abwechslung lieber eine Familie aus Ostpreußen, Pommern oder dem östlichen Brandenburg gewünscht. Der Bauer hatte den Namen der Stadt noch nie gehört und schüttelte den Kopf: „Wat dat nich all gift“. Er winkte die Magd herbei, die gerade den hinteren Dielenraum mit einem Reisigbesen fegte, und befahl ihr, auf Klausi aufzupassen. Dann öffnete er unwirsch die untere Dielentür und ließ die Ankömmlinge ein.

Ruthla war zu abgelenkt, um auf das Innere des alten Bauernhauses zu achten. Klausi stand vor ihnen und benötigte ihre ganze Aufmerksamkeit. Obwohl ihn die Magd am Halsband festhielt, zerrte er so stark daran, daß Ruthla schon fürchtete, er könne sich losreißen und im nächsten Moment auf sie stürzen, zumal die Magd keinen sehr vertrauenswürdigen Eindruck machte und nicht so aussah, als könne sie den Hund auf Dauer zurückhalten. So viel geballte, böse Hundewut war Ruthla bisher noch nicht begegnet, obwohl es auch in Frankenstein viele Hunde gegeben hatte. Dabei war Klausi noch nicht einmal ein besonders großer Hund, kein Neufundländer, kein Rottweiler und auch keine Dogge. Große Hunde hatten Ruthla immer schon großen Respekt eingeflößt, selbst wenn deren Herrchen jedes Mal beteuerten, daß sie völlig harmlos seien und, überhaupt, nur spielen wollten.

Aber Klausi war nicht größer als ein Schäferhund, vermutlich war er sogar einer, auch wenn die dunkle, fast schwarze Färbung seines Fells auf irgendeine Rassebeimischung schließen ließ. Und doch war er zweifellos der bösartigste Hund, den Ruth je kennengelernt hatte. Es war unmöglich, ihn durch beschwichtigende Gesten oder Worte zu beruhigen oder auch nur abzulenken. Stattdessen blieben seine funkelnden bernsteingelben Hundeaugen beständig auf die Ankömmlinge fixiert; er riß unentwegt am Halsband und streckte ihnen knurrend und geifernd sein aufgesperrtes Maul mit den scharfen Schneide-, Fang- und Reißzähnen entgegen. Ruthla ahnte, es würde kein gutes Ende nehmen.

Während er die Ankömmlinge durch das Haus führte, unterhielt sich der Bauer mit dem Flüchtlingsbetreuer. Er sprach viel über Hunde im allgemeinen und Klausi im besonderen. Je schärfer, desto besser, sagte er, gerade jetzt, wo fast jeden Tag neue Flüchtlinge aus dem Osten kämen, darunter viel Zigeunergesindel und Wasserpolacken, die nichts als Scherereien machten. Viele von ihnen seien schlimmer als Kartoffelkäfer und Wildschweine.

Um Klausi richtig scharf zu machen, habe er ihn eine Zeitlang in eine dunkle Kammer gesperrt. Das habe er mit dem Vorgängerhund auch so gemacht. Der habe das allerdings nicht vertragen und sei hinterher wie von Sinnen gewesen. Sie hätten schon gemeint, er sei tollwütig geworden. Jedenfalls habe man ihn töten müssen. Er selbst habe ihm den Fangschuß gegeben. Das habe er sich nicht nehmen lassen. Es sei nicht sein erster Hund gewesen. Schließlich habe er gelernt, mit der Flinte umzugehen, und wozu sei er im örtlichen Jagdverein.

„Ja", echote der Betreuer, „im Jagdverein, wozu?"

Bei den Brackmanns handelte es sich nun schon um die zweite Adresse. Vorher war der Flüchtlingsbetreuer mit den Schuberts auf dem Böhning-Hof gewesen. Der Name hatte an der Spitze seiner Liste gestanden, das Anwesen war nur ein paar Häuser weit von den Brackmanns entfernt. Sie hatten es kaum betreten, als ihnen die Bäuerin auch schon völlig aufgelöst entgegengelaufen kam. Ida Böhning zitterte am ganzen Körper, was jedoch, wie sich später herausstellte, zum Teil einer chronischen Krankheit geschuldet war. Der Rest war Schauspielerei. Die Bäuerin beschwor den Betreuer mit sich überschlagender Stimme wieder umzukehren und drohte sogar damit, sich umzubringen, falls man ihr weitere Flüchtlinge zuweisen sollte. Zwischendurch rief sie immer wieder: „Ick nehm den Strick und häng mi up.“ Sie seien schon mit einer fünfköpfigen Flüchtlingsfamilie bedient, und niemand könne sich vorstellen, was sie in den letzten Wochen durchgemacht hätten.

Der ganze Auftritt, der noch von dem lauten Geplärre zweier Kinder begleitet wurde, die ihrer Mutter gefolgt waren und nun an ihrer Schürze hingen, war nicht ohne Theatralik, aber auch nicht ohne Wirkung auf den Betreuer. Entnervt hatte er den Namen der Böhnings wieder von seiner Liste gestrichen und war mit seiner Flüchtlingsfamilie weiter zum Brackmann-Hof gegangen.

Und dort waren sie nun, Rosa, Lissy, Ruthla und Albert, und ließen sich von Bauer Brackmann ihr neues Zuhause zeigen. Auch Margot und die kleine Monika, für die der Flüchtlingsbetreuer eine andere Unterkunft vorgesehen hatte, waren mit dabei. Der Bauer hatte sie durch die Diele und verschiedene Zimmer in das Treppenhaus, über die Treppe in das Dachgeschoß und schließlich über einen schmalen Gang, vorbei an verschiedenen, mit großen Vorhängeschlössern verschlossenen Türen, zu ihrem Zimmer geführt. Auf dem Weg dahin hatten sie im Erdgeschoß auch am Zimmer des alten Brackmann vorbei gemußt. Er war gerade vor seinem Kachelofen eingenickt und starrte sie, durch ihre Ankunft aufgeschreckt, verwirrt aus trüben grauen Augen an.

Ihr Zimmer war eine dreimal sieben Meter große Dachkammer, über die es nichts weiter zu sagen gibt, als daß sie schlecht tapeziert war und zwei Betten darin standen. Kein

Tisch, kein Schrank, keine Stühle, kein Teppich und kein Ofen. Als Rosa sich nach der „Kiche“ erkundigte, konnte sie der Bauer nicht verstehen. Rosa versuchte zu erklären: Wo denn der „Ufa fiers Assakucha“ stünde. Aber das verstand der Bauer erst recht nicht. Margot mußte dolmetschen. Rosa habe wissen wollen, wo sich die Küche und ein Ofen fürs Essenmachen befänden, erklärte sie. „Ach so, de Köken“, lachte der Bauer und winkte Rosa zum Dachfenster, von dem aus man einen Blick auf Hof, Scheune und Stallungen hatte. „De is do dröben“. Mit seinem Gehstock wies er auf ein großes Stallgebäude, bei dem es sich augenscheinlich um einen Schweinestall handelte. Erst vor kurzem seien gleich neben der Schweineküche zwei Kochplätze für Flüchtlingsfamilien eingerichtet worden.

Auf dem Weg zur Küche hielt Bauer Brackmann kurz inne, stützte sich auf seinen Stock und sagte plötzlich in reinstem Hochdeutsch und mit kaum unterdrückter Schärfe: Die Miete betrage fünfzehn Mark und sei immer pünktlich am Monatsersten zu bezahlen.

Der Flüchtlingsbetreuer verabschiedete sich auf dem Hof und ging mit Margot und Monika weiter zur nächsten Unterkunft bei einem anderen Bauern ganz in der Nähe.

Rosa hatte die Wahl gehabt, Stadt oder Land. Sie hatte unbedingt aufs Land gewollt. Ihre Erfahrungen sagten ihr: Auf dem Land ist es gut, auf dem Land ist Milch, ist Butter, ist Gemüse, ist Obst, ist Essen und Trinken, auf dem Land ist Überleben. Dank Kulbafongse hatte sie es geschafft, ihre Familie selbst in Kriegszeiten und ganz ohne Ehemann mit Essen und Trinken zu versorgen. Aber ausgerechnet hier, im Hannoverschen, wo die meisten Bauern in einem Wohlstand lebten, den sie sich kaum hatte vorstellen können, ging ihre Rechnung nicht auf. Und das lag an den Brackmanns. Tatsächlich gab es bei ihnen rein gar nichts. Weder Milch, die hier Tag für Tag in großen Milchkannen noch ganz warm aus dem Kuhstall kam und täglich vom Molkereiwagen abgeholt wurde, noch Gemüse aus dem von der Frau des Hauses angelegten und durch einen hohen Zaun abgegrenzten Bauerngarten. Kein Obst, trotz des großen Obstgartens mit Kirsch-, Äpfel-, Birnen-, Zwetschgen und Mirabellenbäumen; keine Eier, trotz der auf dem Hühnerhof herumpickenden dreißig oder mehr Hühner – von allem anderen ganz zu schweigen. Vor den Türen der Vorratskammern mit Sirup, Mehl und Zucker, an denen die Schuberts auf ihrem Weg in ihre Dachkammer vorbeimußten, hingen große Vorhängeschlösser.

Da sie von den siebzig Mark Sozialhilfe, die sich Rosa einmal im Monat im Gemeindebüro abholte, auch noch die Miete bezahlen mußte, war das Geld immer knapp. Natürlich hätte sie davon statt Schuhe oder Kleidung für Lissy oder Ruth auch Milch oder Gemüse kaufen können. Aber warum Milch kaufen, wenn in der Futterküche für die Schweine Kannen mit Magermilch herumstanden? Warum Geld für Obst, wenn ein Griff über den Zaun genügte, um ein paar Äpfel oder Birnen vom Baum zu pflücken? Warum Geld für Gemüse, warum Geld für Eier? Rosa sah nicht ein, daß die einen im Überfluß schwammen und die anderen darbten. Wer nicht bereit war, dem ärmeren Nachbarn etwas abzugeben, durfte sich nicht wundern, wenn der sich irgendwann nahm, was er zum Leben brauchte.

Rosa war aber vorsichtig genug abzuwarten, lebte sich erst einmal eine Weile möglichst unauffällig auf dem Hof ein und machte sich dabei gründlich mit den Gewohnheiten der Bewohner vertraut. Dafür, daß sich eines der Hühner vor dem Fenster ihres Kochplatzes ein Nest gemacht hatte und dort jeden Tag sein Ei legte, konnte sie nichts. Niemand konnte von ihr erwarten, daß sie die Eier wie ein braves kleines Schulmädchen bei der Bäuerin ablieferte, zumal sie dafür noch nicht einmal ein Dankeschön zu hören gekriegt hätte.

Die Sache wäre auch gar nicht der Rede wert gewesen, wenn die Frau des Bauern sie nicht darauf angesprochen hätte. Sie höre neuerdings, sagte sie, vom „Schweine-s-tall“ her so ein Gegacker, das klänge, als habe dort ein Huhn ein Ei gelegt. Rosa tat, als wisse sie von nichts und schüttelte nur den

Kopf, versprach aber in Zukunft aufzupassen. Als das Huhn am nächsten Morgen nach dem Legen wieder laut zu gackern anfing, drückte ihm Rosa kurzerhand die Kehle zu. Am Sonntag kam zur Freude aller zum ersten Mal seit vielen Jahren wieder ein Hühnerbraten auf den Tisch.

Auch die Sache mit der Magermilch war im Grunde nicht der Rede wert. Niemand hätte die ein oder zwei Liter Milch vermißt, die Rosa mit einem ihrer Kochtöpfe aus den großen Milchkannen in der Schweineküche schöpfte und für das Mittagessen verwendete – auch die Schweine nicht, für die die Magermilch eigentlich bestimmt war. Da aber nicht damit zu rechnen war, daß Bauer Brackmann sein Einverständnis geben würde, mußte die Sache heimlich geschehen. Das ging ein paar Wochen gut, doch dann wurde Rosa plötzlich durch laute Männerstimmen auf dem Hof gestört und hastete eilig mit dem Milchtopf in ihre Kochecke. Vielleicht zu eilig, denn auf dem Weg dahin hinterließ sie eine gut sichtbare weiße Milchspur. Bauer Brackmann, der zusammen mit einem seiner Knechte gekommen war, um nach den Schweinen zu gucken, bemerkte die Spur, sah wohin sie führte und zog stillschweigend, wie es seine Art war, seine Schlüsse.

Mit ein wenig Großzügigkeit hätte Brackmann die Angelegenheit mit Rosa verbindlich regeln und ihr die tägliche Entnahme einer bestimmten Milchmenge erlauben können. Und mit noch mehr Großzügigkeit hätte er ihr und den Kindern jeden Tag kostenlos eine kleine Kanne seiner guten Vollmilch vor die Tür stellen lassen können, ohne sich dabei das Geringste zu vergeben. Aber tatsächlich waren Großzügigkeit, Weitherzigkeit, Freigebigkeit nicht die Kategorien, in denen man auf dem Brackmann-Hof dachte. Stillschweigend, wie es seine Art war, hatte Bauer Brackmann sich zu einer ganz anderen Maßnahme entschlossen.

Als Rosa am nächsten Tag einen Blick in die Schweineküche warf, waren die Magermilchkannen schon leer, und die Milch war in die Schweineeimer umgefüllt worden. Oben auf der Milch schwamm eine dicke Schicht Haferspreu.

Wenn er geglaubt hatte, der Schweineeimer hätte Rosa davon abhalten können, sich weiterhin ihren Anteil an Magermilch zu nehmen, hatte er sich allerdings getäuscht. Selbst die beigemischte Haferspreu schreckte Rosa nicht, denn sie hatte ein großes Küchensieb. Nachdem die Milch aus dem Schweineeimer geschöpft und durchgesiebt worden war, wurde sie gekocht und kam auf den Mittagstisch. Als Milchsuppe schmeckte sie allen.

Wenn die Bauern ihre Kartoffeln geerntet hatten, durften die bei ihnen untergebrachten Vertriebenen „Stoppeln gehen" und sich die restlichen Kartoffeln aus dem Acker klauben. Dabei kam es auch schon einmal vor, daß Rosa sich auf dem Feld verirrte und auf einem Kartoffelfeld suchte, auf dem noch gar nicht geerntet worden war. Auch Zuckerrüben gab es jetzt, aus denen Rosa Sirup kochte.

Und dann war da noch die Sache mit den Pfirsichen. Im Obstgarten standen drei Pfirsichbäume, und alle hatten in diesem Jahr gleichermaßen gut getragen. Da weder Bauer noch Bäuerin irgendeine Bereitschaft hatten erkennen lassen, den Schuberts ein paar Pfirsiche übrigzulassen, war die Sorge Rosas, sie könnten wieder einmal leer ausgehen, wohlbegründet. In einer Mondnacht im September gelang es ihr, vom Bauern unbemerkt, einen ganzen Pfirsichbaum abzuernten. Die Pfirsiche legte sie anschließend zum Nachreifen auf ihre Fensterbank.

Als die Bäuerin am nächsten Morgen an die vorsorglich abgeschlossene Dachklammertür klopfte, öffnete Rosa nicht. Die Bäuerin empörte sich über den „dreisten Pfirsichdieb-s-tahl". Sie fragte, ob Rosa in der Nacht irgend etwas bemerkt hätte, was aber nur ein Vorwand war, um sich in Rosas Dachkammer umzusehen. Rosa glaubte, sich an Geräusche im Garten zu erinnern, ohne jedoch nähere Angaben machen zu können, und versprach durch die geschlossene Tür, achtzugeben. Lissy und Ruthla durften ein paar Tage später einige reife Pfirsiche zur Schule mitnehmen, wo sie sie gegen Brote der Bauernkinder tauschten, die dick mit

Butter bestrichen und mit Sülze oder Blutwurst belegt waren.

Da es in ihrer Dachkammer weder Tisch noch Stuhl gab, mußten Lissy und Ruthla ihre Schularbeiten in der Stube des alten Brackmann machen. Während sie vor ihren Schulheften saßen und ihre Aufsätze schrieben oder sich mit Brüchen und Dezimalzahlen quälten, monologisierte er in seinem Sessel mit heiserer Altmännerstimme stundenlang vor sich hin. Das meiste war aus der Luft gegriffen und völlig ohne Zusammenhang. Den Nachbarn beschuldigte er des Stromdiebstahls; außerdem behauptete er, dessen Frau habe ein Verhältnis mit dem Stallknecht, beide würden sich nachts auf dem Heuboden vergnügen. Das eine wie das andere war im Prinzip nicht unmöglich, stutzig machte nur, daß der alte Brackmann auch noch das Pferd des Nachbarn ins Spiel brachte und behauptete, er wisse es von ihm.

Wenn der alte Brackmann nicht gerade Selbstgespräche hielt, unterhielt er sich mit seiner verstorbenen Ehefrau Berta. Bei ihr beklagte er sich über das Essen und die schlechte Behandlung durch Sohn Paul und dessen Ehefrau. Er behauptete, daß die beiden nur hinter seinem Geld her seien und seine Schwiegertochter schon seit Monaten vergeblich versucht hätte, ihn mit Rattengift umzubringen. Seine Gespräche mit Berta schloß er meist mit einem Gebet. Eines seiner Lieblingsgebete, das er immer dann sprach, wenn er Ruthla und Lissy eine Weile von seinem Sessel aus mit trüben, rotgeränderten Augen zugesehen hatte, lautete:

„Lever God un Berta, maak, dat de Flüchtlinge fix wedder na Huus gahn. Amen."

Von Zeit zu Zeit erhob er sich aus seinem Sessel und schlurfte zum Vertiko. Er öffnete die verschlossene Tür mit einem kleinen Schlüssel, den er sorgfältig in einer Tasche seiner grauen Wolljacke verwahrte, und entnahm dem Schrank einen der Äpfel, die er darin aufbewahrt hatte. Den schälte er mit einem Taschenmesser und zerteilte ihn in drei fast gleichgroße Stücke, die er sorgfältig auf einen kleinen Teller legte.

Beim ersten Mal hatte der Anblick des dreigeteilten Apfels bei Lissy und Ruthla noch Hoffnungen geweckt. Das Wasser war ihnen im Munde zusammengelaufen, und sie hatten geglaubt, es könnten unter den drei Apfelstückchen auch zwei für sie dabeisein. Aber diese Hoffnung erwies sich als voreilig, denn der alte Brackmann aß alle drei Apfelstücke selbst. Und er aß sie, wie ihnen schien, mit dem größten Genuß immer gerade dann, wenn sie dabei zuschauten.

Die Enttäuschung währte aber nur kurz und schlug sogleich in Ekel um. Denn kaum hatte der alte Brackmann seinen Apfel aufgegessen und den Teller beiseite gestellt, geschah etwas, was geeignet war, Lissy und Ruthla für den Rest des Tages jeglichen Appetit zu verderben. Er holte sein schon angegilbtes und im übrigen sehr schlecht sitzendes Gebiß aus dem Mund und entfernte die Essensreste, indem er es sorgfältig mit der Zungenspitze ableckte.

Weil Lissy und Ruthla in der Schule die einzigen Katholiken waren, mußten sie am evangelischen Religionsunterricht teilnehmen. Mitunter glaubte Ruthla, es beim evangelischen Glauben nicht nur mit einer anderen Konfession, sondern mit einer völlig anderen Religion zu tun zu haben. Nicht nur, daß ihnen Lehrer Bokelmann, der in der Gemeinde auch den Orgeldienst versah, erklärte, die Verehrung der heiligen Gottesmutter, an die sich Ruthlas Gebete bisher immer gerichtet hatten, habe im evangelischen Glauben nichts zu suchen. Nicht nur, daß der Papst, den Ruthla nebst Gott, Gottesmutter und Gottessohn bisher für die wichtigste Glaubensinstanz gehalten hatte, plötzlich als Antichrist galt. Auch sonst war vieles anders. Maria Goretti war Bokelmann ganz unbekannt, aber dafür wußte er um so mehr über Martin Luther und seinen Kampf gegen die katholische Irrlehre zu erzählen. Vom Reformator sprach er überhaupt immer wie von einem Heiligen. Dabei hatten Paterrekter und Hedwig den Namen Luthers noch nicht einmal aussprechen mögen und ihn nur „verlorene Seele“ und „verdammten Ketzer“ genannt.

Rosa sagte, sie habe es ja immer gesagt, es wäre besser gewesen, wenn Ruthla evangelisch geworden wäre, statt auf Hedwig zu hören. Und außerdem, wie wolle sie als Katholische hier, wo alle evangelisch seien, jemals einen Mann finden?

Wenn Bokelmann nicht gerade über Luthers Leben sprach, ging er mit seiner Klasse Luthers Kleinen Katechismus durch oder sang mit seinen Schülern Lutherlieder. Zum Beispiel: „Eine feste Burg ist unser Gott". Der Choral wurde beim Kirchgang am Reformationstag in der kalten, ungeheizten Dorfkirche immer im Stehen gesungen. Am besten gefielen Ruthla die Verse aus der dritten Strophe: „Und wenn die Welt voll Teufel wär' und wollt uns gar verschlingen".

Aber Ruthla hatte auch eine Kritik. Sie, die den Konjunktiv liebte und stundenlang im Konjunktiv an Lothar dachte, fand, daß der Indikativ an dieser Stelle eigentlich viel angebrachter gewesen wäre. Warum „wäre", dachte sie. War denn nicht die Welt tatsächlich voller Teufel? Wenigstens manchmal?

Der Teufel in der Diele hieß Klausi und ließ niemanden hinein. Da Lissy und Ruthla nur über die Diele in ihre Dachkammer gelangten, war dies ein ständiges Problem. Meistens warfen die beiden immer erst einen kurzen Blick durch die Dielentür, um zu sehen, wo sich Klausi gerade befand. Wenn er hinten in der Diele stand, blieb noch genügend Zeit, um zum Flureingang zu laufen und die Tür schnell hinter sich zuzuschlagen. Wenn sich Klausi dagegen vorne, in der Nähe der Dielentür, aufhielt, war an ein Betreten der Diele nicht zu denken, und sie mußten ausharren, bis er wieder nach hinten gegangen war. Zum Glück stand Bauer Brackmann tagsüber immer mit Stock, Hut und Taschenuhr an der Dielentür. Aber abends mußten sie oft so lange vor dem Haus warten, bis Klausi sich auf seinen Platz in dem hinteren Teil der Diele zur Ruhe begeben hatte.

In der Adventszeit schrieb Ruthla einen Brief an ihren Großvater Berthold, der jetzt in einer Mietwohnung in

Oldenburg lebte. Sie schrieb, wie schön es immer bei ihnen im Schlackental gewesen sei und daß sie sich hier erst noch an die neuen Verhältnisse gewöhnen müßten. Sie wollte wissen, ob Berthold nun wieder ein richtiges Bett habe und wo seine Vögel geblieben seien. Und ob er noch oft an seine Ludmilla denke. Ob Peter und Paul jetzt auch in Oldenburg lebten. Und ob Heinrich immer noch in den böhmischen Wäldern auf der Flucht sei. Sie berichtete von Margot, die ihr zweites Kind erwarte und im Frühjahr heiraten wolle, und von Hedwig, die jetzt mit Martha in Osnabrück wohne und sie im nächsten Frühjahr zusammen mit dem kleinen Theo, der inzwischen schon drei Jahre alt sei, besuchen wolle. Und daß Albert seit dem Herbst als Landwirtschaftsgehilfe auf einem großen Bauernhof arbeite. Seine neue Freundin heiße Annemarie und sei die Tochter des Bauern, dem der Hof gehöre. Es sei ein sehr großer Bauernhof mit vielen Rindern, Schweinen und großen Feldern. Sogar ein kleines Wäldchen, in dem sie erst vor kurzem für Margots Ofen Holz gesammelt hätten, gehöre dazu.

Zum Schluß schrieb Ruthla noch, daß Ernst vor einer Woche für tot erklärt worden sei und daß sie in der Weihnachtszeit immer sehr viel an ihn denken müsse. Und dann fügte sie ihrem Brief eine weihnachtliche Karte bei, die sie selbst mit Buntstiften gemalt hatte und die das winterlich verschneite Haus der Großeltern im Schlackental zeigte. Jedoch vergaß Ruthla, Ida zu grüßen.

Am Heiligen Abend durften Rosa und ihre Kinder nach dem Kirchgang anderthalb Stunden mit Familie Brackmann in der warmen Weihnachtsstube verbringen. Als sie „Stille Nacht" sangen, traten Frau Brackmann dicke Tränen in die Augen. Sogar an Geschenke hatte sie gedacht. Für jeden gab es einen großen Apfel.

Im Anschluß an die Feier bei den Brackmanns besuchten Rosa, Lissy, Ruthla und Albert noch Margot beim Bauern nebenan. Da Margot in ihrer Wohnung einen Ofen hatte, fand dort die Bescherung statt. Anschließend aßen alle gemeinsam Mohnkliesla (den Mohn hatte Margot besorgt) und sangen *Transeamus.*

Der Winter war so feucht und kalt, daß die Tapeten von den Wänden ihrer Dachkammer fielen. Ruthlas seit Wochen angeschlagene Gesundheit wurde noch schlechter, und sie bekam eine Lungenentzündung. Der Doktor war besorgt und verordnete Bettruhe und ein Glas Milch täglich. Da es in der Dachkammer keinen Ofen gab, schob Rosa von nun an außer Wärmflaschen noch regelmäßig einen Ziegelstein unter Ruthlas Bettdecke, den sie im Herd ihrer Schweinestallküche angewärmt und über den Hof getragen hatte. Die Vollmilch kam vom Bauern. Jeden Morgen stellte die Magd ein Glas vor die Tür. Doch nur solange, bis Ruthla wieder gesund geworden war. Mit dem Tag, an dem sie das Bett verlassen durfte, entfiel auch die tägliche Milchration.

Hedwig kam zur Zeit der Apfelblüte. Sie war zuvor eine Woche in Wiesbaden gewesen, wo sie Paterrekter besucht hatte, der jetzt zusammen mit anderen Brüdern aus Frankenstein in einer Niederlassung der Pallottiner lebte. Sie brachte den kleinen Theo mit und dazu Bohnenkaffee, von dem Rosa behauptete, es sei der beste, den sie jemals getrunken habe. Sie genossen den Kaffee gemeinsam, auf der Bettkante sitzend, in der kleinen Dachkammer und erzählten sich dabei neue und alte Geschichten. Das heißt, eigentlich erzählte Hedwig die ganze Zeit. Zwischendurch rief Rosa, die sowieso lieber zuhörte, ihr „Huch“ oder „Jesses“ dazwischen. Wenn ihr etwas besonders ungewöhnlich oder unerhört vorkam, konnte sie auch schon einmal laut „Jesses und Maria“ ausrufen, obwohl sie eigentlich evangelisch war.

Auf dem gepflasterten Platz vor dem Wohnhaus mit dem holzverzierten Giebel, dort, wo die beiden Weidenbäume standen, die man erst wieder vor ein paar Tagen auf den Stock gesetzt hatte, spielte Ruthla mit Theo Ball. Die Frage, wie es dazu kommen konnte, daß plötzlich Klausi hinter dem Mauervorsprung auftauchte und mit dampfendem Maul auf sie zusprang, konnte später nicht mehr geklärt werden. Obwohl die Magd es strikt leugnete, vermuteten alle, daß sie es war, die beim Hinausgehen vergessen hatte, die Dielentür zu schließen, so daß Klausi ungehindert über den Hof auf den Platz vor dem Wohnhaus gelangen konnte. Als Theo den Hund auf sich zulaufen sah, versuchte er noch, sich schreiend in Ruthlas Arme zu retten, aber kurz bevor er bei ihr war, stolperte er und fiel auf das Pflaster. Ruth behauptete später, die Situation habe ihr keine andere Wahl gelassen. Jedenfalls warf sie sich schon im nächsten Augenblick über den kleinen Theo und legte sich mit ihrem Körper schützend über ihn.

Die Sekunden vor Klausis Attacke waren die seltsamsten in ihrem bisherigen Leben. Wüste Gedanken und Bilder schwirrten durch ihren Kopf. Es waren Bilder des Fressens und Gefressenwerdens, verständlich genug angesichts der Panik, die sie in diesem Augenblick ergriffen hatte. Doch ging das, was sie in diesem Moment innerlich sah und dachte, weit über die Situation hinaus. Es sei, wie Ruth später sagte, nicht nur um den Hund gegangen, nicht nur um Theo, nicht um dies oder das, sondern um – alles, um ihr ganzes bisheriges Leben.

Ruthla fühlte sich in diesem Moment wie eine Saite kurz vor dem Zerreißen. Als habe sich ihre bisherige Existenz auf diesen Moment, auf diesen einen Punkt hin zugespitzt, und als müßten all die in letzten Jahren aufgestauten Spannungen sich jetzt wie in einer einzigen Explosion entladen.

Und dann geschah etwas, womit sie nicht gerechnet hatte. Die zum Äußersten gesteigerte Spannung wich einer völlig unerwartet einsetzenden, unerklärlichen Ruhe, ja Heiterkeit geradezu. Die Musik des Dirigenten kam ihr in den Sinn, der Dreiklang mit noch einem Ton obendrauf und dem nächsten ganz tief unten, die sich überkreuzenden Stimmen. Dann das Bild der roten Mohnwiese mit dem saphirblauen Himmel, von dem Dr. Werner damals gesprochen hatte.

Ruth mußte an die tote Tochter von Plumpa Fitze denken, die man im Waschhaus aufgebahrt hatte. Seitdem war ihr das Bild nicht mehr aus dem Sinn gegangen. So muß es wohl sein, hatte sie damals gedacht, wenn man nichts mehr zu fürchten und nichts mehr zu hoffen braucht – und erst recht nichts mehr vermißt, weil man alles hat.

Und Ruth dachte auch an den Tag, den sie mit Lothar bei der Bildsäule auf den Feldern verbracht hatte und dem kein schönerer gefolgt war. Und auch an das Gebet, das sie damals gesprochen hatten. Nein, eigentlich wehte dies alles nur wie eine glückliche Ahnung zu ihr herüber, denn genaugenommen waren es keine Worte, sondern Bilder und eine Stimmung, die sie empfand und die sie schon damals empfunden hatte. Für Worte war in diesem Moment, als der Hund auf sie losstürzte, auch gar keine Zeit.

Jede Furcht war gewichen.

„Komm nur, Klausi", dachte Ruth – und zum ersten Mal fand sie, daß der verniedlichende Name des Hundes sogar paßte –, „Klausi, ja komm nur, und pack' zu, aber übernimm dich nicht! Ich verspreche dir, du wirst keine Freude an mir haben, du wirst es bereuen. Ich warne dich, es wird dir nicht bekommen". Und dabei neigte sie den Kopf ein wenig beiseite und erwartete ruhig seinen Biß.

Klausi wäre nicht der gewesen, den Ruth von Anfang an in ihm gesehen hatte, wenn er nicht tatsächlich sogleich über sie hergefallen wäre, seine scharfen Zähne prompt in ihren rechten Oberschenkel gegraben und eine Weile daran herumgezerrt hätte. Wie lange das dauerte, konnte Ruth später nicht mehr sagen, nur daß sie dabei bereits spürte, wie das Blut naß und warm an ihrem Bein hinunterlief.

Bauer Brackmann war aber auch schon da. Mit dem Ruf „verdammichte ulle Töle" zog er Klausi seinen Gehstock mit einer solchen brutalen Gewalt mehrere Male über das schwarze Fell, daß Ruth schon glaubte, er habe den Hund, der zunächst wie betäubt liegenblieb und erst nach einer Weile jaulend, blutend, winselnd davonkroch, totgeschlagen. Frau Brackmann stand neben ihm. Mal blickte sie ihrem auf dem Pflaster davonkriechenden Klausi mitleidig nach, mal warf sie ihrem Mann einen vorwurfsvollen Blick zu.

„Klausi, Klausilein", wiederholte sie immer wieder vorwurfsvoll, „was hast du denn nur gemacht? Das geht doch nicht, Klausilein".

Auch die Magd ließ sich kurz blicken, verschwand aber sogleich wieder schuldbewußt hinter dem Haus.

An ihrer Stelle erschien Hedwig. Sie wirbelte über das Pflaster. Wie damals, als Lena unter die Kleinbahn geraten war, rannte sie zur Unglücksstelle, rief dabei „Theo, Theo, Madla, Madla" und drängte den Bauern und seine Frau beiseite. Sie kniete neben Theo nieder, befühlte seine Stirn, betastete seinen Körper, blickte auf Ruth und bekreuzigte sich. Dann verrichtete sie mit schräg geneigtem Kopf ein kurzes stilles Gebet. Nachdem sie das Gebet mit einem dreifachen Amen abgeschlossen hatte, fragte sie Ruth, ob sie wisse, daß sie soeben ihrem kleinen Neffen das Leben gerettet habe. Als Ruth schwieg, hob sie ihre Hände und blickte emphatisch zum wolkenlosen blaßblauen Frühlingshimmel empor, so als habe er sich soeben vor ihr geöffnet. Mit bebender Stimme rief sie über den Hof:

„Heute hat der Herr ein Zeichen gesandt, des sind wir alle Zeugen".

Und laut in ihre Hände klatschend fuhr sie fort:

„Jauchzet ihr Himmel, denn der Herr hat's getan!"

Ruth war anfangs ganz benommen. Erst allmählich und ganz langsam erhob sie sich und wischte den Schmutz von ihrem Kleid, sah an ihrem Körper hinunter und blickte auf das Bein, das zwar stark blutete, aber eigenartigerweise kaum schmerzte. Ruth betastete ihren Körper. Ihr war, als habe sie bis heute noch gar keinen besessen, ja als sei er ihr eben erst und erst in diesem Moment geschenkt worden.

Sie begann zu begreifen, daß sie den Hund mit diesem Körper, ihrem Körper, abgewehrt hatte. Und es schien ihr wie ein Wunder, daß sie mit Hilfe dieses unscheinbaren Körpers, ihres Körpers, den sie manchmal schon für unsichtbar, für gar nicht existent gehalten hatte, dazu in der Lage gewesen war, ihrem kleinen Neffen Theo das Leben zu retten.

Vom Obstgarten her wehte der Duft frischer Apfelblüte zu ihr herüber. Ruth war durchaus nicht stolz. Aber ein Anflug von Wärme und ein bisher noch nicht gekanntes Selbstgefühl erfüllte sie. Dann blickte sie erst zu Theo und dann zu Hedwig, deren Jauchzen noch wie eine Fanfare nachhallte.

Ruth dachte eine Weile über die Worte ihrer Schwester nach, aber dann lächelte sie, denn sie glaubte es besser zu wissen.

Brief der beiden Basen an den Vetter

B* bei Hannover, am ***

Lieber Vetter,

für Deine aufmunternden, tröstenden Worte wie für alle warme Anteilnahme am Heimgang unseres geliebten Vaters sagen wir angelegentlich Dank. Erst vor wenigen Wochen hatte uns die Nachricht vom Tode deiner Mutter, unserer lieben Tante, erreicht und unsere Herzen schwer gemacht. Nun wurde uns mit Alberts Ableben auch noch der Vater, dir aber der Patenonkel und Onkel genommen.

Wir werden sie vermissen: ihre vertraute Gegenwart, ihre liebenswerten Eigenheiten, den lebhaften Singsang ihrer Stimmen, ihre hundertmal erzählten Geschichten aus ihrer schlesischen Heimat, von Berthold, dem Schaffer, und Ludmilla, die ihre Balance verlor; von Peter, Paul und Heinrich, den drei Paschern; von der tüchtigen Rosa und Schürzenjäger Ernst, von Stangenbohnen und Beichtstühlen; von Hedwig und Paterrekter; vom starken Siegfried und Alberts Reise nach Prag. Dazu all die Namen, die uns noch heute im Kopf herumschwirren und die doch außer uns kaum jemand kennt, Piezla und Läusla, Betschla und Schneckla, Kulbafongse und Schober Wendlin ...

Wir haben uns darüber gefreut, Dich nach so vielen Jahren bei uns willkommen heißen zu dürfen. Bei der kleinen Familienfeier im Anschluß an die Beerdigung hast du von einem Angebot erzählt, das Albert Dir im Herbst des letzten Jahres gemacht hat. Leider haben wir weder einen entsprechenden Vertrag noch die Kopie eines Vertrages oder irgendeinen anderen Hinweis finden können. Wie wir schon sagten, erinnern wir uns auch nicht daran, daß unser Vater, der in den letzten Monaten sehr verschlossen war, jemals mit uns über dieses Buchprojekt gesprochen hat.

Wir bitten Dich, uns nicht falsch zu verstehen. Wir bezweifeln Deine Angaben nicht im geringsten. Die Idee, daß Du für jedes „Schlesien“ fünfzig Euro bekommen solltest, hat uns sehr amüsiert. Einfach köstlich! Ja so etwas paßte zu ihm, so war er, unser guter Vater Albert.

Und doch glauben wir, offen gesagt, daß das Angebot, das er Dir an jenem Nachmittag gemacht hat (daran, *daß* er es gemacht hat, haben wir natürlich nicht die geringsten Zweifel), daß also dieses Angebot eher im Sinne eines geistigen Anstoßes, eines Impulses aufgefaßt werden muß, daß es sich dabei sozusagen – deute diese Erklärung bitte nicht falsch! – lediglich um einen spielerischen Versuch handelte, Dich zu einem Buch über die Geschichte unserer Familie zu animieren. Du weißt, was wir damit sagen wollen. Wer Albert kannte, wird ihm so etwas ohne weiteres zutrauen.

Wenn wir Dich recht verstanden haben, hat das Angebot unseres Vaters inzwischen auch schon Früchte gezeitigt und Dir, nein, uns allen (!) zu einem Roman über unsere Familie verholfen, zu dem wir herzlich gratulieren und auf dessen Lektüre wir schon mit größter Spannung warten. Kommen wir auch darin vor?!

Bei der Suche nach einem Verlag wünschen wir Dir viel Glück. Wir werden Deine ersten Leser sein.

Mit innigen verwandtschaftlichen Grüßen,

Deine beiden Basen.

PS: Wenn Du uns das nächste Mal besuchst, wird Dich auf unserer Kaffeetafel ein selbstgebackenes Mohnstriezla erwarten. Wäre es Dir möglich, uns zuvor Ruthlas Rezept zuzusenden? Wir haben uns jede erdenkliche Mühe gegeben und die Rezeptur aus unserem Backbuch genau befolgt, aber irgend etwas hat gefehlt.

PPS: Das Wort „Schlesien“ kannst Du in Deinem Buch übrigens so verwenden, wie Du möchtest und wie es der Sache förderlich ist, also ganz ohne Rücksicht auf irgendwelche bestehenden oder nicht bestehenden, aber in keinem Fall für uns verbindlichen Abmachungen. In dieser Hinsicht bist

Du nun völlig frei. Wir sind sicher, daß diese Regelung Dich von mancherlei Zwängen entbindet und der besseren Lesbarkeit Deines Buches zugute kommen wird.

Anmerkung und Dank

Dieser Roman ist keine historische Abhandlung. Aber er ist auch keine reine Fiktion. Vieles beruht auf tatsächlichen Ereignissen, manches ist „ausgedacht", und anderes ist, auf der Grundlage tatsächlicher Begebenheiten, „weitergedacht." Dichtung und Wahrheit sind ununterscheidbar verwoben. Am Ende steht etwas, was man als „authentische Fiktion" bezeichnen könnte.

Meine wichtigsten „Informanten" waren Mutter Ruth und Patenonkel Alfred. Bei Bohnenkaffee, Striezla und Sträselkucha versorgten sie mich mit Geschichten, Anekdoten und Bildern aus der Familie und ihrer niederschlesischen Heimat. Sie legten das Fundament für den „Schlesischen Mohn".

Neben der mündlichen Überlieferung halfen heimatkundliche Quellen, tiefer in die niederschlesische Kultur und Geschichte der Kriegs- und Nachkriegszeit einzutauchen.

Eine wahre Fundgrube war das Heimatbuch von Josef Gottwald:

„Vom Karchturme nunder – Eine Wanderung in die Vergangenheit in unser Frankensteiner Land, Nettetal 1982".

Die penible Beschreibung des mit Frankenstein benachbarten Protzan, mit seinen Höfen, Geschäften und Läden und den teilweise sehr skurrilen Eigenheiten seiner Einwohner ist eine wunderbar humorvolle, äußerst lesenswerte Schilderung niederschlesischen Dorflebens und niederschlesischer Verhältnisse.

Auch Horst Adlers ausführliche „Schweidnitzer Chronik" war mir eine große Hilfe:

http://www.horst-adler.de/

Wichtige Informationen über Frankenstein habe ich Helmut Dinters Webseite über „Frankensteins Stadtgeschichte" entnommen:

http://www.helmut-dinter.de/~indexNSchlesien.htm
http://www.frankenstein-schlesien.de/

Allen, die, so oder so, an diesem Buch Anteil haben, gilt mein herzlicher Dank!

Printed in Poland
by Amazon Fulfillment
Poland Sp. z o.o., Wrocław

58576404R00303